샬리마르 광대

SHALIMAR THE CLOWN

by Salman Rushdie

이 도서의 국립중앙도서관 출판시도서목록(CIP)은
e-CIP 홈페이지(http://www.nl.go.kr/cip.php)에서 이용하실 수 있습니다.
(CIP제어번호: CIP2010001663)

광대 샬리마르

살만 루슈디 장편소설

송은주 옮김

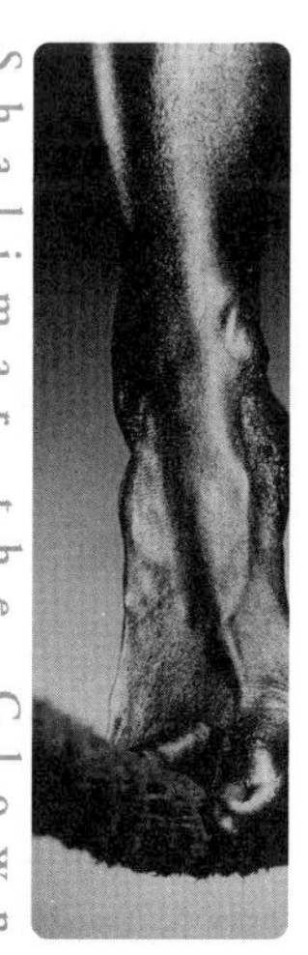

문학동네

나의 카슈미르인 조부모님,

바바잔 아타울라 박사와 아마지 아미르 운 니사 부트를 추모하며

나는 천국을 통과해 지옥의 강을 노 저어간다.
우아한 유령이여, 지금은 밤이다.
노는 심장, 노가 자기 무늬 같은 물결을 일으킨다……

나는 당신이 잃어버린 모든 것. 당신은 나를 용서하지 않으리라.
내 기억은 당신의 역사를 끊임없이 방해한다.
용서할 것은 아무것도 없다. 당신은 나를 용서하지 않으리라.
나는 스스로에게조차 나의 고통을 숨겼다,
나 자신에게만 나의 고통을 드러냈다.
모두 용서해야 할 것들이다. 그대는 나를 용서할 수 없다.
어쨌든 그대가 내 것일 수만 있었던들,
세상 그 무엇이 가능하지 않았으랴?

—아가 샤히드 알리, 「우체국 없는 나라」

양가 모두에 끔찍한 재앙이라.

—머큐쇼, 『로미오와 줄리엣』에서

차례

인디아
India

대사의 스물네 살 된 딸은 후덥지근한 날씨 때문에 며칠 밤 동안 잠을 제대로 이루지 못했다. 자다 몇 번이나 깨어났고, 겨우 잠 들었나 싶다가도 눈에 보이지 않는 무시무시한 수갑에서 빠져나오려는 듯 팔다리를 계속 버둥거려 몸은 제대로 쉬지를 못했다. 가끔 자기도 모르는 언어로 부르짖기도 했다. 남자들이 짜증스레 그녀에게 이런 이야기를 해주었다. 그녀가 잠잘 때 곁에 있도록 허락받은 남자는 많지 않았다. 그러므로 증언에는 한계가 있었고 저마다 말도 달랐지만, 공통되는 부분이 있었다. 누군가의 말에 따르면, 그녀가 아라비아어로 말하는 것처럼 목구멍 깊숙이에서 성문폐쇄음을 낸다고 했다. 그녀는 그 말을 듣고 생각했다. 나이트 아라비아어인가, 셰에라자드의 꿈의 언어인가. 또 어떤 남자는 그녀의 입에서 나오는 말이 머나먼 은하수에서 목청을 가다듬는 소리 같기도 하고, 클링온어*같이 SF영화에나 나올 법한 말 같다고도 했다. 아니면 〈고스트버스터즈〉에서 시고니 위버가 악령과 교신할 때 내는 소리 같달까. 어느 날 밤, 대사의 딸은 호기심에 녹음기를 침대 옆에 켜두었다 해골이나 낼 법한 끔찍한 목소리를 테이프에서 듣고는 겁이 나 삭제 버튼을 눌러버렸다. 그 목소리는 익숙하면서도 낯설었다. 그러나 중요한 것은 아무것도 지워지지 않았다. 진실은 여전히 진실이었다.

　다행히 이렇게 심란한 잠꼬대를 늘어놓는 시간이 길지는 않았다. 그 시간이 지나면, 그녀는 잠시 땀투성이가 되어 축 처진 채 숨을 헐떡이다 꿈도 없는 깊은 잠 속으로 빠져들곤 했다. 그러다 갑자기 침실에 침입자가 들어왔다고 생각하고 소스라쳐 꿈인지 생시인지 모를 몽롱한 상태로 깨어났다. 침입자는 없었다. 침입자는 어둠 속 음(陰)의 공간, 부재였다. 그녀는 어머니가 없었다. 어머니는 그녀를 낳다 죽었다. 대사의 아내는 그녀에게 이 정도만 알려주었고, 그녀의 아버지인 대사도 그 말이 맞다고 했다. 그녀의 어머니는 카슈미르인이었다. 낙원처럼, 카슈미르처럼, 기억 이전의 시간 속에서 사라진 존재. (그녀에게는 낙원과 카슈미르가 당연히 동의어였고, 그녀를 아는 사람들은 누구나 이를 받아들여야 했다.) 그녀는 어둠 속에 텅 빈 감시병 형상으로 서 있는 어머니의 부재 앞에서, 떨면서 두번째로 닥쳐올 재난을 기다렸다. 자기가 기다리는 줄도 모르면서 기다렸다. 아버지가 죽은 뒤—명석한 두뇌를 지닌 코스모폴리탄이었던 아버지, 프랑스계 미국인,

---

* 〈스타트렉〉에 나오는 클링온족이 사용하는 언어.

'자유와 같았던' 아버지, 그녀가 사랑하고 원망했던 아버지, 제멋대로에, 호색한에, 곁에 없을 때가 더 많았지만 거부할 수 없는 매력을 지녔던 아버지 ― 그녀는 마치 참회하고 죄 사함을 받은 사람처럼 편안히 단잠을 이룰 수 있었다. 용서받은 것이 그녀의 죄인지, 아버지의 죄인지 모르지만. 그녀가 넘겨받은 죄의 무게. 그녀는 죄를 믿지 않았다.

그래서 아버지가 죽기 전까지 그녀는, 같이 자고 싶어하는 남자가 늘 줄을 섰어도 같이 자기 쉽지 않은 여자였다. 그녀는 끈질기게 달라붙는 남자들을 귀찮아했다. 욕망은 대부분 해소되지 않은 채로 남았다. 그녀가 택했던 몇 안 되는 연인들은 하나같이 이런저런 이유로 불만족스러웠고, 그래서(마치 그 주제는 더이상 언급하지 않겠다고 선언이라도 한 것처럼) 곧 그중 그럭저럭 괜찮은 남자에게 정착해서 그의 청혼까지 진지하게 고려해보았다. 그즈음 대사가 그녀의 집 문간에서 암살자가 휘두른 칼에 맞아 깊이 팬 목의 상처에서 피를 흘리며 만찬상의 할랄 닭고기*처럼 처참하게 죽어갔다. 그것도 벌건 대낮에! 금빛 아침 햇살에 무기가 눈부시게 반짝였을 것이다. 그 눈부신 햇살은 이 도시의 일상적인 축복일까 저주일까. 살해된 남자의 딸은 화창한 날씨를 끔찍이 싫어했지만, 이 도시는 거의 일 년 내내 맑았다. 그러니 그녀는 그늘도 생기지 않는 땡볕과 피부가 쩍쩍 갈라지는 건조한 열기가 끝없이 이어지는 단조로운 날들을 견뎌야만 했다. 어쩌다 아침에 구름이

---

* 이슬람 율법에 따라 도축, 조리된 고기.

끼고 공기가 습할라치면 침대에서 졸음에 겨운 팔다리를 쭉 뻗었다가 등을 둥글게 웅크리면서 잠시나마 기쁜 마음으로 희망을 품어보았다. 그러나 변함없이 구름은 정오 무렵이면 열기에 녹아 없어지고 다시 온 세상을 유치하고 순수하게 만드는 파란 하늘이 나타났고, 천박하고 무례한 구체(球體)가 식당에서 거침없이 껄껄 웃어젖히는 남자처럼 그녀에게 이글이글 빛을 뿌렸다.

이런 도시에 회색지대란 있을 수 없다. 적어도 보기에는 그랬다. 모든 것이 있는 그대로의 모습을 드러내놓고 존재할 뿐 조금도 애매모호한 구석이라곤 없고, 이슬비나 응달, 냉기가 갖는 미묘함 따위는 찾으려야 찾을 수가 없었다. 이렇게 눈을 부릅뜨고 구석구석 살피는 태양 아래에서는 숨을 곳이 없었다. 옷도 제대로 걸치지 않고 어디에서나 온몸 가득 햇살을 받으며 보란 듯이 드러내놓고 다니는 사람들의 모습은 광고의 한 장면을 연상시켰다. 여기에는 그 어떤 신비도, 깊이도 없다. 있는 것은 오로지 외관과 폭로뿐이다. 그러나 이 도시를 알게 되면, 이 진부한 도시가 환영이라는 사실을 발견하게 된다. 배반과 기만으로 가득 차 있고 눈 깜짝할 새 휙휙 바뀌는 유사(流砂) 위의 대도시로, 겉으로는 숨기는 것 없이 다 드러내놓고 있어도 실체는 비밀스럽게 숨기고 있다. 이런 곳에서는 파괴의 세력들조차 어둠의 보호막을 필요로 하지 않는다. 그들은 아침의 강렬한 광채를 달궈 눈을 부시게 하고, 날카롭고 치명적인 빛으로 상대를 찔렀다.

그녀의 이름은 인디아였다. 그녀는 자기 이름이 마음에 들지 않았다. 오스트레일리아나 우간다, 잉구세티야나 페루라고 불리는 사람은 없다. 미국이 가장 사랑하는 인물이자 가장 큰 스캔들을 일으킨 인물인 그녀의 아버지 막스 오퓔스(본명은 막시밀리안 오퓔스로, 프랑스의 스트라스부르에서 자랐다)가 1960년대 중반 주인도 대사를 지낸 적이 있기는 하다. 하지만 부모가 그 나라를 방문한 적이 있다거나 그 나라에서 처신을 잘못했다는 이유로 자식이 헤르체고비나라든가 터키라든가 부룬디 같은 이름을 갖게 되지는 않는다. 그녀는 동양에서 잉태되었다. 혼외정사로 수태되어, 아버지의 결혼 생활을 엉망진창으로 만들고 그의 경력을 끝장낸 거센 분노의 격랑 한가운데에서 태어났다. 그러나 그것이 앨버트로스처럼 목에 자기의 출생지를 매달고 다녀야 할 충분한 이유가 된다면, 이 세상은 유프라테스나 피스가, 이스탁시우아틀, 울루물루 따위의 이름을 가진 사람들로 넘쳐나야 할 것이다. 미국에서는, 제기랄, 지명을 따서 이름을 짓는 일이 드물지 않았다. 그 탓에 그녀의 논지가 좀 타격을 입었고, 다소 짜증이 솟았다. 네바다 스미스, 인디애나 존스, 테네시 윌리엄스, 테네시 어니 포드 등등. 그녀는 마음속으로 저주를 보내며 그들 모두를 향해 가운뎃손가락을 들어 올렸다.

'인디아'는 여전히 그녀에게 뭔가 잘못된 느낌을 주었다. 그것은 이국적이면서 식민지풍으로 느껴졌고, 그녀가 소유할 수 없는 실재를 전유했다는 암시를 풍겼다. 그녀는 아무리 해도 그 이름은 자기에게 맞지 않는다고, 자기가 피부색이 진하고 윤나는 긴 흑발이라 해도 조금도 인도같이 느껴지지 않는다고 우겼다. 그녀는 광대무변하거나, 아대륙적이거나, 정도를 넘거나, 속되거나, 격정적이거나, 혼잡하거나, 오래되었거나, 시끄럽거나, 신비롭거나, 하여간 어떤 식으로든 제3세계처럼 되고 싶지 않았다. 오히려 정반대였다. 그래서 항상 절도 있고, 단정하고, 섬세하고, 조용하고, 비종교적이고, 차분하고, 침착한 모습으로 남들 앞에 섰다. 그녀는 영국식 악센트를 썼고, 행동거지는 열정적이기보다는 냉담했다. 바로 이런 것이 그녀가 원했고, 엄청난 결단력으로 축조한 페르소나였다. 그녀의 아버지와 그녀의 한밤중 기행에 겁먹고 떨어져나간 애인들만 제외하면, 미국에서는 누구나 그녀의 이런 모습만 보았다. 그녀의 내면생활이나 격렬했던 영국에서의 이력, 불안정한 행동에 관한 묻힌 기록, 비행 청소년 시절, 짧지만 파란만장했던 과거의 숨겨진 일화들, 이런 것들은 누구의 입에도 오르내리지 않았고, 사람들의 관심 밖으로 밀려났다. 최근 그녀는 자신을 잘 통제했다. 자기 안의 문제아 성향은 여가 시간의 취미 활동으로 승화시켰다. 그녀는 타이슨과 크리스티 마틴이 운동을 했다는 샌타모니카 앤 바인 가의 지미 피시 권투장에서 매주 권투 수업을 받았다. 그녀가 싸늘한 분노로 주먹을 날리면 구경하던 남자 권투 선수들도 고개를 돌렸다. 그 밖에도 클루조*와 대결할 때의 버트 쿼크** 같은 근접격투기 영춘권의 대가 윙천에게서 무술 수업을 격주로 받았고, 29 팜스 사막에 있는 햇빛에 바랜 검은 벽으로 둘러쳐진 살츠만 이동 과녁 사격장에서 사격 연습도 했다. 그중에서

---

* 영화 〈핑크 팬더〉에 나오는 파리 경시청 소속 형사.
** 중국계 영국 영화배우. 〈핑크 팬더〉 등에 출연했다.

도 도시의 발상지인 일리전 파크 인근 로스앤젤레스 도심에서 받는 궁술 수업을 가장 좋아했다. 그녀는 이곳에서 살아남기 위해, 자신을 방어하기 위해 익혀온 엄격한 자제력이라는 새로운 재능을 공격하는 데 십분 발휘했다. 올림픽 표준에 맞춘 금빛 활을 당기고 입술을 누르는 활시위를 느끼면서 가끔 혀끝을 화살에 살짝 대어보노라면, 자기 안에서 솟구쳐 오르는 힘이 느껴졌다. 과녁 중심을 향해 화살을 날리기 전까지 그 몇 초 동안만은 자기 안에서 올라오는 열기를 그대로 느끼도록 스스로를 내버려두었다. 그러다 마침내 활시위를 떠나 조용히 날아간 화살이 과녁에 박히면서 내는 쿵 소리를 한껏 즐겼다. 화살은 그녀에게 최상의 무기였다.

또한 눈앞에 오고 가는 것들이 갑자기 달라 보이는 기이한 느낌도 통제했다. 그녀의 창백한 눈동자가 눈앞에 보이는 사물의 모습을 바꾸어놓으면, 강인한 정신이 사물을 다시 본래 모습으로 되돌려놓았다. 그녀는 이러한 동요 속에서 살고 싶지 않았다. 어린 시절 얘기는 절대 꺼내지 않았고, 자기가 꾸었던 꿈도 기억나지 않는다고 말했다.

인디아의 스물네번째 생일에 대사가 그녀의 집 앞으로 왔다. 인디아는 4층 발코니에서 원조교제하는 프랑스인처럼 어울리지 않게 실크 양복을 차려입은 대사가 벨을 누르고 한낮의 더위 속에서 기다리는 모습을 지켜보았다. 그는 꽃을 들고 있었다. "남들이 보면 아빠가 내 애인인 줄 알겠어요!" 인디아가 막스에게 소리쳤다. "어린 애인을 키우는 할아버지 말이에요!" 그녀는 당황해 이마에 주름을 잡으면서 오른쪽 어깨를 추켜올리고 날아오는 타격을 피하려는 듯 손을 들어 올릴 때의 대사를 사랑했다. 그녀는 자신의 애정이라는 프리즘을 통해 대사가 무지갯빛으로 나뉘는 광경을 지켜보았다. 대사가 그녀 발밑의 보도에 서서 과거 속으로 멀어지는 모습을 보았다. 그는 그녀의 눈앞을 시시각각 지나쳐 영원히 사라졌고, 겉으로 드러난 형체만 달아나는 광선의 형태로 남았다. 상실이란, 죽음이란 이런 것이다. 빛의 파형 속으로, 광년과 파섹*의 가늠할 수 없는 속도 속으로 사라져 머나먼 우주로 영원히 멀어지는 것. 우리가 아는 우주의 가장자리에서 상상도 못할 생물체가 어느 날 망원경에 눈을 대고서, 실크 양복을 입고 생일 장미꽃 다발을 든 막스 오필스가 파도치듯 요동하는 광파를 타고 한없이 다가오는 모습을 보게 될지도 모른다. 매 순간 그는 그녀를 떠나 어딘지 상상도 못할 만큼 먼 곳으로 가서 대사의 모습이 된다. 그녀는 눈을 감았다 다시 떴다. 아니다, 그는 수조 킬로미터나 떨어진 어느 선회하는 은하수 가운데에 있지 않다. 그는 그녀가 사는 거리, 바로 이곳에 평소와 한 치도 다르지 않은 모습으로 서 있다.

그는 자세를 바로잡았다. 운동복 차림의 여자가 오크우드에서 모퉁이를 돌아 그쪽으로 천천히 달려오면서 그를 훑어보고 한눈에 시대와 성(性), 돈을 판단했다. 그는 전후 세계와 국제 기구, 경제, 외교 관습을 입안한 자들 중 한 사람이었다. 그는 고령이 된 지금도 테니스를 잘 쳤다. 인사이드 아웃 포핸드가 기습 공격시 그의 주무기였다. 긴 흰색 바지에 감싸인 체지방 오 퍼센트 이하

---

* 천체의 거리를 나타내는 단위. 1파섹은 3.26광년이다.

의 말랐지만 강인한 체구는 아직도 코트를 장악할 수 있었다. 그는 옛 챔피언 장 보로트라를 연상시켰다. 보로트라를 기억하는 몇 안 남은 옛 시대 사람들에게 말이다. 그는 스포츠브라에 싸인 여자의 미국적인 가슴을 유럽인답게 즐거워하는 기색을 숨기지 않고 쳐다보았다. 그녀가 지나갈 때, 그는 엄청나게 큰 생일 꽃다발에서 장미 한 송이를 뽑아 건넸다. 여자는 꽃을 받고는 그의 매력에, 그의 위엄 있고 멋진 주름진 얼굴의 관능적인 접근에, 자기 자신에게 놀랐는지 불안스레 속도를 높여 가버렸다. 1대 0.

아파트 건물 발코니에서 중동부 유럽 출신의 늙은 부인네들도 무력한 노년의 욕망을 노골적으로 드러내며 감탄의 눈으로 막스를 쳐다보았다. 그가 도착하자 그들의 입이 딱 벌어졌다. 오늘은 다들 몰려나와 있었다. 보통은 거리 모퉁이의 작은 나무숲에 모여 있거나, 안뜰 수영장 옆에 두셋씩 옹기종기 모여 앉아 부끄러운 줄도 모르고 민망한 비치웨어 차림으로 운동을 했다. 보통은 내처 자거나, 자지 않으면 투덜투덜 불평을 늘어놓았다. 그들은 사오십 년을 함께 보낸 남편을 땅에 묻은 여인네들이다. 늙은 여자들은 허리를 구부리거나 어딘가 기대어, 무표정하게 자신들을 태어난 곳에서 지구 반 바퀴를 돌아 이곳에 좌초시킨 불가사의한 운명을 한탄했다. 그들은 그루지야어 같기도 하고 크로아티아어 같기도 하고 우즈베키스탄어 같기도 한 낯선 언어로 말했다. 그들의 남편은 죽어버림으로써 그들의 기대를 저버렸다. 남편들은 쓰러진 기둥이었다. 남편들은 의지할 존재가 되어달라는 부탁을 받고 아내들을 모든 친숙한 것에서 떼어내 이 음란한 젊음이 넘치는, 그림자도 지지 않는 도원경, 육체가 자신의 사원이고 무지가 축복인 이 캘리포니아로 데려와놓고는, 골프 코스에서 졸도하거나 국수 그릇에 얼굴을 박고 쓰러짐으로써 스스로 의지할 수 없는 존재였음을 폭로했다. 그리하여 미망인들에게 인생의 후반기에 대체로 존재라는 것, 특히 남편이라는 존재는 그리 신뢰할 만하지 않다는 것을 일깨워주었다. 저녁이면 과부들은 발트 해에서, 발칸 반도에서, 광대한 몽골 평원에서 배웠던 어린 시절의 노래들을 불렀다.

이웃의 늙은 남자들 역시 홀몸이었다. 그중에는 인력의 힘을 지나치게 받는 육체라는 부대자루 속에서 사는 이들도 있고, 회색 머리를 짧게 치고 더러운 러닝셔츠와 바지 차림으로 돌아다니는 이들도 있었다. 그런가 하면 말쑥하게 차려입고 베레모와 나비넥타이까지 즐겨 착용하는 이들도 있었다. 이런 멋쟁이 신사들은 잊을 만하면 한 번씩 과부들에게 말을 붙여보려 시도했다. 그러나 누런 가짜 이를 빛내며 베레모 밑으로 잘 매만진 얼마 안 남은 머리카락을 우울하게 내보이면서 기울인 그들의 노력은 번번이 무시당했다. 이 멋쟁이 노인들에게 막스 오필스는 모욕이었고, 그에게 쏠리는 부인네들의 관심은 굴욕이었다. 그들은 할 수만 있었다면, 자기들의 죽음을 막느라 너무 바쁘지만 않았으면, 그를 죽였을 것이다.

인디아는 이 모든 것을 보았다. 베란다에서 욕망에 들떠 발끝으로 맴을 돌며 농탕질 치는 늙은 여인네들을, 그리고 적의에 차서 숨어 있는 늙은 남자들을. 데님 천에 싸인 사모바르*처럼 통통한 늙은 러시아인 관리인 올가 시메오노브나가 국가원수라도 대하듯 대사를 맞이했다. 집에 붉은 카펫이라도 있었으면 그를 위해 깔아주었을 것이다.

"인디아가 대사님을 기다리게 하는군요. 요즘 젊은 것들은 왜 그 모양인지. 제가 뭐 나쁜 말은 않겠어요. 다만 요즘에는 딸아이들 다루기가 더 힘들어졌죠. 저도 딸이었지만, 저에게 아버지는 신이나 다름없었거든요. 아버지를 기다리게 하다니 상상도 못할 일이었죠. 아이고, 그런데 요즘 딸들은 키우기도 힘든 데다 기껏 키워놓으면 아버지한테 데면데면하게 군다니까요. 저도 예전에는 엄마였지만, 지금 저한테 그애들은 다 죽은 거나 마찬가지랍니다. 이름도 잊었고, 생각만 해도 진절머리 나요. 다 그렇다니까요."

그녀는 감자를 손에서 빙빙 돌리며 이런 말을 늘어놓았다. 그녀는 이 마지막 이웃들에게 올가 볼가로 알려져 있었다. 본인의 설명에 따르면, 아스트라한 지방의 전설적인 감자 마녀들 중 마지막까지 살아남은 후예였다. 감자 마술을 교묘히 이용해 사랑과 부를 얻거나 부스럼이 나게 만들 수 있는, 충분한 자격을 갖춘 진짜배기 마녀라는 것이었다. 그녀는 머나먼 곳에서 오랜 세월 동안 남자들에게 경탄과 공포의 대상이었다. 지금은 어느 선원의 사랑 덕에, 그가 죽은 뒤 헐렁한 데님 작업복을 걸치고 가늘어진 흰머리를 가려주는 흰 점들이 찍힌 진홍색 수건을 쓰고 웨스트 할리우드에 혼자 버려진 몸이 되었다. 그녀의 뒷주머니에는 스패너와 십자드라이버가 꽂혀 있었다. 그 시절 같으면 고양이에게 저주를 내릴

＊ 러시아의 찻주전자.

수도 있고, 임신하도록 도와주거나, 우유를 응고시킬 수도 있었다. 하지만 이제는 전구를 갈고 고장난 오븐을 들여다보고 매달 집세를 걷을 뿐이었다.

그녀는 대사에게 계속 말했다. "저로 말하자면, 오늘 이 세상에 사는 것도 아니고 마지막 세상에 사는 것도 아니고, 미국에 사는 것도 아니고 아스트라한에 사는 것도 아니에요. 또 이승에 사는 것도, 다음 생에 사는 것도 아니라는 말도 빼먹지 말아야겠네요. 저 같은 여자는 그 사이 어딘가에 산답니다. 기억과 매일의 잡일 들 사이에 말이지요. 잃어버린 행복과 평화의 나라, 잊힌 고요한 장소에서 어제와 오늘 사이에 말이죠. 그게 우리 운명이에요. 한 때는 아무 문제 없다고 여기며 살았어요. 지금은 그렇지가 않아요. 그러다보니 하여간 죽음이 두렵지는 않네요."

"저 역시 그 나라의 국민이랍니다, 부인." 대사가 진지한 태도로 그녀의 말을 잘랐다. "저도 그 나라의 시민권을 얻을 자격이 있는 나이가 되었습니다."

올가는 카스피 해가 보이는 볼가 강 삼각주 동쪽으로 몇 킬로미터 떨어진 곳에서 태어났다. 그녀의 이야기 속에서 20세기 역사는 감자 마술이 이루어낸 것이었다. "물론 어려운 시절이었다마다요." 그녀는 발코니에 선 노부인들에게, 수영장 옆의 노신사들에게, 언제 어디서나 궁지로 몰아넣을 수 있는 인디아에게, 딸의 스물네번째 생일을 맞아 찾아온 막스 오필스 대사에게 이야기했다. "가난은 말할 것도 없고, 압제에, 혼란에, 군대에, 노예같이 뼈 빠지게 일해야 했는데. 요즘 아이들은 참 편하게 사는 거예요. 정말 아무것도 모른다니까요. 우리는 그런 혼란 속에서 살아남으려니 당연히 생쥐처럼 약삭빨라야 했지요. 그렇잖아요? 물론 남자들은 다른 곳으로 떠날 꿈만 꾸지요. 결혼을 하고 아이가 생겨도 한곳에 머무르지를 않아요. 자기 삶은 자기 것이라는 식이야. 그냥 왔다 가는 거예요. 전쟁은 또 어떻고. 남편을 잃었지요. 슬픈 얘기니까 더 묻지 말아주세요. 난리 통에, 굶주림에, 사기에. 그래도 운좋게 또다른 남자를 만났답니다. 착한 남자였어요. 바닷사람이었지요. 서양에 끌려서 물 넘고 산 넘어 떠났지요. 두번째로 과부 신세가 됐다우. 당최 남자들은 오래 버티지를 못해요. 여기 계신 분들은 제외하고요. 남자란 참고 견디게 돼먹지를 않았다니까요. 내 삶에서 남자는 신발 같은 거였답니다. 신발이 두 켤레 있었는데 다 낡아 못쓰게 된 셈이지요. 그다음부터는 내가 맨발로 다녔을 거라고들 생각하겠지요. 하지만 난 남자들한테 뭔가 좀 손써달라고 부탁한 적이 없다우. 절대 그런 부탁 하지 않았어요. 항상 내가 알고 있는 것으로 원하는 걸 얻었지요. 그래, 바로 감자 마술이라우. 먹을 거든, 아이든, 여행 서류든, 일이든. 항상 내 적들은 망했고 나는 눈부신 승리를 거두었어요. 감자가 얼마나 막강한지, 못할 게 아무것도 없다니까요. 요즘 들어서야 세월을 못 이기게 된 거지. 감자도 시간을 되돌릴 수는 없으니까. 우리 세상 돌아가는 거 다 알잖아요, 안 그래요? 어떻게 끝날지도 다 안다니까."

대사는 운전사에게 꽃을 들려 올려보내고 아래에서 인디아를 기다렸다. 새 운전사였다. 인디아는 냉정하고 주의 깊은 시선으로 그를 관찰했다. 그는 마흔 살쯤 되어 보였고 키가 컸으며, 아름답다고 말해도 좋을 만큼 미남자에, 아무도 따를 자 없는 막스 못지 않게 행동거지에 우아함이 배어 있었다. 그는 팽팽히 맨 줄타기 밧줄 위를 걷는 사람처럼 걸었다. 그의 얼굴에는 고통이 배어 있었고, 눈초리에 주름이 잡히도록 웃음을 지어도 실제로는 웃고 있지 않았다. 그는 전기 충격처럼 느껴질 정도로 전혀 예상치 못한 강렬한 눈빛으로 그녀를 응시했다. 대사는 제복을 고집하지 않았다. 그래서 운전사는 흰색 셔츠와 치노 바지를 입었다. 아름다운 이들이 애처롭게 무리를 지어 이 도시로 와서 고통을 받고, 굴욕을 겪고, 자신들의 아름다움을 러시아 루블이나 아르헨티나 페소처럼 평가절하하는 막강한 통화를 보고 급사로, 바의 호스티스로, 청소부로, 메이드로 일했다. 도시는 절벽이었고, 그들은 절벽 끝으로 우르르 달아나는 레밍 떼였다. 절벽 아래에는 망가진 인형들의 골짜기가 있었다.

운전사는 그녀에게서 시선을 거두고 바닥을 내려다보았다. 그리고 그녀의 질문에 더듬거리며 카슈미르가 고향이라고 대답했다. 그녀의 심장이 마구 뛰었다. 낙원에서 온 운전사라. 그의 머리카락은 산줄기를 흘러내리는 시냇물이었다. 굽이치는 강둑에는 수선화가 피어 있고, 단추를 풀어놓은 셔츠 사이로 삐져나온 우거진 초원에서는 작약이 자라났다. 그의 주변에서 스와르나이* 소리가 요란스레 울렸다. 아니, 이런 생각을 하다니 우습지도 않다. 그녀는 우스꽝스러운 사람도 아니고, 결코 환상 따위에 빠져들지도

---

* 카슈미르 민속음악.

않을 것이다. 세상은 현실이다. 지금 있는 모습 그대로이다. 그녀는 눈을 감았다 다시 떴다. 눈앞에 바로 그 증거가 있었다. 정상이 승리하는 법이다. 아름다움을 빼앗긴 운전사는 참을성 있게 엘리베이터 문을 잡고 기다렸다. 그녀는 감사의 뜻으로 그를 향해 살짝 고개를 기울였다. 주먹을 움켜쥔 그의 손이 떨리는 게 보였다. 문이 닫히고 엘리베이터가 내려갔다.

그의 이름, 그녀가 물었을 때 말해준 이름은 샬리마르였다. 그의 영어 실력은 시원치 않아서 거의 제구실을 못했다. 제구실을 못한다는 말이 무슨 뜻인지도 아마 이해하지 못할 것이다. 푸른 눈에 피부는 그녀보다도 밝고, 회색 머리카락은 예전엔 아름다웠을 것 같았다. 그가 살아온 이력을 알고 싶지는 않았다. 오늘은 아니었다. 다음번에 푸른색 콘택트렌즈를 낀 것인지, 머리는 본래 색인지, 자기 나름대로 스타일을 만든 것인지, 아니면 평생 남을 자기 방식대로 움직이게 만드는 법을 터득해온 아버지가 명령한 스타일인데 그것이 너무나 맘에 들어 스스로 생각해낸 것인 양 자연스럽게 받아들인 것인지 물어볼 기회가 있을 것이다. 죽은 그녀의 어머니도 카슈미르 출신이었다. 그녀가 그 여인에 대해 아는 것이라곤 그게 거의 전부였다(추측만 잔뜩 할 따름이었다). 그녀의 미국인 아버지는 한 번도 운전면허시험을 친 적이 없었지만, 차를 사는 건 좋아했다. 두어 주쯤 섹시한 젊은 미인이 차를 운전하기도 했는데, 주간 연속극에 출연하게 되자 떠나버렸다. 다른 운전사들도 잠깐씩 일하다 뮤직비디오에 댄서로 얼굴을 비추곤 했다. 적어도 여자 한 명과 남자 한 명, 그 둘은 포르노 영화에서 성공을 거두었다. 늦은 밤 이곳저곳 호텔방에서 그들의 벌거벗은 모습을 보곤 했다. 그녀는 호텔방에서 포르노를 보았다. 집을 떠나 있을 때는 포르노를 보면 잠이 잘 왔다. 또 집에서도 포르노를 보았다.

카슈미르 출신인 샬리마르가 그녀를 아래층으로 안내했다. 그는 합법적인 신분일까? 서류를 다 갖추고 있을까? 운전면허증이나 있을까? 왜 그가 고용되었을까? 야밤에 호텔에서 구경해줄 만한 멋진 페니스라도 갖고 있을까? 아버지가 그녀에게 생일선물로 무엇을 받고 싶으냐고 물었다. 그녀는 운전사를 쳐다보면서, 바로 지금 이 엘리베이터 안에서 처음 만난 남자에게 단 몇 초 만에 포르노에나 나올 법한 질문을 던질 수 있는 그런 여자가 되고 싶다는 생각을 잠깐 했다. 한마디도 알아듣지 못할 걸 알면서도, 자기가 무엇에 맞장구를 치는지도 모르면서 고용인답게 맞장구치는 미소를 지을 것을 알면서도 이 아름다운 남자에게 지저분한 얘기를 할 수 있는 그런 여자. 말도 안 되는 개수작으로 받아들일까? 그녀는 그의 미소가 보고 싶었다. 그녀는 자기가 뭘 원하는지 몰랐다. 다큐멘터리 영화를 만들고 싶었다. 대사는 물어볼 필요도 없이 당연히 알고 있어야 했다. 그녀에게 윌셔 대로에서 타고 다니라고 코끼리를 갖다주든가, 스카이다이빙을 하러, 아니면 앙코르와트나 마추픽추나 카슈미르에 그녀를 데리고 가줘야 했다.

그녀는 스물네 살이었다. 꿈속이 아니라 현실 속에서 살고 싶었다. 아야톨라 호메이니*의 시체에 낚인 진짜 신봉자들, 그 악몽에 시달리는 자들은 한때 다른 곳에서 진짜 신봉자들이 그러했듯이 성 프란시스코 사비에르**의 시체를 뜯어먹었다. 한 조각은 마카오에서 먹어치우고, 다른 조각은 로마에서 해치웠다. 그녀는 그늘과 명암, 음영을 원했다. 표면 아래, 눈을 멀게 하는 눈부신 밝음 속에 숨은 부분을 보고 싶었다. 밝음의 처녀막을 뚫고 들어가 숨겨진 피투성이 진실에 닿고 싶었다. 숨기지 않은 것, 공공연히 드러난 것은 진실이 아니었다. 그녀는 어머니를 원했다. 아버지가 어머니에 대해 말해주기를, 어머니의 편지와 사진을 보여주기를, 사자(死者)로부터의 전갈을 전해주기를 바랐다. 잃어버린 이야기를 찾고 싶었다. 자기가 무엇을 원하는지 몰랐다. 점심식사를 하고 싶었다.

차는 눈이 휘둥그레질 만했다. 막스는 보통 덩치 크고 고전적인 영국 차를 선호했지만, 이 차는 전혀 달랐다. 그해 나온 영화에서 시간 여행을 할 때 타고 다녔던 차처럼 미래지향적인 모습의 박쥐 날개 모양 문이 달린 호화로운 은색 스포츠카였다. 기사 딸린 스포츠카라니, 거물에게 어울리지 않는 젠체하는 태도라는 생각에 그녀는 좀 실망했다.

"이 로켓선에 세 사람이 탈 자리는 없겠는데요." 그녀가 큰 소리로 말했다. 대사가 그녀의 손에 열쇠를 놓았다. 차는 허세를 부리며 기세 좋게 그 둘을 감쌌다. 잘생긴 운전사, 카슈미르 출신 샬리마르는 보도에 남아 사이드미러 속에서 눈빛을 칼처럼 빛내며

---

* 이란 혁명의 최고 지도자.
** 에스파냐의 예수회 선교사.

벌레만 한 크기로 작아졌다. 그는 붕어, 메뚜기였다. 감자 마녀 올가 볼가가 그의 곁에 서 있었다. 점점 작아지는 그들의 몸이 숫자처럼 보였다. 둘이 같이 있으니 숫자 10이 되었다.

그녀는 엘리베이터에서 운전사가 자기를 만지고 싶어한다는 느낌을 받았다. 그의 눈물 어린 갈망을 느낄 수 있었다. 혼란스러웠다. 아니, 혼란스럽지 않았다. 혼란스럽다는 것은 그 욕망이 강렬한 성적 욕망으로는 느껴지지 않았다는 뜻이다. 그녀는 자신이 추상적인 개념으로 변형되는 느낌을 받았다. 마치 그가 자기 손을 그녀에게 갖다댐으로써 슬픈 기억과 잊힌 사건으로 가득 찬 미지의 차원을 건너 다른 누군가에게 닿으려 하는 듯한. 마치 그녀는 어떤 대표, 기호에 불과한 것 같은 느낌. 그녀는 운전사에게 당신이 나를 만지고자 할 때 정말로 만지고 싶은 사람은 누구냐고 물어볼 수 있는 그런 여자이고 싶었다. 나를 만지고픈 충동을 누를 때, 당신이 만지지 못하는 상대는 누구인가요? 나를 만져봐요. 그녀는 뭐가 뭔지도 모르고 미소 짓는 그의 얼굴에 대고 이렇게 말하고 싶었다. 내가 당신의 파이프, 당신의 수정 구슬이 되어줄게요. 엘리베이터에서 섹스를 하고, 아무 일도 없었던 것처럼 입 다물어줄 수도 있어요. 엘리베이터처럼 한 곳과 다른 곳 사이에 있는 장소, 그 사이를 넘어가는 공간에서 섹스하는 거예요. 차에서 해도 좋고. 전통적으로 이동 공간은 섹스와 연관이 있었지요. 당신은 나를 가질 때 그녀를 갖는 거예요. 그녀가 누구든, 난 알고 싶지 않아요. 난 여기에 존재하지도 않을 거예요. 그저 하나의 통로, 매개가 될 뿐이죠. 그리고 나서는 잊어버려요. 당신은 우리 아버지의 고용인이잖아요. 틀림없이 버터 없이도 〈파리에서의 마지막 탱고〉 비슷한 것이 되겠지요. 그녀는 갈망하는 남자에게 아무말도 하지 않았다. 어쨌거나 그는 무슨 말인지 이해하지 못했을 것이다. 하지만 실제로 그녀는 그의 의사소통 능력이 어느 정도 수준인지도 몰랐다. 왜 자기가 이런 상상을 하고 있는지, 왜 이런 부질없는 생각을 하는 건지 우스꽝스러웠다. 그녀는 엘리베이터에서 내려 머리를 늘어뜨린 채 밖으로 나갔다.

이날이 그녀가 아버지와 함께 보내는 마지막 날이었다. 다음번에 아버지를 만날 때는 상황이 전혀 다를 것이다. 이번이 마지막이었다.

"네 거다, 이 차. 이런 차를 보면 아무리 청교도라 해도 탐내지 않고는 못 배길 거다." 그녀는 시공간이 버터 같다고 생각했다. 빨리 달리면 이 차는 따뜻하게 데운 나이프처럼 시공간을 가른다. 그녀는 차를 원치 않았다. 자기가 느끼는 것보다 더 많이 느끼고 싶었다. 누군가 자신을 흔들고, 자기 얼굴에 대고 고함을 치고, 자기를 후려쳐주기를 바랐다. 마치 트로이가 함락되기라도 한 듯, 그녀는 이미 무감각해졌다. 그러나 부족한 것은 아무것도 없었다. 그녀는 스물네 살이었다. 그녀와 결혼하고 싶어하는 남자가 있고, 결혼을 원하지 않는 남자도, 결혼까지는 원하지 않는 남자도 있다. 그녀는 첫번째 다큐멘터리 영화를 찍을 주제가 있고, 촬영을 시작할 돈도 넉넉했다. 그리고 드로리언*을 타고 협곡을 날고 있

---

* DMC 사에서 나온 차. 영화 〈백 투 더 퓨처〉에도 나왔다.

는 지금, 그녀의 아버지가 곁에 있었다. 무언가의 첫번째 날이었다. 그 밖에 무언가의 마지막 날이었다.

그들은 높은 협곡의 오두막에서 벽에 줄지어 걸린 뿔 달린 사슴 머리들이 굽어보는 가운데 달게 식사를 했다. 부녀는 먹성이 좋고, 신진대사율이 높고, 고기를 즐기면서도 늘씬하고 멋진 몸매를 가졌다는 점에서 똑같았다. 그녀는 자신을 쳐다보는 죽은 수사슴들의 머리에 반항하는 뜻으로 사슴 고기를 골랐다.

"오 짐승이여, 네 엉덩잇살을 먹노라."

그녀는 아버지를 웃기려고 큰 소리로 이러한 기원을 올렸다. 아버지도 사슴 고기를 골랐지만, 사슴들의 부재하는 육체에 의미를 부여하려는 경의의 표시라고 했다. "우리가 먹는 이 살은 진짜 저 사슴의 살은 아니고, 저것과 같은 다른 사슴의 살이란다. 그러니까 그 살을 통해 저 사슴들의 잃어버린 형태를 불러내고 숭배할 수 있지." 그것 말고도 대체물은 많지요. 그녀는 생각했다. 엘리베이터에서는 내 몸이 그랬고, 지금은 내 접시 위에 놓인 이 고기가 그렇네요.

"아빠 운전사 좀 이상하던걸요. 저를 마치 다른 사람 보듯 쳐다봐요. 그 사람 신원은 확실해요? 다 확인해보셨어요? 샬리마르라, 이름이 뭐랄까, 라브레아 가에 있는 이국적인 댄서가 나오는 클럽 같이 들려요. 싸구려 해변 리조트 같기도 하고, 서커스단의 그네타기 곡예사 같기도 하고요. 아, 제발." 그녀는 아버지가 점잖게 뭔가 한마디 하려 하자 참지 못하고 손을 들어 올렸다. 들으나마나 "원예학에 대한 설명은 참아주렴"이라는 말일 것이다. 그녀는 다른 샬리마르, 녹음이 우거진 화단이 한 번도 본 적 없는 빛나는 호수로 이어지는 카슈미르의 훌륭한 무굴제국 정원을 그려보았다. 그 이름은 '기쁨의 거처'라는 뜻이었다. 그녀는 턱을 괴었다. "제 귀에는 아직도 초코바 이름처럼 들린단 말이에요. 또, 어쨌거나 이름 얘기가 나와서 말인데, 제 이름 너무 부담스러워 죽겠어요. 아빠한테 진짜 하고 싶었던 말은 이거였다고요. 아빠 때문에 이런 외국의 나라 이름을 어깨에 짊어지고 돌아다녀야 하잖아요. 달콤한 향기가 풍길 것 같은 다른 이름이었으면 좋겠어요. 아빠 이름을 써도 좋을 것 같고요." 그녀는 아버지가 미처 대답할 틈도 주지 않고 이름을 정해버렸다. "맥스, 맥신, 맥시. 딱 좋은데. 이제부터 저를 맥시라고 불러주세요."

그는 못마땅하다는 듯 고개를 가로젓고는 고기를 먹었다. 그는 그것이 한 번도 가져보지 못한 아들을 더이상 애도하지 말아달라고, 그가 어딜 가나 늘 휘감고 다니는 그 구식 슬픔을 그만 포기해달라고 그녀가 나름대로 애원하는 방식임을 알지 못했다. 그녀는 그런 아버지의 태도에 상처받고 모욕감을 느꼈다. 어째서 아버지는 태어나지도 않은 아들을 어깨가 휘도록 지고 다니면서, 그가 어깨 위에 앉아 아버지의 실패를 비웃도록 내버려두는 것일까? 아버지에 대한 애정으로 가득 찬 그녀가 바로 앞에 서 있는데, 어째서 그런 악의적인 인큐버스가 자신을 괴롭히게 놔두는 것일까? 그녀야말로 아버지를 쏙 빼다 박지 않았는가? 존재하지도 않는 아들 따위보다 더 훌륭하고 가치 있지 않은가? 그녀의 피부색과 초록색 눈동자는 어머니의 것일지 모르고, 물론 가슴이 있긴 하지만 그것만 제외하면 거의 모든 것이 대사에게서 물려받은 유산이라고 그녀는 스스로에게 속삭였다. 그녀가 말을 할 때에도 다른 유전적 성질이나 정체 모를 억양은 들을 수 없었다. 들리는 것이라곤 오로지 아버지의 목소리, 그 고저장단뿐이었다. 거울을 볼 때면 자기 모습은 미지의 그림자 속으로 사라지고 막스의 얼굴, 체형, 나른한 우아함이 배인 행동거지와 몸매만 보였다. 그녀의 침실 한쪽 벽은 거울이 달린 슬라이딩 옷장이 온통 차지하고 있었다. 침대에 누워 자신의 벗은 몸에 감탄하면서 이리저리 뒤집어보고 인상적인 포즈를 취해보기도 할 때면, 아버지가 만약 여자였다면 바로 이런 몸을 가졌으리라는 생각에 자못 흥분하곤 했다. 이 단단한 턱선, 이 길게 죽 뻗은 목이라니. 그녀는 키가 컸고, 그 키 역시 상대적으로 상체가 짧고 다리가 긴 아버지의 체형 비례를 물려받은 것이었다. 그녀는 척추측만증으로 몸이 약간 앞으로 굽어 매 같은 포식 동물의 분위기를 풍겼다. 이 또한 아버지에게서 물려받았다.

아버지가 죽은 뒤에도 그녀는 거울 속에서 아버지의 모습을 보았다. 그녀는 아버지의 유령이었다.

그녀는 이름에 관해 다시는 거론하지 않았다. 대사는 특별히 이번 한 번은 봐주기로 하고 이런 당혹스러운 행동을 잊어주겠으며, 그럼으로써 오줌 싼 아기나 시험에 합격한 뒤 고주망태가 되어 집으로 돌아와 한바탕 토악질을 한 십대를 용서하듯 용서해주겠다는 뜻을 그녀에게 무언으로 전달한 셈이었다. 이러한 용서는 짜증스러웠지만, 그녀는 그냥 넘어가기로 했다. 그녀는 하는 짓도 아버지를 빼닮았다. 문제가 되거나 성질을 긁을 만한 일은 절대 입에 올리지 않았다. 아버지 때문에 자기 내력을 모르고 지냈던 영국에서의 어린 시절이라든가, 자기 생모가 아니었던 여자, 즉 추문이 터지자 자신을 키워준 말없는 여자, 그리고 입에 올리지 못하도록 금지된 생모에 대해서는 말하지 않았다.

그들은 점심식사를 마치고 잠시 하늘을 가로지르는 신들처럼 산을 걸었다. 굳이 대화를 나누지 않아도 좋았다. 세상이 말하고 있었다. 그녀는 그가 늘그막에 얻은 늦둥이였다. 그는 거의 팔십에 가까웠다. 이 사악한 세기보다 십 년 젊었다. 그녀는 노쇠의 징후를 전혀 드러내지 않는 그의 걸음걸이에 감탄을 금치 못했다. 그는 망나니가 될 수도 있었다. 사실 망나니였던 적이 더 많았다. 하지만 그는 초월에의 의지, 등산가들이 8천 미터 봉우리를 산소 없이 오르게 하고, 수도승들이 믿을 수 없을 만큼 오랜 기간 가사 상태에 있을 수 있게 하는 그런 내적 힘을 지녔고, 또 그런 힘에 사로잡혀 있었다. 그는 한창때인 사람처럼 걸었다. 말하자면 오십 대 정도인. 지금 죽음이 벌 떼처럼 성가시게 주변에서 윙윙대고 있다 해도, 시간이 멈춘 듯한 이런 육체적 무용(武勇)은 틀림없이 그 침을 뽑아버릴 것이다. 그는 쉰일곱에 그녀를 얻었다. 지금 그는 마치 그때보다 더 젊은 듯이 걸었다. 그녀는 그런 의지력 때문에 그를 사랑했고, 자기 안에도 그 의지가 몸을 칼집 삼아 칼처럼 숨어 기다리는 것을 느꼈다. 그녀의 기억 속에서 그는 언제나 망나니였다. 애당초 아버지가 될 만한 인물이 아니었다. 그는 황금가지를 지키는 고위 사제였다. 마법에 걸린 관목숲에 살면서 숭배를 받다, 마침내 자신의 후계자에게 암살당한. 그러나 그 역시 사제가 되기 위해 자신의 전임자를 살해해야만 했다. 어쩌면 그녀도 망나니일지 모른다. 그녀 역시 살인을 해야 할지 모른다.

인디아의 어린 시절, 그가 침대 옆에 앉아 들려준 그런 예측할 수 없는 내용의 동화는 엄밀히 말하자면 동화가 아니었다. 전쟁 철학자 손자(孫子)가 자손에게 들려줬을 법한 설교였다. 언젠가 막스가 졸려하는 아이에게 이런 이야기를 들려주었다. "권력의 궁전은 무수히 많은 방들이 거미줄처럼 연결되어 있는 미궁이란다." 그녀는 그 궁전을 상상해보고 그 안으로 들어가는 모습을 그리며 비몽사몽간에 대답했다. "창문이 없어요." 막스가 말했다. "그리고 문도 보이지 않는단다. 네가 맨 처음 할 일은 그 안으로 들어가는 방법을 찾는 거야. 그 수수께끼를 풀고 탄원자로서 권력의 첫 번째 대기실로 들어가면, 너를 쫓아내려 하는 자칼 머리를 한 남자와 마주치게 된단다. 네가 나가지 않고 버티면, 그는 너를 집어 삼키려 들 거다. 네가 교묘히 그를 따돌리고 두번째 방으로 들어가면, 이번에는 미친개 머리를 한 남자가 지키고 있을 거다. 그다음 방에는 굶주린 곰 머리를 한 남자가 있을 거고. 그런 식으로 방이 쭉 이어진단다. 끝에서 두번째 방까지 가면, 여우 머리를 한 남자가 있을 거야. 이자는 진짜 권력자가 앉아 있는 마지막 방으로 들어가지 못하게 어떻게든 너를 막으려 할 거다. 네가 벌써 그 방에 다다랐고, 자기가 바로 그 인물이라고 너를 속이려 들겠지. 그 여우 인간의 계략을 꿰뚫어 보고 그 방을 통과하면, 마침내 너는 권력의 방에 들어가게 된단다. 권력의 방은 딱히 특별할 게 하나도 없단다. 권력자는 텅 빈 책상 앞에 앉아 너를 마주 보고 있을 거다. 그는 왜소하고 보잘것없는 인물처럼 보이고, 겁에 질려 있지. 네가 모든 방어막을 뚫고 왔으니, 이제 네가 진정으로 원하는 것을 내놓아야 하니까 말이다. 그게 규칙이거든. 하지만 돌아 나오는 길에는 여우 인간, 곰 인간, 개 인간, 자칼 인간이 없단다. 대신 방마다 날아다니는 반인반수 괴물들이 우글대지. 새 머리를 한 날개 달린 인간들, 독수리 인간과 매 인간이란다. 그들은 너를 홱 덮쳐서 네 보물을 찢어발길 거야. 다들 발톱으로 보물을 한 조각씩 뜯어서 움켜쥐고 가는 거지. 네가 권력의 궁전에서 보물을 얼마나 갖고 나올 수 있을까? 너는 그들을 후려치고, 몸을 방패 삼아 보물을 지키지. 그들은 네 등을 희다 못해 파르스름하게 빛나는 발톱으로 할퀴고. 너는 가까스로 빠져나와 밝은 빛에 눈을 가늘게 뜨고 갈기갈기 찢겨 얼마 남지 않은 나머지를 움켜쥔 채, 미심쩍은 눈길로 노려보는 군중—아, 질투심만 많고 무능한 군중!—을 설득해야만 해. 네가 원하던 것을 전부 가지고 돌아왔노라고 말이야. 그러지 못하면, 너는 영원히 패배자로 낙인찍힐 테니까."

"권력의 본질은 바로 이런 것이란다." 그는 잠 속으로 미끄러져 들어가는 딸에게 말했다. "그리고 이런 것이 권력이 던지는 질문이지. 그 방에 들어가기로 한 남자는 목숨을 부지한 채 탈출하는 데 성공했어. 어쨌든, 권력의 질문에 대한 답은," 그는 뒤늦게 생각난 것을 덧붙였다. "이거란다. 그런 미궁에 탄원자로 들어가지는 말라는 것. 고기와 칼을 가지고 가야 해. 첫번째 수호자에게는 그가 애타게 바라는 고기를 줘야지. 그는 항상 굶주려 있으니까.

그가 게걸스레 고기를 먹는 동안 그의 목을 베는 거다. 팟! 그다음에는 벤 머리를 다음 방에 있는 수호자에게 주고, 그가 머리에 달려들어 뜯어먹기 시작하면 그의 목을 베는 거지. 팟! 등등. 하지만 권력자가 네 요구를 들어주겠다고 하면, 그의 목을 베어서는 안 된단다. 절대로 안 돼! 지배자를 참수하는 것은 극단적인 조치거든. 그렇게까지 해야 하는 경우란 거의 없고, 절대로 권할 만한 행동도 아니란다. 나쁜 선례를 남기게 되니까. 목을 베는 대신, 네가 원하는 것은 물론이고 고기 한 자루도 내놓으라고 해야 해. 신선한 고기로 새 인간들을 최후의 심판으로 유인할 수 있지. 그들의 목을 베는 거야! 삭삭! 네가 자유의 몸이 될 때까지. 자유는 다과회가 아니란다, 인디아. 자유는 전쟁이야."

그 꿈은 어린 시절 그녀에게 나타나던 것처럼, 지금도 전투와 승리의 환영으로 나타났다. 그녀는 잠 속에서 이리저리 몸을 뒤척이며 그가 그녀 안에 심어둔 전쟁과 싸웠다. 이것이 바로 그녀가 믿어 의심치 않는 유산이었다. 그녀의 전사로서의 미래, 그의 육체와 같은 육체, 그의 정신과 같은 정신, 그의 혼과 같은 엑스칼리버의 혼, 돌에서 뽑아낸 칼. 그는 정말로 그녀에게 현금이나 물건 형태로는 아무것도 남겨주지 않을 수 있는 사람이었다. 이런 상속권 박탈이야말로 자기가 그녀에게 주어야 하는 최후의 가치 있는 것이라고, 그가 가르쳐주어야 하고 그녀가 배워야 하는 마지막 것이라고 주장하고도 남을 사람이었다. 그녀는 죽음에 대한 생각을 좇으며 푸른 언덕 너머로 늦은 오후의 오렌지빛 하늘이 께느른하게 따스하고 굼뜬 바다로 녹아드는 모습을 바라보았다. 시원한 산들바람에 머리카락이 날렸다. 1769년, 저기 어디쯤에선가 프란체스코 수도회 수사 프라이 후안 크레스피가 샘을 발견하여 샌타모니카라는 이름을 붙였다. 그 샘이 성 아우구스티누스의 어머니가 아들이 기독교 교회를 버렸을 때 흘렸다는 눈물을 연상시켰기 때문이다. 아우구스티누스는 물론 나중에 교회로 다시 돌아왔지만, 캘리포니아에는 성 모니카의 눈물이 아직도 흐르고 있다. 인디아는 종교를 경멸했다. 이는 그녀가 인디아가 아니라는 수많은 증거 가운데 하나였다. 종교는 어리석은 짓이지만, 종교에 관한 이야기에는 마음이 움직였기 때문에 그녀는 혼란을 느꼈다. 죽은 그녀의 어머니도 그녀가 신을 믿지 않는다는 말을 들으면 성녀처럼 그녀를 위해 눈물을 흘릴까?

마다가스카르에서는 주기적으로 사자들을 무덤에서 끌어내 밤새 함께 춤을 추었다. 오스트레일리아와 일본에서는 죽은 자를 숭배하고 신성시했다. 어디를 가나 후손들이 연구하고 기억하는 사자가 몇 명씩 있다. 이렇게 세상의 기억 속에 살아 있는 자들은 죽은 자들 중에서도 가장 훌륭한 자이고, 그 수도 극히 적다. 덜 유명할수록 자신을 사랑했던(혹은 미워했던) 몇몇 이의 가슴속에 살아 있는 것으로 만족해야 한다. 기억해주는 이가 단 한 명밖에 없을 수도 있다. 그 경계 안에서 그들은 웃고 수다 떨고 사랑을 나누고 이런저런 행동을 하고 히치콕 영화를 보러 가고 스페인에서 휴가를 보내고 민망한 드레스를 입고 정원 손질을 즐기고 논쟁적인 의견을 내놓고 용서할 수 없는 죄를 저지르고 아이들에게 목숨보다 더 사랑한다고 말해준다. 그러나 인디아 어머니의 죽음은 최악이자 죽음 중에서도 가장 절대적인 것이었다. 대사는 인디아 어머니에 대한 기억을 침묵의 피라미드 밑에 매장했다. 인디아는 어머니의 일을 물어보고 싶었다. 아버지를 만날 때마다, 아버지와 함께 보내는 매 순간마다 묻고 싶어 죽을 지경이었다. 그 욕구는 그녀의 뱃속에 든 창처럼 느껴졌다. 그러나 그녀는 결코 그 질문을 꺼내지 않았다. 그녀의 어머니, 골백번 죽은 여자는 대사의 침묵 속에서 잊혔고, 삭제되었다. 이것은 완전한 죽음, 그의 이집트식 침묵의 매장실에 그녀의 공예품과 단점을 비롯해 단 얼마라도 그녀에게 불멸을 허용할지 모를 것이라면 전부 다 네 벽 안에 가두어 넣은 죽음이었다. 인디아는 이렇게까지 철저하게 어머니의 존재를 거부한 아버지를 미워해야 마땅했다. 하지만 그런다면 달리 사랑할 사람이 아무도 없게 될 것이다.

그들은 아름다우면서도 탁한 대기를 통해 태평양으로 지는 해를 바라보았다. 대사가 들릴락 말락 나지막이 시구를 웅얼웅얼 읊조렸다. 그는 거의 한평생을 미국인으로 살아왔지만, 아직도 프랑스 시에서 양식을 구했다.

"Homme libre, toujours tu chériras la mer! La mer est ton miroir……" 그는 딸의 생명을 구해주고 나서, 딸의 독서를 지도했다. 그가 무엇을 알려주고 싶어했는지, 이제는 그녀도 알고 있었다. 그녀도 알았다. 오 자유로운 인간이여, 그대는 언제나 바다를 사랑하리니. 바다는 그대의 거울이어라. 그대는 파도가 끝없이 밀려올 때 그 파도 속에서 그대의 영혼을 묵상하노라. 그러니까 그 역시 죽음에 대해 생각하고 있었던 것이다. 그녀는 보들레르의 시에 보들레르로 답했다. "Le ciel est triste et beau comme un grand reposoir; Le soleil s'est noyé dans son sang qui se fige." 이어서 "Le soleil s'est noyé dans son sang qui se fige…… Ton souvenir en moi luit comme un ostensoir!" 하늘은 거대한, 거대한 제단처럼 슬프고 아름답다. 태양은 응고한 자신의 핏속에서 익사했다. 너의 기억은 내 안에서, 젠장, ostensoir처럼 빛난다. 아, 맞다. 성체안치기(聖體安置器). 또 종교적 이미저리로군. 이제는 정말 새로운 표현을 만들어낼 필요가 있다니까. 신 없는 세상을 위한 표현들. 반(反)종교의 언어가 성스러운 것들을 따라잡을 때까지, 무신앙의 시와 도상이 충분히 넘칠 때까지 이 신성한 메아리는 절대 희미해지지 않을 것이고, 문제적 힘을 유지할 것이고, 그녀에게까지 영향을 계속 미칠 것이다.

그녀는 다시 영어로 말했다. "너의 기억은 내 안에서 빛난다."

"집에 가자꾸나." 그가 웅얼거리며 그녀의 뺨에 입을 맞추었다. "날이 쌀쌀해지는구나. 무리하지 말아야지. 이제 나도 늙은이니까 말이다."

그가 자신의 노쇠를 인정하는 말을 한 것은 처음이었다. 또한 시간의 힘을 인정한 것도 그녀는 처음 겪는 일이었다. 그는 그럴 만한 이유가 전혀 없을 때 왜 자연스럽게 그녀에게 키스했을까. 그것 역시 천박한 차를 선물한 것처럼 나약함, 판단 착오를 나타내는 징후였다. 문득문득 통제력을 상실한다는 신호. 그들은 형식적인 것을 제외하고는 서로에게 애정을 보여주는 습관을 예전에 버렸다. 이제는 이렇게 사무라이처럼 금욕적인 태도로 서로에게 사랑의 증거를 주었다.

"내 시대는 다해가고 있단다." 대사가 말했다. "아무것도 남지 않을 게야." 그는 점점 더 빨리 다가오는 냉전의 종말, 불안정한 소련의 붕괴를 예언했다. 그는 베를린 장벽이 무너질 것이고, 독일의 재통합을 막을 수 없을 것이며, 그것이 어느 날 갑자기 일어나리라는 것을 알았다. 그는 오시*들이 트라반트**를 타고 의기양양하게 서유럽을 침공하리라는 것도 예견했다. 차우셰스쿠***의 무솔리니식 종말, 바츨라프 하벨과 아르파드 괸츠와 같은 작가들의 비극적인 대통령직 수행도 역시 예견했다. 하지만 그는 다른 것들, 그보다 덜 구미에 맞는 가능성들에 대해서는 마음을 닫았다. 그는 자신도 힘을 보태 세웠던 세계 체제, 영향력과 돈, 권력의 통로, 다국적 단체, 조약을 맺은 조직, 공동 협력 틀과 냉전으로 바뀐 열전에 대응하고자 만들어졌던 법이 자신이 내다볼 수 있는 한계 너머의 미래에까지도 여전히 제 기능을 다할 것이라고 애써 믿었다. 그녀는 자기 시대의 종말은 행복하게 이루어질 것이며, 그 이후에 올 새로운 세계는 자신과 함께 죽어갈 시대보다 더 나을 것이라고 필사적으로 믿으려 하는 그의 모습을 보았다. 소련의 위협으로부터 자유로워진 유럽과 영원히 전투 기지로 남아야

---

* 서독인이 구 동독인을 경멸적으로 부르는 말. '게으르고 불평만 늘어놓는 동독 놈'이라는 뜻이 숨어 있다.

** 통일 이전 동독에서 생산되던 자동차. 장벽 붕괴 당시 동독인이 이 차를 타고 서독으로 넘어와 유명해졌다.

*** 루마니아의 전 대통령. 대량 학살 죄목으로 처형당했다.

할 필요로부터 자유로워진 미국은 우정으로 가득 찬 새로운 세계, 벽이 없는 세계, 무한한 가능성으로 가득 찬 신세계를 건설할 것이다. 인도, 브라질, 새롭게 문호를 연 중국의 신생 경제는 세계의 새로운 동력원이 되어, 그가 국제주의자로서 항상 반대해왔던 미국의 헤게모니를 견제할 평형추 역할을 할 것이다. 인디아는 그가 유토피아적인 오류, 인간이 완전해질 수 있다는 신화에 굴복하는 모습을 보면서 그가 살날이 얼마 남지 않았음을 알았다. 그는 마치 발밑에 더는 줄이 없는데도 계속 균형을 잡으려 애쓰는 줄타기 곡예사처럼 보였다.

지구의 인력이 갑자기 확 커진 듯, 거부할 수 없는 것들의 무게가 그녀를 짓눌렀다. 그녀가 어렸을 때 그들은 자주 스킨십을 했다. 그는 그녀의 손이든 뺨이든 등이든, 어디에든 자기 입술을 갖다대고 거기에서 새를 찾아내 말하게 했다. 그의 입이 누르면 마술이라도 부린 듯 그녀의 피부에서 새의 노래가 축하하듯 터져나왔다. 그녀는 여덟 살이 될 때까지 에베레스트를 오르듯 그의 몸을 기어오르곤 했다. 그리고 그의 무릎 위에서 히말라야 이야기, 거대한 판게아 이야기, 인도가 곤드와나대륙*에서 떨어져나와 로라시아** 쪽으로 태곳적 대양을 가로질러 움직이던 때의 이야기를 들었다. 그녀는 눈을 감고 거대한 충돌, 어마어마한 산들이 하늘을 찌를 듯이 솟아오르는 모습을 보았다. 그는 시간에 대해, 지

---

* 남반구의 대륙인 남아메리카, 아프리카, 인도, 오스트레일리아, 남극이 전에는 하나였다는 가설상의 대륙.
** 북아메리카, 유럽, 아시아를 포함한 북반구의 가설상의 대륙.

구의 느린 움직임에 대해 가르쳐주었다. 아직도 충돌이 일어나고 있단다. 그래서 그가 히말라야라면, 그 역시 거대한 힘의 충돌로 인해, 세계의 부딪침으로 인해 이 세상에 나왔다면, 그 역시 아직도 변화하고 있는 것이다. 그에게도 여전히 충돌이 일어나고 있었다. 그는 그녀의 아버지 산이었고, 그녀는 그의 등반가였다. 그는 그녀가 자기 손을 잡고 그를 타고 올라가 그의 어깨에 목말을 타도록 끌어 올려주었다. 어느 날 그가 이제부터는 하지 말라고 말했다. 그녀는 울고 싶었지만 꾹 참았다. 어린 시절이 끝난 건가? 바로 그거였다. 그때 끝났다. 그녀는 어린애 같은 짓은 다 집어치우기로 했다.

집으로 가는 고속도로는 웬일인지 텅 비어 있었다. 마치 온 세상이 끝난 것 같았다. 그들이 아스팔트 위를 붕 떠서 달리는 동안, 대사는 다시 달변을 늘어놓기 시작했다. 그의 입에서 붐비는 차량처럼 쏟아져나온 말들이 차가 없는 빈 공간을 대신 메우는 듯했다. 막스 오퓔스는 언제라도 맘만 먹으면 입심 좋게 떠들 수 있었지만, 그것은 그의 수많은 위장 전술 중 하나에 불과했다. 그가 가릴 것 없이 활짝 열어놓은 듯 보일 때만큼 자신을 가장 잘 숨기는 때는 없었다. 그는 거의 한평생을 굴 파는 사람, 비밀로 가득 찬 인물로 살았고, 자기 비밀은 숨기면서 남의 비밀은 캐내는 것을 직업으로 삼았다. 우연이든 아니든 말을 할 때 패러독스를 써먹는 것이 오랫동안 선호해온 위장술이기도 했다. 텅 빈 고속도로를 얼마나 거침없이 날쌔게 달렸는지, 오른편에는 바다를, 왼편에는 불빛이 반짝이기 시작한 도시를 끼고 그대로 멈춰 있는 것만 같았다. 막스는 아마추어처럼 자신에 대해 이미 너무 많은 이야기를 했고 너무 많은 것을 보여주었기 때문에, 이제 화제를 도시로 바꾸기로 했다. 그는 흔히 이 도시의 최대 단점이라고들 하는 특징을 꼭 집어내 칭찬했다. 이 도시에 중심부가 없다는 사실을 엄청나게 추어올렸다. 그가 보기에 중심이라는 개념은 시대에 뒤떨어지고, 소수 독재정치를 연상시키는 오만방자한 시대착오다. 이런 것을 믿는 자는 삶의 대부분을 주변부에 넘기고 자신은 사회에서 소외된다. 이는 가치를 떨어뜨리는 짓이다. 이 등뼈 없는 거대한 물방울이 중심 없이 사방팔방으로 뻗어나간 듯한 도시, 콘크리트와 불빛으로 이루어진 이 해파리야말로 미래의 진정한 민주적 도시이다. 인디아가 텅 빈 고속도로를 달리는 동안, 아버지는 도시의 기괴한 해부 구조를 찬양했다. 이처럼 경직되고 계속 이어지는 무수한 동맥들이 이 도시에 영양분을 공급해주고 있으나, 그 강력한 흐름을 추동할 심장은 필요치 않다. 도시가 변장한 사막이라는 사실을 생각하면 인간의 천재성, 지구를 자신들의 상상으로 가득 채우고 황무지에 물을 대고 쓸모없는 공간을 북적이게 만든 그 능력을 찬양하지 않을 수 없다. 사막이 정복자의 얼굴에다 복수를 하고, 그들을 말리고, 주름살을 깊이 새긴다는 사실은 의기양양해하는 인간에게 어떤 승리도 절대적이지 않으며, 지구인과 지구 사이에 벌어지는 투쟁은 어느 한쪽의 우위로 끝나는 법 없이 영원히 시소처럼 양쪽을 오갈 것이라는 유익한 교훈을 주었다. 무엇보다 이곳이 숨겨진 도시, 이방인의 도시라는 점이 그의 마음을 끌었다. 중국 황제들의 금지된 도시에서는 왕족만이 비의(秘意)적인 존재로 남을 수 있는 특권을 누린다. 하지만 이 휘황한 도시에 오는 사람은 누구나 자유롭게 비밀스러운 존재가 될 수 있다. 친근한 관계를 맺어야 한다는, 타인에게 자신을 드러내 보여야 한다는 현대인의 강박은 막스의 취향에 맞지 않았다. 개방된 도시는 유혹하듯 드러누워 갖가지 기교를 부리는 벌거벗은 창녀였다. 반면 이 베일을 드리운 까다로운 도시, 모호한 전략을 쓰는 관능적인 도시는 대도시 시민의 욕망을 자극하고 띄우는 법을 정확히 간파하고 있었다.

그녀는 이런 독백, 이런저런 주제에 관한 그의 푸가에 익숙했다. 또한 반쯤 유머를 섞어 비꼬는 그의 말버릇에도 익숙했다. 그러나 지금 그의 찬가는 경계를 넘어 그녀로부터 그림자 속으로 자신을 숨기려는 것처럼 들렸다. 그가 마음 내키는 대로 폭력을 휘두른다는 점에서 도시의 막강한 갱단을 칭찬하고, 거리에 곧 지워질 암호 같은 낙서를 그린다는 이유로 거리의 화가들을 높이 평가한다고 주장할 때, 그가 장대하다며 지진을 찬양하고 인간의 덧없음에 대한 책망이라며 산사태를 찬양할 때, 전혀 비꼬는 기색 없이 미국의 정크푸드를 추어올리고 다이어트콜라의 새로운 진부함에 대해 찬양의 목소리를 높일 때, 스트립 몰*을 네온 때문에 찬미하고 어디에나 있다는 이유로 연쇄점을 추어올릴 때, 농부들이 시장에 내놓은 보기에는 번드르르하지만 목화솜 맛이 나는 사과, 종이로 만든 바나나, 향이 없는 꽃 따위 농산물을 인류 역사에서 유

---

* 한 줄로 늘어선 가게 앞에 주차장이 일렬로 있는 쇼핑센터.

일하게 명백한 진실인 현실에 대해 환상이 필연적으로 거두게 되는 승리의 상징이라 부를 때, (비록 성적으로는 그렇지 않았지만) 공직 생활에서 고결함의 대명사였던 그가 대담무쌍하다며 부패한 지방 관리에게 은밀히 감탄하고 두번째로 타락한 지방 관리를 비열하게도 오랜 세월 교묘하게 죄를 저질러왔다며 냉소적으로 찬양할 때, 그때 비로소 인디아는 그가 딸 앞에서조차 영웅적으로 감춰왔던 그 노년의 영향으로 인해 쾌락을 즐길 힘을 잃었으며, 실패가 내면에서부터 그를 먹어치우고 분별력과 도덕적 판단력을 좀먹었다는 것을 알아챘다. 이런 식으로 사정이 계속 악화된다면, 종국에는 아무런 선택도 할 수 없게 되어 레스토랑의 메뉴조차 이해할 수 없는 수수께끼가 될 것이고, 아침에 침대에서 일어날지 이불 속에서 낮 시간을 보낼지 결정하는 일조차 못하게 될 것이다. 그리고 최후의 선택, 숨을 쉴지 말지를 선택하는 일이 그에게 걸림돌이 될 때, 그때 확실히 죽을 것이다.

"예전에는 아빠의 멋진 의견에 목말라했던 적도 있었어요." 인디아는 아버지의 입을 막으려고 이렇게 말했다. "하지만 이제 저도 그런 헛소리를 떠들고 다녀야 할 처지가 되고 보니, 더는 듣고 싶지 않네요."

그들이 그녀의 아파트로 돌아오니, 운전사가 여전히 이글이글 타오르는 눈빛으로 온종일 꼼짝도 하지 않았던 것처럼 그녀가 그를 마지막으로 보았던 바로 그 자리에 서서 기다리고 있었다. 그의 발밑에서 꽃들이 콘크리트 보도 틈새를 뚫고 피어났고, 그의 손과 옷은 피로 붉게 물들었다. 뭐지? 저게 뭐지? 그녀가 눈을 깜박이다 가늘게 뜨고 보니, 당연히 그건 아니었다. 꽃도 없었고, 그는 얼룩 하나 없는 상태로 성실한 고용인답게 끈기 있게 기다리고 있었다. 또한 그들이 없는 동안에도 그는 바빴다. 멀홀랜드 드라이브까지 가서 대사의 벤틀리를 가지고 왔던 것이다. 저기 있다. 왜 진작 저것을 보지 못했을까? 왜 그런 장면이 바로 떠올랐을까. 그런 환각의 저주는 어디에서 비롯되었을까? 올가 시메오노브나의 성질을 잘못 건드려 도깨비들이 지구를 돌아다니던 수백 년 전에 볼가 강 삼각주에서 태어난 감자 마법에라도 걸린 것일까? 하지만 그녀는 감자 마법 따위는 믿지 않았다. 너무 지친 탓이라고 생각했다. 한숨 푹 자고 나면 다 괜찮아질 것이다. 그녀는 스스로에게 수면제를 약속했다. 깨끗하고 정돈된 생활을 약속했다. 소란을 잠재우고 평안을 찾겠노라고 약속했다. 단조로운 일상을 재확인하는 것으로 만족하겠다고 약속했다.

"그건 그렇고 아빠는 무굴 정원사를 어디에서 찾으셨어요?" 그녀는 아버지에게 물었지만, 아버지는 듣고 있지 않는 듯했다. 그녀는 고집스레 말을 이었다. "샬리마르라니, 가짜 이름 같아요. 영어도 형편없고. 필기시험이나 통과했대요?"

대사는 그만두라는 듯 손을 흔들었다. "걱정은 접어두렴." 그렇게 넘어가려 하니 걱정이 안 될 수가 없었다. "생일 축하한다." 그는 그녀를 보내며 덧붙였다. "입맞춤을 보내마."

암살 사건 후, 인디아는 텔레비전에서 공산주의자들의 쿠데타 기도에서 살아남은 고르바초프가 모스크바에 착륙한 비행기에서 내리는 모습을 보았다. 비를 맞아 뭉개진 수채화처럼 그는 위기

앞에서 겁먹고 어정쩡하고 혼란스러운 듯 보였다. 누군가 공산당을 폐지할 생각이냐고 묻자 흠칫 놀라면서 당황해 어찌할 바를 모르는 모습에서 그녀는 그의 나약함을 보았다. 당은 고르바초프의 요람이고 인생이었다. 그런데 그에게 당을 폐지할 거냐고 묻다니? 천만에, 그는 떨면서 온몸으로 말했다. 내가 어떻게 그런 짓을, 난 못해. 그가 끈 떨어진 연이 된 순간, 역사는 그의 곁을 휑하니 스쳐 지나갔고 그는 영광스러운 시절에 건설했던 고속도로가에 서서 질주하는 차를 타고 그를 지나쳐 미래로 돌진하는 옐친 패거리를 멀거니 바라보는 파산한 히치하이커로 변했다. 권력의 궁전은 권력자에게도 반역의 장소가 될 수 있다. 결국은 권력자 역시 덮쳐드는 새 인간들을 뚫고 궁전에서 나갈 길을 찾아 싸워야 한다. 그가 빈손으로 나타나면 잔인한 군중은 비웃을 것이다. 그녀는 고르바초프가 약속의 땅에 들어갈 수 없었던 예언자 모세 같다고 생각했다. 그가 석양을 바라보던 아버지처럼 보이기 시작한 것도 그때부터였다.

막스가 살해된 후 날짜를 잊은 무수한 날들 가운데 언젠가 그녀는 또다른 모습의 그를 보았다. 남아프리카에서 한 남자가 세상의 시선으로부터 격리되어 평생을 보낸 감옥에서 걸어나왔다. 아무도 이 나사로가 어떻게 생겼는지 몰랐다. 신문에 실린 유일한 사진은 수십 년 전에 찍은 것이었다. 그 사진 속의 남자는 성난 황소 같달까, 마이크 타이슨을 닮은 건장한 모습이었다. 눈에서 불꽃이 타오르는 혁명가의 모습이었다. 그러나 지금 이 남자는 키가 크고 여윈 모습으로, 부드럽고 우아하게 걸었다. 스필버그 영화에 나오는 외계인처럼 길고 가느다란 실루엣이 클리그 라이트[*]를 등지고 자유를 향해 걸어오는 모습을 보았을 때, 그녀는 죽은 자들 속에서 일어난 아버지를 보았다고 생각했다. 감정이 북받쳐 가슴이 마구 뛰었다. 그러나 부활 따윈 없었다. 진짜가 아니었다. 그녀의 아버지가 아니었다. 카메라 렌즈에서 쏟아져나오던 눈부신 빛이 사라지자, 인디아는 미래의 알레고리, 아버지가 상상조차 하기 싫어했던 미래를 보고 있다는 것을 알았다. 만델라는 옆에 선 사악한 위니와 함께 선동가에서 평화운동가로 변모했다. 도덕과 악덕, 복받은 자와 타락한 자가 카메라 앞으로 손에 손을 잡고 애정에 넘친 모습으로 걸어나왔다.

⁂

막스 오퓔스는 수십억 달러대의 영화, 텔레비전, 음악 산업이 번성한 도시에 살면서도 영화관에 한 번도 가지 않았다. 텔레비전 드라마와 코미디도 질색했으며, 음향 시스템도 전혀 들여놓지 않았고, 이러한 일시적인 도착이 종말을 맞을 날도 머지않았다고 예언했다. 그는 이런 것을 추종하는 자들이 바로 눈앞에서 연속해서 펼쳐지는 라이브 공연의 비교할 수 없을 만큼 우월한 매력, 연기자의 육체적 존재감이 주는 감동적인 힘에 이끌려 곧 이를 버리게

---

[*] 등장인물이 입은 옷 따위에 고광을 투사하거나 질감을 돋보이게 하기 위해 사용하는 특수 조명의 일종.

될 거라고 예언했다. 이렇게 애수에 찬 순수주의자의 입장에 서 있었음에도 대사는 산꼭대기 길 위에 있는 자신의 상아탑에서 내려와, 시*에 나오는 양 떼에게 덤벼드는 늑대와 같았던 아시리아 왕처럼 야음을 틈타 도시의 최상급 호텔에 잡아둔 펜트하우스 스위트룸에 투숙했다. 내로라하는 수많은 여인이 입에 담지 못할 방식으로 그곳에서 즐겼다는 소문이 파다했다. 여인들이 왜 자기네가 나온 영화를 보지 않느냐고 묻자, 그는 영화를 보는 대신 그들의 라이브 연기가 주는 감동적인 힘을 경험하고 있다고 진지하게 답했다. 그들이 스크린에서 보여주는 그 어떤 연기도, 유명 호텔에서 지금 바로 이렇게 물 흐르듯 자연스럽게 펼치는 연기에는 비할 바가 못 된다고.

막스가 죽기 전날, 첫번째 나쁜 조짐이 인도 영화계 스타와의 말다툼으로 나타났다. 처음에 막스는 그을린 흙 같은 피부색에 몸을 빈틈없이 가리고 위대한 힌두교 성인의 발치로 걸어오는 사도처럼 기품 있는 자태를 지닌 이 소녀가 영화배우일 줄은 꿈에도 몰랐다. 그녀는 날마다 호텔 로비에서 그의 주변을 서성였고, 마침내 그는 그녀에게 무슨 용건이라도 있느냐고 물었다. 그러자 그녀는 열렬한 팬의 목소리로 나지막이 금성이 태양 주위를 도는 궤도로 끌려 들어가듯 그의 중력장 안으로 끌려 들어왔노라고 대답했다. 남은 평생 동안 정중히 거리를 두고 그의 주변을 서성이도록 허락만 해준다면 그 이상 아무것도 바라지 않겠다는 것이었다.

---

* 조지 고든 바이런의 「센나케리브의 파멸」.

자이납 아잠이라는 그녀의 이름은 그에게 아무런 의미도 없었지만, 그 나이에 선물로 받은 그렇게 멋진 말(馬)의 입만 들여다보고 말 생각은 없었다. 그의 스위트룸에서 첫 정사를 나눈 뒤, 그녀는 갑자기 그가 오래전 인도에서 대사를 지낸 일에 대해 상세한 지식과 무한한 존경심을 갖고 이야기했다. 그 시절에 그가 만들어낸 '인도는 이해할 수 있는 혼돈이다'라는 격언은 이제 책마다 인용되었고, 거의 일주일에 한 번꼴로 인도 유명 인사들이 이 말을 자랑스럽게 입에 올렸다. 그녀는 그가 대사들 중 러디어드 키플링이며, 모든 대사관의 외교관을 통틀어 진정으로 인도를 이해한 유일한 인물이라고 말했다. 그리고 자신은 그렇게 인도를 이해해준 데 대한 보상이라고 했다. 그녀는 아무것도 요구하지 않았다. 그의 선물마저 물리치고 거의 매일같이 접근할 수 없는 자기만의 세계로 사라졌다 다시 새치름하고 다소곳한 모습으로 되돌아오곤 했다. 그러다 마침내 옷을 벗으면 불꽃이 되었다. 그는 느리면서도 격렬하게 그녀를 불태웠다. 나 같은 늙은 퇴물을 어째서 상대해주는 거요? 그는 그녀의 미모에 자신을 비하하며 물었다. 그녀의 답은 너무나도 뻔한 거짓말이어서 눈 깜박할 새 그의 허영심을 다시 일으켜 세우고, 그의 귓가에 그 말을 있는 그대로의 진실로 겸허히 받아들여야 한다고 속삭였다.

"당신을 숭배하니까요." 그녀가 대답했다.

그녀는 그에게 죽은 지 스무 해도 넘은 한 여인을 떠올리게 했다. 그의 딸을 생각나게 했다. 그녀는 인디아보다 고작 두세 살 위, 마지막으로 보았을 때 인디아의 엄마보다 너덧 살 위 정도로

밖에는 보이지 않았다. 막스 오퓔스는 무의식중에 딸과 섹스 파트너가 만나서 친구가 되는 상상에 빠져들었지만, 강한 혐오감에 몸을 부르르 떨면서 그럴 가능성을 물리쳤다. 자이납 아잠은 그의 긴 생애에서 마지막 정부였고, 마치 자기 앞에 있었던 수많은 여자의 존재를 다 지워버리려는 듯 그와 섹스를 했다. 그녀는 자기 얘기는 한마디도 하지 않았고, 그가 물어보지 않는다고 불쾌해하는 것 같지도 않았다. 대사가 이상적이라고 생각한 이런 식의 관계는 훌륭하게 지속되었다. 마지막 날 전날 저녁, 막스가 공적 생활로 짧고 경솔한 복귀를 하기 전까지는.

암살 사건 다음 날 아무도 대답할 수 없었던 질문은, 왜 막스 오퓔스가 그렇게 긴 세월 동안 모든 것을 진부하고 공허하게 만드는 세간의 이목을 피해 자신을 감추고 살아왔으면서 갑자기 텔레비전에 나가 말년의 화려한 언어로 낙원의 파괴를 비난했느냐는 것이었다. 그는 평소 알고 지내던, 서부 해안 지역에서 가장 유명한 심야 토크쇼 진행자에게 전화를 걸어 되도록 빠른 시일 안에 자기를 프로그램에 출연시켜줄 수 있겠느냐고 물었다. 그 언론계 거물은 그 애길 듣고 놀란 한편 기쁘기도 했다. 오래전부터 이야기꾼으로서 막스의 전설적인 재능을 알고 있었기에 그를 자기 쇼에 출연시키고 싶었던 것이다. 이 저명한 텔레비전 관계자는 언젠가 말론 브란도의 집에서 막스 오퓔스의 기막힌 입담에 홀딱 반한 적이 있었다. 막스는 오슨 웰스가 주방을 통해 레스토랑을 드나들었고, 그가 간단한 야채샐러드 외에는 아무것도 주문하지 않아 일행이 놀라고 있을 동안 주방 직원들이 대기 중인 그의 리무진에 프로피

트롤*과 초콜릿 케이크 상자를 잔뜩 실었다는 이야기며, 채플린이 할리우드의 히스패닉계 사람들을 위해 열었던 크리스마스 만찬과, 그 만찬에서 초현실주의의 대표 인물이라 할 루이스 부뉴엘이 채플린의 크리스마스트리에서 엄숙한 태도로 장식을 모조리 떼어낸 이야기며, 자기 왕관의 보석을 지키는 남자의 분위기를 풍기며 샌타모니카에서 망명 생활을 하던 토마스 만을 방문한 이야기며, 윌리엄 포크너와 술로 밤을 지새운 이야기며, 삼류 시나리오 작가 팻 호비로 변신한 피츠제럴드 이야기며, 믿기진 않지만 소문에 의하면 워런 비티와 수전 손택이 어느 날인가 선셋 가와 오렌지 가의 인앤아웃 버거 간이식당 주차장에서 관계를 가졌다는 이야기며, 정말 끝이 없었다.

아마추어 지방 역사가인 대사가 로스앤젤레스 지하 터널에 산다는 수수께끼의 도마뱀 인간들에 대해 늘어놓기 시작했을 때, 토크쇼 진행자는 이 은둔한 사교계 거물을 텔레비전에 등장시킬 생각에 푹 빠져버렸다. 그는 일방적인 짝사랑과도 비슷한 마음으로 오랫동안 막스를 쫓아다녔다. 영화를 경멸하면서도 할리우드에서 일어난 일에 대해 모르는 게 없는 인물이라니 참 희한했다. 거기다 문제의 인물이 막스 오퓔스만큼 부유하다면─레지스탕스의 영웅, 철학계의 왕자, 억만장자에 정계의 막후 실력자, 세계를 만든 자, 막스!─그야말로 거부할 수 없는 매력적인 인물이 된다.

오후 늦게 녹화를 시작한 토크쇼는 유명 진행자가 계획했던 것

---

* 아이스크림 따위를 채운 패스트리.

과는 전혀 딴판으로 흘러갔다. 막스 오필스는 가장 유쾌한 일화를 들려달라는 청을 다 무시하고, 소위 카슈미르 문제에 대한 통렬한 정치적 비난만 쏟아냈다. 대담자는 지나치게 격할 뿐 아니라 위트라고는 찾아볼 수도 없는 독백에 안절부절못했다. 그 누구도 따르지 못할 끝없는 매력의 소유자인 이 뛰어난 이야기꾼 오필스가 마침내 어둠에서 걸어나와 속죄와 승인을 내려주는 텔레비전의 빛 속으로 들어서자마자 시청률을 확 깎아먹는 골치 아픈 시사 문제나 떠들어대는 인물로 변하다니 상상할 수도 참을 수도 없는 일이었지만, 갑자기 졸음에 겨워하는 스튜디오 청중들의 눈앞에서 실제로 벌어진 일이었다. 토크쇼 진행자는 하나의 진실, 자신의 삶을 이루어온 진실이 세상 반대편에서 갑자기 일어난 홍수에 익사하는 모습을 보는 기분이었다. 이질적인 홍수에 호응해 그의 친애하는 시청자들도 쇼가 방송되는 한밤중에 그의 경쟁자인 다른 토크쇼 진행자의 채널로 썰물처럼 빠져나갈 것이다. 야위고 키가 크고 이 사이가 벌어진 뉴욕 출신 진행자는 비처럼 쏟아지는 황금 속에서 춤을 출 것이다.

"이 사치스러운 림보, 지구의 특권화된 연옥에 살고 있는 우리는 낙원에 대한 생각은 제쳐놓았습니다." 막스는 과장된 어법으로 연달아 카메라를 향해 사자후를 토했다. "그러나 저는 낙원을 보았고, 낙원의 물고기가 가득한 호숫가를 걸어보았습니다. 낙원을 생각할 때면 우리는 아담의 타락, 인류의 부모가 에덴에서 추방된 일을 떠올립니다. 하지만 저는 인류의 타락이 아니라 낙원 그 자체의 붕괴에 대해 이야기하고자 나왔습니다. 카슈미르에서 무너지고 있는 것이 바로 낙원 그 자체입니다. 지구상의 천국이 생지옥으로 바뀌고 있습니다." 막스는 애매모호한 외교적 수사를 완전히 내던지고, 온 세상이 잠시나마 희망에 부풀어 흥을 깨는 그의 말에는 관심도 없는데 대사가 아니라 복음을 전하는 열정적인 설교자에게나 어울릴 말투로 광신주의와 폭탄에 대해 목청 높여 떠들었다. 그의 몸에 밴 정중함을 잘 알고 감탄해 마지않던 모든 이들이 충격을 받을 만한 말투였다. 그는 푸른 눈의 여인들이 익사하고 그들의 금지옥엽인 아이들이 살해당하고 있다며 탄식했다. 나무로 만든 머나먼 도시를 덮칠 잔인한 화염을 비난했다. 또한 카슈미르 브라만인 학자들의 비극에 대해서도 언급했다. 그들은 이슬람 암살단원에게 쫓겨 고향을 떠나고 있다. 어린 소녀들은 강간을 당하고, 아버지들은 멸망을 예언하는 횃불처럼 불태워졌다. 막스 오펄스는 말을 멈출 수가 없었다. 일단 한번 입을 열자, 막을 수 없는 거대한 조수가 쏟아져나오는 듯했다. 이 격렬한 비난을 내보내고 있는 프로그램의 저명한 토크쇼 진행자, 몇십 년에 걸쳐 쫓아다닌 끝에 언론을 꺼리기로 소문난 오펄스 대사에게서 인터뷰 동의를 얻어낸 그의 얼굴은 이제 분노로 시뻘겋게 달아오르기 시작했다. 그 분노에는 바람맞은 연인이 느낄 법한 분노와 오밤중에 미국 전역에서 채널 돌아가는 소리를 귓가에서 듣는 연예인의 공포가 뒤섞여 있었다.

진행자는 간신히 초대 손님의 독백을 자르고 끼어들어 인터뷰를 끝낸 뒤, 그를 죽이고 자기도 죽을까 잠깐 생각했다. 그러다 둘 다 그만두고, 대신 텔레비전이 할 수 있는 최고의 복수로 만족하기로 했다. 그는 막스에게 멋진 의견에 감사한다고 말하고 정중히 그를 출구로 안내한 다음, 오퓔스의 인터뷰 편집을 직접 나서서 감독했다. 그는 내용을 갈기갈기 찢고 중요한 부분을 뭉텅 들어냈다.

그날 밤, 막스의 호텔방에서 대사와 자이납 아잠은 대폭 줄어버린 낙원 독백을 시청했다. 아마도 뭉텅 삭제해버린 바람에 그가 한 말의 의미가 바뀌고, 잘리고 남은 부분은 주장의 앞뒤가 맞지 않고 본의가 왜곡된 것 같았다. 하지만 어쨌거나 막스의 영상이 스크린에서 사라지자, 그의 정부는 존경심과 욕망을 다 벗어버리고 분노에 떨면서 침대에서 일어났다. "당신이 나에 대해 제대로 아는 것이 없어도 상관하지 않았어요. 하지만 당신이 정말로 중요한 문제에 대해 입을 다물고 있다는 사실을 굳이 보여줄 필요까지는 없었을 텐데요." 그러더니 그녀는 막스 오퓔스의 귀에 쏙쏙 박힐 만한 더러운 말들을 숨 쉴 틈도 없이 내뱉었다. 그는 분개한 무슬림으로서 말하겠다는 사람이 어쩌면 그렇게 입이 더러울 수 있느냐는 말을 속으로 삼켰다. 최근 몇 주간 그녀의 행동을 살펴보건대, 신앙 문제를 그토록 중요시하는 사람으로는 전혀 보이지 않았다고 대거리하지도 않았다. 그는 그녀가 힌두교도에 대한 그의 '편견' 때문에 화가 났다는 것을 알았다. 무고한 무슬림이 학살당하는 것에 자신도 두려움을 느낀다고 강력히 말했으나 방송국 관료들의 가위질에 잘려나갔다고 설명해봤자 아무 소용 없으리라는 것도 알았다. 그런댔자 그녀가 터뜨린 종교적 분노와 좀처럼 보여준 바 없는 격정을 가라앉히기는 어려울 성싶었다.

그녀는 그가 모르게 조심스레 감추어왔다고 믿었지만, 그는 샬리마르라는 운전사를 통해 이미 몇 주 전부터 그녀의 정체를 알고 있었다. 자이납 아잠의 고국 인도에는 그녀와 오 분만 같이 있을 수 있다면 기꺼이 오른쪽 귀나 손가락을 자르겠다는 남자들이 셀 수도 없이 많았다. 그녀는 저 머나먼 창공에서 가장 눈부시게 빛나는 박스 오피스의 스타였고, 인도 영화계가 일찍이 본 적 없는 섹스의 여신이었다. 그러다보니 보디가드와 리무진의 호위에 둘러싸이지 않으면 봄베이의 팔리 힐 지구에 있는 디자인 잡지에 나올 법한 자기 집에서 한 발짝도 나올 수가 없었다. 그녀는 당시 인도 영화가 있는 줄도 몰랐던 미국에서 자유를 찾았다. 막스 오퓔스와 정사를 벌이면서 사치스러운 익명성과 그의 아름다운 무지를 마음껏 즐겼다. 바로 그 때문에 막스는 그녀에 대한 모든 것, 예를 들면 그녀가 실연의 아픔을 달래는 중이고 자신은 일시적인 상대에 불과하다는 것, 갱스터 영화 스타인 남자친구가 스터츠 베어캣, 듀센버그, 코드 등 미국 빈티지 카*를 아무 데나 함부로 들이박고 폐차해버리듯 무심하게 그녀를 버렸다는 것을 다 알면서도 절대 티내지 않았다. 관계가 막바지로 치달은 지금 이 순간조차도, 늙은 막스 오퓔스는 관대하게도 그녀가 그의 침대에서 그렇게 쾌락을 즐길 수 있게 해주었던 비밀의 장막을 그대로 믿게 내버려두었다.

그는 운전사에게 전화해 그녀를 집까지 태워다주라고 했다. 어쩌면 이 전화 한 통이 그의 운명을 결정했는지도 모른다. 아니, 자

이납 아잠이 운전사의 귓속에 쏟아부은 분노가 마침내 일어나기를 기다리던 일을 재촉했는지도 모른다. 암살 사건 후 잠깐 동안 치정범죄 용의자라는 혐의를 받았을 때, 이 영화 스타는 운전사가 마지막으로 한 말을 떠올렸다. 그는 차에서 내리는 그녀의 등 뒤에 대고 유창한 우르두어로 이렇게 말했다. "모든 오드와이어*에게는 샤히드 우담 싱이 있고, 모든 트로츠키에게는 메르카데르**가 기다리는 법이지요."

자이납은 아직도 분노의 구덩이에서 헤어나오지 못한 상태였으므로 이 허풍스러운 발언을 귀담아듣지 않았다. 어쨌든 메르카데르라는 이름은 그녀에게 아무 뜻도 없었다. 트로츠키의 죽음에 관한 이야기는 그녀가 개인적으로 소중히 여기는 이야기들 중에 없었다. 그러나 암리차르 학살을 인가한 제국주의자 부총독을 살해한 남자의 이야기, 영국으로 건너가 육 년을 기다린 끝에 오드와이어를 쏜 우담 싱의 이야기라면 잘 알았다. 자이납은 운전사가 진심으로 한 말이라는 생각은 미처 하지도 못했다. 남자들은 항상 그녀에게 잘 보이려고 기를 썼다. 그렇다, 아마 그녀가 막스 오퓔스는 개자식이며 콱 죽어버렸으면 좋겠다는 뜻의 말을 했을지도 모른다. 하지만 그건 원래 그녀의 말버릇일 뿐이었다. 그녀는 열정적인 예술가이고 피가 끓는 여인이었다. 그런 여자가 자기 사랑을 받을 가치가 없는 것으로 드러난 남자에 대해 그 정도 말도 못

---

* 펀자브 주의 부총독. 우담 싱에게 1940년에 살해당했다.
** 스탈린이 보낸 자객으로, 트로츠키를 암살했다.

하겠는가? 그녀는 살인할 능력도 없다. 그리고 평화를 사랑하는 여자이다. 또한 대중에게 책임감을 가져야 하는 스타이다. 그녀 같은 위치에 있는 사람이라면 타의 모범이 되어야 한다. 그녀의 증언이 어쩌나 열렬했던지, 그녀의 눈이 얼마나 크고 순진했던지, 암살범이 일을 치르기 전에 자기에게 털어놓았다는 생각, 자기가 그 고백에 귀를 기울였더라면 한 사람의 생명을, 그것이 비록 막 스 오필스 같은 버러지의 생명에 불과할지라도 구할 수 있었으리 라는 생각에 그녀가 얼마나 죄의식과 두려움에 몸서리를 쳤던지, 그녀의 자책이 얼마나 거짓 없이 진실했던지, 조사 중이던 경찰 들, 미국 영화 스타들의 속임수에 이골이 난 그 냉혹하고 냉소적 인 사람들이 죽을 때까지 그녀의 충성스런 팬이 되어 힌두스탄어[*] 를 배우고 그녀의 영화 비디오라면 약간 통통했던 시절에 찍은 형 편없는 초기작까지 샅샅이 뒤지고 다녔다.

두번째 전조는 운전사 샬리마르가 아침식사를 하는 막스 오필 스에게 그날 하루의 일정표를 건네준 살해 당일 아침에 나타났다. 대사의 운전사는 보통 포르노 영화나 미용 분야에서 새로운 모험 을 하러 옮겨가기 전에 잠깐 머무는 단기 고용인이었고, 막스는 고용했다 떠나보내는 주기에 익숙했다. 그러나 이번만큼은 그런 기색을 보이고 싶지 않았음에도 마음에 동요가 일었다. 그는 하루 일정에 정신을 집중하고 일정표를 든 손을 떨지 않으려 애썼다. 그는 샬리마르의 본명을 알고 있었다. 샬리마르의 출신 마을과 살

아온 내력을 알고 있었다. 행복한 과거가 있었음을 암시하는 주름 잡힌 눈에도 불구하고 절대 웃는 법이 없는, 추문 따위와는 아무 관계도 없어 보이는 엄숙한 남자, 체조선수의 육체를 지녔고, 그저 운전사라기보다는 시종에 가까운 인물, 그가 가습기로 손을 뻗으면 불붙인 시가를 내밀고, 매일 아침 완벽한 셔츠와 어울리는 커프스링크를 그의 침대 위에 펼쳐놓고, 목욕물 온도를 딱 맞추고, 정확히 사라져야 할 때 모습을 감추고 나타나야 할 때 모습을 드러내는 조용하지만 빈틈없이 시중을 들어주는 몸종에 점점 더 가까워지고 있는, 비극배우의 얼굴을 한 이 남자와 자신의 불명예스러운 과거 사이의 깊은 관계도 알고 있었다. 대사는 오래된 유대교 회당 근처 벨에포크 시대* 저택에서 보낸 스트라스부르에서의 어린 시절로 되돌아갔다. 그는 온갖 호사를 다 제공하던 알자스 지방의 전전(戰前) 문화에서 사라진 봉사의 전통이 머나먼 산골짜기에서 온 이 남자를 통해 되살아난 데에 놀라움을 금치 못했다.

샬리마르는 죽으라면 죽는 시늉이라도 할 것 같았다. 대사가 그를 한번 떠보려고 영국 황태자는 소변을 볼 때 시종한테 자기 페니스를 잡고 소변 줄기의 방향을 조정하게 한다더라는 얘기를 꺼내자, 본명이 샬리마르가 아닌 남자는 머리를 3센티쯤 기울이고 나지막이 말했다. "원하신다면, 저도 그렇게 하겠습니다." 일어나야 했던 일이 일어난 뒤, 이 사악한 암살자는 잔인무도하게 끝장내기로 한 생명을 최대한 샅샅이 알아내고 말겠다는 욕망에 사로

---

* 1871~1914년까지 서유럽이 평화와 번영을 누렸던 시기.

잡히기라도 한 듯 고의적으로 거의 연인이나 다름없을 만큼 희생자와 가까운 사이가 되고, 적의 진짜 얼굴을 익히고 그의 강점과 약점을 알아내기 위해 전술적으로 단련된 뛰어난 전사답게 자신의 개성을 지웠다는 것이 명백히 드러났다. 법정에서는 이런 비열한 행동이 살인자가 인간이라 할 수 없을 만큼 냉혈한이며 얼음같이 차가운 마음에 악마같이 병든 영혼을 지닌 인간임을 보여주는 것이므로, 문명화된 인간 곁으로 돌려보내는 것은 절대 안전하지 않다고 주장했다.

억누르려고 최대한 애썼음에도 막스의 손에 들린 일정표가 떨리기 시작했다. 주인도 대사직을 박탈당한 추문 이후 그가 죽을 때까지 딸에게조차 숨겼던 대사직과 맞먹는 비밀 임무에 발탁되기까지의 공백 기간 동안, 막스 오필스는 길을 잃었다. 오랫동안 십오 분 단위로 계획이 짜인 세월을 살아오다 일상이 갑자기 형체를 잃자 충격과 당혹감에 빠졌던 것이다. 마침내 그의 비서가 그에게 너무나 익숙한 방식대로 사소한 매일의 일정표를 다시 만들어 해야 할 일을 채워넣자는 묘안을 냈다. 장관이나 산업계 수장과의 약속, 고위급 인사와의 회담과 방문한 명사들을 위한 대사로서의 리셉션은 당연히 없었다. 일정은 매우 간소했다. 여덟시 기상, 욕실로 감, 여덟시 이십분 개 산책, 여덟시 삼십분 신문 읽기 등. 그러나 그럭저럭 예전 같은 모양새를 갖추었고, 막스 오필스는 극한의 결단력으로 그 쪼가리에나마 매달려 서서히 그의 삶을 집어삼키려 위협하던 우울증으로부터 자신을 끌어냈다. 위협적인 정신병에서 회복된 뒤로 막스 오필스는 매일 아침 작은 흰색 일정표를 반드시 준비하도록 했다. 그 작은 흰색 표는 우주가 혼돈으로 꺼져 내리지 않았다는, 인간과 자연의 법이 여전히 지배하고 있다는, 삶이 방향과 목적을 갖고 있으며 이제 막 생겨난 무법자 같은 진공이 그를 삼켜버리지는 못하리라는 의미였다.

이제 그 진공이 다시 입을 벌리고 있었다. 막스의 삶에 샬리마르가 끼어들면서 그의 안에서 카슈미르가 다시 깨어났고, 오래전 그를 추방했던 낙원이 되살아났다. 막스가 텔레비전 스튜디오에 나가 최후의 웅변을 한 것도 어느 정도는 샬리마르, 아니 어쩌면 그들이 한때 공유했던 사랑 때문이었다. 그가 자이납 아잠을 잃은 것도 샬리마르 때문이었다. 그리고 이제 샬리마르도 떠나려 했다. 막스는 자신의 열린 무덤의, 자신의 삶처럼 텅 빈 땅에 웅크리고 있는 네모난 검은 구멍의 환영을 보았다. 어둠이 수의를 만들려고 치수를 재는 듯했다. "이런 쓸데없는 얘기는 나중에 하기로 하지." 그는 갑작스러운 공포가 담즙처럼 목구멍으로 치솟아 오르는데도 무관심한 척 말했다. 그리고 그날 일을 적은 일정표를 찢어버렸다. "인디아를 보러 가야겠네. 그 망할 차를 가져오게."

그들이 로럴캐니언에 다다랐을 때, 히말라야 산맥이 그들 주위로 특수효과처럼 빠르게 솟아오르기 시작했다. 이것이 세번째 징조였다. 딸과 딸애의 생모와는 달리, 막스 오필스에겐 재능이랄지 저주랄지 가끔씩 나타나는 천리안의 능력 따위는 없었다. 그래서 인근의 이층집과 애완동물과 이국적인 식물을 그대로 끼고 하늘을 찌를 듯 치솟은 8천 미터의 흰색 거봉을 보았을 때 공포로 전율했다. 그가 환영을 보는 것이라면, 이는 재난이 닥쳐오고 있다는 뜻이었다. 본질적으로 극단적이며, 오래 미적거리지 않을 것이다. 히말라야 산맥의 무시무시한 환영은 십 초간 지속되었는데, 벤틀리가 환영 같은 얼음 계곡을 타고 피할 수 없는 파괴를 향해 미끄러져 내려가는 것 같았다. 그러다 마치 꿈에서 신호등이 눈을 헤치고 솟아올라와 붉은색으로 안내라도 한 것처럼 온 도시가 말짱하게 되돌아왔다. 막스는 희박한 카라코람 산맥*의 공기에 감기라도 걸린 듯 목이 아프고 쓰라렸다. 그는 휴대용 은제 술병을 꺼내 타는 듯한 위스키를 한 모금 들이켜고 딸에게 전화를 걸었다.

인디아는 아버지를 못 본 지 여러 달이 되었지만, 전혀 원망하지 않았다. 그 정도 뜸한 거야 드문 일도 아니었다. 막스 오필스는 딸의 생명을 구해주기도 했지만 요즘은 가족에 대한 의식이 약해졌고, 자기 핏줄을 만나고픈 생각도 가끔만 하다가 쉽게 잊곤 했다. 그는 자기가 직접 만들어낸, 혹은 발견한 세계에 푹 빠져 있을 때 제일 행복했다. 은퇴한 요즘은 인디아가 잠자리 동화로 들었던 권력의 본질에 관한 고전이 된 자기 저작의 개정판 작업을 하느라 바빴다. 또 최근에는 예전에 유명한 토크쇼 진행자와의 만찬에서 끄집어냈던 진위가 의심스러운 로스앤젤레스의 도마뱀 인간들이 지하 생활을 한다는 터널의 소문을 따라 기이한 탐사를 했다. 그는 이 소문에 이끌려 운전사가 모는 비싼 차를 타고 악취 풍기는 동네로 들어갔다, 적어도 한 번 이상 무장한 갱들을 만나 꽁무니가 빠지도록 도망쳐야 했다. 대사는 언제나 만족할 줄 모르는 호

---

* 중앙아시아 파미르 고원에서 동남쪽으로 뻗어 티베트 고원으로 이어지는 산맥.

기심에 차 있었고, 아무것도 자신을 망가뜨릴 수 없다는 위험천만하고 확고부동한 신념을 갖고 있었다. 그래서 한번은 도마뱀을 찾아 로스앤젤레스 사우스 센트럴과 인더스트리 시 주변을 돌아다니다, 샬리마르에게 경찰차조차 하루 중 어느 시간대에는 겁에 질려 액셀을 밟고 급히 지나치는 살벌한 고등학교 교문 밖에 차를 세우라고 일렀다. 그는 차창 밖으로 쌍안경을 내밀고, 교문을 나서는 학생 중 누가 감옥에서 인생 종치고 누가 대학에 갈지 날카로운 목소리로 예언하기 시작했다. 마침내 운전사가 학생들이 칼집에서 뽑은 상어 같은 칼날과 권총집에서 뺀 권총 총부리를 보고, 명령을 기다릴 것도 없이 못된 녀석들이 오토바이를 타고 쫓아오기 전에 전속력으로 그곳을 빠져나왔다.

그러나 인디아는 전화기에서 아버지의 목소리를 들었을 때, 자기를 만나러 오는 사람이 태어나자마자 불사의 신비한 강물에 몸을 담갔던 아킬레우스처럼 자신감에 넘치던 평소의 막스 오퓔스가 아니라는 것을 알아챘다. 아버지의 목소리는 마치 그가 살아온 팔십여 년의 무게에 마침내 굴복하기라도 한 듯 거칠고 약했다. 그 목소리에는 뭔가 새로운 음색이 섞여 있었다. 너무나 예상 밖이라 인디아는 잠시 후에야 그것이 공포임을 깨달았다. 그날 아침 그녀 또한 다른 생각에 정신이 팔려 있었다. 사랑이 그녀를 쫓아오고 있었던 것이다. 그녀는 쫓기는 것을 싫어했으며, 특히 사랑일 경우에는 더 그랬다. 사랑은 이웃 아파트에 사는 젊은이, 말 그대로 옆집 소년의 형태로 그녀를 뒤쫓았다. 생각만 해도 어찌나 우스운지, 그녀가 사랑받는다는 그 개념 자체에 철갑판으로 벽을 둘러놓지 않았다면 마음이 동했을지도 모른다. 그녀는 이 폐소공포증 같은 공격에서 벗어나기 위해 어쩔 수 없이 집을 옮겨야겠다고 생각했다. 그녀는 그가 리듬이 있어 외우기 쉽다고 몇 번이나 말해주었는데도 그의 이름을 기억할 수가 없었다. 그는 이렇게 말했다. "잭 플랙이야. 알겠지? 절대로 잊지 못할걸. 나를 네 마음속에서 결코 몰아내지 못할 거야. 침대에서도, 욕조에서도, 고속도로를 달릴 때에도, 식료품점에서도 내 이름을 생각하게 될 거야. 나랑 결혼하는 게 좋을걸. 피할 수 없어. 너를 사랑해. 현실을 직시하라고."

그와 섹스를 한 것이 실수였는지도 모르지만, 그는 이런 부류의 촌스러운 백인 소년치고는 거부할 수 없을 만큼 매력적이었고, 민감한 때에 그녀를 사로잡았다. 그는 완벽한 평균, 더 평범할 수 없을 만큼 평범한 남자였고, 옆집 소년스러움이라는 플라톤적 이상에 따라 키워진 옆집 소년이었다. 그래서 이상화에 헌신하는 그 도시 곳곳에 널린 대형 광고판에서 그의 아맛빛 머리카락과 순진한 눈, 역사나 고통을 전혀 모르는 얼굴을 볼 수 있었다. 그는 여기에서는 악어 마크를 새긴 셔츠를 입고, 저기에서는 스테트슨 모자*를 쓰고, 또다른 곳에서는 속바지만 입고 온 천지 광고판에서 완벽하게 평균적으로 매력적이고, 완벽하게 평균적으로 얼간이 같은 미소를 짓고 있었다. 그의 육체는 보통 사람들의 보통 신인 젊은 신처럼 번쩍였다. 그 신은 단 한 번도 태어나거나 성장하거

---

* 챙이 넓고 운두가 높은 카우보이 모자.

나 삶을 겪어본 적이 없고, 중도를 지키는 제우스의 쿡쿡 쑤시는 머리에서 완전한 꼴을 갖춘 아테나 여신처럼 튀어나왔다.

미국에서 완벽하게 평균적이라는 것은 누구라도 대박을 낼 수 있는 타고난 재능이었다. 옆집 소년은 보석으로 장식한 길에 이제 막 첫발을 내딛고 날아오를 채비를 끝냈다. 아니, 그녀는 집을 옮길 필요가 없으리라는 것을 깨달았다. 그가 곧 이사할 테니까. 우선 호화로운 파운틴 가의 아파트로 옮겼다, 그다음에는 로스펠리스의 저택으로, 벨에어 저택으로, 모든 뛰어난 옆집 소년에게 응당 주어질 천 에이커짜리 콜로라도 목장으로 옮겨갈 것이다. "네 이름이 뭐라고 했지?" 그녀는 그와 섹스를 하고 나서 물었다. 그는 평균에서 한 치도 벗어나지 않은 방식으로 그 질문을 재미있어했다. "하! 하! 좋은 질문이야!" 클라크 켄트가 남몰래 슈퍼맨 노릇을 하지 않았다면 아마도 이런 모습이지 않았을까. "족 플록이야." 그는 웃다 말고 그녀에게 다시 가르쳐주었다. "이 이름은 네 기억 속에 각인될 거야. 어디를 가도 끝없이 되풀이해서 울려퍼질 거야. 잊히지 않는 노래처럼 말이야. 너를 미치게 만들걸. 샤워를 하면서도 이 이름을 되뇌게 될 거야. 계속 계속. 제이크 플레이크, 제이크 플레이크. 이건 네 의지보다 더 강해. 넌 아무리 해도 빠져나갈 수 없어. 이제 그만 항복하지."

그는 인디아가 지금 당장 결혼해주기를 바랐다. "분별 있게 사랑하려면 반드시 뭔가 조건을 걸어둬야 해." 그녀가 한 발짝 물러서서 경고했다. "네 요구가 좀 지나치게 무조건으로 들리는걸." 그는 그녀의 말이 잘 이해가 안 될 때면 너그럽게 봐준다는 듯이 얼빠진 미소를 보내는 재주가 있었다. 이것이 그녀의 난폭한 본능을 부채질했다. "그냥 한번 생각해보라고, 알겠어?" 그가 부탁했다. "생각해봐, 제이 플레이 부인. 네 귀에도 얼마나 근사하게 들릴지 상상해보란 말이야. 너도 마음에 꼭 들 거야. 생각해본다면 거부할 수 없을걸. 정말로 한 번만 내 말대로 해줘. 그렇게 아무 생각도 없는 사람처럼 굴지 말고." 이것이 아무 생각 없이 인생을 살기로는 둘째가라면 서러울 사람의 입에서 나온 말이라니. 그녀는 그의 잘생긴 얼굴에 따귀를 올려붙이고 싶은 충동을 참느라 무진 애를 써야 했다.

조 플로의 청혼을 받은 뒤, 그녀는 짜증과 혼란으로 멍해져서 아파트 복도를 서성이곤 했다. 그녀는 마녀 올가 시메오노브나의 데님에 싸인 품으로 달려갔다. "무슨 일이지, 예쁜이." 올가 볼가가 늘 갖고 다니는 감자를 만지작거리면서 걸걸한 목소리로 물었다. "고양이도 없는 주제에 키우던 고양이가 죽기라도 한 것 같은 상이로구나." 인디아는 간신히 미소를 짓고는 혼란스러운 나머지 그만 무심결에 자기 고민을 털어놔버렸다. "옆집 청년 때문에요." 올가는 얕보는 기색을 드러냈다. "그 계집애 같은 녀석 이름이 뭐랬던가? 릭 플릭이랬나?" 인디아는 고개를 끄덕였다. 올가 볼가는 당장 싸우러 나갈 기세였다. "그놈이 우리 예쁜이를 귀찮게 했다고? 말만 해. 그 녀석이 얼씬도 못하게 해줄 테니. 내 말은, 미안하다, 남들한테는 말하지 말렴, 젠장, 아무도 알고 싶어하지 않을 테니."

인디아는 고개를 가로젓고 자백했다. "그애가 청혼했어요." 올가는 온몸을 부르르 떨었다. 그녀의 살집을 따라 진도가 낮은 지진이 잔물결처럼 퍼져나갔다. "진심이냐? 너랑 닉하고? 닉이랑 네가? 좋아, 세상에." 인디아는 관리인의 목소리에서 불신의 기색을 읽어내고 발끈했다. "그렇게 놀란 투로 말씀하지 마세요. 나랑 결혼하고 싶어하는 사람이 있으면 안 되나요?" 올가는 인디아의 어깨 위에 파란 힘줄이 솟은 거대한 팔뚝을 올렸다. "천만에, 너 때문에 그러는 게 아니야, 귀염둥이. 고작 그따위 놈이라고? 난 항상, 바로 오늘까지도 그 녀석을 그저 그런 사내자식 중 하나라고 생각했는데." "사내자식이라고요?" "그야 물론이지. 이 주변에 널린 모든 인간처럼 말이다. 이웃집의 덩치 큰 녀석처럼 말이지. 그 왜 '아이스크림의 황제'라고 자칭하면서 길 건너편 미스터 소프티 밴 옆에다 그 글귀를 떡하니 써붙이고 다니는 덩치 큰 녀석 있잖니, 그 녀석이 농담하는 거라고 누가 생각하겠니, 안 그래? 완전히 웃긴 녀석이지. 개 산책시키는 녀석도 그렇고, 카페 웨이터 녀석, 너 같은 여자애가 지나가도 휘파람 한번 불어줄 줄 모르는 체육관 죽돌이, 히스패닉계 건설 인부 녀석, 전기공 녀석, 배관공 녀석, 우체부 녀석, 손에 손을 잡고 보도를 걷는 계집애들, 온종일 수영장 옆 일광욕 침대에서 살을 태우고 위층으로 올라가 뒤로 섹스하는 녀석, 이건 무시하기로 했지, 온 세상에 이제는 행복한 소년 소녀라고 불러줘야 할 변태들이 널렸다니까. 변태 아닌 놈이 어디 있니? 신의 뜻에 반하는 이런 죄를 저지르면서도 좋다고들 난리잖니?"

인디아는 머리가 아파왔다. 불면증은 여전히 그녀에게 가장 관심 많고 가장 잔인한 연인으로, 마음 내킬 때면 언제고 이기적으로 그녀를 요구하고 소유했다. 오늘 하루도 마음 편히 보내기는 다 틀렸다. 그저 그런 남자가 그녀와 결혼하려 하고, 전화로 들려온 아버지의 목소리는 평소 같지 않았다. 올가 시메오노브나의 완고한 척하는 조롱을 들어줄 여유가 없다. 러시아인 관리인은 엉덩이만 넓은 게 아니라 마음도 넓었고, 의례적으로 격렬하게 비난을 퍼부어도 실은 다 유럽식 반어법이었다. 그녀는 작은 아파트 한구석에 은밀히 숨어 감자 주문을 이용해 이웃들의 성적 취향을 바꾸려 하는 척했지만, 실상은 닫힌 문 뒤에서 무슨 일이 벌어지건 위엄 있게 무관심했다. 섹스를 후배위로 하건 말건, 정상위로 하건 거꾸로 하건 관심 밖이었다. 그러나 계속 남들의 연애사에 관심 있는 척했다. "그 녀석한테 좋다고 하렴, 귀염둥이. 안 될 게 뭐 있어. 아주 행복해질 거야. 적어도 십 퍼센트는 가능성이 있다고. 아니면 말고. 내가 기억하는 한 결혼은 신께서 주재하시는 위대한 성사이고 깨뜨릴 수 없는 약속이지만, 나야 뭐 멸종한 러시아 공룡인걸. 요새 결혼은 뭐랄까, 차 렌트나 마찬가지지 뭐. 저희 서비스를 이용해주셔서 고맙습니다. 당신을 태우러 가지요. 렌트가 끝나면 다시 집까지 모셔다드리겠습니다. 프런트에서 보험이며 차량 손실 면책 프로그램 등에 가입하시면 위험할 것 하나도 없습니다. 차를 갖다박는다 해도 돈 한 푼 내지 않고 걸어나올 수가 있지요. 자, 한번 해봐. 누구 때문에 망설인담? 이제 유리구두 따위는 없어. 공장 문을 벌써 닫았다니까. 물론 왕자님도 없지. 지하실에서 로마노프 가 사람들을 쏴버렸거든. 아나스타시야도 죽었어."

이제 어디나 다른 모든 곳의 일부였다. 러시아, 미국, 런던, 카슈미르. 우리의 삶, 우리의 이야기는 다른 이들의 것 속으로 흘러들어가 더는 우리만의 것이 아니게 되었다. 이 부유하는 사람들. 충돌과 폭발이 일어났다. 세계는 더이상 조용하지 않았다. 그녀는 슈롭셔의 시인 하우스먼을 생각했다. 그건 잃어버린 것들의 땅이야. 시인에게 행복은 과거가 되었다. 다른 나라에서는 상황이 달랐다. 영국, 영국. 사람 잡는 분위기. 그녀도 영국에서 어린 시절을 보냈지만, 그녀가 기억하기에 근사한 곳은 아니었다. 더 나은 그 이전에 대해선 아는 바가 없었다. 그녀가 평생을 살아온 곳은 마법이 풀린 이후의 세계였다. 거기 있는 것이 전부였다. 만족감, 만족스러움, 만족, 이 상이한 형태들은 꿈의 이름들이었다. 구혼자가 그녀에게 이러한 꿈을 줄 수 있다면, 사랑보다 더 멋진 선물이 될 것이다. 그녀는 아파트로 돌아와 그의 청혼을 곰곰이 생각해보았다. 그의 망할 이름이 뭐였더라. 저드 플러드였던가.

오늘도 날씨가 좋았다. 그녀가 사는 낙엽 깔린 보헤미안풍의 거리는 께느른한 빛 속에서 꾸물꾸물 느리게 움직였다. 도시의 가장 큰 환상은 풍요, 공간, 시간, 가능성에 대한 것이다. 그녀의 집에서 복도 맞은편에 있는 카다피 안당의 집 문이 언제나처럼 5센티 정도 열려 있어서, 어두운 집 안을 슬쩍 엿볼 수 있었다. 은발머리의 필리핀 신사는 이 빌딩에서 어느 누구보다도 오래 살았다. 인디아는 가끔 있는 늦은 밤 외출에서 돌아오다 세탁실에 있는 그를 깜짝 놀라게 한 적이 있었다. 그녀도 동트기 전 새벽인데도 말쑥한 차림인 그를 보고 깜짝 놀랐다. 그는 실크 실내복에 퀼련 물부리를 입에 물고, 향수를 뿌리고, 윤기 나는 머리카락을 뒤로 빗어 넘겼다. 그 이후로 그들은 종종 세탁기가 돌아가는 동안 이야기를 나누었다. 그는 필리핀 사람들에 대해, 고향인 '쇠로 만든 꼬리'라는 뜻의 바실란 섬에 대해 이야기해주었다. 그곳에 술탄 쿠다라트라는 전설적인 지도자가 있었는데, 스페인 사람들이 들어와 그를 쓰러뜨렸고, 예수회 수사들도 캘리포니아를 찾아냈을 때처럼 몰려왔다고 했다. 그는 야칸족의 결혼식과 물고기가 주요 생계 수단인 사말 부족의 대나무집, 말라마위 섬의 야생 오리 이야기도 해주었다. 평화로운 곳이었지만 이제는 이슬람교도와 기독교도의 다툼이 끊이지 않는 곳이 되어버려 도망쳐 나왔다고 했다. 그와 아내는 살림살이가 나아지기만을 바랐지만, 불행히도 그럴 팔자가 아니었다. 그럼에도 미국 생활은 그렇지 못한 사람들한테조차 '달콤한 인생'이었다. 그는 자기 운명을 받아들였다고 말했다. 그때 세탁이 끝났다. 그녀는 발을 질질 끌며 걷는 이 다정다감한 신사에게 감동해 이야기를 나눌 기회가 또 오기를 고대했고, 타고난 수줍음을 누르고 자기 인생 이야기도 좀 들려주었다.

가끔 로비에서 최신 유행을 알려주는 우편 주문 카탈로그가 그를 기다리기도 했다. 그러나 올가 시메오노브나가 확인해주었듯, 그는 꼭 필요한 식료품과 물건을 사러 갈 때를 제외하고는 건물 밖으로 거의 나서는 법이 없었다. 그의 아내, 그가 더 나은 삶을 찾아 미국으로 올 때 함께 왔던 아내는 몇 년 전 그를 버리고 사채회사의 대금 미납 차량 회수업자를 따라 떠나버렸다. 인디아는 필리핀어로 된 음악, 그 모욕의 음악을 상상했다. 그 음악을 더 부드럽고, 더 유려한 일본어 음악으로 생각했다. 목관악기 소리처럼 구르는 듯한, 곡선미가 있는 오욕의 언어. "저이는 부인이 돌아올 때를 대비해 늘 준비해두고 있는 거야. 그래서 문도 늘 열어놓지. 하지만 돌아오지 않을걸." 올가가 몰래 속닥거렸다. 대금 미납 차량 회수업자는 보험업계에 친구가 많았다. "그 사람들이 그 여자한테 보험을 다 들어주었대. 일 달러로 머리부터 발끝까지 다 보장을 받았다니까. 건강이며, 이빨이며, 사고 났을 때까지 전부 다. 이제 마음 푹 놓고 살아도 된다지 뭐야. 안당 씨가 해줄 수 없는 것들이지. 그 여자 나이쯤 되면 그런 게 중요해." 그럼에도 안당은 여전히 문을 살짝 열어두었다. 도시는 연가를 부르며 그를 미혹하고 희망을 품게 만들었다.

대사의 벤틀리가 거리에 나타났다. 그날이 마침 쓰레기차가 쓰레기를 수거하러 오는 날이라 인디아네 거리 옆에 주차를 할 수 없었다. 인도는 폭이 넓었다. 인디아네 건물에는 현관에 인터폰이 설치되어 있었다. 이런 것 때문에 일이 느려졌고, 무방비인 시간도 더 길어졌다. 막스 오필스가 비밀 임무, 절대 입 밖에 내서는 안 되는 일, 존재하지 않은 임무를 하던 시절부터 익히 알고 있던 절차가 있었다. 하지만 대사는 그 절차를 생각하지 않았다. 그는 딸을 생각했다. 딸을 닮은, 딸뿐만 아니라 딸의 생모까지 닮은 여자와의 이제 막 끝난 관계를 알면 딸이 얼마나 펄펄 뛰며 비난할지를 생각했다. 절차에 따르자면 다른 사람들이 그보다 먼저 나가서 현장 바로 앞 주차 공간을 막고, 먼저 들어가서 안전을 확보한 다음 문을 활짝 열어야 했다. 이 분야의 전문가라면 누구나 소위 일인자가 공격받기 가장 쉬운 곳이 차량 문과 들어가려는 장소의 문 사이 지점이라는 것을 잘 알았다. 그러나 그즈음 막스 오필스에 대한 위협은 높지 않다고 평가되었고, 위험은 더욱 낮다고 보았다. 위협과 위험은 같지 않았다. 위협은 예상되는 위험의 일반적인 수준을 말하고, 반면 위험의 수준은 어느 특정 행동에 국한된다. 위협 수준은 높아도 특정한 행동, 예를 들어 딸을 보러 가겠다고 막판에 마음을 바꿔먹은 데 따르는 위험은 무시해도 좋을 만큼 낮을 수 있다. 예전에는 이런 것이 중요했다. 이제 그는 지하에 사는 도마뱀 인간에 대한 황당무계한 이야기나 쫓는 노인네, 성적으로 무능하고 최근에 애인에게 딱지를 맞은 남자, 계획에 없이 자식의 집을 찾아온 아버지일 뿐이었다. 이 정도는 확실히 안전 범위에 속했다.

이 분야의 여느 전문가들과 마찬가지로, 대사는 완벽한 안전 따위는 없다는 걸 알고 있었다. 레이건 대통령 저격 장면을 담은 비디오테이프가 이를 극명하게 보여주는 좋은 실례였다. 대통령이 건물에서 차로 이동하는 장면이 나온다. 보안요원들이 자리를 잡고 있다. 모든 위치가 이상적이다. 그때 습격자가 온다. 팀의 요원들이 반응한다. 때가 때이니만큼 요원들의 대응도 기대치를 뛰어넘는다. 대통령은 실수로 저격당한 것이 아니었다. 실수 따위는 없었다. 그러나 대통령은 총을 맞았다. 미국 대통령이 쓰러졌다. 세계 최고의 보안요원들에게 둘러싸인 가장 막강한 권력자는 안전한 건물 문과 방탄차 문 사이에선 안전할 수 없었다. 안전은 확률이다. 그 어느 것도 백 퍼센트가 될 수 없다.

그리고 세상 그 어떤 것도 내부의 움직임, 충성스러운 반역자, 암살자로 돌변한 보호자로부터 누군가를 지켜주지는 못한다. 막스 오퓔스 대사는 운전사 샬리마르가 차 문을 열어주자, 인도를 건너가 딸애의 번호를 눌렀다. 위층 방에서 인터폰이 울렸다. 인디아가 수화기를 집어들자 예전에 딱 한 번 들은 적이 있는 목소리, 그녀가 밤에 잠꼬대를 녹음하려고 침대 옆에 틀어두었던 녹음기에서 들었던 목소리가 흘러나왔다. 목구멍 깊은 곳에서 올라온 목이 졸리듯 꼴록거리는 소리를 듣는 순간, 그녀는 죽음의 목소리임을 알아차리고 냅다 달리기 시작했다. 그녀가 달리는 동안 주변의 모든 것이 아주 느려졌다. 그녀가 둔한 계단 아래로 몸을 내던질 때는 창밖의 나무, 사람과 새의 소리, 그녀의 움직임까지도 느려지는 듯했다. 유리로 된 이중문에 닿자, 그녀가 보게 될 거라 예상했던 광경이 눈앞에 펼쳐졌다. 유리에 튄 엄청난 양의 피, 땅으로 흘러내린 짙은 핏자국, 그리고 그녀의 아버지, 전쟁 영웅이자 레종 도뇌르 훈장 수훈자 막시밀리안 오퓔스의 몸뚱이가 짙어져가는 진홍색 호수에 잠긴 채 꿈쩍도 않고 누워 있었다. 그의 목을 얼마나 힘차게 베었는지, 시체 곁에 떨어진 사바티에 부엌칼에 거의 잘려나가다시피 했다.

그녀는 문을 열지 않았다. 아버지는 거기 없었다. 있는 것이라곤 치워야 할 난장판뿐이었다. 올가는 어디 있지? 누군가 관리인에게 알려줘야 했다. 관리인이 할 일이 있었다. 그녀는 천천히 몸을 움직여 등을 곧게 펴고 머리를 높이 치켜들고 엘리베이터를 탔다. 엘리베이터에서 시 낭송을 하는 어린아이처럼 손을 앞으로 모아 맞잡았다. 그리고 방으로 돌아와 문을 닫아걸었다. 작은 방 안 동그란 거울 아래 나무로 된 셰이커 의자*가 놓여 있었다. 그녀는 의자에 앉아 꼭 맞잡은 손을 무릎 위에 올려놓았다.

그녀는 소음이, 비명 소리가, 시끄럽게 울리는 사이렌 소리가 멈추기만 바랐다. 이 동네는 조용한 곳이었다. 눈을 감았다. 전화 벨이 울렸지만 지금 그게 문제가 아니었다. 문 두드리는 소리가 들렸다. 그 소리는 점점 더 커졌지만 그것 역시 중요하지 않았다. 부엌칼은 부엌에 있어야지, 인도에 나와 있을 이유가 전혀 없었 다. 조사를 해야 했다. 그러나 그것도 그녀의 문제는 아니었다. 그 녀는 그저 딸일 뿐이었다. 사생아이지만 하나뿐인 자식이었다. 그 녀는 유서가 있는지 없는지도 몰랐다. 지금 중요한 것은 계속 앉 아 있는 것이었다. 여기에 일 년이고 이 년이고 계속 앉아 있을 수 만 있다면 다 괜찮아질 것이다. 다시 기쁨이 돌아오려면 오랜 시 간이 걸릴 것이다.

엄청난 하루였다. 한 남자가 결혼하자고 했다. 포스터에 나오 는 소년이 청혼을 했다. 곧 벨이 울리고 관례에 따라 일이 진행될 것이다. 방금 전에 자기 발코니에서 그녀의 발코니로 건너온 그 가 유리문 바깥에서 그녀를 고함쳐 부르고 있다. 문 좀 열어줘, 나야, 짐이야. 이건 경찰이 나설 문제였다. 그녀는 따로 할 일이 있었다. 일이 잘되면 균형 잡힌 관점으로 사물을 있는 그대로 볼 수 있게 되고, 왜곡은 최소화되고, 이질적인 것들은 사라질 것이

---

* 셰이커교에서 유래한 셰이커 양식의 실용적인 의자.

다. 손을 피로 적신 운전사와 그의 옷에 엄청나게 퍼진 진홍색 얼룩. 그녀는 그 모습을 본 기억이 났다. 그런데 일부러 눈을 피했다. 아버지를 구할 수도 있었는데 그렇게 하지 않았다. 전조가 있었다. 그녀는 샬리마르의 발밑에서 꽃을 보았다. 그가 발 딛고 선 보도에 자라난 꽃들, 그의 가슴에서 셔츠를 뚫고 자라나온 꽃들. 자기 눈이 자신을 배반할 때 보이는 것들을 그대로 믿어서는 안 되었다. 아버지를 구하는 것은 그녀의 몫이 아니었다. 그녀가 할 일은 기쁨이 다시 찾아올 때까지 미동도 없이 고요히 앉아 있는 것이었다.

종달새야, 다정한 종달새야.
종달새야, 내가 네 털을 뽑아줄게.

그녀는 아버지의 얼굴을 마주하고 아버지의 어깨 위에 목말을 탔다. 그들은 노래를 불렀다. 그리고 그 목을! 그리고 그 목을! 그리고 그 머리를! 그리고 그 머리를! 종달새야! 종달새야! 오오오…… 그녀는 뒤로 공중제비를 돌아 아버지 어깨에서 내려왔다. 아버지의 손에 그녀의 손을, 아버지의 손에 그녀의 손을, 아버지의 손에 그녀의 손을 영원히, 그리고 마지막으로.

부니
B o o n y i

지구가 있고 행성들이 있었다. 지구는 행성이 아니었다. 행성들은 포획자였다. 지구를 움켜쥐고 지구의 운명을 저희 뜻대로 좌지우지할 수 있었기 때문에 그렇게 불렸다. 지구는 포획자가 아니었다. 종복이었다. 잡히는 쪽이었다.

우주에는 태양 수리야, 달 소마, 수성 부다, 화성 망갈, 금성 슈크라, 목성 브리하스파티, 토성 샤니, 두 개의 그림자 행성인 라후와 케투, 이렇게 아홉 명의 포획자가 있었다. 그림자 행성은 실제로는 존재하지 않으면서 사실상 존재했다. 그들은 실체가 없는 천체였다. 그들은 저 멀리 있었지만 물질 형태는 아니었다. 또한 용 행성이었다. 용 한 마리를 반으로 가른 한쪽씩이었다. 라후는 용의 머리였고 케투는 용의 꼬리였다. 용 또한 실제로는 존재하지 않으면서 사실상 존재했다. 우리의 생각 속에 존재하므로 그러했다.

노만 셰르 노만은 그림자 행성들을 찾아냈을 때에야 비로소 사랑을 어떻게 생각해야 좋을지, 도덕적 계몽과 주기적인 파동과 인력의 작용을 빚어내는 사랑의 효과에 어떤 이름을 붙여야 할지 알게 되었다. 둘로 나뉜 용에 대해 듣는 순간 많은 것이 분명해졌다. 사랑과 증오 역시 실체가 없지만 저 멀리에서 그의 영혼과 심장을 끌어당기는 그림자 행성이었다. 그는 열네 살이었고, 유랑극단 배우들이 사는 마을 파치감에서 처음으로 사랑에 빠졌다. 그의 인생에서 가장 아름다운 때였다. 도제 기간이 끝나고 전업 배우로서 이름을 갖게 된 때이기도 했다. 그는 어린아이였던 노만을 떨어내고 이제 새로운 성인으로서의 자아를 얻고 싶었다. 아버지가 아들 광대 샬리마르를 자랑스럽게 여기게 되기를 바랐다. 그의 위대한 아버지 압둘라, 마을의 족장, 사르판치*, 그 모두를 손아귀에 쥔 자.

그에게 포획에 대해 가르쳐준 이는 판디트** 피아렐랄 카울이었고, 그가 사랑에 빠진 상대는 초록색 눈을 지닌 판디트의 딸 부미였다. 그녀의 이름은 '지구'라는 뜻이었다. 그래서 노만은 그 이름 탓에 자신이 사로잡는 쪽이 되었으리라 미루어 짐작했다. 그러나 우주의 알레고리가 모든 것을 설명해주지는 않았다. 예를 들면, 그녀도 관심을 보이며 그를 끌어당긴 까닭 같은 건 설명해주지 않았다. 그녀는 공연이 있어서 관객한테까지 다 들릴 만한 곳에 있을 때를 제외하고는 절대 그를 샬리마르라고 부르지 않았고, 항상 본명으로 부르기를 더 좋아했다. 그러면서도 자기 이름은 싫

---

* 마을의 대표.
** 인도의 현인, 학자를 일컫는 호칭.

어했다. "내 이름은 진흙이야. 진흙과 먼지와 돌. 마음에 안 들어." 그녀는 이렇게 말하며 본명 대신 '부니'라고 불러달라 했다. 부니는 그 지방 언어로 천상의 카슈미르 치나르 나무를 가리켰다. 노만은 마을 뒤 우거진 소나무숲에 가서 원숭이들에게 그녀의 이름을 속삭여주곤 했다. "부니." 온통 꽃으로 뒤덮인 켈마르그 초원에서 후투티들에게도 소곤거렸다. 그녀에게 처음으로 입 맞춘 곳이었다. "부니." 새와 원숭이 들이 그의 사랑에 경의를 표하듯 엄숙하게 대답했다.

판디트는 홀아비였다. 그와 부니인 부미는 파치감 마을 끝에 있는 마을에서 두번째로 좋은 집에 살았다. 다른 여느 집과 마찬가지로 목재 건물이었지만, 단층이 아니라 이층이었다(노만네 집은 제일 좋은 삼층집으로, 판차야트*가 마을의 중요한 결정을 내릴 때 모이는 큰 방이 하나 있었다). 또한 부엌이 별채로 있고, 지붕을 씌운 길 끝에 변소로 쓰이는 오두막도 있었다. 다른 집들보다 조금 더 크다 뿐이지, 똑같이 물결 모양 철판으로 경사진 지붕을 얹은 어둡고 약간 기울어진 집이었다. 집은 시끄러운 물소리를 내며 쉴새없이 흐르는 작은 무스카둔 강 옆에 있었다. 강 이름은 '상쾌하다'는 뜻이었다. 강은 물맛은 좋았지만, 웃통을 벗어젖히고 가슴을 드러낸 힌두의 신들이 날마다 천둥 번개로 장난을 치는, 영원히 녹지 않는 눈이 쌓인 높은 산에서 내려왔기 때문에 얼어붙을 듯이 차가워 헤엄을 칠 수 없었다. 판디트 카울은 신들은 불사

---

* 인도에서 마을이나 카스트에 전통적으로 존재해온 일종의 자치위원회.

의 피가 뿜어내는 신성한 열기 때문에 추위를 타지 않는다고 설명했다. 그렇다면 어째서 그들의 젖꼭지는 항상 빳빳이 서 있는 것일까? 노만은 궁금했지만 감히 물어볼 엄두는 내지 못했다.

판디트 카울도 자기 이름을 그리 마음에 들어하지 않았다. 이미 계곡에는 카울이라는 이름을 가진 사람들이 발에 채일 만큼 많았다. 비범한 인물이 이렇게 흔해빠진 성을 써야 하다니, 체면 구기는 일이었다. 그래서 그가 자신을 차가운 물의 판디트 카울이라는 뜻을 가진 판디트 카울투르포이니라고 불러달라고 선언했을 때 아무도 놀라지 않았다. 너무 길어서 실제로 부르기에는 불편했으므로, 싫어하는 이름 카울을 아예 빼버렸다. 그러나 차가운 강의 연인이라는 뜻인 판디트 피아렐랄 투르포인이라는 이름도 오래가지는 못했다. 결국 그는 포기하고 지배층으로서 자신의 운명을 받아들였다. 노만은 판디트와 혈연상으로나 신앙 면으로나 아무런 관계도 없었지만, 그를 스위티 삼촌이라고 불렀다. 카슈미르 사람들은 신앙이나 혈연을 뛰어넘는 유대관계로 연결되어 있었다. 부니는 판디트의 외동딸이었다. 그녀와 노만은 열네번째 생일이 가까워지면서 그동안 서로를 사랑해왔음을 알게 되었다. 세상에서 가장 위험한 결정이라 해도, 이제 뭔가 하지 않으면 안 될 때가 왔다.

그들은 무스카둔 강가에 앉아 판디트가 우주에 대해 쉬지 않고 늘어놓는 장광설을 들었다. 판디트는 말하기를 퍽이나 좋아하는 사람이었다. 부니의 아버지 피아렐랄이 등 뒤에서 시끄럽게 흐르는 강물처럼 주절주절 지껄이는 이야기에 귀를 기울이면서 부니와 노만은 금지된 욕망의 조심스러운 침묵의 언어로 서로 이야기를 나누었다. 노만의 손가락이 부니의 손가락을 향해 뻗었고, 그녀의 손가락도 그의 손가락을 열망했다. 그들은 강가의 매끌매끌한 큰 바위 위에 몇 미터 떨어져 앉아 그들 위에서 환희처럼 푸르게 빛나는 온전한 하늘 밑으로 산줄기를 타고 사정없이 쏟아지는 맑디맑은 햇살을 듬뿍 받았다. 떨어져 있는데도 그들의 열망하는 손가락은 보이지 않게 서로 얽혔다. 노만은 그녀의 손이 자신의 손을 감싸고 긴 손톱으로 자기 손바닥을 찌르는 것을 느낄 수 있었다. 노만은 그녀를 힐끗 훔쳐보고는, 그녀의 눈 속에 떠오른 빛으로 그녀 역시 자신의 손을 느끼고, 손끝을 자기 손에 문질러 덥히고 있음을 알아차렸다. 그녀의 몸 끝부분은 발가락, 손가락, 귓불, 막 돋아난 봉긋한 가슴 끝, 그리스인 같은 코끝 할 것 없이 다 항상 차디찼다. 그의 따뜻한 손이 이런 곳들을 돌봐줘야 했다. 그녀는 지구이고 지구는 신하였다. 그는 지구를 움켜쥐고 자기 뜻대로 그 운명을 좌우하려 했다.

영적 속임수나 사기꾼의 갖가지 미신을 뿌리칠 힘이 있다고 자랑스러워하는 사람들이 흔히 그렇듯 부니의 아버지 판디트도 허무맹랑하고 환상적인 것을 남몰래 좋아했는데, 특히 그림자 행성이라는 개념에 강하게 끌렸다. 그는 라후와 케투의 마력에 완전히 사로잡혔다. 라후와 케투의 존재는 사람들의 일상에 그들이 행사하는 영향력을 통해서만 증명될 수 있었다. 아인슈타인은 빛을 구부리는 중력장의 힘으로 보이지 않는 천체의 존재를 입증해냈다. 스위티 삼촌은 둘로 나뉜 신성한 용의 존재를 그들이 인간의 행운과 불운에 미치는 힘을 통해 입증할 수 있을 것이다. "그들이 우리를 속속들이 지배하고 있다니까!" 그가 외쳤다. 그의 목소리가 약간 떨렸다. "그들은 우리의 감정을 좌지우지하고 우리에게 기쁨이나 고통을 준단다. 여섯 가지 본능이 있어." 그러면서 부연 설명했다. "그 본능 때문에 우리가 삶의 물질적인 목표에 집착하게 되는 거야. 열정을 뜻하는 캄, 분노인 크로드, 술이나 마약 등 취하게 하는 걸 가리키는 마드, 집착을 뜻하는 모, 탐욕인 로브, 질투를 뜻하는 마차야가 이 여섯 가지 본능이란다. 잘 살려면 이 본능을 잘 다뤄야 해. 그러지 못하면 본능이 우리를 쥐고 흔들게 되거든. 그림자 행성은 멀리서 우리에게 영향을 미치고, 우리의 정신을 본능에 집중시킨단다. 라후는 본능을 과장하고 부풀리지! 반면 케투는 차단하고 억누른단다! 그림자 행성의 춤은 우리 안에서 일어나는 갈등의 춤이야. 도덕적, 사회적 선택을 놓고 벌이는 내면의 싸움인 셈이지." 그는 이마를 훔치고는 딸에게 말했다. "자, 이제 밥 먹으러 가자꾸나." 판디트는 식탐이 많고 덩치가 컸다. 파치감은 식도락가의 마을이었다.

광대 샬리마르는 그들이 떠나는 모습을 지켜보면서 따라가고 싶은 마음을 애써 억눌러야 했다. 그의 감정을 세게 끌어당기는 것은 그림자 행성만이 아니었다. 부니도 그에게 힘을 발휘했다. 그녀는 밤이나 낮이나, 마을 반대편 끝에 있을 때조차 자신의 마법으로 그를 끌어당기고, 잡아당기고, 애무하고, 조금씩 물어뜯었다. 부니 카울, 비밀처럼 어둡고 행복처럼 밝은 그의 첫사랑이자 유일한 사랑. 차가운 강 옆의 부미. 키스를 기가 막히게 잘하고,

애무의 기술도 따를 이가 없고, 겁 없는 곡예사에 최고의 요리사. 마음 깊이 바라고 또 바라던 소망이 이루어질 참이었으므로 광대 샬리마르의 가슴은 환희로 두근거렸다. 판디트의 독백이 이어질 동안 그들은 정욕에 찬 침묵 속에서 자기들의 사랑을 성취할 때가 왔다고 판단하고는, 말없이 주고받는 신호로 시간과 장소를 거침 없이 정했다. 이제 준비할 때가 되었다.

그날 저녁, 부니 카울은 연인을 위해 긴 머리를 땋으면서 라마 왕이 아요디아에서 추방당해 방랑하는 동안 고다바리 강 근처 판 차바티의 숲 속에 은둔해 있던 신성한 시타를 생각했다. 라마와 라크슈마나는 그 운명의 날에 악귀들을 사냥하러 나갔다. 시타만 남겨두고 나가면서 라크슈마나는 작은 은둔처 입구 너머에 마법 의 선을 빙 둘러 그어놓고, 그녀에게 절대로 선을 넘거나 누구도 넘어 들어오게 해서는 안 된다고 경고했다. 강력한 마법의 힘을 지닌 그 선은 그녀가 해를 입지 않도록 보호해줄 것이었다. 그러 나 라크슈마나가 떠나자마자 떠돌이 탁발승으로 변장한 마왕 라 바나가 누런 넝마를 걸치고 나무 샌들을 끌고 싸구려 우산을 들고 나타났다. 그러나 그는 성스러운 거지 탁발승다운 말은 하지도 않 고 시타의 피부, 체취, 눈, 얼굴, 머리카락, 가슴, 허리에 대해 차 례차례 장황하게 칭찬을 늘어놓았다. 그런데 그녀의 다리에 대해 서만은 한마디도 하지 않았다. 물론 그녀는 다리를 눈에 띄지 않 게 감추었을 것이다. 라바나 같은 위대한 라크샤사*라면 당연히

---

* 인도 신화에 나오는 초능력을 지닌 거인 악귀.

천을 뚫고 볼 수 있었겠지만, 그녀의 하체를 칭찬한다면 자신의 숨겨둔 추잡한 천성이 금세 드러날 것이기에 모른 척할 수밖에 없었다. 이제 거의 열네 살이 된 부니 카울의 다리는 벌써 늘씬한 각선미를 자랑했다. 그녀는 시타 데비의 다리에 대해 알고 싶었지만, 그에 대한 설명은 전혀 없어서 낙담했다.

또한 그녀는 시타가 음탕한 아첨에도 불구하고 변장한 라바나를 안으로 들여 쉬게 해준 것인지, 아니면 그 말 때문에 그렇게 해준 것인지도 궁금했다. 일단 이방인을 마법의 선 안으로 들어오게 하면 마법이 힘을 잃게 되므로 중요한 질문이었다. 잠시 후 라바나는 머리 여럿 달린 본모습으로 돌아가 시타의 고귀한 의지를 무시하고 그녀를 초록 노새들이 끄는 하늘을 나는 전차에 태워 자기 왕국 랑카로 납치해 갔다. 늙고 눈먼 위대한 독수리 자타유가 시타를 구하려고 하늘에서 노새를 죽여 전차를 땅에 떨어뜨렸으나, 라바나는 털끝 하나 다치지 않게 시타를 잡아채 땅에서 휙 솟구쳤다. 지친 자타유가 그를 공격하자, 그는 독수리의 날개를 잘라버렸다.

부니 카울은 물론 서사시에서 일어난 갈등이 모두 시타의 탓은 아니라고 생각했다. "자타유, 네가 나 때문에 죽었구나." 시타가 울부짖었다. 그건 사실이었다. 그러나 납치에 뒤이어 일어난 모든 일, 독수리가 추락하고, 잃어버린 왕비를 찾기 위해 나라 전체에서 대대적인 수색을 벌이고, 라바나에게 맞서 엄청난 전쟁이 일어나고, 강이 피로 넘쳐흐르고, 산마다 시체가 깔린 데 대한 책임을 어떻게 라마의 공경받는 아내에게 지울 수 있겠는가? 이 오래된

이야기가 갖는 의미는 참으로 이상하기도 하지. 여자의 어리석음
이 남자의 마법을 깨뜨리고, 영웅은 예쁜 여자가 허영심에 저지른
머저리 같은 짓 때문에 싸움을 하고 목숨을 잃어야 한다니. 그건
옳지 않다. 시타의 존엄, 도덕적 의지, 지성은 의심할 여지가 없
고, 제쳐두어도 좋을 만큼 사소한 것도 아니다. 부니는 그 이야기
를 달리 해석했다. 시타의 가족들이 그녀를 아무리 보호하려 애쓴
다 해도 마왕은 여전히 나타나서 그녀의 정신을 홀릴 것이고, 늦
든 빠르든 대결이 펼쳐질 것이다. 여자의 연인처럼 악귀도 그 자
리에 있었는데 오랜 세월 여자를 보호하려고만 했던 것이다. 마법
의 선 따위는 없애버리고, 자신의 운명에 맞서는 편이 낫다. 흙 속
에 선을 그려두는 것도 좋지만 이는 문제를 뒤로 미루는 데 불과
하다. 일어나야 할 일은 일어나게 놔두어야 한다. 그러지 않으면
절대 극복할 수 없을 것이다.

그러면 마을 족장의 아들, 극단의 새로운 실수투성이 광대 왕자
님, 그녀가 한밤중에 양들이 풀을 뜯는 마을 위쪽 초원에서 만나
려고 준비하는 연인인 이 소년은 누구일까? 부니의 서사시적 영
웅일까, 마왕일까, 아니면 둘 다일까? 그들은 자신들이 하기로 마
음먹은 일로 서로를 높여주게 될까 아니면 파멸로 몰아넣게 될
까? 그녀의 선택은 어리석은 것일까 아니면 현명한 것일까? 그녀
가 그를 강력한 선을 넘어오도록 불러들인 것은 확실했다. 그녀는
애정에 차서 생각했다. 그는 참 잘생겼어. 광대 노릇을 할 때면 또
얼마나 우스운지. 노래할 때면 목소리도 청아하고, 춤을 출 때는
우아하기 짝이 없고, 높은 줄을 탈 때면 인력을 벗어난 듯하지. 그

중에서도 최고는 놀라우리만치 부드러운 성품을 타고났다는 거야. 절대 싸움꾼 악귀가 아니야! 그는 다정한 노만이야. 어느 정도는 나를 위해 샬리마르라는 이름을 택한 사람. 왜냐하면 두 사람은 십사 년 전 같은 날 밤 샬리마르 바그*에서 태어났기 때문이다. 그리고 어느 정도는 부니의 어머니를 위해서이기도 한데, 어머니는 세상이 바뀌기 시작하면서 많은 것이 사라졌던 그날 밤 그곳에서 숨을 거두었기 때문이다. 부니는 그가 고른 이름이 그들의 출생에 얽힌 끊을 수 없는 끈을 기념할 뿐 아니라, 그녀의 돌아가신 어머니에게 존경을 바치는 그 나름의 방식이었기 때문에 그를 사랑했다. 또한 그가 살아 있는 어떤 것도 해치지 않을—그는 절대 그럴 리가 없다!—사람이기 때문에 사랑했다. 파리 한 마리 죽이지 못할 사람이 어떻게 그녀에게 해를 입힐 수 있겠는가?

부니는 머리단장을 끝내고 몸에도 기름을 발랐다. 증폭시키는 자 라후가 열정인 캄에 힘을 미쳤고, 그 열정의 요구로 그녀의 육체는 두근두근 떨려왔다. 그녀는 이 년 전 여자가 되었다. 보통 아이들보다 빠른 편이었다. 그녀는 달을 못 채우고 태어난 이후로 뭐든지 남보다 앞섰고, 어떤 일이 닥치건 충분히 감내할 만큼 강인했다. 달도 뜨지 않은 어두운 밤 내내 복숭아와 사과 꽃 향기가 그녀의 눈꺼풀을 무겁게 만들었다. 그녀는 침대에 앉아 창틀에 머리를 기대고 눈을 감았다. 예상했던 대로 곧 어머니가 다가왔다. 어머니는 부니를 낳다 죽었지만 밤이면 꿈속에 나타나 부니에게

---

* 무슬림식 정원.

여자다운 비밀이며 집안 내력을 들려주고, 유익한 충고와 무조건적인 사랑을 베풀어주었다. 부니는 아버지의 마음을 아프게 하고 싶지 않아서 아버지에게는 이런 이야기를 하지 않았다. 판디트는 그녀에게 아버지와 어머니 역할을 다 해주려고 갖은 애를 썼다. 세상사에 무심한 성격이면서도 딸만은 헤아릴 수 없을 만큼 귀한 보물처럼, 사랑하는 아내가 이별의 선물로 남기고 간 엄청난 값의 진주처럼 애지중지했다. 그는 마을 여자들에게서 아이 키우는 비결을 배웠다. 처음부터 모든 일을 자기 힘으로 해내겠노라고 고집 부리면서 딸의 분유를 준비하고 엉덩이를 닦아주고 딸이 울면 자다가도 일어나 돌보았다. 마침내 이웃들이 그에게 제발 잠 좀 자라고 사정하면서, 불쌍한 아기가 기댈 부모도 없이 자라는 꼴을 보고 싶지 않거든 고집 좀 꺾고 자기들의 도움을 받으라고 충고했다. 판디트는 고집을 좀 누그러뜨렸지만, 그것도 어쩌다 한 번이었다. 딸이 자라는 동안 그는 딸에게 읽기와 쓰기, 노래를 가르쳤다. 그리고 딸과 함께 줄넘기를 하고, 콜 먹*과 립스틱을 써보게 하고, 초경을 시작하면 어떻게 해야 하는지 일러주었다. 그렇게 그는 최선을 다했지만, 딸의 어머니는 비물질적인 꿈의 형태로 실제로는 존재하지 않으면서 존재한다 하더라도, 여전히 자기가 영향력을 미치고 싶어하는 사람의 운명에 발휘하는 효과를 통해서만 존재를 입증할 수 있다 하더라도, 어머니였다.

---

* 이슬람 국가에서 쓰는 화장용 먹.

판디트의 죽은 아내는 연꽃의 이름을 따서 팜포시라 불렸다. 그러나 그녀가 졸고 있는 딸에게 살짝 알려준 대로라면, 그녀는 호두알이라는 뜻의 별명인 기리를 더 좋아했다. 압둘라 노만의 노란 머리 아내 피르다우스 베굼, 피르다우스 부트 또는 바트가 그녀에게 우정의 표시로 지어준 별명이었다. 어느 여름날 사프란이 핀 파치감 마을 들판에서 피르다우스와 기리가 사프란 꽃을 따고 있는데, 파란 하늘에서 난데없이 빗줄기가 마녀의 마법처럼 쏟아져 비에 젖은 생쥐 꼴이 되었다. 사르판치의 아내는 입이 걸어서 주룩주룩 내리는 비에다 대고 생각나는 대로 갖은 악다구니를 퍼부었지만, 팜포시는 억수같이 쏟아지는 빗속에서 춤을 추며 명랑하게 외쳤다. "우리한테 물을 선물로 내려주는데, 하늘을 욕하지 마."

이 말이 피르다우스를 더 자극했다. "다들 네가 더할나위없이 다정하고 솔직하고 불평할 줄 모른다고 하지만, 나는 못 속여." 그녀는 가지를 넓게 뻗은 치나르 나무 밑에서 비를 피하며 팜포시 또는 기리에게 말했다. "물론 네가 언제나 미소를 잃지 않고, 누구한테고 싫은 소리 한번 하는 법이 없고, 아무리 힘든 일이 있어도 수선 떨지 않는다는 건 잘 알아. 난 아침에 눈뜨자마자 눈에 띄는 것이면 모조리 고쳐놓아야 속이 시원하지. 모든 사람을 쥐고 흔들어야 직성이 풀리고, 매사를 더 낫게 바꾸고 싶고, 이 지긋지긋한 삶에서 매일 부딪쳐야 하는 온갖 쓰잘머리 없는 것들을 싹 없애버리고 싶어. 그런데 넌 나와 달리 세상을 있는 그대로 받아들이고 그 안에서 행복해하지. 무슨 일이 일어나건 불평할 줄을 몰라. 하지만 있잖아, 난 네 속마음을 다 알아. 난 낙원의 천사 같은 네 소소한 행동을 다 따져보았다고. 네 행동은 정말 훌륭해. 아무도 거기에 토 달지 않을 거야. 하지만 그건 너의 껍질이야. 단단한 호두 껍데기 같은 거지. 헌데 그 속을 들여다보면 너는 완전히 다른 여자야. 내가 보기에 너는 절대 만족을 모르는 여자야. 너처럼 너그러운 여자는 본 적도 없어. 내가 어떤 숄이 마음에 든다고 한마디만 하면 너는 그것이 혼수로 증조할머니한테 물려받은 것이고 백오십 년 묵은 가보라 해도 서슴없이 내줄 거야. 하지만 아무리 그래도 너는 실은 구두쇠야."

이런 말은 우정을 영영 끝장내버리든가 새로운 친구 관계로 나아가게 하든가 둘 중 하나였다. 피르다우스는 이런 식으로 주사위 한 번에 모든 것을 다 거는 도박을 곧잘 했다. "나 역시 그날 피르다우스를 꿰뚫어 보았던 것 같아." 팜포시 카울은 딸 부니의 꿈속에서 이렇게 말했다. "인정머리 없는 년처럼 구는 그녀의 행동에 감춰진 정말 신실하고 헌신적인 여자의 모습을 얼핏 보았단다. 또 내가 하고 싶어했던 말을 이해할 수 있는 여자는 마을에서 그녀뿐이었어." 그래서 팜포시는 마음 깊은 곳에 꽁꽁 감춰두었던 비밀을 피르다우스에게 털어놓아 그녀를 놀라게 했다. 그때까지 족장의 아내는 다른 이들과 마찬가지로 팜포시를 판디트에게 딱 맞는 완벽한 아내로만 여겼다. 왜냐하면 팜포시는 판디트가 머리를 형이상학의 구름 속에 쑤셔 박고 있을 때 굳건히 발로 땅을 디디고 있었기 때문이다. 그제야 피르다우스는 팜포시가 자기 남편보다 훨씬 더 환상적인 성격을 감추고 있었음을 알았다. 그녀의 꿈은 온 세상을 깜짝 놀라게 할 야심을 품은 피르다우스도 따라잡지 못할 만큼 과격하고 위험천만했다.

카슈미르 여자들은 사랑을 나누는 데 절대 수줍어하거나 몸을 사리는 법이 없었다. 하지만 피르다우스는 팜포시가 털어놓은 얘기에 귀가 불붙은 듯 화끈거렸다. 사르판치의 아내는 친구의 내면에 이렇게 격렬한 성적 욕망이 감춰져 있는데 판디트는 멀쩡히 침대에서 나와 돌아다니고 있다니 참으로 놀랄 노자라고 생각했다. 더 야성적인 성행위를 극단까지 밀어붙여보고 싶다는 팜포시의 열정은 피르다우스에게 무수히 많은 새로운 발상을 일깨워주었다. 피르다우스는 그런 발상을 자기 침실에 끌어들인다면, 섹스를 단순히 육체적 충동을 해소하는 행위로 여겨 오래 끌지 않으려 하는 압둘라가 자기를 창녀처럼 길거리로 내쫓을 거라는 두려움을 느꼈지만, 한편으론 흥분되기도 했다. 피르다우스는 팜포시보다 몇 살 위였지만, 자기도 모르게 평소와는 달리 기죽은 학생이 되어 넋을 잃고 더듬더듬 어떻게, 그리고 왜 이런저런 식으로 바라던 결과를 얻게 되었느냐고 질문을 던졌다. 팜포시가 대답했다. "간단해. 서로를 믿는다면 못할 게 없어. 그러면 남편 역시 뭐든 다 할 수 있게 되고 아주 기분이 좋아진다는 내 말을 믿어주게 되지." 팜포시의 고백에서 더욱 놀라운 것은 그녀가 남편의 욕구를 따르는 것이 아니라 이끈다는 사실이었다. 그녀가 성행위에서 성 정치학으로 옮겨가 자신의 폭넓은 생각, 여성해방의 유토피아적 비전을 설명하고, 마음속에 품은 것보다 적어도 백 년은 뒤처진 사회에서 살아야 하는 괴로움을 토로하기 시작하자 피르다우스는 손을 쳐들었다. "이젠 됐어. 네가 지금까지 내 머릿속에 채워넣은 것만으로도 몇 주 동안은 악몽에 시달릴 거야. 오늘은 더이상 내 마음을 어지럽히지 말아줘. 난 현재만도 너무 버겁다고. 미래까지는 생각할 여력이 없어."

팜포시 카울은 딸의 꿈속에서 피르다우스 노만이 듣지 않으려 했던 얘기를 전부 해주었고, 자기는 끝내 들어갈 수 없었던 지평선 너머 약속의 땅처럼 빛나는 속박 없는 미래, 자신의 온 삶을 먹어치우고 내면의 평화를 무너뜨린 자유의 비전에 대해 들려주었다. 그녀가 항상 미소를 잃지 않고, 늘 편안하고 차분한 거짓 가면을 벗지 않았기에 아무도 알아차리지 못했던 것에 대해서 말이다. "여자는 자기를 기쁘게 해주는 것이라면 무엇이든 선택할 수 있단다. 남자를 기쁘게 해주는 것은 나중 일이야. 또, 여자의 마음이 진실하다면 세상이 어떻게 생각하든 손톱만큼도 중요하지 않아." 이 말은 부니에게 깊은 인상을 남겼다. "엄마야 말하기 쉽겠죠. 유령은 진짜 세상에 살지 않으니까요." 그녀는 어머니에게 대꾸했다.

팜포시가 말했다. "난 유령이 아니란다. 네가 꿈꾸는 엄마의 모습이야. 난 네 마음속에 있는 얘기, 나한테 확인받고 싶어하는 얘기를 하는 것일 뿐이란다."

부니 카울은 몸을 쭉 뻗고 이리저리 움직이며 말했다. "그건 맞아요."

"그에게로 가렴." 어머니는 이렇게 말하고 자취도 없이 사라졌다.

부니는 집에서 살짝 빠져나와 종종 달빛 아래서 활쏘기 연습을 하느라 죄 없는 나무에 화살을 날리곤 하는 켈마르그 초원으로 가기 위해 나무 우거진 산허리를 올라갔다. 그녀는 활쏘기에 재주가 있었지만, 오늘밤은 다른 운동을 하러 나선 길이었다. 달도 뜨지 않은 밤이었다. 들판 저편 인도 군대의 막사에서 랜턴 몇 개와 담뱃불 불빛이 반짝였지만, 군인 대부분은 잠들어 있었다. 아버지도 잠이 들어 물소처럼 요란하게 코를 골았다. 그녀는 어두운 색 머릿수건을 두르고 어두운 색 긴 셔츠 위에 머리부터 발끝까지 덮는 짙은 색 피란을 걸쳤다. 밖은 싸늘했지만 느슨하게 걸친 옷은 따듯했다. 피란 밑에서 뜨거운 석탄 더미 같은 열기가 긴 손가락을 뻗어 그녀의 배를 어루만졌다. 그녀는 다른 옷은 아무것도, 속옷조차도 걸치지 않았다. 그녀의 맨발은 길을 알고 있었다. 그녀는 그림자를 찾는 그림자였다. 자기가 찾는 그림자를 발견할 것이고, 그는 그녀를 사랑하고 지켜줄 것이다. 그는 이런 말을 했다. "내 손바닥 안에 너를 꽉 붙잡아둘 거야. 아버지가 나를 잡아주듯이." 광대 살리마르로도 불리는 노만, 세상에서 가장 아름다운 소년.

그때 세상에서 가장 아름다운 소년은 마음을 가라앉히고 정말 중요한 문제에 정신을 집중할 때면 늘 그렇듯 나무를 타고 있었다. 나무는 그의 직업 교육과 내면생활 양쪽에서 그 무엇보다 중요한 역할을 했다. 열한 살 때의 어느 날 밤, 노만은 우주의 본질에 관한 불확실성 때문에 잠을 이루지 못했다. 그의 부모가 그 주제를 놓고 하도 요란하게 논쟁을 벌인 탓에, 온 마을 사람들이 집 밖으로 나와 귀를 기울이며 제각기 편을 갈라 천국의 정확한 위치며 미래에는 인간이 우주선으로 그곳에 닿을 수 있을지 여부와 다른 행성에도 예언자와 경전이 있을지를 놓고 갑론을박을 벌었다. 그 결과, 이해할 수 없는 화성의 언어로 된 경전을 받아들이는 녹색 피부에 퉁방울눈인 작은 예언자들이나 달의 보이지 않는 쪽에 사는 생물이 이론적으로 존재한다는 가설을 세우는 것이 신성모독인가 아닌가 하는 문제로 논쟁이 번졌다. 노만은 아버지의 현대적이고 개방적인 의견과 주로 뱀 주술과 연관 짓는 어머니의 마술적인 협박 사이에서 어느 쪽을 택해야 좋을지 몰랐다. 그래서 폭풍우가 닥칠 기미가 보이는데도 뒷문으로 빠져나가 파치감에서 제일 높은 치나르 나무에 기어올랐다. 그는 주위의 잔가지들이 흔들리고 부러지는데도 비바람 속에서 나무에 꼭 매달려 있었다. 우주는 근육을 수축하며 자신의 본질을 놓고 벌어진 싸움에 손톱만큼도 관심이 없다는 것을 보여주었다. 우주는 과학인 동시에 마법이고, 숨겨진 것이면서 알려진 그 모든 것이었으며, 이러나저러나 전혀 상관하지 않았다. 비바람은 점점 더 거세졌다. 그는 죽은 사람들의 손이 공기 같은 무덤에서 날아와 그의 얼굴을 스치며 그를 잡으려 하는 것을 보았다. 바람이 울부짖으며 그를 죽이려 했지만, 그 역시 바람의 얼굴에 대고 맞고함을 지르며 욕설을 퍼부었으므로, 바람은 그의 목숨을 앗아가지 못했다. 여러 해가 지나 암살자가 되었을 때, 그는 살아 있지 않은 편이 더 나았을 거라고, 그날 폭풍의 썩은 이빨이 자기 목숨을 채갔더라면 더 좋았을 거라고 말하곤 했다.

마을 바깥에는 오래 묵은 치나르 나무 한 그루가 우아하게 하늘을 할퀴며 서 있었다. 제일 오래된 나무 두 그루 사이에 줄타기 밧줄을 매놓고, 부니와의 밀회 약속을 준비하며 광대 샬리마르는 밧줄 위에서 구르기, 발끝으로 돌기, 뛰어오르기 등 재주를 부렸다. 몸놀림이 어찌나 가벼운지 허공을 걷는 듯했다. 그는 아홉 살 때 허공을 걷는 비밀을 배웠다. 지붕처럼 우거진 나뭇잎 사이로 햇볕이 내리쬐는 이 초록의 빈터에서, 그는 맨발로 아버지의 손을 벗어나 날았다. 그 첫번째 비행 때 줄타기 밧줄은 땅에서 겨우 50센티미터 정도 높이였지만, 그후 전문 광대가 되어 높은 나뭇가지에서 발을 내딛으며 구경꾼들이 입을 떡 벌린 채 숨도 제대로 못 쉬고 박수갈채를 보내는 6미터 아래를 내려다볼 때에도 그때와 같은 흥분은 다시 느껴보지 못했다. 그의 발은 말하지 않아도 무엇을 해야 할지 알았다. 그의 발가락이 밧줄을 단단히 움켜쥐었다. 아버지는 말했다. "밧줄을 안전한 선이라고 생각하지 마라. 공기가 모여서 이루어진 선이라고 생각해라. 아니면 공기를 밧줄이 되려고 준비하는 무언가라고 생각하든가. 밧줄과 공기는 같은 거란다. 이것을 깨달았을 때 너도 날 수 있을 거다. 밧줄은 녹아 없어지고 너는 허공에 발을 내딛게 될 거야. 그러면 공기가 네 몸무게를 받쳐주고 네가 가고자 하는 곳 어디로든 데려다줄 거란다." 압둘라 세르 노만은 아들에게 신비로운 비밀을 전수해주는 중이었다. 밧줄은 공기가 될 수 있다. 소년은 새가 될 수 있다. 변신이야말로 삶의 근저에 놓인 비밀이었다.

처음 줄 위를 걸은 이후, 그 어떤 것도 노만을 줄에서 떨어뜨리지 못했다. 그는 밧줄을 점점 더 올려 마침내 나무 꼭대기에서 날았다. 그는 해가 뜨건 비가 오건, 밤이든 낮이든 연습했다. 아버지 압둘라도 그를 말리지 못했고, 자기 뜻대로 하지 못했다. 심지어 그의 아내이자 노만의 사나운 어머니 피르다우스 베굼이 노만이 거꾸로 떨어져 거울처럼 산산조각 나든 말든 신경도 안 쓰는 아버지의 바보짓으로부터 아들을 보호할 수만 있다면 마법을 써서 두 부자를 물뱀으로 만든 뒤 부엌 유리그릇에 가둬놓겠다고 을러대도 먹히지 않았다. 뱀은 피르다우스 베굼의 세계에서 매우 중요한 존재였고, 그의 가족 역시 마찬가지였다. 그녀는 이런 말을 입에 달고 다녔다. "뱀은 꿈틀꿈틀, 세상은 흔들흔들." 큰 뱀들이 산기슭을 따라 내려가 구멍 속으로 숨어버렸기 때문에, 그 뱀들이 움직일 때마다 땅이 흔들린다는 뜻이었다. 그녀는 뱀의 비밀을 많이 알고 있었다. 히말라야 아래에 뱀이 금과 보석을 간직해둔 사라진 도시가 있다고 했다. 뱀이 제일 좋아하는 보석은 공작석인데, 그것을 손에 넣으면 행운을 얻는다는 것이었다. 하지만 그 보석을 찾아내더라도 팔아선 안 된다. "뱀의 행운을 팔아버리면 안 돼." 그녀가 경고했다. 일반적으로 뱀이 집에 들어오면 축복이라 여기고 감사하는 마음을 갖는다. 뱀이 집 안의 쥐를 잡아먹기 때문만은 아니다. 뱀을 보면 막대기를 사용해 문이나 창문 밖으로 어떻게든 나가게 해야 한다. 행운은 밀어내버릴 수 있는 무엇이 아니니까. 하지만 존중하는 태도로 해야지 뱀의 대가리를 짓뭉개려 해서는 안 된다. 어느 집이나 뱀의 보호가 필요한 법이다. 만약 자기를 지켜주는 뱀이 없다면, 대신 공작석이라도 갖고 있는 게 좋다.

(노만은 판디트가 침을 튀겨가며 하늘의 용 라후와 케투에 대해 떠들어대는 것을 처음 들었을 때, 사랑하는 아버지와 자기 자신, 그리고 가까이하기 힘든 어머니 사이의 숨겨진 유사성에 감탄을 금치 못했다. 용, 도마뱀, 뱀, 땅과 공중의 비늘 덮인 기어다니는 벌레들. 온 세상이 마법의 괴물에 푹 빠져 있는 것 같았다.)

피르다우스는 오른쪽 눈이 약간 사시였다. 사람들은 눈꺼풀 덮인 눈이 비스듬히 던지는 시선을 보면서 뱀의 피를 받은 게 분명하다고 그녀의 등 뒤에서 수군거렸다. 노만은 가끔 자기가 그렇게 나무나 밧줄을 잘 타는 것이 어머니가 뱀과 관련이 있어서가 아닐까 궁금했다. 이제 그의 생각은 그가 평생 매일같이 행운을 가져다주기로 마음먹은 소녀 부니 주위로 똬리를 틀었다. 힌두나 무슬림 같은 단어는 그들의 이야기에 비집고 들어올 수 없다고 그는 중얼거렸다. 계곡에서 이런 말들은 경계를 긋는 것이 아니라 단지 설명하는 말에 불과했다. 단어들 사이의 경계, 단어들의 단단한 가장자리는 뭉개지고 흐릿해졌다. 그래야 마땅했다. 여기는 카슈미르였다. 그는 혼자 속삭일 때면 이런 말을 진심으로 믿었다. 그럼에도 아버지나 어머니에게 판디트의 자식에 대한 자신의 감정을 말한 적은 없었다. 그는 아버지에겐 숨기는 것이 거의 없었다. 어머니를 대할 때는 항상 좀더 조심을 했다. 아버지와는 다르게 어머니는 조금 무서웠기 때문이다. 그는 엄청난 비밀을 혼잣속에만 간직하고 있다는 데 죄책감을 느꼈다. 하지만 아무도, 심지어 그의 형이자 가장 가까운 친구인 다른 세 광대조차도 그가 오늘밤 무슨 일을 하려는지 몰랐다.

춤은 부니의 첫사랑이자 가장 큰 재능이었다. 부니도 높은 밧줄 위를 걸을 수 있었지만, 그녀에게 밧줄은 그저 밧줄일 뿐이었다. 어린 노만에게는 마법의 공간이었지만. "언젠가는 정말로 날아오를 거야. 아예 밧줄이 필요 없는 날이 올 거야. 텅 빈 허공을 걸어 우주복도 입지 않은 우주인처럼 저기 매달릴 거야. 내 손, 내 발, 내 머리에만 의지할 거야. 아무것에도 의지하지 않고 말이야." 그는 첫 키스를 한 뒤 그녀에게 말했다. 부니는 한 치 흔들림도 없는 확신에 찬 그의 태도에 감동했다. 그의 말이 어리석기 짝이 없는 정신 나간 소리인 줄 알면서도 깊은 감명을 받았다. 그녀가 물었다. "어떻게 그토록 굳게 믿을 수가 있니?"

"우리 아버지 덕분이야. 아버지는 아버지 손바닥에서 나를 키우셨거든. 한 번도 내 발이 땅에 닿은 적이 없었어."

아버지의 손바닥은 부자의 손처럼 부드럽거나 푹신하지는 않았지만, 단단하고 노련하고 모르는 것이 없었다. 세상이 어떤 곳인지 아는 손이었고, 앞길에 놓인 고난을 모르고 살도록 무조건 감싸주지는 않는 손이었다. 그러나 억셀 뿐 아니라 그 고난으로부터 지켜줄 수 있는 손이기도 했다. 노만이 주름 팬 손바닥 안에 머무는 한, 아무것도 그를 건드릴 수 없었고 두려워할 것도 없었다. 아버지는 가장 귀한 보석이나 다름없는 아들을 자기 손바닥에서 키웠다. 사르판치는 노만의 형인 하미드, 마무드, 아니스가 없는 자리에서 그렇게 말해주었다. 그와 같이 지도자의 위치에 있는 사람은 절대로 편애한다는 비난을 들을 만한 짓을 해서는 안 되었기 때문이다. 그러나 노만은 압둘라의 손바닥에서 아버지의 비밀을 알았고, 그것을 지켰다. 압둘라는 그에게 말했다. "넌 내 행운의 부적이란다. 너만 곁에 있으면 나는 무적이야." 노만은 자기도 무적이 된 기분이었다. 그가 아버지의 요술 부적이라면, 아버지 역시 그에게 그런 존재였으므로. 노만은 부니에게 말했다. "맨 처음에는 아버지의 사랑이 있었어. 그게 나를 나무 꼭대기까지 데려다 주었지. 하지만 이제 나에게 필요한 건 너의 사랑이야. 그 사랑이 나를 날게 해줄 거야."

달이 없는 밤이었다. 하얀 용광로 같은 은하수가 하늘을 가로질러 불타올랐다. 새들도 잠이 들었다. 광대 샬리마르는 켈마르그로 가기 위해 숲이 우거진 언덕을 오르며 강물 흐르는 소리에 귀를 기울였다. 그는 세상이 지금 이 순간처럼 얼어붙은 채로 있기를 바랐다. 바로 지금, 그가 희망과 열망으로 충만하고, 젊고 사랑에 빠졌고, 아무도 그를 실망시킨 적 없고, 사랑하는 사람이 아무도 죽지 않은 지금 이 순간처럼. 죽음에 관해 그의 어머니는 뱀이 우글거리는 저승을 믿었지만, 아버지가 믿는 내세에는 날개가 있었다. 노만이 여섯 살 때, 성질 고약한 할아버지 파루크가 평소 같지 않게 명랑한 기분으로 길었던 불만투성이 삶을 마감했다. "적어도 너희가 만사를 엉망진창으로 망쳐놓을까봐 노심초사할 필요는 없게 됐지 뭐냐." 파루크는 애정 표현이랍시고 노만의 어린 뺨을 꽉 잡고는 힘껏 비틀었다.

"바바잔은 내가 못생겼다고 생각해요." 노만이 투덜거렸다.

"그렇게 생각하실 리 없어." 아버지가 그다지 믿음이 가지 않는 투로 대꾸했다.

"만약 내가 부트처럼 못생겼다고 생각하지 않으신다면, 손톱으로 자꾸만 내 얼굴을 찢어발기려 하지는 않으실 거예요." 노만이 단호하게 말했다.

노만은 할아버지 파루크가 자신의 얼굴을 함부로 다루기는 했어도, 할아버지 장례식 때 크게 슬퍼했다. 파루크는 어처구니없을 만큼 빨리 매장되었다. 숨을 거둔 지 불과 여섯 시간 만이었다. 그러나 끔찍하리만치 오랜 기간 동안 애도를 받았다. 압둘라는 노만을 위로하고 기운을 북돋아주려고 가족 중 누군가 죽으면 영혼이 그 지역에 사는 새들한테로 들어가서 인간이었을 때 즐겨 부르던 노래를 부르며 파치감을 날아다닌다고 말해주었다. 새가 된 이들은 생전과 똑같은 실력으로 노래를 부른다. 그 이상도 이하도 아니고 딱 고만큼이다. "내가 죽거들랑 망가진 배기관 같은 소리로 우는 후투티를 찾으렴. 쉰 목소리로 귀에 거슬리게 깩깩대는 후투티 소리를 듣거든, 내가 입버릇처럼 했던 '내가 뭐랬냐'라는 말인 줄 알아라." 압둘라는 이렇게 말하곤 껄껄 웃었다. 그의 목소리는 정말 낡은 트럭의 금간 배기관에서 나는 소리 같았고, 그의 노랫소리는 웃음소리보다 더 들어주기 힘들었다. 또 압둘라 노만의 십팔번이 "내가 뭐랬냐"인 것도 사실이었다. 그는 너무 많이 알아서 병이었고, 피르다우스 베굼이 돌로 머리를 찍어버리겠다고 협박해도 아는 척하지 않고는 못 배겼다.

노만이 아버지에게 말했다. "아버지는 돌아가시지 않을 거예요. 절대로, 절대로요."

그의 어린 시절, 아버지는 그의 몸 어디에서고 새를 찾아냈다. 압둘라는 노만의 볼이나 배, 무릎에 입을 맞춰주었고, 아이는 아버지의 입술이 닿는 곳 어디에서나 새소리를 들을 수 있었다. "아무래도 네 겨드랑이에 새가 숨어 있는 것 같구나." 압둘라가 말하면 노만은 신이 나서 킬킬대며 아버지를 막으려 했지만, 속마음은 그렇지 않았다. 압둘라가 억지로 입을 맞추고 갑자기 얍 하고 기합을 넣으면, 아들의 겨드랑이에서 날카로운 지저귐이 울렸다. 아버지는 얼굴 쪽으로 겁주듯 다가오면서 말했다. "고놈의 새가 네 콧속으로 달아나고 싶은가보다."

압둘라 셰르 노만은 그의 가운데 이름, 그가 결국엔 받아들인 존칭 '셰르'가 암시하듯 정말로 사자였다. 그가 젊었을 때부터 파치감 사람들은 카슈미르에는 사자가 둘 있다고들 했다. 하나는 물론 카슈미르의 셰르, 자기 민족의 진짜 지도자인 셰이크 압둘라였다. 나중에 오베로이 호텔로 바뀐 스리나가르 위쪽 비탈에 있는 궁전에 사는 도그라족 마하라자*가 아니라, 셰이크 압둘라가 계곡의 진짜 왕이라는 데 아무도 이의를 달지 않았다. 또 한 명의 사자는 바로 파치감의 족장 압둘라 노만이었다. 모두가 사랑과 존경을 담아 그를 우러르는 한편, 다소 두려워하기도 했다. 그가 대장이기 때문만이 아니라, 무대에서 영웅 역할을 할 때면 진실을 위해 용감무쌍하고 위풍당당한 자세로 엄청난 존재감을 발휘했기 때문이다. 계곡의 관객 가운데 재수 없는 놈 하나가 극의 클라이맥스

---

* 토후국의 왕을 가리키는 호칭.

와 대단원까지 기다리지도 못하고 벌떡 일어나 쥐도 새도 모르게
숨겨왔던 죄를 털어놓았다는 얘기가 있을 정도였다.

압둘라는 키가 크진 않았지만 힘이 셌다. 팔뚝 두께가 웬만한
대장장이 저리 가라였다. 어깨가 떡 벌어졌고, 머리숱도 많았다.
막사의 인도 병사들도 최대한 예를 갖춰 그를 대했다. 그는 또한
배우들의 관리자로서도 능력이 뛰어나, 어디를 가나 유랑극단 배
우들을 지휘했다. 피르다우스 베굼이 그의 천생배필 암사자였지
만, 어쨌든 여자한테도 인기가 대단했다. 암살자가 된 샬리마르는
많은 세월이 지난 뒤 편지에 이렇게 썼다. "아버지는 저에게 아버
지와 똑같이 사자를 뜻하는 가운데 이름을 주셨습니다. 하지만 저
는 그 이름을 가질 자격이 없습니다. 저의 죽음은 제 삶과는 전혀
다른 모습일 것입니다. 저에게 밝은 하늘은 사라져버렸고 어두운
길이 열렸습니다. 이제 저는 어둠으로 이루어진 자입니다. 그러나
사자는 빛으로 이루어진 존재입니다." 그는 감옥에서 줄이 쳐진
얇디얇은 편지지에 이렇게 적었다. 그런 다음 종이를 갈기갈기 찢
어버렸다.

마을의 공식 명칭인 파치감에는 딱히 의미랄 것이 없었다. 그러
나 연로한 주민 중에는 판치감, 즉 '새(鳥) 마을'이 후대에 내려와
와전된 것이라 주장하는 이들도 있었다. 새가 인간의 영혼으로 탈
바꿈한 것이냐 아니냐를 놓고 입씨름을 벌인 끝에, 이 어원의 진
위 여부는 전적으로 각자의 생각에 맡기기로 했다. 하지만 광대
샬리마르가 켈마르그 초원에서 자기를 기다리는 부니 카울을 발
견했을 때, 그의 마음속에서 그런 논쟁은 흔적도 없이 사라졌다.

대신 그 자리에 다른 논쟁이 휘몰아쳤다. 그의 앞에 정성껏 땋은 들꽃 향기 풍기는 머리카락을 두건을 벗은 어깨에 늘어뜨린 채, 그가 사랑하는 소녀가 매끄러운 피부를 빛내며 자기를 여인으로 만들어주기를, 그렇게 함으로써 그 역시 남자가 되기를 기다리며 서 있었다. 그의 안에서 욕망이 솟구쳤지만, 뜻하지 않게 그를 억누르는 힘도 솟아올랐다. 바로 자제력이었다. 그림자 용, 부채질하는 라후와 저지하는 케투가 머리 위에서 그의 마음을 서로 차지하려고 전투를 벌였다.

그는 부니의 눈 속에서 잠에 취한 듯한 빛을 보았다. 처녀를 버릴 용기를 내려고 해시시를 피운 것이다. 미묘하게 도발적인 입술의 움직임에서도 비밀스러운 유혹의 기미가 엿보였다. 그가 슬픈 어조로 말했다. "부니, 부니, 나에게 어떻게 벗어나야 할지 모를 책임을 지우는구나. 서로의 몸 다섯 군데를 애무하고, 일곱 가지 방법으로 키스하고, 아홉 가지 체위로 사랑을 나눌 수도 있겠지만, 흥분에 휩쓸려 자제심을 잃지는 말자." 부니는 대답 대신 피란과 셔츠를 머리 위로 끌어올려 벗어버리고 배 아래쪽에 낮게 탄불을 담은 조그만 단지만 매단 채 벌거숭이로 그의 앞에 섰다. 그 단지는 이미 뜨거워진 정도가 아니었다. 그녀는 마약에 잔뜩 취한 쉰 목소리로 말했다. "나를 아이처럼 대하지 마. 어린애처럼 핥고 빨아대기나 하려고 이러는 줄 알아?" 광대 샬리마르는 미처 예상치 못했던 야비한 말투를 듣자, 동의해놓고도 실은 굉장히 두려워하는 그녀의 속내를 짐작할 수 있었다. 바로 그 두려움 때문에 저렇게 정신을 완전히 놓아버려야 했던 것이다. "좋아, 그런 일은 없을 거야." 그가 대답했다. 그의 내면의 투쟁은 점점 격렬해졌다. 반쪽짜리 두 마리 용이 그의 마음속을 완전히 헤집어놓는 바람에 몸이 아플 지경이었다. 부니는 그 광경에 신경질적인 웃음을 터뜨렸다. "나를 피할 수 있을 것 같아? 그런다고 나를 물리칠 수 있을 줄 알아?" 그녀는 미친 듯이 웃어대는 사이사이 숨을 헐떡이며 그를 자기 몸 위로 끌어당겼다. "자기, 여기에서 빠져나가려면 그 정도로는 안 될걸."

부니 카울은 그후로 단 한 번도 켈마르그 초원에서 한 짓을 후회하거나 그에게 책임을 떠넘기는 말을 하지 않았다. 그날 밤 일로 말미암아 그녀가 결국 때 이른 죽음으로 이어지는 길에 서게 되었다 할지라도. 그녀는 절대 자신을 비난하거나 그들의 선택이자 실은 자신의 선택을 가지고 광대 샬리마르를 비난하지 않았다. 그 점에서는 광대 샬리마르의 생각이 틀렸다. 그녀는 책임을 버리기 위해 해시시를 피운 것이 아니라, 자신의 선택을 더욱 확실히 실행에 옮기기 위해 그렇게 한 것이었다. 자신이 선택한 행동이 두려워서도 아니었다. 용의 머리는 이미 오래전에 그녀의 머리 위에서 승리를 거두었다. 영혼을 죽이는 꼬리는 그녀에게 아무런 힘도 쓰지 못했다.

그녀는 일을 치르고 나서 입을 열었다. "아, 이런 걸 정말 하고 싶지 않았단 말이야?"

그는 몸을 옆으로 굴려 반듯이 누운 뒤 환희에 넘쳐 숨을 헐떡이며 말했다. "나를 떠나지 마. 이제 나를 떠나지 마. 그러면 너를 절대 용서하지 않을 거야. 복수할 거야. 너를 죽이고, 만약 네가 다른 남자의 아이를 낳는다면 그 아이도 죽여버리겠어."

그녀는 깊이 생각해보지도 않고 대꾸했다. "낭만적이기도 해라. 어쩜 그런 멋진 말을 다 하니."

⁂

광대 살리마르와 부니가 태어나기 전에는 배우들이 사는 마을과 요리사들이 사는 마을이 각각 따로 있었다. 그 뒤로 시대가 변했다. 반드 파테르*, 즉 광대 이야기극이라는 전통 연희를 공연하는 파치감 배우들은 여전히 계곡에서 감히 누구도 따를 수 없는 최고의 배우였다. 그러나 배우들이 요리까지 배우게 만든 것은 당시 한참 청춘이었던 젊은 천재 압둘라였다. 계곡에서 연희가 열릴 때면 사람들은 주로 연극 구경을 즐겼지만, 약 서른여섯 가지 코스가 나오는 전설적인 잔칫상 와즈완**을 준비할 사람도 있어야 했다. 압둘라 덕분에 파치감 마을 주민은 최초로 육체를 위한 양식과 영혼을 위한 즐거움 모두를 완벽하게 제공하는 사람들이 되었다. 또한 축제일에 들어온 현금 수입을 다른 사람들과 나눌 필요도 없어졌다. 최소 서른여섯 가지 코스 잔칫상 차림을 전문으로

---

* 카슈미르 지방에서 가장 인기 있는 전통 연희로, 신화나 전설, 당대의 사회 풍자를 소재로 삼으며 노래와 춤, 연극이 어우러진다.
** 카슈미르의 전통적인 무슬림식 연회 상차림. 여러 가지 화려한 코스로 이루어지며, 주로 결혼식 등 큰 행사가 있을 때 나온다. 카슈미르 무슬림의 문화와 정체성에서 중요한 부분을 이룬다.

하는 다른 마을들이 있었는데, 그중 가장 유명한 마을이 2킬로미터 남짓 떨어진 시르말이었다. 그러나 압둘라가 지적했듯 완벽하게 관객을 쥐고 흔드는 것에 비하면 요리법을 연구하는 것 정도는 식은 죽 먹기였다.

마을의 생활방식을 이렇게 하루아침에 확 바꾸려니 반대가 없을 수는 없었다. 피르다우스 베굼은 마을을 재정 파탄으로 몰아넣을 어리석기 짝이 없는 계획이라고 남편을 비난했다. "사들여야 할 게 당장 한두 가지예요? 구리 한디스*니, 그릴이니, 휴대용 탄두르**니, 그건 시작일 뿐이라고요! 음식 만들기를 배우고 실습하는 데에도 돈이 들어갈 테니까." 어느 쌀쌀한 봄날, 압둘라는 피르다우스 베굼에게 고함을 질렀다. 목소리를 낮춰 말하는 법을 잊어먹은 지 이미 오래였다. "이치만 놓고 본다면, 배우들이 양념을 볶고 밥을 해서 꿀꿀이죽 외에 뭔가를 만들어내지 못할 이유가 뭐가 있소?" 피르다우스 베굼은 그의 말에 코웃음을 쳤다. "그런 식으로 따지자면 큰두루미가 거꾸로 날아다니지 못할 이유는 뭐겠수?"

하지만 아내의 반대 목소리는 소수 의견일 뿐이었다. 계획이 성공할 기미를 보이자, 제일 잘나가는 요리사 마을 시르말에서도 파치감을 본떠 음식과 함께 희극 공연을 내놓으려 했다. 그러나 초짜 티가 풀풀 나는 그들의 공연은 쫄딱 망했다. 그러던 어느 날

---

* 냄비의 일종.
** 인도 요리를 할 때 쓰는 원통형 토제 화덕.

밤, 두 경쟁 마을 간에 전쟁이 선포되었다. 시르말 사람들은 파치감을 습격해 근사한 큰 솥을 훔치고, 배우들이 지역 최고의 진미로 꼽히는 로간 조시, 타바크 마즈, 구슈타바* 등의 요리법을 익힐 때 사용한 화덕을 부수려 했으나, 도리어 파치감 사람들에게 머리통이 깨져 울며 자기네 마을로 돌아갔다. 솥단지 전쟁 이후로 파치감은 연회 요리계의 맨 꼭대기를 차지했고, 다른 마을은 파치감의 광대 이야기꾼이나 잔칫상 요리사들이 너무 바빠서 일손이 달릴 때에만 고용되는 것으로 암묵적인 합의가 이루어졌다.

솥단지 전쟁에서 파치감 사람들은 이긴 쪽이었는데도 큰 충격을 받았다. 그들은 항상 이웃인 시르말 사람들이 좀 이상하다고 생각하긴 했어도, 그렇게 난폭하게 평화를 깨뜨릴 수 있으리라고는, 카슈미르 사람들이 질투나 악의, 탐욕과 같은 보잘것없는 동기로 다른 카슈미르인을 공격하리라고는 꿈에도 생각해본 적이 없었다. 피르다우스 베굼의 친구로, 나이를 먹지 않는 구자르족 여인인 예언자 나자레바두르는 침울해졌다. 그녀는 예언자 중에서도 가장 낙관적이었다. 그녀가 늘 행복과 부, 장수와 성공을 예언해주었기 때문에 사람들은 정을 통하는 가축들의 축축한 냄새를 참고 지붕이 이끼로 뒤덮인 그녀의 숲 속 오두막을 찾아오곤 했다. 솥단지 전쟁 이후 그녀가 내다보는 미래는 어두워졌다. "이건 눈사태를 불러올 첫번째 조약돌일 뿐이야." 이가 다 빠진 그녀

---

* 차례대로 카슈미르 전통 커리의 일종, 구운 양갈비 요리, 커리 소스를 얹은 미트볼 요리.

110

가 고개를 가로저으며 말했다. 그러고는 냄새나는 작은 오두막 안으로 들어가 문 앞에 나무 가리개를 쳐놓고, 점치는 일을 그만두었다. 나자레바두르는 옛이야기에 나오는 영웅 하팀 타이 왕자와 사랑에 빠졌던 아름다운 공주의 이름을 따서 지은 이름으로, '악마의 눈이여, 사라져라!'라는 뜻이었다. 그녀의 손길에는 저주를 비켜가게 해주는 힘이 있었다. 그녀는 어수룩한 마을 사람들이 그녀를 실은 전설 속의 영원히 죽지 않는 미녀라고 믿게 내버려두었다. 다들 그녀는 행운의 손길 덕에 죽음의 손아귀에 절대 붙잡히지 않는다고 믿었다. 그녀는 피르다우스에게 이렇게 속내를 털어놓았다. "사람들이 좋다면야, 내가 예전에는 시바 여왕이었다고 믿은들 무슨 상관이겠어."

사실대로 말하자면, 나자레바두르는 시바든 누구든 여왕 따위와는 닮은 데가 손톱만큼도 없었다. 느슨하게 터번을 두르고 누런 앞니 한 개만 남은 그녀의 모습은 차라리 무인도에 버려진 해적에 더 가까웠다. 본인 말로는 젊었을 땐 폭포처럼 흘러내리는 탐스러운 적갈색 머리에 반짝이는 하얀 이, 푸른 왼쪽 눈을 갖고 있었다지만, 이웃 사람 중 누구도 나자레바두르가 젊었을 때를 기억하지 못했기 때문에 그 주장을 확인해줄 사람은 없었다. 그녀의 남편은 말년에 그녀를 보살펴줄 외아들 하나 남겨주지 않고 죽어버렸다. 그녀는 그거야말로 도리에 어긋나는 짓이라 여겼고, 그 탓에 남자를 대체로 좋지 않게 생각하게 되었다. 나자레바두르는 피르다우스에게 이렇게 말했다. "남자한테 의지하지 않고서도 인류가 번식할 수 있는 길이 있다면, 나한테 좀 일러줬으면 좋겠어. 그럼 여자들이 하고 싶은 대로 다 하고 필요 없는 것은 죄다 처분해버릴 수 있을 테니까." 하지만 인공수정에 대한 소식이 계곡까지 닿았을 무렵에는 이미 아이를 낳을 수 있는 나이를 넘긴 지 오래였고, 설령 풋풋하게 피어나는 젊은 나이였다 해도 시술받을 돈이 없었을 것이다.

그녀는 가축을 돌보고 담배를 피우면서 힘닿는 데까지 생활을 꾸려나갔다. 점치는 일을 부업으로 삼아 약간의 가욋돈을 벌었지만, 예언은 나자레바두르의 주관심사가 아니었다. 진짜배기 구자르족 여인들이 그렇듯, 그녀의 첫사랑은 소나무숲이었다. 그녀는 카슈미르어로 "Un poshi teli, yeli vun poshi"라는 말을 늘 입에 달고 다녔는데, "제일 중요한 것은 숲이고, 먹을 것은 그다음"이라는 뜻이었다. 그녀는 켈 숲 나무들의 수호자를 자처했고, 매년 가을이면 겨울눈이 내리기 전에 땔나무를 비축해두려고 숲을 돌아다니는 파치감과 시르말 주민들을 달랬다. "아이들을 얼어 죽게 놔두라는 말씀은 아니겠지요." 마을 사람들은 이렇게 애걸했다. 결국 그녀도 아이들이 나무보다 중요하다는 데 동의했다. 그녀는 마을 사람들을 죽을 때가 다 된 나무들이 있는 곳으로 안내해주었고, 그 나무들은 베어도 좋다고 허락했다. 마을 사람들은 하라는 대로 하지 않았다가 그녀가 마술을 부려 농작물을 망쳐놓고 학질이나 부스럼병 따위에 걸리게 만들지도 모른다는 두려움에 그대로 따랐다.

그녀는 물소 젖과 치즈를 팔아 생계를 꾸렸으므로, 몸과 옷에 항상 유제품과 버터 냄새가 배어 있었다. 그 덕에 찢어지게 가난하면서도 우유로 목욕을 하고 종들에게 버터로 마사지를 하게 했다던 고대 여왕 같은 좋은 향내를 풍겼다. 그녀는 숲 바깥 세상이 비현실적으로 느껴져 꼭 필요한 경우가 아니면 숲 밖으로 나가기를 꺼렸다. 그녀는 이런 말을 즐겨 했다. "구즈리아에서 참 먼 길을 왔지. 그런 고된 여행을 마친 뒤인데, 뭐하러 공연히 또 어슬렁거리고 다닌담." 구자르족이 구즈리아 혹은 그루지야에서 이주해 온 것이 천오백 년 전 일이라는 사실도 아랑곳하지 않았다. 나자레바두르는 그 대장정이 불과 얼마 전의 일인 것처럼, 카스피 해에서 시작해 중앙아시아, 이라크, 이란, 아프가니스탄을 지나 카이베르 고개를 넘어 인도 아대륙까지 직접 한 발 한 발 걸어온 것처럼 말했다. 그녀는 조상들이 이란, 아프가니스탄, 투르크메니스탄, 파키스탄, 인도, 즉 구르자라, 구즈라바드, 구즈루, 구즈라바스, 구즈다르코타, 구자르가르, 구즈란왈라, 구자라트에 버리고 온 정착지의 이름을 줄줄 꿰었다. 그리고 슬픔에 잠겨 서기 6세기에 구자라트를 덮쳐 조상들을 기르 숲에서 떠나 카슈미르의 푸른 숲과 초원으로 오게 만든 끔찍한 가뭄 이야기도 했다. 그녀는 피르다우스에게 말했다. "걱정하지 말렴. 오히려 전화위복이었으니까. 우리는 구자라트를 잃었지만, 봐라! 대신 카슈미르를 얻었잖니."

피르다우스 부트 또는 바트는 어린 소녀 적부터 파치감 뒤의 숲이 우거진 비탈을 올라가 구자르족 여인의 발치에 앉아 찝찔한 분홍색 차를 마시며 나자레바두르의 끝없이 이어지는 이야기에 귀를 기울이는 것이 평생의 습관이 되었다. 그녀는 후각을 잠시 마비시키는 요령을 터득하여 마침내 라디오를 끄듯 후각 기능을 멈출 수 있게 되었다. 그리하여 후각이 사라진 부드러운 침묵 속에서 양의 똥 냄새나 나자레바두르가 자주 뀌어대는 지독한 방귀 냄새에 방해받지 않고 즐거운 공상을 하며 나자레바두르의 최면을 거는 듯한 목소리에 취할 수 있었다. 이 예언자는 사춘기 무렵 처음으로 자기가 좋은 소식을 예언하여 소소한 재난을 비껴가는 능력을 타고났음을 알았다고 했다. 하지만 이는 월경과는 전혀 관계없는 일이라고 했다. 그녀는 이렇게 비웃었다. "내 예언 능력이 마치 그게 없으면 세상이 너무 만만해서 안 된다는 듯 여자의 삶을 고달프게 만드는 그 하찮은 일과 관계가 있다면, 내가 폐경했을 때 예언도 못하게 되었어야지. 폐경된 지가 언제인데."

나자레바두르는 오래전 어린아이였을 때 지금은 기억나지 않는 이유로 아버지와 함께 시내에 나갔던 일을 회상했다. 위층에서 여자들이 앞으로 몸을 내밀고 서로 소문이며 리넨, 과일, 어쩌면 은밀한 입맞춤까지도 나눌 수 있을 듯 목조 건물들이 빽빽히 늘어선 스리나가르 거리는 아름다웠고, 거울같이 반짝이는 호수 위로는 작은 배들이 칼날처럼 물살을 가르며 나아갔다. 하지만 어린 나자레바두르는 몸 둘 바를 모르고 안절부절못했다. 그녀는 이렇게 설명했다. "사람들이 너무 많은 데다 바글바글 모여 있으니까, 당최 못 견디겠더라고." 갑자기, 이렇다 할 이유도 없이, 그녀는 행복하고 싹싹한 어린아이이지 반항적인 아이가 아니었으므로, 도시 생활의 폐쇄공포적인 압력이 그녀를 점점 견디기 힘들게 억눌렀다. 그녀는 길거리에서 돌멩이 하나를 집어 있는 힘껏 넘다* 깔개를 파는 가게 유리창을 향해 던졌다. 몇 년 후 그녀는 피르다우스에게 이야기해주었다. "왜 그랬는지 나도 모르겠어. 도시가 신기루 같더라고. 돌을 던지면 신기루는 사라지고 그 자리에 숲이 다시 나타날 것 같았어. 하지만 진짜 그렇게 생각했는지는 잘 모르겠어. 자기 속이라고 다 아는 건 아니잖아. 그런 일을 왜 했는지, 왜 사랑에 빠졌는지, 왜 살인을 했는지, 왜 유리창에 돌을 던졌는지, 자기가 해놓고도 영문을 모른다니까."

어린 피르다우스는 나자레바두르가 어른한테 얘기하듯 전혀 스스럼없이 얘기해주는 것이 무엇보다도 마음에 들었다. 그녀는 놀라워하며 이렇게 물었다. "그럼 내가 나중에 어떤 사람 머리를 자르고도 왜 그랬는지 모를 수 있단 말예요?" 나자레바두르는 피란 밑에서 요란하게 방귀를 뀌었다. "그런 끔찍한 소리 마라. 얘기가 곁길로 샜구나. 돌멩이가 목표를 향해서 허공을 날아갔단 말이지."

돌이 자기 손을 떠나기가 무섭게 어린 나자레바두르는 자기가 한 짓을 후회했다. 아버지가 휘둥그레진 눈으로 자기를 쳐다봤다. 바로 그때, 난생처음 접신 상태에 빠졌다. 행복에 겨운 일종의 무기력 상태로 빠져들면서, 세상이 정지 상태에 가깝게 느려지는 것을 느꼈다. "깨지지 않을 거야! 창문은 깨지지 않아!" 그 달콤한 정지 상태에서 자신의 외침이 들려왔다. 세상이 여전히 멈춰 있는 시간을 초월한 그 순간에, 돌멩이가 아슬아슬하게 비껴가는 것을

---

* 두꺼운 펠트 천.

보았다. 돌이 넘다 가게의 나무 창틀에 맞아 땅에 떨어짐과 동시에 세계가 다시 움직이기 시작했다.

그후로 그녀는 시행착오를 거치면서 자기가 지닌 힘의 범위와 한계를 알아냈다. 돌을 던진 사건이 있던 바로 그해, 비가 내리지 않아 파치감이 큰 우환에 싸였다. 나자레바두르는 마을 사람 둘이 숲을 걸어가며 그 일에 대해 이야기 나누는 것을 엿들었다. "하지만 비가 오기는 올까?" 한 명이 상대방에게 묻는 순간, 그 달콤한 지체 현상이 다시 한번 나자레바두르를 찾아왔다. "네. 수요일 오후 비가 내릴 거예요." 그녀가 큰 소리로 대답하자 두 남자는 깜짝 놀랐다. 아니나 다를까, 수요일 점심 녘이 지나자 비가 쏟아졌다.

사람들은 미래를 예언하는 사람에 대해 보통 사람이 느끼는 의심과 경탄이 뒤섞인 눈길로 나자레바두르를 힐끗거리기 시작했다. 그녀의 오두막으로 이어지는 길은 떠나간 연인이 돌아올지 물어보려는 연인, 카드게임에서 이길지 궁금한 도박꾼, 호기심 많은 자, 냉소적인 사람, 귀 얇은 사람, 마음이 딱딱하게 굳은 사람으로 붐볐다. 정상에서 벗어난 것이라면 무엇이든 자기네 문간에서 쫓아내려 하는 사람들의 주도로 그녀를 마을에서 쫓아내자는 공론이 벌어진 적도 몇 번 있었다. 하지만 그녀는 답을 알지 못하면 말을 삼가는 신중한 성품 덕에 위기를 넘겼다. 그녀가 필연적인 방향으로 미래를 밀어붙일 수 있게 해주는 접신 상태는 마음대로 불러낼 수 있는 것이 아니었다. 예언 능력은 저 좋을 때 불쑥 찾아왔고, 그녀의 의지와는 거의 무관한 듯했다. 그녀는 자기의 능력이 행복한 결과를 확인해줄 수 있다는 확신이 설 때에만 탄원하러 온

이의 귓가에 희소식을 소곤소곤 일러주었다.

그녀는 성인이 되면서 자기 능력에 회의를 품기 시작했다. 세상사의 흐름에 긍정적인 영향을 미칠 수 있는 재능, 세상을 오직 좋은 방향으로만 바꿀 수 있는 이 재능은 당연히 기쁨의 원천이 되어야 했다. 하지만 나자레바두르는 불행히도 철학적인 성격을 타고난 탓에, 좋은 성품을 가졌음에도 우울증에 빠지는 것을 피할 수 없었다. 골치 아픈 질문들이 쉬지 않고 그녀를 괴롭혔다. 좋은 일이 생기면 항상 상황이 더 나아질까? 사람이 배우고 성장하려면 고통과 아픔도 필요하지 않은가? 좋은 일만 생기는 세상이 좋은 세상이고 낙원일까, 혹시 아무도 위험이나 실패, 큰 불행이나 재난을 겪지 않는 곳은 알고 보면 못 참아줄 정도로 자만에 가득 찬 지겨운 인간들로 넘쳐나는 곳은 아닐까? 사람들을 도와준답시고 오히려 해를 입히는 것이라면? 남의 일에 그만 참견하고 팔자대로 살도록 내버려둬야 하지 않을까? 그렇다, 행복은 헤아릴 수 없이 귀한 가치가 있는 것이다. 그녀는 자신이 행복을 널리 퍼뜨리고 있다고 믿었다. 하지만 불행도 그만큼 중요하지 않을까? 그녀는 신의 편에서 일하는 것일까, 아니면 악마의 편에 서 있는 것일까? 이런 질문에는 답이 없었지만, 때로는 질문 자체가 일종의 답처럼 느껴지기도 했다.

나자레바두르는 이렇게 망설이면서도 계속해서 자기 재능을 발휘했다. 재능을 쓰는 것이 옳지 않은 일인데도 이런 힘이 주어졌으리라고는 생각할 수 없었다. 그러나 두려움은 사라지지 않았다. 겉으로는 계속 행복하고 솔직하며 마음 편한 척했지만, 마음속으로는 점점 불행해졌다. 아주 천천히. 하지만 불행한 것은 사실이었고, 불행은 점점 커져만 갔다. 그녀가 누구와도 나누지 못하는 가장 큰 두려움은 자기가 비켜간 모든 불행이 어딘가에 차곡차곡 쌓이고 있을지도 모른다는 것이었다. 그녀가 경솔하게 파치감에 행운을 마구 뿌릴 동안 댐으로 막아놓은 물처럼 불운이 쌓였다가, 어느 날 열린 수문으로 봇물 터지듯 쏟아져나와 모두를 익사시킬지도 모른다는 생각에 두려웠다. 이런 불안 탓에 솥단지 전쟁이 벌어지자 그토록 큰 타격을 입었던 것이다. 가장 끔찍한 악몽이 현실로 나타나기 시작했다.

나자레바두르와 그녀보다 훨씬 어린 피르다우스의 우정 때문에 파치감 사람 중 누구도 피르다우스의 사팔눈을 신경 쓰지 않았다. 그 덕에 압둘라의 처는 실에 꿴 고추나 레몬, 공작석, 검은색 장식 리본, 아이 목에 걸어주기 좋은 사나운 카슈미르 수퇘지 수르의 이빨 등 보신용 부적 파는 일로 짭짤한 용돈벌이를 했다. 결혼식 날이면 사람들은 피르다우스에게 행복에 겨운 신혼부부의 눈에 특별한 콜 먹으로 화장을 해주고 루타*라고도 하는 흰 이스반드 꽃씨를 태워달라고 부탁했다. 예식이 치러질 동안 피르다우스는 종종 나자레바두르와 이중창을 불렀다. 거세한 남자 가수들이 사는 마을에서 불려온 악단의 반주에 맞춰 둘은 마법의 노래를 부르곤 했다.

---

* 지중해 연안에서 나는 다년초로, 잎은 주로 홍분제로 쓰인다.

보라, 야성적인 어린 소녀가 온화한 어린 신랑을 맞이하네.
저들을 악마의 눈에서 구해주소서.

나자레바두르는 오두막 안에 스스로를 유폐한 뒤 음식과 물을 입에 대지 않았다. 노만을 임신해서 몸이 무거운 피르다우스는 음식과 물을 들고 그녀의 집 앞으로 가서 들여보내달라고 사정했다. 자기 머리 위에 악운이 떨어질까 두려워 차마 칸막이를 치우고 막무가내로 들어가진 못했다. 두 친구는 얇은 나무 칸막이를 사이에 두고 앉아 칸막이에 입을 바짝 갖다대고 마지막 대화를 시작했다. 피르다우스가 애원했다. "살아야지요. 당신 없이 나 홀로 솥단지와 분노로 가득 찬 이 빌어먹을 새 세상을 어떻게 헤쳐나가란 말예요?" 나자레바두르가 마치 연인의 곁을 떠나듯 칸막이 반대편에 입 맞추는 소리가 들렸다. 그녀가 속삭였다. "예언의 시대는 이제 끝났어. 앞으로 다가올 미래는 너무나 끔찍해서 어떤 예언자도 말로 전하지 못할 거야."

피르다우스가 벌컥 화를 냈다. 그녀는 부풀어오른 배를 보호하려는 듯 손을 얹고 거칠게 내뱉었다. "좋아요, 죽고 싶거든 마음대로 해요. 하지만 이제 떠날 마음을 먹었다고 우리를 싸잡아 저주하다니, 참 못됐네요."

한동안은 나자레바두르의 저주가 빗나가는 듯 보였다. 파치감은 복받은 마을이었고, 대가문 노만 가와 카울 가는 그 지역의 자연이 아낌없이 베푸는 은혜를 실컷 누렸다. 판디트 피아렐랄에게는 사과 과수원이 있었고, 압둘라 노만한테는 복숭아나무가 있었다. 압둘라에게는 꿀벌과 산당나귀가 있었고, 판디트에게는 더 많은 양과 염소 떼뿐 아니라 사프란 밭도 있었다. 그해 여름, 날씨가 좋아 가지가 휘도록 과일이 주렁주렁 열렸고, 벌집에선 꿀이 뚝뚝 떨어졌고, 사프란도 풍작이었다. 가축은 살이 통통하게 오르고 암말은 귀한 새끼를 쑥쑥 낳았다. 그리고 전통극을 공연해달라는 청이 여기저기서 줄을 이었다. 줄여서 '위대한 왕' 부드샤라고 부르는 15세기 왕 자인울아비딘의 치세를 다룬 연극이 특히 인기 있었다. 유일하게 마음에 걸리는 문제가 있다면, 시르말 마을과의 관계가 여전히 좋지 않다는 것뿐이었다. 압둘라 노만은 자기 마을 사람들이 어떤 공격이라도 멋지게 물리칠 거라고 굳게 믿었다. 그러나 자기가 직접 시르말이 더는 연회 시장을 독점하지 못하게 하자는 아이디어를 내놓았음에도, 그들과 사이가 소원해진 게 슬펐다. 자신의 결단에 죄책감을 느끼지는 않았다. 세상은 변하고 있고, 살아남으려면 어떤 사업이든 시대의 흐름에 맞춰야 하는 것이 당연했다. 그러나 시르말의 와자, 즉 족장인 봄부르 얌바르잘과의 우정이 깨진 것을 생각하면 기분이 좋지 않았다. 한술 더 떠 피르다우스의 무자비한 비난이 마음을 후벼 팠다. "우정보다 사업을 앞세우면 신이 좋아하지 않을걸요." 그녀가 경고했다. "우리는 지금까지도 부족함 없이 잘 살아왔지만, 이제 시르말 사람들은 먹고 살기도 힘들어졌어요. 일자리를 얻어 나머지 사람들을 먹여 살리지 못한다면 굶어죽을 거예요."

피르다우스는 그즈음 임신을 해서 몸이 불은 상태였다. 그녀는 대부분의 시간을 자기보다 몇 달 뒤에 임신한 팜포시, 호두알이라는 뜻의 기리가 별명인 판디트의 아내와 함께 보냈다. 임신한 여자들은 뭐든 마음대로 꿈꿀 수 있었기에, 그들은 태어나지 않은 자기 아이들이 앞으로 평생에 걸쳐 우정을 나누게 될 거라고 상상했다. 이런 달콤한 상상을 할수록 피르다우스는 남편이 시르말 최고의 요리사에게 한 짓을 더 심하게 비난했다. 그러나 팜포시는 압둘라를 부드럽게 변호해주었다. 피르다우스의 집 뒤쪽 베란다에 함께 앉아 시르말 쪽에 있는 사프란 밭을 내다보다 팜포시 카울이 부드럽게 그 주방장은 좋아하기 힘든 사람이라는 점을 지적했다. "우리 중에서 그 사람이랑 친하게 지낸 사람은 압둘라뿐이었잖니. 자신 말고는 아무도 사랑하지 않는 사람을 좋아해주다니, 그것만 봐도 네 남편이 얼마나 관대한지 알 수 있잖아. 이제 둘의 관계가 결딴났으니, 그 뚱뚱하고 덩치 큰 와자는 세상에 친구라곤 단 한 명도 없어."

이름이 암시하듯, 봄부르 얌바르잘은 검은 뒝벌 같은 데가 있으면서 한편으로는 제 잘난 맛에 살았다. 그는 마음 내킬 때면 아무나 쏘았고, 엄청나게 허영심이 강했다. 그는 독보적인 요리 실력 덕분에 시르말을 지배했지만, 하도 엄격하고 잘난 척을 하는 데다 자기 얼굴이 비칠 때까지 모든 솥단지를 반짝반짝 닦아놓으라고 쉬지 않고 닦달했기 때문에, 그의 밑에서 부엌일을 하는 졸개들도 모두 그를 싫어했다. 시르말 마을이 최소 서른여섯 가지 코스가 나오는 잔칫상 요리의 최강자로 군림하고, 시르말 사람들이 모든 중요한 결혼식과 축하 예식에 엄청난 양의 음식을 댈 동안에는 봄부르 얌바르잘이 마을을 좌지우지했기 때문에 다들 그의 벌침과 자기도취를 참아주었다. 그러나 마을의 수입이 줄어들면서 그의 영향력도 눈에 보이게 시들어갔고, 새로운 물라* 불불 파크의 세력이 점점 커지기 시작했다. 다른 것도 그렇지만 이 때문에도 얌바르잘은 압둘라 노만을 헐뜯었다.

압둘라는 주방장으로서 그의 훌륭한 솜씨에 감탄하기도 했고, 마을 족장이라는 지위에 존경을 표하는 뜻에서도 오랫동안 봄부르 얌바르잘과 흉금을 터놓는 사이로 지내려고 노력했다. 압둘라의 제의로 두 사람은 때때로 강에 송어 낚시를 가기도 하고, 저녁에 술잔을 기울이기도 하고, 등산을 자주 가기도 했다. 압둘라의 눈에 유감스럽게도 얌바르잘이 세상에 내보이는 교만하고 우쭐대는 겉모습 아래 감추어둔 또다른, 그러나 더 나은 봄부르가 보이기 시작했다. 바로 삶의 모든 열정을 오로지 요리에만 쏟는 남자, 거의 종교적 열정을 갖고 요리에 임하고, 다른 사람들에게도 자기가 일에 바치는 것과 똑같은 수준의 헌신을 요구하는 남자, 그래서 동료들이 가정생활이니 피로함이니 연애니 하는 이런저런 사소한 일에 한눈을 파느라 미친 듯이 요리에 매달리지 않는 데 대한 실망감을 쉴새없이 목청 높여 토로하는 외로운 남자였다. 압둘라는 봄부르에게 언젠가 이런 말을 한 적이 있었다. "자네가 스스로에게 그토록 가혹하게 굴지 않는다면 다른 사람들도 편해질 테고, 분위기도 한결 좋아질 걸세." 봄부르가 성을 내며 날카롭게 쏘아붙였다. "내 일은 분위기를 좋게 만드는 게 아니야. 잔칫상 차리

---

* 일반적으로 학자를 가리키는 이슬람의 칭호.

는 게 내 일이지." 와자의 편집증적 성격을 보여주는 말이었다. 이런 성격은 광적인 물라 불불 파크와 닮은 데가 있었다. 물라의 꿈은 두 마을의 악몽이 되었다.

솥단지 전쟁 이후 두 마을 족장의 관계는 완전히 끝장났다. 그러던 어느 날, 마하라자가 직접 보낸 사자가 파치감과 시르말에 왔다. 사자들은 마을 간의 반목은 일단 접어두고, 샬리마르 바그에서 열리는 성대한 다세라 축제 연회를 준비할 일손을 모으고 음식(과 연극)을 위한 물자를 준비하라고 명령했다. 축제는 무굴제국의 자한기르 황제 시대 이후로 계곡에서는 일찍이 본 적 없는 엄청난 규모로 치러질 예정이었다. 피르다우스 노만은 벼룩이 끓는 개 옆에 있다보면 몸이 가려워지듯 나자레바두르의 예언 능력을 조금이나마 물려받은 터라, 대번에 이는 나쁜 일이 닥쳐올 징조이고 마하라자도 그것을 알고 있다고 결론지었다. 그녀는 압둘라에게 말했다. "내일 따위 없다는 듯 잔치판을 벌이려는 거예요. 불운이 우리 말고 그분만 덮치기를 바라야지요."

두르가 여신에게 찬가를 바치는 나브라트리의 아흐레 밤 가운데 마지막 날인 다세라 날 아침, 판디트 피아렐랄 카울은 얼굴 가득 함박웃음을 짓고 자리에서 일어났다. "뭐가 그리도 기분이 좋아요?" 팜포시가 부루퉁해져서 물었다. 그녀는 임신한 탓에 그날 아침 몸 상태가 몹시 좋지 않아 기분이 가라앉았다. 특히 남편이 마을의 작은 사원에서 예배를 이끌 때만이 아니라 집에서도 찬가를 쉬지 않고 불러대는 바람에 잠을 방해받아 더욱 그랬다. 팜포시는 언짢은 투로 덧붙였다. "당신 인생에서 단 하나뿐인 여자는 이렇게 커다란 풍선 꼴을 하고 있는데, 여신한테만 죽어라고 노랠 불러주면 뭐 해요?" 그러나 판디트의 들뜬 기분은 아내의 불편한 심기에도 가라앉을 줄 몰랐다. 피아렐랄이 외쳤다. "잠시만 생각해보구려! 오늘 우리 무슬림 마을은 힌두의 마하라자 님을 위해 무굴, 그러니까 무슬림 정원에서 라마가 시타를 구하고자 라바나에게 맞서 진격한 기념일을 축하하기 위해 요리와 공연을 할 거란 말이오. 어디 그뿐이오, 연극이 두 개 공연될 거요. 우리의 전통극인 〈라마 왕〉과 무슬림 술탄의 이야기인 〈부드샤〉. 오늘밤 누가 힌두인이고 누가 무슬림이오? 이곳 카슈미르에서 우리의 이야기가 사이좋게 나란히 공연될 것이고, 우린 같은 접시에 음식을 먹고, 같은 농담에 웃음을 터뜨릴 거요. 기쁜 마음으로 선량한 왕 자인울아비딘의 치세를 축하할 것이오. 우리 무슬림 형제자매로 말하자면, 아무것도 문제될 게 없지! 다들 마왕한테서 시타를 구하는 모습을 보면 좋아라 할 테고, 또 불꽃놀이도 있을 테니까." 라바나와 그의 아들 메그나트, 형제 쿰바카란의 거대한 초상이 샬리마르 바그의 벽 안쪽에 세워질 것이고, 압둘라 노만이 라마 왕 역을 맡아 라바나에게 화살을 쏠 것이다(무슬림 배우가 힌두 신의 역할을 맡는다). 그런 다음 초상을 거대한 불꽃놀이 한복판에서 불태울 것이다. 팜포시는 미심쩍어하며 대꾸했다. "좋아요, 좋아. 하지만 나는 둥그렇게 부푼 배를 안고 구석에 처박혀 토하고 있을걸요."

파치감의 반대편 끝에서 새벽 녘에 일어난 피르다우스 노만은 노란색 머리카락이 검은색으로 바뀌어 있었다. 산달이 얼마 남지 않은 그녀의 혈관을 타고 이상한 체액이 흘렀다. 그녀는 곧 무슨 일이 일어날 것 같은 조짐을 느끼던 터라, 자신의 머리카락을 뒤덮은 그늘이 또하나의 나쁜 징조로 여겨졌다. 압둘라는 아내의 직감을 믿었으므로, 파치감의 극단과 주방 일꾼들한테 그냥 집에 있으라 이르고 왕이 명령한 공연 따위는 어찌 되든 말든 내버려두는 게 좋지 않겠느냐고 물어보기까지 했다. 그러나 그녀는 고개를 가로젓고는 남산만 하게 부풀어오른 배를 토닥이며 말했다. "나자레바두르가 말했듯 뭔가 불길한 일이 시작되고 있어요. 확실해요. 하지만 지금 나를 오싹하게 만드는 건 아직도 이 안에 있어요." 피르다우스가 그녀의 삶에서 가장 큰 비밀, 아무리 해도 이성적으로 설명할 수 없었던 비밀, 따라서 입 밖에 낼 마음도 전혀 없었던 그 비밀을 입 밖에 냈던 때는 오직 그때 한 번뿐이었다. 바로 태어나자마자 모두가 사랑했던 자기 아들, 파치감의 그 누구도 따르지 못할 만큼 다정다감하고 솔직한 성품을 지닌 아들이 태어나기 전부터 자신을 끔찍이 겁에 질리게 만들었다는 사실이었다.

압둘라는 아내의 공포를 오해하고 아내를 안심시켰다. "걱정할 거 없소. 고작 하룻밤 떠나 있을 건데 뭘. 아이들과 여기 함께 있구려." 아이들이라 함은 다섯 살 된 쌍둥이 하미드와 마무드, 두 살 반 된 아니스를 가리켰다. "그리고 팜포시도 우리가 돌아올 때까지 당신 옆에 있어줄 테고……" 피르다우스는 다시 일상적인 소소한 문제로 관심을 돌리며 남편의 말을 끊었다. "기리 카울과 내가 집에 남아 그런 멋진 축제의 저녁을 놓칠 거라고 생각했다면, 남자는 내가 생각했던 것보다 훨씬 더 멍청한 족속이에요. 그것 말고도, 아기가 나온다면 텅텅 빈 마을에 있는 것보단 마을 여자들과 함께 있는 편이 나을 것 같지 않아요?" 피르다우스는 파치 감의 여느 여자들과 마찬가지로 출산을 있는 그대로 보았다. 고통이 좀 따르겠지만, 소란 피우지 않고 치러내야 한다. 위험할 수도 있겠지만, 별일 아니라는 듯 담담히 맞서는 것이 제일 좋다. 또한 아기는 적당한 때가 되면 나오게 되어 있으니, 그때가 눈앞에 닥쳤다고 계획을 바꿀 이유는 전혀 없다. 그녀는 결론을 맺듯 덧붙였다. "게다가 위대한 이스칸데르 대왕의 직계 후손 말고 누가 무굴 정원에서 공연을 지휘하겠어요?" 압둘라 노만은 일단 알렉산드로스 대왕 얘기가 나오면 더이상 따져봐야 소용없다는 것을 잘 알았다. "알겠소." 그는 어깨를 으쓱하고 돌아섰다. "화려한 축제가 벌어지는 동안 두 임산부가 어기적어기적 덤불 뒤로 가서 계란처럼 아이를 낳을 준비가 되어 있다면야, 내가 무슨 말을 더 하겠소."

피르다우스 노만은 알렉산드로스 대왕에 대해 환상을 품고 있어서, 자신의 금발과 푸른 눈이 마케도니아 왕가의 핏줄을 물려받은 유산이라고 주장했다. 이 환상 때문에 정복자 외국 군주들은 말라리아와 다를 바 없이 해악만 끼치는 존재라고 말하면서도 정작 무대에서는 무굴 시대 이전의 벼락 출세자나 카슈미르의 무굴 지배자를 연기하는 자기 행동의 모순을 인정하지 않는 남편과 격렬한 말다툼을 벌이곤 했다. 남편은 매일같이 왕관처럼 쓰고 다니는 납작한 모직 모자를 펴면서 말했다. "연극에 나오는 왕은 비유일 뿐이야. 장엄함이라는 개념이 인간의 형태를 취한 것뿐이라고. 하지만 궁전에 있는 왕은 대개 술고래거나 진절머리 나는 인간이고, 군마에 올라탄 왕은 예외 없이 훌륭한 사회를 위협하는 존재이지." 피르다우스는 남편의 예상대로 이러한 조롱을 무시했다. 이야기가 현재 카슈미르의 힌두 마하라자에게로 향하자, 압둘라는 간신히 외교상 중립적인 자세를 유지했다. "지금은 그가 마하라자건, 마하리시건, 마하 얼간이건, 송어 낚시꾼이건 상관없어." 그는 샬리마르 바그에서 연회가 열리기 전에 마을 사람들을 모아놓고 말했다. "그는 우리의 고용인이고, 파치감의 순회 배우와 와즈완 요리사는 고용인을 왕처럼 모셔야 할 것이오."

피르다우스의 친정 집안은 할아버지 대에 튼튼한 산당나귀의 등에 사금을 가득 채운 황마포부대를 싣고 파치감으로 이주해왔다. 할아버지는 그 사금으로 과수원과 초원을 사들였고, 그녀는 하나뿐인 자식으로서 나중에 카리스마 넘치는 사르판치와 결혼할 때 이것을 지참금으로 가지고 왔다. 그녀의 집안은 이곳으로 오기 전에 아름다운(그러나 도적 떼가 들끓는) 피르라탄 언덕에서 푼치 동쪽으로 걸쳐 있는 부플리아즈라는 마을에서 살았다. 그 마을 이름은 알렉산드로스 대왕의 전설적인 명마 부세팔루스에서 따왔는데, 전설에 따르면 수백 년 전 바로 그 장소에서 말이 죽었다고 했다. 압둘라 노만도 잘 알고 있듯 그 언덕배기 마을에서 부세팔루스는 아직도 신이나 다름없는 숭상의 대상이었다. 남편이 멸시하는 투로 군마들을 비웃을 때면 그녀의 뺨에 솟는 피가 바로 부플리아즈 사람의 피였다.

피르다우스는 거대한 개미를 얕잡아 말해도 화를 냈다. 역사가 헤로도토스는 인도 북부에 금을 캐는 개미가 있다고 썼고, 알렉산드로스 대왕의 과학자들은 그 말을 믿었다. 그 시대에 과학이 아무리 원시적이었다 해도, 과학자들이 남의 말을 곧이곧대로 믿을 만큼 바보는 아니었다. 예를 들면, 그들은 인도인의 정자는 검은색이라는 그리스인의 인종적 편견에 찬 주장을 즉각 부인했다. (어떻게 알았는지는 묻지 않는 게 좋다.) 그럼에도 그들은 금광 캐는 개미의 존재를 믿었고, 피르라탄 주민도 그 이야기를 믿었다. 부플리아즈의 옛사람들 말에 따르면, 알렉산드로스 대왕도 그 지역에서 개보다는 작지만 여우보다는 큰 마멋 정도 크기의 개미처럼 생긴 털북숭이 생물이 발견되었다는 이야기를 들은 적이 있다고 한다. 이 생물들이 엄청 큰 개미집을 만들려고 금이 잔뜩 섞인 막대한 양의 흙을 파낸다는 이야기를 듣고서 이 신비의 언덕으로 왔다는 것이다. 그리스 군대, 아니 적어도 장군들은 금을 파내는 개미가 실제로 있다는 사실을 알게 되자, 상당수가 고향으로 돌아가기를 거부하고 그 지역에 눌러앉았다. 그들은 게으른 부자가 되어 그리스인의 코와 푸른색 혹은 초록색 눈, 노란 머리카락을 한 아이들과 머리카락 색깔이 더 짙고 코 모양도 다르게 생긴 히말라야계 아이들로 혼혈 가족을 이루어 살았다. 알렉산드로스 대왕도 제법 오래 그곳에 머물면서 군자금을 모으고 사생아 몇을 남겼다. 그들로부터 몇몇 가계가 뻗어나왔는데, 피르다우스의 이천 년 전 선조가 바로 이중 한 가계의 시조였다.

피르다우스는 아들 노만에게 어릴 때부터 이런 이야기를 들려주었다. "이스칸테르의 자손인 우리 집안사람들은 보물이 가득한 그 개미 둑의 숨겨진 위치를 알고 있었단다. 하지만 오랜 세월이 지나면서 금 매장량이 점점 줄어들었지. 마침내 금이 바닥나자 우리는 그 불가사의한 재산 중 마지막으로 남은 것을 긁어모아 황마 포부대에 넣고 파치감으로 옮겨와서, 어쩔 수 없이 배우가 되어 과거에 누렸던 영광을 흉내 내게 되었단다." 피르다우스 노만은 파치감에 정착한 조상의 삼대손이자 족장의 아내였다. 그녀는 사팔뜨기인 데다 땅속의 개미니 뱀 도시니 하는 이야기나 하고 다녔지만, 나자레바두르의 보호를 받았으므로 마을 사람들은 그녀의 할아버지 시절에는 모르는 사람이 없었던 이야기를 잊어주기로 했다. 바로 그녀의 할아버지 부트인지 바트인지가 산적 소굴로 유명한 곳에서 야밤에 마을로 내려와 돈을 뿌려서 마을에 자리를 잡았고, 엽총을 무릎 위에 걸쳐놓고 앉은 채로 잠을 잤다는 이야기였다. 그가 자기 이름도 쓸 줄 몰랐기 때문에, 다들 그의 이름이 본명이 아닐 거라고 의심했다. 마멋같이 생긴 보물 찾는 털투성이 개미 이야기까지 믿지 않아도, 어찌 된 사연인지 뻔한 얘기였다.

처음에 부트인지 바트인지는 파치감 사람 누구와도 말을 잘 섞지 않았다. 그저 매일 밤 앉아서 잠든 아내와 아들을 지켰기에 낮에는 눈이 말없는 고통으로 쩍 하고 금이 갈 것처럼 보였다. 아무도 감히 그에게 딱 부러지게 질문할 엄두를 내지 못했다. 오륙 년이 지나서야 그는 평온을 찾았고, 그가 도망쳐온 상대가 누구든 이제는 더이상 자기를 쫓지 않는다고 확신하게 된 것 같았다. 십년이 지나자 처음으로 미소를 지었다. 어쩌면 그를 부플리아즈에서 축출한 산적 대장이 권력을 완전히 장악해서 쫓겨난 경쟁자를 처단할 필요가 없어졌을지도 모른다. 어쩌면 정말로 보물 찾는 거대한 개미들이 있었지만, 그가 제 갈 길을 가도록 그냥 내버려뒀을지도 모른다. 개미들의 부를 훔치면 개미들이 뒤쫓아와 미처 추적을 벗어날 만큼 빨리, 멀리 가지 못한 자에게 화를 입힌다는 옛이야기가 있었다. 개미 떼에게 죽음을 맞는 것은 끔찍한 운명이었다. 차라리 스스로 목을 매거나 베는 편이 나을 것이다. 부트인지 바트인지는 아마도 개미 군단이 뒤쫓아올까봐 두려워했던 모양이지만, 운이 좋았다. 개미들은 그의 흔적을 놓쳤거나 아니면 새로운 광맥을 찾아낸 덕에 지하에서 훔친 보물을 담은 그의 빈약한 자루에는 관심이 없어졌을지도 몰랐다. 어찌 되었건 십오 년이 지나자 부트인지 바트인지가 처음 마을에 온 날을 기억하는 사람들은 하나둘씩 세상을 떠났고, 그 역시 파치감에 온 지 이십일 년째에 다른 사람들과 마찬가지로 엽총 없이 침대에서 마지막 숨을 내쉬었다. 사람들도 이쯤 되자 포기하고 그 집안의 어두운 과거를 더이상 들먹이지 않았다. 그러고 나서 얼마 후 피르다우스는 좋은 집안으로 시집을 갔다. 이후 도적 떼의 금에 관한 이야기는 금기가 되었고, 개미 이야기만 누구나 마음놓고 입에 올릴 수 있는 이야기로 남았다. 이 이야기를 의심하는 자는 피르다우스의 거친 독설에 시달려야 했다. 사르판치조차 버텨내지 못할 채찍이 있다면 바로 이것뿐이었다. 그는 가끔 아내가 퍼붓는 맹렬한 독설을 듣고 있다보면 정신이 어찔어찔해지곤 했다. 그런데 피르다우스는 샬리마르 연회 날 잠에서 깨어나 머리카락 색이 어두워지기 시작한 것을 보고, 아직 태어나지 않은 아들을 두려워하는 아리송한 말을 했다. 아들은 그날 밤 그 신비스러운 잔디밭에서 태어났다. "아이, 왠지 오싹하네." 그녀는 아기를 낳기 전과 후, 두 번 그 말을 중얼거렸다. 그녀는 갓 태어난 아기의 열린 눈망울 속에서, 이 아이 역시 앞으로 싹트게 될 삶에서 잃어버린 보물, 공포, 죽음과 수많은 관계를 맺게 되리라는 것을 경고하는 해적의 금빛 반짝임을 보았다.

⚜

순결한 하늘로 높이 더 높이 자신들을 천천히 밀어 올리려는 거대한 노력으로 여념이 없는 무심한 산들이 침묵 속에서 영겁을 존재해온 가운데 살랑거리는 치나르와 소곤대는 포플러 나무들 밑에서, 이제나저제나 공연이 시작되기만 몸 달아 기다리는 관객들을 닮은 배들로 출렁이는 화려한 호수 옆 샬리마르 바그 입구에서 파치감 주민들은 잡으려고 끌고 온 짐승들을 한데 모았다. 닭, 양, 염소는 곧 바그의 유명한 폭포처럼 거침없이 피를 흘릴 것이다. 그리고 황소가 끌고 온 수레에서 짐을 내려 요리 도구며 연극 소도구, 인형, 불꽃놀이 도구 등을 날랐다. 그때 마치 그들을 즐겁게 해주려는 듯 조그만 선동가가 빈 기름통 위에 올라가 깜짝 놀랄 주장을 펼쳤다. 그는 밝은색으로 칠한 북채로 무지막지하게 큰 북을 힘차게 치며 이야기에 추임새를 넣었다. "천국에는 나무가 있어서 궁핍한 이들에게 피난처와 양식을 준다. 오랜 세월 나는 여기, 비길 데 없는 지상의 천국인 바로 이곳에 천상의 투바 나무 한 쌍이 있다고 믿어왔다. 타지인의 귀에 지나친 허풍으로 들릴까 염려되니, 이곳을 카슈미르라 부르겠노라. 전설에 따르면 성스러운 피르스*가 지상의 투바 나무 위치를 자한기르 황제에게 알려줘, 황제가 그 주변에 샬리마르 바그를 지었노라. 오늘날까지 아무도 어느 나무가 그 나무인지 몰랐다. 그러나 오늘밤, 나의 마법으로 진실이 그 모습을 드러내리라." 그는 검은 피부에 눈은 반짝반짝 빛났고, 하얀 이를 활짝 드러내고 미소 짓는 입술 위로 자기만의 체육 생활을 영위하듯 춤추는 콧수염이 있었다. 하지만 기름통 위에 올라선 데다 우스꽝스러운 꽃 모양 모표가 달린 터번까지 썼는데도 성인 남자의 키 이상은 되지 않았다. 압둘라 노만은 문득 이 남자가 자기 신체 크기의 비극에 복수하는 것을 필생의 과업으로 삼고 있다는 생각이 들었다. 저 사람은 단 한 번도 세상에 제 모습을 완전히 드러낸 적이 없고, 따라서 몸의 일부를 물질 아닌 것으로 대신하고 싶어하는 것이다.

피르다우스는 더 자세히 들여다보았다. 그리고 남편에게 귀엣말을 했다. "저 사람은 북을 치고 고함을 질러댈 때는 우스꽝스럽게 보여요. 하지만 잠깐 쉬고 있을 때 한번 보세요. 갑자기 침착하고 두려움 없이 자신의 권위를 확신하는 사람처럼 보이지 않아요? 입만 다물고 있어도 싸구려 야바위꾼이 아니라는 것을 모두가 분명히 알 수 있을 텐데."

난쟁이가 북을 두드리며 외쳤다. "나는 일곱번째 사르카르**이

---

* 무슬림의 영적 지도자.
** 우르두어, 페르시아어, 힌두어로 정부 혹은 권위자를 뜻한다.

니라. 모두 들으라! 그대들은 지금 환상과 미혹, 혼란의 비범한 7대 마술사를 보고 있노라! 즉 모든 형태의 마술과 마법에 비범한 7대 사르카르이니라! 또한 인드라잘로 알려진 가장 오래된 마법의 유일한 대표자이자 위대한 대가이기도 하다." 말을 마치고 북을 치다가 너무 세게 치는 바람에 기름통이 쓰러질 듯 비틀거리자 불행히도 사람들이 웃음을 터뜨렸다. 일곱번째 사르카르는 벽력처럼 외쳤다. "웃고 싶으면 얼마든지 웃어라. 하지만 오늘밤, 연회와 연극, 춤, 불꽃놀이가 끝나고 축하 행사가 절정에 달했을 때, 나는 삼 분가량 샬리마르 바그를 완전히 사라지게 만들 것이다. 그때 천국의 나무가 모습을 드러낼 것이다. 이 나무만이 내 말이 속임수가 아니라는 걸 증명할 수 있을 테니까. 어디, 그때에도 웃을지 한번 보겠다." 그 말과 함께 그는 기름통에서 펄쩍 뛰어내려 있는 힘껏 북을 치며 신이 난 파치감 사람들을 헤치고 가버렸다.

피르다우스가 그를 멈춰 세우고 말을 걸었다. "해치려는 건 아니고요, 우리도 예인이에요. 당신이 그 마술을 멋지게 해낸다면, 우리가 제일 먼저 제일 큰 소리로, 가장 오랫동안 환호를 보낼 거예요." 일곱번째 사르카르는 이 말에 기분이 확 풀렸지만, 짐짓 그런 기색을 감추고 콧방귀를 뀌었다. "그대는 내가 그런 기적을 일으켜본 적이 없다고 생각하는가? 제발! 잘 읽어보라. 똑똑히 보란 말이다." 그는 윗옷에서 누렇게 바랜 신문 쪼가리 한 뭉치를 끄집어냈다. 주민들이 주위로 몰려들었다. 그는 자랑스럽게 읽어 내려갔다. "일곱번째 사르카르가 달리는 기차를 사라지게 만들다. 휙! 봄베이의 플로라 분수가 마법으로 사라졌다." 다음으로 그가 가진 최고의 경력증명서가 나왔다. "타지마할이 마법의 주문으로 사라 지다."

이 신문기사들이 그를 둘러싼 주변의 분위기를 확 바꿨다. 모여든 사람들에게 둘러싸여 거의 보이지도 않았지만, 그는 어느새 위풍당당한 모습이 되었다. "그럼 당신이 뭘 한 거요?" 압둘라 노만이 다소 무례하게 물었다. 그는 누구보다도 요란하게 못 믿겠다는 듯 웃어젖혔던 것이다. "그러니까 내 말은, 당신 마법의 원리가 뭐냐는 거요. 집단 최면 같은 건가?" 일곱번째 사르카르는 신이 나서 고개를 가로저었다. "아니지, 아니야. 최면하고는 아무런 상관도 없어. 나는 단지 사람들의 눈앞에서 사물을 보이지 않게 치울 뿐이야. 초자연적 현상이나 신비학도 아니지. 다 과학이야. 완벽한 환각과 정신 통제의 과학이란 말이지." 더 많은 목소리가 더 자세히 설명해달라고 시끄럽게 떠들어대자, 일곱번째 사르카르는 북을 울려 모두의 입을 다물게 했다. "이제 그만! 내가 너희를 깜짝 놀라게 하기도 전에 대로에서 내 비밀을 다 털어놓을 성싶은가? 이 말만 하겠다. 나는 나를 둘러싼 세계로 심리적 균형을 창조해낼 수 있는 정신력을 지녔다. 이것으로 나의 위업을 이루는 것이다. 인드라잘이란 무엇인가? 행복하게 살고픈 간절한 꿈을 연극으로 재현한 것이다. 그대들이 행복하게 살고 있을 때는 불가능한 것이란 없어 보이기 때문이다. 이제 그만 쓸데없는 수다는 접겠노라! 이미 너무 많은 얘기를 해버렸다. 너희의 연극을 공연하도록 하라, 반드 무리여. 그런 다음 진정한 공연예술의 대가가 올리는 공연을 잘 보라." 둥! 둥! 그러고는 계단 모양의 잔디밭 쪽

으로 가버렸다. 판디트 피아렐랄 카울은 아내에게 말했다. "기다
려보오. 오늘밤이 다 지나기 전에 내가 저 사라지게 하는 마술의
비밀을 풀 테니." 그날 밤은 어둠이 모든 것을 감추는 밤이었다.
기리 카울도 사라진 이들 가운데 하나가 될 것이다.

압둘라 노만은 정원에 들어와 높이 매달린 금빛 나뭇잎을 헤치
고 나아갈 때부터 불길한 예감에 시달렸다. 10월 밤치고는 보기
드물게 쌀쌀했다. 벌써 눈발이 흩날리기 시작했다. "손님들이 한
껏 멋내고 도착할 때쯤이면 눈보라가 몰아치겠는데. 공기가 허파
속까지 얼려버릴 거야. 손님들이 식사할 동안 따뜻하게 덥혀줄 화
로가 충분하려나? 그다음에는 어떻게 하지? 관객들이 추위에 얼
어붙으면 분위기를 띄우기가 쉽지 않은데. 정원에서 잔치판 벌일
날씨는 아니군. 제아무리 라마 왕이나 부드샤라도 이런 눈 같은
장애물에는 도리가 없을 텐데."

그때 정원의 마법이 효력을 발휘하기 시작했다. 굴리스탄[*], 자
나트^{**}, 에덴 같은 낙원 또한 정원이었고, 그의 앞에 있는 이곳이
야말로 지상에서 낙원을 비추는 거울이었다. 그는 항상 카슈미르
의 무굴 정원들, 즉 니샤트 바그, 차슈마 샤히, 그리고 무엇보다도
샬리마르 바그를 사랑했다. 그곳에서 공연하는 것이야말로 그의
평생에 걸친 꿈이었다. 지금의 마하라자는 무굴 황제가 아니지만,
압둘라의 상상력으로 그 정도는 쉽게 바꿀 수 있었다. 그는 계단

---

[*] 페르시아어로 '꽃의 정원' 또는 '장미 정원'을 뜻한다.
^{**} 이슬람에서 말하는 천국 혹은 낙원.

식 잔디밭의 가운뎃단 한복판에 서서 마을 사람들에게 각자 할 일을 일러주었다. 극단 단원들은 〈부드샤〉 공연 무대를 올리러 제일 높은 단으로 갔고, 요리사 부대는 주방 천막으로 들어가 언제 끝날지 모를 다지고, 저미고, 튀기고, 끓이는 일을 시작했다. 사르판치는 눈을 감고 흔들리는 나무, 물이 흐르는 계단식 단, 음악 같은 물소리로 이루어진 이 이상한 나라의 오래전 죽은 창조자를 불러냈다. 원예학자이기도 했던 군주에게 이 땅은 가장 사랑하는 연인이었으며, 이러한 정원은 그가 지구에 바치는 푸르른 연가였다. 압둘라는 무아지경으로 빠져들면서 자신이 그 죽은 왕, 지구를 에워싼 자 자한기르로 변신하는 것을 느꼈다. 무언가 거의 여성적인 것, 황제의 권태감이랄까 권력의 나른한 관능이 그의 몸속으로 흘러 들어왔다. 그는 꿈꾸는 듯한 기분으로 내 일인용 가마가 어디 있을까 생각했다. 끈 샌들을 신은 남자들이 어깨에 멘 보석으로 장식한 일인용 가마를 타고 정원으로 가야 하는데, 왜 지금 나는 내 두 발로 서 있단 말인가? 그는 나지막이 속삭였다. "와인, 달콤한 와인을 가져오고 음악을 연주하도록 하라."

압둘라의 자기암시 능력에 동료 배우들은 가끔 겁을 먹었다. 그가 그 힘을 풀어놓을 때면, 죽은 자가 그의 살아 있는 몸을 빌려 되살아나는 것 같았다. 실제로는 그렇지 않더라도, 보기에는 그랬다. 이 신비주의자의 묘기는 단순한 연기보다 훨씬 더 인상적일 뿐 아니라 놀랍기도 했다. 이럴 때면 늘 그랬듯, 파치감 배우들은 그의 아내 피르다우스를 데려와 그에게 말을 걸어 과거에서 도로 불러오게 했다. 그는 아내에게 멀리서 말하듯 이렇게 말했다. "시대가 점점 어두워지고 있으니, 우리는 최선을 다해 빛의 기억을 붙잡아야 하오." 이는 황제가 수백 년 전 최후의 여행에서 오매불망 그려왔던 안식처인 그의 지상낙원, 찬가와도 같은 테라스와 새들의 정원에 닿지 못한 채 카슈미르로 가는 길 위에서 숨을 거두며 한 말이었다. 피르다우스는 제대로 된 조치를 취할 수 있는 시점이 이미 지났다는 것을 알았다. 게다가 전해야 할 말도 있었다. 그래서 남편을 거칠게 붙잡고 마구 흔들었다. 눈송이가 그의 외투와 턱수염에서 부드럽게 풀썩풀썩 흩날렸다. 그녀는 일부러 최대한 심한 말을 골라 큰 소리로 외쳤다. "마약이라도 했수? 이 정원은 정말 쬐그만 남자들한테는 엄청 잘 먹힌다니까. 자기들이 거인인 줄 착각하게 되니 말이야." 이 모욕이 압둘라의 백일몽을 꿰뚫었고, 그는 서글프게 정신을 차리고 보잘것없는 자기 자신으로 돌아왔다. 그는 황제가 아니었다. 고용된 일꾼에 불과했다. 압둘라 자신보다도 그를 속속들이 잘 아는 피르다우스는 그의 속마음을 꿰뚫어 보고 면전에다 비웃음을 날렸다. 그의 기진맥진한 비탄은 더욱 커졌고, 뺨은 더욱 짙게 물들었다. 아내는 좀더 부드러운 투로 말했다. "왕 역할을 준비하고 싶거들랑, 첫번째 연극에 나오는 자인울아비딘을 생각하라고요. 두번째 연극에 나오는 라마 왕을 생각하든가요. 하지만 지금은 더 중요한 생명을 생각해야 할 때예요. 기리의 아기가 예정보다 일찍 태어날 것 같아요. 당신이 입방정을 떤 탓일지도 몰라요."

그의 머릿속이 맑아졌다. 삶과 죽음의 문제가 그를 온통 에워쌌다. 술탄 자인울아비딘은 15세기 중엽에 치명적인 병, 즉 가슴에 난 지독한 부스럼으로 고생했다. 슈리 부트인지 바트인지 하는 박식한 의사가 손쓰지 않았더라면 십중팔구 죽었을 것이다. 부트인지 바트인지 하는 의사가 병을 낫게 해주자, 자인울아비딘은 그에게 귀한 선물을 얼마든지 청하라고 말했다. 그가 무엇과도 비길 수 없는 귀한 선물인 새 삶을 왕에게 주지 않았는가? 그러자 부트인지 바트인지 하는 의사가 대답했다. "저 자신을 위해서는 바라는 게 아무것도 없습니다. 그러나 폐하, 폐하 이전 대의 왕들 치하에서 제 형제들이 수없이 처형되었습니다. 그들에겐 적어도 생명만큼 귀중한 선물이 필요합니다." 왕은 카슈미르 판디트들의 처형을 즉시 중지하겠노라고 약속했다. 그뿐 아니라 책임지고 풍비박산 난 그들의 가문을 다시 일으켜 세워주었고, 그들이 방해받지 않고 자기네 종교를 알리고 예배를 올릴 수 있게 허락해주었다. 그리고 그들의 사원을 다시 지어주고, 학교를 다시 열고, 그들을 짓누르던 세금을 폐지하고, 도서관을 수리해주고, 그들의 소를 죽이지 못하게 했다. 그로부터 황금시대가 시작되었다.

그의 안에서 말들이 다시 깨어나 겁에 질린 양 떼처럼 쏟아져나왔다. "팜포시, 아이고, 아이고! 팜포시, 어디 있지, 어떻게 된 일이지, 괜찮은가, 아기, 아기는 무사하려나? 피아렐랄은 어디 있지, 그가 알면 난리가 날 텐데. 맙소사, 내가 당신보고 마을에 남으라고 했잖아. 아, 팜포시는 어떻게 되었나, 언제 그랬나, 어떡하면 좋지?"

그의 처는 남편의 입을 틀어막고 다 들으라는 듯 큰 소리로 비아냥거렸다. "온 마을을 손에 쥐고 흔드는 우리 훌륭한 낭군님 말씀 좀 들어보소. 갓난아기 하나 때문에 겁에 질린 꼬마가 되었네."

그런 다음 그녀는 다른 사람들에겐 들리지 않도록 남편의 귀에 대고 말투를 확 바꿔 소곤거렸다. "시트를 가져다 주방 천막 뒤에 출산할 곳을 만들었어요. 도움을 줄 여자들도 충분하고요. 내가 아기 낳는 것을 도울 거고, 다른 여자들이 쌍둥이와 어린 아니스를 돌봐줄 거예요. 하지만 기리의 상태가 그다지 좋지 않아요. 게다가 눈보라까지 몰아치니. 손님 명단에 의사들이 있습디다. 그중에 마침 스리나가르 근처에 사는 이들도 있고요. 피아렐랄이 의사를 데리러 시내에 나갔어요. 할 수 있는 건 다 해보고 있어요. 나한테 맡겨둬요. 지금은 당신도 할 일이 많잖아요."

압둘라가 뭔가 말하려고 입을 연 순간, 피르다우스는 그의 떨리는 입술에서 "내가 당신한테 그랬잖아"라는 말을 읽었다. 그녀가 앞질러 말했다. "그 말은 말아요. 그냥 입 다물고 있으라고요."

압둘라 노만은 다시 본래 모습으로 돌아왔다. 그렇다, 의사가 올 것이고 팜포시와 아기는 무사할 것이다. 〈부드샤〉에 나오는 의사처럼 박식한 의사, 판디트의 도움으로. 그동안 자신은 요리를 감독하고, 동시에 공연될 연극 두 편을 준비해야 한다. 압둘라는 성큼성큼 걸어다니며 이것저것 지적하고, 명령을 내리고, 시중들 사람과 주방 일꾼뿐 아니라 마하라자의 제복 입은 경비대원까지 능수능란하게 다루었다. 세상은 본래의 익숙한 모습을 되찾았다. 중앙에 있는 폭포 물줄기 양쪽으로 늘어선 샬리마르 바그의 각 단에 화려하게 채색한 샤미아나 천막들이 세워졌고, 왕가 일꾼들이 도그라 다스타르칸*을 펼쳐놓았다. 그것은 마루 깔개 주위로 긴 쿠션을 놓아, 네 무리로 나누어 손님이 앉을 수 있게 한 전통적인 잔칫상 차림이었다. 압둘라는 동에 번쩍 서에 번쩍 누비고 다니며 모든 것이 계획대로 잘되어가는지 확인했다. 깃털 같은 큼직한 눈송이가 펑펑 쏟아졌다. 이것이 축복인지 저주인지는 알 수 없었다.

제일 낮은 단의 천막에 들어서자 시르말의 와자 봄부르 얌바르잘이 전혀 즐겁지 않은 얼굴로 그를 맞았다. 반목은 접어두라고 마하라자가 요청했음에도, 이 남자는 이웃과 사이좋게 지낼 마음이 없는 모양이었다. 그가 땍땍거렸다. "이건 정말 참을 수 없는 굴욕이야. 그 누구도 따를 자 없는 와즈완이었고, 오랜 세월 풀라오의 대가였고, 메티 닭요리의 거장이자 아브 고시**의 예술가인 우리가! 우리가 제일 시시한 손님이나 먹으러 올 제일 작은 단을 맡다니. 남의 일을 허락도 없이 가로챈 도둑놈들, 무식한 네놈들은 나 같은 위대한 주방장 바스타 와자는 말할 것도 없고, 감독할 와자도 없이 이런 음식을 요리할 수 있다고 믿고는 우리 위에 섰지. 그나마 너희 어중이떠중이가 제일 높은 단에는 얼씬할 수 없다니 좀 위안이 되는군. 왕가 요리사들이 최고 잔칫상을 맡기지 않으면 가버리겠다고 협박했다면서? 분명 마하라자는 시르말 마을 전체를 망신 줄 마음을 먹었지만 자기 요리사들 비위를 맞춰주지 않을 수 없었던 거야."

압둘라 노만은 입을 꾹 다물었다. 파치감이 중간치 손님들을 접대하게 된 것은 사실이지만, 이따 저녁이 되면 압둘라의 반드 파

140

테르 단원들은 마하라자 앞에서 자인울아비딘의 역사를 공연하고, 그다음 〈라마 왕〉을 공연한 뒤 인형들을 태우고 불꽃놀이를 벌이며 축제를 절정으로 이끌 것이었다. 그는 시르말의 와자에게 잊을 만하면 한 번씩 떠오르는 죄책감 섞인 동정심을 느끼며 생각했다. '옛날 일을 끄집어내 불행해하는 불쌍한 봄부르를 굳이 괴롭힐 필요야 뭐 있겠어.' 그는 사과까지는 아니라도 공손한 태도로 얌바르잘에게 인사하고, 대거리 한번 하지 않은 채 그 자리를 떴다. 그는 이제 자기 앞에 놓인 이 시간이 단지 축제와 연극의 밤이 아닌, 자기 인생은 물론이고 그가 사랑하는 모든 사람들의 인생에서 가장 결정적인 순간이 되리라 믿어 의심치 않았다. 이날 밤 이후로 세상의 그 어떤 것도 이전과 똑같이 지속되지 않을 것이다. 강물은 물길을 바꾸고, 별들은 예기치 못한 곳에서 반짝이고, 태양도 북이든 남이든 전혀 엉뚱한 쪽에서 떠오를 것이다. 왜냐하면 모든 확실성이 사라지고, 어둠이 퍼져가면서 공포의 시대가 도래했음을 예고할 것이기 때문이다. 압둘라의 꿈꾸는 혀는 뇌의 작용으로부터 완전히 자유로워져 예언을 쏟아냈다. 그는 자기 할 일로 되돌아가 몸을 구부리고 튼튼한 장화를 신은 발로 눈을 한쪽으로 차냈다. 무대 설치가 잘 진행되고 있는지 보러 가는데, 피르다우스가 약간 비틀거리며 맨 위쪽 단에 있는 연못가에서 그를 찾았다. 그녀가 몸을 지탱하려고 그의 팔을 잡자, 마치 그녀의 태도가 바뀐 것에 정원 자체가 크게 놀란 듯 분수에서 감탄을 내뱉듯 물줄기가 솟구쳐 올랐다. 그녀는 전에 없이 갈피를 못 잡고 우왕좌왕했고, 얼굴에는 긴장한 빛이 역력했다. 사팔뜨기인 눈은 초점을 잃고 옆으로 돌아갔다. 그녀는 강한 진통이 몰아칠 때마다 몸을 움츠리고 이를 갈면서 땀을 흘렸다. "좋아요. 그러니까, 솔직히 말하겠는데, 상황이 우리가 생각했던 것보다 좀더 복잡해졌어요."

두 여자는 유명한 동네 의사이자 수피 학자로, 약초학과 화학, 전통과 현대, 동양과 서양 의학에 모두 정통한 카와자 압둘 하킴의 도움을 받아 덤불 뒤 눈더미 속에서 출산을 했다. 그러나 오늘밤에는 그의 의술도 소용없었다. 생명은 제 힘으로 왔고, 죽음은 막지 못했다. 하나는 사내아이, 하나는 여자아이였고, 하나는 순산했지만 다른 하나는 치명적인 난산이었다. 피르다우스 노만은 눈 깜짝할 새에 과일 씨를 뱉어내듯 노만을 세상에 내놓았다. "참 급하게도 나왔구나." 그녀는 아기가 처음으로 듣는 말이 신의 이름이어야 한다는 것도 잊고 갓 태어난 아기의 귀에 대고 이렇게 속삭였다. "네 아버지는 자기 마술을 연기라 부르며 모습을 바꾸는 자이고, 무법자인 네 외가는 아주 의심이 많단다. 오늘밤에는 모든 게 엉망진창이구나. 하지만 그래도 제대로 자라야지. 이 엄마를 겁주지 말렴." 그때 기리가 날카로운 비명을 질렀다. 피르다우스가 벌떡 일어나 고통에 빠진 친구를 도우려 하자 다들 말렸다. 파치감 여자들은 살아 있는 산모를 간호하고, 건강한 두 갓난아기를 강보에 싸서 돌보고, 죽은 여자의 얼굴을 덮었다. 그들은 그날 밤 시체를 꽃으로 덮어 황소가 끄는 수레에 싣고 집으로 운반해 갈 것이고, 내일은 시체를 백단향 장작불에 화장할 것이다. 이런 일을 놓고 무슨 말을 하겠는가? 이미 일어난 일은 일어난 일이다. 종의 생존을 위협할 만큼 자주 일어나는 일도 아니고, 통계 상으로는 꾸준히 개선되고 있다. 그러나 일단 그런 일이 자신에게 닥치면, 백 퍼센트 죽은 목숨이다. 마땅히 애도해야 할 만큼 애도 할 것이다. 판디트와 어린 딸은 마을의 도움이 필요할 것이고, 마 을은 기꺼이 도움을 줄 것이다. 마을은 손으로 감싸듯 그들을 감 싸 안을 것이다. 판디트는 계속 살아갈 것이다. 딸도 살아갈 것이 다. 삶은 계속된다. 눈은 녹고 새로운 꽃이 피어날 것이다. 죽음은 끝이 아니다.

압둘라는 넷째아들이 태어났다는 소식을 들었지만, 손님들이 도착하기 전에 마쳐야 할 일이 한둘이 아니었으므로 아버지가 된 자랑스러움은 잠시 접어둬야 했다. 게다가 벌써 자인울아비딘 역 준비에 들어가서 인내와 한데 어우러지는 믿음 등 자신이 사랑하 는 계곡의 가장 훌륭한 점 모두를 대표하는 고대의 술탄으로 바뀌 어가고 있었다. 카슈미르의 판디트는 인도의 브라만과는 달리 주 저 없이 고기를 먹었다. 카슈미르의 무슬림은 신을 스스로 선택한 판디트들에게 질투라도 났는지, 계곡의 수많은 지방 성인들, 그곳 의 피르스에게 예배를 올림으로써 자기네 신앙의 엄격한 일신주 의를 흐려놓았다. 카슈미르 사람이 된다는 것, 그토록 비할 바 없 이 신성한 선물을 받아들인다는 것은 편가르기보다는 함께 공유 하기에 훨씬 더 높은 가치를 둔다는 의미였다. 그중에서도 부드샤 자인의 이야기는 하나의 상징이었다. 압둘라는 눈을 감고 제일 좋 아하는 역에 점점 더 깊이 빠져들었다. 그래서 팜포시 카울이 딸 을 낳다 피범벅이 되어 죽어갔을 때도 친구 판디트를 위로해줄 수 없었다.

날개 달린 그림자들이 팜포시의 영혼과 함께 정원에서 날아왔다. 피아렐랄이 전등 장식을 한 나무 밑에서 흐느껴 울고 있는데, 수피 학자가 그를 포옹하고 입 맞추며 그 못지않게 목 놓아 울었다. 카와자는 울먹이며 말했다. "판디트 양반, 죽음의 문제는 어느 때고 제 마음대로 불쑥 튀어나온다네. 우리에게 시간이 얼마나 남았는지, 죽음을 맞을 때 편안할지 무자비할지, 우리가 얼마나 더 많은 일을 할 수 있을지, 얼마나 더 삶의 풍요로움을 누릴지, 아이들의 삶을 얼마만큼 지켜볼 수 있을지 어찌 알 수 있겠는가." 평소 같았으면 피아렐랄 카울은 수피와 힌두 신비주의의 더 정교한 논점은 말할 것도 없고, 형이상학을 논할 이 기회를 놓치지 않았을 것이다. 그러나 오늘밤은 모든 것이 평소와는 달랐다. 그는 흐느껴 울면서 대답했다. "아내는 이제 그 답을 알고 있다네. 그것이 얼마나 쓰라린 답인지도." 카와자는 흐느끼면서 고통에 일그러진 홀아비의 얼굴을 쓰다듬었다. 그는 눈물을 애써 참으며 말했다. "자네에게는 아름다운 딸이 있잖은가. 죽음의 문제는 또한 삶의 문제이기도 하다네. 어떻게 살 것인가의 문제는 사랑의 문제이기도 하지. 자네가 앞으로도 계속 대답해야 할 문제일세. 계속 나아가지 않으면 어디에서도 그 문제에 대한 답을 찾을 수 없을 걸세." 그것으로 대화는 끝났다. 둘 다 악의를 품은 듯 불룩하게 솟은 달을 보며 오랫동안 소리 높여 울부짖었다. 무굴 정원이 생기기 전에 이곳은 자칼이 들끓던 곳이었다. 두 남자의 흐느낌이 자칼의 울부짖음처럼 들렸다.

부재 가운데 최고의 존재인 죽음이 정원으로 들어왔고, 바로 그 순간부터 부재가 증식했다. 땅거미가 지고 약속된 시간이 다가오자 따스한 잔칫상 냄새가 주방에서 피어오르고, 비극에도 불구하고 모든 것이 시간에 맞춰 준비되었다. 그런데 손님들은 대체 어디 있단 말인가? 물론 날씨가 추워서 미적거리는 사람도 있을 것이다. 일착으로 온 몇 안 되는 다세라 잔치 손님들은 추위를 이기려고 겹겹이 옷을 껴입어서 전혀 즐기러 온 사람 같지 않았다. 그러나 기대와 달리 아무리 기다려도 손님들은 물밀 듯이 밀어닥치지 않았다. 설상가상으로 심부름꾼, 수비대, 심지어 제일 높은 단을 맡은 요리사들, 즉 마하라자의 측근을 위한 음식을 준비하던 마하라자의 요리사들을 비롯한 왕가 일꾼들까지도 소리 없이 슬금슬금 빠져나가기 시작했다.

이 상황을 어떻게 수습해야 하나? 압둘라 노만은 사람들에게 고함을 지르며 정원을 이리저리 뛰어다녔으나, 대답은 거의 들려오지 않았다. 그는 무굴 정자 아래에서 양손으로 머리를 감싸고 있는 마술사 사르카르를 발견했다. 일곱번째 사르카르가 말했다. "이제 끝장이야. 사람들은 겁에 질린 나머지 눈보라 속으로 나올 엄두를 내지 못하고 있어. 내가 듣기로는 눈보라 때문만이 아니야! 고작해야 마을의 팔푼이 몇몇만이 나의 가장 위대한 업적을 보겠군."

밤이 깊어갈수록 활활 타오르는 화로의 불빛과 화려한 줄, 나무에 부딪혀 반사된 조명의 둥근 불빛으로 밝게 빛나는 샤미아나 천막들은 거의 텅 빈 채 눈 속에서 유령같이 어슴푸레하게 보였다.

봄부르 얌바르잘도 유령 같은 연회장의 모습에 기가 꺾여 압둘라에게 조언을 구했다. "그 마술사가 눈 때문만이 아니라고 한 건 무슨 소리야? 사람들이 너무 겁을 먹어서 나타나지 않는다면," 그는 겁먹은 목소리로 말했다. 그의 태도 변화에서 자신 없어하는 기미가 드러났다. "자네 생각에는 우리가 남아 있어도 괜찮을 것 같은가?" 압둘라의 가슴속에서는 이미 노만이 태어났다는 기쁨과 상냥한 팜포시가 죽었다는 절망감이 뒤엉켜 요동치고 있었다. 그는 혼란스러운 듯 고개를 가로저을 뿐이었다. "조금만 기다려보세. 스리나가르에 사람을 보내 사정을 물어보고 오게 해야겠네. 상황이 더 분명해질 걸세." 압둘라는 평소의 그가 아니었다. 그날 밤 〈부드샤〉 공연은 없을 것이다. 그는 자인울아비딘의 그림자에서 풀려나려고 애쓰는 중이었지만, 그 역의 일부가 여전히 그의 정신에 달라붙어 있었다. 혼란스러웠다. 오늘만 벌써 두번째로 왕의 영을 떨쳐내느라 기운을 다 써버렸다.

손님이 거의 없는 상황에서 온갖 소문이 샬리마르 바그로 몰려들어 악천후에 맞서 스스로를 지키기 위해 서로 덮고 감싸며 다스타르칸 주위의 텅 빈 자리를 채웠다. 귀족의 입에서 나왔다고 주장하는 화려한 소문은 물론이고 빈민굴에서 흘러나온 싸구려 소문까지, 사회계급을 막론한 소문들이 눈보라처럼 모든 것을 뒤덮어버리는 수수께끼로부터 태어나 베개에 기대 누웠다. 소문은 불확실하고, 수상쩍고, 모호하고, 논란의 소지가 많았고, 악의를 품은 것도 적지 않았다. 꼭 새로운 종의 생물 같았다. 다윈이 확립한 법에 따라 진화하고, 무질서하게 돌연변이를 일으키고, 자연도태의 탈도덕적인 선별 과정을 따랐다. 최적의 소문은 살아남아 시끌벅적한 소음을 누르고 제 목소리를 냈다. 가장 크고, 가장 끈질기고, 가장 강력한 이 생존자들로부터 흘러나온 쉿쉿대는 또는 웅얼대는 소음 속에서 단 한 단어, 카바일리*라는 말이 계속 들려왔다. 샬리마르 바그에 있는 사람들은 거의 들어보지 못한 새로운 단어였는데, 어쨌든 이 단어가 모두를 공포에 몰아넣었다. 소문이 속삭였다. "파키스탄에서 카바일리의 군대가 국경선을 넘어와 약탈과 강간, 방화, 살인을 저질렀대요. 그리고 도시 외곽 부근까지 와 있대요." 그러자 모든 소문 중에서도 가장 어두운 소문이 들어와 마하라자의 의자에 앉았다. "마하라자도 도망갔다는군요." 소문은 경멸감과 두려움이 뒤섞인 목소리로 말했다. "마하라자도 십자가에 못 박힌 사람 이야기를 들었거든." 이 소문의 권위는 너무도 강력해서, 바로 그 순간 겁에 질린 파치감과 시르말 주민의 눈앞에 십자가에 못 박힌 사람이 나타나 무굴 정원 잔디밭의 눈을 피로 시뻘겋게 물들이는 것만 같았다. 그 남자의 이름은 소포르로, 평범한 양치기였다. 머나먼 북쪽 지방의 먼 언덕 비탈에 있는 갈림길에서, 카바일리 군대가 양 떼를 몰고 가던 그의 옆을 지나다가 스리나가르로 가는 길을 아느냐고 물었다. 양치기 소포르는 손을 들어 침략군에게 일부러 틀린 길을 가르쳐주었다. 하루를 꼬박 허비하고서야 양치기가 한 짓을 깨달은 군대는 갔던 길을 되돌아와 그를 찾아내, 그가 틀린 길을 가르쳐주었던 갈림길에서 그를

---

* 파키스탄 부족.

십자가에 못 박아 한참 동안이나 신에게 제발 빨리 죽게 해달라고
울부짖으며 빌게 내버려두었다. 그의 비명을 듣는 것도 지겨워지
자, 그들은 그의 목에 마지막 못을 박아넣었다.

그즈음 수없이 많은 새로운 이야기가 쏟아져 들어왔지만, 반 정
도밖에는 이해하지 못했다. '파키스탄' 자체는 예전의 소문이었
다. 그 허깨비 같은 단어는 고작 두 달 전에야 현실에서도 자리를
얻었다. 어쩌면 소문의 그림자 세계에서 '진짜' 세계로 경계를 넘
어왔다는 그 이유 탓에 새로운 나라의 화제가 샬리마르 바그에 우
글대는 소문 가운데에서 가장 격한 반응을 불러일으켰을지도 모
른다. 한 소문이 말했다. "파키스탄 쪽에도 나름대로 이유가 있어.
왜냐하면 여기 카슈미르 지역의 무슬림은 힌두 지배자가 막는 탓
에 새로운 무슬림 주의 무슬림과 합세하지 못하잖아." 두번째 소
문이 거칠게 맞받아쳤다. "파키스탄이 우리한테 이렇게 흉악무도
한 군대를 풀어놓은 마당에 이유는 무슨 얼어죽을 놈의 이유야?
파키스탄 지도자들이 이 잔인무도한 부족들한테 카슈미르에는 금
과 카펫과 미인이 지천으로 넘쳐나니까 거기 가서 불신자를 약탈
하고 겁탈하고 죽이라며 보냈다는 거 몰라? 그런 나라하고 합쳤
으면 좋겠어?" 세번째 소문은 마하라자를 탓했다. "몇 달째 겁에
질려 부들부들 떨고만 있었다잖아. 분리가 이루어진 것은 두 달
전이었는데! 아직도 파키스탄 쪽에 붙을지 인도 쪽에 붙을지 결정
을 못하고 있다던데." 네번째가 들이받듯 끼어들었다. "바보 같으
니라고! 마하라자는 모든 공동체 정치에서 손을 떼겠다고 맹세한
셰이크 압둘라를 감옥에 가두고, 파키스탄 쪽으로 기운 게 확실한

그 물라 마울비 유수프 샤의 말만 듣는다는군." 그러자 여러 소문이 동시에 시끄럽게 떠들어댔다. "오십만 명의 부족들이 변장한 파키스탄 군대의 지휘를 받아 우리를 공격할 거래!" "불과 15킬로미터 밖에 있어!" "8킬로미터야!" "3킬로미터!" "잠무 국경지대에서 여자 오천 명이 겁탈당하고 살해됐대!" "힌두교도와 시크교도 이만 명이 학살당했대!" "무자파라바드에서 무슬림 군인이 폭동을 일으켜 상대 힌두교도와 책임 장교를 죽였대!" "영웅 라젠테르 싱 준장이 사흘 동안 겨우 백오십 명의 부하를 이끌고 스리나가르로 가는 길을 방어했대!" "맞아, 하지만 그는 이제 죽었어. 놈들한테 학살당했어." "그의 돌격 함성을 사방에 울려라! 함라아와르 카바르다르, 함 카슈미리 하인 타야르!"—"보라, 공격군이여, 우리 카슈미르인이 얼마든지 상대해주마!"—"셰이크 압둘라가 감옥에서 나왔대!" "마하라자가 그의 조언을 받아들여 인도를 택하기로 했대!" "인도군이 우리를 구하러 오고 있다!" "제 시간에 닿을 수 있을까?" "마하라자가 궁정에서 마지막 다세라 축제를 연다음 잠무로 줄행랑을 쳤대!" "봄베이로!" "고아*로!" "런던으로!" "뉴욕으로!" "마하라자까지 그렇게 겁을 먹은 마당에 우리라고 무슨 수가 있겠어?" "도망쳐! 알아서 살길을 찾으라고! 살고 싶으면 튀어!"

공포가 샬리마르 바그에 있는 사람들을 덮치자, 압둘라 노만은 아내와 아들들과 함께 있으려고 피르다우스가 정원 구석에 가리

---

* 인도 서쪽 연안에 있는 주.

개를 쳐서 임시변통으로 만들어놓은 조그만 분만 장소로 달려갔다. 그는 굳은 얼굴로 땅바닥에 앉아 아기 노만을 돌보는 아내를 발견했다. 아내 옆에는 판디트 피아렐랄 카울과 카와자 압둘 하킴이 팜포시의 시체 옆에 고개를 숙인 채 서 있었다. 피아렐랄은 조용히 찬송가를 부르고 있었다. 압둘라는 순간 말문이 막혔다. 아무것도 몰랐다는 자책감이 휘몰아쳤다. 그는 자신들에게 어떤 재난이 닥쳐올지 전혀 몰랐다. 아니, 거의 모르는 거나 마찬가지였다. 사르판치인 그는 당연히 알고 있어야 했다. 마을 사람들을 위협하는 위험을 모르면서 어떻게 주민을 보호할 수 있단 말인가? 그는 그 직책을 맡을 자격이 없었다. 얌바르잘보다 나을 게 없었다. 둘 다 사소한 경쟁의식과 자기도취로 눈이 멀어 자기네 사람들을 멀리 떨어진 곳에서 안전하게 보호하지 않고, 이런 무시무시한 분쟁 속으로 끌고 들어왔던 것이다. 그의 눈에서 눈물방울이 뚝뚝 떨어졌다. 수치심 때문이었다.

"왜 찬송가를 부르고 있어요?" 피르다우스의 목소리에 압둘라는 다시 현실로 되돌아왔다. 그녀는 피아렐랄을 잡아먹을 듯 노려보았다. "두르가 여신한테 뭘 감사해야 하는데요? 아흐레 동안 꼬박 기도를 바쳤는데 열흘째 되는 날 당신 아내를 데려가버렸잖아요." 판디트는 다소곳이 힐난을 받아들였다. "세상에서 가장 절실히 원하는 것을 빌면, 정반대의 것이 온다오. 나는 내가 진정으로 사랑하고 나를 진정으로 사랑해주는 여인을 얻었소. 이런 사랑의 반대편에는 그 사랑을 잃는 아픔이 있지요. 어제까지 그런 사랑을 알았기에 오늘 이런 고통을 느낄 수 있는 것이라오. 여신이건, 운명이건, 아니면 그저 행운의 별이건, 무엇이건 간에 감사드릴 일이지요." 피르다우스는 고개를 돌렸다. "어쩌면 우리는 서로 너무 다른지도 모르겠네요." 그녀는 나지막이 투덜거렸다. 카와자 압둘하킴이 작별 인사를 했다. "아무래도 카슈미르를 떠나게 될 것 같습니다. 이렇게 아름다운 곳이 파괴되는 슬픈 광경을 내 눈으로 보고 싶지는 않아요. 제 땅은 대학에 기증하고 남쪽으로 갈 생각입니다. 인도로요. 계속 인도에 있을 겁니다. 파키스탄에는 두 번 다시 돌아오지 않을 겁니다." 피르다우스는 카와자에게 여전히 등을 돌리고 있었다. "당신은 운이 좋군요." 그녀는 몸을 돌린 채 작별 인사도 하지 않고 웅얼거렸다. "선택을 할 수 있으니 말이에요."

압둘라는 강보로 싼 사내아기를 받아 안고는 피르다우스와 피아렐랄에게 부드럽게 말했다. "우리도 가야 해. 다들 여기 떠도는 소문 때문에 제정신이 아니야." 그는 생각했다. '내 머릿속에는 온종일 왕과 왕자들이 있었어. 알렉산드로스 대왕, 자인울아비딘, 자한기르, 라마. 그러나 결국 이러한 대참극을 일으킨 것은 다름 아닌 우리 군주의 우유부단함이었어. 최근에 왕이 없어진 나라 인도가 우리를 구해줄 수 있을지, 혹 구해준다 해도 그것이 과연 우리에게 좋은 일일지는 아무도 몰라.'

요란한 북소리가 밤의 어둠을 뚫고 점점 더 크게 울리며 사람들의 주의를 끌었다. 북소리가 얼마나 힘찼던지 사람들은 발길을 멈추고 그 자리에 얼어붙었다. 북소리는 소문을 잠재우고 모두의 시선을 한데 모았다. 자그마한 마술사 사르카르가 거대한 북을 두드리며 정원 중앙로를 행진해왔다. 마침내 모든 눈이 자신에게로 쏠리자, 그는 확성기에 대고 고함을 질렀다. "다 집어치워라. 나는 엄청난 일을 하고자 여기에 왔고, 그 일을 하려 하노라. 내 천재적인 마법 재능이 사악한 시대를 이길 것이니라. 일곱번째로 북을 치는 순간, 샬리마르 바그는 모습을 감출 것이다." 그는 한 번, 두 번, 세 번, 네 번, 다섯 번, 여섯 번 북을 쳤다. 그리고 일곱번째로 북을 치자 그가 예언한 대로 샬리마르 바그가 사라졌다. 칠흑 같은 어둠이 내렸다. 사람들은 비명을 지르기 시작했다.

일곱번째 사르카르는 남은 여생 동안 무굴 정원 전체를 '눈앞에서 감추는' 전례 없는 묘기를 펼칠 영예를 빼앗아간 역사를 저주하게 될 것이다. 그러나 정원에 있던 사람들 대부분은 그날 밤 그가 정원을 사라지게 했다고 생각했다. 왜냐하면 그가 일곱번째로 북을 친 순간, 모라의 발전소가 파키스탄 비정규군의 공격으로 박살이 나서 스리나가르 전체가 완전한 암흑 속에 빠졌던 것이다. 어둠에 덮인 샬리마르 바그에서 천국에 있다는 투바 나무는 지상에 모습을 드러내지 못했다. 압둘라 노만은 은유가 만들어낸 현실을 살아가고 있다는 기이한 느낌을 경험했다. 그가 알았던 세상은 사라질 것이다. 먹물을 뿌린 듯 아무것도 보이지 않는 이 밤이야말로 의심할 바 없이 시대의 표상이었다.

❧

비명이 울리고 이리저리 달음박질하는 광란 속에서 남은 밤은 지나갔다. 압둘라는 간신히 자기 가족을 소달구지에 태워 보냈다.

피르다우스는 친구의 시체와 함께 앉아야 했고, 피아렐랄 카울은 딸아이를 안고 죽은 팜포시 옆에서 쉬지 않고 두르가 여신에게 찬송을 올렸다. 압둘라는 운 좋게도 봄부르 얌바르잘과 다시 부딪쳤다. 봄부르는 어둠 속에서 넋이 반쯤 나간 상태로 부들부들 떨었다. 압둘라가 겨우 그를 진정시켰다. 그는 얌바르잘을 설득했다. "여기에 우리 물건을 두고 갈 순 없어. 그랬다가는 두 마을 모두 영영 다시 일어서지 못할 거야." 두 사람은 마을 사람 몇을 그럭저럭 불러 모았다. 반은 시르말 사람이었고, 반은 파치감 사람이었다. 이렇게 모인 사람들이 우리 화덕*을 해체하고 잔치 음식이 가득 든 단지 수십 개를 길가로 끌어다놓았다. 연극 도구는 커다란 버들가지 광주리에 꾸려 호숫가로 옮겼다. 이동식 무대도 해체해야 했다. 시르말과 파치감 사람들은 밤새 나란히 서서 작업에 매달렸다. 그 어두웠던 밤이 저물고 언덕 위로 동이 트면서 정원이 다시 모습을 드러내자, 와자와 사르판치는 부둥켜안고 영원히 변치 않을 우정과 애정을 맹세했다. 그러나 그들 위로 실제로는 존재하지 않으면서 존재하는 그림자 행성 라후와 케투가 서로 밀고 당기고, 부추기는 한편 억누르고, 불을 붙이는 한편 덮어 끄면서, 밝게 빛나는 천상에서 모습을 감춘 채 인간 내면의 도덕적 투쟁을 부채질했다. 배우와 요리사 들은 미처 터뜨리지 못한 불꽃놀이 도구로 가득 찬 마왕과 그의 형제, 아들의 거대한 인형을 뒤에 남겨두고 샬리마르 바그를 떠났다. 라바나, 쿰바카란, 메그나트가 부

---

* 진흙과 벽돌로 만든 카슈미르식 화덕.

들부들 떨고 있는 골짜기 건너편을 노려보았다. 그들이 힌두교도
인지 무슬림인지는 상관하지 않은 채. 바야흐로 악귀들의 시대가
도래했다.

　　"인간은 불행히도 도덕관념을 지닌 탓에 파멸한다." 판디트 피아렐랄 카울은 졸졸 소리내며 흐르는 무스카둔 강둑에서 명상에 잠겼다. "그에 비하면 동물은 얼마나 운이 좋은지 생각해보아라. 카슈미르의 야생 짐승을 몇 들자면, 원숭이 폰즈, 여우 포촐로브, 자칼 샬, 수퇘지 수르, 마멋 드린, 양 니안과 샤르푸, 아이벡스* 카일, 영양 히란, 사향노루 코스투라, 표범 수, 흑곰 하푸트, 당나귀 보타카르, 뿔이 열두 개인 바라싱가 수사슴** 한굴, 야크 좀바가 있지. 이중에는 위험한 것도 있고, 대부분이 무시무시하단다. 폰즈는 호두를 위협하는 존재야. 포촐로브는 교활하고 닭을 위협하지. 샬은 무서운 소리로 울부짖고, 수르는 농작물을 해치지. 수는

---

* 산악지대에 사는 뿔이 큰 염소.
** 인도 북부와 네팔 남부에 서식하는 몸집이 큰 사슴.

사납고 수사슴의 천적이야. 하푸트는 양치기에게 위협적이지. 반대로 당나귀는 겁쟁이라 위험을 피해 달아나. 하지만 자칼은 자칼이고 표범은 표범이고 수퇘지는 백 퍼센트 수퇘지다울 수밖에 없듯, 당나귀는 당나귀라는 것을 잊지 말아야 한단다. 동물은 제 본성을 알지도 못하고, 지어내지도 않아. 그보다는 그들의 본성이 그들을 알고, 지어낸다고 해야 옳겠지. 동물의 왕국에는 놀랄 것이 하나도 없어. 인간의 본성만이 수상쩍고, 이리저리 잘 변하지. 인간만이 선을 알면서도 악을 행할 수 있단다. 인간만이 가면을 쓰지. 인간만이 스스로를 실망시킨단다. 세속에 대한 욕망을 버리고 육체의 욕망에서 벗어나야만……"

운운. 부니 카울은 사람을 좋아하는 성격 덕분에 친구가 많고 엄청난 식탐과 음식에 대한 완벽주의적인 애정 때문에 턱이 몇 겹이 된 아버지가 인간의 결점을 한탄하고 이를 개선할 방법으로 금욕을 권할 때면, 남몰래 아내를 그리워하는 것이라는 사실을 알고 있었다. 아내는 그를 단 한 번도 실망시킨 적이 없었고, 항상 그의 마음을 놀라움으로 가득 채웠고, 십사 년이 지난 지금도 여전히 그의 육체에 아픔을 주었다. 이런 때면 부니는 보통 자신의 애정을 더욱 과시하여 아버지의 슬픔을 감싸려 애썼다. 하지만 오늘은 마음이 산란하여 사랑스러운 딸 노릇에 충실할 수가 없었다. 오늘 그녀와 그녀의 노만, 그녀가 사랑하는 광대 샬리마르는 평소처럼 큰 바위에 앉아 서로를 만지지도, 보지도 않은 채 자기들의 입술에 자꾸만 퍼져가는 미소를 애써 숨기며 아버지의 말에 귀를 기울였다.

켈마르그 고산 초원에서 큰일을 치른 다음 날 아침이었다. 부니는 연인을 향한 사랑에 취해 관능을 거침없이 발산하며 바위 위에 축 늘어져 앉아 있었다. 활처럼 구부린 그녀의 몸은 그런 낌새를 눈치챈 사람이라면 누구나 유혹으로 느낄 만큼 자극적이었다. 애달픈 상념에 빠진 아버지는 딸애가 평소보다 훨씬 더 어머니의 모습에 가까워 보인다는 것을 알아챘지만, 아버지들 특유의 우둔함 탓에 그것이 욕망과 욕망의 충족이 그녀의 몸 전체를 어루만지며 성숙한 여인으로 이끌고 있기 때문인 줄은 미처 몰랐다. 그러나 광대 샬리마르는 그녀의 모습에 자극받는 한편 불안해하면서 이중으로 마음이 흔들렸다. 그는 마치 진정하라고, 그렇게 티내지 말라고 말하듯 손가락을 조금씩 아래쪽으로 움직이기 시작했다. 그러나 그의 손끝과 그녀의 몸을 이어주던 보이지 않는 실이 제대로 말을 듣지 않았다. 그가 손가락을 아래로 끈질기게 움직일수록, 그녀는 등을 더욱 활처럼 구부렸다. 그의 손이 절박하게 그만하라고 애원하면 할수록, 그녀는 더 나른하게 몸을 말았다. 그날 늦게, 연습을 하는 숲 속 빈터에 둘만 남아 높은 곳에 팽팽하게 맨 외줄의 위태로운 환상 위에서 균형을 잡고 있을 때 그가 물었다. "왜 내가 부탁했는데도 그만두지 않았어?" 그녀는 씩 웃으며 대답했다. "넌 멈춰달라고 부탁한 게 아니었어. 네가 여기에서 나를 애무하고, 짓누르고, 꼭 껴안은 것을, 나를 여기에서 세게, 더 세게 누르는 것을 느낄 수 있었어. 너도 잘 알겠지만, 미칠 것만 같았어."

광대 샬리마르는 부니가 처녀성을 잃으면서 그녀 안에 뭔가 무모한 것, 앞뒤 가리지 않는 거칠고 도전적인 성격, 어리석은 짓으로 거침없이 치닫는 무모한 과시벽 같은 것이 생겨났다는 사실을 깨닫기 시작했다. 결실을 맺은 그들의 사랑을 남들 앞에 알리려는 그녀의 행동으로 둘의 삶은 무너지고 산산조각 날 수도 있었다. 그가 무엇보다도 부니의 대담무쌍함에 경탄했다는 점에서 보면 좀 역설적이었다. 그는 그녀가 거의 두려움을 모르기 때문에, 자기가 원하는 것이면 손을 뻗어 움켜쥐고 왜 그것이 자신을 피하는지 알려고도 하지 않기 때문에 그녀에게 반했다. 이제 그들의 만남으로 한층 강해진 그 성격이 둘을 위험 속으로 몰아갔다. 광대 샬리마르가 높이 맨 줄 위에서 부리는 대표적인 재주는, 몸을 점차 옆으로 숙이다 거의 떨어질 지경이 되면 우스꽝스런 태도로 겁에 질려 굼뜨게 움직이는 척 연기하면서 인력을 거스르는 힘과 기술로 자세를 바로잡는 것이었다. 부니도 그 재주를 익혀보려 했지만 풍차처럼 몸이 빙빙 돌아가는 실패를 수없이 겪은 후에 킬킬대며 포기하고 말았다. 그녀가 털어놓았다. "도저히 못하겠어." "도저히 못할 것 같은 재주를 부려야 사람들이 돈을 내고 보지." 광대 샬리마르가 높은 줄 위에서 아버지의 말을 따라 하며 쏟아지는 박수갈채에 답하듯 절을 했다. 압둘라 노만은 극단 단원들에게 이런 말을 즐겨 했다. "쇼를 시작하는 바로 그 순간에 불가능해 보이는 묘기를 해야 해. 칼을 삼키고, 몸을 단단히 매듭지어 묶고, 인력을 거스르는 거야. 관중이 아무리 애써도 절대 못한다고 생각하는 것을 해야 한다고. 그다음부터는 식은 죽 먹기로 관중을 우리 뜻대로 요리할 수 있지."

광대 샬리마르는 무대의 법칙이 실생활에 그대로 적용되지는 않는다는 사실을 차차 알게 되었다. 바로 지금, 부니는 높은 밧줄 위에서 몸을 기울이듯 모든 관습과 정통 교리에 도전하며 연인으로서 자신의 새로운 위치를 뻔뻔스럽게 과시하고 있었다. 실제 삶에서는 이런 관습과 교리가 인력 못지않게 아래로 끌어당기는 강한 힘을 발휘했다. "날아봐." 부니는 그의 걱정스러운 얼굴을 보고 웃음을 터뜨리며 말했다. "그게 네 꿈이었잖아, 불가능 씨? 밧줄 없이 허공을 걷는 것." 그녀는 그를 숲 속으로 더 깊이 끌고 들어가 다시 사랑을 나누었다. 그러고 나자 그는 잠시나마 그다음에는 무슨 일이 일어나도 상관없다는 심정이 되었다. 그녀가 속삭였다. "현실을 직시해. 결혼하든 안 하든, 넌 돌문을 통과한 거야." 시인들은 착한 아내는 그늘을 드리우는 부니 나무, 아름다운 치나르—kenchen renye chai shihiji—와 같다고 썼다. 하지만 보통 쓰는 말에서는 의미가 달랐다. 집의 입구를 뜻하는 말은 브란드(braand)이고, 돌은 카니(kany)이다. 두 단어는 종종 사랑하는 신부를 가리키는 익살맞은 표현으로 브란드카니, '돌의 문'이라는 뜻으로 쓰였다. 돌이 우리 머리 위에서 박살나지 않기를 빌자. 광대 샬리마르는 이렇게 생각했지만 입 밖으로 내지는 않았다.

⁂

그 동네에서 부니 카울을 마음에 둔 남자가 광대 샬리마르만은 아니었다. 인도군 중령 하미르데브 수리아반스 카치와하도 얼마 전부터 그녀에게서 눈을 떼지 못했다. 카치와하 중령은 이제 겨우 서른한 살이었는데, 용맹한 군주였던 과거의 수리아반스와 카치와하 라자와 라나 들의 영적 후예인 보수적인 라지푸트족을 자처하곤 했다. 물론 먼 친족뻘이기도 했고. 이 군주들은 무굴인과 영국인 모두에게 메와르 왕국과 마르와르 왕국이 영광을 누리던 시절을 상기시켰다. 그 당시 라지푸트족은 강력한 두 요새 치토르가르와 메랑가르의 지배를 받았는데, 무시무시한 외팔이군단이 전투에 뛰어들어 넓적한 단검으로 두 동강을 내고, 철퇴로 두개골을 박살내거나 활새 부리처럼 생긴 잔인한 도끼 차운치로 갑옷을 쪼갰다고 한다. 어쨌거나 영국에서 돌아온 H. S. 카치와하 중령은 라지푸트족답게 근사한 콧수염을 기르고, 라지푸트족처럼 몸을 뒤로 젖히고 으스대듯 걷고, 영국식의 군인다운 목소리로 고함치듯 말했다. 지금 그는 파치감 북동쪽으로 몇 킬로미터 떨어진 곳에 주둔한 군대의 지휘관이기도 했다. 그 지역에서는 다들 그 군대가 사방팔방으로 마구 세력을 뻗치려 한다고 엘라스티크나가르라고 불렀다. 중령은 이런 불손한 이름이 치 떨리게 싫었다. 강직한 그가 보기에는 존엄한 군대와 전혀 어울리지 않는 이름이었다. 임지에 도착하고 일 년 동안 그는 누구나 군대의 공식 명칭을 써야 한다고 주장했지만, 그의 지휘하에 있는 대다수 군인이 공식 명칭을 잊은 지 이미 오래라는 사실을 알고는 포기해버렸다.

중령이 마음에 들어하는 별명이 있었다. 하미르를 영어식으로 발음한 '해머'였다. 군인다운 멋진 이름이었다. 그는 혼자 있을 때면 가끔 이 이름을 연습해보았다. "해머 카치와하." "이름은 해머, 천성도 해머." "해머 카치와하 중령 대령했습니다." "오, 친구, 그냥 해머라고 불러주게나." 하지만 그의 자기 별명 짓기도 엘라스티크나가르에 맞선 싸움이 그러했듯, 일단 사람들이 그의 성을 한번 들으면 예외 없이 '터틀 중령' 또는 '토터스'* 를 뜻하는 카치와 카르나일로 줄여 불렀기 때문에 실패로 돌아가고 말았다. 그래서 토터스 중령이 된 그는 어쩔 수 없이 되도록 그럴듯하게 자신을 설명할 수 있는 비유를 찾아야 했다. "느리지만 꾸준한 것이 경주에서 이긴다, 에, 그렇지 않습니까?" 그는 이런 식으로 연습했다. "이름은 토터스이고, 죽어도 타협하지 않는 천성을 타고났지요." 그러나 아무리 연습해도 차마 그렇게까지는 말이 나오지 않았다. "친구, 그냥 터틀이라고 불러주게나." 아니면 "보통 저를 토터스라고들 부르지요, 아시려나 모르겠지만. 하지만 당신은 그냥 토토라고 불러주세요." 그의 거북 등껍데기 같은 운명은 이미 서른번째 생일에 그의 아버지가 망쳐놓은 기분을 한층 더 망쳐놓았다. 갓 승진한 중령은 카슈미르로 부임하기 전 조드푸르의 집으로 휴가를 받아서 갔다. 사실 그의 아버지는 아들이 그토록 선망하는 보수적인 라지푸트족이었다. 아버지는 하미르데브에게 생일 선물로 두 다스의 팔찌 세트를 주었다. 여자 팔찌라니? 하미르 카치와하는 어리둥절했다. "이건 뭡니까?" 그가 묻자 아버지는 코웃음을 치며 손가락으로 팔찌를 잘랑거렸다. "라지푸트족 전사가 서른번째 생일까지 살아 있으면, 실망과 놀라움의 표시로 여자 팔

---

* Turtle, Tortoise 모두 거북이를 뜻함.

찌를 주지. 팔찌를 받을 인물이 아니라는 것을 증명해 보일 때까지 차고 다녀야 한다." 나가바트 수리아반스 카치와하가 경멸하는 투로 퉁명스레 말했다. "아버지 말씀은, 죽음으로써 증명하라는 거군요." 아들이 말뜻을 분명히 했다. "아버지 눈에 들려면 자살이라도 해야겠네요." 아버지는 어깨를 으쓱했다. "말하나마나." 아버지는 자기 팔에 팔찌가 없는 이유에 대해서는 입을 닫고 타구에 구장* 즙을 잔뜩 뱉었다.

그래서 엘라스티크나가르의 카치와하 중령은 행복한 사람이 아니라는 소문이 널리 퍼졌다. 부하들은 그의 깐깐한 명령을 두려워했고, 지역민 역시 그를 함부로 거슬러서는 안 된다는 것을 알았다. 군인들이 북쪽 깊은 골짜기까지 총이며 탄약, 대포 등 주체스러운 전쟁 무기와 트럭을 끌고 셀 수도 없을 만큼 밀려 들어왔기 때문에 그 지역에선 그들을 '메뚜기 떼'라고 부를 정도였다. 이렇게 엘라스티크나가르의 규모가 커지면서 군대가 필요로 하는 땅도 점점 더 넓어졌다. 그러자 카치와하 중령은 해명이나 사죄 한마디 없이 필요한 것을 징발했다. 땅을 빼앗긴 사람들이 보상액이 너무 적다고 항의하자, 중령은 얼굴을 시뻘겋게 붉히며 노발대발했다. "우리는 너희를 보호하러 왔단 말이다, 이 배은망덕한 놈들아. 너희 땅을 지키러 여기에 온 것이다. 그러니 제발 내 앞에서 징징 짜지 말란 말이다." 그의 주장은 분명 논리적이었지만, 항상 잘 먹히는 것은 아니었다. 어쨌든 이런 문제는 중요하지 않았다.

---

* 동인도에서 자라는 후춧과 식물.

중령은 아무리 해도 전투에서 죽지 못한 데 골이 나서 안절부절못했다. 그러던 중 부니 카울을 보았고, 모든 것이 뒤바뀌었다. 아니, 그녀가 그를 경멸하는 태도로 단호하게 물리치지 않았더라면 바뀌었을 것이다.

중령도 알듯 엘라스티크나가르는 인기가 없었지만, 인기가 없다는 것은 법에 어긋났다. 법대로 하자면 카슈미르에 주재하는 인도군은 전 주민의 전폭적인 지지를 받아야 했다. 그렇게 말하지 않으면 법을 어기는 것이었다. 법을 어긴다는 것은 죄인이 된다는 것이고, 죄인은 용납할 수 없으며 모든 법적 수단과 징 박은 군화와 곤봉을 동원해 엄히 다스려야 마땅했다. 이를 이해하는 열쇠는 '일체성'이라는 단어와 그에 관련된 개념들이다. 엘라스티크나가르는 인도의 노력에 필수불가결한 존재이며, 인도의 노력이란 국가의 일체성을 지키려는 것이다. 일체성은 영예롭게 받들어야 할 특성이며, 국가의 일체성에 대한 공격은 그 영예에 대한 공격이므로 용납될 수 없다. 그러므로 엘라스티크나가르는 영예로이 받들어져야 하고, 그 밖의 다른 태도는 모두 도의에 어긋나기 때문에 불법이 된다. 카슈미르는 인도에 없어서는 안 될 일부이다. 완전체는 전체의 통합이고, 인도는 완전체이며 작은 부분들은 불법이다. 부분은 완전체에 균열을 일으키므로 완전성을 해친다. 이를 받아들이지 않는 것은 일체성이 부족하다는 뜻이며, 그것을 받아들인 자들의 의심할 여지 없는 일체성에 암묵적으로 또는 분명하게 의문을 제기하는 것이다. 이는 불온한 행동이다. 분열로 이끄는 불온함은 용납될 수 없으며, 암묵적이든 노골적이든 엄하게 다스려야 마땅하다. 그러므로 엘라스티크나가르가 실제로는 인기가 없다 할지라도, 엘라스티크나가르의 인기는 순수하고 단순한 일체성의 문제이므로 법적 의무에 따라 강제 집행할 수 있다. 사실과 일체성이 상충할 때 우위에 서는 것은 일체성이다. 제아무리 사실이라도 국가의 명예를 떨어뜨리도록 놔둘 수는 없다. 그러므로 엘라스티크나가르는 인기가 없더라도 인기가 있다. 간단히 이해할 수 있는 문제이다.

카치와하 중령은 자신을 사고력이 제법 뛰어난 유형의 사람이라고 생각했다. 그는 남다른 기억력으로 유명했고, 이를 남들 앞에서 과시하기를 좋아했다. 그는 무작위로 나열한 단어를 이백십칠 개까지 암기했고, 여든네번째 단어나 백오십구번째 단어가 뭐냐는 질문에도 대답할 수 있었다. 이 밖에도 동료 장교들에게 깊은 인상을 심어주고 우월한 존재라는 분위기를 풍기게 한 다른 테스트가 여럿 있었는데, 군의 역사와 유명한 전투에 관한 지식은 백과사전 수준이었다. 그는 '정보 창고'라는 자부심을 가졌고, 자신의 분석에 필연적이고 반박할 수 없는 날카로움이 있다고 즐거워했다. 다른 사람의 일상이며 모든 대화, 악몽, 담배까지 모조리 기억한다는 것이 지겹기는 했지만, 매일의 소소한 기억이 산처럼 쌓이는 문제가 아직은 그를 괴롭히지 않았다. 유죄판결을 받은 사람이 자비를 구하듯, 가끔 망각을 바랄 때도 있었다. 이렇게 많은 것을 기억하는 일이 장기간 계속되면 어떤 결과가 생길지 궁금해지는 때도 있었고, 도덕적인 결과가 나올 수도 있을까 의문이 들기도 했다. 하지만 그는 군인이었다. 이러한 상념을 떨쳐버리고 자기 일과에 충실히 임했다.

또한 그는 스스로를 깊이 있는 감정을 지닌 사람으로 여겼다. 그러다보니 어쩔 수 없이 계곡의 배은망덕함이 그를 무겁게 짓눌렀다. 십사 년 전, 달아난 마하라자와 카슈미르 사자의 요청에 따라 군대가 카바일리 약탈자들을 몰아냈지만, 그들을 카슈미르 영토에서 완전히 내몰지는 않고 길기트, 훈자, 발티스탄 등 북쪽의 높은 산악지대 일부를 지배하도록 놔두었다. 이러한 결정으로 초래된 사실상의 분할은, 그렇게 말해도 법에 걸리지만 않는다면 실수라 불러야 할 것이다. 군대는 왜 멈췄을까? 멈추기로 결정했으므로 멈췄다. 그 자리에서 실제 상황을 고려해 내린 결정이었고, 적절한 결정이자 유일한 결정이며 완전무결한 결정이었다. 탁상공론이나 하는 전문가들이야 지금에 와서 꼬치꼬치 따지려 들겠지만, 그들은 현장에, 그 순간에 거기 없었다. 그 결정은 이미 내려졌으므로 올바른 결정이었다. 다른 결정을 내릴 수도 있었겠지만 내리지 않았으므로 그건 잘못된 결정이고, 내려서는 안 되었던 결정이며, 내리지 않는 것이 옳은 결정이었다. 사실상 분할된 상태였고, 그렇기에 그것을 고수해야만 했으며, 그것이 당위냐 아니냐는 문제되지 않았다. 그 선 양쪽에서 카슈미르인은 선 따위는 아랑곳하지 않고 마음 내키는 대로 아무 때나 산맥을 넘었다. 이러한 태도는 분할선에서 군인들이 부딪치는 어려움, 그 선을 지키고 유지하기 위해 감내해야 하는 고난을 알지 못하는 카슈미르인의 배은망덕함을 보여주는 예였다. 살을 에는 추위에 거기 올라갔다 죽는 군인도 심심치 않게 나왔다. 추위로 죽기도 했고, 파키스탄 저격수의 총탄에 맞아 죽기도 했다. 그들은 아버지한테서 금빛 팔찌를 받기도 전에 죽었고, 자유의 이상을 지키려다 죽었다. 자기 때문에 고통받는 사람이 있다면, 자기 때문에 죽어가는 사람이 있다면, 그들의 고통을 존중해야 마땅하다. 그들이 지키는 그 선을 무시하는 건 무례한 짓이다. 이런 행동은 국가의 안전은 말할 것도 없고 군의 명예에도 걸맞지 않은 행동이므로 불법이다.

많은 카슈미르인이 반동적인 성향을 타고났으며, 모두가 무슬림일 뿐 아니라 고기를 먹는 판디트이고, 따라서 카슈미르는 불온 분자가 들끓는 계곡이라는 것도 이유가 될 수 있었다. 어쨌거나 그들을 봐줘선 안 되며, 강력하게 진압해야 옳았다. 그는 이것이 스스로 내린 결론이며, 이 결론을 도출해낸 사고 과정에 아름답다고 말해도 좋을 어떤 불가피성이 있음에도 이 결론에 저항했다. 그는 깊이 있는 감정을 지닌 사람, 아름다움과 부드러움을 감상할 줄 아는 사람, 아름다움을 사랑하는 사람, 따라서 아름다운 카슈미르에 크나큰 애정을 느끼는 사람, 아니면 애정을 느끼고 싶어하는 사람, 그도 아니면 번번이 스스로를 억제하지 않는다면 애정을 느껴버릴 사람, 사랑으로 보답받기만 한다면 진실하고 참된 애정을 줄 사람이었다.

그는 외로웠다. 아름다움의 한복판에서 오히려 추함에 빠져 허우적거렸다. 엘라스티크나가르가 쓰레기 더미라고 말해도 반역 행위가 되지 않는다면, 그는 쓰레기 더미라고 말했을 것이다. 그러나 그곳은 엘라스티크나가르이므로, 정의상으로나 법적으로나 다른 어떤 이유를 따져보더라도 쓰레기 더미일 수는 없었다. 그는 자기 마음 한구석, 존재해서는 안 되므로 존재하지 않는 조그만 불온한 구석으로 가서 두 손을 오므려 입에 대고 속삭였다. 엘라스티크나가르는 쓰레기 더미이다. 울타리이고 가시철조망이고 모래주머니이고 뒷간이다. 녹 제거약이고 삽질 한 번이고 범포이고 금속이고 막사에서 풍기는 정액 냄새이다. 조명이 비추는 원고 위의 얼룩이다. 거울같이 잔잔한 호수 위에 떠 있는 잔해이다. 그곳에는 여자가 없다. 여자가 없다. 남자들은 미쳐가고 있다. 미친 듯이 자위를 해대고, 미친 동네 소녀에 대한 미친 습격담이 전해진다. 그들이 스리나가르의 미친 매음굴을 찾아갈 때면, 미친 목조 건물이 미쳐 폭발하는 그들의 욕정으로 흔들렸다. 이제 많은 엘라스티크나가르가 있고, 그것들은 점점 더 커져가고 있다. 개중에는 관계할 염소조차 없는 높은 고산지대에 위치한 곳도 있었으므로, 그가 불평할 처지는 아니었다. 정의상으로나 그 밖의 어떤 이유로나 존재하지 않는 그의 머릿속 작은 불온한 구석에서조차 그는 자부심을 느껴야 마땅했다. 그는 자랑스러웠다. 그는 일체성과 명예, 자부심을 지닌 남자였다. 대체 빌어먹을 여자들은 어디에 있는지, 왜 그의 곁에는 얼씬도 않는지. 그는 밀가루 반죽 같은 안색에 힌두니 무슬림이니 지방자치주의니 하는 화제는 입에 올리지도 않는 좋은 집안 출신의 독신남이었고, 머리부터 발끝까지 세속주의자였다. 어쨌거나 그는 결혼에 관해서는 이야기하지 않았고, 그런 문제를 끄집어내지도 않았다. 하지만 부대장을 한 번 포옹해주어도 좋지 않은가, 키스 한 번이나 망할 애무 한 번이라도 해주면 어떤가?

〈황야의 7인〉에서 호르스트 부흐홀츠*가 마을 사람들이 자신들을 지켜달라고 고용한 총잡이들의 눈을 피해 마을 여자들을 숨겨놓았다는 사실을 알아채는 장면과도 약간 닮은 데가 있었다. 이 부근에서는 여자를 눈에 띄지 않도록 숨겨두지는 않았다는 점만 제외하면. 여자들은 그저 얼음 같은 푸른 눈, 황금빛 눈, 에메랄드빛 눈, 다른 세상에서 온 생물의 눈으로 당신을 꿰뚫어 볼 따름이었다. 여자들은 주홍색 머릿수건, 암홍색 머릿수건, 코발트색 머릿수건으로 검은색 또는 노란 불꽃 색 같은 머리카락을 감추고 호수 위에서 당신의 곁에 떠 있을 뿐이었다. 여자들은 작은 보트의 뱃머리에 앉아 맹금처럼 몸을 웅크리고 마치 당신이 플랑크톤이라도 되는 듯 무시해버렸다. 그들은 당신을 보지 않았다. 당신은 존재하지 않았다. 당신이 존재하지도 않는데 어떻게 여자들이 당신에게 입 맞추고 포옹하고, 아니 입 맞출 생각이라도 할 수 있겠는가? 당신은 살아 있다, 아니 그림자 행성에서 사는 것 같다. 당신은 다른 세계에서 온 존재이다. 당신은 실제로는 존재하지 않으면서 존재한다. 당신의 존재는 당신이 미치는 영향을 통해서만 인지될 수 있다. 여자들은 하나의 영향력인 엘라스티크나가르를 볼 수 있고, 그런 생각을 하는 것이 불법이라 해도 그것이 추하다고 생각하기 때문에 그곳에 사는 보이지 않는 남자들 역시 추할 것이라고 가정했다.

그는 추하지 않았다. 그의 목소리는 영국 불도그가 짖는 것 같

---

* 독일 배우.

았지만 그의 가슴은 힌두스탄 사람의 것이었다. 그는 서른한 살의 독신남이었고, 거기에서 추리해낼 수 있는 것은 아무것도 없었다. 기다릴 준비가 되지 않은 남자도 많았으나 그는 기다리기로 마음 먹었다. 그의 지휘하에 있는 남자들은 더 버티지 못하고 매음굴로 달려갔다. 그들은 그보다 못한 남자들이었다. 그는 자기의 씨를 잘 간직했다. 그 씨는 신성했다. 여기에는 자기 수양이 필요했다. 자아의 테두리 안에 남아 있어야지, 그 경계선을 넘어가서는 안 되었다. 이것은 스리나가르의 제방처럼 내면의 둑, 내면의 제방을 쌓는 일이었다. 그는 젤룸 가장자리의 제방을 걸을 때면 자기 마음의 방어선을 걷는 듯한 기분이 들었다.

그는 자신의 욕망, 채워지지 않은 부정한 욕망으로 터져버릴 것 같았지만, 터지지는 않았다. 그는 자신을 억제하고 아무에게도 이 비밀을 털어놓지 않았다. 이것은 그의 비밀이었고, 그는 이를 그의 안에 갇혀 있는 모든 것, 억눌린 모든 것의 탓으로 돌렸다. 그의 감각이 바뀌고 있었다. 몸 안에 벌레가 있었다. 그의 감각은 흐르는 모래였다. 어느 한 전선에 자기가 가진 자원을 지나치게 많이 쏟아붓는다면, 다른 전선은 공격에 무방비 상태로 노출될 것이다. 그가 욕망을 통제해온 탓에 감각이 속임수를 부렸다. 그는 이렇게 감각의 경계가 흐려지는 속임수를 설명할 말을 찾지 못했다. 그는 요즈음 소리를 보았다. 색깔을 들었다. 감정을 맛보았다. 그는 대화 중에 "저 붉은 소음은 뭐지요?" 같은 질문을 던지거나, 위장색을 칠한 트럭의 노랫소리를 흠잡지 않기 위해 자제해야 했다. 그는 혼란에 휩싸였다. 모두가 그를 미워했다. 그건 불법이었지만,

막을 수가 없었다. 군대가 하는 짓, 군대의 폭력, 강탈에 대한 끔찍한 소문이 퍼져나갔다. 카바일리를 기억하는 사람은 아무도 없었다. 그들은 눈앞에 있는 것만 보았다. 그들의 눈에는 자기들의 음식을 먹고, 자기들의 말을 빼앗아가고, 자기네 땅을 징발하고, 자기 아이들을 때리는 점령군만이 보일 뿐이었고, 가끔은 죽음도 있었다. 증오는 아몬드 속의 청산가리처럼 쓴맛이 났다. 쓰디쓴 아몬드를 열한 개 먹으면 죽을 것이다, 그들은 그렇게 말했다. 그는 매일 증오를 먹어야 했지만 여전히 살아 있었다. 그러나 그의 머릿속에서는 소용돌이가 쳤다. 그의 감각은 서로 자리를 바꾸었다. 감각의 이름도 더이상 이해되지 않았다. 청각이 뭐지? 미각은 뭐지? 알 수가 없었다. 그는 이만 명을 지휘하면서 금색에서는 베이스트롬본 같은 소리가 난다고 생각했다. 그에게는 시가 필요했다. 시인이라면 그의 상태를 알아듣게 설명해줄 수 있겠지만, 그는 군인이었고 가잘*이나 송가를 찾으러 갈 곳도 없었다. 그가 만약 시가 필요하다고 말한다면, 부하들은 그가 나약해졌다고 생각할 것이다. 그는 약하지 않았다. 그는 자제했다.

압력이 서서히 고조되었다. 적은 어디에 있지? 그에게 적을 주고 싸우게 하라. 그는 전쟁이 필요했다.

그때 부니를 보았다. 그가 군용 지프차를 타고 있었고, 피부가 파랗지도 않고, 자신을 신이라고 생각하지도 않았으며, 그녀가 그의 존재를 거의 알아채지 못했다는 점만 제외하면 라다와 크리슈

---

* 운을 맞춰 짓는 아랍의 시 형식.

나의 만남으로 느껴질 법했다. 그러한 세부를 제쳐놓고 본다면 한 치도 틀리지 않았다. 인생을 바꾸고 온 세상을 바꾸는 신화적이고 종교적인 경험이었다. 그녀는 시처럼 보였다. 그의 지프차가 카키색 소음의 구름에 휩싸였다. 부니는 라다가 젖빛 고피*들과 함께 있었던 것처럼, 여자친구인 히말과 곤와티, 준과 함께였다. 카치와하는 자기 숙제를 마쳤다. 준 미스리는 마을 목수인 덩치 큰 빅 맨 미스리의 외동딸로, 이집트 여왕의 후예라고 주장하는 올리브빛 피부의 소녀였다. 히말과 곤와티는 마을에서 노래를 제일 잘하는 시브샹카르 샤르가의 자식이었는데, 음치였다. 그들은 반드 연극에 나오는 춤을 연습하던 중이었다. 아마도 젖 짜는 처녀 흉내를 내는 것 같았는데, 차츰 완벽해질 것이었다. 카치와하는 춤에 대해서는 별로 아는 게 없었지만, 모든 춤은 향수였고 그녀의 모습은 에메랄드였다. 그는 자원과 불온 행위에 관한 중요하고 어려운 문제를 논의하기 위해 파치감의 판차야트를 만나러 가던 길이었으나, 그의 욕망이 그에게 말을 걸어왔다. 그는 운전사에게 차를 세우라 이르고는 홀로 차에서 내렸다.

무희들은 춤을 멈추고 그를 마주 보았다. 그는 당황하여 어찌할 바를 몰랐다. 그는 인사를 했다. 쓸데없는 짓을 해버렸다. 그다지 반응이 좋지 않았다. 그는 그녀에게만 말을 걸어보았다. 그러나 짖어대는 명령처럼 말이 튀어나왔고, 그녀의 친구들은 깨진 유리처럼 흩어져버렸다. 그녀는 그를 마주 보았다. 그녀는 천둥이고

---

* 인도 신화에 나오는 소를 모는 소녀.

음악이었다. 그의 목소리는 개똥 냄새를 풍겼다. 그가 미처 말을 시작하기도 전에, 그녀는 그 뜻을 짐작하고 마치 그가 발가벗고 있다는 듯 쳐다보았다. 그의 손이 자기도 모르게 움직여 사타구니를 가렸다. 그녀가 말했다. 당신이 지휘관인 카치와 카르나일이군요. 그의 얼굴이 확 붉어졌다. 자기 본심을 어떻게 말하면 좋을지 몰랐다. 부대장이 대답했다. 네, 아가씨. 기다리고, 댐을 짓고, 몸을 아끼며 평생을 보낸 끝에, 간절히 원한 부대장. 바라고, 가장 뜨겁게 열망한…… 그가 아무 말도 하지 않자 그녀가 새치름하게 말했다. 저를 체포하러 오셨나요. 그녀가 물었다. 제가 위험인물인가요. 발바닥을 얻어맞거나 전기고문을 당하거나 강간을 당해야 하나요. 사람들을 저로부터 보호해야 하나요. 그런 제안을 하러 오신 건가요. 보호 말이에요. 그녀의 경멸에서는 봄비 같은 냄새가 났다. 그녀의 목소리가 은처럼 그의 머리 위로 쏟아졌다. 아니요, 그런 게 아니오. 그가 대답했다. 그러나 그녀는 이미 진실을, 그의 움트는 비열한 욕망을 알고 있었다. 꺼져버려요. 그녀는 그렇게 쏘아붙이고 시내를 따라 숲 속으로, 그의 영혼 주위에 쌓았던 둑이 산산이 무너지는 가운데 그가 서 있는 파치감 변두리가 아닌 어딘가로 도망가버렸다.

그는 엘라스티크나가르로 돌아와 분노에 몸을 맡긴 채 파치감을 급습할 계획을 짜기 시작했다. 파치감은 부니 카울의 모욕적인 행동 때문에, 그녀가 윗사람의 얼굴을 비유적으로 후려갈겼기 때문에 고통받게 될 것이다. 그즈음 해방운동이 꿈틀대기 시작했고, 강력한 선제 조치로 싹을 잘라버려야 한다는 의견이 있었다. 카슈미르인을 위한 카슈미르라니, 백치 같은 생각이었다. 인구가 겨우 오백만에 불과한 이 내륙의 조그만 계곡이 자기 운명을 스스로의 힘으로 좌우하기를 원했다. 그런 생각이 대체 어디에서 나왔을까? 카슈미르가 그런 식으로 나온다면, 아삼 주 사람들도 아삼의 권리를 주장하고, 나갈랜드 주 사람들도 나갈랜드의 권리를 주장하지 않겠는가? 어디 그뿐인가? 마을이나 읍, 도시의 거리, 심지어 집 한 채 한 채마저도 독립을 요구하지 못할 이유가 있겠는가? 자기 침실에도 자유를 달라고 하든가, 자기 집 화장실을 공화국으로 선포하시지? 똑바로 서서 자기 발 주위에 원을 그리고 셀피스탄이라고 명명하지 그러나? 파치감도 속셈을 숨기고 시치미를 떼는 다른 계곡들과 똑같다. 너무 오랫동안 고분고분 대해준 경향이 있었다. 의심 가는 점, 단서, 표적이 있다. 아, 그렇다. 강하게 밀어붙여야겠다. 마을에 믿을 만한 정보원, 교활하고 무자비하고 능수능란한 첩자를 보내야겠다. 부니 카울의 집에서 거의 매일같이 아침을 먹을 녀석으로.

　양미간에 주름살이 깊이 패고, 구장 중독으로 잇몸은 새빨갛게 물들고, 어디를 가나 못마땅한 점부터 찾아내려 드는 사람 같은 분위기를 풍기는 지독한 말라깽이 판디트 고피나트 라즈단이 가느다란 금테 안경을 끼고 초췌한 몰골로 산스크리트어 책이 꽉 찬 서류가방과 교육 당국의 편지 한 통을 들고 부니의 집을 찾아왔

다. 그는 도시풍의 서양식 옷차림이었다. 찬바람을 막으려고 깃을 세운 싸구려 트위드 재킷에 오른쪽 무릎에 커피 얼룩이 묻은 회색 플란넬 바지를 입었다. H. S. 카치와하 중령과 동갑으로 젊은 남자인 그는 나이 들어 보이려고 애쓰면서, 입술을 오므리고 눈을 가늘게 뜨고 살이 적어도 한 개 이상 부러진 둘둘 만 우산에 기대서 있었다. 부니는 첫눈에 그가 마음에 들지 않아 그가 여윈 턱을 움직여 뭐라 말하기도 전에 이렇게 말했다. "다른 데 가서 알아보는 게 좋겠군요. 여기에는 당신이 찾을 만한 것이 아무것도 없어요." 하지만 물론 있었다.

"천만에요, 그렇지 않습니다." 판디트 고피나트 라즈단은 고개를 옆으로 돌리고 시뻘건 구장 즙 섞인 침을 길게 뱉으며 말했다. 그는 단어 끝을 생략하는 것은 물론이고 중간에서 잘라먹는 일도 다반사인 기묘한 스리나가르 사투리를 썼는데도 목소리에는 오만함이 묻어났다. 천만, 그지 않쥬. "제 소개를 하지요(제 소개 하쥬). 당신 아버님 부탁으로 왔습니다." 판디트 피아렐랄 카울이 양파와 마늘 냄새를 풍기며 부엌에서 부산스럽게 나왔다. "아이고, 우리 사촌 왔구먼." 피아렐랄이 야단스레 그를 맞이하며 부니에게 겸연쩍은 시선을 던졌다. "다음 주나 되어야 올 줄 알았는데. 딸애를 놀라게 하다니 유감이구먼." 고피나트는 불만스러운 듯 콧방귀를 뀌더니 메마른 목소리로 말했다. "사정 모르는 사람 같으면 선생님이 저기 뒤편에 마련해두신 것이 무슬림식 부엌인 줄 알겠습니다." 부니는 콧구멍으로 한바탕 비웃음이 터져나올 것만 같았다. 다음 순간 파도처럼 짜증이 몰아치면서 웃고 싶은 충동이 싹 사라

저버렸다.

피아렐랄은 고피나트의 등을 따듯이 두드려주었다. 그러자 이 도시 뺀질이가 몸을 움츠렸다. 아니, 몸을 뒤로 뺐다고 하는 편이 맞을 것이다. 부니의 아버지가 말했다. "하! 하! 이보게, 파치감에서는 모든 게 다 뒤섞여 있다네. 내가 요리에 취미를 붙인 후부터 서서히 판디트 요리를 와즈완에 포함시키게 되었지. 엄청난 변화지만 상징적으로 큰 중요성이 있어. 자네도 동의하리라 믿네! 그래서 지금은 손님에게 마늘을 넣지 않은 카바르가* 요리를 대접하게 된 것이지. 심지어 아위와 응유로 만든 요리도 있다네! 모두가 내 혁신을 흔쾌히 받아들여준 데 대한 보답으로 몇몇 음식에는 무슬림 형제들이 좋아하는 식으로 양파와 마늘을 듬뿍 넣는 것이 공평하지 않을까 싶네." 가벼운 몸서리가 고피나트의 누렇게 쪼그라든 몸을 훑고 지나갔다. 그는 모기만 한 목소리로 말했다. "이곳에선 많은 장벽들이 무너졌군요. 저 같은 사람이 생각하기에는 좀 과한 듯합니다."

부니는 오가는 말을 들을수록 점점 더 혼란스러워져 참을 수가 없었다. 끝내 더 참지 못하고 분을 터뜨렸다. "생각한다고요? 아버지, 도시에서 와서 이제 막 우리에 대해 생각해보기 시작했다는 이 작자는 누구예요?"

그리하여 고피나트가 새로운 학교 선생이라는 사실이 드러났다. 피아렐랄은 부니가 어떻게 나올지 두려운 나머지, 예로부터

---

* 구운 갈비.

수행해온 판디트의 교육자 역할을 버리고 요리에만 집중하기로
한 자신의 결정을 숨겼던 것이다. 해가 갈수록 부엌은 그의 삶에
서 점점 더 중요한 공간이 되어갔다. 팜포시가 지배했던 부엌에
있으면 떠나간 그녀의 아름다움과 함께하는 기분이 들었다. 보글
보글 끓는 소스 속에서 그들의 영혼이 뒤섞이고, 사라진 기쁨이
야채와 고기 속에서 모습을 드러내는 듯했다. 부니도 알고는 있었
다. 요리는 팜포시를 계속 살아 있게 하는 아버지 나름의 방식이
었다. 아버지의 음식을 먹는 것은 팜포시의 영혼을 삼키는 것이기
도 했다. 그러나 아이들은 부모가 오직 부모로서만 존재하기를 원
하다보니 어른들의 꿈에는 그다지 주의를 기울이지 않는 경향이
있어서, 부니는 요리가 점점 더 피아렐랄에게 치료 이상의 것이
되어간다는 사실을 미처 알아채지 못했다. 그는 부엌에서 잠재된
예술적 재능을 풀어냈고, 나날이 늘어가는 뛰어난 요리 실력 덕에
요리를 부업으로 하는 배우 마을에서 새롭게 중심 역할을 맡게 되
었다. 파치감 사람들이 결혼식에 불려가 최소 서른여섯 가지 코스
가 차려지는 잔칫상을 준비할 때마다, 점점 더 판디트가 주도적인
역할을 하게 되었다. 그는 기적 같은 사프란 맛 풀라오를 만들었
고, 구슈타바 미트볼 반죽을 아기의 볼처럼 부드러워질 때까지 치
댔다. 결혼식 하객들은 그가 요리한 둠 알루, 아몬드를 넣은 닭 요
리, 부드러운 흰색 치즈와 토마토, 육즙 소스에 메티 향을 첨가한
연 줄기, 레드 칠리 코르마, 피르니의 달콤하고 맛깔스러운 끝맛,
카르다몸 차에 열광했다.[*] 여인네들은 그에게 슬쩍 다가와 수줍게
와즈완 요리법을 물어보곤 했다. 그러면 언제고 기꺼이 도와줄 자

세가 되어 있는 이 순진한 요리사는 요리법을 낱낱이 일러주었으므로, 결국 동료 요리사들이 참지 못하고 그에게 소리를 질러 입을 다물게 했다. 그후로 그는 주방 마법의 비밀을 가르쳐달라는 모든 요청에 대한 답변을 미리 마련해두었다. 그는 씩 웃으며 이렇게 말하곤 했다. "기**랍니다, 부인. 그 밖에 다른 것은 아무것도 넣지 마세요. 진짜 기를 되도록 많이많이 쓰세요."

부니도 자연스럽게 서른여섯 가지 코스를 준비하는 일이 아버지에게 점점 더 큰 비중을 차지하게 되었음을 알았지만, 이렇게 빨리 직업까지 바꾸리라고는 꿈에도 생각지 못했다. 그녀는 너무 당황한 나머지 흥분해서 완전히 자제력을 잃고 불쌍한 피아렐랄에게 분을 터뜨렸다. "가르치는 일이 아버지에게 중요하지 않다면, 저한테도 배우는 일이 중요하지 않겠네요. 위대한 철학자인 아버지가 탄두리 요리사로 직업을 바꾸고 싶어하니 저도 뭔가 다른 것으로 바꿔야겠어요. 누가 아버지 딸이 되고 싶대요? 전 차라리 다른 사람의 아내가 될래요."

광대 샬리마르가 두려워한 것이 바로 이러한 그녀의 거침없는 말버릇, 자제할 줄 모르는 충동적인 성격이었다. 그녀는 피아렐랄의 얼굴이 일그러지고 고피나트의 귀가 쫑긋 서는 모습을 보면서 자기가 태어난 바로 그날부터 그 누구보다 자기를 사랑해줬던 사

---

* 둠 알루는 커리로 양념한 감자 요리, 코르마는 발효한 우유에 숙성된 고기를 사용한 커리, 피르니는 쌀가루에 우유와 설탕, 향료를 넣어 만든 푸딩의 일종, 카르다몸은 향신료 등으로 쓰는 생강과 식물.

** 물소의 젖을 이용해 원시적인 방법으로 만든 인도 버터.

람의 마음에 상처를 준 것을 후회했다. 더군다나 낯선 사람 앞에서 너무 심한 말을 해버렸다. 그녀는 피아렐랄의 먼 친척뻘이라는 판디트 고피나트 라즈단이 실은 비밀 첩자로, 이 예인 마을에 뭔가 불온한 요소가 있는지 정탐하도록 파치감에 보내진 자라는 사실은 미처 알지 못했다. 예인들은 본래 불온한 자들이니까. 그는 알아낸 정보를 비밀리에, 제일 먼저 엘라스티크나가르의 카치와하 중령에게 보고하라는 명령을 받았다. 그러면 중령이 첩보의 질과 가치를 따져서 필요한 조치를 일러줄 것이다. 파치감의 그 누구도 고피나트를 의심하지 않았다. 겉으로 보이는 그의 정체도 불가사의한 판에, 그 밑에 훨씬 더 의심스러운 자아가 숨어 있다고는 도저히 믿기 어려웠다. 그는 즐겁게 재잘재잘 떠들어대던 피아렐랄과는 정반대로 엄하고 무뚝뚝한 태도로 가르쳤기 때문에, 아이들은 그에게 '바타 라사슈드'라는 별명을 붙여주었다. 바타는 판디트를 가리키는 또다른 말이고, 라사슈드는 회충에 감염된 아이들에게 먹이는 암이라는 엄청나게 쓴 약초였다. 선생들은 항상 자기에게 붙여진 무례한 별명을 알게 되는 법이다. 그는 자기 별명을 알게 되자 심사가 더 뒤틀렸다. 그는 교실 위층에 있는 침실에서 살았다. 밤이 되면 마을 사람들은 그 방에서 새어나오는 요란한 소리와 욕지거리를 듣곤 했다. 그래서 많은 이들이 성난 판디트한테 악귀가 들렸고, 그 악귀가 밤이면 그의 몸에서 빠져나와 덫에 걸린 새처럼 주변을 날아다니는 것이 아닌가 의심했다.

피아렐랄은 먼 친척에게 책임감을 느꼈다. 천성이 선한 그는 고피나트가 사람들과 좀 어울리고 가족애를 느끼게 되면 성격도 좋아질 거라 믿었다. 부니는 절대 동의하지 않았다. 그녀는 이렇게 주장했다. "일단 우유가 엉기고 나면, 절대 본래 맛으로 돌아오지 않는다고요." 딸의 반대를 무릅쓰고 피아렐랄 카울은 고피나트에게 언제든 식사하러 오라고 했다. 그리하여 부니는 이 첩자에게 아침을 차려줘야 했고, 저녁까지 차려주는 경우도 드물지 않았다. 카치와하 중령이 그녀에게 관심을 둔 탓에 정기 보고에서 그녀가 중요한 비중을 차지했으므로, 고피나트에게는 더없이 잘된 일이었다. 그리고 그녀를 특별히 가까이 접하게 된 지금, 성질 고약한 판디트도 부니 카울에게 정신 못 차리고 빠져들게 되는 일은 시간 문제였다. 구장을 씹는 습관은 훨씬 더 심해졌지만, 구장 열매를 아무리 씹어도 그의 인생에 나타난 열네 살 소녀에게 새로이, 점점 더 깊이 빠져드는 것을 가릴 수는 없었다. 나이를 가리지 않고 아이들을 전부 한데 모아 가르치는 작은 교실에서, 그는 부니 카울이 게으른 학생이라는 사실을 금세 알아챘다. 부니 카울은 영리하지만 게을렀다. 공부에 뜻이 없었던 것은 박식한 아버지를 둔 아이한테서 흔히 나타나는 고의적인 반작용이기도 했고, 학교 일을 그만둔 피아렐랄에 대한 반항의 뜻이기도 했지만, 가장 큰 이유는 자신의 관능적인 매력을 굳게 믿기 때문이었다. 그녀는 남자를 움직여 자기가 원하는 것은 무엇이든 얻어낼 수 있는 비결을 죄다 안다고 믿었다. 그렇게 성적 자신감에 넘치는 아이니 제정신을 잃은 불쌍한 토터스 중령의 열정에 어떻게 불을 붙였는지는 안 봐도 훤했지만, 고피나트는 자신은 그렇게 호락호락한 상대가 아니라고 생각했다. 그러나 순식간에 그녀의 매력에 굴복한 자신의 모습에, 평상시 같으면 병자나 불구자한테나 느낄 법한 메스꺼움이 가슴속에서 치밀어올랐다. 또한 이 학교 선생은 광대 샬리마르라는 노만 셰르 노만에게 그녀가 품고 있는 감정에 대해 자신의 열정에서 느끼는 것보다 훨씬 더 심한 욕지기를 느꼈다. 이 때문에 그는 파치감에 온 본래 목적인 광대 샬리마르의 형제이자 압둘라와 피르다우스의 셋째아들을 몰래 정탐한다는 계획에서 곁길로 샜다. 고피나트는 잠시 본래 계획은 접어두고 사르판치의 넷째아들이자 막내아들에게 초점을 맞추어, 남몰래 그를 파멸시키기로 마음먹었다.

압둘라와 피르다우스 노만의 맏이인 열아홉 살 된 쌍둥이 하미드와 마무드는 서로를 웃기는 것이 인생에서 유일한 관심사인 유순하고 사교성 좋은 바보들이었다. 그래서 언제나 반드 파테르의 우스꽝스러운 이야기에 넋을 잃었다. 그들은 스스로 만든 상상의 세계에 너무 깊이 빠져서 엉덩방아를 찧는 왕자나 우둔한 신, 겁쟁이 거인과 사랑에 빠진 악마 등을 익살맞게 지어내느라 실제 세계에는 매력을 느끼지 못했다. 아마도 카슈미르인 전부를 통틀어 자연의 아름다움에 전혀 감동을 느끼지 않는 사람은 그들뿐일 것이다. 셋째 아니스는 마치 자기 인생에서 좋은 일이 일어나리라고는 기대하지 않는다는 듯 내성적이고 음침했다. 그가 눈 한번 깜박이지 않고 우울한 얼굴로 자신에게 주어진 광대 묘기를 할 때면, 관객들은 엇갈린 반응을 보였다. 대부분은 그의 음울한 분위기에 즐거워했지만, 자신들의 포위된 삶에서 느끼는 슬픔을 억제하고 지내다 엉뚱한 장소에서, 단순한 광대극이 도달하리라고 기대하지 않았던 지점에서 그의 슬픔에 뜻하지 않은 감동을 받은 소수의 관객은 그를 보고 심란해졌고, 그가 무대를 떠나면 비로소 편안해졌다. 아니스는 열일곱번째 생일이 다가오자 종이를 오려서 작은 모형이 줄줄이 이어진 띠를 만들거나, 담뱃갑에서 꺼낸 은박지를 꼬아 근사한 동물을 만드는 등 하루가 다르게 늘어가는 손재주를 보여주기 시작했다. 그리고 나무를 깎아 격자 모양의 몸통 속에 더 작은 부엉이들이 들어 있는 인형 따위의 조그맣고 멋진 작품도 만들었다. 바로 이런 재능 때문에 그는 지역 해방전선 사령관의 눈에 띄었다. 어느 깜깜한 밤, 복면을 쓴 전사 두 명이 텅 빈 채 썩어가는 낡은 오두막이 있는 나자레바두르의 숲이 우거진 언덕으로 아니스를 끌고 갔다. 그곳에서 모습을 감춘 어떤 남자가 그에게 폭탄 만드는 법을 배울 용의가 있느냐고 물었다. 아니스는 어깨를 으쓱하며 좋다고 대답했다. 최소한 그의 우울한 인생이 빨리 끝날 수도 있다는 의미였다. 이렇게 답할 때 그의 표정은 더할 수 없이 우울하고 애처로웠다. 어둠 속에 서 있던 해방전선 사령관은 이해할 수 없는 일이지만 웃음을 터뜨리고 싶은 엉뚱한 충동에 사로잡혔다. 애써 참았지만, 다 참지는 못했다.

그녀의 죄가 폭로된 그날, 부니는 오후에 있을 춤 연습을 하느라 무스카둔 강둑 옆에 친구들과 함께 있었다. 목수의 딸인 준이 바위 위에 서서 자기들을 바라보는 고피나트를 가리키며 말했다. "저기 좀 봐. 쓴 약초 씨네." 첩자는 우산으로 돌을 두드리고 구장을 씹으면서 바위에서 내려왔다. 부니는 순간 그의 나이 든 척하는 몸짓의 의미를 꿰뚫어 보았다. "저 사람은 단순히 심술 맞은 명

텅구리가 아니라 아주 위험한 인물이야." 그녀는 스스로에게 경고했지만, 이미 너무 늦었다. 고피나트는 봐야 할 것은 모두 보았다. 광대 샬리마르와 부니의 뒤를 밟아 우거진 관목숲과 달 밝은 산의 초원에도 갔다. 8밀리 카메라로 촬영을 했고, 사진도 찍었다. 그들은 한 번도 그의 존재를 의심해보지 않았고, 그의 발소리도 전혀 듣지 못했다. 반면에 그는 과할 정도로 모든 것을 다 보았다. 이제 그는 부니 앞에 서서 구장 즙을 뱉고 가면을 벗었다. 그는 몸을 곧게 폈고, 목소리는 힘이 있었으며, 얼굴 표정도 바뀌었다. 주름진 이마가 반듯해지고, 궁색하고 초췌하던 표정은 침착하고 위압적으로 바뀌었다. 안경도 필요치 않았다(그래서 벗어버렸다). 그는 더 젊고 강인해 보였고, 무시할 수 없는 인물, 거스르지 않는 것이 좋을 듯한 인물로 보였다. "그 녀석은 쓰레기야. 네 상대가 될 자격이 없어." 그는 큰 소리로 똑똑히 말했다. "그리고 네가 그놈과 벌이는 쓰레기 같은 짓거리도 정숙한 소녀에게는 어울리지 않아." 다른 건 몰라도 그 말투만은 진짜 그의 것이었다. 준, 곤와티, 히말은 호기심과 두려움으로 뻣뻣하게 굳었다. 첩자는 말을 이었다. "지금은 나한테 화를 내겠지. 하지만 나중에 우리가 결혼하면, 그때는 음탕한 사내자식이 아니라 진짜 기개 있는 남자와 함께하게 되어 기뻐할 거다." 부니는 믿을 수가 없어서 고개를 가로저었다. "무슨 짓을 한 거예요?" "네가 더이상 죄를 짓지 않게 해주려는 거다." 첩자가 대답했다. 부니는 온갖 생각으로 머릿속이 어지러웠다. 친구들이 곁으로 바짝 다가와 외부의 공격으로부터 벽을 만들려는 듯 그녀를 감쌌다. 파국이 눈앞에 다가왔다.

"판차야트는 지금 이 순간 내가 내놓은 증거들을 검토하느라 긴급 회의를 하고 있을 거다. 사르판치와 네 아버지, 그리고 다른 이들이 곧 네 운명을 결정하겠지. 물론 너는 모욕당할 것이고, 명예는 땅에 떨어지고, 이름도 더럽혀질 것이다. 다 자업자득이야. 하지만 난 그들에게 너를 아내로 받아들임으로써 네 명예를 회복시켜줄 준비가 되어 있다고 알렸다. 네 아버지가 어떤 선택을 하겠느냐? 다른 어떤 남자가 타락한 여자에게 이처럼 너그러운 자세를 보이겠느냐? 이제 회개하고 제정신이 돌아오거든 나에게 감사나 하려무나. 물론 네 애인도 이제 끝장이야. 그는 망나니에 비겁자라는 씻지 못할 오명을 쓸 것이고, 난 그놈을 경멸할 거야. 너도 마땅히 그래야 해. 그렇게 될 거야. 네가 선택할 수 있는 유일한 운명 속으로 들어오면 말이다. 다시 말해 넌 어쩔 수 없이 나와 평생을 함께해야 하는 거야."

이제 회개하그 제정스이 돌아오드 나에그 감스나 하려. 기절초풍할 청혼이었다. 청혼을 하고 나서 딴사람으로 변한 고피나트는 사랑하는 이의 대답을 기다리지도 않고 무스카둔 강둑을 따라 뚜벅뚜벅 걸어가더니, 세상에 거칠 것이 없다는 듯한 태도로 100미터 정도 떨어진 곳에 앉았다. 실제로는 파치감 사람들에게 자신이 첩자라는 사실을 드러냈으니 이제 상관들과 더불어 곤란한 지경에 처할 것이며, 마을에서 가장 증오하는 대상이 되리라는 것을 알고 있었다. 그의 진짜 할 일을 다 하지도 않았는데, 당장 학교 선생 자리에서 물러나는 것은 물론 마을에서도 떠나야 할 것이다. 이제부터는 마을도 배신자와 첩자를 경계하게 될 터이니 당국이 두번째 밀정을 심기도 훨씬 어려워질 것이다. 즉 고피나트는 부니한테 모든 것을 걸고 도박을 한 것이었다. 그는 자신의 사랑에 결코 보답하지 않을 아내, 아니 자신이 꿈꾼 사랑에 죄를 덧씌우고 짓밟았다고 그를 증오할 아내를 얻을 수만 있다면 비밀스러운 경력은 얼마든지 희생할 각오가 되어 있었다. 그는 빠른 물살을 바라보며 욕망이 빚어내는 비극에 대해 묵상했다.

재앙의 그림자가 순식간에 온 마을을 뒤덮었다. 과수원, 사프란 밭, 논은 여느 때 같으면 그곳에서 일하고 있을 사람들이 농기구를 내려놓고 판차야트가 소집된 노만네 집으로 간 탓에 돌보는 이 없이 텅 비었다. 그날 오후 마을 부엌 어디에서고 음식을 만들지 않았다. 아이들은 맨발로 여기저기 뛰어다니며 도망을 갔다느니 자살을 했다느니 근거도 없는 뜬소문을 신나게 떠들어댔다. 부니와 세 친구는 한데 모여 서로 얼싸안고 둥글게 머리를 맞댄 채 괴로워하며 큰 소리로 울부짖었다. 가축조차 뭔가 큰일이 생겼음을 직감했다. 염소와 소, 개와 거위는 지진이 일어나기 전에 가끔 보이는 것 같은, 전조로서의 본능적인 불안을 드러내 보였다. 벌들은 전과 달리 양봉꾼을 사납게 쏘아댔다. 공기조차 근심에 차서 어른거리는 듯했고, 텅 빈 하늘에선 굉음이 울렸다. 피르다우스 노만이 부니를 찾으러 보기 흉한 걸음으로 느릿느릿 달려와서는 거칠게 숨을 몰아쉬며 강둑에 침착하게 앉아 있는 배신자 고피나트에게 욕지거리를 퍼부었다. "이 썩을 놈! 악마 같은 놈! 더러운 개자식! 쥐좆만 한 놈!" 피르다우스가 고래고래 악을 썼다. "와탈나트 고피나트!" 이 말은 비열하고 버러지 같은 후레자식 고피나트라는 뜻이었다. 둥글게 모여 있던 부니의 친구들은 자세를 풀고 노래를 부르듯 따라 했다. "와탈나트 고피나트! 고피나트 와탈나트!" 아이들까지 목이 터져라 그 외침을 따라 하기 시작해, 마침내 사르판치의 집 바깥에 모여 있던 마을 사람들까지 대부분 같이 외쳐댔다. "와탈나트 고피나트! 쥐좆만 한 놈, 구린내 나는 놈, 말라비틀어진 가지 같은 놈, 악마! 고피나트 와탈나트, 없어져버려라!"

"네년도 혼 좀 나봐라." 피르다우스가 부니에게 말했다. "이리 와라, 이 발랑 까진 멍청한 것아. 너를 네 아비 집으로 끌고 갈 테니 일이 일단락되고 네 운명이 결정될 때까지 한 발짝도 나오지 마." "우리도 갈래요." 준과 히말, 곤와티가 울부짖었다. 피르다우스가 어깨를 으쓱했다. "마음대로 하렴. 하지만 너희 넷을 다 가두어놓을 테다." 부니는 말대꾸 한번 하지 않고 분을 못 이겨 펄펄 뛰는 연인의 어머니를 따라 집으로 순순히 발걸음을 옮겼다. "노만은 어디 있어요?" 그녀는 피르다우스에게 작은 소리로 물었다. "입 다물어. 네가 알 바 아니야." 피르다우스가 큰 소리로 대답했다. 그런 다음 다시 목소리를 낮춰 빠른 어조로 말했다. "형들이 켈마르그로 데려갔단다. 그애가 판디트 고피나트 라즈단의 머리를 베어버릴까 두려워서." 부니는 자기가 처한 상황도 잊고 격앙된 어조로 저속하게 대꾸했다. "하여간 누가 뭐래도 그 뱀 같은 놈한테는 절대 시집가지 않겠어요. 그놈이 잠들자마자 거시기를 잘라내 사악한 주둥이에 처박아줄 테야." 피르다우스는 그녀의 뺨을 사정없이 후려쳤다. "넌 하라는 대로 하면 돼. 그리고 그런 더러운 말을 입에 올리면 가만두지 않겠다." 피르다우스 노만의 서슬 푸른 기세에 부니도 친구들도 감히 더러운 말을 제일 먼저 입에 올린 사람은 그녀라고 대꾸할 엄두를 내지 못했다.

부니네 집 안으로 들어서자 피르다우스는 화난 척하던 모습을 풀고 소녀들에게 소금차를 한 주전자 끓여주었다. 그러고는 부니에게 말했다. "그 아이는 너를 사랑한단다. 네가 구역질 나는 창녀처럼 굴었는데도 그 사랑에 나까지 마음이 움직였지 뭐냐." 한 시간쯤 지났을 무렵 한 소년이 문을 두드리며 판차야트가 결정을 내렸고, 그들더러 참석하란다는 전갈을 전했다. "우리도 갈래요." 이번에도 히말과 곤와티, 준이 나섰고, 피르다우스 역시 말리지 않았다. 그들은 판차야트 회원들이 엄숙한 표정으로 서 있는 사르판치의 집 계단으로 향했다. 광대 샬리마르도 형제들에게 둘러싸여 그 자리에 있었다. 그의 얼굴을 보자 부니의 가슴이 쿵쾅거렸다. 그의 이마에는 그녀가 한 번도 본 적 없는 무시무시한 어둠이 드리워져 있었다. 그 어둠에 그녀는 두려워졌다. 더 나쁜 것은 평생 처음으로 그가 매력 없어 보였다는 사실이다. 마을 사람들이 이 작은 무대 주위로 몰려들었다. 사람들은 피르다우스가 부니와 친구들을 데리고 오는 모습을 보고는 입을 다물었다. 판디트 피아렐랄 카울은 압둘라 노만과 나란히 서 있었다. 두 아버지의 얼굴은 더할나위없이 근엄했다. 부니는 속으로 생각했다. '난 이제 끝장이야. 강가에 앉아서 나를 고이 넘겨주기만 기다리는 그 개자식한테 나, 부니 카울을 보내버릴 거야. 이런 짓을 꾸미지 않았다면 그런 놈이 나를 얻을 생각은 꿈에도 하지 못했을 텐데.'

그녀의 짐작은 빗나갔다. 사르판치 압둘라 노만이 먼저 입을 열었고, 뒤이어 피아렐랄과 판차야트의 다른 세 구성원인 목수 빅맨 미스리, 가수 샤르가, 늙고 쇠약한 춤선생 하비브 주가 짤막하게 발언했는데, 그들의 판결은 하나같이 똑같았다. 두 연인은 그들의 아이들이니 마땅히 도와줘야 한다. 그들의 행동은 혹독하게 비난받아 마땅하다. 부도덕하고 경솔한 짓이었다. 부모를 실망시키는 그릇된 행동이었다. 그러나 다들 알다시피 본성은 착한 아이들이다. 그런 다음 압둘라는 카슈미르 문화 깊은 곳에는 그 어떤 차이도 뛰어넘는 공통의 끈이 있다는 믿음, 즉 카슈미리야트(카슈미르인 공동체)에 대해 이야기했다. 반드 마을들은 대부분 무슬림이었지만, 파치감은 판디트 배경을 지닌 집안인 카울, 미스리, 코가 길다 하여 그 지역 말로 샤르가라는 별명이 붙은 바리톤 가수에 심지어 춤추는 유대인 집안까지 마구 뒤섞여 있었다. 압둘라가 말했다. "그러니 우리는 카슈미르 공동체로서는 물론이고 같은 파치감 사람으로서도 서로를 보호해야 합니다. 여기 있는 우리 모두는 형제자매요.""힌두교도와 무슬림 간의 다툼 따위는 없습니다. 젊은 두 카슈미르인, 두 파치감 주민이 결혼하고 싶어합니다. 그뿐이오. 두 집안 모두 이 연애를 막을 이유가 없으니 혼례를 올리기로 하겠소. 힌두 관습과 무슬림 관습을 다 따를 것이오." 피아렐랄이 자기 차례가 되자 이렇게 덧붙였다. "이들의 사랑을 지켜주는 것은 곧 우리가 지닌 가장 좋은 것을 지키는 일입니다." 사람들은 환호했고, 이 믿을 수 없는 기쁨에 광대 샬리마르도 환한 미소를 지었다. 피르다우스가 압둘라에게 다가가 속삭였다. "만약 당신이 다른 결정을 내렸다면, 당신을 내 침대에서 걷어차 쫓아냈을 거예요."(그날 밤, 그들이 어둠 속에서 침대에 들었을 때 그녀는 착 가라앉은 목소리로 부드럽게 말했다. "시대가 바뀌고 있어요. 우리 아이들은 우리하고 달라요. 우리 때에는 다들 솔직했지요. 항상 남들 눈에 거리낄 것도, 숨길 것도 없었어요. 하지만 요즘 아이들은 영악스러워요. 겉으로 드러내지 않는 비밀을 속에 감춰두고 있다니까요. 그러니 항상 겉과 속이 일치하지는 않지요. 때로는 자기들도 제 속을 모를걸요. 우리가 알던 것보다 더 속기 쉬운 세상을 살게 될 테니 그럴 수밖에 없기도 하겠지요.")

판차야트 구성원 중 파치감에서 제일 몸집이 크고 사르판치와 더불어 제일 힘센 인물인 목수 미스리와 바리톤 가수 샤르가가 고피나트 라즈단을 마을에서 내쫓기 위해 강가로 갔다. 사르판치 압둘라는 지나친 폭력 사태가 일어날까 두려워 성난 아들들에게는 절대 이 일에 관여치 말라고 일러두었다. 그러나 두 사람이 무스카둔 강가에 가보니 이미 첩자는 도망가고 없었다. 그는 다시는 파치감에 얼굴을 내밀지 않았다. 첩자로서 치욕의 시간을 겪은 반 년 뒤 파할감 마을에서 새로운 임무를 부여받은 그는 어느 날 아침, 바이사란 초원에서 시체로 발견되었다. 다리는 사제 폭탄에 날아갔고, 머리는 단칼에 잘려나간 채였다. 살인 사건은 해결되지 않았고, 배우 마을의 그 누구한테서도 혐의를 둘 만한 단서는 발견되지 않았다. 결국 수사는 흐지부지되었고 공식적인 사건 조사도 종료되었다. 그러나 H. S. 카치와하 중령은 강한 의구심을 풀지 못했고, 좌절감은 커져갔다. 그는 부니 카울에게 모욕당했을 뿐 아니라 첩자의 임무도 실패한 탓에 파치감을 계획대로 '무력 급습' 할 명분조차 얻지 못했다. 그의 세계의 색깔들은 자꾸만 더 어두워져갔다. 그는 중장기적으로 중대한 결과를 얻을 수 있으리라 생각하고 배우 마을을 계속 주시하기로 했다.

첩자가 떠난 뒤 파치감은 한동안 축하 분위기에 휩싸였다. 판디트 피아렐랄 카울은 선생직을 다시 맡아 교육과 요리라는 두 가지 직책을 힘닿는 데까지 수행해나갔다. 부니와 광대 샬리마르의 결혼식 준비도 시작되었다. 그러나 곧 골치 아픈 문제가 터져나왔다. 세부적인 결혼 준비로 들어가니, 여러 다른 믿음이 어우러지는 이상적인 예식을 계획했던 압둘라가 예상했던 것보다 장벽이 많았다. 친척들이 도착한 탓이었다. 푼치에서, 바라물라에서, 소나마르그에서, 탕마르그에서, 참브에서, 아루에서, 우리에서, 우담푸르에서, 키슈트와르에서, 리아시에서, 잠무에서 양가 친족들이 모여들었다. 고모, 이모, 사촌, 숙부, 또 사촌, 대고모, 종조부, 조카, 생질, 또다른 사촌과 인척이 파치감으로 몰려와 마침내 마을의 모든 집이 사람으로 꽉 찼다. 먼 친척은 과일나무 아래에서 잠을 청하며 비와 뱀을 피하는 일은 그저 운에 맡겨야만 했다. 도착하는 이마다 결혼식 준비에 대한 나름의 확고한 생각과 기대가 있었으며, 그들 중에는 교파를 초월한 사르판치의 계획에 대놓고 코웃음 치는 이도 적지 않았다. "뭐라고, 신부가 이슬람으로 개종하지 않는다고?" 신랑 쪽 사람들이 따져 물으면, 신부 쪽 사람들이 질세라 맞섰다. "뭐, 잔치에 고기를 낸단 말이야?" 온 마을과 주변 밭이며 목장에서까지 시끌벅적한 언쟁이 벌어졌다. 유일하게 모두 동의한 것은, 젊은 한 쌍이 공공장소에서 식을 올리고 싶은지 결정하는 전통 무슬림 의식은 필요 없다는 것이었다. "벌써 옛날에 그 절차는 둘이 치렀잖아." 심술 맞은 어느 고모의 말에 심술 맞은 숙부, 사촌, 대고모, 종조부, 더 먼 사촌 들이 왁자하게 웃음을 터뜨렸다.

그다음에는 카울이 양가의 집을 힌두교의 리분 의식*에 따라 정화해야 한다고 주장하자, 이를 놓고 논쟁이 벌어졌다. "카울네가 꼭 그렇게 해야겠다면 우상을 섬기는 자기네 집이나 정화하라고 해. 우리 쪽이야 그런 거 안 해도 티 하나 없이 깨끗하다고." 한 늙은 무슬림 강경파 할아버지가 말했다. 물론 와즈완 잔칫상을 여러 번 차리는 데에는 아무도 이의가 없었다. 채식과 육식에 대한 논쟁은 판디트 피아렐랄 카울이 고기를 좋아하면서도 부엌에서 일체 고기를 쓰지 않겠다고 한 덕에 비교적 쉽게 풀렸다. 그 대신 뒷마당에 새로 우리 화덕을 만든 노만네 집에서 육식을 즐기는 이들을 위해 매일 요리를 내놓았다. 그리고 결혼식 당일에는 온갖 방해공작이 난무한 끝에 결국 요리사들이 둘로 나뉘어 양쪽의 요리를 준비하기로 했다. 왼쪽에는 닭요리를 내고 오른쪽에는 연을 내고, 한쪽에 염소고기를 내면 다른 쪽엔 염소치즈를 내는 식이었다. 음악도 큰 다툼 없이 합의에 이르렀다. 산투르, 사랑기, 라밥, 하모늄**은 뭐니뭐니 해도 어느 종파에도 속하지 않는 악기들이

---

* 카슈미르에서 결혼 전에 올리는 의식.

** 차례대로 양금의 일종, 북인도의 대중적인 현악기, 인도 현악기의 일종, 페달식 오르간.

었다. 가수와 연주자를 고용해 힌두 바잔*과 수피 찬가를 교대로 연주하게 했다.

신부의 옷 문제를 놓고는 격렬한 언쟁이 벌어졌다. 신랑 측은 이렇게 말했다. "말하나마나 혼례 행렬인 옌불이 신부 집까지 오면, 붉은 치마 레헹가를 입은 소녀가 맞아주는 게 당연하지. 그러고 나서 여자 가족이 신부를 목욕시킨 다음 샬와르 카미즈**를 입혀줘야 해." 카울 집안이 맞받아쳤다. "말도 안 되는 소리. 우리네 신부처럼 목과 소맷단에 수를 놓은 피란을 입어야 해. 머리에는 풀 먹인 종이처럼 얇은 모자 타랑을 써야 하고. 또 폭 넓은 할리간둔 띠를 허리에 둘러야 해." 밀고 당기는 지루한 싸움이 사흘간 계속된 끝에, 마침내 압둘라와 피아렐랄이 신부는 신부 측 전통 의상을 입고, 광대 샬리마르는 신랑 측 전통 의상을 입을 것이라고 결정했다. 샬리마르에게 트위드 피란이라니 안 될 소리! 공작 깃털을 단 터번이라고! 그는 우아한 셰르와니를 입고 카라쿨리 토피***를 머리에 쓸 것이다. 일단 옷 문제가 해결되고 나니, 공통의 관습인 멘디 의식은 금세 풀렸다. 그러나 결혼식 문제가 본격적으로 대두되면서 지금까지의 모든 우호 협정이 자칫 붕괴될 지경까지 이르렀다. 많은 무슬림에게 상대편의 제안은 듣기에도 끔찍했다. 소라나팔을 분다는 말에 무슬림 쪽 고모, 대고모, 사촌 할 것

없이 모두 비명을 질렀다. 육두구 선물은 교환하겠지만, 사제 푸로히트가 우상을 앞에 놓고 푸자*를 진행한다고? 신성한 불, 신성한 실이라고? 신혼부부를 시바와 파르바티처럼 떠받들고 숭배를 바친다니? 허허. 이런 미신은 절대 안 된다. 카울 집안은 극도로 분노해 뒤로 물러섰다. 양가 사이의 모든 대화가 전면 중단되었다. 피르다우스 노만은 낙담하여 한숨을 내쉬었다. "가족이란 온갖 불만을 낳는 속 좁고 저급한 원천이야."

그날 밤엔 보름달이 밝았다. 파치감은 두 진영으로 갈라졌고, 오랜 세월에 걸쳐 이룬 공동체의 조화도 위기에 처했다. 그때 바리톤 가수 시브샹카르 샤르가가 충동적으로 큰길가에 나와 연가를 부르기 시작했다. 인간에 대한 신의 사랑, 신에 대한 인간의 사랑, 부녀간의 사랑, 모자간의 사랑, 보답받는 사랑과 보답받지 못하는 사랑, 예의 바른 사랑과 정열적인 사랑, 신성한 사랑과 불경스러운 사랑에 관한 노래였다. 음치 듀오인 그의 딸 히말과 곤와티는 음악에 아무리 마음이 동해도 절대 입을 열지 말라는 엄명을 받고 그의 발치에 앉아 있었다. 그가 노래를 시작했을 때만 해도 마을 분위기는 여전히 험악하기 짝이 없었고, "입 닥쳐, 자려는 참인데"니 "지금 그 따위 빌어먹을 감상적인 노래나 들어줄 기분이 아니라고" 따위 고함이 난무했다. 그러나 그의 목소리가 천천히 마법을 발휘하기 시작했다. 닫혔던 문들이 열리고, 불이 켜지고, 잠들려던 사람들이 들판으로 나왔다. 가수 옆에서 마주친 압둘라

---

* 힌두교 예배.

와 피아렐랄은 서로 포옹했다. 압둘라가 말했다. "결혼식을 이틀로 하세. 첫날에는 자네 집안 방식으로 하고, 그다음엔 우리 방식대로 다시 하세." 입정 사나운 한 고모가 소리 질렀다. "왜 저이들 방식대로 먼저 한다는 거야?" 하지만 그녀의 트집 잡는 외침은 남편이 입을 막아 침대로 끌고 가는 바람에 숨이 막혀 꼴록거리는 소리로 바뀌었다.

모든 것이 해결되었다. 판디트 피아렐랄 카울은 아내가 죽고 나서 곧장 뒤뜰에 묻었던 결혼 예물을 담은 알루미늄 상자를 파내, 침대에서 잠들지 못하고 뒤척이는 부니에게 갖다주었다. 그는 딸에게 말했다. "네 어머니의 유품은 이게 전부란다. 이 상자의 보석과 이 침대에서 빛나는 더 큰 보석 말이다." 그는 매트리스 위에 상자를 놓고 딸의 뺨에 입을 맞춘 다음 나갔다. 부니는 말똥말똥한 정신으로 누워서 밤의 천장을 뚫어져라 노려보았다. 벽이 녹아내려서 밤하늘로 솟아올라 어디론가 멀리 벗어나고픈 마음이었다. 마을이 그녀와 광대 샬리마르를 보호해주기로 결정하고, 그들 편에 서서 그들을 결혼시키기로 함으로써 그들에게 종신형을 선고한 바로 그 순간, 부니는 자신을 덮쳐오는 폐소공포증에 아찔해졌다. 그제야 비로소 광대 샬리마르에게 눈이 멀어 미처 알지 못했던 것을 분명히 깨달았다. 바로 이런 삶, 결혼 생활, 시골에서의 삶, 무스카둔 강가에서 끝없이 수다를 떨어대는 아버지와 고피 춤을 추는 친구들과 함께하는 삶, 그녀가 평생 하루도 빠짐없이 상대하고 살아온 사람들 속에서의 삶에 손톱만큼도 만족할 수 없다는 사실이었다. 그녀의 허기를, 아직 이름 붙일 수 없는 무언가를 향한 굶주린 갈망을 채워주기에는 역부족이었다. 그리고 나이 들어갈수록 자신의 결핍된 삶을 견뎌내기가 점점 더 힘겹고 고통스러워지리라는 사실도 깨달았다.

그녀는 그제야 파치감을 빠져나갈 수만 있다면 무슨 짓이든 하리라는 것을, 매일 매 순간 그 기회만을 기다리며 살아가리라는 것을 알았다. 기회가 오면 도깨비불처럼 눈 깜짝할 새 손아귀를 빠져나간다는 운명의 여신보다 더 빨리 덤벼들 것이다. 그 요정이랄지 정령이랄지, 일생에 한 번 오는 행운이라는 마법의 힘을 알아보고 그것을 땅바닥에 꽉 찍어 누른다면, 그 힘은 가장 간절히 바라는 소원을 이루어줄 것이다. 그녀는 소원을 이룰 것이다. 나를 여기에서 데리고 나가줘, 우리 아빠로부터, 이 느린 죽음과 더 느린 삶으로부터, 광대 샬리마르로부터.

이 년 후, 헝클어진 수염을 길게 기르고, 이 세상 너머 다음 세상을 똑바로 보는 듯한 아름다운 눈에 녹슨 금속성 광택이 도는 피부를 지닌 한 여윈 남자가 갑자기 시르말 마을에 나타났다. 해진 긴 모직 외투를 걸치고 머리에는 느슨하게 검은색 터번을 두른 그는 방랑자가 흔히 그렇듯 소지품이 든 꾸러미를 메고 와서 지옥불과 저주에 대해 설교하기 시작했다. 그는 외국인이나 말을 잘 못하는 사람처럼 귀에 거슬리게 말을 했다. 그의 목구멍에서 나오는 거친 피부처럼 갈기갈기 찢긴 듯한 말들이 그에게 엄청난 육체

적 고통을 안기는 것처럼 보였다. 계곡 주민들이 대부분 그렇듯, 시르말 사람들도 이런 종류의 폭력과 유혈이 뒤범벅된 설교에는 익숙하지 않았다. 하지만 그즈음 떠돌아다니는 철의 물라들에 대한 전설적인 소문 때문에 그의 설교를 들어주었다.

카슈미르 사람들은 유형을 가리지 않고 모든 성인을 좋아했다. 성인 중에는 14세기 카슈미르군 사령관의 딸 비비 랄라 또는 랄라 마지처럼 군대와 관련 있는 사람도 있었다. 대부분이 기적을 행한 사람들이었다. 최근에 널리 떠도는 이야기는 군과 기적 모두와 관련이 있었다. 인도군은 온갖 무기를 계곡에 쏟아놓았다. 고철이 쌓인 쓰레기장이 여기저기 우후죽순으로 생겨나, 성능이 시원찮은 트럭이 내뿜은 배기가스와 무기, 망가진 탱크 바퀴 등으로 난장판이 된 산악지대처럼 때 묻지 않은 아름다운 계곡을 망가뜨렸다. 그러더니 어느 날 신의 은총으로 고철들이 움직이기 시작했다. 고철은 생명을 얻어 사람 형상을 갖추었다. 기적처럼 이 녹슨 전쟁 고철에서 태어난 사람들, 저항과 복수를 설교하러 마을로 온 사람들은 전혀 새로운 유형의 성인으로, 그들이 바로 철의 물라였다. 그들의 몸을 치면 텅 빈 쇳소리가 울릴 것이라는 소문이 떠돌았다. 그들은 철갑으로 만들어졌기 때문에 총알에도 끄떡없지만, 너무 무거워서 헤엄은 칠 수 없어 물에 빠지면 그대로 가라앉는다고 했다. 그들이 내뿜는 숨결은 불타는 고무 타이어처럼, 혹은 용이 토해내는 숨처럼 뜨겁고 연기로 자욱했다. 그들은 숭앙과 공포, 복종의 대상이 되었다.

그날 시르말에서 탁발 설교자의 장광설을 감히 가로막고 나선 사람은 바스타 와자인 봄부르 얌바르잘이었다. 그는 이 낯선 파키르* 앞에 나서서 이름과 용무를 대라고 했다. "내 용무는 신의 용무이다." 그가 대답했다. 첫번째 대화에서 낯선 손님은 이름을 대려 하지 않았다. 봄부르가 밀어붙이자 마지못해 이렇게 말했다. "불불 샤라 불러다오." 봄부르도 알고 있듯 불불 샤는 14세기에 카슈미르로 왔던 전설적인 성인이었다(비비 랄라의 시대였다). 그는 시에드 샤라푸딘 압둘 레만이라는 수라와르디 교단 소속 수피교인이었는데, 그 교단은 예언자의 무에진**의 이름을 따 빌랄로 알려졌다. 그 존칭이 '나이팅게일'을 뜻하는 불불로 와전되었던 것이다. 그의 태생에 대해선 의견이 분분했다. 고대 이란의 탐카스탄 출신일지도 모르고 바그다드 출신일 수도 있지만, 투르키스탄 출신이라는 설이 가장 유력했다. 어쩌면 몽골 출신의 피난민일 수도 있고 아닐 수도 있었다. 어쨌든 그는 라다크인 찬탈자 린친인지 렌찬인지 렌카나인지를 이슬람으로 개종시키는 데 성공했다. 그리고 1320년 카슈미르의 왕위를 빼앗고 카슈미르를 무슬림 국가로 바꾸는 개종 작업을 시작했다. 어쨌거나 그는 육백 년 전에 죽은 사람이지, 지금 얌바르잘 앞에 서서 용의 숨결 같은 냄새를 내뿜을 사람은 아니었다.

"말도 안 되는 소리." 봄부르는 몸에 밴 거만한 태도로 떠돌이에게 말했다. "집어치우고 꺼져. 말썽은 원치 않아. 그런데 당신이

---

* 구걸하며 다니는 이슬람 수도사.
** 이슬람교의 모스크에서 기도 시간을 알리는 사람.

196

이 조그만 마을 한복판에서 목이 터져라 지옥의 벌이 어쨌느니 고함지르는 꼴을 보니, 필경 말썽을 일으키겠구먼." 낯선 사람은 침착하게 대답했다. "큰 이교도가 있다. 신과 신의 예언자를 부정하는 자들이다. 그리고 당신처럼 작은 이교도가 있지. 그 뱃속에서 믿음의 열기가 식은 지 이미 오래고, 관용을 미덕으로, 조화를 평화로 오인하는 자들이다. 나를 내쫓고 싶으면 차라리 죽여라. 선택은 네 몫이다. 하지만 이 점만은 똑똑히 알아두어라. 나는 너의 불을 다시 지필 풀무이니라."

암바르잘은 당황해서 이렇게 대꾸했다. "우리가 당신을 죽일 리야 있나. 우리를 어떻게 보고 그런 소릴 하나?" "나약한 자들이지." 낯선 이가 깜짝 놀랄 만큼 신경을 긁는 목소리로 대꾸했다. 봄부르는 얼굴이 확 붉어져 점점 모여드는 군중을 향해 큰 소리로 외쳤다. "이 거지한테 먹을 것 좀 줘. 그러면 곧 가던 길을 갈 테니." 이것은 잘못된 판단이었다. 불불 샤의 환생이라고 한 이자는 동네에 아예 눌러앉으러 온 것이었다. 그가 전하려는 말을 듣고 싶어하는 자들도 많았다. 특히 암바르잘의 멸시하는 발언에 대한 답으로 그가 머리에서 터번을 풀고 오른손을 움켜쥐더니 자기 맨머리를 사정없이 주먹으로 내리친 행동 때문이었다. 그 자리에 있던 사람들이 모두 단단한 쇳소리를 들었고, 몇몇 여자와 남자가 곧장 무릎을 꿇었다.

그후로 시르말에는 새로운 권력자가 등장했다. 철의 물라는 시르말에서 이 집 저 집 옮겨다니며 지냈고, 일 년이 채 못 되어 마을 분위기가 바뀌었다. 새로운 열정에 불이 붙은 요리사들이 모여

영감을 불어넣어준 불불에게 모스크를 지어주었다. 철의 물라는 자기 출신을 절대 밝히지 않았고, 어떤 교단에서 왔는지 혹은 어떤 스승한테서 종교적 가르침을 받았는지도 말하지 않았다. 정말로 그는 시르말에 도착해 모든 것을 영원히 바꿔놓기 전까지의 삶에 대해 한마디도 하지 않았다. 그는 마을 아이들이 자기 이름을 바꿔 불러도 개의치 않았다. 카슈미르 사람들은 별명 붙이기를 좋아하고 악의 없이 솔직담백한 성격이었기 때문에, 아이들은 곧 그에게 '악취 나는 불불'이라는 뜻으로 불불 파크라는 별명을 붙여주었다. 그에게서 유황 냄새가 나는 탓이었다. 그리하여 그는 순진한 동시에 흉포하게, 특히 이 마을을 위해 태어나 이 세상에 온 사람처럼 군말 없이 그 이름을 받아들여 마울라나 불불 파크가 되었다. 갓 태어난 아기에게 부모가 이름을 붙이듯, 마을 사람들에게는 무슨 이름이든 그에게 붙일 권리가 있었다.

봄부르 얌바르잘과 압둘라 노만이 샬리마르 바그에서 함께 도망치던 날 밤 서로 포옹을 한 이후로, 시르말과 파치감의 관계는 계속 좋았다. 그들은 예전처럼 정기적으로 낚시를 갔고, 주머니가 두둑한 손님이 최대 예순 가지 코스 잔칫상 같은 엄청난 규모의 와즈완을 청하면 두 마을이 힘을 합쳤다. 압둘라는 시르말 사람들이 이동식 무대 연기자 일을 해보고 싶다면 자기네 사람 몇을 보내 연기 수업을 해주겠다고 제안했지만, 얌바르잘이 겸손한 척 제안을 물리쳤다. "우리는 다른 사람인 척 흉내 내는 재주는 없어. 그냥 생긴 대로 사는 수밖에." 이 칭찬에는 가벼운 빈정거림이 숨어 있었지만, 압둘라는 못 들은 척하기로 했다. 날씨도 좋고 물고

기도 뛰어오르고, 그의 극단 배우를 포함해 많은 예술가들에 비하면 얌바르잘이 유난히 뻑뻑하거나 이기적인 사람은 아니라는 것을 알게 되었기 때문이기도 했다. 틀림없이 실언한 것이다. 봄부르는 확실히 부드러워졌다. 나중에 그는 "당신네 새 판디트 와자"는 "맛내는 법을 제대로 안다"고 칭찬하기까지 했다. 너무나 큰 찬사였으므로, 압둘라가 이 말을 피아렐랄에게 전해주었을 때 판디트는 자랑스러운 나머지 얼굴이 빨개졌다.

두 마을은 여전히 잔치에선 경쟁자였기 때문에 어느 정도의 긴장은 남아 있었고, 그래서 가끔 가시 돋친 말이 오가기도 했다. 봄부르 얌바르잘은 기분이 몹시 안 좋을 때면 압둘라 노만이 시르말의 경제적 복지와 자신의 개인적 입지를 지탱해주는 와즈완 수입의 일부를 가로채갔다고 지금까지도 욕을 했다. 악마의 목소리가 그의 귀에 속삭였다. "파치감이랑 저 힌두 요리사 놈만 없으면, 네가 다시 확실한 바스타 와자가 될 텐데. 그러면 시르말에서 불불 파크가 아닌 네가 아무도 감히 덤비지 못할 일인자가 될 거야." 축제 행사가 전반적으로 감소하면서 파치감과 시르말 모두 큰 타격을 입었다. 카슈미르인은 요즘 별로 축하할 기분이 아니었다. 압둘라 노만이 반드 파테르의 시대도 이제 얼마 남지 않았으며, 누구도 더이상 전통 광대극을 원하지 않고, 제일 구석진 외딴 마을까지 영사기와 스크린, 최신 영화필름을 싣고 들어오는 밴과 도저히 경쟁이 안 된다고 믿는 날이 몇 주, 심지어 몇 달씩 계속되었다. 봄부르 얌바르잘도 마찬가지로 카슈미르인의 미식(美食)에 대한 열정이 다음 세대까지 이어지지 않을지도 모른다고 근심했다. 그러나 공연 사이의 공백기가 길어지긴 했어도 파치감의 반드 연극 신청은 계속 들어왔다. 대규모 연회 출장 요리 역시 여전히 수요가 있었다. 인도군이라도 결혼식을 올리는 집안까지 막을 수는 없었다. 또한 때가 1960년대이다보니 연애결혼도 종종 있었다. 그래서 힘든 시대일지라도 혼사는 계속되어야 한다는 낙관적인 의지 덕분에, 또 결혼식은 최대한 거창하게 한 주 내내 실컷 먹고 마시며 축하해야 한다는 카슈미르 사람들의 여전한 기대 덕분에 최소 서른여섯 가지 코스의 잔칫상을 차리는 사람들은 아직까지 밥을 굶을 일은 없어 보였다. 그러나 철의 물라 불불 파크가 나타난 지 일 년 반이 지났을 무렵, 십칠 년에 걸친 시르말과 파치감 사이의 유쾌한 협동은 급작스럽고 추악한 결말을 맞았다.

1965년 여름은 힘든 시기였다. 인도와 파키스탄은 이미 남쪽 멀리 떨어진 쿠치의 란에서 짧은 교전에 휘말렸고, 지금은 온통 카슈미르를 놓고 전쟁이 벌어질 거라는 얘기뿐이었다. 호위군에 대한 소문이 떠돌았고, 제트기의 굉음이 머리 위에서 울렸다. 무력에는 압도적인 무력으로 대응하겠다는 위협이 가해졌고, 이에 질세라 상대편은 침략이 성공하도록 절대 두고 보지도, 용인하지도 않겠다는 협박으로 맞섰다. 허공에서 망치질하듯 요란한 굉음과 울부짖음이 들려오고 사방에 먹구름이 깔렸다. 놀이터의 아이들은 자세를 취하고, 위협하고, 공격하고, 방어하고, 도망갔다. 공포가 그해의 가장 큰 수확이었다. 사과와 배 대신 공포가 과일나무에 주렁주렁 매달렸고, 벌들은 꿀 대신 공포를 빚었다. 논에서도 얕은 물의 수면 아래로 공포가 무성하게 자라났고, 사프란 밭에서도 공포가 메

꽃 덩굴처럼 연약한 풀들을 목 졸랐다. 공포는 부레옥잠처럼 강물을 덮었고, 고지대 목장의 양과 염소는 딱히 이유도 없이 죽어갔다. 배우나 요리사나 모두 일감이 거의 끊기다시피 했다. 공포가 역병처럼 가축을 죽였다.

시르말의 불불 파크를 위해 세운 새 모스크는 구조가 단순했다. 지붕은 나무로, 벽은 회칠한 흙으로 지었다. 뒤쪽엔 지금 그가 살고 있는 창문 없는 간소한 방 두 개가 있었다. 예배에 참석하는 아낙네를 위한 배려는 전혀 없었다. 인상적인 것은 불불 파크에게 경의를 표하는 뜻에서 모스크 본당에 세운 무시무시해 보이는 고철 설교단이었다. 제단은 트럭 전조등(불은 안 들어오지만), 뿔처럼 위로 치솟도록 구부린 자동차 펜더, 돋을무늬를 새긴 라디에이터그릴을 일렬로 늘어놓아 마무리했다. 바닥은 전통 방식대로 넘다 깔개를 깔았다. 8월 말의 어느 금요일 저녁, 철의 물라는 불길해 보이는 설교단에 올라 선전포고를 했다. 녹이 슨 듯한 차디찬 목소리였다. "바깥에는 적이 있습니다. 그 적은 우리의 마음속에도 숨어 있습니다." 내부의 적은 타락한 마을 파치감이었다. 파치감은 실제로 무슬림이 주민 대다수를 차지하는데도 판차야트 구성원 중 참된 신도는 단 한 명뿐이고, 임명된 원로 셋은―셋이나!―우상숭배자이며, 다섯번째 구성원은 유대인이었다. 한술 더떠서 힌두교도가 와즈완의 우두머리 와자가 되어 음식에 응유를 쓰기 시작했다. 게다가 뭐니뭐니 해도 파치감의 도덕적 타락을 보여주는 움직일 수 없는 확고한 증거가 있다! 바로 부니로 더 잘 알려진 부미 카울과 광대 샬리마르라는 별명으로 불리는 노만 셰르 노만 사이의 방탕하고, 난잡하고, 음탕하고, 타락한 데다 신을 두려워하지 않는 우상숭배적 관계를 사 년이나 진심으로 지지해주었다는 것이다.

엘라스티크나가르의 카치와하 중령 귀에도 곧 설교 내용이 흘러 들어갔다. 이러한 설교는 부적절한 정도가 아니라 최악이었다. 선동적이었다. 이런 설교에는 단호하게 대응해야 했다. 체포해서 적어도 칠 년은 옥살이를 시켜야 마땅했다. 카치와하 중령은 소위 철의 물라를 둘러싼 말도 안 되는 소문을 들었다. 이런 소문은 당장 요절내야 했고, 텅 빈 쇳소리가 난다는 마귀 놈도 가만 놔둬선 안 되었다. 이 파크라는 놈은 기적의 인물이 아니라 보통 인간일 뿐이며, 끽소리 못하도록 손을 좀 봐줄 필요가 있었다. 이 파크라는 자는 과거에 파키스탄 출신 지방자치주의자였다. 스스로가 바로 그 적의 화신인 주제에 나라 안의 적에 대해 감히 설교를 하다니. 좋다, 특단의 조치를 취해야겠다. 철의 사제 놈에게 매운 주먹 맛을 보여줘야겠군. 맞아. 하지만 아직은, 아직은.

1965년 8월, 하미르데브 카치와하는 사 년 전 부니 카울이 면전에서 제멋대로 건방진 소리를 해도 말 한마디 못 하고 꾹 참고 있던 얼간이와는 완전히 딴사람이 되었다. 그는 한편으로는 열성적으로 전투를 준비하는 노련한 사령관이었으나, 또 한편으로는 복합적인 감각과 기억력의 혼란을 겪었다. 그의 아버지는 이미 돌아가신 뒤였으므로, 더는 부모에게 인정받기 위해 아들로서 죽어야 할 필요도 없었다. 1963년 가을 어느 날, 토터스 중령은 나가바트 카치와하의 사망 소식을 듣자마자 치욕스러운 금빛 팔찌를 벗어버리고 운전사에게 스리나가르의 분드로 가자고 명령했다. 그는 도시의 대형 상점들, 즉 칩 존, 서퍼링 모세스, 서브하나 더 워스트를 등지고 서서 반짝반짝 빛나는 팔찌를 느릿느릿 흐르는 갈색 젤룸 강에 힘껏 던졌다. 마치 엑스칼리버를 호수에 다시 던져버리러 가는 베디비어 경이 된 기분이었다. 그 팔찌가 힘의 상징이 아니라 나약함의 상징이라는 점만 빼면. 어쨌거나 지금은 던진 것을 받으려고 나타나는 흰색 금직물로 감싼 신비스러운 팔 따위는 없었다.* 팔찌는 소리도 없이 느리게 흐르는 강물로 떨어져 순식간에 가라앉았다. 키 큰 포플러 나무들이 보일락 말락 흔들렸고, 붉게 물든 치나르 낙엽이 작별을 고하며 떨어져내렸다. 카치와하 중령은 가볍게 목례를 하고 절도 있게 뒤로 돈 뒤 더 새롭고 더 자신 있는 미래를 향해 힘찬 발걸음을 옮겼다.

그의 휘하 부하는 계속 늘어났다. 엘라스티크나가르가 하도 팽창해서, 사람들은 '터진 엘라스티크나가르'라고 부르기 시작했다. 군대의 북소리가 울려퍼지고 수송기가 쉴새없이 날아와 눈빛이 형형한 인도군 사병들을 쏟아냈다. 카치와하는 수만 명의 군인을 전선으로 보내는 주 전역에 걸친 대규모 작전의 주 감독관 중 한 명이었다. 이제 그에게도 진군 명령이 떨어졌다. 엘라스티크나가르의 대장이 전쟁에 나서게 된 것이다. 그는 최대한의 병력을 이끌고 적을 분쇄하러 갈 것이다. 살아남는다고 뭐라고 할 사람은

---

* 아서왕의 전설에서 베디비어 경이 호수에 엑스칼리버를 던지자 요정의 손이 나타나 엑스칼리버를 받아들었다고 한다.

아무도 없었다. 전쟁 영웅이 되어 돌아와도 무방했다. 훈장을 단 전쟁 영웅으로 돌아와 흥분한 젊은 여인들의 관심을 즐기는 일은 허용되는 정도가 아니라 적극 권장받을 만한 것이었다. 승마화를 신은 카치와하 중령은 기대에 부풀어 자기 넓적다리를 승마용 채찍으로 내리쳤다. 아버지가 죽은 후로, 그는 개선장군이 되어 귀향해 여자들, 콜 먹으로 눈가를 칠한 아름다운 라지푸트족 여인들, 구름 같은 오간자와 레이스를 휘감고 거울같이 반짝이는 홀에서 두 팔을 활짝 벌려 고향 출신의 정복자 영웅을 맞이하려고 기다리는 화려한 조드푸르의 여인들을 골라잡는 꿈을 꾸기 시작했다. 이 여인들은 그에게 딱 맞는 사막의 장미 같은 여자이면서 전사를 알아볼 줄 알았고, 카슈미르의 어리석은 여자들과는 전혀 달랐다. 예를 들자면 부니 같은 여자 말이다. 그는 부니의 활짝 핀 놀라운 미모에 관한 소문이 귀에 들어와도 절대 그녀를 생각하지 않으려고 안간힘을 썼다. 열여덟 살이 된 그녀의 미모는 절정에 달했고, 이제 막 성숙한 여인으로 변모하기 시작했다는 말이 들려와도 절대 그에 대해 생각하지 않으려 했다. 그의 자제력은 진정 칭찬할 만했다. 그는 이 점에 대해 자축했다. 수많은 도발이 있었고, 부니가 그의 명예를 더럽혔음에도 그는 보헤미안과 수상한 자가 우글대는 부니의 마을을 처단하지 않았다. H. S. 카치와하가 공무 중에 복수를 하려 한다는 소문이 퍼지는 것을 원치 않았고, 털끝만큼이라도 격에 맞지 않는 행동을 했다는 말을 듣고 싶지도 않았기 때문이다. 그는 이러한 문제를 초월한 인물로 보였다. 중요한 것은 오로지 규율뿐이었다. 무슨 일이 있어도 품위를 지켜야 했다. 부니는 그에게 아무것도 아니었다. 이름도 모르고 얼굴도 본 적 없고 꿈속에서만 만나는 존재이지만 그를 기다리는 라지푸 트족 소녀들에 비하면 아무것도 아니었다. 그가 원하는 상대는 이 런 꿈속의 여인뿐이었다. 그들 중 누구라도 부니보다 열 배는 가 치가 있었다.

그는 군인이었으므로 자신의 혼란을 상자에 담아 방구석에 밀 어놓고 평소처럼 할 일을 계속해나가는 식으로 선을 그으려 애썼 다. 유감스럽게도 그것들이 밖으로 쏟아져나올 때도 있었지만, 군 대는 그의 뒤범벅된 감각과 기묘한 묘사에 익숙해져갔다. 그즈음 에는 동료 장교들도 그들의 목소리가 엄격한 진홍색이라는 말을 아무렇지 않게 들어 넘겼고, 행진하는 군인들도 자신들에게서 재 스민 냄새가 난다고 칭찬해도 잠자코 있었으며, 엘라스티크나가 르의 요리사들도 양고기 코르마가 충분히 뾰족하지 않다는 말에 현명하게 고개만 끄덕였다. 그런 증상은 잘 통제된 편이라고 할 수 있었다. 그런데 지나치게 많은 것을 기억하는 기억력의 문제는 그렇지가 못했다. 날이 갈수록 쌓여가는 기억이 점점 더 그를 짓 눌러 잠을 자기가 힘들어졌다. 반 년 전 샤워실 배수구에서 기어 나왔던 바퀴벌레나 나쁜 꿈, 군 생활을 하면서 벌였던 수천 판의 카드게임 중 한 판이 아무리 해도 잊히지 않았다. 과거의 날씨가 그의 머릿속에 쌓였고, 이름과 얼굴 들이 빈자리를 다투었고, 잊 히지 않는 말과 행동의 무게로 공포에 질려 뜬눈으로 밤을 새우곤 했다. 시간은 모든 고통을 달래준다지만, 죽은 아버지로부터 인정 받지 못했다는 아픔은 달이 가도 무뎌지지 않았다. 이제 그는 두

가지 문제, 시스템 속의 버그 두 개가 어느 정도 연관이 있다고 믿게 되었다. 하지만 아무리 경미할지라도 정신적으로 문제가 있다는 진단이 나오면 당연히 사령관 자리에서 물러나야 하므로, 의사의 도움을 청할 생각은 없었다. 정신병자로 고향에 돌아갈 수는 없었다. 그런다면 꿈속의 소녀들도 없을 것이다. 그리고 기억 속에 저장된 과거가 산처럼 높이 쌓여 어제의 기록이 눈의 흰자위에 드러날까 두려워하는 지경이 된다 해도, 기억력은 정신이상이 아니었다. 기억력은 재능이다. 좋은 것이다. 직업에도 활용할 수 있는 자산이다.

그래서, 다시 눈앞의 문제로 돌아오면, 불불 파크는 이웃 마을이 관용을 보인다고 길길이 날뛰며 비난하고, 분란을 일으키고, 폭력을 선동하고, 어느 모로 보나 카슈미르인도 아니고 인도인도 아닌 이슬람 말썽꾼을 옹호했다. 그러나 그 창녀 같은 계집애와 그녀의 애인, 모든 사회적 종교적 관습에 공공연히 맞서기로 한 그 부부, 아마 불순분자도 적잖이 섞여 있을, 좀더 정신을 차렸어야 할 사람들의 보호를 받은 둘에 대한 비난은 아주 시기적절했다. 해방전선 전사들은 종교적인 광신도라기보다는 불순한 국가주의자였고, 그들과 철의 물라들 사이에 애당초 우호적인 감정 따위는 없었다. 그러니 뒷짐 지고 물러서 있어도 괜찮지 않을까? 자원이 남아도는 것도 아니고 시간도 부족하다. 몸은 하나인데 전쟁에도 나가야 한다. 눈뜬장님 노릇을 하자는 게 아니라 목표에 적절한 우선순위를 매기자는 것이다. 두 종류의 불순분자가 서로를 해치우게 놔두고, 어린 창녀가 몸가짐을 바르게 하지 못한 죄로 격랑에 휘말리게 놔둬도 좋지 않을까? 차후에 정화 작업이 좀 필요하다면, 이 지역의 치안 유지를 위해 남겨둔 병력만으로도 충분할 것이다. 마울라나 불불 파크 차례도 올 것이다. 좋아, 좋아. 굳이 나서서 힘쓸 필요 없다. 정치가 같은 선택이었다.

집무실에서 하미르데브 카치와하 중령은 책상 위에 다리를 올리고 눈을 감은 채 잠시 몸속에서 휘몰아치는 소용돌이에 자신을 내맡겼다. 감각의 바다에 의식을 가라앉히면서 귀에 조개껍데기를 댄 소년처럼 끊이지 않는 과거의 웅성거림에 귀를 기울였다.

구자르족 예언자 나자레바두르가 죽은 지 거의 일 년 반이 지났지만, 그녀는 여전히 필요할 때마다 동네 대소사에 끼어들었다. 그녀를 만났다는 마을 사람이 한둘이 아니었다. 대개가 꿈속에서였는데, 보통은 경고를 주거나("딸을 그 남자랑 결혼시키지 마. 북쪽에 사는 그의 사촌들이 난쟁이야." 그녀는 아난트나그 인근 산허리에 사는 염소치기의 꿈속에 나타나 충고했다) 조언을 해주기 위해서였다("딴사람이 채가기 전에 그 처녀를 자네 아들이랑 짝지어줘. 그 처녀가 낳은 첫애는 위대한 성인이 될 운명이니까." 간다르발 호수의 시카라*에서 잠든 뱃사공에게 한 명령이었다. 그 바람에 사공은 깜짝 놀라 깨어났다가 배에서 떨어졌다). 죽은 뒤

---

* 인도 전통 쪽배.

나타난 나자레바두르는 죽기 직전보다 더 기운차 보였고, 자신의 환영을 본 사람 여럿에게 죽음이 자기에게 더 잘 맞는다고 인정했다.

그녀가 말했다. "저승이 더 좋아. 가축 걱정 안 해도 되고." 그러나 봄부르 얌바르잘 앞에 나타났을 때는 예전의 음침한 분위기가 고스란히 되돌아와 있었다. 오동통한 와자가 어둠 속에서 깨어나 보니 이가 한 개밖에 남지 않은 그녀가 얼굴을 자기 코앞에 바짝 갖다대고 있었다. 그의 뺨에 사자의 차디찬 숨결이 느껴졌다. 그녀가 입을 열었다. "자네가 지금 당장 뭔가 수를 내지 않는다면, 불불 파크가 일으킨 내란이 자네 마을을 홀랑 다 태워버릴 거야." 그러더니 뒤로 물러나 어둠과 하나가 되었다. 그는 잠이 확 달아나 침대 위에 홀로 앉아 식은땀을 흘렸다. 잠시 후 마울라나가 울리는 기도 종소리가 들려왔다. 새벽 기도 시간을 알리는 종이었으나, 이번에는 전쟁을 알리는 종소리이기도 했다.

정보가 엄격히 통제된 곳에서는 늘 소문이 그 대안으로 귀중한 소식통 역할을 하기 마련이다. 소문에 따르면, 철의 물라 부족 전체가 그날 카슈미르인에게 무기를 들고 일어나 이 땅에서 외부인인 인도군과 판디트를 몰아내자고 촉구했다고 한다. 그러나 봄부르 얌바르잘은 이 소문을 듣지 못했다. 그에게 이것은 국가적인 문제가 아니라 개인적인 문제였다. 그는 침대에서 일어나 나와 진땀을 흘리고 숨을 헐떡이면서 비틀비틀 와즈완을 준비하는 마을 부엌으로 한달음에 달려갔다. 그리고 거기에서 전투 준비를 했다. 준비가 끝나자 숨을 고르고 마을 맨 끝에 멀찍이 떨어져 있는 모스크를 향해 시르말의 큰길을 왕처럼 위풍당당하면서도 신중하게 걸어갔다. 허리춤에는 부엌칼과 큰 식칼을 꽂고, 몸에는 갑옷 대신 주전자와 항아리를 동여매고, 머리에는 큼지막한 스튜 냄비를 쓴 왕이었다. 도살한 닭의 생피가 그의 몸에서 뚝뚝 떨어졌다. 그는 손과 얼굴, 요리 도구에 온통 피를 바르고, 시간이 지나도 효과가 사라지지 않게 하려고 훨씬 더 많은 피를 작은 와인 가죽부대에 채워넣기까지 했다. 그는 무시무시한 동시에 우스꽝스러워 보였다. 남자들이 모스크에서 나와 파치감 공격을 결정했다고 발표하기만을 초조하게 기다리던 마을 아낙네와 아이 들이 웃음과 울음을 동시에 터뜨렸다. 어느 쪽이 더 걸맞은 반응인지는 알 수 없었다. 봄부르 얌바르잘은 등을 꼿꼿이 세우고 당당하게 고개를 쳐들고 대경실색한 여인과 아이 들의 행렬을 모스크 문으로 이끌었다.

문에 다다른 그는 허리춤에서 마치 칼을 뽑듯 거대한 금속 숟가락 한 벌을 뽑아들고 자기 갑옷을 때려, 죽은 이라도 소름 끼치는 소동은 무시하고 땅속에 평화로이 누워 있고 싶지 않다면 벌떡 일어날 만한 소음을 냈다. 시르말 남자들이 열기에 들뜬 눈빛으로 모스크에서 쏟아져나왔다. 그들 뒤로 마울라나 불불 파크가 골이 잔뜩 난 모습으로 나왔다. 와자 봄부르 얌바르잘이 외쳤다. "나를 봐라. 너희는 모두 이 웃기지도 않은 피에 굶주린 돌대가리가 되기로 결정한 거다."

그후로 오랫동안 시르말 사람들은 봄부르 얌바르잘의 위대하고 보기 드물게 이타적인 위업에 대해 두고두고 이야기했다. 항아리와 냄비로 이루어진 익숙한 세계를 공포의 초상으로 바꿔놓음으로써, 자신이 그렇게도 소중히 아끼던 품위와 자존심을 희생함으로써, 자신의 무기로 그들을 모욕함으로써, 그는 눈뜬 채로 꾸고 있던 기이한 꿈에서, 불불 파크의 유혹적이고 거친 혀가 뱉어낸 강력한 최면 주문에서 그들을 깨웠다. 아니, 우리는 이웃에 맞서 일어나지 않겠다, 그들은 그에게 말했다. 그냥 살던 대로 살겠다, 우리가 잡아야 할 생물은 개인적인 경사를 축하하는 자리에 낼 짐승뿐이다. 불불 파크는 그날 자신이 패했으며, 자신의 칼날처럼 날카로운 명쾌함이 얌바르잘의 정신을 혼란케 하는 우스꽝스러운 그로테스크풍 창조물에 무디어졌음을 깨달았다. 그는 한마디 말도 없이 자기 거처로 들어가더니 시르말에 처음 올 때 들고 왔던 누더기 봇짐 하나만 달랑 들고 나왔다. "너희 어리석은 자들은 아직 나를 따를 준비가 안 되었다. 그러나 머지않아 전쟁이 닥쳐올 것이며, 그날은 반드시 오고야 말 것이다. 적은 신을 섬기지 않고 부도덕하며 사악한 자들이기 때문이다. 인간의 마음은 타락했고, 특히 신을 믿지 않는 이교도는 더욱 그러하니, 쉽게 끝나지 않을 전쟁이로다. 너희가 내게 마음을 여는 날 다시 돌아오리라."

봄부르 얌바르잘은 평생을 총각으로 살았고, 오십 줄에 들어선 지금에 와서 신부를 얻으리라고 기대하지도 않았다. 그러나 핏방울을 뚝뚝 떨어뜨리면서 정의와 평화의 갑옷을 벗으러 쟁그랑거리며 부엌으로 돌아가는 그를 바라보던 부인네들의 눈과 얼굴에서 그는 일찍이 한 번도 보지 못했던 무언가를 보았다. 말하자면 그것은 애정이었다. 그중 얼마 전에 죽은 보조 와자의 아내로, 머리카락에 붉은빛이 돈다 하여 '가을'이라는 뜻의 하루드라고 불리는 하시나 카림이 있었다. 그녀는 장성한 두 아들 덕에 물질적인 부족함은 없었지만, 빈 잠자리를 채워줄 이는 없는 아리따운 여인이었다. 청하지도 않았는데 그녀가 따라오더니, 그가 항아리와 냄비를 벗고 닭피를 씻어내는 것을 도와주었다. 일을 마치고 봄부르 얌바르잘은 평생 처음으로 여성에게 아부의 말을 시도해보았다. "하루드라는 이름은 당신에게 어울리지 않소." 그러고는 이렇게 말할 요량으로 말을 이었다. "당신을 손트라고 불러야 마땅하오. 봄처럼 젊어 보이니까." 그러나 긴장한 나머지 말이 헛나와 손트(sonth)를 손프(sonf)라고 해버렸다. "당신은 아니스 열매처럼 젊어 보이니까." 누가 봐도 바보 같은 소리였다. 그는 당황해서 얼굴이 홍당무처럼 새빨개졌다. "저는 당신이 칭찬에 서툰 사람이라 좋아요." 그녀는 정색을 하고 그의 손을 잡으며 위로했다. "말재간이 너무 좋은 남자는 절대 믿지 않는답니다."

와자의 대담한 행동에도 불구하고, 그날 비극이 벌어지고 말았다. 불불 파크 외에는 아무도 모르게, 턱수염이 듬성듬성 난 게그루 삼형제 아우랑제브, 알라우딘, 아불칼람이 모스크 뒤쪽으로 살짝 빠져나와 파치감으로 향했다. 그들은 봄부르가 연회에서 접시 닦는 일 외에는 시키지 않을 정도로 신용을 잃은 불평분자에 게으름뱅이 젊은 쥐새끼들이었다. 그들은 용기를 북돋우려고 불불 파크가 가장 반대하는 럼주까지 한 병 마시고 분란거리를 찾아 나섰다. 그리고 밤이 깊어지자 야음을 틈타 시르말로 돌아와 텅 빈 모스크로 들어가 문을 잠갔다. 그들은 시간을 딱 맞춰 돌아왔다. 동이 트기도 전에 목수 빅 맨 미스리가 허리에는 도끼를 차고 어깨에는 라이플총을 멘 채 말을 타고 시르말에 나타났다. "게그루!" 마을로 달려 들어오며 내지른 그의 고함 소리에 단잠에 취해 있던 마을 사람들이 모두 깨어났다. "너희가 내 딸애를 만났으니, 이젠 너희 신을 만나러 가야 한다."

준 미스리가 겁탈을 당한 것이다. 그녀는 꽃을 모으러 켈마르그로 가던 길에 변을 당했다. 언덕길에서 숲 속으로 질질 끌려 들어가 거친 땅 위에서 짓눌린 채 그 짓을 당했다. 머리에 자루를 뒤집어씌웠지만, 징징대는 게그루 형제의 비음 섞인 목소리로 그들의 정체를 쉽게 알아차렸다. 형제들은 술에 엉망으로 취한 상태였지만 확실히 알 수 있었다. 그녀는 아우랑제브의 목소리를 들었다. "우리가 이 불경스러운 갈보 년을 해치우지 않는다면, 이년의 제일 예쁜 친구는 잘 먹고 잘 살 거야." "너무 잘 살겠지." 알라우딘이 맞장구쳤다. "그년은 늘 잘난 척하느라 우리 같은 것은 쳐다보지도 않았지." 막내 아불칼람이 마무리를 했다. "자, 준, 이제 됐다." 겁탈을 하고 나서 그들은 낄낄대며 달아나버렸다. 그녀는 겨우 기운을 차리고서 여기저기 멍들고 찢긴 채 언덕을 내려와 파치감으로 갔다. 그녀는 무서우리만치 차분한 목소리로 부니와 곤와티, 히말에게 사건을 세세히 털어놓았지만, 아버지에게는 말할 엄두를 내지 못했다(그녀의 어머니는 몇 년 전에 숨을 거두었다). 친구들이 위로하며 몸을 닦아주고 부끄러워할 이유가 하나도 없다고 말해주었지만, 그녀는 그들을 자기 몸속에 넣고 겁탈당한 기억을 안고서 그들의 씨를 지닌 채 살아남는다는 것은 상상할 수도 없다고 말했다. 부니는 준이 자기 대신 고초를 겪었고, 친구에게 가해진 상처가 자기를 향한 것이었다는 생각에 견딜 수 없이 마음이 무거워져 결국 목수에게 그 사실을 알리고 말았다. 빅 맨 미스리는 그녀에게서 이 짐을 덜어주려 하지는 않았다. 그는 말에 안장을 얹고 나서 말했다. "너희 셋이 우리 애를 살려다오. 너희한테 달렸다. 알겠지? 그애가 죽는다면 너희한테 책임을 물을 거다." 그러고는 힘껏 말을 달려 밤의 어둠 속으로 사라졌다.

게그루 형제는 술이 깨자 어리석은 행동의 결과로 한순간에 죽어도 싼 처지가 되었음을 깨달았다. 유일한 희망은 군이나 경찰이 와서 자기들을 토막 내든 어쩌든 마음대로 복수하지 못하도록 준의 아버지를 막아줄 때까지 성소인 모스크 안에 숨어 있는 것뿐이었다. 빅 맨 미스리는 정말로 게그루 삼형제 각각에게 내릴 몇 가지 끔찍한 운명을 준비해두었다. 그가 모여든 시르말 주민에게 형제의 비열한 범죄 행각을 알리자, 아무도 그를 말릴 생각을 못 했다. 그러나 목수가 성역 모스크를 침범해선 안 된다는 데엔 의견이 일치했다. 빅 맨 미스리는 말을 나무에 매놓고 게그루 형제에게 고함을 질렀다. "너희가 나오기로 마음먹을 때까지 스무 해가 걸릴지라도 여기에서 기다릴 테다."

게그루 형제 중 맏이인 아우랑제브가 허세를 부리며 맞받아 외쳤다. "삼 대 일이고 우리는 중무장을 하고 있다. 너나 몸조심하는 게 좋을걸." 빅 맨 미스리가 신중하게 말했다. "네놈들이 한 명씩 차례로 나오면, 케밥처럼 도륙을 내주마. 한꺼번에 몰려 나온다 해도 네놈들이 나를 쓰러뜨리기 전에 적어도 둘은 해치울 거다.

그 둘이 누가 될지는 너희도 모르는 일이지." 봄부르 얌바르잘이 성난 목소리로 덧붙였다. "그리고 삼 대 일이 아니다. 너희 쓰레기 셋은 이 지역의 튼튼한 남자 모두를 상대해야 한다." 시르말 남자들이 아무도 도망치지 못하도록 집 주위를 빙 둘러쌌다. 몇 시간 후, 헌병 지프차가 도착해 그 자리에 있는 사람들에게 폭력은 절대 안 된다고 경고했으나, 다들 들은 척 만 척했다. 봄부르가 겁에 질린 게그루 형제에게 외쳤다. "어쨌거나 음식이고 마실 것이고 가져다주지 않을 거다. 얼마나 버티는지 한번 보자."

보이지 않는 전투기가 거친 하얀 선을 상처 자국처럼 남기며 날아가자 하늘이 굉음으로 뒤흔들렸다. 우리와 참브 인근 국경선 너머에서 전투가 벌어졌던 것이다. 카치와하 중령은 시르말에서 포위 공격이 일어난 줄도 모른 채 그곳에서 공훈을 세우는 중이었다. 인도와 파키스탄 사이에 전쟁이 시작되었다. 전쟁은 이십오 일간 계속되었다. 빅 맨 미스리는 그동안 덤불 뒤에서 피치 못할 용건을 해결하느라 잠깐씩 자리를 비우는 외에는 옆에 안장을 놓아둔 채 불불 파크의 모스크 밖에서 바위처럼 꿈쩍도 않고 앉아 있었다. 시르말의 부엌에서 음식을 날라다주었고, 마을의 친절한 젊은 마부가 그의 말을 마구간에 넣어두고 먹이를 주거나 운동을 시켜주었다. 파치감에서 방문객이 줄지어 찾아와 그에게 준의 소식을 알려주었다. 준은 노만네와 함께 지내면서 조용하고 얌전하게 행동했고 미소까지 한두 번 지었다. 시르말 남자들은 교대로 빅맨과 함께 자리를 지켰고, 경찰도 교대로 근무했다. 모스크 안에서 새어나오던 목소리는 점점 잦아들었다. 게그루 형제는 협박도 해

214

보고, 불평도 하고, 구슬려보기도 하다가 흐느끼고, 호통치고, 싸움을 하고, 사과하고, 빌기도 했지만 밖으로 나오지는 않았다.

이십오 일이 지나고 머리 위 하늘에서 울리던 굉음이 멈췄다. "평화가 왔어." 봄부르 암바르잘이 하시나 카림에게 말했다. 피로 얼룩진 평화였다. 시르말 위의 조용한 하늘이 죽음처럼 느껴졌다. "그들이 아직도 살아 있을까? 자네 생각은 어떤가?" 봄부르가 빅 맨 미스리에게 묻자, 목수는 천천히 몸을 일으켰다. 지친 나머지 그의 몸이 전쟁에서 귀향하는 군인처럼 흔들렸다. "늘 밸도 없는 쓰레기들이었지." 그는 이 말이 게그루 형제의 비명(碑銘)이 되리라는 것을 알았다. "그들은 독 안에 든 쥐처럼 죽었어."

빅 맨은 감시를 그만두기 전에 창문 없는 건물에서 밖으로 나올 수 있는 구멍을 모조리 막아두고, 열쇠를 가져갔다. 헌병, 즉 먼지로 덮인 지프에 탄 지쳐빠진 당직 장교가 미약하게 항의했다. 빅 맨이 그에게 말했다. "이제 돌아가시오. 산 사람 중에는 범죄를 저지른 자가 없소." 장교가 물었다. "그렇지만 만일 그들이 살아 있다면?" 빅 맨이 대답했다. "그렇다면 문만 두드리면 되지." 그러나 문 두드리는 소리는 영영 들려오지 않았다. 마을 끄트머리에 있는 작은 모스크는 문이 잠긴 채 찾는 이 없이 버려졌다. 불불 파크가 암바르잘과 그의 냄비에 지고, 게그루 형제가 범죄를 저지른 뒤 스스로 죽을 때까지 이 집 안에 갇히기로 결정하는 등 단 하룻동안 터진 엄청난 사건들은 마치 모스크가 말 그대로 마을 사람들의 집에서 더 멀찍이 옮겨가기라도 한 것처럼 그곳을 사람들의 의식에서 몰아냈다. 황무지가 모스크를 매립했다. 나무들이 숲에서 진군해 나와 그곳을 점령했다. 덩굴식물과 가시나무가 꽁꽁 묶고 지켰다. 동화에 나오는 저주 걸린 성처럼 모스크는 시야에서 사라졌고, 마침내 나무 지붕은 썩어서 무너져내렸으며, 문짝의 빗장에도 녹이 슬었다. 싸구려 자물쇠는 떨어져 없어졌고, 게그루 형제에 관한 기억 또한 동네에 미신 같은 이야기만 남기고 소멸해갔다. 그 미신의 힘이 어찌나 강력한지 아무도 형제가 비겁함과 굶주림으로 죽은 장소에 발을 들이지 않았다. 죽은 형제가 돌아오는 날까지 그런 상태가 유지되었다. 그러나 그날이 오려면 아직 스무 해도 더 남았고, 그동안 준 미스리는 조용히 삶을 이어갔다. 비록 명랑한 활기는 영영 잃었지만, 예전과 비슷한 모습으로 천천히 회복되었다. 어떤 남자도 그녀에게 청혼하러 오지 않았다. 그런 식이었다. 누가 막을 수도 없었지만, 그렇다고 누가 바꿀 수도 없었다. 그리고 준이 죽지 않고 살아간 이유는 게그루 형제가 그들의 사라진 무덤 속으로 자취를 감추었기 때문이라는 사실을 아무도 알지 못했다. 그 덕에 그녀는 그들이 아예 존재한 적이 없었고, 따라서 그들이 한 짓도 결코 일어난 적이 없었다고 스스로를 납득시킬 수 있었다. 그들이 사자(死者)들 틈에서 돌아오는 날이 그녀의 마지막 날이 될 것이다.

⁂

1965년 전쟁터에서 엘라스티크나가르로 돌아온 하미르데브 카치와하 중령은 또 한번 완전히 바뀌었다. 아버지의 죽음으로 잠시

나마 성취되지 못한 기대의 감옥에서 풀려났던 그는 전쟁의 경험
으로 인해 다시 갇히고 말았다. 이번에는 죽어도 빠져나오지 못할
지하 감옥이었다. 토터스 중령은 군사작전에 완전히 실망했다. 아
무것도 존재하지 않는 곳에 승리와 패배의 고귀한 명징성, 그 명
징성의 건설을 가장 높은 목표로 삼는다는 전쟁이 아무것도 해결
하지 못했다. 영광은 간데없고 헛된 죽음만이 넘쳐났다. 어느 쪽
도 이 땅을 온전히 자기 것이라 주장하지 못했고, 코딱지만 한 땅
뙈기를 손에 넣은 것이 고작이었다. 평화가 왔지만 이십오 일에
걸친 전투 이전보다 더 나쁜 상태의 평화였다. 더 많은 증오가 깃
든 평화, 더 큰 적의에 찬 평화, 서로에 대한 경멸이 더 깊어진 평
화. 그러나 카치와하 중령에게는 평화가 없었다. 전쟁이 그의 기
억 속에서 그칠 줄 모르고 미친 듯이 휘몰아쳤던 것이다. 매일 매
순간 전쟁의 순간순간이 되살아났다. 도랑의 검푸른 습기, 골프공
처럼 목구멍을 막는 공포, 하늘에서 치명적인 종려잎처럼 터지는
폭탄, 잔뜩 찡그린 채 스쳐가는 총탄, 무지갯빛 상처와 절단된 사
지, 백열광처럼 빛나는 죽음. 엘라스티크나가르로 돌아온 그는 블
라인드를 내리고 자기 방에 콕 들어박혔다. 전쟁은 여전히 끝나지
않았고, 격렬한 백병전이 느린 동작으로 펼쳐졌다. 그 속에서 그
의 애처롭고 냄새나는 삶의 유리 같은 연약함이 이 총검에, 저 칼
에, 이 수류탄에, 저 악을 쓰는 기름칠한 검은 얼굴에 언제 박살날
지 몰랐다. 그 속에서 이 뒤틀린 발목, 저 빙글 도는 엉덩이, 이 쑥
잠기는 머리, 저 주먹을 휘두르는 팔이 울퉁불퉁한 땅의 갈라진
틈 밖으로 어둠을 불러낼 수도 있었다. 그 어둠은 병사들의 몸뚱

이를 훑고, 그들의 힘을 그들의 다리를 그들의 희망을 그들의 다리를 그들의 녹아내리는 창백한 다리를 훑았다. 그는 이 어둠, 자기만의 부드러운 어둠 속에 앉아 있어야만 했다. 그러면 다른 어둠, 단단한 어둠은 오지 않을 것이다. 부드러운 어둠 속에 앉아 영원히 전쟁 중에 있어야만 했다.

그의 병사들은 몹시 안절부절못했다. 그들은 전사자의 수를 헤아리고 부상병을 간호하는 중이었다. 그들의 혈관에선 여전히 전쟁의 높은 전압이 흘렀다. 그들은 감사할 줄 모르는 사람들, 대신 싸워줄 가치도 없는 사람들을 위해 전쟁을 치렀다. 적에 대한 환상이 계곡의 대다수 공동체 사이로 퍼져나갔고, 다른 한편에서는 목가적인 삶에 대한 꿈이 종교를 타고 번져나갔다. 이런 사람들에게는 사태를 설명할 수가 없다. 전시뿐만 아니라 평화시에도 그들을 보호하기 위해 취한 조치들에 대해 설명할 수가 없다. 예를 들어, 이곳에서는 카슈미르인이 아니면 땅을 소유할 수 없다. 이 현명한 법은 카슈미르 문화가 아닌 타 문화권 사람들이 많이 살고 있는 다른 쪽에는 존재하지 않는다. 거친 산사람, 광신도, 외지인이 그곳으로 몰려오고 있었다. 이 법은 그러한 자들로부터 시민들을 보호해주었지만, 시민들은 여전히 배은망덕하게도 자결권을 요구했다. 셰이크 압둘라가 이를 다시 입에 올렸다. 카슈미르인을 위한 카슈미르. 어리석기 짝이 없는 구호를 도처에서 되풀이하고, 벽에 써놓고, 전신주에 붙이고, 연기처럼 허공에 매달아놓았다. 어쩌면 적들의 생각이 옳았는지도 모른다. 이 주민들로는 안 된다. 새로운 주민을 찾아야 한다. 계곡에서 이들을 싹 몰아내고 다른 사람들, 여기 살게 된 것에 감사할 줄 알고, 지켜주면 고마워하는 사람들로 다시 채워야 한다. 카치와하 중령은 눈을 감았다. 그의 눈꺼풀 위에서 전쟁이 터지며 형체가 합쳐졌다 뭉개지고 색이 어두워지더니, 마침내 온 세상이 어둠에 잠겼다.

군대는 그의 명령에 따라 마을 전체를 매일 정찰했다. 매일 하는 정찰에서도 사고가 일어날 수 있음을 강조해야 했다. 우발적인 발포, 우발적인 구타, 우발적인 소몰이 막대 사용, 한두 건의 우발적인 죽음에 대한 소문이 돌았다. 불불 파크가 본거지로 삼았던 시르말에선 모든 사람이 의심을 받았다. 긴 심문이 있었고, 이런 심문은 부드럽게 진행되지 않았다. 판차야트의 세 판디트가 상당한 영향력을 발휘하긴 했지만, 파치감에서도 문제가 발생했다. 여러 해 동안 마을을 좌지우지했던 압둘라 노만은 이제 자신과 가족을 위해 여론을 움직이려면 피아렐랄 카울, 빅 맨 미스리, 시브샹카르 샤르가의 힘을 빌려야만 하는 처지가 되었다. 노만 집안도 요주의 대상에 올라 있었다. 압둘라의 막내아들과 부니 카울의 수치스러운 줄 모르는 결혼에 높으신 분들은 눈살을 찌푸렸다. 게다가 아니스 노만이 자취를 감췄다. 피르다우스는 아들이 북쪽에 사는 친척에게 갔다고 했지만, 믿을 수 없는 변명이었다. 아니스 노만의 이름도 다른 리스트에 올랐다.

부니 카울 노만과 광대 샬리마르는 압둘라와 피르다우스와 함께 살았다. 아니스가 집을 떠나던 날 밤, 형제 사이에 큰 싸움이 있었다. 싸움 끝에 아니스가 이런 말을 했다. "너의 문제는 이 결혼 때문에 분별력을 잃었다는 거야." 부니가 아직 가족을 꾸릴 나이가 안 되었다고 주장한 탓에 부니와 광대 샬리마르 사이에는 아직 아이가 없었다. 아니스는 떠나기 전에 마지막으로 아무래도 수상쩍다고 정곡을 찌르는 독설을 날렸다. 그러고서 지나치게 말을 많이 했다는 생각에 뒷문을 열고 어둠 속으로 사라졌다. 광대 샬리마르는 딱히 누구에게랄 것도 없이 말했다. "형은 밖에 나가서 살아야 해. 이곳은 이제 형에게 안전하지 않아." 그날 밤 모두 잠자리에 든 늦은 시간, 압둘라와 피르다우스 노만은 서로 꿈이 깨졌다는 이야기를 나눴다. 지금까지 그들은 사랑하는 카슈미르가 인도와 관계를 맺는 것이 가장 이롭다고 믿으려 애썼다. 인도는 이것과 저것, 힌두인과 무슬림, 다신(多神)과 일신(一神)을 하나로 섞는 혼합 작용이 일어나는 곳이었기 때문이다. 그러나 이제는 분위기가 바뀌었다. 그들이 세상에 하나의 징조로 내보이고자 했던 친구의 딸 부니와 그들의 사랑스러운 아들 광대 샬리마르의 결합은 이제 당치도 않은 낙관적인 상징처럼, 그 결합을 지키려는 그들의 집요한 노력은 무용한 최후의 저항처럼 보이기 시작했다. 피르다우스가 말했다. "모든 것이 점점 흩어져가고 있어요. 이제야 나자레바두르가 왜 미래를 두려워하고 살아서 미래가 오는 것을 보고 싶어하지 않았는지 알겠어요." 그들은 잠을 이루지 못하고 천장만 바라보면서 아들들 생각에 두려움을 느꼈다.

같은 날 밤, 마을 다른 쪽 끝에 있는 무스카둔 강가의 텅 빈 듯한 집에서 판디트 피아렐랄 카울 역시 슬픔에 잠겨 잠을 이루지 못하고 두려워했다. 그러나 번개가 파치감에 떨어졌을 때, 폭풍우를 일으킨 것은 힌두교도와 무슬림 간의 갈등이 아니었다. 토터스 중령의 느릿느릿 커져가는 광기도, 철의 물라의 잠재적인 위험도, 인도의 무지도, 우발적인 정찰도, 파키스탄의 초승달 그림자도 아니었다. 겨울이 다가올 무렵 일이 터졌다. 나무들은 거의 헐벗고 해는 짧아지고 찬바람이 불었다. 대부분의 마을 여자들은 겨울 일거리인 힘겨운 숄 수놓기를 시작했다. 그리고 파치감 반드들이 연극 도구와 의상을 꾸려 치워놓던 그 무렵, 스리나가르에서 정부가 파견한 사절이 그해에 특별 공연을 하라는 명령을 가지고 왔다.

미국 대사인 막시밀리안 오퓔스가 카슈미르에 온다는 것이었다. 그는 카슈미르 문화에 두루 관심이 많은 학자풍의 신사였다. 그와 수행단은 다치감에 있는 정부 영빈관에 머물 예정이었다. 바라싱가 수사슴이 왕처럼 걸어다니는 가파른 언덕 밑에 있는 널따란 숙소였다. (그러나 이맘때에 수사슴은 튼튼한 뿔을 잃고 다른 동물처럼 겨울 날 준비를 하고 있을 것이다.) 오퓔스 대사의 개인 비서인 에드거 우드가 최대 예순 가지 코스의 잔칫상을 즐길 동안 축제를 열어달라고 특별히 요청했다. 스리나가르에서 온 산투르 연주자가 전통 카슈미르 음악을 연주할 것이고, 지역 최고의 작가들이 당대의 시뿐 아니라 랄 데드*의 신비로운 시 몇 구절도 암송하기로 했다. 또한 이야기꾼이 〈아라비안나이트〉도 소품처럼 보일 만큼 엄청나게 방대한 카슈미르 민담 〈카타사리트사가라〉에서 가려 뽑은 이야기를 해주기로 했으며, 특별 요청을 받은 파치감의 유명한 반드가 공연을 하기로 했다. 전쟁으로 파치감의 수입이 급

---

* 14세기 인도의 힌두 여성 시인.

감했던 터에 이렇게 느지막이 들어온 공연 주문은 그야말로 가뭄 끝에 단비였다. 압둘라는 극단의 전체 레퍼토리에서 몇 장면을 가려 뽑아 공연하기로 했다. 그중에는 영화 〈무굴의 황제〉가 대성공을 거둔 뒤 극단에서 개작한 새로운 연극 〈아나르칼리〉에 나오는 춤도 운명적으로 포함되었다. 왕세자 살림과 신분은 낮지만 거부할 수 없는 매력을 지닌 무희 아나르칼리의 사랑 이야기였다. 살림 왕자는 무굴제국의 황제 아크바르의 아들이어서가 아니라, 자한기르 황제로서 왕위에 올랐을 때 카슈미르가 자신의 두번째 아나르칼리, 또다른 사랑이라고 만천하에 선포한 까닭에 카슈미르에서 인기가 높았다. 아름다운 아나르칼리 역은 늘 그랬듯 파치감 최고의 무희 부니 카울 노만이 맡았다. 압둘라 노만이 이 결정을 알린 순간, 주사위는 던져졌다. 보이지 않는 행성들이 일제히 파치감에 주의를 돌렸다. 다가오는 추문이 몬순 바람처럼 치나르 나무에서 쉿쉿대며 속삭이기 시작했다. 그러나 나뭇잎은 고요했다.

부니는 막시밀리안 오필스가 열광적으로 박수를 보낼 때 그와 처음으로 눈이 마주쳤다. 그는 그녀가 절을 하는 동안, 마치 그녀의 영혼을 한눈에 꿰뚫어 보고 싶다는 듯 날카로운 눈빛으로 그녀를 바라보았다. 그 순간, 그녀는 자신이 기다려왔던 것을 찾았음을 알았다. 그녀는 혼잣말로 중얼거렸다. 기회가 오면 반드시 붙잡을 거야. 지금 기회가 왔어. 내 얼굴을 바라보며 바보처럼 손뼉을 치고 있잖아.

막스

Max

매력 넘치는 오래된 구역들과 쾌적한 공공 정원이 있는 스트라스부르 시의 매혹적인 콩타드 공원 부근, 지금의 대랍비 르네 히르슐러 거리에 있는 낡은 유대교 회당을 끼고 돌면, 유쾌하고 매력적인 사람들이 모여 사는 멋진 상류층 주거지역 중심지에 넓고, 그렇다, 더할나위없이 근사한 대저택이 우뚝 서 있었다. 어느 신문 논설위원의 표현을 빌리자면 "위험하고, 어쩌면 치명적이라고도 할 수 있는 풍부한" 매력의 소유자로 명성을 떨친 인물, 대단히 교양 있고 세련된 아슈케나지 유대인* 집안에서 자란 막시밀리안 오필스 대사의 벨에포크 소(小)궁전이었다. 막스 오필스도 논설위원의 삐딱한 논평에 동의했다. 그는 이런 말을 즐겨 했다. "스트

____

* 라인란트 유역 및 인접한 프랑스 지역에 살다가 십자군전쟁이 끝난 뒤 슬라브 지역으로 이주한 유대인을 통틀어 일컫는 말.

라스부르 사람이 된다는 것은 사람을 현혹시키는 매력의 성질을 독학으로 익힌다는 뜻이지."

린든 존슨이 케네디가 암살되고 이 년 가까이 지나서 그를 존 케네스 갤브레이스의 후임으로 주인도 미국 대사에 임명하자, 막스 오필스는 철학자 출신 인도 대통령 라다크리슈난이 그를 위해 열어준 라슈트라파티 바반* 연회에서 대사 신임장을 받은 뒤 이렇게 말했다. 저는 알자스 출신이기 때문에 인도를 조금은 이해할 수 있으리라 기대합니다. 제가 자랐던 곳 또한 수세기에 걸쳐 잦은 국경 변동, 대격변, 혼란, 탈출과 귀환, 정복과 재정복, 로마제국에 이어 알레마니족, 알레마니족에 이어 아틸라**의 훈족, 훈족에 이어 다시 알레마니족, 알레마니족에 이어 프랑크족의 등쌀에 많은 우여곡절을 겪었습니다. 연도가 네 자리 숫자로 바뀌기도 전에 스트라스부르는 처음엔 로타링기아***에 속했다 그다음에는 게르마니아에 속했고, 이름 없는 헝가리인의 손에 박살 났다 오토라는 색슨족에 의해 재건되었습니다. 개혁과 혁명으로 시민들은 피를 흘려야 했고, 반개혁과 반동으로 또다시 아름다운 거리에 피를 뿌려야 했습니다. 삼십년전쟁으로 독일제국이 약해진 뒤에는 프랑스인이 밀고 들어왔습니다. 루이 14세가 시작한 알자스의 프랑스화는 프로이센인이 도시를 불태우고 시민들을 굶주림으로 몰아넣은 잔혹했던 1870년 겨울을 기점으로, 1871년부터 다시 원점

---

* 인도 대통령궁.
** 훈족의 왕.
*** 현재 프랑스, 독일, 스위스 서부 지역에 위치했던 9세기 무렵의 공국.

으로 돌아갔습니다. 그리하여 이번에는 독일화가 시작되었지만, 채 사십 년이 못 되어 다시 원점으로 돌아갔습니다. 그때 히틀러와 나치의 지구당 위원장 로베르트 바그너가 등장했고, 역사는 더 이상 이론적이고 진부한 것이 아닌 개인적이면서 악취를 풍기는 것으로 바뀌었습니다. 새로운 지명이 스트라스부르 이야기의 일부가 되고 우리 가문의 이야기가 되었습니다. 그것은 바로 슈트루토프*, 즉 강제수용소, 인종 청소 수용소였습니다. 오퓔스 대사가 말했다. "우리는 고대 문명의 일부가 된다는 것이 어떤 것인지 압니다. 또한 우리 몫의 참살과 유혈로 고통받아왔습니다. 우리는 위대한 지도자, 어머니와 아이 들을 빼앗겼습니다." 그는 잠시 말을 잇지 못하고 고개를 숙였다. 라다크리슈난 대통령이 손을 뻗어 그의 손을 잡았다. 다들 갑자기 감정이 북받쳐올랐다. 막시밀리안 오퓔스 대사는 다시 평정을 되찾고 말했다. "한 사람이 꿈을 잃고, 한 가족이 집을 잃고, 한 민족이 권리를 잃고, 한 여성이 생명을 잃는 것은 우리 모두의 자유를 잃는 것이며, 모든 생명을, 모든 집을, 모든 희망을 잃는 것입니다. 각각의 비극은 당사자의 것인 동시에 모든 사람의 것입니다. 우리 중 누구라도 움츠러들게 하는 것은 우리 모두를 움츠러들게 만드는 것입니다." 그 당시 다소 일반화된 이 견해에 크게 신경 쓰는 사람은 별로 없었다. 그것은 마음속을 찌르고 들어온 악수였다. 극히 짧은 순간 이루어진 무방비의 인간적인 접촉으로 인해 막스 오퓔스는 인도의 친구로 보였고,

---

* 1941년 5월부터 1944년까지 알자스에 있던 나치 독일의 집단수용소.

인도 국민은 존경받던 전임자보다 훨씬 더 열광적으로 그를 받아들였다. 그 순간부터 막스의 인기는 하늘을 찔렀고, 시간이 지나면서 그가 실제로 인도 것이라면 대부분 열광한다는 사실이 알려지자 그에 대한 친밀감은 거의 사랑에 가까운 감정으로 깊어져갔다. 그래서 스캔들이 터졌을 때 그렇게 끔찍하리만치 거친 폭풍이 몰아쳤던 것이다. 나라 전체가 막스 오필스에게 단순한 실망 이상의 감정을 느꼈다. 버림받은 기분이었다. 바람맞은 연인처럼 인도는 대사를 매력적인 난봉꾼이라 몰아치며 매력적인 파편들로 산산조각 내려 했다. 그가 떠난 뒤 후임자로 온 체스터 볼스는 미국의 정책을 친파키스탄에서 친인도로 돌리려 몇 년이나 무진 애를 썼지만, 돌아온 것은 모욕과 푸대접뿐이었다.

그의 동향 사람들 대부분이 그랬듯, 젊은 시절 막스 오필스도 파리를 믿지 말라는 말을 들으며 자랐다. 그의 부모 아냐 오필스와 막스 1세는 뒤부아 가 8번지에 아파트를 한 채 갖고 있었다. 그러나 그들은 사업상 서쪽으로 달갑지 않은 여행을 꼭 가야 할 때를 제외하고는 그 집을 거의 사용하지 않았고, 까탈스러운 경멸감으로 눈썹을 추켜올린 채 최대한 빨리 집으로 돌아오곤 했다. 막스 2세도 경제학과 국제정치학으로 학위를 받고 스트라스부르 대학을 졸업한 뒤 파리에서 몇 년을 보내는 동안 거의 유혹에 넘어갈 뻔했다. 그는 파리에서 그의 교양에 법을 더했고, 멋쟁이에 바람둥이로 확고한 명성을 얻었으며, 스팻*을 즐겨 신고 지팡이를

---

* 복사뼈 조금 위까지 덮는 각반.

짚었다. 또한 취미로 그림을 그리는 아마추어 화가로도 놀라운 실력을 보였다. 달리와 마그리트의 그림을 얼마나 정교하게 모방했는지, 쿠폴에서 술로 밤을 지새우고 막스의 화실을 찾아온 화상(畫商) 쥘리앵 레비도 속아 넘어갔을 정도였다. 레비는 속임수가 드러난 뒤 새된 목소리로 외쳤다. "자네 같은 사람이 위작 화가로 생을 바쳐야지, 법과 돈으로 세월을 허비하다니 될 법이나 한 소린가?" 그는 프리다 칼로의 연인이자 초현실주의 화가인 첼리체프의 전시회를 연 인물로, 그즈음 뉴욕 세계박람회장 한가운데에 거대한 눈 모양의 초현실주의 전시관을 짓겠다는 계획이 좌절된 탓에 울화를 삭이지 못하고 있었다. 막스 오필스가 대꾸했다. "이건 위조가 아닙니다. 진품이 존재하지 않으니까요." 레비는 입을 다물고 그림들을 다시 꼼꼼히 살폈다. "여기에 문제는 딱 하나밖에 없어. 내가 화가들을 데려와 그림에 서명을 하게 함세. 그러면 흠잡을 데가 전혀 없을걸." 막스 오필스는 어깨가 으쓱해졌지만, 예술은 자기에게 맞는 세계가 아니라는 것을 알고 있었다. 그가 옳았다. 그러나 훗날 위조범의 세계에 발을 들이게 되었다는 점에서는 그의 예상이 빗나갔다. 그의 진정한 전공 분야이자 그가 생을 바칠 진정한 분야는 역사였지만, 그는 한동안은 다른 분야보다 위조자로서 더 뛰어난 재능을 발휘하게 될 운명이었다.

파리는 그에게 맞는 곳이 아니었다. 레비가 방문한 지 얼마 안 되어 그는 놀랍게도 파리에서 가장 유명한 법률사무소의 공동 경영인 제안을 거부하고 고향으로 돌아가 아버지와 함께 일하겠다고 선언했다. 제안만큼이나 터무니없는 거절이었다. 그의 파리 친구들은 놀란 나머지 질투에 찬 그의 적들의 의견에 맞장구쳤다. 첫째로 그는 그렇게 대단한 명예를 제안받기에는 너무 젊고, 둘째로는 너무 멍청해서, 아니면 더 나쁘지만 너무 촌스러워서 제안을 수락하지 않았다는 것이었다. 그는 스트라스부르로 돌아가 대학에서 경제학과 부교수로 일하며 시간을 쪼개 폐병으로 고생하는 아버지의 인쇄업을 도왔다. 대학의 부총장이자 유명한 천문학자인 앙드레루이 당종은 그에게 "깊은 인상"을 받고 그를 "차세대의 유망주 가운데 한 명"이라고 불렀다. 그러나 일 년이 못 되어 유럽에 닥쳐온 파국은 그 시대를 끝장내고 말았다.

그 이후로 수십 년이 흘렀지만, 파리는 대사의 미국화된 기억 속에서 일련의 명멸하는 이미지로 남았다. 대사가 담배를 쥐는 방식이나 금박 입힌 거울에 비친 담배 연기가 느릿느릿 흩어지는 그런 모습 속에. 파리는 그에게 정치나 철학적 주장의 요점을 강조하기 위해 카페 테이블을 내리치는 주먹과도 같은 것이었다. 모닝커피 옆에 놓인 코냑 잔과 미지근한 브리오슈*였다. 순결하면서 순결하지 않은 그 도시는 창녀였고, 기둥서방이었고, 죄스러우면서 죄스럽지 않은 오후의 세련된 불륜이었다. 너무 아름다워서 제발 한번 흠집을 내봐달라고 아름다움을 과시하는 듯 보일 정도였다. 파리는 부드러움과 폭력, 사랑과 고통을 정량대로 섞은 혼합물이었다. 언젠가 파리의 영화제작자가 그에게 이런 말을 했다. 세상의 모든 사람에게는 두 개의 조국이 있다네. 바로 모국과 파리지. 그러

---

* 버터, 달걀, 효모로 만든 카스텔라 비슷한 빵.

나 그는 파리를 믿지 않았다. 뭐랄까…… 그는 적절한 단어를 찾으려 애썼다…… 나약한 것 같았다. 파리의 나약함은 프랑스의 나약함이었다. 그 나약함으로 말미암아 이제 막 시작된 어두운 변신, 즉 정교함에 대한 조잡스러움의 승리, 기쁨에 대한 참혹함의 시들시들한 승리가 현실로 나타나려 하고 있었다.

확실히 파리만 바뀐 것은 아니었다. 그가 사랑하는 스트라스부르도 강의 보석에서 싸구려 모조 다이아몬드로 변했다. 도시는 맛대가리 없는 흑빵과 남아도는 순무로 변했고, 친구들도 사라졌다. 또한 회색 제복 칼라 위로 승리에 던지는 냉소, 아름다운 쇼걸의 눈 속에 드리워진 살아 있는 죽음과도 같은 부역, 사자(死者)들의 악취 풍기는 시궁창의 대단원이었다. 그것은 잽싼 조건부 항복과 느린 저항이 되었다. 스트라스부르는 파리처럼 변해버려 본래 모습을 잃었다. 그가 잃어버린 최초의 낙원이었다. 그러나 그는 마음속으로 수도를, 지킬 힘도 없으면서 수준 높은 문명을 세상에, 그리고 그에게 과시한 건방진 나약함을 비난했다. 스트라스부르의 몰락은 오락가락하는 국경선 역사의 한 장(章)이었다. 파리의 몰락은 파리의 잘못이었다.

부니 노만이 카슈미르의 다치감 사냥꾼 숙소에서 그를 위해 춤을 출 때, 그는 나치의 담배 연기 속에서 깃털 장식을 달고 몸을 꼬며 가터를 두른 허벅지를 과시하던, 죽은 사람 같은 눈을 한 쇼걸들을 생각했다. 옷차림은 달랐지만 그는 부니의 시선에서 똑같이 지독한 굶주림, 꿈에 그리던 기회 앞에서 도덕적 판단을 멈춰버린 생존자의 용의주도함을 보았다. 그는 생각했다. 하지만 나는 나치가 아니야. 미국 대사지. 흰 모자를 쓴 남자. 나는 살아남은 유대인 중 하나야. 그녀는 그를 위해 엉덩이를 흔들었고, 그는 생각했다. 게다가 나는 유부남인걸. 그녀는 다시 엉덩이를 흔들었고, 그는 하던 생각을 접었다.

그는 독일 이름을 가진 프랑스인이었다. 그의 집안은 '예술과 모험(Art & Aventure)'이라는 인쇄소를 운영했는데, 그 이름은 15세기에 마인츠 출신 천재 요하네스 겐스플라이슈가 스트라스부르에 있는 자기 작업장에 붙였던 이름 'Kunst und Aventur'를 프랑스어로 옮긴 것이었다. 그는 1440년 인쇄술을 발명해 구텐베르크로 세상에 알려졌다. 막스 오퓔스의 부모는 부유하고 교양 있고 보수적인 코스모폴리탄이었다. 막스는 표준 독일어를 프랑스어만큼이나 자유자재로 구사하고, 독일의 위대한 작가와 사상가에 대해서도 프랑스의 시인과 철학자 못지않게 두루 배우며 자라났다. "문명에는 국경이 없단다." 막스 1세는 아들에게 이렇게 가르쳤다. 그러나 야만도 유럽을 덮쳤을 때 국경선을 지워버렸다. 스트라스부르 시민들이 피난을 떠나던 때, 미래의 오퓔스 대사는 스물아홉이었다. 1939년 9월 1일 대탈출이 벌어졌다. 스트라스부르 시민 십이만 명이 도르도뉴와 앵드르로 몸을 피했다. 그러나 오퓔스 가는 떠나지 않았다. 카슈미르 궁정 종복들이 팔 년 전 샬리마르 바그에서 왕이 연 다세라 연회에서 도망가버린 것처럼 하인들이 밤새 온다간다 말도 없이 조용히 절멸의 천사를 피해 사라져버렸음에도. 인쇄소 일꾼들도 맡은 일을 버리고 떠나기 시작했다.

대학은 독일 점령권 밖에 있는 클레르몽페랑으로 옮겨갔다. 당종 부총장은 전도유망한 젊은 천재 경제학자에게도 함께 가자고 권유했다. 그러나 젊은 막스는 부모님을 안전한 곳으로 모시기 전까지는 떠날 수가 없었다. 그는 함께 피난을 가자고 부모님을 설득하려 무진 애를 썼다. 철사같이 빳빳하고 우아한 흰머리를 짧게 치고, 인쇄업자가 아니라 피아니스트 같은 손을 지닌 부모는 아들의 말도 안 되는 제안에 몸을 앞으로 내민 채 열심히 귀를 기울였다. 막스 1세와 아내 아냐는 부부라기보다는 일란성 쌍둥이 같았다. 삶이 그들을 서로의 거울로 바꾸어놓았다. 그들의 개성도 서로 섞여들어 머리 둘 달린 하나의 자아가 되었다. 그들은 크고 작은 모든 문제에서 너무나 완벽하게 의견이 일치했기 때문에, 무엇을 먹고 싶거나 마시고 싶은지 혹은 어떤 관심사에 대해 상대방의 의견이 어떤지 물어볼 필요조차 없었다. 지금 그들은 거부할 수 없는 매력을 지닌 역사적 장소인 클레베르 광장 근처의 육백 년 된 레스토랑에서 조각을 새긴 나무 의자에 나란히 앉아 슈크루트 오 리즐링*과 맥주와 꿀 소스를 얹은 양 어깻살 요리를 양껏 즐기고 있었다. 그들은 자신들의 눈부신 아들, 금지옥엽인 아들을 깊은 애정과 부드럽지만 진심에서 우러난 경멸이 뒤섞인 눈으로 바라보았다. "막스는 통 먹질 않는구먼." 막스 1세가 놀란 듯한 표정으로 생각에 잠기자 아냐가 대답했다. "딱하게도 정치 상황 탓에 식욕을 잃었나봐요." 아들은 그들에게 제발 좀 진지하게 생각해보

---

* 알자스 전통음식. 절인 양배추에 햄과 소시지 등을 넣고 알자스산 와인 리즐링을 곁들여 조리한 요리.

라고 애원했다. 그러자 그들은 바로 매우 엄숙한 표정을 짓고 겉으로는(속으로는 전혀 관심도 없으면서) 순순히 따를 자세를 취했다. 막스는 숨을 한번 깊이 들이쉬고 준비해두었던 일장 연설을 시작했다. 상황이 너무 절망적이다. 독일군이 프랑스를 공격하는 것은 시간문제다. 국경 지역이 폴란드의 전철을 밟게 된다면, 가족의 독일식 이름은 보호막이 되지 못할 것이다. 우리는 유대인이 모여 사는 동네에서도 유명한 유대인 집안이다. 실제로 밀고자가 있을 위험이 있고, 이를 인정해야 한다. 막스 1세와 아냐는 크로마뇽 부근에 사는 친구 자우어바인 가족에게로 몸을 피해야 한다. 나는 클레르몽페랑으로 가서 학생들을 가르치겠다. 스트라스부르의 집과 인쇄소는 문을 닫아걸고 좋은 날이 오기를 기다리는 수밖에 없다. 제 말에 동의하십니까?

부모는 변호사인 아들과 일사천리로 펼쳐지는 그의 달변에 미소를 보냈다. 왼쪽 입꼬리가 약간 올라갔지만 노화한 이는 전혀 드러나지 않는 미소였다. 그들은 동시에 포크를 내려놓고 피아니스트 같은 손을 무릎 위에서 맞잡았다. 막스 1세가 아냐를 힐끔 보자 아냐도 남편을 힐끔 쳐다보며 서로에게 먼저 대답할 권리를 양보했다. 마침내 막스 1세가 입술을 오므리고 운을 뗐다. "애야, 질문을 받기 전까지는 누구도 인생의 문제에 대한 답을 알 수 없단다." 막스는 빙 둘러서 철학적으로 말하는 아버지의 습관을 잘 알았기에 본론이 나오기를 기다렸다. 이어서 어머니가 말을 받았다. "너도 아버지 말씀이 무슨 뜻인지 알 거다, 막시. 등이 아파봐야 통증을 참는 법도 알게 되지. 더는 젊지 않다는 것을 어떻게 견뎌내야 하는지 알려면 늙어봐야 한단다. 위험이 닥쳐야 비로소 자기가 위험 앞에서 어떻게 반응하는지 확실히 알게 되는 거야." 막스 1세는 막대 빵을 집어 반을 뜯어먹었다. 빵이 요란하게 와작 소리를 내며 부서졌다. "그러니까 이제는 위험이라는 문제가 대두된 셈이지." 그러더니 남은 빵 반쪽으로 아들을 가리키며 눈을 가늘게 치떴다. "그리고 지금 난 내가 대답할 말을 알고 있단다."

아냐 오퓔스는 웬일인지 이번에는 동의하지 않을 태세였다. "그건 내 대답이기도 하단다, 막시밀리안." 그녀는 남편의 말을 부드럽게 정정했다. "이 말을 깜빡했나보군요." 막스 1세가 눈살을 찌푸렸다. "그럼, 그렇고말고. 엄마 대답도 마찬가지지. 나는 내 답을 알고 있듯 네 엄마 답도 알고 있단다. 깜빡할 리가 있나. 내 마음은 쇠주먹처럼 단단하단다." 막스 2세는 좀더 밀어붙일 때라고 생각했다. "그러면 그 답이 뭔가요?" 그는 최대한 품위를 지키며 물었다. 아버지는 짜증이 났던 것도 잊고 짧게 호탕한 웃음을 터뜨리더니, 있는 힘껏 양 손바닥을 세게 맞부딪쳤다. "내가 구제불능 왕고집이라는 거지!" 아버지는 이렇게 외치고는 심하게 콜록거렸다. "삐딱한 데다 황소고집이지. 내 집과 사업을 버리고 쫓겨가지 않겠다! 자우어바인네 집에 가서 덜덜 떠는 노인네의 그림이나 보면서 고기 완자 꼬치나 먹기는 싫다. 내 집에 남아서 공장을 돌리며 적들과 맞설 테다. 그놈들은 여기에서 누구를 상대하게 될지 알고나 있으려나? 손에 잉크 얼룩이 묻은 평범한 길거리 부랑자일 줄 알까? 어쩌면 내가 오도 가도 못할 궁지에 빠진 건지도 모르지. 하지만 나는 이 도시에 남아 싸우겠다." 어머니가 아버지의 외투 소매를 잡아당겼다. "아, 알았소." 아버지는 의자에 다시 깊숙이 기대고 앉아 이마를 냅킨으로 찍으면서 덧붙였다. "네 어머니도 마찬가지다. 네 어머니 역시 고집불통이지." 그러고는 기침을 한참 하더니 이 주제는 여기에서 끝내자고 선언하듯 비단 손수건에 가래를 뱉었다.

막스 2세는 패배를 인정했다. "정 그러시다면, 다시는 이 문제를 끄집어내지 않겠습니다. 하지만 조건이 하나 있습니다. 제가 부모님께 오늘 바로 떠나야 한다고 말씀드리는 날이 오면, 그때는 확실한 상황이 아니라면 절대 그런 말씀을 드리지 않으리라는 사실을 인정하고 두말없이 떠나셔야 합니다." 어머니는 무한한 자부심을 내비쳤다. "저 아이가 힘겨운 거래를 어떻게 끌고 가는지 보세요, 여보. 동의하는 것 외에는 우리한테 명예로운 선택을 할 여지를 남겨주지 않잖아요."

막스 오퓔스 교수는 당종 부총장에게 가족에 대한 책임 때문에 스트라스부르에 남을 수밖에 없다고 알렸다. 당종이 대답했다. "이게 무슨 바보짓인가. 적의 손에 죽기 전에 목숨을 보전하려거든 우리한테로 오게. 우리 또한 무사하지 못할 수도 있지만 말일세. 이번에는 L＝0 월식이 될까 두렵네." 1920년대에 앙드레 당종은 광도율을 고안해냈다. 소위 당종율이라 불리는 것으로, 월식이 일어날 동안 달이 어두워지는 정도를 상대적으로 표시하는 것이었다. L＝0은 완전한 어둠, 가려진 달이 진한 회색에서 밝은 구릿빛이나 오렌지빛까지 어떤 빛이든 내도록 할 수 있는 지구의 반사광이 전혀 없는 상태를 뜻했다. 당종은 막스에게 이렇게 말했다.

"내 생각이 옳다면, 자네와 나는 온 세상이 어둠에 덮인 상태에서 각자 다른 도시에서 죽기를 선택한 것에 지나지 않네."

그날부터 오필스 가족은 각자 옷장에 작은 가방을 꾸려 넣어두었지만, 그 밖에는 평소와 다름없이 하던 일을 계속했다. 도와줄 하인이 없어서 벨에포크 양식의 대저택 대부분은 먼지가 덮인 채 방치되었다. 그들은 부엌에서 함께 식사를 하고, 남는 책상을 막스 1세의 서재로 옮겨 세 사람이 쓸 사무실을 꾸몄다. 자기들의 침실만 청소하고 먼지를 털었으며, 점점 줄어가는 손님을 맞기 위해 작은 거실 하나만 유지했다. '예술과 모험'으로 말하자면, 스트라스부르의 세 인쇄소 중 유명한 두 곳이 문을 닫았다. 뮐렌하임 가에 있는 세번째 인쇄소는 철판인쇄와 사진요판을 겸하는 소규모 예술서적 인쇄소로, 몇 대에 걸쳐 유럽 최고의 예술가들에게 바치는 책을 세계 최고 수준으로 생산해왔다. 이곳이 바로 오필스 가가 최후의 전쟁을 벌이는 현장이었다. 처음에는 셋 다 매일 문을 열고 기계를 돌렸다. 그러나 계약이 계속해서 취소되었고, 곧 부모님은 분통을 터뜨리며 어쩔 수 없이 '은퇴'하지 않을 수 없었다. 막스 2세 혼자 인쇄소에 나갔다. 막스는 수도의 대형 출판업자에게서 연락이 올 때마다 나약한 파리를 경멸했다. 그는 어머니가 전화에 대고 소리 지르던 것을 기억했다. "무슨 소리예요, 예술을 찾을 때가 아니라니? 그럼 대체 그때가 언제라는 거예요?" 어머니는 마치 반역자를 노려보듯 이글거리는 눈으로 이미 조용해진 수화기를 쳐다보았다. "전화를 끊었어." 어머니는 누구에게랄 것도 없이 방에 대고 말했다. "이십 년이나 거래해온 사이인데, 작별 인사 한마디 없이." 어머니는 가업이 무너지는 것보다 예의가 실종되었다는 데 더 괴로워했다. 아버지는 기침을 하며 어머니에게로 와서 위로했다. "저 선반을 한번 보구려. 저 산처럼 쌓인 책 보이지 않소? 군인이 우리 삶을 어떻게 망쳐놓든 저 책들만은 살아남을 거요."

막스 2세는 일 년 뒤 불탄 트럭 뒤에 숨어 '예술과 모험' 재고 목록에 올라 있는 보물들이 불타는 유대교 회당 바깥의 화톳불 속으로 던져지는 모습을 보면서, 아버지의 말을 다시금 떠올렸다. 만약 그가 막스 1세와 불타는 책들에 대해 논쟁을 할 수 있었다면, 아버지는 아마 어깨를 으쓱하면서 미하일 불가코프의 "원고는 타지 않는다"라는 말을 인용했을 것이다. 흠, 그럴 수도 있고 아닐 수도 있지. 고아가 된 막스는 그 환히 빛나는 밤에 생각했다. 그러나 사람들이야 적당한 기회만 얻으면 잘도 지껄여대겠지.

스트라스부르는 유령의 도시가 되었고, 거리는 텅 빈 채 누더기가 되었다. 물론 여전히 절반은 중세풍 목조 건물, 지붕 있는 다리, 멋진 경관과 강변의 공원이 있는 매력 넘치는 곳이었다. 프티프랑스 구역의 버려지다시피 한 골목들을 배회하면서, 미래의 오필스 대사는 혼잣말로 중얼거렸다. "마치 다들 8월을 맞아 떠난 것 같군. 이제 언제고 돌아올 때가 되면 여기도 다시 사람들로 북적이겠지." 그러나 그렇게 믿으려면, 깨진 창문과 약탈 흔적, 거리를 돌아다니는 들개를 무시해야 했다. 들개는 대부분 주인에게 버림받고 미친 유기견이었다. 또한 자신의 삶이 무너져가고 있다는 것도 모른 척해야 했다. 이렇게 무시하는 방법 중에는 전통적이고 유서 깊은 것들이 있는데, 가족이 모든 것을 잃은 그해에 막스 오 필스는 그 전통을 충실히 따랐다. 그는 여전히 영업을 하는 몇몇 매음굴과 술집을 뻔질나게 드나들었다. 그들은 장사를 하게 된 것 이 기뻐서 그를 두 팔 벌려 환영하며 제일 좋은 물건을 싼값에 내 놓았다. 그 기간 동안 그의 본성 밑에 잠들어 있던 우울한 기질이 수면 위로 드러났다. 처칠과 같은 우울증에 빠졌을 때는 삶을 끝 낼까 고려한 적도 있었으나, 부모님이 얼마나 질색하며 펄쩍 뛸지 알기에 그만두었다. 온통 악재로 점철되었던 1940년, 그는 고개를 푹 숙이고, 두 줄 단추가 달린 군용 서지 외투 주머니에 손을 깊이 찌르고, 검푸른색 베레모를 찌푸린 이마 위로 푹 눌러쓴 채 시내 와 광장, 골목과 제방을 잰걸음으로 몇 시간이고 배회했다. 그가 미국 만화책에 나오는 슈퍼 영웅처럼, 유대인 슈퍼맨처럼 빨리 움 직였다면, 스트라스부르 사람들이 아직도 여기 있다는 환상을 만 들어냈을지도 모른다. 그가 아주 빨리 움직였다면, 세계를 구할 수 있었을지도 모른다. 아주 빨리 움직였다면, 모든 것이 이렇게 엉망진창이 아닌 다른 세계로 뚫고 들어갈 수 있었을지도 모른다. 아주 빨리 움직였다면, 자신의 분노와 공포를 앞지를 수 있었을지 도 모른다. 아주 빨리 움직였다면, 무력한 바보 같은 기분을 떨쳐 낼 수 있었을지도 모른다.

5월의 어느 날 오후, 누군가와 거칠게 부딪치는 바람에 이러한 생각들이 끊겼다. 평소처럼 어디로 가는지 보지도 않고 발을 옮기 던 중이었는데, 이번에는 길에 누군가 있었던 것이다. 깜짝 놀랄 만큼 자그마한 여인이었다. 하도 작아서 처음에는 아이와 부딪친

줄 알았다. 넘어지면서 끈과 갈색 종이로 싼 꾸러미가 조그만 여인의 손에서 떨어져 갈색 종이가 찢어졌다. 그녀의 동행인 남자는 그녀가 보통 사람보다 작은 만큼이나 보통 사람보다 컸다. 남자는 그녀를 도와 일으켜주고 허둥지둥 찢어진 꾸러미를 줍더니, 조심스럽게 자기 레인코트를 벗어서 둘둘 말았다. 또한 그는 동행이 떨어뜨린 모자도 주워 먼지를 털어주었다. 그러고는 꼿꼿이 선 깃털 한 개가 꽂힌 모자를 조심스럽게, 다정하기까지 한 동작으로 마르셀식 웨이브*를 한 검은 머리에 다시 씌워주었다. 넘어졌던 여인은 비명을 지르지도 않았고, 덩치 큰 남자 또한 오퓔스에게 앞 좀 잘 보고 다니라고 나무라지 않았다. 마치 그들은 허깨비랄까, 자기들이 아직도 고체성, 부피, 양을 갖고 있어서 사람들이 영문 모를 싸늘한 전율만을 느끼며 자기들의 몸을 통과해 지나가는 것이 아니라 부딪쳐서 자기들을 넘어뜨릴 수 있다는 데 놀란 어색한 유령 같았다.

그들은 십여 발짝 걸어가다 발길을 멈추더니 고개를 돌려 어깨 너머로 뒤를 보았다. 그들은 막스가 자기들을 쳐다보고 있자 귀신이나 되는 듯 당황하며 얼굴을 가렸다. 막스는 어쩌면 유령은 남의 눈에 띄면 항상 깜짝 놀라는지도 모른다고 생각했다. 여인이 맹렬히 고개를 끄덕이자 남자는 꿈속에서 움직이듯 천천히 돌아서서 막스에게로 걸어왔다. 나를 치려나보다, 막스는 달아나야 하나 잠깐 고민했다. 그때 남자가 그에게 손을 내밀며 신중한 어조

---

* 프랑스 미용사 마르셀 그라토의 이름을 딴, 1920년대에 유행한 헤어스타일.

로 나지막이 말했다. "인쇄업자이십니까?" 그는 그 한마디로 막스 오필스에게 생의 목적의식을 되돌려주었다.

인쇄업자이십니까. 마지노선이 함락되기 이전부터 훗날 레지스탕스로 발전하게 될 움직임이 감지되었다. 갈색 종이 꾸러미를 든 두 사람이 그를 그 세계와 연결시켜준 최초의 고리였다. 그는 그들의 이름을 '빌'과 '블랑딘'이라는 암호명으로만 알았다. 그들의 그룹은 훗날 '알자스의 일곱번째 기둥'이라고 불렸으나, 한동안은 빌과 블랑딘, 그리고 뜻 맞는 동료 두엇이서 다가올 재앙에 대비해 할 수 있는 일을 했다. 막스가 대답했다. 예, 인쇄업자입니다. 예, 유대인입니다. 예, 돕겠습니다. 빌이 말했다. "시간이 얼마 없소. 탈출 방법을 세우는 중입니다. 신분증명서를 찍어내야 해요. 어떤 식으로든 되도록 많이. 꼭 있어야 합니다. 당신 부모님 것도 포함해서요. 당신 것도." 막스는 꾸러미를 바라보았다. 빌이 얼굴을 찌푸리며 말했다. "이 정도면 적당해요. 하지만 통과된다는 보장은 없소. 이보다 더 잘 만들어야 해요." 빌의 태도는 언제나 깍듯하고 공손했다. 블랑딘은 독설가였다. 그녀는 처음부터 눈 하나 깜짝하지 않고 막스의 눈을 똑바로 쳐다보며 이렇게 물었다. "우리에게 필요한 일을 정말로 할 수 있는 거예요, 아니면 일꾼은 싼값에 부려먹으면서 창녀한테는 돈을 펑펑 쓰는 응석받이 도련님이에요?"

그녀의 덩치 큰 애인은 어찌할 바를 모르고 허둥대면서 발을 옮겼다. "자기, 그런 소리 말고 좀 친절해져봐. 이 신사분이 도움을 주실 거야. 무례를 용서하십시오, 선생." 그가 막스에게 말했다.

"공산주의 사상에 푹 빠져서 저런답니다. 계급투쟁이니 자치니 뭐 그런 것 말입니다." 1918년 11월 앙리 구로 장군의 네번째 군대가 스트라스부르를 프랑스 영토로 회복시킨 뒤 그 지역의 공산주의자들은 프랑스와 독일로부터 알자스가 자치권을 획득하길 바랐지만, 사회주의자들은 프랑스에 빨리 동화되기를 바랐다. 이제 와서 보면 양쪽의 입장이 얼마나 구시대적이었는지, 그런 일에 그토록 열정을 불태웠다니 딱하기도 한 일이다. 막스는 블랑딘을 되쏘아 보았다. "예." 그는 갑자기 그녀에게 자기가 그렇게 경멸해도 좋은 인물이 아니라는 것을 보여주겠다는 결심이 섰다. 그래서 지금 하는 말이 진실인지 아닌지도 모르면서 이렇게 말했다. "원하신다면 어떤 것이라도 인쇄해드릴 수 있습니다." 그녀는 도랑에 침을 뱉었다. "좋아요. 그럼 할 일이 있어요."

만일 아주 빨리 움직였다면 다른 세계로 뚫고 들어갈 수 있었을지도 모른다. 그는 소원을 이루었다. 쥘리앵 레비의 말이 옳았다. 막스는 과연 위조에 있어 진정한 재능과 성경을 장식하는 수도사 같은 세밀화가의 열정을 타고났던 것이다. 덕분에 그는 어떤 것을 요구해도 아주 그럴듯한 위조품을 만들어내, 자신의 큰소리가 허풍이 아니었음을 입증했다. 빌과 블랑딘이 가져다준 재료가 쓸 만하지 않을 때는—종이의 품질이 조잡해 적절치 않거나 잉크 색깔이 약간 틀릴 경우—끈기 있게 여기저기 뒤지거나 슬쩍해서 적당한 것을 구해왔다. 한번은 버려진 미술용품 상점을 부수고 들어가 해방이 되면 꼭 돌아와 주인에게 물건값을 치르겠노라고 혼자 다짐하고는 필요한 것을 들고 나온 적도 있었다. 그는 이 다짐을 전시(戰

時) 비망록에 기록해두었다가 어김없이 지켰다. 그는 밤이면 인쇄실에서 덧문을 잠근 채 작은 랜턴 불빛에 의지하여 혼자 서류를 하나씩 굼벵이 기어가는 속도로 위조하고 인쇄하면서, 새로운 자아를 만들어가고 있다고 느꼈다. 저항하고, 운명에 맞서고, 필연을 거부하고, 세계를 다시 만들기로 선택한 자아.

그는 일을 하면서 종종 자기가 창조자가 아닌 매개체가 된 듯한 느낌을 받았다. 더 고차원적인 힘이 자신을 통해 작용하고 있다는 느낌이었다. 그는 전혀 종교적인 인간이 아니었으므로 이 느낌을 이성적으로 설명해보려 애썼다. 그러나 그 느낌은 끈덕지게 달라붙어 떨어지지 않았다. 어떤 목적이 그를 통해 역사(役事)하고 있었다. 뭐라 부르면 좋을지 몰랐지만, 그 범위는 자신의 것과는 비교도 안 되게 넓었다. 그는 빌이나 블랑딘과 접선해 신분증과 위조한 문서를 넘겨주면서, 그들이 하는 일에 대해 낙관적인 열변을 토했다. 빌은 이러한 열변에 기껏해야 단답형으로 짧게 대답했으므로, 막스도 결국 침묵을 지켜야 한다는 것을 알고 최선을 다해 감정을 억제했다. 블랑딘은 언제나 그렇듯 무 자르듯 무정하게 그의 말을 무질러버렸다. "아, 입 좀 다물어요. 당신 얘기를 들으면 우리가 당장 제3제국을 엎어버리는 줄 알겠어요. 지금 우리가 바라는 건 뒤에서 야수를 여기저기 찔러보고, 가능하다면 불쌍한 사람도 몇 구해보자는 정도라고요."

1940년 6월 15일 새벽 네시, 파리가 함락되었다. 프랑스군 사령부는 탱크가 숲이 빽빽이 우거진 아르덴 산지를 통과하지 못할 것이며, 따라서 독일군의 진군을 로렌 주의 철통같은 마지노선에서 저지할 수 있으리라 믿었다. 그러나 오판이었다. 마지노선을 따라 철통같은 군대가 배치되었고, 터널, 철도, 병원, 주방과 통신센터로 이루어진 광대한 지하 시스템도 갖춰졌다. 프랑스군은 독일군의 공격을 기다리면서 터널 벽에 열대 풍경이나 사라사 무명 벽지를 바른 방의 열린 창문 너머로 전원의 봄 풍경이 내다보이는 모습, "너희는 절대 통과하지 못한다" 같은 구호를 담은 영웅적인 장식 등을 트롱프뢰유* 기법으로 그리며 지하에서 죽쳐야 하는 지루함을 달랬다. 그러나 불행히도 독일군은 굳이 그곳을 통과할 필요가 없었다. 로멜이 지휘하는 기갑부대는 난공불락이라 여겼던 아르덴을 뚫고 들어와 5월 12일 뫼즈 강 연안의 디낭과 스당 마을까지 도달했다. 6월 13일 프랑스 정부는 수도를 침략군에게 내주었다. 포위당한 채 끈 떨어진 연 신세가 된 프랑스군은 마지노선에서 몇 주 뒤 항복했다. 사 년 후 역사의 흐름이 바뀌어 노르망디 상륙이 시작되었지만, 그 사 년이 백 년만큼이나 길게만 느껴졌다.

"가야겠어요." 블랑딘은 고맙다든가 품질이 어떻다든가 하는 말 한마디 없이 막스가 그녀를 위해 만들어준 서류를 그러모으며 말했다. 그녀는 늘 이런 식이었다. 그러나 그녀를 내보내려고 뒷문을 연 순간, 그녀의 눈에 하늘로 조금씩 스미듯 퍼지는 첫 새벽빛이 들어왔다. 그녀는 몸을 떨며 그에게 기댔다. "어둠이 오기 전의 새벽이군요." 그녀는 이렇게 말하더니 몸을 돌려 그에게 키스했다. 그들은 휘청거리며 문을 지나 인쇄기가 있는 방으로 도로

---

* 회화에서 실제의 것으로 착각할 정도로 사실적으로 재현한 그림.

244

들어와 옷도 벗지 않은 채 커다란 검푸른색 기계에 기대 섹스를
했다. 그는 그녀의 몸속으로 들어가기 위해 그녀를 들어 올려야
했다. 잠시 하이힐을 신은 그녀의 발이 꼴사납게 대롱거리는가 싶
더니 잽싸게 그의 허리를 감고 꽉 조였다. 그는 그녀가 자기 키에
민감하다는 것을 알았다. 그녀는 이를 가리기 위해 거의 잔인하리
만치 계속 냉정을 유지했다. 관계를 갖는 중에도 깃털 달린 모자
는 그녀의 머리 위에 흐트러지지도 않고 고대로 얹혀 있었다. 나
흘 뒤 대성당 위로 나치의 깃발이 나부꼈고, 어둠이 시작되었다.

　도시가 지닌 매력은 아무런 방어 수단도 되지 못했다. 그 매력
은 깊이 뿌리내리고 있었다. 매력의 지하 터널이 있고, 매력의 지
하 병원이 있고, 유사시에 대비한 매력의 군대 매점도 있었다. 그
래서 아무것도 변하지 않았다고 애써 믿는 사람도 있었다. 독일군
이 들어온 게 처음도 아니고, 이번에도 예전처럼 그들을 홀려 우
리 식에 맞추도록 만들 것이다. 막스 1세와 아냐 오필스는 천천히
이러한 매력의 마지노선이라는 환상에 굴복했고, 아들은 그들을
단념했다. 나치 지구당 위원장 바그너는, 그가 지적했듯이 호감
가는 인물이 못 되었다. 부모님은 심각한 표정으로 엄숙하게 고개
를 주억거렸다. 그가 못 본 사이, 갑자기 부모님은 늙고 쇠약해져
있었다. 그들은 결혼 생활 내내 언제나 그랬듯 동시에 상태가 급
격하게 악화되었다. 그들은 항상 자신들에게 닥친 어려움을 대수
롭지 않게 보았지만, 과거에는 그러한 쾌활함 밑에 사정을 다 파
악하는 반어적 영리함이 숨어 있었다. 그런데 그 느낌이 사라진
것이다. 남은 것이라곤 일종의 어리석음, 망각, 행복한 무지뿐이

었다. 그들은 툭하면 웃었고, 여기저기 천을 씌워둔 집에서 카드게임이나 보드게임 따위로 소일하며 세상이 멀쩡한 것처럼 굴었다. 집을 대부분 닫아걸고 사람들이 도망가고 거리 이름이 독일식으로 바뀌고 프랑스어와 알자스 방언을 쓰지 못하게 한 것이 아주 훌륭한 생각이라는 듯 태연하게 농담을 했다. "자, 애야, 우리 모두 고지독일어를 할 줄 알잖니, 그런데 뭐가 문제겠니?" 막스 2세가 언어 정책에 대한 소식을 전하자 아냐가 대꾸했다. 바그너의 앞잡이들이 독일제국에 대한 모욕이라며 베레모 착용을 금지했을 때도 나이 든 막스는 이렇게 말했다. "아무리 봐도 그 모자는 너한테 안 어울리더구나. 베레모 대신 트릴비*를 쓰라니, 센스 있는 사람이네." 그러고는 다시 솔리테르 카드게임으로 돌아갔다.

막스는 부모님이 나치군이 존재하지 않는 듯 행동할 수 있고 마치 그들을 없는 사람처럼 대하면 그들이 사라질 거라 믿는다고 생각하게 되었다. 부모님이 사태를 파악하는 힘을 잃어가면서 이 세계에서 벗어나 꿈의 세계로 들어가고 있고, 노망과 죽음을 향해 불만 없이 우아하게 미끄러져가고 있음이 확실해졌다.

대학 구역은 도시의 다른 지역처럼 버려졌지만, 술집 두어 군데는 그럭저럭 영업을 계속했다. 그중 하나가 르 보 누아쇠르였다. 도시에 남은 시민들 사이에서 저항의 기운이 커져가면서, 이곳은 관계된 사람들의 접선 장소가 되었다. 빌, 블랑딘, 막스와 다른 몇 명이 단골이었다. 나중에 그 순진하고 거침없었던 초기 시절을 돌

---

* 중절모의 일종. 부드러운 펠트 천으로 만든다.

이켜보니, 그때는 다들 완전히 제정신이 아니었다는 생각이 들었다. 그 집단은 공개적으로 스스로를 '해판자'*라는 뜻의 누아쇠르라 칭했다. 그러나 이런 어리석음에도 불구하고, 구성원들은 놀랄 만한 업적을 그럭저럭 달성해나갔다. 한 예로, 프랑스가 항복한 뒤 블랑딘은 프랑스 군인들을 집으로 돌려보내기 전 심문하던 장소인 메스 근방의 포로수용소 몇 군데를 구급차를 몰고 찾아갔다. 아무도 이 자그마한 몸집의 제복 입은 여인에게 주의를 기울이지 않았으므로, 그녀는 음식과 약을 나눠주면서 독일군과 군용물자의 이동 경로에 대해 제법 많은 것을 알아낼 수 있었다. 문제는 그 정보를 누구에게 전해줘야 할지 모른다는 것이었다. 하지만 그 사실도 그녀의 성질을 누그러뜨리지는 못했다. 그녀는 어느 때보다도 불같이 화를 냈고, 날카로운 독설을 퍼부었다. 그녀의 가시 돋친 말이 공격하는 대상은 대부분 막스였다. 인쇄소에서 서툴게 황급히 벌였던 일은 절대 입에 올리지 않았고, 그 일을 암시하는 말도 한 적이 없었다. 이제 그녀와 빌이 반지를 끼지 않았어도 결혼한 사이라는 것은 분명했다. 막스는 관계를 가졌던 기억을 머릿속에 정리해두었다 나중에 한꺼번에 지워버렸다. 이십 년이 지나 책을 쓰느라 그 시기에 대해 조사하던 중, 동맹군이 성공적인 디데이 상륙작전 후 프랑스를 가로질러 휩쓸고 올라가 나치군에게 단말마의 고통을 가하던 때, 블랑딘―본명은 수제트 트로트만이었다―이 개조한 지하 차고에서 아마추어 무선으로 해방군에게 연

---

* 조판한 활판을 해체하는 일을 하는 사람.

락을 취하려다 붙잡혀 그 자리에서 처형당했다는 내용을 우연히 발견했다. 그녀의 셔츠 윗주머니에는 여권 크기의 정체를 알 수 없는 남자 사진이 들어 있었다고 한다. 사진은 남아 있지 않았다.

막스의 머릿속에 갑자기 이런 생각이 떠올랐다. 사진 속 남자는 나일 것이다. 그녀가 퍼부었던 모든 독설은 사랑의 신호로 바뀌었고, 자기 힘으로는 할 수 없는 일을 해달라는 애원으로 암호화되었다. 이 결혼에서 벗어나게 해달라는, 전쟁 중인 이 세상엔 없는 에덴으로 데려가달라는 애원. 그는 이런 추측을 애써 밀쳐내고, 자신의 허영심이 꾸며낸 착각일 뿐이라고 스스로를 꾸짖었다. 그러나 사랑을 눈치채지 못했을지도 모른다는 생각이 계속해서 그를 괴롭혔다. 블랑딘, 블랑딘. 남자들은 바보다. 우리가 당신을 그렇게 미치게 만든 것이 분명하다. 그날 오후 공문서 보관소에서 수제트 트로트만의 운명을 알게 된 순간, 그는 만약 또다시 어떤 여자가 그에게 이런 신호를 보낸다면, 제발 나와 함께 여기에서 나가요, 제발제발 함께 도망가요, 우리 영혼이 저주받아 지옥에 떨어지더라도 영원히 함께해요, 제발, 이라고 말하려 한다면 절대 이 비밀스러운 암호를 놓치지 않겠노라 맹세했다.

빌이 어떻게 되었는지는 끝내 알아내지 못했다.

1940년 함락 직전에 도시 바깥의 수용소들은 손님을 맞이할 준비를 마쳤고, 예정대로 스트라스부르 시민들은 독일군의 명령에 따라 도시로 귀환했다. 젊은이 수만 명이 소위 강제징집되어 속속 독일군 전선으로 내몰렸다. 막스 오퓔스는 일시적으로나마 다들 집에 돌아온 지금이야말로 역설적으로 가족을 데리고 떠날 때라고 생각했다. 쉬르메크 인근에 동성애자, 공산주의자, 유대인을 위한 나츠바일러-슈트루토프 수용소를 짓고 있다는 소문이 은밀히 나돌았다. (슈트루토프 수용소에서 길 아래쪽으로 가스실을 짓고 있다는 사실은 여전히 비밀에 붙여진 채였다.) 이제 당분간은 밀렌하임 가에 인쇄 작업을 하러 갈 수 없었다. 막스는 집안에 돈이 바닥나서 오필스 가의 보석과 은을 저당 잡히고 내다 팔지 않으면 안 되었다. 그것도 금세 바닥날 것이고, 무일푼이 되면 탈출할 기회도 역시 사라질 것이다. 탈출하려면 말할 것도 없이 상당한 자금이 있어야 했다. 은은 녹이면 출처를 알 수 없기 때문에 장물로 팔기에 가장 좋았다. 보석은 약탈꾼으로 몰릴 위험이 컸다. 약탈자는 사형에 처해졌다. 그래서 암흑가가 체계를 재정비하기 전인 이런 혼란스러운 시절에는 아무리 입이 떡 벌어질 보석이라도 보잘것없는 액수밖에 받지 못했고, 바람의 변화를 알려주는 풍향계 역할을 하는 도시의 신중한 전당업자들은 아예 받기를 거부했다. 제값을 받는다면 온 가족이 수십 년은 먹고살 값어치가 있는 보석이었지만, 팔아봐야 고작 일주일치 양식을 살 정도 돈밖에 못 받았다. 떵떵거리며 살던 것도 옛날 일이고, 미래는 무섭게 빨리 다가왔다. 어제에 할애할 시간도, 현금도 없었다.

아직까지 '예술과 모험'은 새로운 시 당국에 습격당하거나 몰수되지 않았지만, 시간문제일 뿐이었다. 막스는 위조한 자료들이 눈에 띄지 않게 최선을 다해 숨겼다. 밀렌하임 가와 집 양쪽에서 교묘한 은닉처를 많이 찾아냈지만, 이 잡듯 뒤지면 결정적인 증거를 숨긴 은닉처들은 금세 발각되고 말 것이다. 그러면 그다음에는…… 그후의 일은 상상하기도 싫었다. 이렇게 점차 불안과 위협이 더해가는 상태가 1941년 봄까지 계속되었다. 그러던 어느 날 저녁 르 보 누아쉬르에서 빌이 막스에게 탈출로가 준비되었으며, 그와 그의 부모가 첫번째 탈출자로 결정되었다고 속삭였다. 스트라스부르 대학 교수와 학생 들은 독일제국이 된 '모국'으로 돌아가기를 거부하고, 독일군에게 탈영병으로 몰릴 위험을 무릅쓰고 클레르몽페랑에 국내 망명자로 남았다. 부총장은 비시 정부의 관료들을 설득해 스트라스부르 대학을 이 '외부 캠퍼스'에 유지하게 해달라고 부탁했다. 독일은 이 페탱*의 주민들이 자기들 좋을 대로 하게 놔둘 듯했다. 젤러라는 역사학자가 학생과 선생 자원봉사자들의 도움과 클레르몽페랑 군사령관의 협조를 얻어, 여름내 유명한 갈로로만 유적 근처 제르고비에 큰 '전원 별장'을 지었다. 빌은 유명하다는 것 외에는 갈로로만 유적에 대해 아무것도 몰랐다. "자네는 오늘밤 떠나." 빌이 그에게 종이 한 장을 건네며 말했다. "자네 가족이 제르고비에 닿으면, 거기에서 접선이 이루어지고 새로운 지령이 내려질 거야." 막스 오퓔스는 빌이 브리핑하는 내내 표정을 전혀 흐트러뜨리지 않았다. 빌에게 그가 알 필요가 없는 것은 아무것도 말하지 않았고, 대학과의 관계도 알리지 않았다. 그는 생각했다. 가스통 젤러라, 그의 보기 흉한 머그잔을 다시 보게 되면 좋겠군.

---

* 프랑스의 군인이자 정치가로 2차 대전 당시 나치에 협력하고 비시 정부를 수립했다.

그는 뒤돌아보지 않고 술집을 나섰다. 집에 가니 그의 부모가 거실의 그랜드피아노에 덮어두었던 먼지막이 천을 벗기고, 아냐가 행복에 겨운 미소를 띤 채 기억을 되살려 음정이 엉망진창인 피아노를 치고 있었다. 막스 1세는 아내 뒤에 서서 어깨 위에 가볍게 손을 올리고 눈을 감은 채 먼 곳에 있는 듯한 평화로운 표정을 짓고 있었다. 아들이 몽상에 잠긴 그들을 방해했다. "그날이 왔어요. 도망가야 할 때예요." 노부부는 마치 우주가 가볍게 떨리기라도 한 듯한 표정을 지었다. 그러더니 어머니가 더할나위없이 다정한 미소를 지었다. "아, 하지만 그건 안 되겠구나, 애야. 너도 알다시피 절친한 친구 뒤마네 아들 샤를이 내일 바칼로레아에서 학위를 받잖니. 일단 그 일이 끝나면 얘기해보자꾸나."

무서운 말이었다. 샤를 뒤마는 막스와 동갑인 서른이었고, 스트라스부르에 없었다. 그들은 벌써 한참 전에 바칼로레아를 졸업했다. 막스는 괴로워 어쩔 줄 몰라하며 말했다. "하지만 약속하셨잖아요. 제가 이런 말씀을 드리는 날에는 제가 하자는 대로 하시기로요." 아버지가 고개를 갸우뚱했다. "약속을 한 것은 사실이지. 그리고 네가 그 약속의 중요성을 강조하는 것도 당연하고. 그러니까 지금 정직과 우정이라는 두 가지 중요한 원칙이 충돌한 셈이구나. 우리는 여기 남아 친구들에게 좋은 벗이 되어주고, 친구 가족의 중요한 날을 함께해주는 편이 더 좋을 것 같다. 네가 우리를 정직하지 않다고 여길지라도 말이다." 아들이 외쳤다. "제발 그만하세요. 그런 행사 따위는 없어요. 시민들이 피난 간 이후로 학교와 대학이 모두 문을 닫았다는 거 아시잖아요. 문을 닫지 않았다 해도 지금은 그런 행사가 열리는 철도 아니고요." 아냐 오퓔스는 다시 피아노를 칠 자세를 취했다. "쉬잇, 쉬잇, 애야, 그만하렴." 아냐는 아들을 타일렀다. "딱 하루잖니. 모레면 꾸려둔 가방을 들고 네가 가자는 곳이면 어디든 서둘러 가마."

따르는 수밖에 없었다. 빌이 술집에서 막스에게 건넨 종이에는 접선 지점인 몰샤임 마을의 부가티 영지 외진 구석에 있는 마구간의 위치와 '핑켄베르거'라는 단어가 적혀 있었다. 막스는 항상 그 단어를 어떤 특정인의 이름이 아닌 지역 와인의 이름으로 생각했다. 그는 이 단어가 길 안내인, 즉 오퓔스 가의 도주를 도와 적진에서 벗어나게 해줄 책임자의 가명이라는 걸 알았다. 그날 밤, 평소보다 어둡다는 이유로 선택했을 달 없는 밤, 막스는 핑켄베르거에게 계획을 이십사 시간 연기한다고 알리러 소위 와인 길을 따라 자전거로 20킬로미터를 달려갔다. 지금은 부가티가 독일군의 손에 들어갔기 때문에, 만날 장소를 고르는 것도 위험천만한 일이었다. 그러나 어차피 위험하지 않은 곳은 없었다. 구세계의 자갈 깔린 거리와 기울어진 제페토의 집들이 있는 아름다운 마을 몰샤임은 창문에서 푸른 요정이 나타나고 난롯가에는 디즈니의 새 영화로 벌써 유명해진 말하는 귀뚜라미가 있을 것만 같은 매혹적인 마을이었다. 그러나 오늘밤은 부가티 가의 비극이 수의처럼 마을 전체를 덮어, 달빛도 없는 어둠이 눈가리개처럼 느껴질 정도였다. 막스가 넓은 공터로 가까이 다가갈수록 어둠은 더욱 짙어져, 나중에는 자전거에서 내려 장님처럼 앞을 더듬으며 나아가야 했다.

전설적인 자동차 디자이너 에토르 부가티는 교통사고로 맏아들장이 죽고, 그다음에 마치 그런 미래의 일부가 되고 싶지 않다는 듯 독일군이 침략하기 직전에 아버지 카를로가 숨을 거두는 바람에 한 해 동안 힘든 시간을 보냈다. 에토르는 파리에서 지내고 있었다. 그가 회사의 천재 엔지니어로 남아 있었음에도, 몇 년 전부터는 장이 독특한 곡선의 펜더와 초현대적인 외양을 비롯한 자동차 차체 디자인을 책임지고 있었다. 아들이 죽자 에토르는 준 남작령인 몰샤임 공장 부지로 돌아왔다. 그곳에는 금형 작업장, 차체 작업장, 주물공장, 제도실까지, 모든 건물이 번쩍번쩍 광이 나는 훌륭한 참나무와 청동으로 된 문을 뽐내고 있었다. 부가티 가문은 봉건귀족처럼 화려한 생활을 했다. 조각 박물관과 마차 박물관, 그리고 서러브레드 종 말을 위한 호사스러운 시설과 승마 학교도 있었다. 최고 품종의 테리어와 최상급 소, 경주용 비둘기도 키웠다. 그들은 증류주 양조장도 갖고 있었고, 손님들을 모시는 으리으리한 '순수한 피' 호텔도 있었다. 에토르가 건설한 자기만의 웅장한 세계는 그의 삶이 갑자기 텅 비어버렸음을 과장해 보여주면서, 결국 그의 가슴에 칼을 찔러넣고 말았다. 그는 돌아온 지 몇 달 만에 모든 것을 독일군에게 팔아버리고—강요에 못 이겨 한 일이었다—무덤에서 나온 사람 같은 몰골로 몰샤임을 떠났다. 그는 제조공장을 보르도로 옮겼지만, 다시는 부가티 자동차를 생산하지 않았다. 대신 이스파노 수이자* 항공기 엔진에 쓰이는 크랭크축을 만들었다. 그가 레지스탕스와 한 일은 잘 알려지진 않았

---

* 프랑스의 자동차 및 엔진 제조 회사.

지만, 예전에 그의 밑에서 일했던 직원 중 다수가 자애로우면서도 독재적인 사장을 따랐다. 지금 막스 오퓔스가 안내인으로 알고 있는 핑켄베르거 또한 이런 직원 중 한 명으로, 늙은 말 조련사였다. 그는 마구간 뒤의 숲이 우거진 막다른 오솔길 끝에 있는 울타리 기둥에 앉아 담배를 피우며 기다리고 있었다. 막스는 휘청거리며 오솔길을 따라 걸어가다 다른 울타리 기둥과 사디스트 같은 나무에 부딪혀 비명이 터져나오려는 것을 간신히 참았다. 핑켄베르거의 담뱃불을 등대 삼아 코앞도 보이지 않는 어둠 속을 헬레스폰투스 해협을 건너는 레안드로스*처럼 헤치고 나아갔다. 말 조련사가 입을 열자, 마치 밤의 커튼이 찢어진 듯했다. 막스 오퓔스는 조금씩 어둠에 눈이 익으면서 그의 얼굴 윤곽을 알아볼 수 있었다. 그제야 아는 사람임을 깨닫고 크게 놀랐다. 기다리던 사람의 입에서 나온 첫마디는 이랬다. "젠장, 우리 초면이 아니지? 망할."

막스 오퓔스는 장 부가티와 가까이 지내면서, 그와 함께 비행기 조종을 배우고 전쟁이 일어나기 전의 순진무구한 하늘을 겁 없이 비행했다. 또한 황금빛 종마에 올라 과거의 이 축복받은 시골을 멋진 여름날 오후 내내 마음껏 달리기도 했다. 오늘밤 녹초가 되어 겁에 잔뜩 질린 막스는 안내인의 건 말투에 행복했던 그때의 기억으로 되돌아갔다. "오퓔스, 막스입니다. 당신을 알고말고요, 핑켄베르거. 잊을 리가 있나요." 상대방이 담배를 내밀었으나 막

---

* 그리스신화에 나오는 인물. 연인 헤로를 만나기 위해 바다를 건너다 물에 빠져 죽었다.

스는 거절했다. 말 조련사가 털어놓았다. "만사가 다 지랄맞아. 나치 놈들은 보나마나 작업장을 총 만드는 데 써먹으려 할 거야. 개새끼들. 하지만 그놈들은 개랑 말을 좋아하니까 망할 차를 몰고 싶어하는 것도 당연하겠지. 빌어먹을 나치 놈이 57-5를 타고 가는 걸 보면 토할 것 같다니까. 빌어먹을 시궁창 쥐새끼들이 귀족 놀음을 하고 있지 뭐야. 꼴도 보기 싫은 놈들. 게다가 그 호텔 말인데, 내 그렇잖아도 줄곧 이름이 틀려먹었다고 생각했어. 그놈들이 그 건물을 보고 좋아 죽는다니까. '순수한 피' 호텔이라니. 이제는 망할 갈보집이 되어버렸어. 그건 그렇고, 왜 혼자 왔나? 세 명이라고 들었는데."

막스가 그 문제를 설명하자 갑자기 분위기가 돌변했다. 어둠이 팽팽해지면서 한 쌍의 움켜쥔 주먹처럼 뭉쳐진 것 같았다. 핑켄베르거는 담배를 내던졌다. 그의 숨소리로 미루어보건대, 분노를 참느라 애쓰는 듯했다. 마침내 그가 입을 열었다. "주인은 일꾼들이 은혜를 모른다면서 몰샤임을 떠나 파리로 가버렸어. 그는 구닥다리야. 그가 지나갈 때는 누구나 망할 모자를 벗고, 망할 앞머리를 매만지고, 망할 무릎을 꿇어야 하지. 그래, 빌어먹을 노예 짓을 할 기회를 주었는데도 감사할 줄 모르는 놈도 있지. 심지어 집도 얻고 이런저런 덕도 본 주제에 말이야. 은혜라고는 손톱만큼도 모르는 놈들이 있다니까. 무슈 장은 달랐어. 누구나 좋아했지. 허물없이 속을 털어놓기도 했고. 당신이 장과 친구 사이였던 걸 다행으로 알아. 만일 당신이 그의 친구도 아니면서 나한테 지금 했던 소리를 했다면 뒈져버리라고 했을 거야. 당신이 주인의 건방진 얼간이 중 하나였다면, 이십사 시간 연기라니, 가서 엿이나 먹으라고 했을 거라고. 이런 일을 계획하려면 얼마나 죽을 똥을 싸야 하는지, 무전을 쓰는 게 얼마나 위험한지, 당신들이 오기를 기다리던 사람들을 몇 명이나 내려보냈다 내일 도로 올라오게 해야 하는지 알아? 그 사람들을 얼마나 위험에 빠뜨리는 짓인지 알기나 하냐고? 당신 같은 딜레탕트 자식들은 당최 남 생각을 할 줄 모른다니까. 하지만 당신은 운도 더럽게 좋군. 다시 한번 말하는데, 무슈 장 때문이야. 그이에 대한 좋은 추억 때문에 봐주는 거라고. 내일 셋 다 시간 딱 맞춰서 여기 와야 해. 그러지 않으면 망할 안식일에 빌어먹을 유대교 회당에서 뒈져버리게 될 테니까."

스트라스부르에 돌아오니 여기저기에서 화재가 일어났고, 헬멧을 쓴 순찰대원이 거리에 쫙 깔려 있었다. 막스 오필스는 신중하게 어둠 속에 몸을 숨기고 자전거를 밀면서 걸어갔다. 불길에 휩싸인 '예술과 모험'을 본 순간, 공포가 그를 내리치고 빵 반죽처럼 주물렀다. 집에 닿기 한참 전에 이미 어떤 광경을 보게 될지 알았다. 문을 박살내고, 온 집 안을 무자비하게 난장판으로 만들고, 비더마이어풍 가구에 똥을 싸고, 구호를 휘갈겨 쓰고, 복도에 소변을 갈겨놓았을 것이다. 집을 불태우지 않았다면, 나치의 고위 관리가 그 집을 원했기 때문일 것이다. 불이 환히 다 켜져 있고, 집에는 아무도 없었다. 그는 방마다 돌아다니며 불을 끄고 방들을 밤으로 되돌린 뒤 애도하게 했다. 책상 세 개가 있는 서재의 피해가 가장 컸다. 책이 찢긴 채 바닥에 흩어져 있고, 깔개 한가운데에 불태운 책 무더기가 쌓여 있었다. 잿더미가 된 지혜 위에 누군가 소변으로 불을 끈 흔적이 있었다. 책상 서랍은 전부 빼놓았다. 칼에 찢긴 그림들이 부서진 액자에 비스듬히 매달려 있었다. 그는 부모님의 가짜 증명서를 집에 가지고 왔다 볼일을 보러 간 덕에 위기를 모면했지만, 서류를 집에 두고 나가는 실수를 저질렀다. 그 서류가 발견되는 바람에 부모님이 더 큰 위험에 빠졌고, 그의 운명도 정해졌다. 집에는 아무도 없었지만, 이 약탈의 밤이 지나면 집은 '순수한 피' 호텔처럼 적들의 손에 넘어갈 것이다. 나치 창녀들이 어머니가 누웠던 자리에서 뒹굴 것이다. 떠나야 했다. 지금 당장 떠나야 했다. 집에는 아무도 없었지만 모든 게 바뀔 것이다. 그는 술이 좀 남은 코냑 병을 하나 찾았다. 바람에 날리는 커튼 사이 긴 안락의자 옆에 깨지지 않고 놓여 있었다. 그는 마개를 뽑고 마셨다. 시간이 지나갔다. 아니, 시간이 지나가지 않았다. 시간은 그대로 멈춰 있었다. 아름다움이 지나가고, 사랑이 지나가고, 잔혹함이 지나가고, 외고집도 지나갔다. 시간은 손을 든 채 그대로 정지했다. 고집불통들은 사라졌다.

　전쟁이 끝난 뒤 그는 부모님의 이야기가 어떻게 끝났는지 알게 되었다. 부모님의 팔뚝에 새겨진 번호를 들었고, 그것을 기억해두고 절대 잊지 않았다. 그 기록으로 그들이 의학 실험 대상이 되었다는 걸 알 수 있었다. 늙고 정신도 오락가락해서 아무짝에도 쓸모가 없는 그들을 유일하게 써먹을 방법을 찾아낸 것이었다. 그들은 거의 한평생을 유약한 지성인으로 살다 단순한 몸뚱이, 고통에 이런 식으로, 더 큰 고통에는 이런 식으로, 상상 가능한 가장 극심한 고통에는 이런 식으로 반응하는 육체, 병균을 주사하고 그 반응을 흥미롭게 지켜보는 과학적 관심을 한 몸에 받는 육체로 생을 마감했다. 그래서 부모님도 지식에 흥미를 가졌을까? 물론 그랬을 것이다. 부모님은 가스실로 보내지지 않았다. 학문이 먼저 그들을 죽였다.

막스 오퓔스는 만취해 몸도 제대로 못 가누면서 자전거를 타고 그날 밤 세번째로 와인 길 20킬로미터를 달려갔다. 몰샤임으로 돌아간 그는 안내인을 어떻게 찾아야 할지, 부가티 공장 부지에 있는 수십 채의 일꾼 숙소 중에 어느 것이 그의 집인지 전혀 알 수가 없었다. 그의 본명조차 기억나지 않았다. 밤은 이제 아까처럼 어둡지 않았고, 희미한 여명이 차츰 어둠을 눅였다. 기억력보다는 운으로 그는 영지 끄트머리, 지친 기수들을 위한 중간역쯤에 있는 작은 마구간을 찾아 안으로 자전거를 끌고 들어가 마구간의 진흙 투성이 마룻바닥에 기절해 쓰러졌다. 몇 시간 뒤 해가 중천에 떴을 때, 핑켄베르거가 그를 발견하고 거칠게 흔들면서 그의 귀에 대고 욕을 퍼부었다. 정신이 든 막스는 말이 먹어도 되는지 판단하려는 듯 코를 자기에게 문대는 것을 보고 화들짝 놀랐다. 말 머리 옆에 핑켄베르거의 머리가 나란히 있었다. 대낮에 본 핑켄베르거는 기수 정도의 작은 체구에, 치통이 있을 것 같은 썩은 이를 다 드러낸 괴팍한 얼굴의 사내였다. 그가 막스에게 쏘아붙였다. "운도 좋은 녀석이구나. 바그너 그 벼락 맞을 개새끼가 오늘 여기로 말을 타러 올 예정이었는데, 지금은 다들 이십사 시간 연기하기로 했나보군." 그러더니 막스의 얼굴에 떠오른 표정을 읽고 태도를 바꾸었다. "제기랄, 제길, 미안하네. 이런, 제길, 제길, 제길, 제길,

제길. 이렇게 눈치코치 없다니 내가 죽일 놈이야. 그 파시스트 놈들 할머니 무덤에 벼락이나 떨어져라. 지옥에서 그놈들한테 영원히 똥이나 퍼먹였으면 좋겠다." 그는 진흙을 깔고 앉아 울지도 못하고 있는 막스에게 팔을 둘렀다. 안내인은 그 자리에서 모든 문제와 대안을 내놓았다. 그는 잠자리에 들기 전에 남부 지역으로 가는 탈출로를 다시 잡았다. 그러나 대규모 일제 검거가 시작되어 위험요소가 생겼다면 곤란할지도 몰랐다. 물론 그는 탈출로에 자신이 있었지만, 이번이 처음이었고 처음이란 아무리 해도 확신할 수 없는 법이므로 모든 가능성을 완전히 배제할 수는 없었다. 그리고 그 개자식들이 대규모 작전을 펴는 중이라면, 모두가 최선을 다한다 해도 보장할 수 있는 건 없었다. 막스가 씁쓸하게 말했다. "그거 괜찮을 것 같은데요. 좋습니다, 그렇게 하지요." 바로 안내인 핑켄베르거가 막스 오퓔스를 레지스탕스의 낭만적인 위대한 영웅 가운데 한 사람, 하늘을 나는 유대인으로 만든 순간이었다.

전쟁 초기에 에토르 부가티는 유명한 항공 공학자 루이 D. 드몽주와 세계 최고 기록을 깰 비행기, 소위 모델 100을 설계했다. 독일의 메서슈미트 Me209는 1939년 4월 26일 시간당 755.14킬로미터 기록을 세웠다. 전쟁 위협이 커져갈 무렵, 부가티는 총 두 정과 산소 실린더, 자동 누출 방지식 연료 탱크를 장착한 군사용 레이서 생산 계약을 맺었다. 비행기는 파리의 가구공장 2층에서 비밀리에 제작되었지만, 하늘을 날 기회는 한 번도 가져보지 못했다. 독일군이 파리로 진격해오자, 에토르 부가티는 비행기를 거리로 끌고 나와 트럭에 실어 이곳으로 옮겨와 숨겼다. 핑켄베르거가 고르지 못한 이를 드러내고 씩 웃으며 막스 오퓔스에게 속삭였다. "난 그놈이 어디 있는지 알지. 자네가 그걸 날아가게 할 수 있다면 가져가게나."

비행기는 바로 적의 코밑에 숨겨져 있었다. 공장 부지의 건초 헛간이었다. 설계자의 말에 따르면, 시간당 805킬로미터 이상을 날 수 있었다. 부가티 T50B의 경주용 엔진 두 대가 동력을 공급했고, 전진익 날개와 혁신적인 가변형 날개 구조 시스템, 대기속도와 다양한 압력에 반응해 자동으로 이륙, 순항, 고속 비행, 하강, 착륙, 활주 자세를 취하는 자동 조정식 분리 후연 플랩을 채택했다. 부가티의 푸른색 비행기는 엄청나게 빨랐다. 핑켄베르거는 다시 날이 어두워져 안전해졌을 때 막스를 헛간으로 데려갔다. 둘이 묵묵히 한 시간 정도 작업한 끝에, 짚과 그물로 둘러친 위장이 반쯤 벗겨지고 부가티 레이서가 그 위용을 드러냈다. 비행기는 목줄을 맨 그레이하운드처럼 파리에서 실어온 트럭 위에 여전히 얹혀 있었다. 핑켄베르거는 인근에 활주로로 쓸 만한 곧게 뻗은 길을 알고 있다고 말했다. 막스 오퓔스는 유선형 탄환 같은 레이서의 아름다움에 감탄을 금치 못했다. "클레르몽페랑까지 한달음에 날아갈 거야. 하지만 너무 흥분하면 안 돼. 알겠지? 망할 신기록 따위 세우려고 애쓸 필요 없다고. 이제 공부나 한번 해볼까." 핑켄베르거가 말했다. 막스는 그제야 그가 단순한 말 조련사가 아니라는 것을 알았다. 핑켄베르거는 비행기의 표준에서 벗어난 엔진과 동력 장치, 비스듬히 경사진 엔진, 역회전 프로펠러에 대해 설명해주었다. 냉각 시스템, 수직 안정판 제어 시스템도 혁신적이었다.

핑켄베르거가 말했다. "이런 비행기는 만들어진 적이 없었어. 죽여주는 놈이지."

"정말 이걸 타고 날아가도 좋단 말인가요?" 막스가 물었다. 그의 목소리는 감탄에 차 있었고, 마음은 벌써 하늘을 향해 날아올랐다. "이 비행기의 처녀비행이 저항의 행동이 될 거야." 핑켄베르거가 대답했다. 거친 말투는 어느새 사라지고, 지금껏 숨겨두었던 애국주의 감정이 드러났다. "주인님도 다른 식은 원치 않으실 걸세. 이 녀석을 타고 가라고. 알겠나? 놈들이 찾아내기 전에 가져가. 이 녀석도 탈출해야 해."

그날 밤 몰샤임에서 클레르몽페랑까지 날아간 부가티 레이서의 비행은 레지스탕스 운동의 위대한 신화 중 하나가 되었다. 속삭임을 타고 거듭 되풀이되면서 소문은 순식간에 신화의 초자연적인 힘을 얻었다. 비행기가 검은 하늘을 상상도 할 수 없을 만큼 엄청난 속도로 날아갔다던가, 최고의 기술과 용기를 가진 조종사만이 할 수 있는 낮은 고도로 자유를 향해 날았다던가, 역사상 처음으로 시간당 805킬로미터의 장벽을 넘어 비공식이지만 세계 기록을 깬 것이 확실하다던가 하는 내용이었다. 하지만 더 중요한 것은 프랑스를 독일로부터 되살려내는 해방의 은유가 되었다는 것이다. 비행기는 시골길에서 대담무쌍하게 이륙했고, 그보다 훨씬 위험천만한 밤의 어둠 속에서 초원에 착륙하는 데 성공했다. 율리우스 카이사르의 보병군단이 게르고비아의 요새 도시를 향해 진군하고, 아르베르니족 추장 베르킨게토릭스가 그들을 무찌른 곳이었다.

이중 일부는 물론 사실이지만, 훗날 막시밀리안 오퓔스가 진실에 신화를 덧칠해 꾸미기도 했던 것 같다. 핑켄베르거가 연료에 대해 경고했는데도 그가 정말 기록을 깼을까? 정말 비행 내내 지붕에 닿을 정도 높이로 날았을까? 아니면 운이 좋아서, 그리고 예기치 않았던 요소들이 강하게 작용해서 레이더망을 피할 수 있었던 것일까? 전쟁 회고록에서 막스 오퓔스는 아무것도 확실히 밝히지 않고, 그저 영웅답게 겸손한 태도로 운이 매우 좋았고 많은 사람들의 도움이 있었다고만 했다. 그는 이렇게 썼다. "나는 생텍쥐페리를 생각했다. 긴장을 늦출 수 없는 상황이었지만, 그가 『야간 비행』에서 비행을 명상의 한 형태라고 한 말의 의미를 이해했다. 불가해한 희망을 맛보게 되는 심오한 명상. 그렇다. 정말 그렇다. 그것과 비슷했다."

여기에서 다시 속 좁은 독자라면, 막스가 본인의 이야기를 다른 사랑받는 인물의 것과 교묘히 뒤섞었음을 알아챌지도 모른다. 작가이자 조종사인 앙투안 드 생텍쥐페리는 1940년에 프랑스 전투에서 영웅적인 역할을 수행한 뒤, 그의 비행 중대를 이끌고 북아프리카로 떠났다가 나중에 뉴욕까지 갔다. 그는 이미 『야간 비행』의 저자로 명성을 떨쳤는데, 막스 오퓔스는 회고록에서 이후에 나온 생텍쥐페리의 책을 언급하면서 시대를 착각하는 실수를 저질렀다. 막스가 제르고비까지 비행했을 때는 영어판 『아라스로의 비행』으로 출간된 『전시 조종사』가 아직 다 쓰이지도 않았다. 일 년 후 그 책이 출간되고 미국에서 대성공을 거둔 뒤에도, 비시 정부는 출간을 금지하고 1942년 갈리마르 판을 내지 못하게 했다. 그러므로 막스 오퓔스가 부가티 레이서에 올랐을 때 그 내용을 조금이라도 알았다는 것은 말도 안 되는 얘기였다. 이렇게 자세히 파고 들어가보면 미심쩍은 데가 있는데도, 막스 오퓔스는 부끄러운 기색도 없이 그때는 생각도 못했을 공중에서의 성찰을 글로 옮겼다. 전쟁은 우리에게 재난을 의미했다. 그러나 패배한 프랑스는 싸우기를 거부했던 것인가? 그랬으리라고 믿지는 않는다. 막스는 자신만의 '야간 비행'을 되살리며 만족스럽게 덧붙였다. "잠든 동포들의 머리 위에서 휘파람을 불며, 나는 그랬으리라고 믿지 않았다. 프랑스는 곧 깨어날 것이다." 대단치는 않은 실수였다. 그는 잘 넘어갔다. 큰 실수라면 집어냈을 비평가조차 그 정도는 시적 허용의 범위 안에 있다고 보았다. 영웅은 영웅이니 사소한 실수 정도는 용인받을 자격이 있다. 막스의 책은 크게 호평을 받았고, 특히 미국에서 상업적인 성공도 거두었다. 무엇보다도 생텍쥐페리는 전쟁 종반에 코르시카에서 작전 중 실종되어 사망했지만, 막스 오퓔스는 살아 있는 하늘의 에이스이자 레지스탕스 운동의 거목으로, 영화배우 뺨치는 미모와 박식한 교양까지 갖추었다. 게다가 만신창이가 된 구세계의 상류사회 대신 매력으로 반들거리며 광택을 내뿜는 신세계를 선택하여 미국으로 이주했다.

그가 일단 착륙하자 몇몇 자원봉사자가 비행기를 잽싸게 인근 숲에 감추었다. 그들은 제르고비안이라는 별칭으로 불렸고, 존경할 만한 인물인 전투대학 설립자 장폴 코시의 지휘를 받았다. 전투대학은 스트라스부르 망명대학에 거점을 둔 제6전투지역 레지스탕스 그룹으로, 학생전투단이라는 이름으로도 알려져 있었다.

제6전투지역 대장인 앙리 앵그랑이 책임자였다. 막스가 숲 속 작은 집으로 인도되어 가보니, 그의 동료인 부총장 당종과 역사학자 가스통 젤러가 와인을 들고 기다리고 있었다. 그가 직접 위조한 서류는 '세바스티안 브란트'라는 이름으로 되어 있었기 때문에, 그가 스트라스부르 교수진의 일원으로 도착한 데에는 약간의 설명이 필요할 듯했다. 그는 남부에서 온 학자로 소개되었다. 비시 정부의 나치 부역자들에게 거의 최면에 가까운 마력을 행사하는 당종이 사무 절차를 처리했다. "하지만 잘 알려진 이름을 쓰다니, 바보같이 위험을 무릅썼군." 당종이 그를 나무랐다. "자네야말로 바보들을 태운 하늘을 나는 배를 타고 여기까지 온 셈이라니까." 브란트는 15세기 스트라스부르 사람으로, 젊은 알브레히트 뒤러가 삽화를 넣은 바보들의 우행을 풍자한 작품 「바보의 항해」, 다른 이름으로 「바보의 배」(1494)를 쓴 인물이었다. 오퓔스는 용서를 빌듯 팔을 벌렸다. 그 말이 맞았다. 바보 같은 짓을 했다.

젤러가 그를 안심시켰다. "검열은 통과할 걸세. 여기에서 자네가 걱정할 만한 사람 중에 책 따위를 읽는 자는 없으니까."

제르고비에 도착한 지 얼마 안 되어 막스는 두번째로 가짜 신분을 얻었다. 그는 복수심에 불타 학생전투단의 행동조직에 '니콜로'라는 암호명으로 들어가 폭파 기술을 배웠다. 그가 처음이자 마지막으로 던진 폭탄은 화학연구소의 조교 기베르가 만든 것으로, 목표는 친나치 도리오 협회를 이끄는 비시 정부의 앞잡이 자크 도리오였다. 폭탄이 터지는 순간에는 엄청난 흥분을 느꼈지만, 흥분이 가실 새도 없이 곧바로 자기 의지와는 상관없이 격한 신체적 반응이 몰려왔다. 구토가 쏟아졌던 것이다. 그는 여기에서 결코 잊지 못할 두 가지 교훈을 배웠다. 테러리즘은 피가 끓게 만든다는 것, 또 그 명분이 아무리 정당하더라도 자신은 이러한 행위를 정기적으로 하기에는 도덕의 울타리를 뛰어넘을 수 없다는 것이었다. 그는 선전부로 옮겨 이 년간 본래 전공 분야인 가짜 신분증 제조로 되돌아갔다. 그는 회고록에 이렇게 썼다. "자아를 다시 만들어낸다는 고전적인 미국의 주제가 나에게는 낡은 유럽이 악에 정복당하는 악몽에서 시작되었다. 자아가 그토록 쉽게 다시 창조될 수 있다는 사실은 위험하면서도 중독성 있는 발견이었다. 일단 이 약물에 손을 대면 쉽사리 멈출 수 없다."

위조는 조직에서 가장 중요한 임무가 되었다. 레지스탕스가 점차 통합되어 조직화되고 참여하는 사람이 늘어나면서, 위조 문서는 무슨 일이건 제대로 하려면 꼭 있어야 하는 필수품이 되었다. 학생전투단은 날이 갈수록 오베르뉴의 지식인 조직, 조르주 샤로도의 알리바이 조직, 리베 장군의 클레베르 조직, 크리스티앙 피노의 결사집단과 유대관계를 긴밀히 다져갔다. 또한 잔 다르크의 불꽃을 상징으로 삼은 아르당, 미트리다트, ORA 등 다른 행동부대와도 협력했다. 이런 일을 하느라 코시는 장기간 클레르몽페랑을 비웠고, 조르주 마티외라는 무뚝뚝하고 거만한 동료가 대리 역할을 했다. 사실상 그가 미트리다트의 행동대장이었다. 마티외는 몸집이 크고 기골이 장대했다. 푸른 눈은 약간 튀어나왔고, 금발 머리는 머릿기름으로 깔끔하게 매만졌다. 그는 베레모가 저항의 상징이라고 주장했으며, 차갑고 군인 같은 태도로 존경을 받았다.

그의 여자친구 크리스티안느는 뷔르세 장군의 비서로 비시 정부 사무실에서 일했다. 제법 유용한 '내부' 연줄인 듯했다. 어쨌거나 이런저런 무수한 이유로 아무도 마티외의 지도자 자격에 토를 달지 않았다.

그즈음 특수부대의 공격 횟수가 잦아지고 강력해지면서, 그리고 독일군의 레지스탕스 사냥이 심해지면서 포장한 꾸러미들이 많이 오고 갔다. 막스 오퓔스는 그 꾸러미 속에 무엇이 들었는지 더이상 궁금해하지 않기로 했다. 밀사들은 안전한 통행을 보장받기 위해 서류가 필요했고, 그 서류를 공급하는 것이 그의 일이었다. 파리의 유대인들이 검거된 뒤, 천여 명의 유대인 어린이가 아우슈비츠로 가는 죽음의 기차에 오를 위기에서 탈출했다. 아이들을 안전하게 남쪽으로 데려오려면 가짜 서류가 당장 필요했다. 막스 오퓔스는 코시와 앵그랑처럼 기껏해야 먼 거리에서밖에 볼 수 없지만 고위 지도자이자 직속상관인 포이어슈타인에게 이렇게 잘 만든 것은 본 적이 없다는 칭찬을 받으며 새로운 신분증을 만들어냈다. 그가 이를 비밀 장소에 갖다놓으면, 누군지 모르는 중개자가 이를 모아다 새로운 주인에게 전달했다. 그러나 아마도 막스 오퓔스가 레지스탕스에서 세운 가장 큰 공은 성적인 업적일 것이다. 이런 공적을 세우느라 또다른 가짜 인물을 만들고 완벽하게, 얼마간은 고통스럽게 그 인물로 살아야 하기는 했지만. 그가 바로 흑표범으로 알려진 우르술라 브란트를 유혹한 남자였다.

1942년 11월, 독일군은 남부 지역을 침략했고 바로 처형에 들어갔다. 그때까지는 스트라스부르 망명대학 학생들이 레지스탕스에서 활동할 수 있었지만, 독일군이 클레르몽페랑에 진주한 이후로는 훨씬 더 위험한 게임이 되었다. 모두 합해 백삼십구 명의 학생과 교수진이 레지스탕스 활동에 참여한 죄로 죽음을 맞았다. 그해 11월, 나치친위대 대위인 후고 가이슬러가 게슈타포의 '안테나'를 클레르몽페랑에 심었다. 그것을 조종하는 자는 파울 블루멘캄프로, 선량하고 열성적인 동료를 가장했다. 엄청난 영향력을 지닌 그의 조수는 이런 가장도 하지 않았다. 그녀는 아무리 더운 날씨라도 흑표범 모피 외투를 입고 다녀서 흑표범이라는 별명이 붙었다. 그녀는 조직에 침투해 내부로부터 붕괴시키는 재능이 특히 뛰어났다. 그녀의 귀중한 목격자이자 배신자, 그녀와 내통한 사람이 바로 조르주 마티외였다. 마티외의 배신으로 미트리다트와 ORA를 비롯해 수많은 레지스탕스 조직이 타격을 입었고, 지도자들이 붙잡혔다. 이 조직들에 연이어 가해진 공격으로 대학생 여럿이 체포되었고, 나치친위대 총사령관 힘러는 마침내 대학을 공격해도 좋다는 허가를 받아냈다. 그전까지는 당종이 비시 정부에 영향력을 행사했고, 외무장관 리벤트로프 역시 자신이 세워놓은 꼭두각시들을 지나칠 정도로 몰아붙이지는 않았기 때문에 공격을 피할 수 있었다.

1943년 11월 25일, 대공습으로 알려지게 되는 대학 습격이 벌어졌다. 막스 오퓔스의 친한 친구였던 문학 교수 폴 콜롱이 교수들의 주소가 보관된 사무국에 습격자들이 들어가지 못하게 막으려다 총에 맞아 숨졌다. 역시 막스의 친구였던 신학 교수 로베르 에펠은 자택에서 배에 총을 맞았다. 배신자 조르주 마티외는 위조

신분 증명 서류를 가진 학생 여럿을 지목했다. 천이백 명이 넘는 학생이 체포되었다. 막스 오퓔스는 자기 방어 본능으로 마티외에게 꼭 필요한 것 이외에는 절대 알려주지 않았으므로 위기를 넘겼다. 덕분에 그 배신자는 세바스티안 브란트와 막스 오퓔스라는 이름을 레지스탕스의 노련한 전문 위조꾼 니콜로와 연관 짓지 못했다. 그래서 막스는 한동안 안전했다. 그러나 위험을 미리 피하자는 뜻에서 젤러의 별장을 떠나 앙젤리크 스트로스라는 젊고 예쁜 법학도의 집으로 옮겼다. 그녀는 막스를 흠모하는 젊은 여성 가운데 한 명이었는데, 그에게는 평생 동안 이런 여자들이 끊이지 않았다. 그는 또다시 새로운 신분(또다른 중세 인문주의자의 이름을 따서 '자크 빔펠링'이라 지었다)으로 위장하고 대학 일에서는 손을 뗐다.

습격 다음 날, 앙드레 당종은 프랑스 수상 라발에게 강력한 항의 서한을 보냈다. 길고 신랄한 비난을 담고 있었지만, 한 문장 한 문장이 어느 정도는 모두 거짓이었다. 그는 대학에 있는 유대인 숫자와, 학생과 교수진의 레지스탕스 연루 여부에 관해 거짓말을 했다. 어둠이 점점 짙어가던 당시에 그의 결단력은 지구의 반사광이나 다름없었다. 그의 그럴듯한 분노 덕에 대학은 계속 문을 열 수 있었다. 그런 다음 당종은 스트로스의 아파트에 있는 막스에게 직접 전화를 걸었다. "이제 최후의 막일세. 막은 이미 내려오기 시작했네. 자네도 프랑스를 떠나는 것을 고려해보게." 막스 오퓔스는 제르고비의 별장에서 지내는 동안 가스통 젤러와 군의 역사에 대해 토론하고 국제관계에 관한 논문을 쓰면서 시간을 보냈다. 지나치게 유토피아적인 건 아닌가 두렵기도 했지만, 나치즘이 패배한 뒤 더 안정된 세계 질서를 구축하는 문제에 대해 숙고해보았다. 그 당시에는 영 가망 없는 일로 보였지만. 이 논문들에서 그는 훗날 유럽평의회와 국제통화기금, 세계은행으로 실현될 조직과 유사한 단체의 필요성을 예측했는데, 당종은 이를 보고 감탄해 마지않았다. 그는 논문들을 몰래 런던에 있는 자유프랑스 본부로 빼돌렸다. 드골은 논문을 보고 깊은 인상을 받았다. 당종이 말했다. "자네는 여기에서보다 장군 옆에서 자네 조국을 위해 더 많은 일을 할 수 있을 걸세. 떠나겠다면 우리가 준비를 해주겠네. 유감이지만 이번엔 비행기로 갈 수 없네. 두 번이나 운에 맡길 수는 없지."

막스가 대답했다. "떠나기 전에 할 일이 있습니다."

막스 오퓔스가 레지스탕스 활동 기간 중 두번째로 세운 전설적인 공적은 '흑표범 물어뜯기'로 알려지게 되었다. 사람들은 불가능해 보이는 일을 우스꽝스러우면서도 근사하게 해치운 이 업적에 대해 목소리를 낮추어 얘기했다. 이제 MUR로 알려진, 전투단과 다른 큰 레지스탕스 군사조직인 '유격병'과 '리베라시옹'이 합쳐져 탄생한 통합 레지스탕스 조직에서 고참이 된 첩자 니콜로가 갑자기 흔적도 없이 자취를 감추었다. 마치 그와 세바스티안 브란트, 자크 빔펠링, 막시밀리안 오퓔스가 한꺼번에 사라져버린 것 같았다. 그들의 빈자리에 독일군 장교인 친위대 대대장 파브스트가 들어왔다. 그는 우르술라 브란트 팀의 조사를 돕기 위해 하인리히 힘러가 직접 서명한 허가서를 갖고 스트라스부르에서 옮겨왔다. 힘러는 오랫동안 망명대학을 눈엣가시로 여겨왔다. 가짜 파브스트가 전혀 의심받지 않았다는 사실로 사기꾼의 실력이 어느 정도였는지 짐작할 만했다. 그의 무자비한 의지력에 찬사가 쏟아졌다. 이것만으로도 그가 사실은 스스로 말한 인물이 아닐지도 모른다는 생각을 아무도 하지 못했다. 그는 흠 잡을 데 없이 완벽한 독일어를 구사했고, 제3제국에 목숨 바쳐 헌신했으며, 서류도 완벽하게 갖추었다. 아무도 감히 친위대 총사령관의 자필 서명이 갖는 힘과 신빙성을 의심할 수는 없었다. 또한 그가 흑표범에게 별명과 딱 어울리게 강하고 고양이 같은 면이 있다고 칭찬했을 때 흑표범이 느낀 것처럼, 그는 거부할 수 없는 매력과 멋진 육체를 지닌 남자였다. 우르술라 브란트는 사실 흑표범이라는 말을 갖다 붙이기 힘든 작달막한 여자였지만, 그 찬사를 아무런 이의 없이 받아들였다. 일주일도 못 되어 그녀와 대대장은 연인 사이가 되었다.

침대에서 브란트는 흑표범 같은 면을 적어도 한 가지는 보여주었다. 그녀는 이와 손톱을 즐겨 썼던 것이다. 그녀의 연인은 꿋꿋하게 그게 좋다고 공언하며, 아무리 극단적이라도 좋으니 억누르지 말고 자신의 성적 취향을 마음껏 발산하라고 부추겼다. 그들이 사랑을 나누고 난 뒤에는 종종 침대 시트에 핏자국이 남기도 했다. 브란트는 숨이 막히도록 뉘우치고 괴로워하며 그녀답지 않게 유순해지곤 했다. 그래서 밤의 흉터에 관한 비밀을 공유한 데 대한 보답으로 존재하지 않는 대대장은 낮 동안 그녀가 하는 비밀스러운 공무에 거의 무제한으로 접근할 수 있었다. 그들이 정을 통

한 그 달 내내 가짜 파브스트는 엄청난 양의 귀중한 정보를 MUR
에 넘겨줄 수 있었다. 그러던 어느 날 아침, 미리 합의해두었던 마
키단*의 경고 신호가 그의 숙소 문에 나타났다. 문 한가운데에 분
필로 작은 동그라미를 그리고 점 하나를 찍은 모양새로 "그들이
너를 의심하기 시작했다, 도망쳐라"라는 뜻이었다. 그는 잽싸게
다시 모습을 감추었다.

이것은 2차 대전 중 게슈타포 침투작전에서 성공을 거둔 모든
'역공작' 가운데 유일하게 알려진 사례였다. 사기극의 전모가 드
러나자 우르술라 브란트는 더이상 자기 지위를 유지할 수 없게 되
었고, 그래서 가상의 연인처럼 시야에서 사라졌다. 친위대 총사령
관 힘러는 용서를 모르는 사람이었다.

막시밀리안 오퓔스는 회고록에서 대공습 사건과 으슥한 통로에
서 그 입안자 가운데 한 사람에게 가한 복수를 회상했다. "레지스
탕스에서 겪었던 그 어떤 기쁨의 순간, 그 어떤 승리도 다른 비극
을 알고 있기에 온전할 수 없다. 우리는 운이 좋아 흑표범 작전에
서 성공을 거두었지만, 그 시절을 돌이켜보면 승리가 아니라 쓰러
져간 동료들이 먼저 떠오른다. 예를 들면, 우리 조직의 창설자이
자 지도자였던 장폴 코시가 생각난다. 그는 파리에서 상륙작전 디
데이가 불과 두 달 남은 때에 체포되어 부헨발트**로 보내졌다.
1945년 4월 18일, 미군이 부헨발트를 포위한 바로 그 시점에 비정

---

* 2차 대전 중 독일 점령군에 저항하던 프랑스의 무장 지하조직.
** 독일의 나치 강제수용소.

한 수용소 직원의 보복으로 살해되었다. 조르주 마티외의 재판을 생각하면 조금 마음이 풀린다. 그는 1944년 9월 체포되었는데, 임신한 여자친구를 죽이겠다는 우르술라 브란트의 협박에 못 이겨 배신자가 되었다고 주장했으나 유죄판결을 받고 12월 12일 총살당했다. 나는 평생 사형 제도를 반대해왔지만, 마티외의 경우만큼은 솔직히 이성보다 감정이 앞선다."

그는 또 이렇게 썼다. "레지스탕스에 합류한 것은 나에겐 일종의 비행(飛行)이었다…… 이름도, 과거도, 미래도 버리고 생명마저 뒤로한 채, 필연과 숙명에 이끌려 하늘 높이 날아올라 계속되는 일 속에서만 존재하게 된다. 그렇다, 가끔 솟구치는 느낌 비슷한 것이 나를 사로잡았고, 언제고 예고 없이 추락하거나 총에 맞아 개죽음당할 수 있다는 사실이 항상 뇌리를 떠나지 않고 이 느낌을 가라앉혔다."

막스 오퓔스는 런던에 무사히 도착한 뒤에야 소위 팻 라인 접근 허가를 받은 것이 얼마나 큰 특권인지 알았다. 팻 라인은 마르세유에 기반을 둔 탈출 경로로 이언 개로 대위가 만들었는데, 개로가 배신했다 체포된 뒤로는 '팻 올리어리 사령관'이라는 가명을 쓰는 인물이 지휘했다. 그의 본명은 알베르마리 게리스로, 벨기에인 의사였다. 영국 특수부대의 DF부가 관리하는 이 탈출로는 주로 영국 비행사와 적진에 고립된 첩보요원을 구출하기 위해 만들

어지고 유지되었다. 배신과 체포 위험이 상존하는 가운데에도 이 탈출로는 육백여 명이 넘는 전사를 안전히 도피시키는 눈부신 기록을 세웠다. 그러나 드골 장군과 처칠과 루스벨트 사이에 긴장이 고조되던 상황을 감안한다면, 단지 드골이 칼턴 가든 본부의 자유프랑스군에 합류시키려는 목적만으로 군인이 아닌 개인에게 이 탈출로를 열어준 것은 극히 드문 일이었다. 이렇게 예외 조치가 취해진 이유는 최근 자유프랑스군 본부에 장군의 새로운 참모의 부인이자 파니 자리피의 조카딸인 프랑수와 샤를루 부인이 도착했기 때문이었다. 자리피와 이름이 같은 숙모 파니 블라스토 로도카나시와 그녀의 남편 조르주 로도카나시 박사는 마르세유에 있는 그들의 아파트를 팻 라인의 본부이자 지역 안가로 쓰도록 내주었다. 막스 오퓔스는 이런 속사정은 전혀 모른 채 트럭 뒷칸의 산더미 같은 사탕무 밑에 누워 울퉁불퉁한 샛길을 달렸다. 그는 차가 심하게 흔들리고 구르는 데다 사탕무 부대의 무게 탓에 등이 부러질 지경이었으므로, 이 지름길이 맞는지 의심스러웠다. 그러나 그의 유일한 아내가 될 특별한 여인을 곧 만나게 될 줄은 꿈에도 몰랐다.

그녀의 이름은 그레이 랫이었다. 본명은 마거릿 '페기' 로즈였으나, 그녀의 동지인 영국인 엘리자베스 헤이든게스트가 조르주와 파니 로도카나시의 응접실에서 막스에게 잘 알려진 이 별명으로 그녀를 소개했다. 생쥐처럼 요리조리 잘도 빠져나간다고 독일군이 붙인 별명이었다. 헤이든게스트가 장난스럽게 말했다. "최고의 위조꾼 니콜로가 쥐잡이꾼도 못 잡는 생쥐를 만났군요." 막스 오필스는 전쟁 한복판에 있는 로도카나시의 응접실에 넘치는 느긋하면서도 즐겁다 못해 흥겹기까지 한 분위기에 크게 놀랐다. 그리고 곧 이 즐거운 저녁 시간의 분위기를 연출하는 인물이 바로 그레이 랫임을 알아차렸다. 그레이 랫은 자신의 아름다움을 감추려고 갖은 노력을 다했지만, 오히려 확연히 드러났다. 아무렇게나 묶은 금발은 감은 지 한 달은 되어 보였고, 뒷머리는 병 닦는 솔처럼 떡이 졌다. 그리고 다림질한 지 며칠은 된 듯한 헐렁한 남성용 체크무늬 셔츠를 목까지 단추를 채워서 입었고, 소매 단추도 다 잠갔다. 셔츠 아래로 자루처럼 축 늘어진 코듀로이 바지에 캔버스화를 신었다. 막스는 그녀가 부랑아처럼 보인다고 생각했다. 전쟁의 비밀 통로로 잘못 들어선 말없는 떠돌이 같았다. 그녀의 눈은 끝없이 어두운 호수였고, 온갖 위장을 했어도 늘씬한 몸매가 은밀히 드러났다. 무엇보다도 넘칠 듯한 활력으로 가득 찬 그녀 때문에 방이 비좁아 보일 정도였다.

"그녀와 함께 가게 되다니, 운이 좋군요." 파니 로도카나시가 막스에게 말했다. "싸움이 벌어지면 다섯 남자 몫을 한답니다." 그레이 랫이 요란하게 웃어젖혔다. "맙소사, 파니, 숙녀를 제대로 추천할 줄 아는군요." 그러고는 너털웃음을 터뜨렸다. "어때요, 니콜로? 맨손으로 남자를 죽여본 적이 있는 여자랑 단둘이 스페인 국경의 가시덤불을 기어서 건너갈 준비가 되었나요?"

그녀는 스물네 살로 막스보다 열 살 가까이 어렸고, 벌써 한 번 결혼한 경력이 있었다. 모리스 리오타라는 마르세유 출신 사업가였는데, 결혼한 지 일 년 만에 그녀의 행방을 대지 않겠다고 버티다 게슈타포에게 고문당하고 살해되었다. 그녀는 막스 오퓔스와 결혼하기 전, 결혼 생활 동안, 그리고 그후에도 한결같이 첫 남편이 "내 평생의 유일한 사랑"이라고 말했다. 그녀는 스키를 타고 차를 몰아 탈출했다. 얼마나 빠르고 능숙하게 몰았는지 비행기로 추적했는데도 잡지 못했다. 그녀는 달리는 열차에서 뛰어내린 적도 있었다. 한번은 툴루즈에서 감옥에 갇혔는데, 순진한 시골 아낙 흉내를 기가 막히게 내서 나흘 뒤 독일군은 그녀를 풀어주었고, 그레이 랫을 잡았다 놓쳤다는 것도 몰랐다. "난 전쟁을 증오해요." 그녀는 마르세유 안가에서 처음 만났을 때 막스에게 말했다. "하지만 전쟁은 일어났죠, 그렇잖아요? 그러니까 떠나는 남자들한테 손수건 흔들어주고 집에 들어앉아 발라클라바 모자*나 뜨고 있을 생각은 손톱만큼도 없어요."

도주는 성공적이었다. 무시무시했고 아슬아슬하게 위기를 넘긴 적도 여러 번이어서 거의 소설처럼 느껴질 정도였지만, 그들은 결국 해냈다. 바르셀로나, 마드리드, 런던. 국경선 양쪽 안내인들의 눈빛에서, 애써 중립을 가장한 표정 밑에서 막스는 가끔 적개심과 경멸감이 기묘하게 뒤섞인 감정을 간파했다. 네놈들은 가는데 우리는 못 가는군과 네놈들은 도망가지만 우리는 도망가지 않아가 번갈아 교차했다. 그러나 너무 정신이 없어서 그런 데까지 마음 쓸 겨를이 없었다. 영국군 비행기를 타고 RAF 노솔트**에 도착했을 무렵

---

* 귀까지 덮는 방한용 털모자.
** 영국 공군기지.

막시밀리안 오퓔스는 이미 사랑에 빠져 있었던 것이다. 노솔트에는 늘 그렇듯 살을 에는 런던의 겨울바람이 휘몰아쳤다. 지긋지긋한 진눈깨비도 피할 수 없었다. 프랑수와 샤를루가 절름거리는 막스를 만나러 나왔고, 이름 모를 정보장교가 그레이 랫을 기다렸다. 두 도망자는 얼어붙을 듯한 안개비를 맞으며 몸을 꽁꽁 감싼 채 포장도로 위에 서 있었다. 그레이 랫은 작별 인사를 하려 했지만, 각자 제 갈 길로 가기 전에 막스가 다시 만날 수 있겠느냐고 물었다. 이 말에 그녀는 당혹감을 감추지 못한 채 발을 질질 끌며 얼굴을 새빨갛게 붉히고 손을 비틀었다. 그녀는 말을 한 마디씩 탁탁 끊어 내뱉으면서 날카롭고 신경질적인 웃음을 터뜨렸다. "하! 하! 저, 생각도 안 해봤는데! 왜 그런 생각을 하셨나요! 하지만, 에헴! 아하! 그게 진심이라면, 그러니까 말이지요! 진지하게 하시는 말씀이라면요, 누가 그러고 싶어한다고! 하하하! 거짓말! 말짱 거짓말인 줄 내가 모를 줄 알아요? 어, 어, 하하? 당신이 먼저 물어봤으니까 하는 말인데요! 그러니까 당신이, 어, 친절하게 말해주니까, 저도 마음이 좀 아프네요! 아, 맙소사, 좋아요." 그러고는 그의 뺨에 어색하게 입을 맞추러 다가오다 그만 그의 발을 세게 밟아버렸다.

피커딜리의 라이언스 코너 하우스에서 가진 그들의 첫 데이트는 최악이었다. 마거릿은 새빨갛게 충혈된 눈에 콧물을 질질 흘리며 엉망이 된 몰골로 나와 눈물을 줄줄 흘렸다. 팻 라인이 배신당했다. 그들이 믿었던 남자 폴 콜, 본명은 해럴드 콜 병장이고 멜로벨이라는 가명을 썼던 인물이 사기꾼이자 이중간첩으로 드러났다. 그는 마르세유 그룹에 속한 모든 이들의 정보를 찔렀다. 파니 블라스토와 엘리자베스 헤이든게스트는 탈출했지만, '팻 올리어리'―게리스―가 게슈타포에 체포되어 다카우*로 보내졌다. 놀랍게도 그는 고문을 견디고 살아남아 좋은 날을 보았고, 자신의 큰 기여 덕에 자유를 얻은 새로운 유럽에서 늙어갈 수 있었다. 조르주 로도카나시 박사는 운이 따라주지 않았다. 체포된 지 몇 달 만에 부헨발트에서 죽고 말았다. "난 돌아갈 거예요. 알다시피." 그레이 랫이 코를 세게 풀면서 말했다. "무슨 수를 써서라도 꼭 돌아갈 거예요." 막스는 가지 말라고 애원하고 싶었지만 말없이 그녀의 손만 잡아주었다. 석 달 뒤 그녀는 복귀 허가를 받았다. 전쟁의 흐름이 바뀌었고, 막시밀리안 오퓔스의 삶도 방향을 바꿔 이 아름답고, 꼴사납고, 겁 없고, 성적으로 아직 깨어나지 않은 여인을 향해 거세게 흘러갔다. 게다가 드골 장군이 뜻밖에 그에게 보인 적의에 가까운 강한 혐오감 탓에 그의 삶은 프랑스에서 미국 쪽으로 방향을 틀었다.

그해 겨울 런던은 구멍이 움푹 팬 가슴 같았다. 도처에 대공습이 남긴 상처가 널려 있었다. 길은 끊어지고 집은 두 동강이 났다. 온통 갈라지고 부서지고 부족한 것투성이였다. 길거리에 차도 별로 없었다. 그러나 사람들은 마치 아무 일도 없었던 것처럼 평소대로 제 할 일을 하러 다녔다. 옷도 제대로 갈아입지 못한 채 지하

---

* 히틀러가 총리에 취임하고 약 오 주 뒤인 1933년 3월 10일 독일에 만들어진 최초의 나치 강제수용소.

철역에서 밤을 보낸 티를 내지도 않았고, 대피시킨 아이들이 잘 있을지 걱정하는 마음도 깊숙이 감추었다. 칼턴 가든은 그나마 피해가 덜한 편이었다. 샤를루가 막스를 드골 장군에게 데려갔다. 그는 나무판자를 두른 집무실 창가에 그를 그린 시사 풍자만화에서처럼 옆모습을 보이고 서 있다가, 돌아서지도 않고 막스를 맞았다. "자, 당종의 젊은 천재가 오셨군. 한 가지 말해둘 것이 있소, 선생. 내 친구인 부총장의 판단에 이의를 달지는 않겠소. 당신의 지식과 재능은 의심할 여지 없이 탁월하오. 하지만 당신 논문의 제안은 대부분 받아들일 수 없는 것들이오. 유럽연합 같은 내용은 아주 좋소. 기왕에 있었던 일은 다 잊고 독일과 우호관계를 맺을 필요가 있을 거요. 당연히 그렇소. 하지만 그 밖에 내용은 하나같이 우리를 꽁꽁 묶고 재갈을 물려 미국의 영향력 아래로 던져넣을 야만스러운 쓰레기에 불과하오. 낡은 구속에서 벗어나기가 무섭게 새로운 구속으로 옮겨가는 셈이랄까. 이런 것은 절대로 용납할 수 없소." 막스는 잠자코 있었다. 드골도 입을 다물었다. 잠시 후 샤를루가 막스의 팔꿈치를 건드려 방에서 데리고 나왔다. 그들이 나갈 때에도 여전히 양손으로 등짐을 진 채 창문을 향해 서 있던 드골의 말이 들려왔다. "아, 프랑스를 해방시키기 위해 내가 어떤 부러진 성냥개비 토막을 써야만 했는지 저들이 언제 알기나 하려는지!"

샤를루는 방 밖으로 나와 말했다. "루스벨트한테 실컷 박대를 당한 뒤라서 그러니 이해하세요. 처칠한테도 무시를 당했고요. 프랑스 외교관 중에도 자유프랑스군을 너무 가까이하지 말라고 충고하는 자들이 한둘이 아니니까요. 루스벨트는 할 수만 있다면 장군을 제거하려 할 겁니다. 그는, 예를 들자면, 지로 장군 같은 사람을 선호해요." 막스는 그날 이후 드골을 거의 보지 못했다. 그는 선전부에 배치되어 프랑스에 뿌릴 전단을 쓰고, 독일어로 된 글을 번역하고, 상황을 관망하고, 저녁이 오기를, 그리고 랫이 돌아오기를 기다렸다.

무기 제조에 쓰느라 전통적인 대문과 난간을 모두 빼앗긴 포체스터 테라스, 베이스워터는 런던의 벌거벗은 거리처럼 겨울 안개 속에 나신을 감추었다. 막스는 파니 로도카나시의 오빠 미셸 블라스토의 집 지하실에 살았다. 계단은 인(燐)폭탄으로 크게 부서졌고, 탄내가 코를 찔렀다. 계단을 오르내리려면 벽에 착 달라붙어야 했다. 삶은 온통 구멍이 숭숭 뚫려 있었고, 책장이 떨어져나가고 구겨져 내팽개쳐진 책 같았다. 블라스토의 인도인 가정부 샨티 디킨스 부인이 말했다. "머 어뗘, 흠." 부인은 큼지막한 베레모를 쓰고 헐렁한 초록색 외투를 걸치고 끈 달린 장화를 신은 거구의 여인이었다. 디킨스 부인은 식욕이 어찌나 좋은지 단어까지도 씹어먹었다. "아무도 다치지 않우, 그렇지." 부인은 모래가 담긴 양동이를 가리켰다. "칭마다 하나씩 났다우. 지하실, 1칭, 2칭, 전부다. 필요할지 몰르." 디킨스 부인은 일요판 신문에 실린 범죄 기사를 기억에서 끌어내 줄줄 외울 수 있었다. "난도질했다니께, 상상해보우." 부인은 신이 나서 말하곤 했다. "뎡말 뎡말 끔찍해, 그렇잖우. 어쩌면 차를 끓일 불을 피울랬나."

랫은 틈만 나면 토치 램프를 조심스럽게 아래쪽으로 향하게 들고서 등화관제와 녹색 안개를 힘겹게 뚫고 그를 보러 왔다. 그녀가 오지 않는 저녁이면 막스는 군용 외투를 껴입고 빈약한 전기 히터를 옆에 두고 앉아 운명을 저주했다. 그의 머릿속 한구석에 언제나 웅크리고 있는 우울증이 추운 날씨와 외로움을 연료 삼아 방 한가운데로 밀고 나왔다. 배신이 판을 치는 시대였다. 미국인은 자유프랑스가 비시의 배신자들이 다 뚫고 들어온 조직을 믿는다고 경멸했다. 영국인은 칼턴 가든에 영국 첩자를 침투시키는 것으로 응답했다. 조르주 마티외, 폴 콜. 친구들이 암살자가 되었다. 너무 많이, 너무 쉽게 믿으면 죽는다. 그러나 믿지 않고서 대체 어떻게 살아갈 수 있겠는가, 믿음이 없다면 어떻게 인간관계에 깊이와 즐거움이 있을 수 있겠는가? "이건 우리가 미래까지 짊어지고 가게 될 피해야." 막스는 생각했다. 불신이란 기만당하게 될 것을 예상하는 것이다. 모든 이의 마음에 포탄 구멍을 남긴다.

"우리가 이걸 견디고 살아남는다면, 래티, 절대 당신을 배신하지 않을 거야." 그는 외로운 방에서 큰 소리로 맹세했다. 그러나 물론 그는 맹세를 지키지 못했다. 그녀를 죽이지는 않았지만, 평생에 걸쳐 그녀의 가슴에 배신의 칼을 꽂았다. 그리고 그다음에 부니 카울이 왔다.

마거릿 '페기' 로즈가 서투른 연인이라는 사실은 받아들이기 힘들지만 진실이었다. 그녀에게는 심장이 없었다. 그녀는 반항으로 똘똘 뭉친 여자였고, 굴복하는 기쁨 따윈 전혀 알지 못했다. 막시밀리안 오퓔스는 신중하게, 설교하려는 것처럼 보이지 않게 그녀를 가르치려 애썼다. 잠깐 동안은 기꺼이 배우려는 듯 보였지만, 그녀에게는 그럴 만한 인내심이 없었다. 그저 빨리 매듭짓고서 이야기를 나누고, 벌거벗은 채 꼭 붙어서도 옷을 다 차려입은 것처럼 굴고 싶을 뿐이었다. 연인으로서가 아니라 친구로서. 그녀는 성욕을 느껴본 적이 없다고 고백했다. 그러나 그를 사랑한다고 주장했다. 그 겨울 지하실에서 체크무늬 담요를 둘러쓴 채 그를 꼭 끌어안고서 그녀는 이렇게 행복했던 적은 한 번도 없었다고, 그래서 다시 죽음을 두려워하게 되었다고 말했다. 또 자기는 아기를 낳지 못하는 몸이라고 말했다. "저기, 그런다고 뭐가 달라질까요? 다 끝나는 건가요? 그런 남자가 한둘이 아니잖아요, 그렇죠? 아이를 낳을 가망이 없다고 하면 다 끝장인 거죠. 하! 아하! 하하하!" 그는 자신도 놀랄 만한 대답을 했다. 상관없다고 한 것이다. 그녀가 말했다. "좋아요, 친절도 하셔라. 다른 얘기를 할까요? 괜찮지요? 노솔트에서 나랑 만났던 사람 기억나요? 당신한테 할 얘기가 좀 있대요. 난 그냥 말만 전하는 거예요. 거절해도 상관없어요. 하지만 좋다면 준비해줄 수는 있어요."

일주일 후 막스는 노섬벌랜드 가의 메트로폴 호텔에서 니브라는 정보장교를 만났다. "저도 팻 라인에게 구조되었습니다." 그 영국인의 첫인사였다. "그러니까 우리는 같은 학교를 졸업한 동기인 셈이지요." 막스 오필스는 메트로폴 호텔이 정말 따듯하다는 생각을 했다. 이렇게 따듯한 곳에 있을 수만 있다면 무슨 짓이라도 할 수 있을 것 같았다. 춥고 외풍이 센 방에서였다면 니브가 그날 내놓은 제안을 거절했을까? 그가 그 정도로 얄팍한 인간이었던가? 니브가 이야기를 마무리했다. "간단히 말씀드리자면, 위원회에 참여해주셨으면 합니다. 그러자면 지금 몸담은 곳에서는 나오셔야 하지요. 어려운 결정이라는 건 저도 압니다. 생각할 시간이 좀 필요하실 겁니다. 자, 생각해보십시오. 오 분 드리겠습니다. 십 분 드리지요.” 제안을 듣자마자 막스 오퓔스는 거절하지 않으리라는 것을 알았다. 미국의 지식과 후원을 등에 업은 영국인이 그가 위원회에 참여하기를 바란다. 그가 생각해오던 대로라면, 바라던 바였다. 통명스러운 장군은 거부한다 해도, 세계 공동체는 줄을 서고 있었다. 독일은 전쟁에 패할 것이다. 뉴햄프셔의 브레턴우즈라 불리는 곳에서 7월에 삼 주에 걸쳐 미래가 건설될 것이다. 사십여 개국에서 대표단이 자기네 ‘연구원’ ‘지식인’ ‘몽상가’를 데리고 모여들어 유럽의 전후 복구 계획을 짜고 불안정한 환율과 보호주의 무역정책 문제를 검토할 것이다. 막시밀리안 오퓔스는 그 퍼즐의 핵심 조각이었다. 그를 위해 대학에 자리가 마련되어 있었다. 컬럼비아일 가능성이 제일 높았고, 옥스브리지 특별연구원 자격도 주어질 것이다. 니브가 말했다. “바다 너머로 손을 뻗어보십시오. 우리는 당신을 주요 인물 중 하나로 보고 있습니다. 국가사절단에 들어가지 않아도 됩니다. 실무팀을 맡아서 밑그림 작업을 해주시고 뼈대를 세워주셨으면 합니다.”

미래가 태어나려는 중이었고, 그는 이를 도울 산파 역할을 부탁받았다. 나약한 파리, 카드로 쌓은 집처럼 무력하고 낡은 유럽 대신 다음에 올 거대한 세상에 강철로 마천루를 지을 것이다. “생각할 시간은 필요 없습니다. 저도 넣어주십시오.” 그가 말했다. 그는 거부할 수 없는 매력을 지닌 구혼자로부터 기대하지도 않던 청혼을 받고 수락한 기분이었다. 태생과 혈통에 따라 정해진 신부였던 프랑스, 그가 태어나던 날부터 결혼하기로 되어 있던 프랑스가 교회 제단 앞에서 자기를 버린 그를 절대 용서하지 않으리라는 것을 알았다. 물론 샤를 드골도 용서하지 않을 것이다. 그날 밤, 포체스터 테라스의 바닥이 약간 경사진 지하실에서 그는 담요 밑에 페기 로즈와 꼭 끌어안고 누워 청혼했다. "나랑 결혼해주겠어, 래티?" 그녀가 대답했다. "오. 오. 오. 오. 좋아요, 몰리, 하겠어요."

그는 1980년대 초 다시 한번 니브를 만났다. 막스 오필스가 비밀 세계의 일원이었던 그즈음, 전직 정보장교는 국회의원이자 대처 수상의 최측근이 되어 있었다. 그들은 영국 국회의사당 테라스에서 잔을 기울이며 옛날 얘기를 주고받았다. 그 만남이 있은 지 얼마 안 되어 에어리 니브는 하원 주차장에서 차를 몰고 나오다 IRA*의 폭탄에 산산조각이 났다. 배신은 끝이 없었다. 한 번의 음모에서 살아남아도 다음번에 당할 수 있다. 폭력의 사이클은 끊긴 적이 없었다. 어쩌면 인류가 본래 타고난 것이자 생명 주기의 표상인지도 몰랐다. 폭력은 우리에게 우리가 뜻한 바를 보여주는 것일지도 몰랐다. 그렇지 않다면 적어도 우리가 한 일만이라도.

1944년 4월 막스 오필스의 갓 결혼한 아내 그레이 랫은 오베르뉴에 낙하산을 타고 침투했다. 그녀의 임무는 마키단의 위치를 찾아내 그들을 영국 공군이 이틀에 한 번씩 떨어뜨리는 탄약과 무기가 있는 장소로 안내하는 것이었다. 그다음에는 노르망디 상륙작

---

* 남북 아일랜드의 통일을 주장하는 무력 투쟁 조직.

전과 때를 같이하여 무장봉기를 준비하도록 도와야 했다. 이 준비 과정의 일환으로 그녀는 레지스탕스를 이끌고 몽뤼송에 있는 게 슈타포 본부를 덮쳤고, 독일 총기공장도 습격했다. 6월 6일 디데이, 공격 개시 시각이 왔다. 그녀는 MUR과 나란히 공격하기 위해 지상에 남았다. 오랫동안 기다려온 때가 드디어 왔다. 6월 말 브레턴우즈 회담을 위해 떠날 때 막시밀리안 오퓔스는 랫이 살았는지 죽었는지 전혀 알 길이 없었다. 그가 두려워하는 기색을 비치자, 자유프랑스군 지도자는 자유프랑스군에 그를 따돌리고 반역자나 다름없이 대하라고 지시했다. 그의 불성실한 태도는 결코 용서받지 못할 것이었다. 그는 본부로부터 어떤 정보도 받지 못했다. 결국 샨티 디킨스 부인이 전화로 소식을 전해주었다. "막스 씨, 맞쥬? 그류! 아주 좋대유! 편지 말유, 막스 씨, 막스 부인한테서유! 그럴 줄 알았다니께! 좋대유! 잘 있디유! 선생님을 사랑한디유! 만세! 선생님은 어디 갔냐고 묻던디, 괜찮쥬? 덩말 좋아유, 선생님! 만세!"

8월 26일 파리가 해방된 다음 날, 드골은 레지스탕스 대원뿐 아니라 자유프랑스운동 대표들도 함께 데리고 샹젤리제로 진군해 들어왔다. 그날 한 영국 여인도 프랑스인과 함께 행진했다. 그리고 8월 27일, 막스 부인, 마거릿 로즈, 그레이 랫은 뉴욕으로 날아갔고, 오퓔스 부부는 미국에서의 결혼 생활을 시작했다.

약 이십일 년 뒤, 남편을 따라 뉴델리로 떠나기 전날 밤 마거릿 로즈 오퓔스 부인은 오랜 불임의 세월 끝에 마침내 임신을 해 인도에서 아기를 낳는 꿈을 꾸었다. 아기는 아름답고 부드러운 털에 길고 동그랗게 말린 꼬리를 갖고 있었지만, 그녀는 아기를 사랑할 수가 없었다. 가슴에 안자 아기는 그녀의 젖꼭지를 아프게 깨물었다. 여자아이였다. 친구들은 그녀가 까만 쥐새끼를 요람에 눕히는 모습을 보고 기겁했지만, 그녀는 개의치 않았다. 그녀도 한때는 쥐였지만 결국 인간으로 돌아오지 않았는가. 요즘은 머리도 감고 옷도 깔끔하게 잘 입고, 코를 쫑긋거리거나 쓰레기 속을 기어다니는 등 쥐새끼 같은 짓도 거의 하지 않았다. 틀림없이 그녀의 딸아이 라테타도 그렇게 될 것이다. 이제 그녀는 엄마였다. 그러니 라테타를 진심으로 사랑하는 것처럼 행동하기만 한다면, 아마도 사랑이 흘러나오기 시작할 것이다. 일시적인 장애일 뿐이다. 젖이 잘 나오지 않아 고생하는 엄마도 있지 않은가. 마찬가지로 그녀는 사랑이 잘 나오지 않아 곤란을 겪고 있을 따름이다. 어쨌거나 그녀는 사십대 중반이고, 이렇게 늦은 나이에 아이를 얻었으니 몇 가지 특이한 문제가 생기는 것도 당연했다. 대단치 않은 일이다. 라테타, 귀여운 라테타, 그녀는 꿈속에서 노래를 불렀다. 너를 누구에 비길까?

그녀는 남편에게 꿈 이야기를 하지 않았다. 그즈음 그녀와 막시밀리안 오퓔스 대사는 완전히 따로 살다시피 했다. 그러나 남들 앞에서는 멀쩡한 겉모습을 유지했다. 막스의 회고록 덕분에 그들의 전쟁 중 러브스토리를 모르는 이는 없었다. 책은 이 년 반이나 베스트셀러 목록에 머물렀다. 그러니 어떻게 그들이 자신들에게 불후의 명성을 안겨준 것을 버릴 수 있겠는가? 그들은 이십 년 동안 '래티와 몰리', 최고의 커플이었고 지금도 그러했다. 격렬한 전투가 끝나고 뉴욕에서 그들이 나눈 키스는 한 세대 동안 모든 것을 정복한 사랑, 괴물을 죽이고 얻은 행운, 악에 대한 선의 승리, 최악의 인간 본성에 대한 최선의 인간 본성의 승리를 담은 상징적 이미지가 되었다. "만일 우리가 헤어지려 한다면, 하! 호호! 아마도, 린치를 당할걸요." 한번은 그녀가 찢어지는 가슴을 숨기고 의연한 척 남편에게 스타카토로 끊으며 이렇게 말했다. "정말 다행이지요. 난, 헤헤헷! 실은 이혼 따위는 믿지 않거든요."

그래서 불멸의 로맨스라는 허구는 그녀 편에서는 아무 흠 없이, 그의 편에서는 말도 못하게 오점투성이로 계속 유지되었다. 그러나 그녀는 계속 주시했다. 그녀는 이제 재산가였다. 양친이 사망한 뒤 도루 강 인근에 있는 상당한 규모의 포트와인 양조장뿐 아니라 매우 훌륭한 햄프셔의 농토까지 소유하게 되었다. 그 덕에 돈 걱정 없이 뒷조사를 할 수 있었고, 어둠의 세계에 몸담고 있는 그녀의 옛 연락책들이 빈손으로 돌아오는 경우는 극히 드물었다. 그 결과, 그녀는 남편이 유혹했던 모든 여자의 이름, 즉 매력적인 대학원생, 기꺼이 연구 대상이 되겠다고 나선 조교, 방종한 사교계 미인, 모든 도심의 파티광, 남편이 국제회의에서 만난 개인 쌍방향 동시통역사, 이스트엔드에서 여름을 보낼 때면 마지막 남은 빙퇴석으로 이루어진 고지대, 빙하 뒤에 남은 숲이 우거진 언덕 위에 자리한 사우스포크의 집에서 그가 관계를 가졌던 창녀의 이름을 죄다 알아냈다. 대부분의 경우 그 여자들의 집 주소와 전화번호부에 나오지 않는 전화번호까지도 손에 넣었다. 그중 어느 여자에게도 연락해본 적은 없었지만, 정보를 갖고 있는 게 좋다고, 알고 있는 편이 낫다고 스스로에게 말했다. 이것은 자기기만적인 거짓말이었다. 여자들의 이름은 칼날처럼 그녀를 헤집었고, 여자들이 사는 동네, 아파트 동호수, 우편번호와 전화번호는 조그만 인폭탄처럼 타들어가며 그녀의 기억에 구멍을 남겼다.

그러나 그녀는 막스만 탓할 수도 없다는 걸 알고 있었다. 전쟁이 과거로 물러가면서 그녀의 관능적인 충동도 사그라졌다. 성적인 감흥은 언제나 마지못해 가끔 일어나는 식이어서, 결국 흐지부지 시들고 마는 듯했다. 그녀는 잔인하게 중얼거렸다. "그 불쌍한 남자가 그럴 수밖에 없다면 어디에서든 하고픈 대로 하게 놔둬야지 뭐. 나까지 망신시키지만 않는다면야 뭐 어때. 그러면 난 지겨운 수다를 성가시게 받아줄 필요 없이 나대로 책이나 읽고 정원이나 돌보면서 지낼 수 있겠지.” 그녀는 이런 식으로 자신의 진짜 감정에 눈을 감았다. 얼마나 철저히 눈을 감았던지, 주기적으로 불행이 덮쳐와 예고 없이 뜨거운 눈물이 흐르고 까닭 없이 몸이 부들부들 떨려도, 자신이 무엇 때문에 그토록 지독하게 불행한지 알 수가 없을 정도였다. 하지만 인도로 가는 비행기 안에서 남편과 나란히 앉았을 때, 이런 생각이 떠오르는 것까지 막지는 못했다. ‘제기랄, 정말이지 우리만큼 죽이는 러브스토리도 없을 거야. 진부한 데라고는 하나도 없잖아. 인정해. 그런데 과연 판에 박힌 이야기라는 게 뭘까? 어떤 삶이든 뚜껑을 들추어보면 이상한 데가 있는 법이잖아. 조용한 가정집 대문 뒤마다 별별 기막힌 것들이 숨어 있을걸. 정상이라는 건 신화일 뿐이야. 인간은 원래 정상이 아니야. 우리는 다 어딘가 이상해. 그게 있는 그대로의 진실이라고. 어딘가 잘못되어 있고, 비정상이야. 하지만 그럭저럭 살아가지. 자, 보라고. 여기 우리, 하늘 높이 날아가고 있는 막스와 나는 이십 년이 지나도 여전히 손을 잡고 있어. 뭐 그리 비참하지는 않아. 최악인 것도 아니고.’ 그러고는 눈을 감자 다시 환상이 펼쳐졌다. 한밤중에 쥐가 뒷다리로 서서 높은 라테타의 목소리로 엄마를 부르며 애정을 호소했다. 그녀는 인도에 가면 고아를 위해 많은 일을 하겠노라고 다짐했다. 그렇다. 인도의 엄마 없는 아이들에게 좋은 친구가 되어줄 것이다. 어쩌면 그 꿈의 의미도 그런 것이리라.

린든 존슨이 딘 러스크에게 이런 말을 했다는 소문이 돌았다. "그들은 갤브레이스를 좋아했소. 그러니 그대로 죽 끌고 나가 그들에게 다른 자유주의적인 교수를 보내주도록 해요. 하지만 그 사람이 꼭 우리한테 맞출 필요는 없고." 러스크 장관이 1965년 인도-파키스탄 전쟁이 끝난 직후 막시밀리안 오퓔스를 불러 인도의 대사직을 제안했을 때, 막스는 기다리는 줄도 모르면서 그런 부름을 기다려왔다는 사실을 깨달았다. 더불어 그가 한 번도 가보지 못한 인도가 그의 운명까지는 아니라 할지라도, 적어도 미궁 같은 삶의 여정이 줄곧 향해왔던 목적지일지 모른다는 것도. 러스크가 말했다. "바로 가줬으면 좋겠소. 훌륭한 미국인이 인도 신사들을 좀 손봐줄 필요가 있는데, 우리 생각으로는 당신이 딱 적임자요." 막스 오퓔스는 고전이 된 그의 저작 『왜 가난한 자는 가난한가』에서 인도, 중국, 브라질을 경제학 연구 대상으로 삼았고, 많은 논란을 일으킨 그 책의 마지막 장에서 이 '잠자는 거인들'을 깨울 방법을 제시했다. 아마도 이것은 서구의 주요 경제학자가 '남-남 협력'으로 알려지게 되는 것을 진지하게 분석한 최초의 사례였을 것이다. 막스는 습한 맨해튼의 저녁에 수화기를 내려놓으며—9월 말이지만 아직도 여름이 끝나지 않았다—제3세계 경제는 미국 달러화를 버려야 번창할 수 있다는 이론 모델을 발표한 학자가 어떻게 이러한 남쪽 나라의 미국 대표자로 선택되었는지 모르겠다고 큰 소리로 말했다. 그의 아내 렛은 그 질문의 답을 알고 있었다. "매력 때문이지, 매력. 하! 정말 그걸 모르겠어, 바보같이? 누구나 스타라면 환장하잖아."

미국은 인도를 어떡해야 할지 몰랐다. 존슨은 파키스탄의 독재자인 육군 원수 모하메드 아유브 칸*을 무척이나 좋아해서, 파키스탄이 중국과 점점 가까워져도 기꺼이 반쯤 눈감아주었다. "본처를 내치지만 않는다면야, 남편이 토요일 밤에 재미 좀 보는 정도는 이해해줄 수 있지 않겠습니까." 그는 워싱턴에서 만난 아유브에게 이렇게 말했다. 아유브는 그 말에 껄껄 웃었다. 물론 본처는 미국이었다. 대통령이 어떻게 그 사실을 의심할 수 있겠는가? 아유브는 귀국한 뒤 중국과의 유대관계를 더욱 공고히 다졌다. 그동안 러스크는 인도의 이해관계에 노골적으로 적대적 태도를 보였다. 당시 인도는 루피화의 평가절하와 국내 식량 위기로 인해 미국의 원조에 의존해야만 하는 굴욕적인 처지에 놓여 있었다. 그러나 이 원조는 천천히 이루어졌고, 미국의 인도 대사인 B. K. 네루는 그 문제를 놓고 러스크와 마주 앉아야 했다. "어째서 우리를 굶겨 죽이려는 겁니까?" 인도가 소련으로부터 무기를 받기 때문이라는, 질문 못지않게 퉁명스러운 대답이 돌아왔다. 막스는 뉴델리로 떠나기 전에 포기보텀**에서 러스크를 만나, 인도에 반대하는 길고 긴 장광설을 어쩔 수 없이 들어야만 했다. 러스크는 인도의 카슈미르 노선에 반대했을 뿐 아니라, 하이데라바드와 고아를 합

---

* 1958년 무혈혁명으로 수상이 된 뒤 미르자 대통령을 추방하고 대통령이 되어 군부를 배경으로 권력을 휘둘렀으나 1969년 반정부민주화운동에 밀려 실각했다.
** 미국 워싱턴 DC의 포토맥 강변 저지대로, 미국 국무부가 있는 곳이다.

병한 것과 여러 인도 지도자가 정부의 북베트남 지원을 지지한 데 대해서도 비판을 늘어놓았다. "오퓔스 교수, 우리는 호치민 그 양반과 전쟁 중이란 말이오. 아무쪼록 인도 당국에 우리 적의 친구는 적일 수밖에 없다는 사실을 분명히 주지시켜주기 바라오." 이 때문에 막스 오퓔스는 마거릿에게 라다크리슈난과 손을 잡은 사건 이후 치솟은 그의 갑작스러운 인기가 오래가지 않을지도 모르겠다고 말했다. "내가 러스크의 장단에 맞춰 움직인다면, 그들은 곧 우리한테 아무거나 잡히는 대로 집어 던지기 시작할 거야."

그가 당장 카슈미르에 가보고 싶다는 소망을 피력하자, 인도의 내무장관 굴자릴랄 난다는 강력히 반대했다. 보안 문제가 너무 심각해 그의 안전을 보장할 수 없다는 이유였다. 막스 오퓔스는 난생처음으로 미합중국의 힘을 행사했다. 나중에 그는 『권력자』에 이렇게 적었다. "압도적인 힘의 본질은, 강자는 자신의 힘을 넌지시 들먹일 필요조차 없다는 것이다. 모든 사람이 그가 힘이 있다는 사실을 의식하고 있다. 그러므로 권력은 남모르게 제 힘을 발휘하는 법이며, 강자는 나중에 단 한 번도 힘을 쓴 적이 없다고 주장할 수 있다." 채 몇 시간도 안 되어 난다는 샤스트리* 총리의 집무실로 불려갔고, 카슈미르 방문에 청신호가 켜졌다.

닷새 후 막시밀리안 오퓔스 대사는 털로 된 방한용 귀마개를 하고, 두터운 외투를 입고, 방탄조끼와 안전모를 착용하고 그 당시에는 휴전선으로, 나중에는 통제선으로 불린 곳에 섰다. 그가 살

---

* 인도의 정치가. 자와할랄 네루의 뒤를 이어 총리를 지냈다.

아온 모든 삶이 갑자기 모순투성이 같았다. 벨에포크 양식의 스트라스부르 대저택, 제르고비의 별장, 포체스터 테라스의 지하실, 뉴햄프셔에서의 경제 정상회담, 리버사이드 가의 11층 아파트, 경멸과 찬사를 동시에 받는 에드워드 듀렐 스톤이 인도 수도의 차나키아푸리 외교 단지에 최근 완공한 대사관인 널따란 루스벨트관조차도…… 그 모든 것이 희미하게 사라져갔다. 막스는 잠시 동안 영민하고 젊은 경제학자, 국제관계 변호사이자 학생, 레지스탕스의 일급 위조꾼, 최고의 조종사, 유대인 생존자, 브레턴우즈의 천재, 베스트셀러 저자, 권력의 집에 안거한 미국 대사라는 여러 다른 자아를 벗어버렸다. 그는 마치 벌거벗은 듯, 높은 히말라야에 압도된 듯 홀로 서 있었다. 그는 일촉즉발의 경계선을 사이에 두고 얼어붙은 듯 서로를 마주 보는 두 군대의 모습에, 그 위기의 규모에 이해력을 상실했다. 이윽고 그가 살아온 과거가 다시 제자리를 찾아 돌아오면서 그는 익숙한 옷들을 한 겹씩 도로 껴입었다. 특히 고향에서의 과거와, 사람들의 삶을 가로지르는 프랑스–독일 경계선의 출렁이는 움직임이 다시 돌아왔다. 그는 먼 길을 왔지만 어쩌면 그리 먼 길은 아니었을지도 몰랐다. 그는 자문했다. 어느 두 곳이 그렇게 서로 다를 수가 있을까? 어느 두 곳이 그렇게 서로 같을 수가 있을까? 겉보기에는 다를지라도 변치 않는 인간 본성은 그대로였다. 뱀처럼 꿈틀대는 경계선이 지금의 그를 만들었다는 생각이 들었다. 그는 이전의 상태로 되돌아가기 위해 이렇게 불안정한 또하나의 중간지대로 오게 된 것인가?

인도 외무장관 스와란 싱이 그의 팔을 잡았다. "이제 됐습니다.

여기 너무 오래 서 계시면 정말로 위험합니다."

막스 오필스는 남은 평생 동안 카슈미르 분쟁의 형세가 그의 서구적인 정신으로 이해하기에는 너무 엄청나고 낯설어 보였던 그 순간과, 숄처럼 자신의 경험을 둘러쌌던 절박감을 기억할 것이다. 그는 이해하려고 애썼던 것일까, 아니면 그렇게 하지 못한 자신의 실패에 눈감아버린 것일까? 정신이 세계를 명백하게 설명하기 위해 닮지 않은 것 속에서 닮은 것을 찾았던 것일까? 아니면 이러한 해명의 불가능성을 감추기 위해서였을까? 그는 답을 알 수 없었다. 그러나 그것은 엄청난 질문이었다.

그는 워싱턴에서 지지자들을 찾아다닌 끝에 몇 명을 찾아냈다. 국가안전보장 담당 대통령 보좌관 맥조지 번디와 결국 그의 후임자가 된 월트 휘트먼 로스토, 추문이 터진 뒤 막스의 뒤를 이어 뉴델리로 가게 되는 체스터 볼스가 그들이었다. 번디는 아유브와 중국의 관계가 그들이 인정하는 것보다 "훨씬 더 가깝다"는 것을 알고 있었다. 그는 존슨에게 "가장 크고 가장 잠재력이 막강한 비공산주의 아시아 국가" 인도는 "아시아에서 가장 큰 상품"인데, 미국이 파키스탄에 칠억 달러의 군사 원조를 해준 탓에 그 상품을 잃을 위기에 처했다고 충고했다. 본말이 전도된 상황이었다. 로스토도 동의했다. "인도가 파키스탄보다 중요합니다." 그리고 볼스는 미국이 인도의 무장을 꺼린 탓에 고(故) 자와할랄 네루, 그리고 지금은 랄 바하두르 샤스트리가 소련 쪽으로 기울었다고 주장했다. "우리가 인도에 이러한 원조를 해줄 뜻이 없다는 사실이 분명해지자, 인도가 소련을 주요 무기 공급원으로 삼고 그쪽으로 돌아섰던 겁니다." 존슨은 여전히 인도에 호의를 베푸는 것을 달갑지 않아했다. "인도와 파키스탄 모두에 군사 원조를 중단해야 하오." 그의 대답이었다. 그러나 막스 오퓔스의 워싱턴 접촉선들은 그에게 인도가 가장 원하는 것, 즉 미국의 초음속 전투기를 유리한 조건으로 대량 구입하는 문제를 '최우선 사안으로' 긴급하게 논의해달라고 촉구했다. 다치감 사냥꾼 오두막에서 카펫 위에 쿠션을 깔고 앉아 파치감 반드가 공연하는 연극의 막간마다 웃고 마시면서, 막시밀리안 오퓔스 대사, '하늘을 나는 유대인', 부가티 레이서를 몰고 날았던 남자는 인도 외무상 대표단에게 초음속 전투기 거래를 틀 수 있는 다양한 방법에 대해 소곤소곤 이야기했다. 그때 부니 카울 노만이 춤을 추며 나왔다. 막스는 그의 인도에서의 운명이 정책이나 외교, 무기 판매와는 거의 무관하며, 훨씬 더 오래된 태곳적 욕망의 명령과 전적으로 연관된 것임을 깨달았다.

무굴제국의 궁전에 있는 거울의 방 시시마할에서 아나르칼리가 마법사의 춤을 추며 살림 왕자의 마음을 사로잡았듯이, 흥행 영화에서 춤을 추었던 마두발라가 입을 헤벌린 수많은 남자를 홀렸듯이, 부니는 다치감 사냥꾼 오두막에서 자신의 춤이 자기 삶을 바꾸고 있음을, 넋을 잃은 미국 대사의 눈 속에서 태어나는 것이 바로 자신의 미래임을 알았다. 그가 자리에서 일어나 한참 동안 열렬히 박수갈채를 보낼 때, 그녀는 그가 자신을 데려갈 방법을 어떻게든 찾아내리라는 것을 알았다. 그녀에게 남은 일은 단 하나의 선택, 단 하나의 행동, 즉 가부(可否)를 결정하는 것뿐이었다. 그때 그녀의 눈이 그의 눈과 마주치면서 그들의 대답이 노골적으로 드러났고, 돌아갈 수 없는 지점까지 나아가버렸다. 그렇다. 미래가 그녀를 위해 올 것이다. 하늘에서 내려온 사자가 신들의 결정을 한낱 인간에게 알려줄 것이다. 그녀는 그 사자가 어떤 형태로 올 것인지 기다리기만 하면 되었다. 그녀는 두 손을 모아 손끝을 턱에 대고, 권력자를 바라보며 고개를 숙였다. 그의 앞을 떠날 때, 무대에서 퇴장하는 게 아니라 여태껏 밟아본 무대 중에서 가장 큰 무대로 입장하는 기분이 들었다. 그녀의 공연은 끝나는 게 아니라 시작되려는 참이며, 그녀의 삶이 다하는 날까지 공연은 계속되리라는 느낌이 들었다. 이제 그녀의 이야기가 궁정 무희의 것보다 더 나은 결말을 맺을 것인가는 온전히 그녀에게 달렸다. 아나르칼리는 무모하게 왕족을 사랑한 죄로 벽돌로 올린 벽 속에 갇히는 벌을 받았다. 부니도 그 영화를 본 적이 있는데, 영화제작자는 여주인공이 살아날 방법을 찾아냈다. 마음이 누그러진 아크바르 황제가 그녀의 무덤 밑으로 굴을 파서 어머니와 함께 탈출하게 해주었다. 부니는 평생 유랑해야 한다면 죽음보다 나을 것이 없다고 생각했다. 무덤의 크기가 더 크다 뿐이지, 갇힌 신세이기는 마찬가지였다. 그러나 시대가 변했다. 아마도 20세기 후반에는 춤추는 소녀가 왕자를 손에 넣을 수 있을지도 모른다.

대사의 보좌관인 에드거 우드는 컬럼비아 대학에서 국제관계를 공부하는 대학원생이었는데, 대사의 특별 요청을 받고 인도로 왔다. 그는 헝클어진 머리에 키가 크고 창백하며 빼빼 말랐고, 터무니없이 젊은 나이를 암시하는 지워지지 않는 큼지막한 여드름이 오른쪽 뺨에 있었다. 막스가 특별히 우드를 데려온 이유는 그가 능력이 뛰어나다거나 바지런해서가 아니었다(그는 실제로 영리하고 뭐든 빨리 배워서 컬럼비아 대학에서는 독수리 우드로 알려졌고, 이 별명이 대사관에서도 그를 따라다니긴 했다). 우드가 없어서는 안 되는 이유는, 대사가 원하는 일이라면 뭐든 다 해주면서 그에 대해 철저히 함구했기 때문이다. 뭐든 완벽하게 준비해놓는 사람, 충성스러운 중개자, 흠 없는 해결사를 찾기란 쉽지 않았지만, 막스 오퓔스가 대중 앞에 노출된 삶을 살면서도 타고난 천성상 도저히 버릴 수 없는 그런 생활을 유지해나가려면 이런 사람이 반드시 필요했다. 그는 우드에게 자기 나름대로 별명을 붙였다. 그가 보기에 이 젊은이는 '독수리'보다는 '비버'에 가까웠다. 그러나 물론 그런 말은 절대 하지 않았다. 그가 맨 처음 여자와의 밀회 약속을 잡아줄 신중한 조수가 필요하다고 운을 뗐을 때 비버 우드가 즉시 자원하고 나섰다. 그는 막스에게 물었다. "딱 하나 여쭤보고 싶은 것이 있습니다만, 혹시 등이 안 좋으십니까?" 막스는 당황했다. 아니, 등은 멀쩡하다고 대답했다. 우드는 고개를 끄덕이며 그러면 되었다고 마음을 놓았다. "잘됐군요. 대통령은 섹스를 지나치게 많이 한 데다 등이 안 좋았기 때문에 암살당했답니다." 막스는 그의 말이 이상하지만 또 한편으로는 우드가 미숙한 젊은 외모에서 드러나는 것보다 더 흥미로운 인물임을 여실히 보여주는 증거라고 생각했다. 우드가 설명했다. "지지대 말입니다. 케네디는 원래 등이 안 좋았는데, 무리하게 섹스를 한 탓에 악화되어 항상 지지대를 차고 다녀야 했습니다. 댈러스에서도 지지대를 찼고, 그 때문에 첫번째 총탄에 맞고 나서도 쓰러지지 않았죠. 그는 부상을 입고 비틀거렸지만 지지대가 다시 그를 일으켜 앉혔고, 두번째 총알이 그의 뒷머리를 날려버린 겁니다. 제 말 무슨 뜻인지 아시겠지요, 교수님. 케네디가 섹스를 덜 했더라면 지지대를 차지도 않았을 것이고, 그랬다면 부상을 입고 그냥 쓰러졌겠죠. 첫번째 총탄은 치명적이지 않았으니, 두번째 총알을 피할 수 있었을 겁니다. 그러면 존슨이 대통령이 되지도 않았겠지요. 이 이야기에는 뭔가 교훈이 있다고 생각합니다만, 교수님 등이 괜찮으시다면 해당사항 없는 얘기입니다."

다치감의 사냥꾼 오두막에서 카펫과 쿠션에 기대앉은 막스 오필스는 인도 외무장관을 피해 몸을 뒤로 젖혀 에드거 우드에게 속삭였다. "저 여자에 대해 자세히 알아봐." 우드가 대답했다. "전하는 바에 따르면, 그녀는 파키스탄의 라호르에 매장되었다 합니다. 본명은 나디라 베굼 또는 샤르프운니사이고요. 살림 왕자가 그녀에게 석류 싹이라는 뜻의 아나르칼리라는 애칭을 붙여주었답니다." 막스가 얼굴을 찌푸렸다. "극중 인물 말고, 우드. 실존했는지도 불확실한 역사적 인물 말고 말일세." 우드가 씩 웃었다. "압니다. 실없는 소리 좀 해본 겁니다." 막스는 이런 건방진 행동을 꾹 참아 넘겼다. 우드가 군말 없이, 심지어 열성적으로 수행하는 서비스에 대한 사소한 대가였다. 그는 스와란 싱에게로 다시 고개를 돌렸다. 스와란 싱은 막스 못지않게 매력적이고 박학다식한 인물로, 부드럽게 차근차근 말했다. 막스는 그가 무척 좋아지기 시작했다. 스와란은 춤에 대한 자신의 의견을 전하고자 했다. "아시겠지만, 아크바르는 힌두교에 놀라울 만큼 관대했답니다. 실제로 그의 아내이자 살림의 어머니였던 조다바이는 결혼 생활 내내 힌두교도로 남았지요. 오히려 계급 차이를 용인하지 못했다는 사실이 재미있답니다. 사회질서가 우리에게 종교적 믿음보다 더 중요하다는 사실을 암시하지요. 영국인처럼 말입니다. 그렇지 않습니까? 틀림없이 우리는 사이좋게 지낼 수 있을 겁니다." 막스도 맞장구치며 웃었다. 도덕적으로 엄격하고 올곧기로 유명하지만 충격요법의 효과도 잘 아는 기민한 인물 스와란 싱이 덧붙였다. "그건 그렇고, 저 젊은 여인의 가슴 혹시 보셨습니까?" 그는 너털웃음을 터뜨렸다. 막스는 인도와 미국의 관계를 위해 자기도 따라 웃어야 한다고 느꼈다. "국가의 보물이지요." 그는 더 내밀한 감정을 감추기 위해 최대한 자제력을 발휘하며 진지하게 대꾸했다. 그가 무심결에 강하게 내보인 반응을 스와란이 알아챘을까 두려웠다. "없어서는 안 될 인도의 일부이지요." 그는 더 확실하게 하려고 덧붙였다. 이 말에 스와란 싱이 다시 입을 열었다. "대사님, 새로운 인도는 당신을 우리의 안내인 삼아 과거 그 어느 때보다도 더 친서방적인 길로 나아갈 겁니다." 외무장관은 만족스럽게 웃었다.

뉴욕의 아파트에 홀로 남은 페기 오퓔스는 정보원 중 한 명으로부터 에드거 우드가 인도로 전근할 예정이라는 전화를 받고 가슴이 두방망이질쳤다. 그녀는 들고 있던 기다란 펠레그리노 잔을 로이 릭턴스타인이 그린, 부가티 레이서를 타고 나는 남편의 대형 초상화 쪽으로 있는 힘껏 던졌다. 그 그림은 그녀가 사랑의 증표로 주문한 것으로, 대형 미술관에 대여해주지 않을 때에는 리버사이드 가의 널찍한 집 거실 벽에 걸어두었다. 얼마나 흥분했는지 잔은 커다란 그림을 완전히 비껴가서 캔버스 오른편 무방비의 하얀 벽에 부딪혀 산산조각이 났다. 그녀는 깨진 유리조각을 그대로 둔 채 양 주먹을 부르쥐고 자신을 다스렸다. 그녀는 분노에 차서 혼잣말을 했다. 차라리 내가 아는 뚱쟁이인 게 낫지. 우드가 미국에 남는다 해도 남편은 보나마나 새로운 조수를 찾아낼 것이고, 한동안 마거릿은 막스 오퓔스가 틀림없이 안 하고는 못 배기는 짓, 그녀는 해주기를 꺼렸던 짓을 누가 준비해줄지 알지 못했을 것이다. 막스도 에드거도 그녀가 그들에 대해 모든 것을 아는 줄은 꿈에도 몰랐다. 그녀는 전부 안다는 것을, 그가 어디에서 무슨 짓을 하고 다녔는지 낱낱이 안다는 것을, 그것을 알아내는 일을 아예 업으로 삼았다는 것을, 그녀가 끔찍한 복수를 할 수도 있다는 것을, 요즘 같으면 언제고 하느님께 맹세코 복수하고 말리라는 것을, 그녀와 같은 입장이라면—그녀는 사람을 죽여본 적도 있다!—어떤 여자라도 복수할 권리가 있다는 것을.

부니 카울 노만의 유혹, 아니 더 정확히 말하자면 부니가 막스 오퓔스를 유혹하는 데에는 시간이 걸렸다. 에드거 우드처럼 비상한 재능을 타고난 사람일지라도 미국 대사와 카슈미르의 유부녀 무희의 은밀한 만남을 주선하기란 쉽지 않았다. 다치감 사냥꾼 오두막의 축제가 끝날 무렵, 우드는 이렇게 즐거운 저녁 시간을 만들어준 사람들 모두에게 친히 감사를 전하고 싶다는 대사의 뜻을 알렸다. 시인, 산투르 연주자, 배우와 요리사가 모두 몰려나왔다. 막스는 통역을 대동하고 그들 사이를 누볐다. 그와 말을 나눠본

이들은 그의 진심에서 우러나온 관심과 흥미에 모두 감동했다. 그러던 중 그가 특별한 의미는 전혀 없고 그저 우연인 척 부니 쪽으로 몸을 돌려 그녀의 예술적 재능에 감탄을 보냈다. "당신 정도 재능이라면 당연히 더욱 발전시키도록 해야 합니다." 통역이 말을 옮겨준 순간, 얌전히 눈을 내리깐 부니는 문이 열리고 바깥세계의 공기가 들어온 듯 뺨에 와 닿는 한줄기 미풍을 느꼈다. 그녀는 혼잣말로 속삭였다. 지금은 무조건 참고 기다려야 해. 무릎 위에 손을 포개고 앉아 앞으로 일어날 일을 기다리기만 하면 돼.

막스 오퓔스가 통역에게 명령했다. "이름을 물어봐줘요." 통역이 대답했다. "부니입니다. 자기가 좋아하는, 그러니까 스스로 선택한 이름이랍니다. 본명은 땅이라는 뜻의 부미이지만, 친구들은 카슈미르에서 사랑받는 나무인 부니라는 별명으로 부른다는군요." 막스가 말했다. "알겠소. 외부 사람을 위한 이름과 친구들이 쓰는 애칭이 따로 있단 말이군. 그럼 그녀에게 땅인 부미와 사랑받는 나무 부니 중에서 무희로서, 무희로서의 이력에 비추어 어느 이름을 더 좋아하는지 물어봐주겠소?" 그의 목소리나 태도에 사사롭거나 부적절한 낌새는 전혀 없었다. 그녀의 대답도 마찬가지로 아무 감정이 없는, 오로지 무색무취한 공손함만을 담은 예의 바른 것이었다. 통역이 말했다. "부니는 우선 자신은 부니라고 합니다. 둘째로는 대사님을 기쁘게 해드리는 것으로 충분히 즐겁다고 합니다." 막스 오퓔스는 스와란 싱이 북적이는 방 건너편에서 얼굴에 보일락 말락 한 미소를 띠고 바라보는 모습을 보았다. 티없이 맑고 순수하기만 한 미소, 온화한 미소, 음흉함이라고는 손톱만큼도 찾아볼 수 없는 미소였다.

막스는 자리를 옮겨 저녁 내내 그녀 쪽으로는 눈길 한번 주지 않았다. 그러나 마침내 압둘라 노만에게 말을 걸면서 계곡의 경제 상황을 조심스럽게 물어본 결과, 반드 파테르의 재정이 기울어가고 있다는 것을 알았다. 그는 그들이 오래전부터 대를 이어 전수해온 재주에 진심으로 반했다는 찬사를 보냈다. 압둘라는 막스가 예상했던 대로 미끼를 덥석 물었다. 통역이 말했다. "파치감 족장이 언제고 대사님께서 자기네 마을을 찾아주신다면 평생의 영예로 알겠다고 합니다. 대사님에게 전통극과 현대극 공연을 전부 보여드릴 수 있다면 평생 다시없을 은혜일 것입니다. 또 관심이 있으시다면 어떻게 재주를 갈고닦는지 보실 수도 있습니다. 요리도 있는데, 오늘밤에 온 와즈완 요리사들은 그곳 출신으로만 이루어져 있습니다." 에드거 우드가 다급하게 끼어들었다. "대사님의 일정상 지금은 불가능합니다……" 막스가 열성적인 젊은 보좌관의 팔을 두드렸다. "에드거, 에드거, 우리는 그냥 얘기를 나누는 중이라네. 누가 알겠나? 언젠가는 미국 대사라도 시간을 낼 수 있을지."

그렇게 성공적으로 각본을 짠 만남이 끝난 뒤, 막스 오퓔스는 델리로 돌아왔다. 그는 지금 흰 돌을 이용해 벽을 모자이크식 격자 모양으로 꾸민 장식적인 모더니즘 스타일의 싸늘하고 널따란 신형식주의 건물에 살고 있다. 그는 분수가 줄지어 늘어선 연못가를 거닐며 기다렸다. 부니 노만처럼. 에드거 우드는 조용히 손을 써서 그가 매일 힌두어와 카슈미르어 개인 교습을 받도록 해주었다. 그동안 대사의 아내는 거의 대사관저를 비웠다. 새로운 페르소나 페기마타, 엄마 없는 고아들의 어머니로 변신한 그녀는 쉬지 않고 인도 전역의 고아원을 누비고 다니면서, 가끔 막스에게 "이 아이들이 얼마나 예쁜지 그중 몇 명만이라도 집으로 데려갔으면 좋겠어요" 같은 내용의 편지를 보내오곤 했다. 인도 전역의 고아원 상태를 개선하기 위한 미국과 유럽에서의 기금 모금이 대성공을 거두면서 부부의 인기는 더욱 올라갔다. 한 신문 사설은 이렇게 말했다. "어쩌면 페기마타를 진정한 미국 대사로, 오퓔스 씨를 그녀의 매력적이고 기품 있는 배우자로 불러야 할지도 모르겠다." 그 사설 옆에는 페기 오퓔스가 메라울리의 장애아동과 가난한 거리 소녀들을 위한 인도 성(聖) 사랑 에반갈락틱 소녀 고아원에서 활짝 웃는 어린 소녀들에게 둘러싸인 채 잘생긴 젊은 가톨릭 신부 앰브로즈와 나란히 서 있는 사진이 대문짝만하게 실렸다. 앰브로즈 신부는 기사에서 이렇게 말했다. "캘커타의 죽어가는 사람들에게는 마더 테레사가 있지만, 바로 여기, 살아 있는 사람들에게는 페기마타가 있습니다."

그동안에도 오퓔스 부부의 결혼 생활은 계속 무너져갔다. 대사가 카슈미르를 처음 방문하고 나서 반년 후, 페기 로즈 오퓔스가 가장 두려워했던 일이 현실로 일어났다. 이 여자 저 여자 만나고 다니며 그의 유명한 매력에 굴복한 여자들과 잠자리를 하는 게 아니라, 그녀의 방탕한 남편이 한 소녀, 아무것도 아닌 보잘것없는 여자에게 정착한 것이다. 봄이 오자 그는 쇼, 연극, 희극, 줄타기 묘기, 물론 춤도 공연한다는 순회 배우들의 마을을 방문했다. 그런 다음 곧 루스벨트관에서 "인도 친구들을 위하여" 파티를 열게 했다. 말이 났으니 말이지만, 대사관은 호색가인 미국 대사만 사는 곳이 아니라 대사의 비참한 아내도 함께 사는 곳이었다. 그는 어쩌면 뉴델리에 그 계집년을 데려오기 위해 식후 여흥을 제공한다는 따위의 묘안을 짜낸 것일지도 몰랐다. 식후 여흥이라니! 그 계획에는 젊은 우드인지 뭔지 하는 놈의 손자국이 덕지덕지 묻어 있었다. 그중에서도 최악은, 최악 중에서도 최악은 그녀의 남편인 그가, 대사가—그녀가 여전히 자기 나름의 방식대로, 자기가 아는 유일한 방식으로 사랑하는 남자, 그가 원하는 것을 주지는 못했지만 사랑하지 않아서는 아니었던—그녀의 막스가 그녀, 페기를 고아원 시찰을 하다 말고 집으로 돌아와 안주인 노릇을 하도록, 자기 집에 앉아 그 여자가 남편을 위해 춤추는 모습을 보도록 한 것이었다. 그는 아내가 장님이라고 생각했던 것일까? 그녀는 끄나풀을 쓸 필요도 없이 그 여자가 하는 짓을, 뻔뻔스런 엉덩이의 움직임과 눈빛에 담긴 방약무인을 볼 수 있었다. 마치 그들이 페기의 면전에서, 모든 사람 앞에서 발가벗고 정사를 벌이는 것 같았다. 그 굴욕감이라니, 그녀는 평생 동안 인간의 잔인함을 질리도록 보아왔다. 그건 막스도 마찬가지였다. 그래서 균형 잡힌 관점을 잃지 않았고, 이런 짓이 그보다 더 나쁜 것도 아니었지만, 그래도 여전히 끔찍하게 잔인하고 인간으로서 차마 저지를 수 없는 짓이었다.

그들은 지금까지 랫과 그녀의 몰로서 함께해왔고, 수많은 일을 견디고 살아남았으나, 결국 감언이설로 남자를 후리는 카슈미르

미녀라는 암초에 걸려 난파하고 말았다. 불륜관계가 계속된다면, 폐기 오퓔스는 당연히 그를 떠나야만 할 것이다. 그렇게 많은 사랑과 인내를 헛되이 써버린 끝에, 결국 이번만큼은 마거릿 로즈로 다시 돌아가 남은 생을 그 없이 살아야 할 것이다. "이제 마법이 풀릴 시간이야, 신데렐라." 그녀는 혼잣말로 중얼거렸다. 마법의 주문이 막 풀리려 하고 있었다. 그녀의 드레스는 다시 재투성이 누더기로 변하고, 시종들은 쥐로 돌아가고, 아름다운 결혼 생활의 허구는 마침내 쓰디쓴 현실에 굴복해야 할 때가 왔다. 유리구두는 더이상 그녀에게 맞지 않았다. 구두는 다른 여자의 발에 신겨졌다.

⁂

인도 정부는 GOI였다. 파키스탄 정부는 GOP였다. 두 나라 사이에 타슈켄트 평화 회담(TPC)이 있은 후, 인도 수상 랄 바하두르 샤스트리(LBS)가 타슈켄트 선언문(TD)에 서명한 다음 날 치명적인 심장 발작을 일으키는 바람에 발생한 부분적인 정치적 공백 기간 중 막스 오퓔스는 미국이 주도할 수 있는 새 기회를 잡았다. 이 공백 기간 중 국민회의파 유력자들 간의 골수에 사무친 교착상태는 킹메이커 쿠마라스와미 카마라지(KK)와 모라르지 데사이(MD)가 자기네의 무력한 꼭두각시가 될 것이라 오판하고 인디라 프리야다르시니 간디(IPG)를 수상 자리에 올리면서 끝났다. 이 야만스러운 당내 싸움이 전개되는 동안, 사르베팔리 라다크리슈난 대통령(PSK)이 홀로 정치적 격랑 위로 부상했다. 그는 국내에서의 높아진 위상과 철학자이자 성인 같은 풍모 덕에, 대통령 역할을 다분히 의례적인 것으로 만들려 했던 인도 헌법 입안자들의 뜻과는 달리 정부의 모든 문제에 전례 없는 영향력을 행사했다. 막스는 이 존경받는 인물과의 두터운 친분에 힘입어 소위 오필스 안을 띄울 기회를 얻었다.

대사의 아이디어는 양측 정부를 설득해 다자간 프로젝트(GOI/GOP-MP)에 공동 참여하게 만든다면, 그들도 갈등 대신 상호 의존관계에 차츰 익숙해지리라는 것이었다. 그는 아대륙 정치 부문의 실제적 국제 공용어인 발음하기도 어려운 머리글자어를 익히며 연료 교환 프로그램, 일명 FEP를 제안했다. 파키스탄은 인도에 가스(PG)를 수출하고, 인도는 파키스탄에 석탄(IC)을 보내주는 것이었다. 그는 더 나아가 두 나라가 갠지스–브라마푸트라–티스타 강(GBTRS 또는 구어로 GABTRIS)의 수력발전과 관개사업(HAIP)에 협력할 것을 제안했다. 그리고 인도 정부의 기획사회복지장관(GOIMPSW 또는 MINPLASOC) 아소카 메타에게 이 계획을 설명하면서 세계은행의 지원이 있을 거라고 설득했다. 그는 옛 친구인 외무장관 GOIMFA 스와란 싱을 격려해서 GOP 쪽 담당자에게 비공식 루트로 사람을 보내 군비 제한 회담이 가능할지 의중을 떠보게 했다. 인디라 간디는 GOIPM, 일명 마담(MADAM)으로 자리를 굳혔는데, 막스는 화해의 길로 들어서도록 그녀를 압박했다. 온갖 감언으로 구슬리고 위협한 결과, 잠시 이름을 떨친 이슬라마바드 공동선언, 소위 IJOSTAT 또는 GOIGOPJS(ISL) 66이 나왔다. 막스는 POTUS와 UNSGUT 양측으로부터 개인적인 축하

전갈을 받았다. 요 근래 미국은 이니셜을 따서 머리글자어를 만드는 남아시아의 서양식 말투에 감염되었다. JFK, RFK, MLK, 그리고 당연히 POTUS는 린든 존슨(LBJ)이었고, UNSGUT는 유엔 사무총장인 우 탄트였다.

어감을 전혀 고려하지 않은 보기 흉한 관료적 용어는 권력 언어의 특징을 보여준다. 권력은 보기 좋게 꾸밀 필요도, 일을 쉽게 만들려고 할 필요도 없다. 적절한 언어 표현을 경멸하면서 자신을 있는 모습 그대로, 꾸미지 않고 벌거벗은 채로 드러낸다. 압제는 벨벳 장갑을 벗어버렸다.

이슬라마바드 협정이 성사되었다는 기쁨은 오래가지 않았다. 소외된 국가들이 공통으로 약어를 즐겨 쓴다 해서 평화를 더 좋아하게 되었다는 의미는 아니었다. 마담은 막스를 불러 모든 공동 프로젝트가 취소된 데 대한 분노를 전했다. 비공식 루트를 통해 전달된 군사적 제안은 휴전선을 따라 영토를 조정하자는 것이었다. 인도는 파키스탄이 잃은 전략적 요충지에 대해 보상을 해줄 것이다. 만약 파키스탄이 이를 받아들이지 않는다면, 유엔이 더 적절히 관리한다는 보증을 수용하겠다고 제안했다. 간디는 막스에게 양측의 실제 전사자 수를 알려주었다. 공식 발표된 수치보다 훨씬 많았다. "우리 젊은이들이 이렇게 죽어가도록 내버려둘 수는 없습니다. 아시겠지만, 파키스탄 쪽도 같은 생각입니다. 장군들은 줄피—GOPMFA 줄피카르 알리 부토—가 젊은이들을 추운 황무지 전투로 내몰았다고 잔뜩 분개하고 있어요. 고작 몇 에이커의 눈밭을 차지하자고요. Quelques arpents de neige.*" 그녀가 말했다. 두 나라 모두 관심을 보였음에도, 국경을 넘어 서로의 입장을 이해하는 데 더 효과적인 발걸음을 내딛지는 못했다. 두 수반은 오퓔스 안에 대해 공동으로 사보타주를 했다. 늙은 거물급 의원 벵갈릴 크리슈난 크리슈나 메논(VKKM)은 데탕트를 방해하기 위해 온 힘을 다했다. 그는 뛰어난 좌익 연설가로, 준비한 원고도 없이 유엔 안전보장이사회에서 여덟 시간 동안 카슈미르 보유에 대한 인도의 신성불가침권을 주제로 긴 의사 진행 방해 연설을 하기도 했다. 술은 입에도 대지 않는 그이지만 차는 하루에 서른여섯 잔을 마셨기 때문에 '차 킬러'를 자처했고, 그래서 말을 빨리하기로는 인도에서 둘째가라면 서러울 정도가 되었다. 그의 무례함은 상상을 초월했다. 그는 인디라 간디의 아버지와 친구였지만, 그녀를 적으로 여겼다. 그리고 내무장관 굴자릴랄 난다라는 자발적인 동맹자를 얻었다. 난다는 두 번에 걸쳐 며칠 동안 수상 대행을 맡은 적이 있었다. 첫번째는 자와할랄 네루가 죽었을 때였고, 다음은 샤스트리가 죽은 뒤였다. 진짜 수상들에 대한 그의 적개심은 격렬하고 절대적이었다. 난다는 샤스트리가 그를 제치고 막스 오퓔스가 카슈미르 분쟁 지역을 방문하도록 지혜를 발휘했기 때문에 아직도 마음이 상해 있었다. 난다와 크리슈나 메논은 오퓔스에 맞서 반대파를 조직하기 위해 인도 내각과 의회에서 열심히 뛰는 한편, 인도군이 카슈미르 계곡을 장악하도록 지원했다. 취임 초기에 인디라 간디는 자기가 밀릴 수밖에 없었다고 털어놓았다. "오

---

* 프랑스어로 "몇 에이커의 눈밭을 차지하자고요"를 반복한 것.

필스 씨, 당신도 마찬가지예요. GOIMHA 난다와 VKKM은 당신도 속여 넘겼어요. 나 참! 정말 바보 멍청이(schmuck)였지 뭐예요." SCHMUCK라고? 막스는 의아했다. 아, 협력관계에 대한 사보타주(Sabotage of Cooperative)…… 다음에는 뭐지? 카슈미르 문제에서의 조화로운 관계를 위한 기획(Harmony Motivated Undertakings Concerning Kashmir)인가? 인도 수상이 그의 팔을 부드럽게 쓰다듬었다. "그건 머리글자어가 아니에요."

부니는 남편을 대동하지 않고 파치감을 떠났다. 그 미국인이 압둘라 노만에게 춤 공연만 요청했기 때문이다. 그녀는 다시 한번 아나르칼리 역을 맡아 저택의 중앙 홀에 특별히 설치한 무대의 피라미드 모양 등 아래에서 수도의 고관대작들에게 눈부신 재주를 보여주라는 명을 받았다. 히말과 곤와티도 그녀와 춤을 추기 위해 같이 왔다. 그들은 보조 역할에 만족했으며, 그녀가 내뿜는 빛을 받아 조금이라도 빛날 수 있다는 데에 기뻐했다. 늙은 춤선생 하비브 주와 악사 삼인조도 나섰다. "파치감이 뉴델리에, 미국 대사관에 극단을 보내게 되다니." 압둘라 노만은 버스정류장에서 그들을 일일이 포옹하며 기쁨에 넘쳐 말했다. "우리 모두에게 다시없을 영광이로구나."

광대 샬리마르도 부니를 배웅하러 나왔다. 오토바이 운전자와 행인에 대한 경고 문구를 덕지덕지 붙인 버스가 늘 그렇듯 요란하게 끽끽대며 도착하자, 노만은 아내의 침낭을 들고 지붕 위로 올라가 모든 것을 안전하게 꽁꽁 묶었다. 부니는 남편에게 작별 인사를 하면서 이것으로 영영 끝이라고 생각했다. 그는 아무것도 몰랐다. 가슴 찢어지는 일이 닥칠 거라곤 전혀 예상하지 않았다. 그는 아내를 너무나 사랑했으므로, 아내가 딴마음을 품었으리라고는 꿈에도 의심치 않았다. 그러나 그는 광대일 뿐이었다. 그의 사랑은 어디로도 그녀를 이끌어줄 수 없었다. 아무것도 바꾸지 못할 것이고, 그녀를 그녀의 운명이 가야 할 곳으로 데려가주지도 못할 것이다. 그녀는 버스에 오르면서 고개를 돌려 광대 샬리마르가 상처 입어 반은 사람, 반은 허깨비처럼 흐릿하게 부유하는 존재가 된 친구 준 미스리와 함께 서 있는 모습을 보았다. 그의 곁에 서 있는 준의 모습이, 부니가 곧 그에게 입힐 상처의 전조처럼 보였다. 그녀는 최선을 다해 가장 밝은 미소를 그에게 지어 보였고, 그는 언제나처럼 미소로 답했다. 사랑으로 밝게 빛나는 아름다운 모습, 그녀는 이런 모습으로 그를 기억하게 될 것이다. 그때 버스가 부릉 하고 떨더니 출발해 모퉁이를 돌자 그의 모습이 시야에서 사라졌다. 그녀는 곧 벌어질 일을 준비하기 시작했다. 무엇을 원하나, 대사가 그녀에게 물었다. 그녀는 그가 무엇을 원하는지 알고 있었다. 그는 남자들이 원하는 것을 원했다. 그러나 그의 질문에 답을 준비해두는 것이 중요했다. 자신이 무엇을 원하는지, 그리고 그 대가로 무엇을 제공할 준비가 되어 있는지 정확히 알아야 했다.

그가 왔을 때 그녀는 준비가 되어 있었다. 특이한 젊은이 에드거 우드가 만사를 완벽하게 준비해두었다. 무희들은 루스벨트관

손님용 건물에 안락한 방을 배정받았다. 우드는 일을 처리하면서 조심스레 오퓔스 부인의 승낙을 구했다. 오퓔스 부인의 방은 건물 맨 끝에 있었다. 그녀와 대사는 침실을 따로 쓰는 편을 더 좋아했다. 비버 우드는 저명한 부부의 방 사이에 경비병이 지킬 통로를 조심스럽게 골랐고, 무희들의 방 바깥 복도에도 경비병을 배치했다. (비버가 뉴델리에 도착한 뒤 가장 먼저 착수한 일이 중서부 출신 부모들의 보수적인 도덕관이나 신보다도 대사에게 절대적인 충성을 바쳐야 한다고 알고 있는 자들, 즉 그가 신뢰할 수 있는 대사관 경비병이 누구인지 확인하는 것이었다.) 우드는 젊은 여인들에게, 그들의 안전을 위해 저택 복도에는 아침식사 시간이 될 때까지 출입이 금지되며, 아무도 복도로 나와서는 안 된다고 알려주었다. 히말과 곤와티는 전혀 이의를 제기하지 않았다. 더군다나 그들의 방에 옷감이며 향수, 목걸이, 고풍스러운 은제 팔찌가 잔뜩 있고, 고리버들 바구니에 먹고 마실 것이 넘쳐나는데 불평할 이유가 없었다. 그들은 기쁨에 넘쳐 탄성을 지르며 선물 쪽으로 달려갔다. 하비브 주와 삼인조 악사는 아쇼카 호텔의 스위트룸으로 안내되어 난생처음 미니바라는 것과 낯을 익혔다. 그들은 자기들의 종교도 이렇게 집을 떠나 별 다섯 개짜리 최고급 호텔에서 공짜로 묵을 때만큼은 예외로 보고 특별히 눈감아줄 거라고 기분 좋게 믿기로 했다.

부니는 루스벨트관의 자기 방에서 사리를 구경하지도 않고, 향수 냄새를 맡아보지도 않고, 봉봉을 먹지도 않았다. 날씬한 몸과 근육 잡힌 납작한 배를 드러낸 꽉 죄어 올린 진홍색 보디스*와 금실로 테를 두르고 주름을 잔뜩 잡은 에메랄드빛 초록 비단 치마, 빙글빙글 돌 때 치마가 바깥쪽으로 확 벌어져도 남부끄럽지 않게 밑에 받쳐 입은 흰색 타이츠 등 아직도 아나르칼리의 옷을 입고, 목에는 '루비' 펜던트, 코에는 '금' 고리, 머리에는 가짜 진주를 단 채 침대 끄트머리에 조용히 앉아 있었다. 그녀는 여전히 '배역 속'에 머물며 무굴 왕위 계승자를 기다리는 훌륭한 고급 창부 역을 하고 있었다. 그녀는 불평 없이 무릎 위에 손을 맞잡고 기다렸다. 새벽 세시쯤 되었을 때, 조용히 그녀의 방문을 딱 한 번 두드리는 소리가 들렸다.

그는 최근 배운 카슈미르어로 선언문을 준비해왔으나, 그녀가 손가락으로 그의 입을 막았다. 참 잘생겼구나. 저 눈은 얼마나 많은 것을 봐왔을까. 저 몸은 얼마나 많은 것을 알고 있을까. "저도 영어를 좀 할 줄 알아요." 그녀가 말했다. 괜히 피아렐랄 카울의 딸이 아니었다! 그가 놀라면서도 안심이 되어 온몸의 긴장을 풀자 그녀가 웃음을 터뜨렸다. 그녀 또한 아무것도 모르는 남편 옆에서 밤을 지새우며 고심하여 준비한 대사가 있었다. 여기는 그녀의 무대이고, 이제 그녀가 독백을 할 차례였다. "제발, 저는 훌륭한 무희가 되고 싶어요. 그러니까 훌륭한 선생이 필요해요. 또 높은 수준의 교육을 받고 싶어요. 제가 살 좋은 집도 있어야 해요. 그래야 그곳에서 제가 당신을 맞아도 부끄럽지 않을 테니까요. 마지막으로," 그녀의 목소리가 떨려 나왔다. "저는 이것을 위해 많은 것을

---

* 블라우스나 드레스 위에 입는 여성용 조끼.

포기할 거예요. 그러니 당신에게서 직접 저를 안전하게 지켜주겠다는 말을 듣고 싶어요."

막스는 감동하는 한편으로 흥미를 느꼈다. "이 문제에서는 당신 뜻대로 하겠소." 그가 엄숙하게 대답했다. "메 하브 타에 사에 와트. 부디 내게 길을 알려주오." 그들은 한 시간 동안 머리를 맞대고 마치 서로를 통해 자기가 가진 것을 보충할 필요가 있음을 아는 사람들끼리 하는 비공식 협상이나 국제 무기 거래처럼, 제휴관계에 대한 협약을 이끌어냈다. 막스 오퓔스는 이 젊은 여인의 노골적인 실용주의에 크게 자극받았다. 자신의 야심을 놀랄 만큼 솔직하게 드러내는 것으로 보아, 사랑을 나눌 때도 그만큼 솔직할 것이다. 그는 과연 그런지 알게 되기를 고대했다. 협상 또한 그 자체만으로도 즐거웠다. 막스는 개인적으로 BKN/MO/JSA(C)와 같은 용어를 더 좋아했지만, 둘이 고른 이름인 '협약', 즉 부니 카울노만과 자신 간의 공동 합의문을 충분히 요약한 협약의 세부사항은 바로 합의가 되었다. 상호 이기주의만이 국가 간 협약의 지속 여부를 보장할 수 있듯, 이 불륜관계가 자신의 목적을 향해 나아갈 가장 좋은 기회라는 부니의 인식이야말로 그녀가 앞으로 신중하고 진지하게 행동하리라는 믿을 만한 보장이었다. 구두계약에서 가장 미묘한 조항도 장애물이 되지 않았으므로, 막스는 충분한 보장을 받은 셈이었다. "내가 당신의 요구를 다 들어주면, 당신 쪽에서는?" 그가 질문을 던졌다. 익히 짐작했던 질문이었다. 그녀는 속으로 그 질문에 이미 천 번은 거듭해 대답하고 또 대답했다. 그녀는 그의 눈을 똑바로 들여다보았다. "당신이 원하는 것은 무엇이든, 당신이 원할 때면 언제든지 하겠어요." 그녀가 완벽한 영어로 대답했다. "제 몸을 당신 마음대로 하셔도 좋아요. 기쁘게 복종하겠어요."

막스의 중요한 요구 사항은 모두 적절했다. 신중하고 진지해야 할 뿐 아니라 절대 복종하고 유순하게 굴어야 하며, 그의 요구에 최대한 주의를 기울이고, 그를 기쁘게 해주기 위해서라면 열 일 제쳐놓고 나설 것, 또한 언제든 그가 마음대로 찾아올 수 있어야 함. 그녀는 이 모든 것을 자신을 더 나은 존재로 만들겠다는, 고향 마을에서 세계로 도약하겠다는, 자신이 마땅히 누릴 가치가 있다고 믿는 미래를 반드시 거머쥐겠다는 결의에 차서 적극 받아들였다. 광대 남편이 문젯거리였지만, 자신이 간단히 해결할 수 있으니 막스는 신경 쓸 필요 없다고 우겼다. 모든 것이 만족스러웠다. 발 빠르기로는 둘째가라면 서러울 에드거 우드가 벌써 히라 바그 사우스이스트 22번지에 타입 1 아파트를 구해놓았다. 도심 남쪽의 집세가 싼 주거 밀집 지역에 있는 회녹색 콘크리트 건물의 발코니가 없는 방 두 개짜리 아파트였다. 분홍색으로 칠해진 방에는 야한 푸른색과 흰색 네온 막대 형광등이 달려 있었다. 그 방 아래층에 얼굴색이 자줏빛인 오디시 춤의 권위자 자야바부, 즉 판디트 자얀타 무드갈이 살았다. 그는 두둑한 보수를 받는 대가로 부니에게 자기가 아는 모든 것을 가르쳐주고, 알아서는 안 될 것에는 귀 막고 눈감아주기로 했다. 막스와 부니는 협상이 타결되자 악수를 나누었다. 오필스 대사는 쉰다섯 살에 지상낙원을 얻었다. 그러나 뭔가 좀 이상했다. 냉소적인 협약을 맺었음에도 오랫동안 잠들어 있던 것, 깨워서는 안 될 무언가가 자기 안에서 꿈틀대는 기미를 느꼈다. 이렇게 아름다운 여인은 본 적이 없었으니, 욕망이 이는 것은 당연했다. 그러나 그의 안에서 꿈틀대는 벌레는 욕망보다 더 깊은 곳에 누워 있었다.

그는 스스로에게 경고했다. "그건 안 돼. 사랑에 빠지는 건 조약 위반이야. 골치 아픈 일만 생길 것이 뻔하다고." 그러나 그의 내면에 있는 비밀스러운 생물이 기지개를 펴고 하품을 하면서 잊히다시피 했던 지하실에서 기어나와 빛을 향해 올라왔다. 부니를 떠올릴 때마다 그의 얼굴에는 바보 같은 미소가 피어올랐다. 그녀를 지나칠 만큼 자주 찾게 되었고, 그녀에게 아낌없이 선물을 안겼다. 그녀는 미국 외교관의 창고에 있는 보물을 원했다. 양철통에 든 미국산 치즈, 쟁기질한 밭을 축소해놓은 듯한 미국산 감자칩, 자동차를 타고 전속력으로 달리는 즐거움을 찬양하는 45rpm 레코드, 그리고 무엇보다도 초코바 등이었다. 나중에 그녀의 몰락을 가져오게 될 초콜릿과 사탕이 그녀의 삶에 처음으로 마구 쏟아져 들어왔다. 또 그녀는 테 없는 모자에 진주를 두른 지겨운 재키 케네디 스타일 말고, 열렬히 탐독하는 잡지에서 본 포카혼타스 머리띠와 소용돌이치듯 퍼지는 오렌지색 날염 시프트 드레스, 술 달린 가죽 재킷, 이브 생 로랑의 몬드리안 사각형 원피스, 후프 넣은 드레스, 최신 유행 캣슈트*, 미니스커트, 비닐 소재 드레스, 장갑 등 1966년에 유행한 여성복을 너무 갖고 싶어했다. 그녀는 이런 옷들

---

* 전신에 꼭 끼는, 위아래가 연결된 옷.

을 연인을 위해 보금자리에 있을 때만 정성껏 차려입고 자신의 대담함에 킬킬댔다. 그러면 그는 서둘지 않고 천천히 그 옷을 벗기든가, 아니면 거칠게 마구 찢어발겨 바닥에 흩뿌렸다. 대사가 의심받지 않도록 이런 선물을 구해주는 일을 맡은 에드거 우드는 맡은 바 임무를 철저히 해내면서도 점점 적의를 품게 되었지만, 부니는 당당히 이를 무시해버렸다. 우드는 협정의 필요불가결한 조항에 따라 그녀가 피임약을 매일 복용하는 모습을 옆에서 꼭 지켜봐야겠다고 우기는 것으로 나름대로 보복을 했다.

막스가 미처 예상치 못했던 낭만적인 열정에 빠졌고, 또 부니가 약속한 대로 그의 요구에 한 치도 어긋남 없이 맞춰주었기에, 그는 그녀가 처음부터 무언으로 전한 말을 알아채지 못했다. 그녀는 그것이 실무적인 협정의 일부이니만큼, 그 역시 당연히 알고 있으리라 여겼다. 내 마음은 요구하지 말아요. 난 내 마음을 발기발기 찢어서 산산이 부숴 내버렸으니까요. 나는 무정한 여자가 될 거랍니다. 하지만 또한 사랑스러운 여인의 완벽한 위조품이 될 것이고, 당신은 나에게서 완벽한 가짜 사랑을 받을 테니 전혀 눈치채지 못할 거예요.

협정에는 입 밖에 내어 말하지 않은 두 가지 조항이 있었다. 하나는 사랑을 주는 것에 관한 내용이었고, 또하나는 사랑을 주지 않는 것에 관한 내용이었다. 서로 날카롭게 상충하고 절대 화해할 수 없는 추가 조항이었다. 그 결과는, 막스가 예측했듯이, 인도와 미국 간 역사상 최대의 외교 분쟁이라는 골치 아픈 문제를 일으켰다. 그러나 한동안 이 위조 전문가는 자기가 사들인 위조품에 속아 넘어갔다. 속은 정도가 아니라 만족했다. 쓰레기 더미에서 걸작을 찾아낸 미술품 수집가처럼 그것을 손에 넣은 데 만족했고, 장물인 줄 알면서도 사지 않고는 배기지 못하는 수집가처럼 보이지 않는 곳에 감춰두고 기뻐했다. 반드 파테르 마을 출신의 바람난 유부녀가 골치 아픈 카슈미르 문제와 관련된 미국의 외교 활동에 영향을 미치고 복잡하게 만들다 못해 심지어 좌지우지까지 하게 된 사건은 이렇게 시작되었다.

파치감은 덫이라고 그녀는 매일 밤 스스로에게 말했다. 그러나 무스카둔 강은 여전히 그녀의 꿈속을 흘렀고, 차갑고 빠른 산의 음악 소리가 귓가에 울렸다. 그녀는 산에서 나고 자랐기에, 평원의 기후는 그녀에게 나쁜 영향을 미쳤다. 여름이 오면 델리에서는 하루 중 제일 더운 시간에 '전력 평균 분배'를 위해 일부 지역이 정전되기 때문에 에어컨은 항상 무용지물이었다. 더위는 망치 같고, 돌멩이 같았다. 그녀는 더위에 짓눌린 채 수치로 얼룩진 불륜의 침대 위에 널브러져 찬단와리, 마나스발, 시슈나그, 꽃밭 가득한 굴마르그, 산 위의 영원히 녹지 않는 눈, 차디찬 빙하와 부글거리는 샘과 신들을 모신 고지대의 얼어붙은 사원을 생각했다. 거울 같은 호수 수면을 심장 모양의 노가 부드럽게 치는 소리, 치나르 잎 바스락대는 소리, 뱃사공의 노랫소리와 부드럽게 날개 치는 소리, 지빠귀의 날갯짓 소리, 구관조의 날갯짓 소리, 푸른박새와 후투티의 날갯짓 소리, 머리를 땋아올린 어린 소녀처럼 보이는 볏

달린 나이팅게일 소리가 귓전에 울렸다. 눈을 감으면 어김없이 아버지, 남편, 친구들, 지상에 그녀가 있을 곳으로 정해진 장소가 눈앞에 떠올랐다. 새로운 애인이 아니라 예전의 잃어버린 삶이. 옛 삶은 감옥이었어. 그녀는 사납게 혼잣말을 중얼거렸지만, 그녀의 가슴은 그녀에게 바보라 했다. 그녀의 가슴은 그녀가 모든 것을 엉망진창으로, 뒤죽박죽으로 만들어놓았다고 비난했다. 예전에는 갇혀 있다고 생각한 것이 실은 자유였고, 지금의 소위 이 해방은 금박을 칠한 새장에 불과했다.

광대 살리마르를 생각했고 자기가 얼마나 쉽게 그를 버렸는지 떠올리고는 또다시 몸서리쳤다. 파치감을 떠날 때 그녀와 가장 가까운 이들조차도 그녀가 무슨 짓을 하고 있는지 짐작하지 못했다. 얼간이들 같으니라고. 그 누구도 그녀를 그녀 자신으로부터 구해내려 하지 않았다. 그러니 어떻게 그들을 용서할 수 있겠는가? 전부 바보 천치다! 남편은 그중 제일가는 바보 천치이고, 시아버지는 그다음 가는 바보이고, 그 밖의 사람들도 나을 것이 없다. 히말과 곤와티가 그녀 없이 파치감으로 돌아가 나쁜 소문이 퍼지기 시작한 뒤에도 광대 살리마르는 그녀에게 믿음이 가득한 편지, 그들의 살해당한 사랑의 망령에 사로잡힌 편지를 보내왔다. 난 예전 강둑에 앉아 있던 때처럼 너에게 닿지 않고도 손을 뻗어 너를 만져. 네가 네 꿈을 좇고 있는 줄은 알지만, 그 꿈은 항상 너를 나에게로 다시 돌아오게 할 거야. 암리칸이 도와주신다면. 사람들은 입만 열면 거짓말을 늘어놓지만 난 네 마음이 진실하다는 걸 알아. 나는 양손을 맞잡고 앉아 네가 돌아오기만 기다려. 그녀는 자신을 사로잡는 고독의 사슬에 매인 채 땀을 흘리며 침대에 누워 편지를 잘게 찢고 또 찢었다. 쓴 사람에게나 받은 이에게나 굴욕스러운 편지, 관심 둘 가치도 없는 편지, 보내지 말았어야 할 편지였다. 이런 생각조차 아예 하지 말았어야 했다. 그녀까지도 수치를 느낄 만큼 자존심도 없이 약해빠진 남자가 아니라면, 이런 생각은 하지도 않았을 것이다.

종잇조각이 여름에 지쳐 무력해진 그녀의 손에서 떨어져 눈송이처럼 침실 바닥에 흩날렸다. 그 조각들에 담긴 메시지는 눈처럼 그녀의 새로운 삶과는 정말 아무런 관계도 없었다. 이 광대는 대체 어떻게 생겨먹은 남편이란 말인가? 무굴 황제까지는 못 되어도, 투글라크나 킬지 같은 무슬림 정복자처럼 분노에 불타 수도로 돌진해오기를 했나, 라마 왕처럼 그녀를 납치한 미국인 라바나에게 치명적인 공격을 가하기 전에 그녀를 찾으려고 원숭이 신 하누만이라도 보내길 했나? 아니다, 그는 아내의 사진만 멍하니 들여다보며 무능한 병신처럼 따분한 무스카둔 강에 눈물이나 떨어뜨리고, 조금이라도 남을 짓밟으려는 사람이라면 누구한테고 기꺼이 짓밟혀주는 진짜 카슈미르 겁쟁이처럼 자기 운명을 받아들였다. 그는 최소한 자기 손으로 뭔가 할 수 있고 사소한 것들은 날려버릴 배짱이 있는 형제 아니스하고도 싸웠을 만큼 고집불통 멍텅구리였다. 그는 재주 부리는 개, 사람들을 웃기려고 삶을 흉내 내지만 정작 어떻게 살아야 하는가에 대해서는 손톱만큼도 알지 못하는 개처럼 굴었다.

그녀는 그와 함께 보낸 첫날 밤, 만일 그녀가 바로 지금 그토록 비정하게 해치워버린 짓을 행여나 한다면 그녀를 끝까지 쫓아가 그녀의 목숨과 그녀가 낳은 아이의 목숨까지 빼앗아버리겠다던 애정 어린 협박을 떠올렸다. 남자들이 제 손 안에 있는 여자에게 늘어놓는 공허한 말일 뿐이었다. 약해빠진 놈, 젠체하는 녀석, 바보였다. 만일 부니가 남편이었다면, 아내를 찾아내 죽여서 개처럼 시궁창에 처박아 죽어서도 수치를 당하게 해줬을 것이다.

편지가 끊겼다. 그러나 여전히 그는 밤마다 부니의 꿈속에 나타나 높은 줄 위를 걷다가 허공으로 뛰어올라 마치 트램펄린 위인 것처럼 튀어오르고, 가느다란 줄을 따라 형제들과 등 짚고 뛰어넘기를 하고, 보이지 않는 바나나 껍질을 밟고 미끄러진 척 팔을 빙빙 돌리며 가까스로 균형을 잡았다 또다시 바나나 껍질에 미끄러진 척 재주 좋게 땅으로 떨어졌다. 언제나 박수갈채를 받는 마무리였다. 꿈속에서 그녀는 그의 재능에 미소를 지었지만, 깨어나는 순간 미소는 시들어 사라져버렸다.

간단히 말해서, 그녀는 오쟁이 진 남편을 마음에서 떨어낼 수가 없었다. 미국인 정부에게 정작 중요한 얘기는 아무것도 할 수 없었으므로, 그녀는 대신 '카슈미르'에 대해 흥분한 어조로 떠들어댔다. 그녀가 말하는 '카슈미르'는 남편을 은밀히 뜻하는 것이었다. 이렇게 머리를 쓴 덕에 함께 배신을 저지른 남자 앞에서 자기가 배신한 남자에 대한 사랑을 공공연히 떠들 수 있었다. 그녀는 점점 더 자주 이 '카슈미르'라는 암호로 바꾼 대상에 대한 애정을 전혀 의심받지 않고 이야기했다. 가끔 발음 실수를 해서 그의 산, 그의 계곡, 그의 정원, 그의 흐르는 시냇물, 그의 꽃, 그의 물고기라고 말할 때조차 의심받지 않았다. 미국인 정부는 너무 우둔해서 그 암호를 풀지 못한 것이 분명했다. 그는 발음상의 실수를 그저 그녀가 아직 말이 서툰 탓으로만 여겼다. 그러나 대사는 조심스럽게 그녀의 열정에 주목했고, 분노가 최고조에 달해 그녀가 '카슈미르'는 비겁하다고, 끔찍한 범죄가 자기에게 저질러지는데도 꼼짝 못하고 당하고만 있다고 마구 헐뜯을 때면 감동을 받았다. 그는 베개에 기대 그녀의 벗은 등을 애무하고 훤히 드러난 엉덩이에 입을 맞추고 젖꼭지를 꼬집으며 물었다. "범죄라. 인도 무장 병력이 하는 짓을 말하는 거요?" 그 순간 그녀는 '인도 무장 병력'이라는 말로는 남몰래 대사를 가리키고, 미국인이 자기를 손에 넣은 것은 인도가 계곡을 차지한 것으로 바꿔 말하기로 마음먹었다. "예, 맞아요. '인도 무장 병력'이 강간과 약탈을 일삼고 있어요. 그것도 몰랐단 말인가요? 당신의 군홧발이 내 땅을 행진한다는 게 얼마나 수치스럽고 굴욕적인 것인지 몰랐단 말예요?" 또 눈치코치 없는 혀가 당신의 군홧발, 내 땅이라고 실언했다. 그러나 이번에도 그녀의 달아오른 아름다움에 마음을 빼앗긴 대사는 알아채지 못했다. "그래, 자기." 그는 그녀의 허벅지 사이에서 우물우물 대답했다. "나도 이제 조금 알 것 같아. 하지만 당분간은 그 일을 문제 삼긴 힘들 것 같은데?"

시간이 흘렀다. 막스 오퓔스는 부니 노만이 자기를 사랑하지 않는다는 것을 알았지만, 그녀가 자기 마음 한구석에 임시로나마 둥지를 틀고 앉았으므로 처음에는 그 사실을 밀쳐내고 그 결과에 눈을 감았다. 그는 부니가 자신을 있는 그대로 내보이지 않고 진짜 애첩처럼, 여느 보통의 창녀처럼 오로지 육체만 내놓는다는 것을 알았지만, 이런 것은 잊어버리기로 했다. 자기는 사랑이라 부르고 싶은 것에 그녀도 상응하는 보답을 하고 있다고 자신을 속였다. 그리고 '카슈미르' '점령'에 대한 그녀의 통렬한 비난에도 조금씩 마음이 움직였다. 그녀가 남몰래 대사를 비난하고 자기를 구해주지 않는 무력한 남편을 헐뜯는 줄은 꿈에도 몰랐다. 그는 사적인 자리나 대중 연설에서 카슈미르 계곡에 군대를 주둔시킨 데 대한 반대 입장을 표명하기 시작했다. 처음 그의 입에서 압제자들이라는 말이 나온 순간, 그의 인기는 거품이 터지듯 꺼져버렸다.

신문 사설들은 그에게 맹비난을 퍼부었다. 겉으로는 친인도파인 척하면서 그 밑에는 또다른 싸구려 '담배'(담배는 파키스탄-미국 담배 회사의 이름을 빗대 파키스탄 미국인, 파키스탄을 동정하는 미국인을 가리키는 속어였다), 이해할 수 없는 양키를 감추고 있었다고 비난했다. 미국이 동남아시아를 짓밟고, 베트남 아이들의 몸뚱이가 거센 네이팜탄의 불길에 휩싸여 불타는 마당에 미국 대사가 어찌 뻔뻔스럽게 압제 운운할 수 있느냐는 얘기였다. 인도의 한 논설위원은 이렇게 그를 맹비난했다. "미국은 제 앞가림이나 잘하라. 우리가 우리 땅을 어떻게 다룰지는 미국이 왈가왈부할 일이 아니다." 대사의 문제가 어디에서 비롯되었는지 정확히 파악한 에드거 우드는 비로소 부니 노만을 내보내야겠다고 마음먹었다.

그를 잘 보라. 이 반질거리는 쥐새끼, 독수리 비버 우드, 남의 눈에 띄지 않고 종종대며 바퀴에 기름을 치는 자, 겉으로 드러나는 자들을 지하에서 돕는 자, 도마뱀 인간, 산기슭의 뱀! 동족의 뚜쟁이, 물속의 포주는 도덕적 비난을 감수해야 하는 성가신 일을 하기에는 준비가 부족한 인물인 것 같았다. 고상하지 못한 위치에 있으면 남을 경멸하기 어렵다. 그러나 무한한 잠재력을 지닌 사기꾼 같은 인물 우드는 이 어려운 묘기를 해냈다. 그는 입장을 바꿔 놓음으로써 완전히 이 문제를 처리했다. 보스턴의 고위 성직자의 자식으로 태어난(그래서 그 자신이 말하자면 브라만이었다) 그는 일찍 종교를 버렸다. 종교적 관습을 거부했으면서도, 신성한 겉모습과 호화로운 겉치레에 대한 은밀한 애착만큼은 계속 마음에 품고 있었다. 속으로는 거만하고 신성한 자세를 취하면서 겉으로는 겸손하고 관대한 척했다. 자부심에 차 있으면서도 막스 오퓔스 앞에서는 오로지 그만을 섬기며 자신을 위해서는 아무것도 바라지 않고, 모든 일을 다 하면서 아무것도 못 본 척하는 사람, 종복, 주인의 신발 아래 기꺼이 밟히는 낮은 발판 역할을 마다하지 않았다. 그리하여 아무리 비천한 몰골이어도 스스로를 고결하다고 여길 수 있었다. 지금 작은 스쿠터에 매달린 인력거를 타고 흰색 쿠르타* 자락을 바람에 날리며 인도 수도의 거리를 지나는 그의 모습을 보라. 발에 신은 인도 가죽 샌들을 보라. 그가 대사관저에 도착해 건물 안으로 들어가 인도 예술품과 기념품, 마두바니 민화**, 왈리족 공예품, 카슈미르와 동인도회사 학파***의 세밀화를 눈여겨보는 모습도 보라. 이야말로 서구인이 토착화된 실례가 아닌가? 하지만 우드는 속으론 서양의 본질적인 우월성을 확신하며,

---

* 칼라가 없고 헐거우며 기장이 긴 인도의 셔츠.
** 인도 여인들이 천연 안료를 사용해 그린 그림으로, 다산과 풍요를 상징한다.
*** 19세기 델리를 기반으로 서양의 영향을 받아 나타난 북인도의 회화 학파.

인도의 스타일을 흉내 내려 애쓰면서도 실은 경멸감으로 가득 차 있다. 그 역시 괴로웠다고 인정해도 좋으리라. 이런 영혼의 변절, 뒤틀린 정신 상태, 외관과 실재 사이의 고통스러운 모순이 그에게도 당연히 감내하기 어려운 고통이었다고 동의해도 좋으리라.

어떻든 이렇게 똬리를 튼 표리부동한 뱀 인간은 상대가 면역성이 없는 무방비의 젊은 여자였다면 상대하기 버거운 적수였을 것이다. 그러나 사실 부니는 그의 일을 예상했던 것보다 훨씬 더 쉽게 만들어주었고, 결국은 막스도 마찬가지였다. 델리에서의 삶은 부니 카울 노만이 바랐던 대로 흘러가지 않았다. 그녀의 방 두 개짜리 외로운 아파트에 칠해진 분홍색은 순식간에 그녀의 고립과 자기혐오를 상징하는 색이 되어버렸다. 네온 형광등의 파르스름한 불빛은 사정없이 뿜어내는 경멸의 빛으로 그림자를 지워 그녀가 몸 숨길 곳을 없애는 단죄의 색이 되었다. 그녀의 춤선생이 사는 아파트 벽의 회녹색은 그녀의 실패를 상징하는 색이 되었다. 오디시 춤의 대가 판디트 무드갈은 처음부터 부니를 멸시했다. 그는 소날 카르나와 쿰쿰 세갈의 스승이었다! 알라르멜 만싱도 그가 가르쳤다! 또한 키란 쿠난고의 스승이기도 했다! 그처럼 오디시 춤을 대중화한 사람은 아무도 없었다! 그가 없었더라면 알로카 파니그라히, 산주크타 사루카이, 프로티마 마하파트라, 마다비 모한티는 어떻게 되었을까? 그런데 검버섯이 핀 노년에 들어선 지금 이 서툴고 게으른 시골 여자, 정부한테 매여 사는 여자, 허섭스레기 같은 여자를 상대하게 되다니. 그녀는 부유한 미국인의 장난감이었다. 그는 그 때문에 부니를 경멸했다. 양키의 달러를 받고 한 패거리가 된 자신도 경멸하면서 그녀를 견뎠다. 수업은 처음부터 엉망이었고, 시간이 지나도 별로 나아지지 않았다. 마침내 비대한 가지처럼 피둥피둥하고 관능적인 판디트 무드갈은 그녀에게 말했다. "그렇소, 부인, 당신은 확실히 성적 매력은 있소. 누가 봐도 확실해요. 당신이 움직이면 남자들은 시선을 빼앗기지요. 하지만 그뿐이오. 위대한 예인이 되려면 위대한 영혼이 있어야 하는데, 부인, 당신의 영혼은 썩어빠졌어." 그녀는 흐느끼며 그의 앞에서 달아났다. 그다음 날 대사는 에드거 우드를 보내 무드갈에게 참아준다면 보수를 두 배로 올려주겠노라고 했다. 막스 오필스는 사이가 좋지 않은 아내를 가수로 만들려고 애썼던 찰스 포스터 케인*처럼 살 수 없는 것을 사려 했고, 실패했다. 한때는 늘씬하고 아름다웠으나 이제는 시커멓고 심술궂은 가지로 변한 자야바부는 현금도 마다했다.

그는 에드거 우드에게 말했다. "난 도전정신이 강한 사람이오. 하지만 이 여자는 안 되겠소. 고결한 게 아니라 천박해."

오랫동안 막스는 스스로도 변화를 인정하려 들지 않았지만, 그 이후로 그의 관심이 떠나기 시작했다. 그는 오랜 기간 부니한테서 떨어져 지냈다. 한두 번은 아내와 단둘이 저녁을 먹기도 했다. 페기 오필스는 기뻐 어쩔 줄 모르는 자신에게 짜증이 났다. 터프하기로는 따를 이가 없는 그녀였지만, 남편 앞에서는 언제나 약해졌다. 이렇게 쉽게 남편에게로 돌아오다니, 부끄러운 낯빛을 하고

---

* 오슨 웰스의 영화 〈시민 케인〉의 주인공.

집으로 슬금슬금 기어 들어오는 그를 이렇게 애처롭게 두 팔을 활짝 벌려 맞아주다니! 그가 옛 시절, 팻 라인이나 라이언스 코너 하우스에 대해 뭐라고 웅얼웅얼 말하자, 갑자기 억눌렸던 감정이 파도처럼 그녀를 덮쳤다. 그는 포체스터 테라스의 샨티 디킨스 부인이 그날 있었던 범죄 기사를 곱씹을 때의 목소리를 흉내 내어 말했다. "덩말 덩말 꿈찍해여, 선생님, 그러찮어?" 그레이 랫은 웃음보를 터뜨리며 눈물까지 찔끔 흘렸다. 이번이 지금까지 있었던 모든 일 중에서 가장 힘들었다. 그를 너무 오랫동안 잃어버려서 그가 다시는 돌아오지 않을까 두려웠다. 그러나 그는 돌아왔고, 지금 그녀와 마주하고 있다. 그녀는 혼잣말로 중얼거렸다. 우리는 이렇듯 서로 떨어지려야 떨어질 수 없는 관계야. 우리는 계속 함께하도록 되어 있어. 그녀는 남편에게 잔을 들어 보였다. 미소 지은 입꼬리가 가늘게 떨렸다. 그녀는 속으로 생각했다. 세상에 나만큼 잘 속는 여자도 없을 거야. 하지만 그를 좀 봐. 여기 그이가 있잖아. 내 남자.

막스 오퓔스가 인도에 오기 전까지는 그렇게 오래 불륜관계를 지속한 적이 없었다. 부니는 달랐다. 이번에는 '사랑'이었고, 사랑의 본질은 인내였다. 그렇지 않은가? 아니면 이것도 단지 사람들이 사랑에 대해 저지르는 여러 가지 실수 중 하나에 불과한가? 막스는 궁금해졌다. 그가 본질적으로 야만적이고 불합리한 것에 문명의 옷을, 인내라는 예복용 와이셔츠와 정절이라는 실크 바지, 갈망이라는 프록코트와 이타심이라는 실크해트를 입혔던 것은 아닐까? 뉴욕이나 런던에 온 타잔처럼, 자연 그대로의 것을 부자연스럽게 만들고 있는 것일지도 몰랐다. 그러나 근사한 의복 밑에는 길들일 수 없는 냉혹한 현실이 인간보다는 고릴라에 가까운 야생 동물처럼 여전히 놓여 있었다. 다정함이나 부드러움, 돌봄과는 거의 무관하고 추적이나 영역, 몸치장, 지배와 섹스에 관계된 것. 서명한 혼인 계약이든 비공식 협정 문서든, 동의한 것이 어떤 종류의 협약이든 조건부에 불과한 것.

막스가 이런 식으로 말하기 시작하자, 투우사 에드거 우드는 황소가 지쳤다는 것을 눈치채고 기마 투우사, 아니 정확히 말하면 여성 기마 투우사를 내보냈다. 그는 부니를 못나 보이게 만들기 위해 델리와 봄베이의 상류사회에서 신중하게 고른 미인들을 막스에게 보냈다. 그들은 부유하고, 고상하고, 교양 있고, 특별했다. 그들은 멀찍이서 그를 에워싸고 점점 가까이 다가왔다. 그들의 추파, 우아한 움직임, 접촉의 창이 그를 거듭 찔렀다. 그는 무릎을 꿇었다. 칼이라도 기꺼이 받을 것 같았다.

그러니 어쩌면 그 망할 부니가 아름다울 뿐 아니라 특별하기까지 했던 것이 패인인지도 모른다. 아니면 단지 시간이 흐른 탓인지도. 부니는 분홍색 수치 속에 때로는 며칠씩 갇힌 채(대사는 자꾸만 더 바빠졌기 때문에), 춤선생에게 치욕이나 당하면서 파멸을 향해 미끄러져 내려갔다. 처음에는 느린 속도였지만 점차 가속이 붙었다. 뭐든 넘쳐나는 델리, 남아도는 풍요, 도시의 구린내, 끔찍한 소음, 익명성, 필사적으로 살아남으려 싸우는 무정한 군중이 그녀를 미치게 했다. 그녀는 씹는담배에 중독되어 늘 어금니와 뺨 사이에 넣고 우물우물 씹어댔다. 공허한 시간을 때우느라 종종 결핵환자처럼 맥없이 늘어져 앓기도 했고, 스트레스와 우울증, 과도한 긴장, 위통을 비롯해 온갖 히스테리성 질환에 시달리는 때도 많았다. 그래도 시간은 더디게 흘러갔으므로, 그녀는 약물에 대해, 세상을 좀 다르게, 더 빠르게, 더 느리게, 더 흥미진진하게, 더 차분하게, 더 행복하게, 더 평화롭게, 더 친절하게, 더 거칠게, 더 낫게 만들어주는 알약과 캡슐과 약물의 효능에 대해 배워가기 시작했다. 판디트 무드갈에게는 집안일을 돌보면서 가끔 무뚝뚝하고 거만한 춤선생의 잠자리 상대도 되어주는 열세 살 먹은 하인이 있었다. 이 아이가 부니를 약물의 정글 속으로 더 깊이 끌고 들어가서, 끝내는 아편까지 가르쳐주었다. 그후로 그녀는 모든 것을 뒤바꾸는 연기 속으로 언제고 몸을 웅크리고 들어가, 무정한 시간이 쉼 없이 흘러갈 동안 잃어버린 기쁨의 꿈에 흠뻑 취했다.

그러나 마약에 대한 탐닉은 결국 음식으로 넘어갔다. 해방된 포로 생활 이 년째 초반 어느 때부터인가, 그녀는 이 악마의 도시에서 대단히 진지한 자세와 아무리 많아도 감당할 수 있는 능력으로 먹는 것을 배웠다. 그녀의 세계는 확장되지 않아도 육체는 확장될 수 있었다. 그녀는 한때 섹스에 몰입했듯 끝 모를 열정으로 폭식에 빠져들어, 그녀의 관능이 요구하는 어마어마한 힘을 침대에서 식탁으로 돌렸다. 부니는 하루에 일곱 끼를 먹었다. 정식으로 아침식사를 먹어치운 다음에는 오전 간식을 먹고, 그다음에는 풀코스로 점심을 먹고, 오후 간식으로 단 것을 먹은 다음, 상다리가 휘도록 푸짐하게 차린 저녁식사를 하고 잠자리에 들면서 두번째 저녁식사를, 그리고 동트기 전 냉장고를 뒤져 모든 것을 훑어먹었다. 그래, 난 창녀야. 그녀는 뒤틀린 가슴을 부여잡고 스스로 인정했다. 하지만 적어도 배가 터지도록 잘 먹는 창녀겠지.

하필이면 그녀의 감시원 에드거 우드가 이를 환히 알아채고 완벽한 공모자 노릇을 했다. 그녀가 자멸의 길로 들어선 이상, 다른 이도 아닌 그가 그녀를 막을 이유가 있겠는가? 그가 손 하나 까딱할 필요 없이 그녀는 알아서 제 발로 그 길에 들어섰던 것이다. 우드는 상관에게 귀띔 한번 하지 않고 부니에게 그녀의 미소를 망가뜨리는 씹는담배를 갖다주고, 작은 욕실 장에 약을 가득 채워주고, 그녀의 정신을 아편으로 몽롱하게 만들었다. 그리고 결국 음식을 바구니나 수레 한가득 담아 아무 표시도 되지 않은 차에 실어서, 혹은 짐을 가득 실은 바퀴 두 개짜리 나무 수레를 밀고 다니는 믿을 만한 주전부리 상인을 통해 요리를 해다 날라주었다. 지금까지 부니는 그를 절대 믿지 않았지만, 그가 흠잡을 데 없이 깍듯하게 굴고 그녀가 중독된 것의 목록이 점점 늘어나자, 일종의 신뢰 비슷한 관계가 형성되었다. 아니, 적어도 한편으로는 그가 믿을 만한 인물이라고 인정할 수밖에 없었다. 현실적인 편의주의가 앞섰다. 지금 그는 그녀의 욕구를 채워줄 수 있는 유일한 인물이었다. 어떤 의미에서는 그가 대사를 밀어내고 그녀의 정부가 되었다. 그는 그녀가 필요로 하는 것을 주었으니까.

에드거 우드는 어떤 암시도 한 적이 없었다. 그저 도움을 주기 위해 그 자리에 있을 뿐이라고 부니에게 말했다. 대사가 연인으로 선택한 여자에게 아까울 것이라곤 없다고 했다. 부니는 요구만 하면 된다. 그래서 그녀는 요구했다. 마치 카슈미르의 '초특급 와즈완', 최대 예순 가지 코스의 잔칫상에 대한 향수 어린 기억이 그녀를 사로잡아 광기로 몰아가는 것만 같았다. 그녀는 어떤 변덕을 부려도 에드거가 기꺼이 응할 거라는 사실을 알게 되자, 점점 더 거만하게 미식 취미를 발휘했다. 카슈미르 음식을 구해오라 한 것은 물론이고, 북인도식 탄두리와 무굴 황실 요리, 보티 케밥, 무그르 마카니, 말라바르 해안의 생선 요리, 마드라스의 마살라 도사스, 코로만델 해안의 전설적인 애호박 요리, 하이데라바드의 핫 피클 커리, 쿨피, 바르피, 피스타키라우즈, 달콤한 벵갈 산데시도 가져오라 했다. 그녀의 식욕은 아대륙 전체와 맞먹을 정도로 왕성해져만 갔다. 언어와 관습의 경계선을 종횡무진 가로질렀다. 그녀는 채식주의자이면서 채식주의자가 아니었고, 생선과 고기를 먹었으며, 힌두교도였다가 기독교도였다가 무슬림이 되기도 했다. 그녀의 식성은 민주적이고도 세속적인 잡식성이었다.

그곳만 빼고는 세상이 다 사랑의 여름이었다.

두말할 것도 없이 그녀의 미모는 스러져갔다. 머리카락은 광채를 잃고 피부는 거칠어졌으며, 이는 썩어가고 몸에서는 시큼한 악취가 풍겼다. 몸집은—아! 그녀의 몸집은—매주, 매일, 거의 매 시간 꾸준히 불어났다. 머리는 약물로 흐리멍덩했고, 폐는 아편 연기로 가득했다. 곧 허울뿐인 수업도 중단되었다. 그녀가 대사와의 거래에서 요구했던 교양 교육은 그만둔 지 오래였다. 그녀는 예나 지금이나 훌륭한 학생이 되기에는 너무 게을렀다. 파치감에서도 그랬다. 이제 춤도 출 수 없게 되었다. 판디트 무드갈은 어린 하인을 데리고 아래층에 머물렀고, 부니는 위층에서 머리는 약물에 취해 빙빙 돌고 뱃속은 음식으로 가득 찬 채 언제나 몽롱한 상태로 지냈다. 그녀의 마약 밀매인 에드거 우드는 그녀의 놀랄 만한 자기파괴 행동이 고의적인 자살 시도는 아닐까 문득 궁금해질 때도 있었지만, 솔직히 그런 생각을 끝까지 이어갈 만큼 그녀의 내면생활에 관심이 있지는 않았다. 그보다는 그녀에 대한 대사의 감정이 언제까지 갈 것인지가 더 궁금했다. 막스는 우드가 남몰래 불쾌감 체감 지점이라고 이름 지은 선을 그녀가 통과한 이후에도 제법 오랫동안 그녀를 찾아왔다. 우드는 악취 풍기는 구름 매트리스 위에서 자는 정도가 아니라 그것을 끼고 자는 기분일 거라고 생각하며 몸서리쳤다. 우욱. 우드에게 돈을 받고 첩자 노릇을 하는 무드갈의 관음증 있는 하인 아이에 따르면, 대사는 정사를 나누는 중에 그 카슈미르 여인이 이와 손톱을 휘두르는 것을 좋아한다고 했다. 에드거 우드 역시 많은 이들처럼 막스 오필스의 놀랍도록 솔직한 전쟁 중 공훈담을 읽은 적이 있었다. 그는 그 유명한 반나치주의자가 아직도 대의명분을 위해 관계를 가졌던 파시스트 우르술라 브란트, 흑표범의 성적 취향을 떠올리며 흥분한다니 참으로 이상하다고 생각했다. 그러나 마침내 끝장이 났다. 대사가 부니한테 완전히 발을 끊은 것이다. 그는 에드거 우드에게 말했다. "도저히 안 되겠어. 그 불쌍한 아이가 부족한 것 없이 지내게 해줘. 자기 신세를 아주 망쳐놓았더군."

권력자가 애첩으로부터 보호를 거두자, 그녀는 늑대가 우글거리는 골짜기에 버려진 어린아이 꼴이 되고 말았다. 시오니 패거리가 모글리를 입양한 그런 일은 흔히 일어나지 않는다. 이런 이야기는 보통 그런 식으로 전개되지 않는다. 부니 노만은 신음하듯 삐걱대는 침대 위에 납작 엎드려 자기 몸무게에 눌려 숨을 헐떡이다가, 에드거 우드가 예의를 차린 노크나 인사 한마디 없이 눈에 살의를 담고 육식동물처럼 방으로 들어오는 모습을 보고 올 것이 왔음을 알았다. 이제 자기의 비밀을 그에게 털어놓을 때였다.

에드거 우드는 그녀에게 임신했다는 말을 듣고 그녀가 한 발 빨랐음을 인정했다. 그는 협정을 끝내고 부니에게 마지막 현금 뭉치와 망각으로 가는 차표를 주며 앞으로 섣불리 행동했다가는 곤란해질 거라는 경고를 해주러 온 참이었다. 그는 자신이 수행해야 할 임무가 추악한 것이기에, 그런 추악한 짓을 한 장본인은 몸소 그 자리에 올 만큼의 예의도 없었기에, 추악하게 그녀에게 왔다. 그러나 추악한 전갈을 입 밖에 내기도 전에 그녀가 비장의 카드를 던졌다. 그는 매일 어김없이 그녀에게 피임약을 가져다주고 그녀가 약을 입에 넣고 물을 마신 뒤 삼키도록 감시했지만, 부니는 그를 간단히 속여 넘겼다. 혀로 알약을 구석에 밀어넣어 항상 씹고 있는 담배 밑에 감췄던 것이다. 이제 그녀는 대사의 아이를 가졌고, 임신한 지 벌써 여러 달째였다. 하도 몸이 비대해져 임신한 티가 나지 않았다. 지방 속 어딘가에 감춰두었던 것이다. 이제 유산을 하기에도 너무 늦었다. 개월 수가 많아서 위험했다. 에드거 우드가 말했다. "축하합니다. 우리가 당신을 과소평가했군요." "그이를 만나야겠어요. 지금 당장 오라고 하세요." 부니가 대꾸했다.

무희 아나르칼리의 이야기 중 한 가지 판본을 보면 아크바르 황제가 젊은 미녀에게 살림 왕자와의 정사를 끝내라고 설득했다. 더는 왕자를 사랑하지 않는다고 속여서, 그가 그녀 곁을 떠나 왕위로 향한 운명의 길로 되돌아가게 해달라고 애걸했다. 〈라 트라비아타〉에서 알프레도의 아버지 제르몽의 방문을 받은 뒤 알프레도를 포기한 비올레타처럼, 그녀는 동의했다. 그러나 부니는 더이상 아나르칼리가 아니었다. 미모를 잃었고 이제는 춤도 출 수 없었다. 대사도 누구의 아들이 아니라 그 자신이 권력자였다. 그리고 아나르칼리는 애를 배지도 않았다. 이야기는 이야기이고 현실은 현실이다. 적나라하고, 추악하고, 끝내 이야기로 분장하듯 아름답게 꾸밀 수 없다. 막스 오퓔스는 그날 밤 부니의 분홍색 침실로 왔다. 그는 어둠 속에서 떨리는 손으로 밀짚모자의 테두리를 잡고서, 몸을 약간 앞으로 수그리고 그녀의 침대 앞에 섰다. 풍선처럼 부풀어 고래만큼이나 거대해진 몸을 보고 그는 새삼 충격을 받았다. 그 속에 있는 것, 날마다 그녀의 자궁 속에서 자라고 있는 것은 더 큰 충격이었다. 그의 아기가 거기 자리 잡고 있었다. 그의 첫 아이가 될 것이다. "무얼 원하나." 그가 나지막이 물었다. 어두운 생각과 격한 감정이 그의 마음속 광장과 거리에서 아우성쳤다.

"내가 당신을 어떻게 생각하는지 말해주고 싶어요." 그녀가 말했다.

그녀의 영어 실력은 많이 좋아졌고, 그 또한 그녀의 말을 배웠다. 그들이 아주 가까웠을 때에는 종종 자기가 어느 언어로 말하는지 잊기도 했다. 두 언어는 하나로 뒤섞였다. 그들이 갈라서자 언어도 갈라졌다. 이제 그녀는 자기 말로 말했고, 그는 그의 말을 썼다. 양쪽 다 서로의 말을 잘 알아들었다. 그는 독설을 예상했고,

과연 예상대로였다. 공허한 협박과 배신에 대한 비난이 이어졌다. 그는 다 이해했다. 그녀가 말했다. 나를 봐요. 나는 당신이 살로 빚어낸 당신의 작품이야. 당신은 아름다움을 빼앗아가고 소름 끼치도록 추악한 것을 만들어놓았어. 이제 이 기괴함 속에서 당신의 아이가 태어날 거야. 나를 봐요. 난 당신이 한 짓의 의미예요. 당신이 소위 사랑이라고 부른 것, 당신의 파괴적이고 이기적이고 음란한 사랑의 의미예요. 나를 보라고요. 당신의 사랑은 증오와 하나도 다를 바가 없어. 난 사랑이란 말을 입에 올린 적이 없어. 난 정직했는데 당신은 나를 당신의 거짓말로 바꾸어놓았어. 이건 내가 아니야. 내가 아니라고. 이건 당신이야.

그리고 또다른, 더 해묵은 공격도 이어졌다. 내가 진작 알았어야 했는데. 어리석게도 유대인이 하는 거짓말을 믿다니. 유대인은 우리의 적이라는 걸 알았어야 했는데.

과거가 고개를 쳐들었다. 그는 짧은 순간 유대인의 군대가 쓰러지는 모습을 다시 보았다. 그는 기억을 제쳐놓았다. 바퀴가 돌아갔다. 그의 이야기에서 지금 이 순간의 그는 희생자가 아니었다. 이 순간 패배한 자와의 유사관계를 주장할 권리는 그가 아니라 그녀에게 있었다. 적어도 난 사랑이란 말을 입에 올린 적은 없어. 내 몸은 유대인인 당신을 섬겨도 내 사랑만은 언제나 남편을 위해 지켰어. 내가 당신에게 준 육체로 당신이 무엇을 만들어놓았는지 보라고. 하지만 내 마음만은 여전히 내 것이야.

"그럼 당신은 나를 한 번도 사랑한 적이 없었군." 그녀가 말을 마치자, 그가 고개를 떨어뜨리고 말했다. 그의 말은 자기 귀에도 우스꽝스러울 만큼 거짓되고 위선적으로 들렸다. 그녀는 그를 향해 사악하게 웃었다. 쥐가 자기를 먹어치우는 뱀을 사랑하겠느냐고 되물었다. 그는 그녀의 날카로운 독설에, 그녀 안에서 솟아오르는 난폭함에 움츠러들었다. "당신을 잘 돌봐주겠소. 필요한 것은 뭐든지." 그는 이렇게 말하고 떠나려 돌아섰다. 그러더니 문간에서 발을 멈추고 말했다. "예전에 쥐를 사랑한 적이 있었지. 어쩌면 당신이 그녀를 먹어치운 뱀일지도 몰라."

일주일 후 추문이 폭로되었다. 아기가 모든 것을 바꿔놓았다. 임신은 눈감아줄 수 있는 문제가 아니었다. 막스 오필스는 누가 그 사실을 언론에 흘렸는지, 부니 본인인지 아니면 아래층의 가지처럼 생긴 춤선생인지, 선생의 남색 파트너인 어린 하인인지, 아니면 에드거 우드가 신중하다고 믿고 직접 고른 운전사와 경비원 가운데 한 명인지, 그도 아니면 우드 본인이 몇 년간이나 주인의 지저분한 일을 해온 끝에 손을 씻고 싶어 한 짓인지 알아내지 못했다. 그러나 막스가 부니와 마지막으로 만난 지 채 며칠도 안 되어, 도시의 신문기자 중 그 이야기를 모르는 사람은 아무도 없었다.

그 사건이 당시 최대 사건은 아니었지만, 당연히 다른 사건들에도 기름을 부었다. 잠무카슈미르 민족회의 운영위원회는 만장일치로 인도와의 영구 합병을 청원하는 결의안을 통과시켰다. 인디라 간디는 이 지역에 대한 인도의 통치권에 이의를 제기하는 모든 집단을 비합법화할 수 있는 권한을 요청해 부여받았다. 미국인 권력자에게 신세를 망친 카슈미르 소녀 덕에 인도 정부는 떨쳐 일어서서 모든 약탈자로부터 카슈미르인을 지키는 것처럼 보일 기회,

인도의 다른 여타 지역과 마찬가지로 강고하게 카슈미르의 명예를 수호하는 존재처럼 보일 기회를 손에 넣었다. 이제 막스의 머리를 쟁반에 받쳐 내놓는 수밖에 없을 것이다. 그의 친구 사르베팔리 라다크리슈난은 대통령직에서 물러난 뒤였다. 새로운 대통령 자키르 후세인은 사악한 미국인이 순진한 힌두교도 소녀를 착취한 데 대해 개인적으로 분노에 찬 성명을 발표했다. 아무도 강간이라는 말을 입 밖에 내지는 않았지만, 막스는 그 말이 나온 것이나 다름없다고 생각했다. 그는 이제 인도가 가장 사랑하는 인물이 아니라, 잔인한 강간범이었다. 인디라 간디도 잔뜩 화가 났다.

베트남전쟁이 절정에 이르렀고, 아시아에서 미국의 인기도 바닥을 치고 있었다. 사람들은 센트럴 파크에서 징집영장을 불태웠고, 마틴 루서 킹이 유엔까지 시위 행진을 이끌었으며, 인도에서는 천벌받을 미국 대사가 시골 처녀를 범했다. 전쟁으로 만신창이가 된 미국도 막스를 공격했다. 그가 부니에게 휘둘렀다는 압제는 베트남전쟁에 대한 일종의 알레고리가 되었다. 노먼 메일러는 부니를 사이공 근처의 시골에, 막스를 시더 폴스 작전*에 빗댄 글을 썼다. 조앤 바에즈는 그들에 관한 노래를 지었다. 이러한 참견은 막스 오필스 편을 들어주지 않았다. 마치 이전의 그라는 존재—레지스탕스의 영웅, 베스트셀러 저자, 천재 경제학자, 그와 마찬가지로 영웅인 아내의 유명한 연인, 하늘을 나는 유대인—가 하룻밤 새에 싹 지워져버리고 그 자리에 푸른수염 같은 추악한 괴

---

* 1967년 미군이 베트남전쟁에서 실행한 구치터널 섬멸작전의 별명.

물, 거세해야 마땅한 성적 약탈자만이 남은 것 같았다. 그와 같은 인간은 타르와 깃털을 칠해 조리를 돌려도 모자랐다. 그즈음 체 게바라가 살해당했다. 막스 탓으로 돌리지 않은 일은 그것 딱 하나뿐이었다.

⁂

당시에는 요즘 같은 의미에서의 '언론의 포위 공격'은 없었다. 올인디아 라디오가 보낸 리포터 한 명이 히라 바그 사우스이스트 22번지의 타입 1 회녹색 아파트 앞에서 마이크를 동냥그릇처럼 들고 서 있었다. 당시 유일한 텔레비전 채널이었던 두르다르샨은 카메라맨 겸 녹음기사 한 명을 보냈다. 그들이 실황방송에서 말해도 좋다고 허락받은 대본은 수상 관저에서 나중에 내려올 것이었으므로, 굳이 기자를 보낼 필요도 없었다. PTI 통신사에서 한 명, 인쇄 매체에서 두세 명쯤 더 왔다. 그들은 오디시 춤을 추는 무희들이 왔다갔다하고, 자야바부의 하인이 심부름하는 모습을 보았다. 같은 건물의 다른 집에 산다는 익명의 주민은 아무것도 본 적 없고, 아무것도 모른다며 카메라와 마이크가 무슨 위험한 것이나 되는 듯 겁을 먹고 도망가버렸다. 딱 한 번 위대한 자야바부가 직접 나와 너무 소란스러워 무용 수업에 방해가 된다며 야단을 쳤다. 리포터들은 단박에 기가 죽어 목소리를 낮춰 속삭였다. 드라마의 주요 배역들에게서는 아무런 신호도 없었다. 식사 때가 되자 구경꾼들은 요기를 하러 흩어졌고, 곧 자리를 지키는 데에도 흥미를 잃었다. 한겨울의 델리는 유령처럼 차가웠다. 아침저녁으로 안개가 축축한 손을 피부 속으로 쑤셔넣어 뼛속까지 얼어붙게 했다. 아무도 남아 있을 필요가 없었다. 뉴스는 다른 어딘가에서 만들어지고 있었으니까. 미국 대사는 불명예스럽게 물러났다. 미국 대사관이 그들이 있을 곳이었다. 히라 바그는 가십의 각주에 불과했다. 겨울 안개 속에서 그곳은 유령의 세계처럼 보였다.

안개가 하얗게 덮인 어느 밤, 기자들도 떠난 지 이미 오래인 새벽 세시쯤, 두건을 쓴 한 인물이 부니의 분홍색 아파트에 도착했다. 임신한 여인은 뭍에 올라와 꼼짝 못하는 바다 괴물처럼 침대에 웅크리고 누워 있다가 열쇠 돌아가는 소리를 들었다. 그녀는 에드거 우드가 먹을 것을 갖고 온 줄 알았다. 요즈음 그는 한밤중에만 숨을 헐떡이며 먹을 것을 엄청나게 짊어지고 찾아오곤 했다. 그에게 안쓰러운 마음은 손톱만큼도 없었다. 그는 구토처럼 병든 생활에 필연적으로 따르는 부작용일 뿐이었다. 그녀가 외쳤다. "나 배고파요. 늦었네." 그는 마치 못된 골목대장의 팔조르기에 걸려든 학생처럼, 혹은 깐깐하게 규율을 따지는 고모한테 귀를 잡힌 어린아이처럼 잔뜩 움츠러든 모습으로 침실에 들어왔다. 두건 쓴 인물이 그의 뒤를 따라 방으로 들어오더니 두건을 벗고 유모처럼 활달한 동정심에 가득 차서 부니를 굽어보았다. "오, 세상에나, 끔찍도 해라…… 하! 믿을 수 있겠어? 내가 한때는 질투를 다 했다니, 하하! 아, 그만두지. 하지만 결국 이 꼴이군. 나는 그이를 거의 용서했어. 믿을 수 있겠어? 대단한 일이지. 그렇게 별별 일이 다 있었는데도 거의 용서했다니까. 당신 일에도 불구하고 말이야.

하지만 당신 꼴 좀 봐. 본데없이 산 티를 내는군. 우리 같으면 이렇게는 안 살지. 흠. 에드거, 이 이 야비하고 재수 없는 인간, 네 녀석이 다 꾸민 일이지? 당연히 네가 했겠지. 그게 네 일이니까. 이 사람 일이 그거야, 아가씨. 그래, 당신도 그를 끔찍이 싫어하는군. 물론 그렇겠지. 누구나 다 그래. 크흠. 아가씨, 이제 우리는 당신을 여기에서 내보낼 거야. 당신은 보호를 받아야 하거든. 우리가 당신 뒤를 봐줄 거야. 아, 알겠어. 내 말을 오해했군. 아니야, 남편이 나를 보낸 게 아니야. 남편은 이 나라를 떠났어. 공직을 떠났지. 하지만 사실대로 털어놓자면, 그이가 나를 떠난 게 아니야. 내가 그이를 떠난 거지. 내 말 알아듣겠어? 음? 별일을 다 겪고 나서, 그 모든 일에도 불구하고, 결국은 그렇게 된 거야. 아, 이제 그 얘기는 그만두지. 지금 중요한 건 당신을 어딘가 다른 데로 옮기는 거니까. 애를 밴 지는 얼마나 됐지? 일곱 달? 더 됐다고? 여덟 달? 아하. 여덟 달이라. 좋아. 그럼 그리 오래 걸리지 않겠군. 아, 제발 좀 서둘러, 에드거. 당신도 궁금할 것 같아서 하는 얘기인데, 에드거도 해고됐어. 맹세컨대 이 하찮은 쓰레기가 다시는 자기 나라에서도 일하지 못하게 만들 거야. 당신한테 약속해도 좋아. 네 놈이 허세 부리는 것도 오늘밤이 마지막이야. 알겠어, 에드거? 이제 너는 아무짝에도 쓸모가 없다고. 불쌍한 에드거. 당신은 이제 어쩔 거지? 하! 잘 생각해보니, 우리가 당신 걱정을 할 것 같지는 않군. 그렇지 않아, 아가씨? 그렇고말고. 자 그럼, 에드거, 밴은 어디 있지?"

"모퉁이에 있습니다." 에드거 우드는 악문 이 사이로 대답을 뱉어냈다. "하지만 미리 말씀드리는데, 저 여자 몸집이 너무 커서 문을 통과하지 못할 수도 있습니다." 마거릿 로즈 오필스가 홱 돌아서서 그를 노려보자, 그는 그녀의 눈빛이 용이 내뿜는 불길인 양 몸을 움츠렸다. 그녀는 다정한 투로 말했다. "아주 좋아, 에드거. 그럼 당신이 해결해야지. 당장 뛰어가서 큰 망치를 가져와."

부니는 메라울리 5구, 77-A에 위치한 조지프 앰브로즈 신부의 장애아동과 가난한 거리 소녀들을 위한 인도 성 사랑 에반갈락틱 소녀 고아원의 깨끗하고 간소한 방에서 여자 아기를 낳았다. 전 대사 부인의 모금 능력과 개인적으로 아낌없이 베풀어준 후의에 크게 덕을 입은 기관이었다. 에반갈락틱 고아원 사람 모두가 페기 마타를 사랑하고 존경했지만, 그녀가 떠맡긴 새로운 거주인은 처음엔 인기가 없었다. 부니의 이야기는 세세한 부분까지 눈 깜짝할 새에 고아원에 쫙 퍼졌다. 에반갈락틱에는 아홉 살 때 구델리의 창녀촌에서 구출된 소녀도 있었다. 이런 아이들은 부니의 문 밖에 모여 자기들이 가까스로 빠져나왔던 타락한 삶을 스스로 선택한 부자의 첩을 놓고 큰 소리로 무례하게 떠들어댔다. 척추에 병이 있어 네 발로 걸어야 하는 거대한 거미 같은 소녀들도 있었는데, 그 아이들도 전직 소녀 매춘부들과 합세해 순전히 폭식 탓에 제대로 걷지도 못하는 이 새로운 유형의 불구자를 조롱했다. 자기들과 약혼했던—아, 차라리 약혼하도록 팔렸다고 해야 할 것이다— 더러운 노인네로부터 도망쳐 대도시로 온 시골 아이들도 있었다. 이런 아이들 역시 부니의 문 앞에서 다른 아이들과 함께 자기를 진심으로 사랑해준 착한 남자를 버리는 여자가 있다니 믿을 수가 없다고 떠들었다.

상황이 감당 못할 지경까지 이르자, 마침내 페기 오뀔스에게 한 소리 들은 앰브로즈 신부가 소녀들에게 일장 연설로 창피를 주고 동정심 비슷한 감정을 불어넣었다. "인도의 성스러운 사랑이 여러분 모두를 이 안전한 항구로 데려왔습니다." 젊지만 카리스마 넘치는 가톨릭 신부 앰브로즈는 케랄라의 어촌 마을에서 자란 탓에 바다와 관련된 비유를 즐겨 썼다. 그는 원생들을 질책했다. "하느님의 사랑이 더러운 바다에서 헤엄치던 여러분에게 그물을 던진 겁니다. 하느님은 검은 물에서 여러분의 영혼을 건져 올려 여러분이 지닌 눈부신 빛을 드러내주셨습니다. 그러니 여러분도 영혼을 낚는 어부가 될 수 있다는 것을 나에게 보여주세요. 동정심이라는 그물을 던져 여러분의 사랑을 갈구하며 울부짖는 이 새로운 영혼을 안전한 곳으로 데려와주세요."

앰브로즈 신부가 짤막한 훈시를 한 뒤, 페기 오뀔스는 의사와 산파 말고도 부니를 위해 요리를 해주고, 씻겨주고, 기름을 발라주고, 헝클어진 머리를 빗질해주는 등 도움을 줄 지원자를 몇 찾을 수 있었다. 오뀔스 부인은 이 망가진 여인의 음식 섭취를 제한하려는 시도 따윈 하지 않았다. "일단 무사히 아이를 낳게 합시다." 그녀는 앰브로즈 신부와 고아들에게 말했다(퉁명스럽게 뭐라 중얼거리는 사람도 있었지만, 대놓고 반대하는 이는 없었다). "그런 다음에 애 엄마에 대해 생각해보자고요."

아기는 예정일에 딱 맞춰 태어났다. 부니는 딸을 품에 안고 어르면서 카슈미라라는 이름을 붙여주었다. "내 말 들리니?" 그녀는 어린 딸의 귀에 대고 속삭였다. "네 이름은 카슈미라 노만이야. 너를 집으로 데려갈 거야."

그 순간 페기 오필스는 굳은 표정을 지으며 검은 속셈을 드러냈다. 그녀는 무한한 박애주의의 포장 밑에 숨겨왔던 비밀을 끄집어냈다. "아가씨, 이제 현실을 직시해야 할 때야. 집에 가고 싶댔지?" 부니는 그렇다고 대답했다. 지금 세상에 바라는 것이 있다면 오로지 그 한 가지뿐이었다. 페기 오필스가 말했다. "흠. 파치감에 있는 당신 남편의 집이라. 당신을 찾으러 오지도 않았던 남편 말이지. 편지 쓰기도 그만둔 남편. 그 광대 말이야." 부니의 눈에 눈물이 가득 차올랐다. "그래, 내가 진실을 알려주지. 다른 남자의 아기를 팔에 안고 그 녀석한테 돌아가겠다고? 응? 게다가 남편이 자기 이름을 이 작은 아기한테 줄 거라고 생각해? 카슈미라 노만이라니. 이 아이를 자기 애로 받아들여 오래도록 행복하게 산다는 그런 해피엔딩이 가능할 것 같나?" 눈물이 부니의 뺨을 타고 흘러내렸다. "꿈도 꾸지 마, 아가씨." 페기 오필스는 냉정하게 마지막 숨통을 끊듯 쐐기를 박았다. "노만이라고, 맙소사! 그건 그애 이름이 아니야. 그리고 또 뭬랬지? 카슈미라? 안 되지, 안 돼. 그건 그애의 미래가 될 수 없어." 그녀의 목소리에 담긴 뭔가 새로운 어조에 부니의 눈물이 말랐다.

페기 오필스는 마치 지금 막 생각났다는 듯 덧붙였다. "하지만 이건 어때, 들어봐. 계획이 하나 있어. 듣고 있니? 잘 들어야지." 부니는 열심히 귀를 기울였다. 페기 오필스가 말했다. "지금은 겨울이야. 피르판잘로 들어가는 길은 봉쇄되었어. 육로로는 계곡으로 들어갈 수가 없다고. 무슨 수를 써도 안 돼. 하지만 네가 원한다면 해줄 수 있어. 비행기를 타고 가게 해줄게. 넌 아마 한 좌석 갖고는 안 될걸. 그 정도야 해결해줄 수 있지. 그리고 아기 돌보는 문제도 걱정 안 해도 돼. 내가 유모를 대기시켜놨어. 아마 한 일주일이면 돌아갈 수 있겠지? 일주일이라고 해두자. 그다음에는 파치감으로 너를 편안히 모셔줄 차를 준비해놓을게. 어때? 마음에 들 거야. 하! 당연히 그렇겠지."

부니의 눈물은 이미 말랐다. 마침내 그녀가 입을 열었다. "저기, 이해가 안 되는데요. 유모가 왜 필요하죠?" 자기 입에서 말이 떨어지기 무섭게 그녀는 은인의 눈 속에서 답을 보았다.

"룸펠슈틸츠헨 이야기 아나?" 페기 오필스가 꿈꾸는 듯한 어조로 물었다. "아니, 물론 모르겠지. 짤막하게 얘기해줄게. 옛날 어느 방앗간 주인의 딸한테 동화 속에 흔히 나오는 변덕스러운 왕이 이렇게 말했어. 이 지푸라기를 내일 아침까지 금실로 잣지 못하면 너를 죽일 테다. 어떤 인간인지 알겠지. 너를 쥐어짜고 머리를 댕강 잘라버릴 그런 살인자 왕이지. 그런 자에게는 사랑이나 죽음이나 매한가지인가봐. 너를 짜부라뜨리고 머리를 베어버릴 거라니까. 네 머리가 잘려나갈 동안에도 너를 쥐어짤걸. 미안해, 얘기가 곁길로 샜네. 한밤중에 딸이 성의 탑에 갇혀 어쩔 줄 모르고 울고만 있는데, 문 두드리는 소리가 나는 거야. 그러더니 웬 조그만 난쟁이가 와서 이렇게 묻겠지. 너를 위해 그 일을 해주면 나한테 뭘 줄 테야? 그러고는 사흘 밤 동안 난쟁이는 지푸라기로 금실을 자았어. 방앗간 딸은 목숨을 건졌고, 물론 그 변덕스러운 왕과 결혼해서 아이도 가졌지. 어리석은 것 같으니라고! 눈 하나 깜짝 않고 자기를 죽이려 했던 남자랑 결혼하다니. 셰에라자드도 자기를 죽이려던 샤리아르와 결혼했지. 여자들이 얼마나 멍청한지 참을 수가 없다니까. 나를 봐도 알잖아. 나 역시 변덕스러운 왕과 결혼했으니. 내 사랑을 죽인 놈. 너도 물론 그에 대해 빤히 다 알 텐데, 미안해. 그러니까, 어디까지 얘기했더라. 그렇지, 결론이야. 어느 날 밤 작은 난쟁이가 돌아왔어. 내가 무엇 때문에 왔는지 너도 알겠지. 난쟁이가 말했어. 룸펠슈틸츠헨이 난쟁이의 이름이었어."

방에는 둘 뿐이었다. 각자 필사적으로 원하는 것이 있는 두 사람. 무서운 침묵이 흘렀다. 어둡고 절망적인 필연의 침묵이었다. 그러나 마거릿 로즈 오퓔스의 얼굴에 떠오른 표정은 더 끔찍했다. 야만스러우면서도 동시에 행복에 찬 표정이었다. 페기마타가 입을 열었다. "오퓔스. 그애 아버지의 성이야. 그리고 인디아, 좋은 이름이지. 진실을 담은 이름이야. 두 개의 중요한 질문 중 하나가 바로 근본에 관한 문제이지. 인디아 오퓔스는 그 답이야. 두번째 중요한 문제, 윤리의 문제에 대해서는 그애가 자기 나름의 답을 찾아내야 할 거야."

"안 돼요. 그렇게는 못해요." 부니가 소리쳤다. 페기 오퓔스는 젊은 어머니의 이마에 손을 얹었다. "넌 네가 원하는 것을 손에 넣었잖아. 살아서 집에 가는 거야. 우리 둘은 여기에 있고. 모르겠니? 우리 둘로 충분해. 그래. 인도에 오기 전날 밤, 반드시 내 것이라고 부를 수 있는 아기를 데리고 떠나게 될 거라는 꿈을 꾸었어. 조그만 여자 아기를 품에 안고 내가 특별히 그애를 위해 지은 노래를 불러주는 꿈을 꾸었다고. 이 모든 아이들과 함께 있을 동안에도 내내 내 아이가 언제 올지 궁금했어. 사람은 세상이 실제 모습과는 다르기를 바라지. 희망에 집착해. 그러다 마침내 인정하게 돼. 세상을 있는 그대로의 모습으로 보자고, 알겠지? 난 아이를 가질 수 없어. 분명한 사실이야. 이제 아이를 가질 수 없는 이유가 하나 더 늘었지. 생물학적으로도 그렇지만 이혼까지 했으니까. 그럼 너는? 넌 이 갓난아이를 키울 수 없어. 이 아이를 밑바닥으로 끌고 내려가게 될 테니까. 이 아이 때문에 네가 죽고, 결국 이 아이도 죽게 될 거야. 내 말 알아듣겠어? 하지만 나랑 있으면 이 아이는 여왕처럼 살 수 있어."

"안 돼요." 부니는 딸을 품에 끌어안으며 느릿느릿 말했다. "안 돼요. 안 돼, 안 돼."

페기 오펄스가 말했다. "난 정말 기뻐. 흠? 그래. 정말로! 이렇게 기쁠 수가 없어. 찬찬히 설명해주면 너도 알아들을 줄 알았는데." 그녀는 꿈속의 노래를 흥얼거리며 방을 나섰다. 라테타, 귀여운 라테타, 너를 누구에 비길까?

여기 한동안 역사에서 밀려난 전 대사 막시밀리안 오펄스가 있다. 그는 치욕 속에서 소용돌이치는 1968년의 격랑을 뚫고 프라하의 봄과 〈신비의 여행〉*과 구정공세**와 프랑스 5월혁명과 밀라이 학살***과 킹 목사와 보비 케네디의 시체를 지나, 그로스브너 광장과 바더 마인호프****

와 로빈슨 부인*****과 O. J. 심슨과 닉슨을 지나 추락한다. 사건들로 부풀어오른 거대한 대양이 패자에게 항상 그러하듯 인정사정없이 막스를 덮친다. 여기 보이지 않는 인간, 익사한 막스가 있다. 지하에서 움직이는 에드거 우드의 세계, 무시당한 자들의 세계, 도마뱀 인간과 뱀 인간의 세계, 망한 노름꾼과 버림받은 애인과 패배한 지도자와 부서진 희망의 세계에 갇힌 지하 인간 막스가 여기 있다. 여기 퇴짜 맞은 자들의 높이 쌓인 시체 더미, 패배의 산자락 사이를 방황하는 막스가 있다. 그러나 이렇게 새로 발견한 보이지 않는 세계 속에서조차 그는 자기 시대를 앞서간다. 이 비의적인 땅에 미래의 씨가 뿌려져 있으므로, 보이지 않는 세계의 시대가 도래할 것이므로, 변화한 변증법의 시대가 오고, 변증법의 시대는 지하로 사라질 것이므로, 익명의 실체 없는 군대가 은밀히 지구의 운명을 놓고 싸움을 벌이는 때가 올 것이므로. 선인은 결코 오랫동안 버려지지 않는다. 이러한 사람은 언제나 쓰일 곳이 있는 법이다. 보이지 않는 막스도 새로운 쓸모를 찾게 될 것이다. 그 또한 이 새로운 시대의 창조자 가운데 하나가 될 것이며, 마침내 낡은 시대가 막을 내리라는 신호를 보내고, 죽음이 한 미남자, 메르카데르, 우담 싱의 형태로 그의 문 앞에 나타나 그들이 한때 사랑했던 여자의 이름으로 그를 부를 것이다.

---

* 비틀스가 1967년 12월에 발매한 앨범. 동명 영화로도 만들어졌다.
** 1968년 1월 북베트남이 미해병대의 전초기지가 있는 케산을 포위하고 편 대공세.
*** 1968년 남베트남의 밀라이 마을 주민 오백여 명을 미군이 잔인하게 학살한 사건.
**** 1960년대 독일 학생들이 조직한 반전운동 단체였으나, 나중에 RAF라는 테러리스트 단체가 된다.
***** 미국 영화 〈졸업〉의 등장인물.

광대 샬리마르

Shalimar the Clown

공기는 공기 자체가 얼어붙은 입자들로 가득했다. 부니가 숨을 들이쉴 때마다 녹지 않은 공기가 그녀의 기도를 긁었지만, 엘라스 티크나가르 군의 소비행장에 서 있는 부니에게는 숨을 들이쉴 때 느껴지는 날카로움조차 달콤한 고향의 침이었다. 그녀는 소리 없이 탄식했다. "오 얼음 같은 아름다움이여, 어떻게 내가 너를 떠날 수 있었을까?" 부니는 덜덜 떨었다. 떨림과 함께 그녀의 자아가 자신에게로 되돌아오는 것을 느꼈다. 고향을 떠나온 날 이후로 어머니는 한 번도 그녀의 꿈속에 찾아오지 않았다. '귀신도 나보다는 분별이 있는 게지.' 그녀는 생각했다. 포장도로 위에 드러누워 잠들어서라도 당장 팜포시를 다시 만나고픈 마음이 간절했다. "어머니도 고향에서 나를 기다리고 계실 거야." 큰 강 이름을 따서 야무나라고 이름 지은 포커 프렌드십* 전세기가 엿보는 눈을 피해 이곳에 착륙할 특별 허가를 얻었다. 페기마타에게는 친구가 많았다. 부니는 팔람에 있는 일반 비행 지역의 으슥한 구석에서 비행기에 올랐다. 다소나마 히스테리를 진정시키기 위해 진정제를 먹었지만, 조그만 비행기가 북쪽으로 날아오르자 품 안의 공허함이 참을 수 없는 짐처럼 느껴지기 시작했다. 잃어버린 아기의 무게, 요람에 싸인 빈 공간이 견디기 힘들 만큼 버겁게 느껴졌다. 그러나 견뎌야만 했다.

비행기는 피르판잘에 닿자 고도를 높이기 위해 소용돌이를 그리며 올라갔다. 그때 예고 없이 비행기가 600미터 아래로 추락했다. 부니는 공포에 질려 비명을 질렀다. 두 차례 위로 선회했다 두 번 다 떨어지는 통에, 그녀는 두 번이나 소리를 질렀다. 피르판잘은 계곡에 들어가기 위해 통과해야 하는 관문이었다. 부니는 마치 그 문이 닫힌 듯한 기분이 들었다. 부재하는 딸의 무게가 점점 무거워진 탓에 비행기가 산봉우리를 넘을 수 없었다. 산맥이 그녀를 도로 밀쳐내며 무거운 짐을 가지고 가버리라고 말하고 있었다. 그러나 산들은 성공하지 못했다. 고향으로 돌아가고자 아기를 버린 마당에, 산들이 길을 막도록 놔둘 수는 없었다. 비행기가 세번째 시도를 할 때 그녀는 남은 의지력을 모두 모아 아기의 환영을 떠나보냈다. 아기는 없어, 그녀는 혼잣말로 중얼거렸다. 그녀에게는 딸아이가 없었다. 그녀는 고향의 남편 곁으로 돌아가는 중이고, 품 안에도 납처럼 무거운 빈 공간 따윈 없었다. 그녀는 무릎 위가 가벼워지는 것을, 비행기가 상승하는 것을 느꼈다. 그녀가 잃어버

---

* 네덜란드 쌍발 터보프롭 여객기.

린 아기를 내버리자 비행기가 솟구쳐 올랐다. 이번에는 아래로 떨어지지 않았고, 산들은 폭풍우에 휩싸여 작은 비행기의 배 밑으로 지나갔다. 그때 계곡이 겨울 족제비 털옷을 입은 그녀 아래로 펼쳐졌다. 비행기가 엘라스티크나가르를 향해 하강하자 파치감이 눈에 들어왔다. 마을 사람들이 전부 큰길에 서서 비행기를 올려다보며 환호를 보냈다.

야무나 호에서는 식사를 제공하지 않았고, 페기 오필스가 준 작별 선물에 끼어 있던 조그만 점심 도시락은 이미 먹어치운 지 오래였다. 부니는 배고픔에 미칠 것 같았다. 씹을 담배도 없었다. 쓰레기라도 있다면 먹고 싶을 지경이었다. 핏속에서 아우성이 들리는 것 같았다. 보이지 않는 강한 힘이 그녀를 잡아끌었다. 그림자 행성들이 싸우고 있었다. 물론 마을 사람들이 그녀의 귀향을 환호로 맞아줄 리 없었다. 환각이었다. 그녀는 어떤 환각에라도 쉽게 걸려들 상태였고, 스스로도 그것을 알았다. 누구에게 의존하지 않고는 살아갈 수 없는 자신의 처지에 자책감이 몰려왔다. 필요한 물건이며 병에 든 음식이나 조리한 음식 없이 살아갈 수 있을지도 알 수 없었다. 어린 딸아이 없이 살 수 있을지 또한 알 수 없었다. 그 생각을 하면 묵직한 것이 다시 무릎을 쿵 하고 내리누르면서 비행기의 궤도를 아래로 홱 꺾었다. 그녀는 눈을 감고 아기를 없애버렸다. 카슈미라는 없다. 있는 것은 카슈미르뿐이다.

"부인, 앉으시지요." 혀가 꼬이는 남부식 이름을 가진 젊은 군인이 조그만 목조 도착장 밖에 세워둔 군용 지프차의 운전석에 앉아 그녀를 기다리다가 이를 활짝 드러내며 순진하게 웃었다. 부니

는 검은색 피란을 입고 페기 오퓔스가 전날 주었던 푸른색 머릿수
건을 쓰고 있었다. 가방에는 샤투시 숄이 들어 있었다. 그녀는 공
연한 허세를 부리고 싶지는 않았다. 뜨거운 캉리 석탄을 준비해달
라고 부탁했고, 운전사가 이를 준비해놓았다. 피부에 닿는 익숙한
온기를 느끼자 활력이 살아났다. 세상이 본래 모습을 되찾았다.
그녀가 남부에서 겪었던 모험이 희미하게 사라져갔다. 어쩌면 그
런 일은 아예 일어나지도 않았을지 모른다. 어쩌면 그녀의 순결도
더럽혀지지 않은 채일지도 모른다. 아니다, 일은 벌어졌다. 그러
나 적어도 그 얼룩은 영원한 흔적을 남기지 않고 쉽게 씻겨나갈지
도 모른다. 부니 카울이 돌아왔다. 그녀는 피란 한 벌, 머릿수건
한 장, 숄 한 장, 점심 도시락, 포커 프렌드십 비행 한 번, 지프차
탑승 한 번과 아기를 맞바꿨다. 이 생각이 떠오르자 지구의 중력
이 갑자기 커지면서 움직일 수조차 없었다. 그녀는 이를 갈았다.
카슈미라는 없어. "저 좀 도와주세요." 그녀는 운전사의 손을 잡고
힘겹게 지프차의 조수석에 몸을 끌어올려 앉았다. 운전사는 정중
히 예를 갖춰 시찰 나온 고관인 양 그녀를 대우했지만, 그녀는 이
제 스스로를 그런 식으로 생각할 만큼 착각에 빠져 있지는 않았다.

　그녀는 용서를 빌겠다는 생각 외에는 아무런 계획도 없었다. 짧
게나마 누렸던 귀빈 대접을 뒤로하고 고향에 갈 것이다. 부풀어오
른 몸을 눈 속에서 남편 발밑에 던질 것이다. 남편의 발과 시부모
의 발과 친정아버지의 발에도 몸을 던지고 그들이 일으켜 세워 입
맞춰줄 때까지 빌 것이다. 마침내 세상은 예전 모습으로 되돌아가
고 그녀가 저지른 탈선의 흔적이라곤 온 세상을 뒤덮은 흰 눈 위

에 그녀가 엎드렸던 자국, 그림자 자아만으로 남게 될 것이며, 그나마도 다음 눈이 내리거나 갑자기 눈이 녹으면 곧 지워질 것이다. 오로지 그들의 품으로 돌아오기 위해 자기 딸을 희생했는데, 어떻게 그들이 그녀를 다시 받아주지 않을 수 있겠는가? 이런 생각을 하고 있으려니 잃어버린 아기가 더 무거워져 갑자기 그녀의 품에 쿵 하고 떨어지는 바람에 지프차가 왼쪽으로 기우뚱하더니 서버렸다. 운전사는 당황하여 눈살을 찌푸리고 잠깐 그녀를 쏘아보았다가, 이내 사과하고 다시 시동을 걸었다. 부니는 자신의 마법 진언을 되풀이해 읊어댔다. 카슈미라는 없다, 있는 것은 카슈미르뿐이다. 지프차가 시동을 걸고 앞으로 움직였다.

군대가 사방에 깔려 있었다. 그녀는 세상의 한 영역에서 다른 영역으로 미끄러져 들어갈 수 있도록, 공적 영역을 뒤로하고 사적 영역으로 들어갈 수 있도록 군용 시설의 이용을 허락받았다. 이러한 이동이 더이상 가능할지 의심스러웠다. 엘라스티크나가르의 문을 지나 그녀를 가르가말과 그란구시아를 거쳐 파치감으로 데려다줄, 포플러와 치나르 나무의 그림자가 드리워진 길을 따라가다보니, 아니스 노만과 형제들 사이에 벌어졌던 논쟁이 떠올랐다. 폭탄을 제조하는 아주버니가 저녁식사 자리에서 사생활과 공적 영역 사이의 휴전선, 경계선이 더이상 존재하지 않는다고 주장하면서 말싸움이 시작되었다. 그는 말했다. "이제는 모든 것이 정치야. 좋았던 옛 시절은 다 가버렸다고." 형제들이 그를 놀리기 시작했다. 쌍둥이 중 첫째인 하미드가 물었다. "그럼 수프는? 엄마의 닭고기 수프도 정치적이야?" 그러자 둘째인 마무드가 신중하게 덧붙였다. "또 수염도 문제야. 우리 둘은 수염이 하도 많아 면도를 하루에 두 번씩 해야 한단 말이야. 하지만 너는 계집애처럼 매끈매끈해서 면도칼을 턱에 댈 필요도 없잖아. 그럼 수염이 많은 건 보수파야 급진파야? 혁명가들은 뭐라고 말하려나?"

아니스가 식탁을 두드리며 고함을 쳤다. 그는 형제들의 덫에 걸려 놀림거리가 되었다. "이거 봐, 언젠가는 턱수염조차도 이데올로기 논쟁의 주제가 될 거라고." 하미드 노만이 입술을 비틀며 마지못해 인정했다. "좋아, 좋아. 이제 됐어. 하지만 내 닭고기 수프만은 건드리지 말고 놔뒀으면 좋겠군."

부니는 집으로 가는 고속도로 위에서 마음의 눈으로 기억의 금빛 광채를 받아 빛나는 압둘라 노만의 집을 보았다. 가장은 가족 식탁의 상석에 앉아 입술을 오므린 채 재미있다는 듯 반짝이는 눈빛으로 마음속에 뭔가 더 고상한 것을 품고 있는 척 먼 곳을 응시했다. 아들들은 서로 투덕거리고, 사팔뜨기 피르다우스는 마치 남편에게 결투라도 신청할 듯한 기세로 남편 앞에 접시를 쾅 내려놓았다. 노란 불꽃이 쇠로 된 등 속에서 깜박였고, 북과 산투르와 피리가 훌륭한 의상을 걸어둔 옷걸이와 색칠한 가면 대여섯 개를 걸어둔 걸이 옆 구석에 쌓여 있었다. 언제나처럼 쌍둥이는 시끄럽게 소동을 벌였고, 슬픔에 젖은 표정의 아니스는 이를 성가셔했다. 그러한 짜증도 으레 있는 일이었다. 가족은 영원했고, 바뀌지 않을 것이며, 바뀌어서도 안 되었다. 가족으로 돌아감으로써 그녀는 가족을 예전 모습 그대로 되돌려놓을 것이고, 아니스와 남편 광대 살리마르 사이의 다툼까지도 치유할 것이다. 피르다우스의 식탁에서 그들은 사르판치의 처가 아낌없이 베푸는 맛난 음식을 즐기며 다 함께 행복한 식사를 마칠 것이다.

파치감이 가까워지자 눈이 내리기 시작했다. 부니가 운전사에게 말했다. "저를 버스정류장에 내려주세요." 운전사가 대꾸했다. "날씨가 나빠지고 있는데요, 부인. 집 앞까지 모셔다드리겠습니다." 그러나 그녀는 고집을 꺾지 않았다. 버스정류장은 그녀가 이 생을 떠났던 장소이니, 이 생으로 돌아오는 장소도 버스정류장이어야 했다. 운전사가 미심쩍은 투로 말했다. "사람들이 부인을 데리러 나올 때까지 기다릴까요?" 그러나 그녀는 군인과 함께 있는 모습을 남에게 보이고 싶지 않았다. 마지막 모퉁이를 돌 무렵 내리던 눈이 폭설로 변했다. 버스정류장이 나왔다. 표지판도 없었지만 상관없었다. 그녀의 아버지와 사르판치가 과수원에서 딴 과일을 파는 야채가게가 보였다. 눈보라를 막느라 판자로 둘러놓았다. 운전사가 말했다. "제발 부인, 건강을 해치실까 염려됩니다." 그녀는 여전히 억센 시골 여자의 경멸감을 담아 풋내기를 쳐다보는 법을 알고 있었다. "이 정도 추위는 아무것도 아니에요. 나한테 눈은 당신이 하는 뜨거운 샤워나 같아요. 걱정할 것 없어요."

그리하여 마을 사람들이 부니를 처음 보았을 때, 그녀는 홀로 버스정류장에 눈보라를 맞으며 서 있었다. 어깨 위에는 눈이 쌓이고 다리도 눈밭에 파묻힌 채였다. 침낭과 가방을 옆에 놓고 마을 초입에 실체를 지니고 나타난 죽은 여자의 모습에 온 마을 사람들이 내리는 눈발도 아랑곳하지 않고 문밖으로 나왔다. 저승에서 할 일이라곤 오로지 먹는 것밖에 없었다는 듯한 꼴로 꼼짝 않고 선이 시체의 모습에 다들 넋이 빠졌다. 아이들이 만들어놓은 여자 눈사람, 그 안에 죽은 부니의 시체가 든 여자 눈사람 같았다. 아무도 여자 눈사람에게 말을 걸지 않았다. 유령에게 말을 걸었다가는 재수가 없을지도 모르니까. 그러나 마을 사람들은 부니는 자신이 죽은 줄 모르니, 언젠가는 누군가 말을 해줘야 한다는 것도 알고 있었다.

부니는 눈보라 너머로 자기를 까마귀 떼처럼 둘러싸고 멀찍이 떨어져 선 사람들을 보았다. 큰 소리로 불렀지만 아무도 그 부름에 답하지 않았다. 히말, 곤와티, 시브샹카르 샤르가, 빅 맨 미스리, 하비브 주 등이 한 사람씩 그녀에게 다가왔다 다시 물러났다. 그때 주연배우들이 눈썹과 턱수염에 언 눈송이를 달고 등장했다. 하미드와 마무드 노만은 서로 팔을 끼고 마치 그녀가 돌아온 것이 이상한 일, 실은 웃기지도 않은 일이라는 듯 기묘하게 킬킬대며 왔다. 이어서 어머니의 친구였던 피르다우스 노만이 왔다. 피르다우스는 부니를 향해 손을 뻗었다 이내 떨구고는 도망쳐버렸다. 부니는 이제야 상황 파악을 했다. 그녀는 벌을 받고 있었다. 무언극에서 재판을 받고 의례적인 배척을 당하는 중이었다. 그렇지만 이 눈보라 속에서, 이런 식으로 계속할 수야 있겠는가? 틀림없이 누군가 그녀를 받아들여주고 야단치고 나서 안아준 다음 뜨거운 마실 것을 주지 않겠는가?

사랑하는 아버지가 눈 속을 뚫고 어색한 모습으로 깡충거리며 뛰어왔을 때, 그녀는 비로소 주문이 풀릴 거라 믿었다. 그러나 아버지는 2미터 정도 떨어진 곳에 멈춰 서서 흐느꼈다. 눈물이 그의 뺨 위에서 얼어붙었다. 부니는 무남독녀 외동딸이었다. 그는 딸을 자기 목숨보다 더 사랑했다. 딸이 죽기 전까지는. 이제 그가 말을 건다면, 죽은 딸의 시선이 그에게 저주를 걸 것이다. 거부당한 아이는 죽은 뒤에조차 자기를 쫓아낸 부모에게 눈빛으로 재앙을 내릴 수 있다. 아버지는 윙윙대는 바람 때문에 그녀에게 제대로 가 닿기도 힘든 나지막한 목소리로 미신적인 말을 웅얼거렸다. 나자레바두르. 악마의 눈이여, 사라져라. 그러고는 마치 사슬과 싸우듯 힘겹게 걸음을 떼어 그녀에게서 멀어졌다. 눈보라가 그녀의 시야를 가리는 사이 아버지의 모습은 사라졌다. 마침내 아버지 대신 남편, 광대 샬리마르 노만이 나타났다. 그의 얼굴에 떠오른 그 표정은 무엇일까? 처음 보는 표정이었다. 그녀는 겸허하게 자기를 향해 증오와 경멸, 슬픔과 상처, 끔찍한 절망이 뒤섞인 그런 표정을 짓는 것이 당연하다고 속으로 중얼거렸다. 그 밖에도 뭔가가, 그녀가 이해하지 못하는 무언가가 있었다. 그의 아버지 사르판치가 옆에 서서 그의 팔을 붙잡고 있었다. 손바닥 전체로 꽉. 압둘라 노만은 아들을 끌어당기면서 말리는 듯했다. 그리고 그녀의 아버지도 다시 나타나 남편과 부니 사이에 섰다. 왜 아버지가 저러고 있을까. 광대 샬리마르는 움켜쥔 손에 뭔가를 쥐고 있었다. 아마도 암살자가 쥐듯 칼을 쥐었을 것이다. 손에 자루를 거꾸로 움켜쥔 채 칼날을 그의 소매 속에 숨겼을 것이다. 어쩌면 그녀는 이 자리에서 남편의 칼날에 죽게 될지도 모른다. 그녀는 기꺼이 죽을 준비가 되어 있었다. 그녀는 눈 속에 무릎을 꿇고 팔을 쫙 펼친 채 기다렸다.

목수의 딸 준 미스리가 그녀 옆에 무릎을 꿇고 앉았다. 올리브 색 피부를 지닌 준의 이집트인 같은 미모는 다른 세상의 다른 시간, 사막과 무화과 바구니 속의 뱀과 왕의 머리를 지닌 거대한 사자가 있는 덥고 건조한 세계에 속한 것 같았다. 좋았던 시절에는 눈초리에 과장되게 위로 치켜올라간 콜 먹선을 그려 이국적인 외모를 돋보이게도 했지만, 게그루 형제한테 몹쓸 짓을 당한 뒤로는 치장을 전혀 하지 않았다. 그녀는 전보다 더 야위었다. 또릿한 눈이 뼈만 앙상한 얼굴에 타오르는 두 개의 램프처럼 박혀 있었다. 그녀는 부니에게서 시선을 피한 채 서먹하게 말했다. "이 동네 사람들은 나를 살아 있는 유령으로 생각해. 여자가 나와 같은 일을 겪으면, 조용히 숲 속으로 들어가 목을 매야 한다고 생각하지." 그녀가 희미하게 웃었다. "헌데 난 그러지 않았거든." 부니는 약간 기운이 났다. 친구가 곁에 있었다. 자기와 같은 배신자한테도, 우정은 아직 세상에 존재했다. 자신의 행동으로, 눈물 젖은 회개와 바른 행동으로, 다시 사람들한테서 신뢰를 회복할 것이다. 준의 우정은 그녀에게 꼭 필요한 출발점이었다. 그녀가 손을 내밀었다. 준은 살짝 도리질 쳤다. "내가 너에게 말을 걸 수 있는 건 나 역시 이런 대접을 받아왔기 때문이야. 산송장끼리는 서로 얘기해도 괜찮잖아, 그렇지? 그래야 공평하지." 이제야 처음으로 그녀는 부니의 눈을 똑바로 쳐다봤다. "사람들이 너를 죽였어. 네가 그런 짓을 한 뒤에 말이야. 우리에게 너는 죽은 존재라고 말하고, 너의 죽음을 선포한 뒤 우리 모두 맹세를 하게 했어. 그들이 관계 당국에 가서 서류를 내고 서명을 하고 도장을 찍어서 너를 죽은 사람으로

만들었으니까, 너는 돌아올 수 없어. 사십 일간 모든 종교적, 사회
적 관습에 따라 예를 갖춰 너를 애도했어. 그러니 당연히 너는 다
시 펑 하고 나타나면 안 된다고. 너는 죽은 사람이야. 네 삶은 끝
났어. 공식적으로는." 준은 간신히 얼굴에서 감정을 감췄고, 목소
리도 엄격함을 유지했다. 부니가 말했다. "누가 나를 죽였는지, 그
사람들의 이름을 말해줘." 준의 침묵이 너무 길어 부니는 준이 대
답을 거부하는 줄 알았다. 이윽고 목수의 딸이 입을 열었다. "네
남편. 네 시아버지. 네 시어머니. 그리고……" 부니는 떨리는 목
소리로 계속 말해보라고 애원했다. "또 누구야? 네 말은 그 밖에
도 누군가 있다는 거잖아."

준이 고개를 돌렸다. "그리고 네 아버지."

눈발이 전에 없이 거세졌다. 뱃속에 뜨거운 탄불을 품었는데도,
추위는 두터운 지방층을 뚫고 그녀의 몸을 사정없이 꽉 움켜쥐었
다. 눈보라가 그녀와 준을 에워쌌다. 파치감은 흰 구름 같았다. 부
니는 이 새로운 상황에 대해 생각해보려고 일어섰다. 그리고 큰
소리로 말했다. "죽은 사람이라도 눈보라를 피할 곳은 얻을 수 있
으려나. 아니면 얼어 죽어야 하는 건가. 죽은 사람도 먹고 마실 것
을 얻을 수 있나, 아니면 굶주림과 갈증으로 다시 죽어야 하나. 난
지금 죽은 사람이 삶으로 돌아올 수 있는지 묻는 게 아니야. 그저
생각하는 거야. 죽은 사람이 말한다면, 그 말을 듣는 사람이 있는
지, 아니면 닫힌 귀에 부딪혀 떨어지는지. 죽은 사람이 눈물을 흘
린다면 누군가 위로를 해줄지, 회개한다면 용서를 해줄지. 죽은
사람은 언제나 단죄되어야 하는지, 아니면 구원받을 수도 있는지.

하지만 이런 질문은 눈보라 속에서 대답을 듣기에는 너무 버거운 질문이지. 너무 많은 것을 바라면 안 되겠지. 그러니까 지금은 이 것만 묻기로 하겠어. 죽은 사람도 따뜻한 곳에 누울 수 있는지, 아 니면 삽을 찾아 자기 무덤을 파야 하는지."

준이 대꾸했다. "비꼬지 마. 너를 죽인 슬픔을 이해하도록 해봐. 네 질문에 대답하자면, 우리 아버지 말씀으로는 아버지의 장작 헛 간에서 밤을 보내도 좋대."

장작 헛간이라면 적어도 비바람은 피할 수 있었다. 부니가 죽었 는데도 미스리 부녀는 힘닿는 데까지 그녀를 편안하게 해주고, 깔 개와 담요로 불편한 헛간을 좀 낫게 해주었다. 그들은 석유 램프 를 못에 걸어놓았다. 어둠이 내리면서 눈보라는 누그러졌다. 부니 는 임시 거처로 물러나 죽은 여자로서, 정확히 말하자면 밝혀진 바와 같이 일 년 전에 그녀의 삶은 사실상 끝장났으므로 더는 이 세상에 존재하지 않는 사람임을 아는 여자로서 첫 밤을 맞이했다. 죽은 자에게는 아무런 권리도 없었으므로, 어머니의 보석부터 아 버지의 손길까지, 이전에는 그녀에게 속했던 모든 것이 더는 그녀 의 것이 아니었다. 또한 위험해질 가능성도 있었다. 부니는 전에 죽은 자로 선포된 사람들의 이야기를 들은 적이 있었다. 이 죽은 존재들은 삶으로 돌아와 자기 재산을 되찾으려다, 그들의 위상에 대한 모든 논쟁을 매듭짓는 방편으로 다시 살해되는 일이 간혹 있 었다. 그러나 므리타크라고 불리는 다른 산송장들은 친척들의 탐 욕 때문에 살해당했다. 부니의 죽음은 그 누구의 잘못도 아닌, 오 직 그녀의 잘못이었다.

한밤중에 갑자기 귀에 익은 목소리가 들려왔다. 아버지가 따듯한 옷가지를 있는 대로 찾아내 둘둘 껴입고는 장작 헛간 바깥벽에 기대 있었다. 추위를 심하게 타는 판디트 피아렐랄 카울은 헛간이 살아 있는 사람인 양, 아니면 적어도 산송장 중 하나인 양 다정하게 말을 걸었다. "사랑의 바다 이야기를 해볼까." 판디트 피아렐랄 카울은 이를 딱딱 맞부딪치면서 장작 헛간에 대고 말했다. "그러니까, 시인 카, 카, 카, 카비르의 걸작 〈아누라그 사가르〉* 말이다." 죽은 자가 되어 장작 헛간에 매장된 비참한 처지에서도 부니는 미소를 누를 수가 없었다.

"〈아누라그 사가르〉에 나오는 주요 인물 중 한 사람이 칼이지. 칼이라는 이름은 어제와 내일, 그러니까 시, 시, 시간을 뜻한단다. 칼은 긍정적인 힘이라는 뜻의 사트 푸루시의 열여섯 아들 중 하나였단다. 그는 타락한 뒤 브라마, 비슈누, 시바의 아버지가 되었지. 그렇다고 우리 세상이 악에서 태어났다는 말은 아니야. 칼은 타락한 인물이지만 악하지도, 서, 선하지도 않아. 하지만 눈에는 눈으로 맞서라고 주장한다든가, 그가 우리에게 한 요구들 탓에 우리가 한계에 갇힌 존재가 되고, 우리의 본질에 가 닿지 못하게 된 것은 사실이지."

부니의 마음은 기쁨으로 설렜다. 램프의 불꽃도 더 밝게 타올랐다. 불꽃과 마음 모두 이것이 부니의 아버지가 딸에게로 돌아가는

---

* 인도의 종교가이자 시인 카비르의 대표작. 카비르의 사도인 다니 다람 다스가 우주의 창조에 대해 질문하자, 이에 답하는 내용으로 이루어져 있다.

방식이자 딸을 자기에게로 돌아오게 하는 방식임을 알았기 때문이다. 그러나 아버지의 다음 말로 어둠이 다시 한번 가까이 다가왔다. 판디트는 장작 헛간에 대고 말했다. "카비르의 말에 따르면, 므, 므, 므리타크만이, 산송장만이 칼의 고통으로부터 벗어날 수 있다더구나. 이게 무슨 뜻이겠느냐? 어떤 사람들은 이 말을 이렇게 읽어야 한다고 주장한단다. 용감한 자만이 미인을 얻는다고. 하지만 또 산송장만이 시간으로부터 자, 자, 자, 자유롭다는 해석도 있지."

들으라, 오 성인들이여, 므리타크의 본질을. 내가 생각했던 것보다 더 오래 떠나 있었구나. 그녀는 혼잣말로 중얼거렸다. 이성적으로 사실을 있는 그대로 보았던 우리 아버지가 신비주의 성향에, 아버지의 그림자 행성에 굴복해 사두* 비슷하게 변하시다니. 판디트가 짓궂은 미소를 띠고 고대 사상을 자기 식대로 풀어놓으며 날카로운 풍자에 늘 덧붙이곤 하던 학자다운 학식은 이제 거리를 두는 법을 잃고 오롯이 제물로 바쳐진 것 같았다. 판디트 피아렐랄 카울은 장작 헛간에 대고 인간의 가장 고귀한 열망은 이 세상에 살면서도 거기에 살지 않는 것이라고 노래했다. 마음속에서 타오르는 불을 끄고 완전히 고립된 성스러운 삶을 사는 것이라고. "살아 있는 죽은 자는 사, 사, 사트구루**를 섬긴단다. 살아 있는 죽은 자는 자기 안의 사랑을 보여주지. 사랑을 받아들임으로써 그가 지닌

---

* 인도의 탁발승, 고행자.
** 영적인 지혜를 전수하는 최고의 스승.

생명의 기운이 자유로워지는 거야." 아버지는 지구를 예로 들었다. "지구는 아무도 해치지 않는단다. 그렇게 되어야 한다. 지구는 아무도 미워하지 않아. 그렇게 되어야지." 사탕수수와 사탕도 예로 들었다. "사탕수수를 베고 으깨고 끓여서 야자즙 조당을 만들지. 야자즙 조당을 끓이면 정제되지 않은 설탕이 되고, 설탕을 태우면 얼음사탕이 된단다. 그리고 얼음사탕에서 누구나 좋아하는 진짜 사탕이 나오지. 똑같은 식으로 살아 있는 죽은 자는 고통을 견뎌내고 기쁨을 햐, 햐, 햐, 향해 삶의 대양을 가로지르는 거야." 그녀는 아버지가 딸에게 이제부터 어떻게 살아가야 하는지를 가르쳐주고 있다는 것을 알았다. 그녀는 그 가르침이 싫었고, 가슴 속에서 분노가 솟구쳐 올랐다. 그러나 분노를 억눌렀다. 준이 옳았듯이, 아버지가 옳았다. 부니는 분노를 놓아버리고 몸을 낮춰야 했다. 모든 것을 놓아버리고 하잘것없는 존재가 되어야 했다. 그녀가 구하는 것은 신의 사랑이 아니라 한 사람의 사랑이었다. 신 앞에서 자신을 버리는 사도의 자세를 취함으로써, 자기 자신을 지워버림으로써, 자기의 죄 또한 지우고 다시 한번 남편의 사랑을 받는 존재로 바뀔지도 모른다.

용감한 영혼만이 그 일을 할 수 있다. 살아 있는 죽은 자는 감각을 다스려야 한다고 판디트는 말했다. 시각을 다스려 '아름다움'과 '추함'이 같은 것임을 알아야 한다. 청각을 다스려 좋은 말뿐 아니라 나쁜 말도 참아내야 한다. 미각을 다스려 맛있는 것과 맛없는 것의 차이를 느끼지 못하게 되어야 한다. 누가 다섯 가지 미주(美酒)를 갖다주더라도 흥분해서는 안 된다. 소금을 치지 않은 음식도 내치지 말고, 주는 것이면 무엇이든 감사히 받아야 한다. 후각 또한 다스려야 한다. 좋은 냄새와 불쾌한 냄새를 한가지로 여겨야 한다.

"또한 정욕의 기관도 다스려야 하느니라." 판디트 피아렐랄 카울은 마치 장작 헛간에게 죄스러운 열망을 접어야 한다고 확실히 이해시키려는 듯 이 대목에서 특히 단호한 어조로 말했다. "정욕의 시, 시, 신은 도둑이란다. 정욕은 강력하고, 위험하고, 고통을 안겨주는 부정적인 힘이야. 색을 밝히는 여인은 〈아누라그 사가르〉의 그 칼의 보고나 다름없어. 살아 있는 죽은 자는 지식의 등불로 자기를 밝힌단다. 이 일을 해내야만 정욕이 끄, 끄, 끝날 거다." 처음에 그녀는 아버지의 말 자체에서 실제 전하고자 하는 의미를 찾아내려 했다. 그러나 어느 시점부턴가 말 아래 숨은 말이 들려오기 시작했다. 아버지는 그녀에게 말하고 있었다. 사랑의 시대가 끝났듯이 이성의 시대도 끝났다. 비이성적인 것이 득세하고 있다. 생존 전략이 필요할지도 모른다. 그녀는 아버지가 눈 덮인 버스정류장에 서 있는 그녀를 보았을 때 했던 말을 기억해냈다. 나자레바두르. 그녀는 아버지가 악마의 눈을 피하려고 한 말이라고 잘못 생각했지만, 실은 그녀에게 어디로 가야 할지 충고해주는 말이었던 것이다. 늙은 구자르족 예언자는 부니가 태어나기 전 세상에서 물러나며 마지막으로 미래를 저주하는 말을 남겼다. 앞으로 다가올 미래는 너무나 끔찍해서 어떤 예언자도 말로 전하지 못할 거야. 몇 년 뒤 게그루 형제가 빅 맨 미스리의 분노가 두려워 모스크에 스스로 갇혔다. 그러나 나자레바두르는 칼, 즉 시간이 흘러가는 것 자체를 두려워하여 스스로를 유폐시켰다. 그녀는 사마디* 상태에서 양반다리를 하고 앉아 존재하기를 그만두었다. 마침내 마을 사람들이 간신히 용기를 내 오두막 안을 들여다보았을 때, 그녀의 몸은 시든 잎처럼 약해져 문으로 불어 들어온 산들바람에 먼지처럼 날아가버렸다. 이제 부니의 차례였다. 칼을 극복하고자 하는 죽은 사람은 예언자가 간 길을 따라가야 했다. 전직 무희였던 부니가 결코 잊지 말아야 할 선례가 하나 더 있었다. 아나르칼리 역시 금지된 정욕에 빠진 죄로 감금되었다. 뚜껑문과 탈출로가 그녀를 자유롭게 해주었던가? 그건 영화일 뿐이었다. 현실에는 그런 손쉬운 탈출구 따윈 없었다.

산으로 올라가서 곱게 죽어라. 그것이 아버지가 그녀에게 보낸 메시지라면, 복종하는 수밖에 없었다. 아버지는 이제 헛간 밖에 없었다. 눈보라는 그쳤고 그녀는 혼자가 되었다. 그녀는 추한 뚱보였지만, 그 언덕을 올라 예언자의 오두막으로 가서 닥쳐올 죽음을 기다릴 것이다. 그녀가 간절히 원하지만 더이상 손에 넣을 수 없는 물건의 목록은 끝이 없었다. 음식, 알약, 담배, 사랑, 평화. 그것들 없이 버틸 것이다. 사라진 딸의 불가능한 무게가 그녀를 짜부라질 정도로 내리눌렀다. 헛간 안의 장작이 모조리 그녀 위로 굴러 떨어지는 것만 같았다. 그녀는 마룻바닥에 납작 엎드려 가쁘게 숨을 몰아쉬었다. 맑은 정신을 붙들어맨 밧줄이 느슨해지면서 광기가 주는 편안함 속으로 기꺼이 빠져드는 기분이었다. 아름다

---

* 명상의 최고 경지.

운 하루가 시작되었다.

장작 헛간에서 나와 무릎까지 빠지는 눈밭에 섰다. 나무가 우거진 언덕이 위협하듯 눈앞에 솟아 있었다. 사랑의 기억을 품은 켈마르그 초원이 그 위에 펼쳐져 있었다. 다른 쪽에는 소나무숲 한가운데에 죽은 자를 기다리는 죽은 자, 나자레바두르가 있었다. 한 걸음 떼기가 보통 일이 아니었다. 그녀는 침낭과 가방을 가지고 갔다. 발, 무릎, 엉덩이 할 것 없이 전부 아우성치며 불평을 터뜨렸다. 앞으로 밀고 나가면 눈이 뒤로 밀어냈다. 그러나 그녀는 천천히, 쿵쿵대며 계속 걸음을 옮겼다. 몇 번이나 바람에 밀려 쓰러졌다. 다시 일어서기도 쉽지 않았다. 옷이 다 젖었다. 발가락에 감각이 없었다. 눈 밑에 숨어 있던 돌멩이에 발을 베이고 솔잎이 살을 찔렀다. 그래도 비탈에 몸을 붙이고 억지로 다리를 움직였다. 아무리 느려도 상관없었다. 움직이기만 하면 되었다.

준이 멀찍이서 자기를 지켜보는 모습이 눈에 띄었다. 목수의 딸은 15미터 정도 거리를 두고 서서 한마디 말도 건네지 않았다. 그러나 내내 부니와 함께 언덕을 올랐다. 가끔은 앞으로 뛰어가 보초처럼 우뚝 서서 기다리다 팔을 들어 더 쉬운 길을 가르쳐주기도 했다. 그들은 서로 눈도 마주치지 않았지만, 부니는 반가운 마음으로 옛 친구의 인도를 따랐다. 그녀는 머릿속이 질정 없이 산만했지만, 차라리 다행이었다. 카슈미라의 엄청난 무게를 등에 짊어진 채 산을 오르기는 도저히 불가능했을 테지만, 딸은 한동안 엄마의 뒤죽박죽 뒤엉킨 마음 어딘가에 처박혀 있었다. 부니는 눈을 한 움큼 퍼서 게걸스럽게 먹으며 갈증을 달랬다.

산길을 반쯤 올랐을 때 가던 길 앞에서 갈색 종이 꾸러미를 발견했다. 그 안에는 기적 같은 음식이 들어 있었다. 효모를 넣지 않은 두껍게 썬 라바 빵 한 덩이와 작은 양철통에 담긴 둠 알루, 역시 양철통에 든 닭고기 두 조각이었다. 그녀는 묻지도 않고 아귀처럼 죄다 먹어치웠다. 그런 다음 다시 언덕을 올랐다. 위에서는 뜨거운 태양열이 그녀를 벌하고, 밑에서는 차가운 눈이 벌을 주었다. 그녀는 길게 색색 숨을 내쉬었다. 숲이 그녀를 둘러싸고 빙빙 돌았다. 그녀는 비틀거렸다. 숲이 우거진 비탈을 올라가는지 내려가는지도 분간이 안 될 지경이었다. 나무들이 그녀 주위를 점점 더 빨리 맴돌다 이윽고 선물처럼 의식불명 상태가 찾아왔다. 깨어났을 때에는 구자르족 여인의 오두막 문간에 기대앉아 있었다.

그후 날이 갈수록 맑은 정신을 유지하는 힘이 점점 약해지면서, 살아 있는 사람은 자기이고 다른 사람들이 죽은 것처럼 느껴졌다. 나자레바두르의 오두막 안은 마치 유령이 그녀가 올 줄 미리 알고 나 있었던 듯 깨끗이 청소되어 있었고, 새 돗자리가 바닥에 깔려 있었다. 불도 피워져 있고, 벽난로 옆에는 마른 장작도 쌓여 있었다. 싸구려 알루미늄 접시로 덮은 냄비에서 육즙에 연 줄기를 넣은 스튜가 보글보글 끓었다. 구석에는 물이 든 도기 수라히*가 놓여 있었다. 이끼와 잔디가 자란 지붕은 다 망가져서 눈 녹은 물이 계속해서 뚝뚝 떨어졌고, 밤이 되자 잠에서 깨어 생쥐처럼 지붕 위를 황급히 내달리는 유령들의 발자국 소리가 들렸다. 아침에 보

---

* 카슈미르 전통 물병.

니 낡은 잔디 대신 새 잔디가 덮여 있었고, 더는 물도 새지 않았
다. 그녀는 어머니를 소리쳐 불렀다. "어머니!" 호두알이라는 별
명으로도 불렸던 어머니 팜포시가 이제 막 죽은 자기 아이를 돌보
려고 죽은 자들 사이에서 돌아왔다.

오두막 밖으로 얼굴을 내밀었을 때, 언뜻 나무 사이로 움직이는
그림자를 본 것 같았다. 아버지가 가르쳐줬던 흑곰 하푸트, 표범
수, 자칼 샬, 여우 포촐로브 이야기가 떠올랐다. 이 동물들은 위험
하고, 어쩌면 그녀를 죽이려고 다가오는 것일지도 모르지만, 자기
본성에 충실한 것뿐이므로 나무랄 수는 없었다. 인간만이 가면을 쓰
지. 인간만이 스스로를 실망시키는 법이야. 오직 세상의 것을 버려야만,
육체의 요구에서 자신을 해방시켜야만 운운. 그녀의 육체는 굶주림과
다른 요구들로 쑤셨고 머리는 온전히 제 것 같지가 않았지만, 어
떤 이유에선지 두렵지가 않았다. 어떤 이유에선지 나무 사이의 형
상들이 수호자로 여겨졌다. 어떤 이유에선지 항상 잠에서 깨어나
보면 수라히에 맑은 물이 채워져 있고, 음식이 문 앞에 놓여 있거
나, 몸이 좋아져 짧은 산책을 나갈 수 있게 되고부터는 불 위에 올
려져 있었다. 어떤 이유에선지 그녀는 버림받은 것이 아니었다.
지옥에서 낙원으로 한달음에 돌아올 수야 있겠어, 그녀는 혼잣말
을 했다. 중간계에서의 정화 기간이 필요했다. 중독이 서서히 몸
에서 빠져나가고 마음이 맑아졌다. 그럴 동안 어머니가 그녀 곁에
서 함께했다. 눈이 녹아 켈마르그 초원까지 나가보니 야생화가 피
어 있었다. 부니는 크라트를 한 다발 꺾었다. 크라트는 채소로 먹
을 수 있었고, 눈에 좋았다. 문 앞에는 항아리에 남은 유장과 섞으

면 기분 좋게 식혀주는 효과를 내는 샤타르가 피었다. 산비탈에서
피를 맑게 해주는 데 효험이 있는 매발톱나무를 찾아냈다. 명아주
의 잎과 열매도 먹었다. 지천에 깔린 흰 냉이꽃도 따서 날것으로
먹었다. 회향풀과 월계수도 모았다. 치커리의 푸른 꽃을 먹으며
민들레가 핀 풀밭에 누워 생기와 정신이 돌아오는 것을 느꼈다.
카슈미르의 꽃들이 그녀를 구했다. 아버지 과수원의 아몬드 나무
들도 꽃을 피웠으리라. 바야흐로 봄이었다.

광대 샬리마르는 아내와 미국인과의 부정을 알고 나서 가장 아
끼는 칼을 날카롭게 갈아 살의를 품고 남쪽으로 떠났다. 다행히도
그를 태우고 파치감을 떠난 버스가 베리나그의 젤룸 강 수원지 근
처 로어문다의 작은 다리 밑에서 고장이 났다. 아버지가 보낸 형
하미드와 마무드가 정류장에서 초조하게 다음 차를 기다리던 그
를 따라잡았다. "우리한테서 도망갈 수 있다고 생각했나보지, 홍,
어린 녀석이." 쌍둥이 중에서 목소리도 더 크고 더 시끄러운 하미
드가 외쳤다. "어림 반 푼어치도 없지! 우리 같은 사고뭉치를 네
가 당하려고." 군대 수송 차량들이 그들 주변에서 연료를 보충하
는 중이었다. 한가로이 엽궐련 연기를 내뿜던 군인 무리가 다투는
세 형제에게 날카로운 시선을 던졌다. 사고뭉치라는 말이 실수였
다. 군인들이 흠칫했다. 민족주의 지도자 아마눌라 칸과 마크불
부트가 잠무카슈미르 민족해방전선(NLF)이라는 무장 단체를 결

성해 아자드 카슈미르에서 통제선을 넘어 인도 쪽으로 들어와 군 주둔지와 군인들에게 여러 차례 기습 공격을 감행했다. 입씨름을 벌이는 이 세 젊은이가 싸우고 싶어 안달이 난 NLF 신병일지도 몰랐다. 쌍둥이 중에서 언제나 더 신중한 쪽인 마무드 노만이 광대 샬리마르에게 조용히 귀띔했다. "저 녀석들이 네가 지닌 단도를 찾아내면 우리 모두 죽을 때까지 감옥신세를 지게 될 거야." 이 말이 부니 노만의 생명을 구했다. 광대 샬리마르는 호탕하게 가짜 웃음을 터뜨렸고, 형제들도 서로의 등을 두드려가며 따라 웃었다. 군인들은 긴장을 풀었다. 그날 오후 늦게 노만 형제는 버스를 타고 집으로 돌아왔다.

피르다우스 노만은 형들이 광대 샬리마르를 데리고 돌아왔을 때, 배신당하고 오쟁이 진 아들의 눈을 들여다보고 너무나 겁을 먹은 나머지 아들과 싸울 생각은 영영 접기로 마음먹었다. 우주의 본질, 카슈미르의 전통, 서로의 나쁜 버릇을 놓고 이름 높은 남편과 벌였던 그녀의 유명한 논쟁은 오랜 세월 마을 사람들을 즐겁게 해주었지만, 이제 피르다우스는 성 잘 내는 자기 성격이 낳은 결과를 보았다. 그녀는 압둘라에게 속삭였다. "저애 좀 봐요. 저애는 할 수만 있다면 온 세상을 끝장내버릴 분노를 속에 품고 있어요."

사르판치는 마음이 어지러웠다. 그의 건강은 갈수록 나빠졌다. 처음에는 손에 쑤시는 듯한 격통이 느껴졌다. 그러더니 결국 손이 쓸모없는 갈고리 모양으로 굳어버려 제대로 쓸 수 없게 되었다. 먹거나 도구를 쥐는 것은 물론이고, 제 뒤를 닦기도 힘든 지경이 되고 말았다. 통증이 점점 심해지면서 불만도 커져갔다. 그는 과거와 미래 사이인지, 집과 세상 사이인지 모르겠지만, 무언가의 사이에 낀 느낌이었다. 자기 안에서 욕망들끼리 충돌을 일으켰다. 어떤 날은 관객의 박수갈채가 애타게 그립고 반드 파테르가 서서히 기울면서 이러한 만족을 얻기가 점점 더 힘들어진 것이 아쉬웠다. 반면 또 어떤 날은 활활 타오르는 불가에 앉아 담배나 피우며 조용히 살고 싶은 마음뿐이었다. 개인적인 욕망과 다른 사람들의 요구 사이의 충돌은 갈수록 심해졌다. 그렇게 오랫동안 자신을 돌보지 않고 살았으니 이제 조금은 자기 몸도 돌아볼 때가 되었다. 언제까지나 양손에 모든 사람을 끌어안고 살 수는 없는 노릇이었다. 그는 손이 아팠다. 미래는 어둡고 그의 빛도 어두워져갔다. 그에게 필요한 것은 약간의 친절이었다.

압둘라는 자기 생각에만 빠져서 피르다우스에게 멍하니 말했다. "그애를 따듯하게 대해줘. 당신의 사랑이 그 불꽃을 꺼줄 수 있을지도 모르지."

그러나 광대 샬리마르는 자기 안으로 침잠했고, 공터에서 리허설을 할 때를 제외하고는 며칠씩 거의 말을 하지 않고 지냈다. 극단 사람 모두가 그의 연기 스타일이 바뀌었음을 알아차렸다. 그는 이전 그 어느 때보다도 힘찬 몸동작을 보여주는 희극배우였지만, 사람들을 웃기는 게 아니라 겁먹게 만들기 십상인 새로운 사나움을 드러냈다. 어느 날 그는 아나르칼리 연극에서 아나르칼리를 끌고 가 벽 속에 가두려고 온 병사들에게 그녀가 잡히는 장면에서, 병사들은 미군 군복을 입고 아나르칼리는 베트남 시골 여자들이 쓰는 원뿔형 모자를 쓰면 분위기가 더 살지 않겠느냐고 제안했다.

그런 식의 묘사는 금지되어 있지만, 베트남 처녀로 분한 아나르칼리가 미국인에게 붙잡혀가는 장면이 인도군이 카슈미르를 짓누르는 상황에 대한 비유인 줄 관객도 금세 알아차릴 거라고 주장했다. 한 군대가 다른 군대를 대신할 수 있을 테니, 그 장면이 그들의 연극에 동시대적인 효과를 부여해줄 것이다. 예전에는 부니가 했던 역을 맡은 히말 샤르가는 그 아이디어가 마음에 들지 않았다. 그녀는 짜증을 부렸다. "내가 훌륭한 무희가 아닌 건 알아요. 하지만 당신이 미국인을 미워한다는 이유만으로 내 연극에서 중요한 장면을 우스꽝스러운 묘기로 바꿔버릴 것까지는 없잖아요." 광대 샬리마르가 그녀 쪽으로 어찌나 거칠게 돌아섰는지, 모여 있던 배우들은 순간 샬리마르가 그녀를 때려눕히는 줄 알았다. 그러나 그는 갑자기 풀이 꺾여 고개를 돌리고는 낙심한 듯 구석으로 가서 쭈그리고 앉았다. 그가 나직이 말했다. "맞아요, 나쁜 생각이지요. 잊어버려요. 머리가 잠시 어떻게 되었나봐요." 히말은 마을의 바리톤 가수 시브샹카르 샤르가의 두 딸 중 더 예쁜 쪽이었다. 그녀는 광대 샬리마르에게 다가가 그의 어깨에 손을 얹었다. "그러지 말고 똑바로 앞을 보려고 노력해보세요. 여기 없는 것을 보지 말고, 지금 있는 것을 봐요."

리허설이 끝난 뒤, 히말의 언니 곤와티가 그녀에게 다 소용없으니 꿈 깨라고 악의에 찬 독설을 퍼부었다. "부니 옆에 서면 너 같은 건 아예 보이지도 않는다고." 곤와티는 두꺼운 안경 렌즈 뒤에 악의를 품고 엄숙하게 말했다. "내가 네 옆에 서 있으면 보이지 않는 것처럼 말이야. 그의 마음속에서 너는 항상 부니 곁에 조금 더 작고, 조금 더 못생기고, 코는 좀 길고, 턱은 좀 약한 모습으로 서 있을 뿐이라고. 커야 할 곳은 너무 작고 작아야 할 곳은 너무 큰 몰골로 말이야." 히말은 가까이 있는 언니의 길고 검은 땋은 머리를 움켜쥐고 잡아당겼다. "질투하지 마, 이 안경잡이야. 착한 언니답게 내가 그를 잡도록 도와주기나 해."

곤와티는 이 질책을 받아들여 자기 소망은 접어두고 동생이라도 잘되도록 밀어주기로 했다. 샤르가 자매는 광대 샬리마르의 다친 마음을 붙잡을 계획을 세우는 데 착수했다. 곤와티는 그에게 제일 좋아하는 요리가 무엇인지 물었다. 그가 구슈타바를 좋아한다고 대답했다. 히말은 즉시 온 정성을 다해 구슈타바에 쓸 고기를 두드려 부드럽게 만드는 일에 매달렸다. 그녀가 "기운을 북돋아주려는" 선물이라며 요리를 그에게 내밀자, 그는 당장 미트볼을 입안에 넣었다. 곧 그의 얼굴에 떠오른 표정으로 결과가 좋지 않음을 눈치챈 그녀는 집안에서 여태껏 본 적도 없는 최악의 요리사로 유명하다고 실토했다. 다음으로 곤와티는 광대 샬리마르에게 히말이 부니 대신 그들이 개발한 줄타기 연기를 하면 어떻겠느냐고 제안했다. 여자의 도움 없이는 할 수 없는 연기였다. 광대 샬리마르는 히말에게 줄 위를 걷는 법을 가르치는 데 동의했지만, 몇 번의 수업을 한 뒤에도 줄은 여전히 땅에서 30센티미터 높이에 머물렀다. 그제야 히말은 줄곧 지독한 현기증에 시달렸다고 털어놓았다. 그를 기쁘게 해주고자 하는 소망이 아무리 간절하더라도, 그 소망이 그녀가 떨어져 죽지 않도록 막아주지는 못할 것이다. 세번째 전략은 더 노골적이었다. 곤와티는 광대 샬리마르에게 자기 동생이 요즘 연애 운이 좋지 않다고 말했다. 이름까지는 차마 말하지 못하겠지만, 시르말의 어떤 버릇없는 놈이 히말의 애정을 장난삼아 갖고 놀고는 그녀를 버렸다는 것이었다. 곤와티는 이런 제안을 내놓았다. "당신과 히말은 서로를 위로해줘야 해요. 당신만이 그애가 얼마나 고통스러운지 알 테고, 또 그애만이 당신의 끔찍한 슬픔을 짐작이라도 할 수 있을 테니까요." 광대 샬리마르는 설득에 넘어가 히말과 함께 달밤에 무스카둔 강가를 산책하기로 했다. 그러나 불쌍한 히말은 달빛에 취하고 그의 미모에 눈이 먼 나머지, 시르말의 무뢰한 이야기는 다 꾸며낸 것이고, 자기는 언제나 광대 샬리마르만을 사랑해왔다고, 카슈미르 전체를 다 뒤져도 자기에게는 그 외엔 아무도 없다고 고백해버렸다. 이 세번째 실패 이후 광대 샬리마르는 샤르가 자매를 멀리했지만, 그들은 희망을 버리지 않았다.

부니를 죽은 사람으로 선포하자는 아이디어를 낸 사람이 바로 곤와티 샤르가였다. 곤와티는 안경 낀 외모 덕에 비열한 모사꾼의 본성을 학구적인 인상으로 감출 수 있었다. 그녀의 동생은 달밤 산책에서 실패를 겪은 뒤 슬픔에 잠겨 말했다. "그는 그년이 살아 있는 한 절대 잊지 못할 거야. 아, 가끔은 고것이 죽어버렸으면 좋겠어." 처음에 곤와티는 자기가 무슨 말을 하는지도 모르고 이렇게 대답했다. "절대 믿음을 버리지 마. 바라는 대로 이루어질 거야." 며칠이 지나서야 그녀는 자신이 한 말의 의미를 깨달았다. 그리고 사람들이 그 아이디어를 스스로 생각해냈다고 믿게끔 만드는 작업에 착수했다. 가족끼리 저녁을 먹던 중, 그녀는 동생의 감정을 자기 생각처럼 읊었다. "부니가 델리에서 미국인이랑 같이 사는 게 아니라 차라리 죽었다면 불쌍한 샬리마르도 새 삶을 시작할 수 있을 텐데." 아버지 시브샹카르 샤르가가 깊이 있는 저음으로 코웃음을 쳤다. 그러고는 주먹으로 식탁을 내리치며 말했다. "델리에서 미국인과 같이 산다는 건 죽은 거나 매한가지다." 곤와티가 근시인 큼직한 눈을 시브샹카르에게 돌렸다. "아버지는 판차야트에 계시잖아요. 아버지가 그걸 공식화하실 수는 없나요?"

다음 판차야트 회의가 열리기 전에 시브샹카르는 춤선생 하비브 주에게 부니를 망자로 선포하자는 얘기를 꺼냈다. "나에게 부니는 죽은 사람이야." 그는 이렇게 대답하더니, 곧이어 부니의 탈선에 자기 책임도 있다는 죄책감을 털어놓았다. "내가 그애한테 가르친 바로 그 재주로 우리 모두를 배신했지 뭔가." 다섯 명 중 둘이 한편이 되었다. 그들은 함께 빅 맨 미스리에게 갔다. 목수는 미심쩍은 투로 말했다. "난 모르겠네. 그래도 준은 부니를 무척이나 좋아했어." 시브샹카르 샤르가는 어느새 자기도 모르게 열을 올리며 자기주장을 밀어붙였다. "자네는 남자들이 우리 딸들을 데리고 도망가도 좋단 말인가? 자네 집안에 있었던 일을 생각하면, 자네야말로 발 벗고 나서서 우리 계획에 동참할 줄 알았네." 다섯 명 중 셋이 한편이 되었다. 남은 사람은 두 아버지, 피아렐랄과 압둘라였다. "사르판치는 너무 인정 많은 분이라 설득하기 쉽지 않을 거예요." 며칠 후 저녁에 아버지가 그간의 경과를 알려주자 곤와티는 이렇게 말했다. "저만 믿으세요. 부니 아버지가 동의하게 해야 해요."

곤와티가 자신감을 보인 이유는 판디트 피아렐랄 카울과 최근 친분을 쌓았기 때문이었다. 딸이 남쪽으로 도망간 뒤 여러 달 동안 판디트는 명상에 빠져 지냈다. 파치감 최고의 와자로서 지켜야 할 의무도 눈에 띄게 등한시했기 때문에, 마침내 그 밑의 와자들이 기분이 좀 나아질 때까지 와즈완 날에 그냥 집에 있으라고 부드럽게 부탁했다. 피아렐랄은 고개를 숙인 채 냄비와 잔치의 세계를 뒤로하고 떠났다. 평생 동안 음식을 사랑했던 그이지만, 이제는 자기와 전혀 무관한 것 같았다. 그는 집에 홀로 있으면서 되도록 조금만 준비해서 죽지 않을 만큼만 마지못해 먹었고, 먹는 데에서 아무런 즐거움도 얻지 못했다. 그는 매일 열한 시간씩 명상을 했다. 외부 세계는 너무 고통스러워 견딜 수가 없었다. 딸이 사라진 것이 아내의 두번째 죽음처럼 느껴졌다. 카슈미르의 아름다움조차 신체적일 뿐 아니라 도덕적인 상실의 고통을 누그러뜨려주지는 못했다. 딸이 사라진 것만도 최악인데, 딸의 부도덕한 행실은 더 최악이었다. 딸이 낯선 사람 같았다. 그는 자신이 기초가 삭아버린 낡은 건물처럼 무너져내리는 것을 느꼈다. 조수에 휩쓸려 익사할 지경이었다. 명상을 하면서 그는 감정의 영역을 되찾고 철학의 빛을 향해 구원을 갈구하는 손길을 뻗을 수 있었다. 명상을 하던 중 카비르가 생각났다.

카비르가 1440년경 동정녀의 자식으로 태어났다는 얘기가 있었지만, 피아렐랄은 그런 허튼소리엔 관심이 없었다. 알려진 바에 따르면 카비르는 무슬림 직공들의 손에 키워졌고, 쓸 줄 아는 단어는 '라마'뿐이었다고 한다. 이런 얘기에도 별 관심이 없었다. 오직 카비르의 두 영혼, 즉 개인의 영혼 혹은 삶의 영혼인 지바트마와 신성한 영혼 파라마트마의 개념에 관심이 갈 뿐이었다. 이 두 영혼이 합일 상태를 이룰 때 구원을 얻을 수 있다. 재미있는 건 개인의 영혼을 버리고 신성에 흡수되어야 한다는 것이다. 이것이 삶 속의 죽음이라는 형태를 띤다 해도, 이는 단지 외부에서 보기에 그럴 뿐이다. 이러한 성취를 통해 얻는 내적 인식이야말로 무아지경의 기쁨일 것이다.

어느 날 피아렐랄은 젊은 여자가 무스카둔 강가에 앉아 있는 모습을 보고 명상에서 깨어났다. 잠시 혼란해진 그는 부니가 돌아온 줄 알았다. 그러나 곧 가수의 딸 곤와티 샤르가임을 알아차리고는 애써 실망감을 억누르며 밖으로 나가 그녀를 맞았다. 곤와티는 잠시 뜸을 들이다 입을 열었다. "판디트 님, 예전에 부니와 광대 샬리마르가 여기 앉아 있는 모습을 본 적이 있어요. 용서해주세요, 판디트 님. 조금은 샘이 났어요. 저도 판디트 님의 귀한 말씀을 듣고 싶었거든요. 판디트 님의 지혜를 받고 싶었어요. 하지만 판디트 님의 딸이 아니니 제 팔자를 받아들일 수밖에 없었지요." 판디트 피아렐랄 카울은 깊은 감동을 받았다. 미처 몰랐다! 딸이 애인과 함께 앉아 자기의 장광설에 귀를 기울일 때면, 그저 아버지의 기분을 맞춰주느라 듣는 척만 한다는 느낌을 받았다. 그런데 이 처녀는 진심으로 배우고 싶어하는 것이다! 곤와티의 고백에 피아렐랄 카울의 얼굴에 몇 달 만에 처음으로 미소가 떠올랐다. 그후 몇 주 동안 곤와티는 되도록 자주 찾아와 그의 발치에 앉았다. 그녀가 공감하는 태도로 진지하게 귀를 기울였기 때문에 그는 속내를 꽤 많이 털어놓았다. 마침내 그녀가 강가 바위에서 일어나 옆으로 다가오더니 피아렐랄의 손을 꼭 잡고 광대 샬리마르에게 주는 동생의 충고를 자기식으로 옮겨 말했다.

"죽은 것 때문에 자책하지 마시고, 살아 있는 것에 대해 신에게 감사드리세요."

압둘라 노만은 부니의 아버지가 찬성하고 나서자 므리타크 계획에 반대할 수가 없었다. "자네 진심인가?" 그는 다음 판차야트 회의 때 피아렐랄에게 물었다. 그들은 노만네 집 위층에 있는 회합용 방에서 짭짤한 맛이 나는 분홍색 차를 마시던 중이었다. 피아렐랄이 죽음의 선고를 입 밖에 내자 그의 컵이 컵받침에 덜그럭대며 부딪기 시작했다. 판디트는 오랜 친구에게 말했다. "하루에 열한 시간씩 세상에서 살아 있지 않으면서 살아가는 문제를 놓고 명상했다네. 그 수수께끼의 의미가 많은 부분에서 뚜렷해졌네. 내 자식 부니는 삶 속의 죽음의 길을 선택했네. 일단 그애가 그렇게 선택한 이상 그애를 잡아서는 안 되겠지. 놓아주기로 했네. 그리고 격분한 자네 아들을 다스려야 하는 문제도 있지 않나."

준 미스리는 눈보라 속에서 부니에게 이렇게 말했다. "그들이 너를 죽였어. 너를 사랑했는데 네가 떠났기 때문에 죽였던 거야."

황량한 무스카둔 강은 파치감을 지나 멀리 흘렀다. 무성하게 우거진 나뭇잎이 엿보는 눈들로부터 강을 가려주었다. 어린 시절 여름날, 언제나 꼭 붙어다니던 네 소녀 샤르가 자매, 준 미스리, 부니 카울은 학교가 파하면 그곳으로 달려가 옷을 벗어던지고 물에 뛰어들었다. 찬 강물은 그들을 흥분시키다 못해 자극했다. 소녀들은 강의 신이 차디찬 손으로 자기들의 피부를 어루만질 때면 비명을 지르며 깔깔댔다. 그러고는 풀이 우거진 강둑에서 이리저리 구르며 몸을 말리고, 손바닥으로 머리카락을 문질러 탈선의 흔적을 깨끗이 없앤 다음에야 집으로 돌아갔다. 겨울 저녁이면 놀기 좋아하는 네 친구는 다른 마을 아이들과 함께 온기를 찾아 노만네 부엌 위층 회합용 방으로 몰려들었다. 그러면 어른들이 아이들에게 이야기를 들려주곤 했다. 압둘라 노만의 기억은 기막힌 이야기들이 끝도 없이 쏟아져나오는 이야기 창고였다. 그가 이야기 하나를 끝내기가 무섭게 아이들은 더 해달라고 아우성쳤다. 마을 여자들은 돌아가며 아이들에게 집안마다 전해 내려오는 일화들을 들려주었다. 파치감에는 집집마다 이런 이야기 단지가 있었다. 각 집안의 이야기를 모조리 모든 아이들에게 들려주었기 때문에, 너나없이 모두 하나인 것 같았다. 그 마법의 원은 부니가 델리로 달아나 미국 대사의 첩이 된 순간 영원히 깨져버렸다.

부니가 잔뜩 살이 찌고 중독으로 폐인이 되어 눈을 덮어쓴 채 파치감에 돌아온 날, 옛 친구 히말과 곤와티는 눈보라 속에서 그녀를 에워쌌다. 그들이 느낀 감정에 어린 시절의 애정은 흔적도 없었다. 곤와티 샤르가는 부니의 죽음을 이끌어낸 피도 눈물도 없는 음모에 죄책감을 느꼈을지도 모르지만, 그런 감정은 분노 밑에 억눌렀다. 그녀는 동생에게 말했다. "그 난리를 쳐놓고 무슨 낯짝으로 돌아왔나 몰라." 그러나 히말은 부니의 변한 외모에 기뻐 어쩔 줄 몰랐다. 죽은 여자가 삶으로 돌아왔다는 분노보다 그로 인해 얻게 된 이득이 훨씬 더 컸다. 그녀는 곤와티에게 소곤거렸다.

"저애 꼴 좀 봐. 이제 그이가 어떻게 저애를 사랑할 수 있겠어?"

그러나 끔찍한 진실은 히말 샤르가 광대 샬리마르를 유혹하는 데 실패한 이유가 배신한 아내를 그가 계속 사랑하기 때문이 아니라는 점이었다. 진실은 광대 샬리마르가 부니의 부정을 안 순간부터 그녀를 더이상 사랑하지 않게 되었다는 것이었다. 플러그를 뽑은 자동인형처럼 그의 사랑은 딱 멈춰버렸고, 사랑의 파괴가 남긴 엄청난 분화구는 누런 담즙 같은 분노의 바다로 메워졌다. 진실은 그가 로어문다에서 형들 손에 끌려 집으로 왔어도, 버스에서 부니가 파치감에 돌아오기만 하면 그녀의 거짓된 머리를 베어버리겠다고, 그 색정광 미국 놈의 후레자식을 데려온다면 일말의 자비도 보이지 않고 자식의 목까지 베겠노라고 맹세했다는 것이었다. 피아렐랄 카울이 딸의 죽음을 공식적으로 선포하자는 안을 지지한 주된 이유, 그리고 압둘라 노만이 그 계획에 동참한 가장 큰 이유는 부니를 서류상으로 죽이는 것만이 광대 샬리마르가 끔찍한 범죄를 저지르지 못하도록 막을 수 있는 길이었기 때문이다. 두 아버지는 이미 죽은 사람의 목을 벨 생각 따위는 할 필요도 없다고 버림받은 남편을 열심히 설득했다. 처음에 샬리마르는 므리타크 계획을 내켜하지 않았다. 그는 이렇게 주장했다. "우리 모두가 거짓말을 하기로 한다면, 그년보다 나을 게 뭐가 있어요?" 압둘라와 피아렐랄은 사흘 동안 꼬박 잠도 자지 않고 그와 논쟁을 벌였다. 셋 다 지쳐 쓰러질 지경이 되어서야 광대 샬리마르는 두 아버지의 설득에 못 이겨 타협안을 받아들이겠다고, 정당한 분노를 완전히 풀어버리겠다고 맹세했다. 그러나 마음속으로는 언젠가 그가 한 두 가지 맹세, 두 개의 그림자 행성, 그에게 부니를 죽이라고 하는 용머리 라후의 맹세와 그녀를 살려주라는 용꼬리 케투의 맹세가 충돌하는 날이 오리라는 것을 알고 있었다. 두 맹세 중 어느 쪽을 깨게 될지는 자신도 예측할 수가 없었다.

부니뿐 아니라 자신에게도 덫을 놓기 위해, 샬리마르는 부니에게 같은 내용의 편지를 계속 보냈다. 그녀가 화를 내고 나약한 인간이라고 그를 경멸하게 만들기 위해. 그리고 편지의 목적은 그가 기꺼이 용서하고 잊을 준비가 되어 있다고 믿게끔 하려는 것이었다. 더 깊은 목적은 문제를 막다른 골목까지 끌고 가는 것이었다. 즉 그녀를 돌아오게 해서 자신이 두 가지 맹세 중 하나를 택해야만 하는 상황을 만들어, 자기가 정말로 어떤 종류의 인간인지 알아내려는 것이었다. 그녀가 눈보라 속에서 지방층에 싸이고 눈에 덮인 모습으로 버스정류장에 나타났을 때, 그는 생각할 틈도 없이 손에 칼을 쥐고 그녀에게 달려갔다. 그러나 두 아버지가 그의 앞을 막아서서 용꼬리의 맹세를 상기시켰다. 그들은 앞이 안 보이도록 쏟아지는 눈 속에서 그녀를 둘러쌌다. 피아렐랄 카울이 광대 샬리마르에게 말했다. "자네가 맹세를 깨야겠다면, 부니한테 가기 전에 나를 죽이게." 그러자 압둘라 노만도 쐐기를 박았다. "나도 죽이고 가야 할 거다." 바로 그 순간 광대 샬리마르는 두 맹세의 난제를 풀었다. 그는 말했다. "우선, 제가 두 분께 한 맹세는 개인적인 약속이었습니다. 그러니 두 분 중 어느 한 분이라도 살아 계시는 한은 지키겠습니다. 그러나 저 자신에게 한 맹세 또한 개인적인 약속입니다. 두 분이 돌아가시면 더는 저를 말리지 못하시겠지요. 두번째로," 그는 죽은 아내 쪽으로 고개 한번 까딱이지 않고 발길을 돌리며 말을 맺었다. "저 창녀를 제 눈에 띄지 않게 해주십시오." 눈은 산 자와 죽은 자 모두의 위로 펑펑 쏟아져내렸다.

봄은 재생의 환영이었다. 꽃이 피고 송아지와 염소가 태어나고 둥지에서 알이 깨어났지만, 과거의 순수는 돌아오지 않았다. 부니카울 노만은 다시는 파치감으로 되돌아가 살지 못했다. 그녀는 남은 평생을 예언자가 예전에 미래가 너무 끔찍해서 생각해볼 수도 없다며 다리를 포개고 앉아 죽음을 기다렸던 소나무숲 언덕의 오두막에서 살았다. 그녀는 서서히 현실적인 문제에 대처할 능력을 갖추게 되었지만, 그럴수록 현실 감각은 점점 더 사라졌다. 마치 그녀 안의 무언가가 그녀가 차츰 자급자족할 수 있게 된 세계는 결코 그녀가 원하는 세계, 즉 남편의 사랑을 자기 몸에 휘감고 자기의 사랑으로 남편을 감싸줄 수 있는 세계가 될 수 없다는 사실을 받아들이려 하지 않는 것 같았다. 어머니 유령은 이제 그녀의 영원한 벗이 되었다. 팜포시의 유령은 나이를 먹지 않기 때문에, 죽은 두 여인은 점점 더 자매처럼 변해갔다. 피아렐랄 카울이 딸을 찾아와 마을에는 얼씬도 말라는 경고를 전했다. 자기와 압둘라는 그녀가 눈에 띄지 않을 때에만 간신히 광대 샬리마르를 말릴 수 있기 때문에 그녀가 파치감에 내려오면 안전을 보장할 수가 없다는 것이었다. 그러자 그녀는 미친 사람 특유의 명랑한 말투로 대답했다. "저는 팜포시랑 여기에서 잘 지내고 있어요. 엄마가 곁에 있는 한 아무도 저한테 손끝 하나 대지 못해요. 아버지도 우리와 함께 있으면 어때요? 마을에선 우리 모녀를 받아주지 않으니, 여기에서라면 우리 셋이서 오붓하게 지낼 수 있을 거예요."

사랑하는 딸이 정신착란을 일으키자, 판디트 피아렐랄 카울은 자신만의 어둠 속으로 침잠했다. 그는 매일 딸이 필요한 것은 없는지 돌봐주고 딸의 횡설수설하는 이야기를 들어주러 산을 올랐지만, 자신의 낙관주의를 꽉 쥐고 거의 죽을 지경까지 죄는 환멸에 대해서는 딸에게 말하지 못했다. 파치감 전체가 부니와 광대 샬리마르의 사랑을 지켜주었다. 그들의 사랑은 비인간적인 것에 맞선 인간적인 것의 승리를 상징했고, 그런 만큼 지킬 가치가 있었다. 그런 사랑이 끔찍하게 끝장나는 꼴을 두 눈으로 보고 난 피아렐랄은 평생 처음으로 인간은 본질적으로 선하다는 생각, 불완전함을 벗어버리도록 도와준다면 이상적인 자아가 빛 속에서 모두가 볼 수 있도록 모습을 드러내리라는 생각에 의문을 품게 되었다. 카슈미리야트라는 개념으로 구체화된 지방자치주의 원칙에 대해서도 의문이 생겼고, 조화보다 불화가 더 지배적인 원칙이 아닌가 하는 의구심이 들었다. 도처에서 벌어지는 공동체의 폭력은 잘 아는 이들끼리의 범죄였다. 이방인이 저지르는 범죄가 아니었다. 삶의 희로애락을 함께 나누었던 사람들, 어제까지만 해도 자식들끼리 서로 어울려 놀았던 이웃들이 범인이었다. 증오의 불길을 갑자기 피워 올리는 사람들, 한밤중에 횃불을 들고 대문을 두드리는 사람들이었다.

카슈미리야트는 환상이었는지도 모른다. 겨울에 회합용 방에서 서로의 이야기를 들었던 그 모든 아이들, 한 가족이 되었던 그 아이들도 환상이었는지 모른다. 선량한 왕 자인울아비딘의 관대한 통치도 몇몇 판디트의 주장처럼, 통합의 상징이 아니라 일시적인 예외 현상으로 보아야 할지 모른다. 독재, 강요된 개종, 사원 파괴, 성상 파괴, 박해, 집단 학살이 흔해빠진 현실이고, 평화로운 공존은 환상에 불과할지도 모른다. 그는 여러 판디트 조직에서 뿌린 정치 선전물도 이런 식으로 받아들이기 시작했다. 그런 선전물에는 수백 년 전으로 거슬러 올라가는 박해에 관한 이야기가 적혀 있었다. 성상 파괴자 시칸다르*가 힌두교의 성상을 가장 많이 부쉈다. 14세기에 저지른 범죄를 20세기에 단죄해야 한다. 사이푸딘의 잔인함은 모든 면에서 도를 넘었다. 사이푸딘은 시칸다르의 아들 알리샤 밑에서 재상을 지냈다. 브라만들은 개종당할 공포에 떠밀려 불속으로 뛰어들었다. 많은 브라만이 스스로 목을 맸다. 독을 마신 이들도 있고, 물에 빠져 죽은 이들도 있었다. 셀 수 없이 많은 브라만이 산에서 뛰어내려 목숨을 끊었다. 나라 전체에 증오가 만연했다. 왕의 지지자 중 자살을 막으려 한 사람은 아무도 없었다. 오늘날까지 죽 그랬다. 어쩌면 평화는 아편에 취해 꾸는 몽상일지도 모른다. 그렇다면 피아렐랄 카울 역시 불쌍한 딸 못지않은 중독자였다. 그 또한 고통스러운 치료를 거쳐야 했다.

그는 이러한 불길한 예감을 마음 한구석으로 애써 밀어내고 딸

---

* 알렉산드로스 대왕의 인도식 이름.

을 돌보았다. 금단증상으로 인한 정신착란은 더 심해졌다. 부니는 오랫동안 발작한 듯 부들부들 떨면서 식은땀을 흘렸고, 입안은 온통 바늘이 돋친 듯했다. 허기는 원하는 것을 주지 않으면 그녀를 통째로 집어삼킬 야수처럼 느껴졌다. 서서히 고비를 넘긴 부니는 마침내 더이상 구할 수 없는 약에 휘둘리지 않게 되었다. 담배도 끊었다. 무력하게 환각에 빠져 있는 동안 숲 속의 수호자들이 자신을 돌봐주고 있다는 것을 알았다. 그들은 차츰 어둠 속에서 모습을 드러냈다. 그녀는 기진맥진한 상태에서 어머니 팜포시가 수호신들을 자기에게로 인도해주고 있다는 상상을 했다. 용감하고 독립적인 어머니는 성적 충동에 굴복했다는 이유로 사람을 단죄하지 않았다. 팜포시의 유령은 적어도 딸에게는 그녀를 찾아오는 다른 이들처럼 실존 인물이었다. 부니는 비록 천사들 사이에서 아버지나 피르다우스, 준과 빅 맨 미스리는 알아보지 못했지만, 사랑하는 어머니가 실제로 곁에 있다는 믿음에 행복했다.

피아렐랄은 딸의 비만이 자기 탓이라고 자책했다. "불쌍한 것이 엄마의 날씬한 체형이 아니라 내 체격을 물려받았어." 그는 속으로 자신을 책망했다. "아이 적부터 토실토실했지. 광대 샬리마르가 저 아이가 어렸을 때 반한 것도 당연해. 먹을 것에 약한 내 습성마저 고스란히 물려받았구나." 그러나 그의 몸은 최근 음식을 절제한 덕에 바뀌었고, 딸의 몸도 바뀌었다. 부니의 건강이 나아지면서 예전의 미모도 서서히 돌아왔다. 달이 가고 해가 바뀌면서 지방이 빠져나갔다. 그곳에는 하루에 일곱 끼씩 먹도록 도와줄 사람이 없었으니까! 그녀는 다시 옛 모습을 되찾았다. 후유증이 좀 남기는 했지만. 그녀는 등의 통증으로 고생했다. 다리엔 검은 정맥이 튀어나왔고, 여기저기 피부가 축 늘어지기도 했다. 담뱃진으로 더러워진 이는 아버지가 계속 대주는 인도멀구슬나무 가지로 열심히 닦았는데도 완전히 깨끗해지지 않았다. 그녀는 간혹 일어나는 부정맥 발작으로 심장도 좋지 않다는 것을 직감했다. 그녀는 혼잣말을 했다. 괜찮아. 그녀는 늙어 죽을 팔자는 아니었다. 선을 넘는 법을 알게 될 때까지는 유령들 속에서 반은 유령으로 살아가야 할 운명이었다. 한번은 그녀가 이 말을 큰 소리로 내뱉자 아버지가 눈물을 쏟았다.

그녀는 힘겹게 자급자족하는 법을 배웠다. 음식중독은 약물중독만큼이나 벗어나기 힘들었지만, 마침내 식탐을 줄이게 되었다. 오랫동안 아버지와 친절한 마을 주민 몇이 그녀에게 생필품을 대주었고, 그녀 스스로도 보충하는 법을 배웠다. 직접 채소를 가꾸기 시작한 것이다. 어느 날은 어린 염소 한 쌍이 오두막 밖의 기둥에 매여 있는 것을 발견했다. 그녀는 염소 치는 법을 익혔고, 시간이 가면서 염소 수도 불어났다. 그래서 염소젖이며 그 밖의 것들을 내다 팔 수 있게 되었다. 아버지가 금속 우유통을 매일 언덕 아래 가게까지 날랐고, 제철이 되면 토마토도 가져갔다. 작으나마 세상에 복귀한 셈이었다. 사람들은 진짜 돈을 내고 죽은 자로부터 물건을 산다는 아이디어를 받아들였다. 그녀는 온종일 육체노동을 했고, 몸을 쓰는 한 미치지 않고 제정신을 유지할 수 있었다. 몸도 튼튼해졌다. 엉덩이와 팔다리에 근육이 붙었다. 어깨도 단단해지고, 배도 쏙 들어갔다. 세번째 단계를 맞은 부니는 상처받고 삶에 시달리고 불완전한 성인 여성의 모습으로, 새로운 차원에서 아름다웠다. 가장 깊은 상처를 입은 것은 그녀의 이성이었다. 밤이면 그 상처가 여전히 아팠다. 하루 일을 마치고 정신이 육체를 지배하는 밤이 오면, 생각들이 질풍같이 내달렸다. 여름밤이면 광대 샬리마르가 오두막 주변 숲 속을 배회하고 있다는 확신이 들었다. 그래서 일부러 밖에 나가 자기를 사랑해주든가 죽이든가 하라고 자극하는 뜻에서 옷을 훌훌 벗어버렸다. 모두 그녀가 미쳤다고 생각했기 때문에 그렇게 해도 상관없었다. 어머니 팜포시도 그녀와 함께 달빛 아래 벌거벗고 늑대처럼 춤을 추었다. 누구든 다가와보라지! 할 수 있으면 해보라지! 이빨로 갈기갈기 찢어발겨줄 테다.

그녀의 생각이 옳았다. 광대 샬리마르는 가끔 손에 칼을 들고 언덕을 올라와 나무 뒤에 숨어 그녀를 지켜보았다. 그녀가 거기 있다는 사실이 위안이 되었다. 자기가 한 맹세에서 해방되는 날, 그녀는 바로 그곳에서 그녀가 그의 삶을 망가뜨릴 때 그가 그랬던 것처럼 무방비 상태로, 예전에 그의 마음이 그랬듯 속수무책으로, 그의 신뢰가 박살났듯이 무방비로, 속수무책으로, 속절없이 죽음을 맞을 것이다. 그는 부니에게 속으로 말했다. 춤을 추렴, 나의 아내여. 언젠가 마지막으로 다시 한번 너와 함께 춤을 출 거야.

광대 샬리마르는 방글라데시 전쟁이 끝나고 얼마 되지 않았을 즈음, 파치감 반드가 이제는 통제선으로 바뀐 정전 경계선 근처에서 공연을 하기 위해 북쪽으로 떠날 무렵 미국 대사를 죽여야겠다고 마음먹었다. 그 무렵 인도와 파키스탄은 심라에서 카슈미르의 지위를 훗날 쌍방 합의로 결정하자는 협정에 서명했다. 그즈음 인도군은 계곡의 숨통을 꽉 죄고 있었다. 내일은 정치인과 몽상가를 위한 날일 뿐 군대는 오늘을 지배했으므로. 대다수 주민들에 대한 대응 방식도 더 거칠어졌다. 그때 봄부르 얌바르잘의 아내가 그 지역에선 처음으로 텔레비전을 사서 시르말 한복판에 천막을 치고 그 안에 설치했다. 1960년대 초에 텔레비전 방송이 시작된 이래, 파치감의 판차야트는 새로운 미디어가 관객을 좀먹어 전통적인 생활방식을 파괴한다며 마을에 텔레비전을 들이지 못하게 했다. 그러나 시르말의 와자는 새색시의 장삿속에 넘어갔다. 그의

처는 빨간 머리의 과부 하시나 '하루드' 카림으로, 자기 향상 욕
망이 컸고, 속내를 알 수 없는 두 아들 하심과 하팀이 있었다. 스
리나가르에서 전기기술을 배운 그들은 마을을 근대화하고 싶어
안달이었다. 하시나 카림이 새 남편에게 졸랐다. "한 두어 달은 다
들 와서 공짜로 보게 하고요, 그다음부터 돈을 받으면 아무도 값
을 따지지 않을 거예요."

흑백 텔레비전을 들여놓느라고 그녀는 첫 결혼 때 받았던 예물
몇 가지를 팔았다. 어머니처럼 실리에 밝은 두 아들은 당연히 반
대하지 않았다. "목걸이로는 연속극을 보실 수 없잖아요." 맏이
하심이 이치에 맞는 지적을 했다. 두 형제는 봄부르 얌바르잘과
가깝게 지내지는 않았지만, 어머니의 새 남편을 반대하지도 않았
다. "어머니가 외롭지 않다는 것을 알게 되면, 우리도 우리 갈 길
을 갈게요. 거기에 대해서는 너무 많이 알려고 하시지 않는 게 나
아요." 둘째 하팀의 말이었다. 그는 키가 큰 젊은이였지만, 어머니
는 손을 뻗어 어린아이한테 하듯 사랑스럽게 머리카락을 헝클어
놓곤 했다. 그녀는 봄부르 얌바르잘에게 자랑스럽게 말했다. "우
리 아이들을 아주 분별 있는 아이로 키웠지요. 세상 이치에 아주
훤하잖아요?"

일단 얌바르잘이 시르말에서 밤마다 텔레비전을 틀기 시작하자
파치감까지도 밤 생활이 바뀌었다. 파치감 주민들은 코미디며 음
악과 노래 공연, 봄베이 영화에 나오는 히트곡에 맞춰 안무한 이
국적인 춤 구경을 하려고 이웃들과 함께 겪은 고난의 긴 역사는
미련 없이 제쳐버렸다. 시르말은 물론이고 파치감에서도 보복당

할 염려 없이 대로 한복판에서 목청 높여 금지된 화제에 대해 떠들 수 있게 되었다. 신성모독이나 소요, 혁명을 옹호해도 좋고, 살인이고 방화고 강간이고 다 털어놔도 괜찮았다. 거리에 개미새끼한 마리 없었으므로. 두 마을 사람들 대부분이 와자 봄부르의 천막이 미어터지도록 몰려들어 '하루드' 얌바르잘의 수다스럽고 반짝이는 화면을 구경했기 때문이다. 가지 않은 몇 안 되는 이들 중에는 압둘라 노만과 피아렐랄 카울이 있었다. 압둘라는 원칙을 지키기 위해, 피아렐랄은 깊어만 가는 지독한 우울증 때문에 가지 않았다. 그의 몸에서 퍼져나온 우울함은 악취처럼 그의 빈 집 안공기에 머물며 주변 환경에까지 영향을 미쳤다. 그가 지나가면 강둑의 꽃들이 시들어버렸다. 아침이면 우유가 응유로 변해 있기도했다.

피르다우스는 새로운 구경거리를 보고 싶어 몸이 근질거렸지만, 부니가 돌아온 후로 태도를 바꿔 압둘라와 아무리 싸우고 싶어도 애써 피했다. 그래서 하루 일이 끝나면 내키지 않아도 군말없이 집에 머물렀다. 그러나 며칠이 지나자 압둘라는 밤마다 아내의 무언의 낙담에서 전해지는 압박을 더이상 견딜 수 없었다. 그래서 물담배를 거칠게 부글부글 빨아대며 내뱉었다. "젠장, 이 여편네야, 2킬로미터나 걸어가서 악귀한테 영혼을 팔아넘기고 싶거든 좋을 대로 해." 피르다우스는 팔짝 뛰어 일어나 겉옷을 걸쳤다. 그리고는 자제력을 발휘해 위엄 있게 말했다. "그러니까, 여보, 힘들게 일했으니 나가서 좀 즐기구려, 나야 재미가 뭔지도 잊어먹은 늙은 영감탱이지만 말이오, 이런 말이지요?" 압둘라는 아내를 사납게 째려보았다. "그래, 그 말이오." 그는 전에 없이 싸늘한 목소리로 대꾸하고는 고개를 돌렸다.

시르말까지 가는 내내 피르다우스는 새로운 목소리와 깜짝 놀랄 만한 싸늘함에 대해 생각했다. 그녀는 남편의 다정함과 모두의 평안을 돌봐주는 태도 때문에 이 남자에게 평생을 맡겼다. 남편이 자기를 아껴주지 않아도, 자기 생일을 절대 기억하지 못해도, 손수 꺾은 들꽃 한 다발 안겨주는 법이 없어도 마음 쓰지 않았다. 아니 마음 쓰지 않도록 스스로를 다스렸다. 외로운 부부 잠자리를 받아들이고, 미루고 미루다 기껏 한 번 몸이 달아올라 일을 치를라치면 길어야 이 분을 넘기지 못하는 남자 옆에서 평생 자야 할 팔자를 체념하고 받아들였다. 그녀는 그가 책임을 맡은 아이들과 공동체에 쏟는 관심에 언제나 감탄했으며, 아내의 욕구와 욕망에 전혀 관심을 보이지 않아도 그냥 넘어가거나 적어도 이해하려 노력했다. 그러나 병으로 손을 잘 쓰지 못하게 된 뒤부터 그의 안에서 무언가가 변했다. 자기 연민이 커질수록 타인에 대한 연민은 줄어들었다. 사실 그는 광대 살리마르가 끔찍한 범죄를 저지르지 못하도록 막고 있었다. 그러나 그것은 어쩌면 늙은 압둘라의 인내와 도덕성과 인정 많은 성격이 죽어가면서 마지막으로 꿈틀거린 것일지도 몰랐다. 그리고 그 자리에는 이 새로운 불구의 압둘라가 점점 더 자주 모습을 드러내는 듯했다. 추운 나라에서 어떤 여자가 차가운 남자랑 산담. 피르다우스는 혼잣말을 하며 시르말에 닿았다. 텔레비전을 보겠다고 내내 걸어왔으면서도, 남편이 떠나버릴지도 모른다고 생각하니 심란해서 정작 텔레비전이 보여주는 신기한 구경거리는 눈에 들어오지도 않았다. 마침내 뉴스가 시작되었다.

저녁 뉴스는 심한 정부 검열로 들을 만한 내용이 없었고, 아예 지어내다시피 한 내용도 많아 저녁 프로그램 중에서 가장 재미가 없었다. 그래서 저녁 뉴스 시간에는 보통 천막이 텅 비었다. 사람들은 밖으로 나가 담배를 피우거나 농담과 뜬소문을 주고받았다. 얌바르잘의 천막 안에서는 남자나 여자나 똑같이 텔레비전 시청자로 함께 앉았지만, 밖으로 나오면 따로 무리를 지어 섰다. 그러나 피르다우스 노만은 어느 쪽에도 끼지 않았다. 처음 온 사람답게 그녀는 그냥 자리에 남아 있었다. 인도 항공의 포커 프렌드십 비행기 강가 호가 큰 강을 넘은 직후, 파키스탄의 비호를 받는 쿠레시라는 사촌 지간 테러리스트 두 명에게 납치당했다. 그들은 국경을 넘어 파키스탄으로 자취를 감추었다. 쿠레시는 승객들을 내리게 한 다음 비행기를 폭파하고 파키스탄 당국에 투항했다. 파키스탄은 그들을 투옥시켰다는 변명만 되풀이하며 납치범을 인도하라는 인도 측의 요청을 거부했다. 파키스탄에 근거지를 둔 테러리스트 대장 마크불 부트가 파키스탄 지도층의 전폭적인 비호와 공모 아래 이 사건을 배후에서 조종한 게 확실했다. 줄피카르 알리 부토는 라호르에 있는 테러리스트들을 방문해 자유의 전사라 부추기며 그들의 '영웅적인 행동'이야말로 지구상의 어떤 권력도 카슈미르의 투쟁을 막을 수 없다는 증거라고 선언했다. 그는 더 나아가 자기 당은 카슈미르 민족해방전선과 접촉해 협조와 원조를 제안할 것이며, 비행기 납치범들에게도 역시 그렇게 할 것이라고 약속했다. 그리하여 파키스탄 정부가 테러리즘과 연루되어 있다는 사실이 온 천하에 드러났다. 기자는 납치범들은 일종의 공개재판을 거친 뒤 보나마나 영웅으로 석방될 것이라고 예견했다. 그러나 인도 정부의 결의는 결코 흔들리지 않을 것이다. 잠무카슈미르 주는 떼려야 뗄 수 없는 하나이다, 등등 등등, 끝. 뉴스가 끝나고 관중들이 천막으로 다시 들어오자, 피르다우스는 일어서서 비행기 납치 사건과 그 이후에 일어난 기이한 일들에 대해 이야기했다. 소수 공동체 사람들은 한목소리로 반역자 쿠레시와 그들의 지도자 마크불 부트가 카슈미르의 상황을 어지럽히려 한다고 비난한 반면, 다수 공동체 사람들은 목청 높여 납치범들에게 환호를 보내며 분노한 힌두교도의 항변을 삼켜버렸다. 시르말과 파치감의 구분도, 남녀 사이의 차이도 없고, 오로지 공동체에 깊이 팬 균열만 남았다. 다수파인 무슬림은 갑자기 노골적인 적대감을 드러내며 불신의 눈초리로 힌두교 판디트들을 거북스럽게 노려보았다. 조금 전까지만 해도 천막 밖에서 함께 담배를 피우며 잡담을 나누었건만. 갑자기 그 추악한 군중 속에 있기가 견디기 힘들어졌다. 마치 무슨 투표라도 한 것처럼 말없이 판디트 집단에 속한 사람들이 죄다 일어나 천막을 떴다. 피르다우스의 머리에 나자레바두르의 마지막 예언이 떠올랐다. "앞으로 다가올 미래는 너무나 끔찍해서 어떤 예언자도 말로 전하지 못할 거야." 텔레비전을 더 보고 싶은 맘이 싹 가셔버렸다.

시르말과 파치감을 잇는 길은 울퉁불퉁하고 먼지 풀풀 날리는 초라한 시골길이었다. 길 양쪽을 따라 몇 미터 높이의 둑이 뻗어 있고, 길가에는 포플러 나무가 늘어서 있었다. 광대 샬리마르는 피르다우스가 집으로 돌아오는 길 중간쯤에서 그녀를 기다렸다. 그는 텔레비전 천막에 한 번도 간 적이 없었다. 실은 파치감 반드가 주 정부 문화 당국에 고용되어 세계에서 가장 즐겁지 않은 지역에 오락을 제공하러 다녀오느라 몇 주간 자리를 비운 참이었다. 그곳은 카슈미르의 망가진 심장부를 통과해 그어진 사실상의 국경선 바로 남쪽으로, 마을과 군사기지가 있는 지역이었다. 압둘라는 망가진 손을 치료하면서 재능 있는 아들에게 극단을 책임지라고 말했다. "언젠가는 네가 해야 할 일이니까." 사르판치는 모든 감정을 배제한 목소리로 웅얼웅얼 말했다. "그러니 짐승처럼 학대받는 우리 동포와 자식 앞에서는 차마 쓸 수 없는 말이 아니고서는 적당한 말을 찾을 수 없는 그 인도군 놈들을 앞에 두고 신에게 버림받은 땅에서 지금 당장 시작하는 편이 나을 거다." 압둘라의 정치관도 그의 다른 부분과 마찬가지로 바뀌고 있었다. 요즈음 그는 인도 정부에 대한 환상에서 깨어났다. 인도 정부는 그와 동명이인인 지도자 셰이크 압둘라를 감옥에 가둔 뒤 그와 비밀 거래를 해서, 인도와의 통합을 지지한다는 조건하에 그를 다시 권좌에 복귀시켰다. 그럼에도 그가 자치를 들먹이기 시작하자 다시 분개했다. "카슈미르인을 위한 카슈미르가 되어야 해. 그 밖의 사람들은 모두 정중히 나가야지." 압둘라 노만은 자신의 영웅이 한 말을 고대로 따라 했다. "이 군대에게 보호받는 기간이 길어진다면, 우리는 영영 파멸하고 말 거야."

달도 없는 밤이었다. 광대 샬리마르는 검은 옷을 입고 들판에 누워 있다 마치 포플러 나무가 살아 일어나기라도 하는 것처럼 피르다우스 앞에 펄쩍 뛰어 일어나 그녀를 혼비백산하게 했다. "깜박 잠이 들었어요." 샬리마르가 말했다. 피르다우스는 아들의 말이 문자 그대로가 아니라, 자기 삶에서 일대 전환점에 도달했다는 뜻이라는 걸 바로 알아들었다. 그래서 아들이 잔뜩 흥분해 아버지는 쓰지 않던 걸진 표현을 써가며 죽음을 꿈꾸기 시작한 사람의 언어로 말을 해도 가로막지 않았다. 싸늘한 바람이 그녀의 심장을 갈랐다. 광대 샬리마르가 계속 말했다. "저는 헛되이 시간을 낭비했어요. 지금껏 배운 것이라곤 밧줄 위를 걷다가 바보 천치처럼 곤두박질쳐서 몇몇 지루한 사람을 웃겨주는 것이 고작이었어요. 하지만 이제 그딴 건 다 쓸모없어졌어요. 꼭 멍청한 텔레비전 탓만은 아니에요. 전 너무 오랫동안 나쁜 일들을 봐온 탓에 아예 그런 것들은 보지 않으려 했어요. 그러나 지금은 잠들어 있지 않아요. 어떤 상황인지 보고 있어요. 잠에서 깨어난 순간부터 진짜 악몽이 시작되는 거예요. 이름을 알지 못하도록 얼굴을 숨기고 탱크에 탄 남자들과 그 남자들보다 더 나쁜 여자 고문관들, 가시철조망으로 만든 사람들과 손을 잡으면 불알을 튀겨버리는 전기로 만든 사람들, 총탄으로 만든 사람들, 거짓으로 만든 사람들, 그들 모두가 여기에서 중요한 일을 하고 있어요. 말하자면 우리가 죽을 때까지 우리를 짓밟고 있단 말이죠. 이제 잠에서 깨어났으니 제가 해야 할 중요한 일이 있겠지만, 어떻게 해야 할지는 아직 모르겠어요. 어머니가 아니스 형에게 연락할 방법을 좀 가르쳐주세요."

그들의 검은 피란이 수의처럼 밤바람에 펄럭였다. 그녀가 대답했다. "요즘 같은 시대에 네가 어머니가 아니라서 다행이다. 어머니였다면 두 아들이 재회하게 되었다고 기뻐하는 한편으로 둘 다 죽게 될지 모른다는 두려움에 떨어야 할 테니까. 그 행복과 공포가 빚어내는 갈등을 어찌 견디겠니."

아들이 맞받아쳤다. "어머니가 남자가 아니라서 다행이에요. 일단 잠에서 깨어나면 이 세상에는 온통 적뿐이라는 사실을 알게 될 테니까요. 총과 군복과 탐욕과 죽음으로 이루어진 적들은 우리 앞에선 우리를 지켜주는 척하지요. 그들 뒤에는 역시 탐욕과 죽음으로 이루어졌으면서도 우리 신의 이름으로 우리를 구해주는 척하는 적들이 있지요. 그들 뒤에는 사악한 이름을 지니고 우리와 섞여 살아가는 적들, 우리를 유혹하고 배신하는 적들이 있어요. 그들에게는 죽음도 너무 관대한 벌이에요. 또 그 뒤에는 우리 눈에 결코 보이지 않는 적들, 우리 삶의 줄을 당기는 자들이 있어요. 이 최후의 적들은 멀리 외국의 보이지 않는 방에 있는 보이지 않는 적이에요. 전 바로 이자들에게 맞설 거예요. 그 적에게 닿기 위해 다른 모든 것을 헤치고 나아가야 한다면, 그렇게 할 거예요."

피르다우스는 사정하고 애걸하고 싶었다. 그에게 눈뜬 채로 꾸는 꿈속의 괴물은 잊어버리라고, 사라진 미국인에 대한 생각은 제쳐두라고, 아내를 용서하고 다시 데려와 행복한 삶을 누리라고 부탁하고 싶었다. 그러나 그렇게 하면 그녀 역시 적이 될 것이다. 그건 원치 않았다. 그래서 광대 샬리마르의 부탁을 들어주기로 하고, 다음 날 저녁 과수원에서 온종일 일한 뒤 다시 시르말로 걸어갔다. 이번에는 뉴스가 시작되자 자리에서 일어나 하시나 얌바르잘을 따라 밖으로 나와 그녀의 숄 자락을 끌어당겨 따로 조용히 할 말이 있다고 알렸다. 처음에 와자의 아내에게 용건을 말하자 하시나는 짐짓 당황한 척했으나, 피르다우스는 발뺌하려 해도 소용없다는 뜻으로 오른손바닥을 들어 올렸다. "하루드, 미안해요. 하지만 제발 쓸데없는 소리는 집어치워요. 당신을 속속들이 알지는 못하지만, 사랑에 눈이 멀어 당신을 똑바로 보지 못하는 당신 남편보다는 잘 안다우. 당신 눈 속에서 고통을 읽었어요. 나도 똑같은 고통을 겪고 있으니까. 그러니 전기공이라는 당신 아들들한테 다음번에 나무 깎기 명수인 내 아들을 만나걸랑 동생이 다시 친구가 되고 싶어한다고 좀 전해달라 해줘요." 다른 여자들이 석탄이 타오르는 화로 주위로 모여들어 그들을 호기심 어린 시선으로 흘낏거리기 시작하자, 둘은 각자 남편인 사르판치와 와자에 대해 외설스러운 비밀 얘기라도 나누는 척 낄낄거렸다. 그러나 하시나 얌바르잘의 눈은 웃지 않았다. 그녀가 입을 가리고 킬킬대며 말했다. "저항군이 무슨 친목 단체인 줄 아슈." 정말로 못 들을 소리를 들었다는 듯 약삭빠른 눈이 커졌다. "난 바보가 아니라우." 피르다우스도 킬킬대며 날카롭게 쏘아붙였다. "그리고 아니스는 내 말이 무슨 소리인지 알아들을 거예요." 사시인 그녀의 한쪽 눈에서 강렬한 빛이 번득였다. 하시나는 입을 꼭 다물고 고개를 끄덕이고는 텔레비전을 보러 천막 안으로 되돌아갔다.

다음 날 아침 피르다우스는 압둘라에게 사프란 밭에 함께 가자고 했다. 여러 해 전 젊은 팜포시 카울과 즐거운 시간을 보냈던 곳이었다. 그곳에서는 누가 엿들을 걱정이 없었으므로, 남편에게 아들 광대 샬리마르가 통제선 부근 얼어붙은 북쪽 땅에서 악령에 들려 돌아왔다는 이야기를 했다. "그 아이는 지금 모두를 죽이고 싶은 마음뿐이에요. 그래요, 전에는 그애 처가 문제였지요. 하지만 지금은 바람둥이 대사랑 온 군대가 다 문제예요. 그 밖에 또 누가 있는지는 나도 모르겠수. 그러니까 악령이 그애를 홀렸든가, 아니면 마치 그애가 누군가 뚜껑을 열어주길 기다리는 병인 양 그애 안에 내내 숨어 있었던 거예요. 부니가 마을로 돌아왔을 때 그렇게 되었든가, 아니면 그애가 집에서 떠나 있는 동안 무슨 일이 생긴 거라고요. 아이고 아이고." 그녀는 탄식을 내뱉었다. "내 아들이 무슨 잘못을 했다고 악령이 들린담?"

압둘라 노만이 부드러운 구석이라고는 없이 말했다. "그건 악령 탓이 아니오. 그애가 남자다운 거지. 아직 젊어서 역사를 바꿀 수 있다고 생각하는 게야. 나는 다 쓸데없다는 생각에 젖어 있지만 말이오. 헛되다는 생각을 하기 시작하면, 더는 남자 구실도 못하게 되지. 그러니 그애가 뭔가 가치 있는 일을 할 수 있다고 들떠 있다면, 찬물 끼얹지 말구려. 어쩌면 그 개자식을 죽이는 것이야 말로 시대가 요구하는 것일지도 모르지. 내 손이 멀쩡했다면 내가 나서서 몇 놈은 목 졸랐을걸."

파치감에 들어온 불화의 기운은 사라질 줄 몰랐다. 압둘라 노만은 자신과 광대 샬리마르의 관계도 나빠지고 있다는 말은 아내에게 하지 않았다. 반드 지도자라는 아버지의 지위를 물려받을 기회가 왔을 때 아들의 눈빛에 떠오른 열망이 마음에 들지 않았던 탓도 어느 정도는 있었다. 하지만 그보다는 광대 샬리마르가 압둘라와 피아렐랄 카울이 죽어 자신의 맹세에서 풀려날 수 있는 날만 기다리고 있다는 오싹한 느낌 탓이 컸다. 요즈음 환갑 줄에 든 두 노인네는 별로 말을 하지 않았다. 압둘라는 '아자디'라는 말을 입에 올리기 시작했지만, 피아렐랄에게는 그 말이 '자유'가 아니라 위험 비슷한 것을 뜻했고, 두 오랜 친구 사이는 점점 벌어졌다. 그들은 각자의 일을 하고 각자의 생각에 빠졌다가 판차야트 회의에 같이 나갔다. 회의가 끝난 뒤 피아렐랄은 마을 끝에 있는 집으로 돌아와 불 속에서 타오르는 솔방울을 뚫어져라 바라보았다. 그러나 압둘라 노만은 판디트가 광대 샬리마르에게서 눈을 떼지 않는 모습을 보고 그 역시 자기와 같은 고민을 안고 있음을 알았다. 마치 콘도르나 까마귀한테 감시당하는 기분이었다. 죽음 그 자체에게 감시당하는 것 같기도 했다. 그래서 광대 샬리마르가 아니스와 해방전선 전사들과 함께 산으로 들어가겠다면, 그리 나쁜 일도 아닐 듯싶었다. 해야 할 일을 하러 가게 놔두는 것이다. 해방전선이 아직은 자기들의 이름에 부끄럽지 않게 살 길을 찾아내려 애쓰는 희극배우 무리에 불과하다 해도.

보름 뒤, 시르말에 텔레비전을 보러 간 광대 샬리마르는 뉴스가 나오는 휴식 시간에 전기공들한테 등을 돌리고 석탄화로 옆에 서 있다가 기다리던 지시를 받았다. 하팀과 하심은 트락발의 해발 3,810미터 지점에 있는, 울라르 호수를 굽어보는 아름다운 소나무 평원에 대해 이야기하는 척했다. 그들은 내일 밤 자정 직후가 가장 아름다울 때라는 데 의견을 같이했다. 광대 샬리마르는 조용히 그들 곁을 떠나 봄부르 얌바르잘의 천막으로 들어갔다. 천막 안에

서는 하시나 얌바르잘이 누가 뭐라 해도 인생은 자선사업이 아니
니까 지금부터 입장료를 아주 약간, 동전 한 개만 받겠다고 하여
한바탕 시끄러운 소동이 일어난 참이었다. 사람들은 얌바르잘 집
안이 그들을 위해 해주는 일에 마땅히 존경을 표해야 하며, 입장
권은 그런 존경의 표시라는 것이었다. 그녀의 말이 끝나자 사람들
은 전혀 존경하는 사람답지 않게 거칠게 고함을 치기 시작했다.
그러자 실리에 밝은 이 차돌 같은 여인은 허리를 굽혀 플러그를
뽑아버렸다. 그 순간 마치 그녀가 사람들의 플러그까지 뽑아버린
것처럼 모두 입을 다물었다. 똑똑한 아들들이 놋그릇을 들고 들어
와 구경꾼 사이를 돌며 동전을 모았다. 광대 샬리마르도 돈을 냈
지만, 연속극이 다시 화면에 뜨자 사악한 숙부의 손아귀에서 훌쩍
이는 여주인공이 어떻게 되는지 보지도 않고 나왔다. 훌쩍이는 여
주인공에게는 볼일이 없었다. 그는 남자만의 세계로 들어가기 위
해 울라르 호수로 갈 것이다.

　광대 샬리마르는 다음 날 아침 입은 옷과 허리춤에 찬 칼 한 자
루 외에는 아무것도 지니지 않고 파치감을 떠났다. 그후 십오 년
동안 다시는 마을에 나타나지 않았다. 반짝이는 방패 같은 울라르
호수의 수면 위와 트락발 들판 바로 아래, 큰 바위가 흩어진 언덕
에서 그는 자신의 미래와 조우했다. 그의 미래는 모직 모자를 눈
바로 위까지 푹 눌러쓰고 얼굴 아랫부분은 수건으로 가린 두 남자
의 형상으로 나타났다. 이 남자 중 한 명은 나무 새를 깎고 있었
다. 다른 한 명은 봄부르 얌바르잘의 양아들 하심 카림이었다. 바
위 뒤에 세번째 남자가 있었다. 바로 이 남자가 중요한 인물이었

다. 바위 뒤의 남자가 말했다. "형을 보고 싶다고 했지. 네 형이 여기 있다." 아니스는 쉬지 않고 계속 나무를 깎았다. 바위 뒤의 남자가 말했다. "감동적이겠구만. 우리가 감동적인 일을 하고 있다면 말이야. 아니면 우스울지도 모르지. 우리가 웃기는 일을 하고 있다면. 왜 내가 여기에서 진짜 영웅 역할인지 순교자 역할인지를 해보고 싶다는 배우 나부랭이 얘기를 들어줘야 하는지 어디 말 좀 해보시지." 광대 샬리마르는 침착하게 입을 열었다. "새로운 일을 좀 배워보고 싶습니다. 그리고 당신 쪽에서는 시간이 갈수록 그런 기술을 가진 자들이 필요해질 테고요." 바위 뒤의 남자가 이 말을 곰곰 생각해보더니 말했다. "듣자 하니, 자네는 전 미국 대사를 포함해 쓸어버리고 싶은 자들에 대해 아무나 붙잡고 나불대고 다녔다더군. 광대가 할 짓다워." 샬리마르의 얼굴이 굳었다. "지금부터 자유가 올 때까지 당신이 원하는 사람이라면 누구든 해치우겠습니다. 하지만 예, 그 미국 대사도 언젠가는 제 뜻대로 할 수 있기를 바랍니다."

바위 뒤에서 중얼중얼 이야기 소리가 들렸다. 보이지 않는 남자가 말했다. "그렇게 세상 일이 자기 뜻대로 될 것 같으면 난 영국 왕이겠다." 그러고는 긴 침묵이 이어졌다. "좋아." 바위 뒤의 남자가 말했다. 더 긴 침묵이 뒤따랐다. 광대 샬리마르가 형 쪽을 쳐다보자, 그가 고개를 가로저었다. 아니스 노만이 말했다. "머잖아 우리가 떠날 차례가 될 거야." "나도 형과 함께 가는 거야?" 광대 샬리마르가 물었다. 형은 잠깐 나무를 깎던 손을 멈췄다.

"그래. 너도 가는 거야."

그들과 언덕을 떠나기 전, 광대 샬리마르는 볼일을 보러 큰 바위 뒤로 갔다. 오줌줄기가 막 잦아들었을 때 오줌이 고인 곳 바로 옆 바위 밑에 똬리를 튼 거대한 뱀, 킹코브라가 눈에 들어왔다. 그는 해방전선과 접촉하면서 잠자는 뱀을 여러 차례 생각했다. 잠자는 뱀은 어머니 피르다우스의 미신을 상기시켰다. "행운의 뱀이군." 그는 어느 날 형과 함께 탕마르그 부근의 바위 뒤에 몸을 숨기고 군부대가 그들이 가파른 오르막길에 설치한 지뢰를 통과하길 기다리던 중 이런 말을 했다. "뱀의 행운이 내 편에 있는 게 틀림없어. 좋은 징조야." 아니스 노만은 어쩌면 다시는 보지 못할 어머니의 기억이 떠올라 습관적인 우울증 속으로 더 깊이 빠졌으나, 슬픔을 감추고 얼굴을 일그러뜨리며 침울한 미소를 띠었다. 광대 샬리마르가 속삭였다. "어쨌거나 우리가 하는 일이 바로 그거야. 그러니까 내 말은, 뱀 위에 오줌 누는 거랑 같다고. 그날 밤 뱀이 깨어났더라면 난 죽은 목숨이었을 거야. 하지만 우리가 오줌을 누고 있는 이 뱀은 깨어 있어. 맑은 정신으로 오줌에 젖어 성이 잔뜩 나 있다고."

아니스는 침울하게 담배 끝을 질겅질겅 씹었다. "저 눈깔을 겨냥해." 지난 세월 동안 그는 말투가 거칠어졌다. "오줌발을 세게 내갈기면 저 빌어먹을 대가리에 구멍을 뚫을 수 있을걸."

극도의 불안이 퍼지기 전에는 해방전선이 당연히 인기를 얻었고, 어디서나 아자디라는 구호가 울려 퍼졌다. 자유! 인구 오백만에 불과한, 자원은 풍부하지만 현금은 없는, 내륙의 산업화되지 않은 작은 계곡은 거인의 이빨에 물린 맛있는 녹색 사탕과자처럼 수천 미터 위 산속에서 자유를 원했다. 계곡 주민들은 인도가 그다지 마음에 들지 않고, 그렇다고 파키스탄이 달가운 것도 아니라는 결론에 도달했다. 그러니까 자유! 고기를 먹는 브라만이 되든 성인을 섬기는 무슬림이 되든 좋을 자유, 녹지 않은 눈 속에 높이 솟은 얼음 남근상에 참배하든, 호숫가 모스크에 있는 예언자의 머리카락 앞에 절하든 상관없는 자유, 산투르 연주를 들으며 짭짤한 차를 마실 자유, 알렉산드로스 대왕의 군대를 꿈꿀 자유와 다시는 군대를 보지 않겠다고 선택할 자유, 꿀을 만들고 호두나무를 깎아 동물이나 배 모형을 만들 자유와 산맥이 여러 세기에 걸쳐 조금씩 하늘을 향해 올라가는 모습을 볼 자유. 위대함 대신 어리석음을 선택하되 누구의 바보도 되지 않을 자유. 아자디! 낙원은 자유를 원했다.

"하지만 자유는 공짜로 주어지지 않아." 아니스 노만이 동생에게 말했다. "대가 없는 낙원은 죽은 사람으로 가득 찬 동화에나 나오는 곳이라고. 산 자의 세상인 이곳에서는 자유도 돈을 치러야 해. 모금을 해야만 한다고." 그는 미처 몰랐지만, 시르말과 파치감 주민들에게 텔레비전을 보려면 돈을 내라고 했던 하시나 얌바르잘의 말과 아주 흡사하게 들렸다.

광대 샬리마르는 해방전선의 세계에 입문하면서 첫 단계로 조직의 자금 마련 활동에 참여했다. 이 일의 첫번째 원칙은 자기 고향 쪽에서는 자금 관련 활동을 하면 안 된다는 것이었다. 자금 마련은 장난이 아닐 때가 많은데, 같은 고향 사람한테는 이게 잘 안 먹히기 때문이었다. 두번째 원칙은 익히 알고 있는 대로 가난한 사람이 부자보다 더 관대하기 때문에, 부자를 상대할 때 더 설득력을 가져야 한다는 것이었다. 이런 설득이 정확히 무엇을 뜻하는지 구구절절 밝힐 필요는 없었다. 각 조직원이 상황에 가장 잘 맞는 전술을 고안해내리라 믿고 재량에 맡겼다. 광대 샬리마르는 형의 자금 조달팀 일원으로, 이제 막 분노에 눈떠 극단적인 조치라도 능히 취할 수 있었기에 필요하다면 얼마든지 협박을 가하고 난도질하고 불지를 준비가 되어 있었다.

그러나 압둘라와 피르다우스 노만은 자식들을 언제나 예의 바른 사람이 되도록 키웠다. 또 광대 샬리마르는 악귀에 사로잡혔을지 몰라도 형 아니스는 아니었다. 그들이 해질 녘 음침한 외관이 아니스의 분위기와 딱 맞아떨어지는 스리나가르 외곽의 큰 호반 저택에 당도했을 때, 가니 부인이라던가 하는 그 집 안주인은 부유한 지주인 남편이 출타 중이라고 말했다. 그러자 아니스는 대여섯이나 되는 무장한 남자들이 주인도 없는데 지체 있는 부인의 집에 들어가는 것은 온당치 못하다고 보고, 남편 아타울라 가니를 밖에서 기다리자고 했다. 그들은 스카프로 라이플총을 둘둘 말아 감추고 하인들의 출입구 바깥에 쪼그리고 앉아 몇 시간을 기다렸다. 가니 부인이 뜨거운 차와 간식을 보내왔다. 마침내 광대 샬리마르가 불만을 터뜨리며 항의했다. "이런 위험은 받아들일 수 없어. 저 여자가 지금까지 몇 번이나 군에 전화했을지 알 게 뭐야." 아니스 노만은 나무로 부엉이를 깎던 손을 멈추고 타이르듯 손가락을 들어 올렸다. "죽어야 할 때가 오면 기꺼이 죽는 거야. 하지만 야만인이 아닌 교양인으로 죽어야 해." 광대 샬리마르는 부루

통하게 입을 다물고 외투 자락 속에 품은 칼날을 손가락으로 더듬어보았다. 자유의 전사가 되는 데 가장 힘든 일 중 하나는 조직에서 형을 윗사람으로 받들어야 한다는 것이었다.

네 시간 반을 기다린 끝에 가니 씨가 돌아와 뒷계단에서 재정위원회와 담배를 피우며 의견을 나누었다. 그가 말했다. "이 집은 작고하신 아버지 집안의 숙부님 소유라오. 백한 살까지 사시고 돌아가신 지 삼 년밖에 안 된 유명한 안다 사히브 숙부님이시지요. 아마 그분에 대해 들어보셨겠지요? 그분 개인의 삶은 엄청난 비극이었지요. 사랑하는 무남독녀 외동딸을 잃으셨으니, 참 관대한 분이셨는데 보답을 거의 받지 못하신 셈이지요. 딸은 파키스탄으로 이주했다 그 어리석은 전쟁 중에 인도군의 폭격으로 1965년 사망했답니다. 안다 사히브 숙부님 이전에 백 년 넘게 사신 저명한 어르신이 우리 집안에 계셨지요. 그래서 훌륭한 유럽 그림이 많이 있답니다. 여사냥꾼 다이애나의 그림이 특히 뛰어나지요. 보고 싶다면 기꺼이 구경시켜드리겠습니다. 그리고 제 처와 딸들도 있지요. 이 집의 품위와 제 처자식의 명예를 존중해주셔서 고맙습니다. 감사의 표시와 더불어 1965년 9월 22일 라왈핀디의 자기 집 주방에서 인도군의 폭격으로 목숨을 잃은 이 집안의 자손이자 제 사촌인 나심 가니를 기리는 뜻에서, 다음 금액을 일 년에 네 차례로 나누어 지불하겠습니다."

제시한 금액은 해방전사들이 계속 냉정을 가장하기 힘들 만큼 큰 액수였다. 그들은 두건 뒤에서 숨을 헐떡였다. 나중에 어둠 속으로 물러가면서 광대 샬리마르는 앞서 느꼈던 두려움을 부끄러

위했지만, 아니스 노만은 너그럽게도 그 일을 다시 끄집어내지 않았다. "스리나가르가 좀 낯설 거다. 지역을 파악하려면 시간이 걸리지. 어디에서 후원을 얻을 수 있고 어디에서는 안 되는지, 어디에서 네가 제공하고 싶어 안달하는 그런 도움을 필요로 하는지 곧 요령을 터득하게 될 거다."

고향에 갈 수는 없었다. 숙소 체제가 운영되었다. 노만 형제는 이 집 저 집에서 임시로 묵도록 배정을 받았다. 그들을 반가이 맞아주는 집도 있고, 위험할 수도 있는 손님에게 억지로 숙박을 제공하며 분노와 두려움이 뒤섞인 반응을 보이는 집도 있었다. 이런 집들은 꼭 필요할 때를 제외하고는 그들에게 거의 말도 걸지 않고, 혼기 찬 딸들은 방에서 나오지 못하게 하고, 어린아이들은 위험이 지나갈 때까지 다른 곳에서 지내도록 내보냈다. 아니스와 광대 샬리마르는 하르완의 송어 부화장에서 일하는 우호적인 가족에게 신세를 지기도 했고, 스리나가르에서는 비단 사업을 하는 열성 지지자들의 집에 묵기도 했다. 굶주린 물고기들이 가득하다는, 비슈누에게 바쳐진 유명한 바완 샘 근처의 당나귀를 키우는 적대적인 집에서도 묵었다. 마나스발 채석장 부근의 석회암 광산 야영지는 훨씬 더 위협적이었다. 그들은 잠자던 중 성난 남자들이 주먹에 돌을 쥐고 자기들의 머리통을 부숴 죽이는 악몽을 꾸었기 때문에 딱 하룻밤만 묵고 그곳을 떠났다. 그리고 여행자들이 묵는 마을인 파할감 인근의 비즈베하라에서 겁에 질린 트럭 운전사네 집 다락방을 빌려 한 철을 보냈다. 첩자인 고피나트 라즈단이 몇 년 전 부니와 광대 샬리마르의 관계를 폭로한 뒤 그 부근에서 살해되었다. 그래서 노만 형제는 그 근방을 이전부터 좀 알고 있었다. 광대 샬리마르는 그곳에서 기이하게도 향수병을 느꼈다. 물살이 빠른 리다르 강을 보면 더 작은 무스카둔 강이 떠올랐고, 라즈단이 살해당했던 파할감 위쪽 아름다운 바이사란 초원은 그의 위대하고 치명적인 사랑이 절정에 이르렀던 꽃으로 덮인 켈마르그를 생각나게 했다. 부정한 아내에 대한 기억이 그의 안에 깃든 악마를 깨웠고, 다시 살의가 그의 온 정신을 지배했다.

형제는 또다른 여름 한 철을 친절한 사람들 속에서 지냈다. 울라르 호수에서 무수히 많은 계곡의 수로를 따라 배를 저으며 마름을 모으거나, 달 호수의 시장에 내다 팔 야채를 재배하거나, 낚시를 하거나, 강물에 떠내려오는 나무를 건져내는 한지족과 만지족 뱃사공들이었다. 뱃사공이 사람들을 배로 건너줄 때면, 노만 형제는 숄로 얼굴을 가리고 배 뒤쪽에 웅크리고 앉아 있었다. 큰 배에 탈 때에는 주인들과 함께 그들 못지않게 열심히 일했다. 곡물 7천 파운드를 실은 배를 호수에서 호수로 저어가는 일은 힘겨운 노동이었다. 그렇게 힘든 하루를 보내고 밤이면 형제는 뱃사공 가족들과 초가지붕을 얹은 큰 배의 부엌에 모여 양념을 강하게 한 생선 요리와 연뿌리를 먹었다. 형제가 제일 오래 신세졌던 뱃사공은 한지족의 비공식 족장 아메드 한지였다. 그는 구약의 예언자를 닮았을 뿐 아니라 자기 부족이 노아의 후손이며, 그들의 배는 방주를 고대로 축소한 것이라고 믿었다. 그는 이런 이론을 폈다. "배는 요즘 같은 때에 지내기에 가장 안성맞춤이라네. 또다시 홍수가 올 거야. 하느님은 이번에 우리 중에서 얼마나 많은 사람이 빠져 죽을지 다 알고 계신다네." 아니스 노만은 그날 밤 잠자리에 누워 동생에게 중얼거렸다. "우리 나라는 이게 문제라니까. 개나 소나 다 예언자야."

해방전선 사람들 모두가 거의 항상 두려움을 느꼈다. 그들은 수적으로 열세였고, 그들을 잡으러 다니는 보안 병력에 쫓겼다. 어느 마을에나 반역자를 숨겨주었다는 혐의로 총살당한 집안에 대한 소문이 있었다. 이런 소문 탓에 새 조직원을 모집하거나 겁에 질리고 핍박받는 주민으로부터 지원과 원조를 얻기가 더 어려워졌다. 아자디! 그 단어는 공상이나 동화에 나오는 소리처럼 들렸다. 자유의 전사들마저도 가끔은 미래를 믿지 못했다. 현재가 이렇게 모든 사람과 모든 것의 목을 조르는데, 어떻게 미래가 시작될 수 있겠는가? 그들은 배신, 체포, 고문, 스스로의 비겁함, 카슈미르 지역의 새 보안 책임자 하미르데브 카치와하 장군의 전설적인 광기, 실패와 죽음이 두려웠다. 또한 다리 폭파, 군 수송대 습격, 악명 높은 보안장교 살해 등 몇 차례 거둔 성공에 대한 보복으로 사랑하는 사람들이 죽임을 당할까 두려웠다. 그 무엇보다도 겨울이 두려웠다. 유리한 야영지를 쓸 수 없고, 산의 아루 루트로 다닐 수 없고, 무기와 전투 장비를 구할 길이 줄어들고, 무정한 다락방에 앉아 떨면서 여자, 권력, 부 따위 손에 넣을 수 없는 것을 꿈꾸며 체포되기만 기다려야 하는 계절이었기 때문이다. 마크불 부트가 체포되어 투옥되자, 사기는 그 어느 때보다도 바닥으로 떨어졌다. 부트의 오랜 동료 아마눌라 칸은 영국으로 망명해버렸다.

저항군은 '민족'을 빼고 '잠무카슈미르 해방전선'에서 첫 글자네 개를 따 JKLF로 이름을 바꿨지만, 달라진 것은 하나도 없었다. 영국 버밍엄, 맨체스터, 런던의 카슈미르인은 자유에 대한 꿈을 계속 꿀 수도 있었다. 카슈미르의 카슈미르인은 지도자도 없이 패배를 목전에 두고 떨었다.

옛날이야기에서는 어쩔 수 없이, 또는 우연히 오래 헤어졌던 연인들이 사랑의 힘으로 일종의 영적 접촉을 할 수 있게 된다. 원격 통신 이전 시대에는 진실한 사랑만으로 충분했다. 고향에 있는 여인은 눈을 감기만 하면 의지의 힘으로 배에서 칼과 권총을 들고 해적과 싸우는 남자, 외국의 벌판에 깔린 시체들 사이에 우뚝 서서 칼과 방패를 휘두르는 남자, 열사의 사막을 건너는 남자, 산봉우리 사이에서 바람에 흩날리는 눈보라를 들이마시는 남자를 볼 수 있었다. 그가 살아 있는 한 여자는 그의 여정을 따라갔고, 매일 매시간 남자의 고양된 사기와 슬픔을 느꼈고, 그와 함께 유혹에 맞서 싸우며 세상의 아름다움을 만끽했다. 그가 죽으면 사랑의 창이 세상을 가로질러 날아와 이미 모든 것을 알고 기다리는 여자의 가슴을 꿰뚫었다. 남자 쪽도 마찬가지였다. 열사의 사막 한복판에서 자기 뺨에 와 닿는 여자의 차가운 손을 느낄 수 있었고, 전투의 열기 속에서 그의 귓가에 속삭이는 사랑의 밀어를 들을 수 있었다. 살아요, 살아남아요. 그뿐만이 아니었다. 남자 역시 여자의 일상, 기분, 병, 노동, 외로움, 생각을 알 수 있었다. 그들을 이어주

는 끈은 절대 끊어지는 법이 없었다. 옛이야기들은 사랑에 대해 이런 식으로 말했다. 인간은 사랑이 그런 것이라고 생각했다.

부니 카울과 광대 샬리마르가 처음 사랑에 빠졌을 때, 그들은 책을 읽지 않고도 그게 어떤 것인지 알 수 있었다. 눈을 감고도 서로의 모습을 볼 수 있었고, 몸을 대지 않고도 서로를 만질 수 있었고, 아무 말도 입 밖에 내지 않을 때조차 사랑의 말을 들을 수 있었다. 서로가 파치감 양쪽 끝에 떨어져 있을 때에도, 먼 마을에서 춤을 추거나 요리를 하거나 연기를 할 때에도, 언제나 상대방이 무엇을 하는지, 기분이 어떤지 알았다. 그때는 서로 의사소통을 할 수 있는 통로가 열려 있었다. 그들의 사랑은 죽어버렸지만, 그 통로는 이제 사랑에 반대되는 어떤 감정, 사랑의 어두운 반대편에 있는 강한 감정이 자극하는 힘에 의해 여전히 열린 채 작동했다. 그 감정은 그녀의 두려움과 그의 분노, 그리고 자기들의 이야기가 아직 끝나지 않았으며, 서로가 서로의 운명이고, 둘 다 자기들의 이야기가 어떻게 끝날지 알고 있다는 믿음이었다. 밤이면 정해진 도시의 다락방이나 악취가 코를 찌르는 시골 헛간의 밀짚 잠자리, 혹은 흔들리는 배 위의 곡물 부대 사이에서 광대 샬리마르는 마음속을 배회하며 부니를 찾아다녔다. 그녀를 찾아내면 분노의 불길이 치솟으면서 몸이 더워졌다. 그는 뜨거운 석탄불 같은 분노의 열기를 소중히 다뤘다. 자유를 위한 싸움이 가장 쇠퇴했을 때조차 이 어두운 불꽃은 그의 의지를 계속 강하게 받쳐주었다. 그의 목표는 민족을 위한 것일 뿐 아니라 개인적인 것이기도 했기에 물리칠 수 없었다. 조만간 두 아버지의 죽음으로 그는 맹세에서 해방될 것이며, 세번째 죽음도 현실이 될 것이다. 조만간 그는 미국 대사에게 가는 길도 찾아낼 것이며, 복수로 자신의 명예를 되찾을 것이다. 그후에는 무슨 일이 일어나든 중요하지 않았다. 그 무엇보다도, 신성한 결혼의 맹세보다도, 냉혈한 살인에 대한 신성한 금지 명령보다도, 체면보다도, 교양보다도, 삶 자체보다도 명예가 위였다.

그는 매일 밤 그녀를 맞이했다. 그것 봐, 넌 나한테서 도망갈 수 없어.

그러나 그 역시 그녀로부터 도망칠 수 없었다. 그는 마치 그녀가 옆에 누워 있는 것처럼, 칼을 그녀의 목에 대고 있는 것처럼 마음속으로 그녀에게 말을 걸고, 그녀가 무덤까지 갖고 갈 자신의 비밀을 털어놓고, 재정위원회에 대해, 숙박에 대해, 발기부전에 대해, 공포에 대해, 모든 것에 대해 이야기했다. 결국 증오와 사랑은 그리 멀리 있지 않았다. 감정의 수위는 똑같았다. 사람들은 그가 어둠 속에서 중얼대는 소리를 들었다. 동료 전사들이 들었고, 집주인들도 들었지만, 무슨 말인지는 알아듣지 못했다. 다른 전사들도 다들 자기 어머니에게 혹은 딸에게, 아내에게 중얼거리고 그들의 대답을 들었기 때문에 아무도 신경 쓰지 않았다. 광대 살리마르의 살의에 찬 분노, 악귀 들림은 그의 안에서 격렬하게 활활 타올라 그를 앞으로 나아가게 했지만, 중얼대는 밤이면 그것은 하고많은 이야기 중 하나, 널리고 널린 그런 이야기 중 입 밖으로 내지 않은 사소한 이야기, 카슈미르의 쓰이지 않은 역사에서 미미한 한 부분에 불과했다.

그는 이렇게 중얼거렸다. 너의 유형지인 그 오두막을 떠나지 마. 그러면 나는 맹세에서 풀려나 돌아갈 테니까. 어떻게든 꼭 알게 되어 반드시 돌아갈 테니까.

그녀가 말했다. 난 여기에서 기다릴 거야. 네가 돌아오리란 걸 알아.

그가 말했다. 이 끔찍한 시간, 우리가 아무것도 하지 않았기 때문에 내내 죽어 있었던 중간의 시간은 끝나게 될 거야. 난 산을 넘고 있어. 여기, 산속에 있어. 트락발 통행로를 지나고 있어. 내 위로는 먹구름 속에 얼굴을 숨기고 지나가려 하는 모든 자에게 번개를 토해내는 거대한 봉우리 낭가파르바트가 우뚝 서 있어. 산 저쪽 편은 자유야. 카슈미르에서 자유로운 지역. 길기트, 훈자, 발티스탄. 우리가 잃어버린 지역. 자유로운 카슈미르, 눈물로 얼굴을 가리지 않은 카슈미르가 어떤 모습인지 보게 될 거야.

그는 말했다. 아니스 형과 또 싸웠어. 우리 파키스탄 동맹들 이야기를 하면서 난 그들을 믿고, 우리가 함께 섬기는 신을 믿을 거라고 했더니, 형이 나더러 거짓말쟁이라더군. 앞뒤에서 동시에 그 짓거리를 하고 싶어하는 창녀라나. 형은 요즘 입이 걸어졌어. 내가 내 믿음에 대해 얘기하니까 제 형도 믿지 못하는 주제에 믿음이 뭔지나 아느냐고 대놓고 비웃더군. 내가 더 높은 충성이라는 게 있다고 했더니, 형은 하루아침에 신을 위해서라면 물불 안 가리는 사람으로 바뀐 듯 다른 사람을 다 속일 수 있을지 몰라도, 자기는 못 속일 거라고 했어. 형은 옛날 사람들이 하던 소리나 하고 있어. 하지만 난 더는 옛날 방식에 마음이 없어. 망할 군대를 몰아내고 싶어. 우리의 적의 적은 우리의 친구야. 형은 아니라고 했어. 우리의 적의 적도 역시 적이래. 하지만 나뿐 아니라 형도 많은 동료들이 산을 넘어가리란 걸 알아. 형의 상관만 해도 형이 아니라 나랑 함께할 걸. 그는 이제 내 편이야. 나도 이제 산에 있어. 난 형을 떠났지만 형제들과 함께 있어. 아니스 형과 나는 아쉽게도 사이가 좋지 않을 때 헤어졌어. 형은 말로는 옛날 사람처럼 살지 않겠다고 하지만, 실은 옛날식대로 살고 싶어해. 난 모직 담요를 반으로 찢어 다리에 둘둘 감고 암녹색 고무 장화를 신었어. 몸을 따뜻하게 할 수 있는 것이면 뭐든 찾아서 껴입었지만, 뜨거운 석탄불은 없어. 그들은 나에게 그 위에 입을 폴리에틸렌 코트와 바지를 줬어. 산 너머에 훈련 캠프가 있어. 산 너머에 동료와 무기와 돈과 정치적 후원이 있어. 산 너머에서 무지개의 끝을 찾고 말 거야.

그는 계속 이야기했다. 길을 오르는 우리 일행은 여섯이야. 아니스 형의 상관인 보이지 않는 사령관은 아무 후회도 없대. 우리는 아니스 형을 버리고 떠났어. 시대에 뒤떨어진 형의 방식대로 하라고 내버려둔 채 우리는 미래를 향해 나아가고 있어. 반란은 분열되었어. 우리는 산 너머 과격파와 함께 운명을 걸 거야. 보이지 않는 사령관의 이름은 다르인데, 카슈미르에는 다르라는 이름을 가진 사람이 만 명은 있지. 그는 자기네 민족이 원래 시르말 출신이었대. 난 다르라는 이름을 가진 시르말 사람은 몰라. 우리는 지금 다들 분장을 하고 있어. 이제는 굳이 본래 모습이어야 할 필요가 없지. 그는 어릴 적부터 요리사로 훈련받았다고 말하지만, 처음부터, 아주 어린 시절부터 저항군과 함께 지내왔어. 그는 일찍부터 눈에 보이지 않는 법을 배워서, 지금은 자기 모습을 보여주려고 마음먹지 않는 이상은 아무도 그를 보지 못해. 내 눈에 보이는 건 그의 몸에 꽁꽁 둘러 묶은 옷이랑 고글, 수염에 매달린 얼음조각 정도야. 그의 얼굴은 수수께끼지. 그의 말로는 자기가 나보다 어리다는군. 산에서 사람들은 서로에게 비밀을 털어놓지. 자기가 지어낸 비밀을 속삭이는 거야. 우리는 언제 죽을지 몰라. 얼어 죽을 수도 있고 총에 맞아 죽을 수도 있지. 얼어붙은 총알에 맞을 수도 있고. 나는 그를 이름과 옛날 직업을 나란히 붙여서 다르와자, 그러니까 '출입구'라고 불러. 낭가파르바트처럼 그 역시 자기 얼굴을 절대 보여주는 법이 없으니까, '벌거벗은 산'이라고도 부르지. 사람들 말로는 어쩌다 산이 제 모습을 드러내면 얼마나 아름다운지 한번 본 사람은 모두 눈이 먼다더군. 어쩌면 출입구 다르와자, 벌거벗은 산 역시 세상에 둘도 없는 미남이라 사람들을 눈멀게 할지 몰라. 어쨌든 그는 다음 장소로 들어가는 나의 문이 되어줄 거야. 산 너머에서 난 훈련을 받을 거고, 강해질 거야. 힘 있는 자들을 만나서 그들의 힘을 빼내올 거야. 네가 첩이 되느라고 이미 써먹은 사기와 기만의 교묘한 기술을 배울 거야. 그리고 죽음의 기술을 완벽하게 갈고닦을 거야. 사랑을 위한 시간은 지나갔어. 우리는 언제 죽을지 몰라. 인도군은 우리가 다니는 길을 알고 있어. 어쩌면 매복하고 기다리는 중인지도 모르지. 인도군의 눈을 피할 수 있다는 이유 때문에, 제정신 박힌 사람이라면 다닐 리가 없는 이 길을 한겨울에 가고 있어. 너무 춥다. 산을 넘는 건 불가능해. 우리는 산을 넘고 있어. 우리는 불가능한 존재야. 우리는 눈에 보이지 않고 불가능한 존재가 되어 자유로워지기 위해 산을 넘고 있어.

부니도 산길과 위험과 절망에 대해 혼잣말을 했다. 준 미스리가 찾아왔다가, 친구가 철의 물라가 돌아올 것이고 강간범 형제들이 살아 있다고 중얼대자 덜덜 떨기 시작했다. 부니에게 선물로 가져온 구운 빵과 천에 싼 케밥이 든 바구니가 손에서 떨어졌다. 그녀는 시냇가에 있는 피아렐랄의 집까지 언덕을 마구 달려 내려왔다.

그녀는 울먹이며 말했다. "부니가 나자레바두르의 오두막에 오래 머물면 머물수록, 미친 구자르족 예언자 같은 소리를 자꾸 하게 된다고요. 부니는 저주를 내리는 나자레바두르로 변해가고 있어요. 악운을 부르는 눈으로요."

피아렐랄은 준을 위로하려 애썼다. "혼자 지내는 시간이 많은 사람은 곧잘 혼잣말을 하는 법이란다. 아무 뜻도 없어. 아마 자기가 무슨 소리를 하는지도 모를 거다." 준은 흐느낌을 멈추지 않았다. "아니에요, 그애는 제정신이 아니에요. 정말이라고요." 감정이 북받쳐 제대로 말하기가 힘들었지만, 준은 자기주장을 굽히지 않았다. "부니는 광대 샬리마르가 바로 옆에 있는 것처럼 그에게 말을 걸어요. 그가 어떻게 자기를 죽일지에 대해 얘기한다고요. 마치 그게 하찮고 사소한 일인 것처럼요. 꼭 연인들끼리 나누는 대화 같아요. 이게 말이 돼요? 죽음을 놓고 달콤한 밀어를 나눈다니. 하하! 부니는 제일 먼저 자기 몸의 어디를 찌를 건지, 몇 번이나 찌를 건지, 그런 걸 시시콜콜 물어본다고요. 어떻게 이런 질문을 하고 대답에 흥분된 반응까지 보일 수가 있어요? 게다가 갈수록 더 나빠진다고요. 자기만이 아니라 저의 죽음에 대해서까지 얘기한단 말이에요." 피아렐랄은 그게 무슨 소리인지 알고 싶어했지만, 준은 고개를 저으며 흐느끼기만 했다. 그녀는 도저히 그 이름들을 입 밖에 낼 수가 없었다. 게그루 형제는 살아 있고 불불 파크도 살아 있어요. 파치감에 그런 말이 퍼졌다가는 자기는 당장에 죽은 목숨이 될 것이다. 미친 여인의 언덕배기 오두막 안 허공에서만 그 말이 떠도는 한, 준 미스리는 목숨을 부지할 수 있었다. 그녀가

416

피아렐랄에게 말했다. "전 이제 부니한테 못 가겠어요. 이유를 대라고 하지는 마세요. 제가 거기 가면 너무 위험해요. 그뿐이에요."

　부니가 말했다. "그들은 트락발 통행로를 넘었어요. 그들을 기다리는 인도군은 없었고, 그들은 안전하게 넘어갔어요. 그들을 맞으러 나온 남자 가운데 한 명이 마울라나 불불 파크였어요. 철의 물라는 그들을 자기 보호 아래 두었어요. 그는 길기트에 살면서 영광스러운 귀환을 계획하고 있어요. 게그루 삼형제도 그와 함께 있고요. 그들은 아나르칼리처럼 시르말 모스크에 봉인되었지만, 영화 〈무굴의 황제〉에서처럼 비밀 통로가 있었어요. 그들은 숲 속으로 도망쳐서 산으로 간 뒤 자기들 세상이 올 때를 기다렸어요."
　피아렐랄이 딸에게 물었다. "그런 것들을 어떻게 알았냐?" 겨울이어서 그들은 오두막의 불가에 웅크리고 있었다. 염소들은 딸이 아버지의 도움을 받아 지은 외양간에 있었다. 그는 염소의 목에 맨 작은 청동방울이 딸랑거리는 소리를 들었다. 딸은 최면에 빠진 것과 비슷한 상태로 오두막 안 그 자리에 있으면서 동시에 다른 어딘가에 있었다. 부니는 아버지가 하는 말을 듣는 동시에 다른 곳에도 귀를 기울였다. 부니가 말했다. "남편이 말해줘요. 그이는 철의 물라를 만나러 산을 넘어갔어요. 철의 물라가 말하길 종교 문제에 대한 답은 세상 돌아가는 판세에 따라 달라진대요. 세상이 어지러울 때는 신이 사랑의 종교를 보내지 않는대요. 대신

호전적인 종교를 보내 우리에게 전투의 찬송을 부르며 불신자를 박살내라고 한다지요. 철의 물라가 말하기를 종교의 뿌리에는 불신자를 박살내고자 하는 욕망이 있대요. 이건 근본적인 충동이래요. 불신자를 박살내고 나면 사랑의 시대가 올 수도 있지만, 철의 물라 말로는 이건 그다음 문제래요. 종교는 엄격함과 극기를 요구한다고 불불 파크는 말해요. 부드러운 쾌락이나 나약한 사랑 따위를 위한 시간은 없대요. 신은 사랑받아야 하지만, 그건 마음으로 하는 계집애 같은 사랑이 아니라 남성적인 사랑, 행동하는 사랑이래요. 철의 물라는 전 세계 여러 곳에서 수많은 사람에게 설교를 해요. 그들은 전쟁을 준비하고 있어요."

피아렐랄이 물었다. "네 남편이 어떻게 너한테 그런 애기를 해준단 말이냐?"

부니가 대답했다. "아버지가 말씀하시듯 저에게 말해요. 그이는 불과 죽음으로 가득 차 있어요. 아버지와 사르판치가 세상을 떠나시면, 그이는 자기 명예를 위해 이리로 올 거예요."

"그 녀석이 그런 소리를 했단 말이구나." 아버지는 알아야 했다.

"그 때문에 우리가 대화할 수 있는 거예요. 절대 끊을 수 없는 우리의 끈이에요." 부니는 모로 쓰러져 의식을 잃었다. 피아렐랄은 딸이 편히 잠들도록 가만히 뉘어주었다. 그는 잠든 딸에게 속삭였다. "그럼 나는 절대 죽지 않을 거다. 영원히 살아서 그 녀석이 끝까지 자기 맹세에서 풀려나지 못하게 할 거다."

옛이야기에서는 일이 이런 식으로 흘러가지 않았다. 옛이야기에서는 순수한 시타가 납치되자 라마가 그녀를 되찾아오기 위해 전쟁을 벌인다. 현대 세계에서는 모든 것이 거꾸로, 안팎으로 뒤집혔다. 시타, 아니 시타 역의 부니는 제 발로 미국인 라바나와 도망가 기꺼이 그의 첩이 되어 아이를 뱄다. 라마 역을 제대로 연기하지 못한 무슬림 광대 샬리마르는 그녀를 구하기 위해 어떤 전쟁도 벌이지 않았다. 옛이야기에서 라바나는 시타를 굴복시키지 못하고 죽었다. 현대의 검열 삭제판에서는 미국인이 시타한테서 얼굴을 돌리고, 여왕이 그녀의 딸을 훔친 뒤 수치스럽게 고향으로 돌려보내도록 내버려두었다. 옛이야기에서는 잡혀 있는 동안 순결을 지킨 시타가 아요디아로 돌아오자, 라마는 그녀를 숲의 유형지로 되돌려보냈다. 그녀가 라바나의 지붕 밑에 오래 살았으므로 보통 사람들이 그녀의 순결을 의심하리라는 이유에서였다. 부니의 이야기에서 부니 역시 숲으로 귀양 갔지만, 그녀를 도와 생명을 구해주고, 남편의 복수심에 찬 칼날로부터 지켜주고, 남편에게 맹세를 하게 한 것은 그녀의 친구 준과 아버지, 심지어 시아버지였다. 그후 시기가 좋지 않을 때 남편은 전쟁을 하러 나갔다. 그녀는 남편에게 전투는 기다림의 한 형태이며, 그가 다른 적들과 싸워 그들을 살육한 끝에 마침내 자유로워져서 돌아와 자신의 부정한 생명을 거둬가리라는 것을 알았다.

그러나 그 이상의 무언가가 있었고, 그것은 또한 그녀와 함께하는 방법이기도 했다. 멀리 떠나 있을 동안에도 그의 생각은 그녀에게로 돌아와 예전에 그랬듯 교감을 나눌 수 있었다. 비록 그의 생각이 살의에 차 있다 해도, 오래 지속되는 이 통신은 종종 그녀에게 사랑처럼 강하게 느껴졌다. 그들 사이에 남은 것이라고는 죽음뿐이었지만, 연기된 죽음은 곧 삶이었다. 어쩌면 그들 사이에 남은 것은 오직 증오뿐이었지만, 이 먼 거리에서도 뜨겁게 타오르는 증오는 또한 사랑이 지닌 수많은 얼굴 중 하나, 그렇다, 가장 추악한 얼굴임이 틀림없었다. 부니는 그에게 용서받고 그의 마음을 다시 얻는 환상을 즐기기 시작했다. 위대한 옛이야기 책에서 시타는 자신의 덕성을 지켜달라고 신들에게 기원하며 불 속으로 걸어 들어갔다 털끝 하나 다치지 않은 모습으로 나왔다. 그녀는 자신의 순결만으로는 버틸 수 없었던 이 세상에서 떠날 수 있도록 지하 세계를 열어달라고 간청했다. 그러자 지하 세계의 문이 열렸고, 그녀는 어둠 속으로 내려갔다. 만약 부니가 자기 몸에 불을 붙인다면, 어떤 신도 그녀를 보호해주지 않을 것이다. 그녀는 불타버릴 것이고 숲도 그녀와 함께 타버릴 것이다. 그래서 그녀는 불을 피우지 않았다. 절망에 빠질 때면 발밑 땅에 지옥의 문을 열어달라고 간청했지만, 구멍은 입을 벌리지 않았다. 그녀가 있는 곳이 이미 지옥이었다.

⚜

철의 물라 마울라나 불불 파크가 그들의 상관으로 임명되었다.

그가 내쉬는 숨은 파크라는 악취 나는 이름 그대로 여전히 유황 냄새가 나는 용의 숨이었다. 그는 여전히 인간의 말은 고통스럽다는 듯 예전의 거슬리는 투로 말했지만, 키는 광대 샬리마르가 기억하던 것보다 더 큰, 180센티미터를 훌쩍 넘는 거한이었다. 또 시르말에 있던 때보다 더 야위었고 훨씬 더 미남이 되었다. 지난 세월 동안 키가 더 크고 더 매력적으로 변했다니, 이것이 가능한 일일까? 그가 철로 만들어졌다는 데에는 더이상 딴소리가 나올 건더기가 없었다. 그의 정강이와 어깨 군데군데 고된 삶에 부대끼느라 벗어진 피부 밑으로 흐릿한 금속이 드러나 보였다. 전투로 단련된 금속은 무엇으로도 파괴할 수 없었다. 불불 파크는 초자연적인 본성을 보여주는 이러한 증거들로 산 위의 캠프에서 대단한 권위를 얻었다. 그는 언제나 암염 한 덩어리를 가지고 다녔다. "이것은 파키스탄산 소금이오. 우리가 카슈미르를 해방시키는 날, 그때 이것을 카슈미르로 가지고 가는 거요." 그는 해방전선 사령관과 그의 부하들에게 이렇게 말하고는 녹색 손수건에 소금을 싸서 가방에 넣었다. "초록색은 만사를 가능케 하는 우리의 종교 색이오. 하느님의 뜻대로." 그가 말했다. "하느님의 은총으로." 그들이 대답했다.

철의 물라는 그들을 FC-22로 알려진 '전방 캠프'로 데려갔다. 그곳은 파키스탄 정보국이 전 세계 이슬람 지하드 전사들의 활동을 위해 설립한 마르카즈 다와르 센터의 최전방 시설이었다. 초창기 FC-22는 눈뜨고 못 봐줄 만큼 형편없었다. 제대로 된 건물도 거의 없었고, 숙소라고는 누덕누덕 기운 지저분한 천막이 고작이었다. 식량도 충분치 않고 늘 추위에 시달려야 했다. 그러나 사용 가능한 무기는 엄청나게 많았고, 초정밀 저격수 훈련을 포함해 이런 무기를 쓸 수 있도록 훈련해줄 정보국 요원도 남아돌았다. 이동 타깃이 있는 사격연습장에서 교관들은 신병에게 총을 쏘라고 명령함과 동시에 뒤에서 확 밀거나 팔꿈치를 잡아당겼다. 균형을 잃었을 때에도 움직이는 타깃을 쏘아 맞추도록 신병들을 훈련해야 했기 때문이다. 매주 세미나와 함께 통제선 너머에서 신속하게 치고 빠지는 게릴라식 작전을 수행하며 실전 훈련을 쌓았다. 폭탄 공장도 있고, 제5열 침투 훈련 교육도 있고, 무엇보다도 기도가 있었다.

날마다 하루 다섯 차례 캠프 광장에서 행하는 기도는 모든 전사에게 필수였고, 훈련 교본을 제외하고 그곳에서 허용되는 책은 성스러운 코란뿐이었다. 공식 기도 시간 사이사이마다 외국인들은 광대 샬리마르가 알아듣지 못하는 말로 신에 대해 열띤 토론을 벌였다. 그들의 말 가운데 오직 신이라는 단어만 알아들을 수 있을 뿐이었다. 마울라나 불불 파크는 그가 무기와 외국인을 접하도록 이끌어주었다. 그러나 큰일에 착수할 준비가 되기 전에, 먼저 그의 의식이 바뀌어야만 했다. 광대 샬리마르는 자신의 세계관을 확실히 바꾸라는 요구를 받았다. 불불 파크가 퉁명스레 말했다. "만약 자네가 세상을 보는 방식이 완전히 뒤틀려 있다면, 총을 똑바로 쏠 수 없어."

가장 중요한 것은 이데올로기였다. 그러나 소유와 부에 집착하는 이교도는 이를 깨닫지 못하고 인간은 대개 사회적, 물질적 이기심에 따라서만 움직인다고 믿었다. 이야말로 모든 이교도의 실책이며, 또한 패배를 가져오는 그들의 약점이었다. 진정한 전사는 세속적 욕망보다는 자신이 진실이라 믿는 바에 따라 움직였다. 경제적인 면이 최우선이 아니었다. 이데올로기가 최우선이었다.

철의 물라는 모든 신참의 재교육을 몸소 담당했다. 그에게는 그 임무가 신께서 하시는 일의 일부인 혁명에 바치는 선물 가운데 하나였다. 광대 샬리마르는 얼어붙은 산속 시냇가의 큰 바위에 앉아 철의 물라의 말을 들었다. 예전에 부니를 만지는 단순한 행복을 애타게 열망하며 판디트 피아렐랄 카울의 말에 귀를 기울이던 때 같았다. 그러나 그 행복은 환상, 기만으로 드러났고, 기만당했다는 기억 덕분에 광대 샬리마르는 철의 물라의 가르침을 더 쉽게 받아들일 수 있었다.

철의 물라는 그들이 현실의 본질에 대해, 세상 돌아가는 이치와 세상이 무엇인지에 대해 안다고 생각했던 것은 전부 틀렸다고 말했다. 그것이야말로 참된 전사가 첫번째로 알아야 할 것이었다. 광대 샬리마르는 생각했다. 그래, 그 말이 옳아. 내가 그녀에 대해 안다고 생각했던 것은 전부 착각이었어. 자신이 사는 세계라고 믿었던 눈에 보이는 세계, 공간과 시간과 감정과 지각의 세계는 거짓이었다. 그래, 그것도 맞아. 모든 것이 보이는 것과는 달랐다. 맞아. 산을 넘어온 그들은 이제 막을 통과하여 참된 세계, 대부분의 인간들 눈에는 보이지 않는 세계의 입구에 선 것이다. 광대 샬리마르는 생각했다. 신이여 감사합니다. 진실. 드디어. 변치 않는 진실. 결코 거짓이 되지 않을 진실. 철의 물라는 설교했다. 진실의 세계에는 약점도, 말다툼도, 어정쩡한 타협도 끼어들 자리가 없다. 진실의 힘 앞에서는 누구나 무릎을 꿇어야 한다. 그러면 진실이 너희를 지켜줄 것이다. 너의 영혼을 막강한 손바닥으로 감싸 안전하게 지켜줄 것이다. 손바닥 안에서라. 이제 진실만이 너의 아버지가 될 수 있고, 진실을 통해 너는 역사의 아버지가 될 것이다. 진실만이 나의 아버지가 될 수 있다. 오로지 진실만이 너의 어머니가 될 수 있고, 진실이 승리할 때 모든 어머니가 너의 이름을 축복하리라. 진실만이 나의 어머니가 될 수 있다. 진실만이 너의 형제가 될 수 있다. 그러나 진실 속에서 너는 모든 이와 형제가 되리라. 진실만이 나의 형제가 될 수 있다. 진실만이 너의 아내가 될 수 있다. 진실만이 나의 아내가 될 수 있다.

철의 물라는 시간도 진실의 하인이라고 말했다. 그것이 진실에 가장 부합하는 길이라면 수년의 세월이 눈 깜짝할 사이에 지나가 버릴 수도 있고, 한순간이 무한히 길어질 수도 있다. 거리 또한 진실의 눈으로 보면 아무것도 아니다. 수천 킬로미터의 여정이 단 하루에 끝날 수도 있다. 시간과 거리가 움직이고 변화할 수 있다면, 이런 엄청난 것들이 마음대로 주무를 수 있는 진실의 사도라면, 인간의 자아 따위야 얼마나 쉽게 빚어낼 수 있겠는가! 소위 우주의 법칙이 환영이고, 이러한 허구가 진실을 가린 베일에 불과하다면, 일단 그 베일이 벗겨지기만 하면 인간의 본성 또한 환영이고, 인간의 욕망과 지성, 성격과 의지 모두 진실의 명령에 복종하게 될 것이다. 어떤 인간도 벌거벗은 진실과 대면해 맞서 살아남을 수 없다.

철의 물라의 말에 귀를 기울이던 신병들은 자기들의 옛 삶이 불길처럼 활활 타오르는 그의 확신 속에서 오그라드는 것을 느꼈다. 시르말에는 다르라는 이름을 가진 사람이 없지만 자기가 시르말 출신의 다르라고 주장하는 보이지 않는 사령관이 갑자기 벌떡 일어나 발라클라바 모자, 폴리에틸렌 외투, 모직 조끼, 고무장화, 발을 꽁꽁 싸맨 모직 담요 조각, 소매 없는 브이넥 회색 모직 점퍼, 긴 카키색 모직 쿠르타와 바지, 양말과 속옷까지 모두 벗어던지고 불불 파크 앞에 발가벗은 모습으로 서서 공격 준비 자세를 취했다. 그는 목청껏 외쳤다. "저는 진실의 이름 말고는 이름이 없습니다. 당신이 저를 위해 선택해준 얼굴 말고는 얼굴도 없습니다. 진실을 위해 죽을 몸뚱이 하나 외에는 몸도 없습니다. 신의 것인 영혼 말고는 영혼도 없습니다." 철의 물라가 그에게 다가가 아버지처럼 자애롭게 그가 다시 옷을 입도록 도와주었다. 불불 파크는 광대 샬리마르가 벌거벗은 산이라 생각했던 남자가 옷을 다시 입고 나자 부드럽게 선언했다. "이 전사는 거짓의 옷을 벗고 진실의 옷을 입었다. 그는 전쟁에 나설 준비가 되었다."

보이지 않는 사령관이 벌거벗은 사이, 광대 샬리마르는 그가 얼마나 어린지 알게 되었다. 아마 열여덟아홉 정도로 어린 나이면 기꺼이 대의명분을 위해 자신을 지우고 다른 사람이 쓸 빈 종이가 될 수 있을 것이다. 광대 샬리마르에게 자아를 완전히 버리라는 요구는 심히 결정하기 어려운 것이었고 그의 급소였다. 그는 성스러운 전쟁의 일부가 되고 싶었지만, 또한 신경 써야 할 사적인 문제들, 지켜야 할 개인적인 맹세들이 있었다. 밤이면 아내의 얼굴이 온통 그의 생각을 차지했다. 그녀의 얼굴 뒤에는 미국인의 얼굴이 있었다. 자기를 버리려면 그들도 버려야만 했다. 그는 아무리 해도 자기 마음에게 육체를 자유로이 놓아주라고 명령할 수 없다는 것을 깨달았다.

불불 파크가 말했다. "불신자는 영혼이 결코 변하지 않는다고 믿는다. 그러나 우리는 살아 있는 모든 것은 진실을 섬기게 될 수 있다고 믿는다. 불신자는 성격이 운명을 결정한다고 말한다. 우리는 운명이 성격을 새롭게 만들어낸다고 말한다. 불신자는 누구든 자기가 그린 세계의 그림만을 인정해야 한다고 주장한다. 우리는 그의 그림은 우리에게 아무것도 아니라고 말한다. 왜냐하면 우리가 사는 세계는 다르기 때문이다. 불신자는 우주의 진실에 대해 이야기한다. 우리는 우주가 환영이며 진실은 불신자가 볼 수 없는 환영 뒤에 있다는 것을 안다. 불신자는 세계가 자기들 것이라고 믿는다. 하지만 우리는 그들을 요새에서 몰아내 어둠 속으로 내던질 것이다. 우리는 천국에 살면서 그들이 불 속으로 던져지는 모습을 즐길 것이다."

광대 샬리마르가 벌떡 일어나 자기 옷을 찢어발겼다. 그가 외쳤다. "저를 데려가주십시오! 진실이여, 기꺼이 그대를 따르겠습니다!" 그는 훈련된 연기자였고, 계곡에서 제일 뛰어난 반드 파테르에서도 최고의 배우였다. 따라서 말할 것도 없이 여느 열여덟 살 젊은이는 따라오지도 못할 만큼 그럴듯한 몸짓으로 자신을 벗어버리는 과정에 더 많은 의미를 불어넣을 수 있었다. 그는 셔츠를 벗어던지며 사람들에게 외쳤다. "투쟁 이외의 모든 것은 다 버리겠습니다! 투쟁이 없다면 저는 아무것도 아닙니다! 저를 받아주시든지, 아니면 지금 죽여주십시오!" 그러면서 속옷을 벗어버렸다. 철의 물라는 그의 격정적인 고백에 깊은 감명을 받았다. "트락발 통행로를 넘는 고된 겨울 여정을 택한 이들이 내면에서 솟아오르는 충동에 이끌려 그렇게 했다는 것은 잘 안다. 그러나 그대에게선 그런 욕망이 내가 생각했던 것보다 더 격렬하게 타오르고 있구나." 그는 광대 샬리마르가 옷을 도로 입도록 도와주었다. 광대 샬리마르는 옷을 다 입고 나서 불불 파크의 발밑에 엎드렸다. 자신도 자기 연기를 거의 진짜라고 믿을 정도였다. 이제 옛날의 자신은 존재하지 않고, 과거는 진심으로 버렸다고 스스로도 거의 믿었다.

그러나 그날 느지막이, 극동 아시아 출신으로 보이는 자그마한 남자가 공동 식탁에서 그에게 다가왔다. 어처구니없어 보일 만큼 순진한 얼굴을 한 남자, 삼십대 후반이지만 열 살은 더 어려 보이고, 내면에 숨은 일종의 광기로 빛나는 듯한 남자였다. 힌두어가 서툴렀지만 의사 표현을 하기엔 충분했다. 그 조그만 남자가 공손하게 물었다. "괜찮아? 나 앉아? 괜찮아?" 광대 샬리마르가 어깨를 으쓱하자 조그만 남자는 자리에 앉았다. 그는 가슴을 두드리며 말했다. "모로족, 필리핀 무슬림이다. 민다나오의 바실란이 고향이야. 너 이거 말할 수 있어?" 광대 샬리마르가 그의 말을 따라 했다. "민다나오, 바실란." 조그만 남자가 손뼉을 쳤다. "거기 어부였어, 어부의 아들. 잔잘라니, 압두라자크 아부바카르. 이것도 말할 수 있어?" "잔잘라니." 광대 샬리마르가 따라 했다. "물고기 안

잡아. 물고기 냄새나. 물고기 머리부터 썩어. 필리핀 상태 썩은 생선 악취 나. 모로 민족해방전선 들어갔어." 잔잘라니는 더듬더듬 힌두어로 말했다. "하지만 나왔어. 알이슬라믹 타블리그*, 좋은 운동 조직 들어갔어. 사우디에서, 파키스탄에서도 현금 줘. 나 서아시아 학교 보내줘. 너희는 중동이라고 하지." 광대 샬리마르는 감명받았다는 표시로 입술을 찌푸렸다. "너 고향 멀리 있어." 그가 제안했다. "공부하자. 배워. 사우디 아랍. 리비아. 아프가니스탄. 베이스에서 공부해. 너 베이스 알아? 아이만 형제, 람지 형제, 셰이크 우사마. 좋은 거 많이 배워. 라이플총 분해, 배워. 매복 나 배워. 납치도 배워. 강탈, 폭탄 설치, 암살. 러시아 사람하고 싸워. 러시아 사람 죽여. 교육 좋아." 그는 호탕하게 웃어젖혔다. "개인 성격 교육 나 벌써 받아. 그래서 당신 속 다 안다. 창문처럼 당신 다 들여다보여. 당신 신의 사람 아냐." 광대 샬리마르의 몸이 순간 굳었다. 그는 공격이 불가피할 경우 칼을 꺼내 공격할 수 있는 속도를 가늠해보았다. "안 돼, 안 돼." 조그만 남자는 짐짓 놀란 척 말했다. "침착해, 제발. 나 여기 감시자 역할만 해. 비전투요원이야. 하! 하! 좀 봐줘, 제발. 신의 사람이나 전사나 다 자기 자리 있어. 신의 사람 영감 불어넣고, 전쟁하는 사람 전쟁해. 불불 파크처럼 둘 합친 사람 아주 드물어. 내 생각에 당신 합친 사람 아냐. 당신 철의 불불 마음에 들려고 합친 사람 척했지만 사실 당신은 전사야. 맞아. 하지만 나 불불처럼 합친 사람이야. 똑같아. 전사, 또

---

* 1980년대에 있었던 이슬람 근본주의 운동 조직.

우스타즈*. 설교자. 그게 내 운명이야.”

각자의 이야기는 다른 모든 사람의 이야기의 일부였다. FC-22에서 광대 샬리마르는, 아프가니스탄 사람들과 알카에다와 함께 소련에 맞서 싸웠고, 미국의 무기와 후원을 받았지만 미군들이 무슬림 주민의 소망을 거스르고 민다나오에서 가톨릭의 정착을 지원했기 때문에 미국을 증오하게 되었다는 이 빛나는 작은 남자와 친구가 되었다. 칠백만 무슬림 인구 중 대다수가 자꾸만 더 비좁고 붐비는 공간으로 내몰렸다. 본섬인 민다나오 남서쪽의 작은 섬 바실란은 총기단속법이 적용되기 시작한, 뼈에 사무치는 가난에 전 곳이었다. 기독교도가 경제를 꽉 쥐고 있었고, 무슬림은 궁핍을 면치 못했다. “1970년대 큰 전쟁 있었어. 백이십 명 죽었어. 그러고서 평화협상 하고, 그다음에 MNLF** 분열하고, MNLF-MILF*** 나오고, 그다음에 또 싸움했어. 필리핀 정부 미워해. 미국도 미워해. 미국 비밀 대사 기지 와서 무기랑 지원 준다. 난 총 거두고 있지만 마음속으로는 그놈 죽이고 싶어.” 광대 샬리마르는 대사의 이름을 듣는 순간 앉은 자리에서 등을 꼿꼿이 세웠다. “압두라자크, 나의 동지여.” 그의 목소리가 떨려 나왔다. “나도 그놈을 죽이고 싶어요.”

“내 도움이 필요하면 말해.” 필리핀 혁명가가 말했다.

---

* 이슬람 지도자를 일컫는 말.
** 모로 민족해방전선(Moro National Liberation Front).
*** 모로 이슬람해방전선(Moro Islamic Liberation Front).

가끔 그녀는 몇 주, 심지어 몇 달간이나 그의 목소리를 듣지 못했다. 밤이면 그와 접촉하려고 애썼지만, 텅 빈 진공만 발견했을 뿐이다. 그는 손이 닿지 않는 곳에 있었고, 그녀는 그가 돌아와 행복한 결말을 맞는 꿈을 간직할 수 있게 되길 원하는지, 아니면 그가 죽어야 자유로워질 테니 죽기를 바라는지도 알지 못한 채 그가 돌아오기를 기다릴 뿐이었다. 그러나 그는 항상 결국에는 돌아왔다. 그가 돌아올 때면 그의 삶에서는 단 하룻밤, 아니면 기껏해야 이삼 일 정도가 지난 것 같은 느낌이었다. 그녀의 삶에서는 여러 해가 사라졌지만, 그가 그녀를 부르는 곳에서는 시간이 다른 속도로 흘러갔고, 그를 둘러싼 공간도 다른 형태를 취했다. 그녀는 그에게 파치감에서 일어난 모든 일을 어떻게 말해야 할지 알지 못했다. 시간이 없었다. 그러나 그는 점점 더 그녀에게 자신에 대한, 자기 안에서 계속 타오르는 불꽃에 대한 메시지만 보내고 싶어했다. 그가 답을 원하는 질문은 오래된 무시무시한 질문 하나뿐이었다. 이제 그들이 죽었나? 그러나 압둘라 노만과 피아렐랄 카울은 아직 살아 있었다. 비록 광대 샬리마르에게는 단 몇 주가 지나는 동안 그들에게는 몇 년의 시간이 쏜살같이 지나갔다 해도. 그의 시간 속에서 그는 그리 오래 기다리지 않아도 될 것이다.

러시아인이 아프가니스탄에 들어오자, 많은 아프가니스탄인이

파키스탄으로 도망쳐 왔다. 아프가니스탄인은 카슈미르의 '자유' 아자드 구역의 FC-22에도 있었다. 엄청나게 많은 피난민이 파키스탄 북서쪽의 마을 하나 크기만 한 거대한 캠프들을 점령했지만, 아프가니스탄인은 가난하지 않았다. 캠프 주변에는 광활한 양귀비밭이 펼쳐져 있었고, 피난민 족장들은 무기를 구입하거나 할 때 쓰려고 국경을 넘을 때 가지고 온 금과 보석으로 양귀비 재배 사업에 들어갔다. 일단 양귀비밭을 손에 넣자, 그들은 아편뿐 아니라 헤로인까지 생산할 수 있도록 이모작 체계를 갖추었다. 헤로인에서 나오는 수입으로 파키스탄 당국을 매수하고 난민수용소 비용도 감당할 수 있었다. 당국은 양귀비밭 덕분에 피난민이 국가에 짐이 되지도 않고, 뇌물까지 두둑이 챙겼으므로 양귀비밭에서 벌어지는 일을 눈감아주었다.

아프가니스탄인에게도 자유 투사들이 있었다. 미국은 그들이 자신의 조국을 점령한 미국의 큰 적과 싸울 수 있게 지원하기로 결정했다. 현장의 미국 첩보원, 즉 CIA와 대테러 특수부대 요원들은 이 전사들을 무즈라고 즐겨 불렀다. 이 말은 신비로우면서도 자극적으로 들렸고, 무자히드*라는 말이 '성스러운 전사' 지하디와 같은 뜻이라는 사실을 은폐해주었다. 무기와 담요, 현금이 북부 파키스탄에 쏟아져 들어왔고, 이 원조 가운데 일부는 무즈로 흘러 들어갔다. 막판에는 그중 상당 부분이 거친 국경지대의 무기 시장으로 갔고, 또 그중 일부는 아자드 카슈미르로 들어갔다. 이

---

* 지하드를 수행하는 자, 성전의 전사를 뜻하는 아랍어.

읽고 파키스탄 통제하의 카슈미르에 모여든 전사들은 스스로를 '카슈미르 무즈'라 부르기 시작했다. 파키스탄 정보국은 아프가니스탄 전선에 투입될 예정이었으나 불행히도 그쪽으로 새어나온 강력한 장거리 미사일을 그들에게 공급해주었다. 소련과 중국제 자동 유탄발사기, 태양열 동력을 이용한 타이밍 장치를 장착해 시간차를 두고 로켓 집중 포격을 할 수 있게 제작된 로켓포드, 60밀리미터 박격포 등 다른 고성능 무기들도 FC-22에 등장하기 시작했다. 언제부터인가 스팅어 미사일 SAM도 카슈미르 무즈가 쓸 수 있게 되었다. 무기 훈련이 하루 일과의 대부분을 차지했다. 수석 교관은 필리핀인 잔잘라니의 아프가니스탄인 전우로, 검은 터번을 두른 칸다하르 출신의 전사였다. 그는 자신을 그저 '학생'이라는 뜻의 탈리브라고만 했다. '지식'을 뜻하는 말은 탈림이었다. '지식을 익힌 자'는 학자라는 뜻의 탈리반이었다. 학생을 뜻하는 탈리브는 일종의 물라이거나, 그 정도까지는 아니라도 종교 학교인 마드라사에서 수학한 자를 가리켰다. 그러나 그는 철의 물라 불불 파크처럼 자기 학교 이름을 절대 입 밖에 내지 않았다. 그는 전투에서 한쪽 눈을 잃고 검은 안대를 하고 있었다. 그는 잠시 전선에서 물러나 있었지만, 되도록 빨리 전쟁터로 복귀할 생각이었다. 그는 이렇게 말했다. "그동안은 여기에서도 신의 과업을 수행할 수 있어."

아프가니스탄인 탈리브는 한 눈으로 광대 샬리마르를 꿰뚫어 보았고, 잔잘라니가 그랬듯 그의 속마음을 읽어내고는 그가 말하지 않은 금지된 비밀을 알아챈 듯했다. 광대 샬리마르는 잔잘라니는 그를 이해해주었지만 탈리브는 이해해주지 않을까봐 두려웠다. 그는 사기꾼이 된 기분이었고, 탄로 날까 늘 두려웠다. 그는 주위에서 요구하는 대로 자신의 자아를 버리지 못했고, 이를 연기 밑에 깊숙이 감춰두었다. 그가 여태껏 해온 것 중 최고의 연기였다. 그에게는 자기만의 목표가 있었고, 이를 포기할 생각은 없었다. 나는 기꺼이 살인할 준비가 되어 있지만, 나 자신이기를 포기할 준비는 안 되었어. 그는 속으로 거듭 되뇌었다. 나는 기꺼이 살인을 하겠지만 나 자신을 버리지는 않겠어. 그러나 이렇게 위험한 곳에서 그의 목표는 공식적으로는 존재하지 않는 것이었다. "네놈은 배우였지." 아프가니스탄인 탈리브가 사투리 심한 형편없는 우르두어로 빈정거렸다. "신은 배우를 아주 싫어하신다. 춤과 노래를 끔찍이 싫어하신단 말이다. 어쩌면 네놈은 지금도 연기를 하고 있는지 몰라. 어쩌면 배신자에 첩자일지도 모르지. 내가 이 캠프 책임자가 아닌 걸 다행으로 알아라. 만약 그랬다면 당장 놀이패들을 처형하라고 명령했을 테니까. 신은 오락을 싫어하신다. 또 치과의사, 교수, 운동선수, 창녀한테도 처형 명령을 내렸을 거다. 신은 배웠습네 하는 놈들이나 음탕한 자들, 운동경기도 아주 싫어하시니까. 그따위로 로켓탄 발사기를 들면 어깨가 작살날 거다. 이렇게 하는 거야."

처음에 광대 샬리마르는 외눈박이 탈리브의 분노를 이해했다고 생각했다. 그것은 행동파였지만 부상으로 전쟁에서 밀려나 어쩔 수 없이 선생이 된 자의 분노였다. 나중에 그는 생각을 바꿨다. 탈리브의 분노는 어떤 사건에서 비롯된 결과가 아니었다. 그 자체가 그의 존재 이유였다. 분노의 시대가 밝아오고 있었고, 분노한 자만이 그 시대를 빚어낼 수 있었다. 아프가니스탄인 탈리브는 자신의 분노 자체가 되어버렸다. 그는 분노에 찬 학생이자 학자였다. 그는 다른 모든 학식은 경멸했지만, 분노의 방식에 관해서만은 현명했다. 분노는 그를 활활 불태웠고, 이제 남은 것은 오직 그것뿐이었다. 분노와, 그가 칸다하르에서 데려온 문하생이자 제자이며 애인인 소년 자히르에 대한 애착뿐이었다. 칸다하르의 전사들은 고대 그리스인처럼 이런 소년을 데리고 다니면서 어엿한 남자로 만들어 떠나보내곤 했다. 소년 자히르는 탈리브의 천막에서 지내며 그의 무기를 손질하고 정상적인 밤의 욕구를 채워주었다. 그러나 이는 동성애가 아닌 남성다운 행위였다. 아프가니스탄인 탈리브는 동성애자를 신이 그 무엇보다도 세차게 뱉어낸 계집애 같은 변태라며 처형하는 데 찬성했다.

광대 샬리마르는 자히르와 우정 비슷한 관계를 쌓게 되었다. 자히르는 종종 외롭고 겁먹은 듯 보였고, 마음을 터놓을 수 있는 사람을 절실하게 원했다. 자히르는 칸다하르 얘기, 부모님과 친구들 얘기, 파괴되어 문을 닫은 자기 학교 얘기, 연날리기와 좋아하는 말 얘기, 자기가 본 피와 무시무시한 죽음 얘기를 했다. 광대 샬리마르에게 아주 우연히 그가 세상에서 누구보다도 죽이고 싶어하는 남자의 소식을 전해준 사람도 자히르였다. "미국인이 우리에게 러시아인을 죽이라고 무기를 갖다줬어. 그래서 이교도까지도 신의 과업을 수행할 수 있게 되었지. 그들은 중요한 사람들을 보내 우리하고 거래를 하고, 우리를 동맹으로 생각해. 재미있지." 막스 오퀼스 대사는 요즈음 반테러리즘을 옹호하는 대사를 자처하며 테러 활동을 지원하는 중이었고, 아프가니스탄인 탈리브의 무즈 분파와의 연락을 맡고 있었다. 그 이름을 들을 때마다 광대 샬리마르는 속에서 호랑이 한 마리가 날뛰었다. 호랑이를 다시 우리에 넣기가 힘들었다. 탈리브였다면 한쪽 눈으로도 그 도약을 놓치지 않고 재깍 의심을 품었겠지만, 자히르는 과거 얘기에 푹 빠져 자기 눈앞에서 무슨 일이 벌어지는지 알아채지 못했다.

우리의 삶은 다시 만나게 될 거야. 샬리마르는 마음속으로 대사에게 말했다. 어쩌면 지금 내가 쥐고 있는 총이 당신에 의해 이 지역까지 들어온 것일지도 모르지. 언젠가 이 총이 당신을 겨누고 발사될지도 몰라. 그러나 그는 자신이 대사를 쏠 마음이 없다는 것을 알고 있었다. 그가 선택하는 무기는 언제나 칼이었다.

그는 싸울 준비가 되어 있었다. 겨울이 지나고 봄으로 접어들었다. 산길도 지나다닐 수 있게 되었다. 전방 캠프는 사람들로 바글거렸다. FC-22는 목줄을 풀려고 으르렁대며 날뛰는 전투견 같은 남자들로 미어터질 지경이었다. 새로운 그룹이 날마다 등장했다. 어쨌든 보기에는 그랬다. 순교니 신념이니 영광 등을 뜻하는 하라카트, 라슈카르, 히즈브 등이었다. 아마눌라 칸이 잠무카슈미르 해방전선의 지휘를 맡기 위해 영국에서 파키스탄으로 왔다는 소식이 들렸다. 광대 샬리마르는 체력 단련과 식이요법을 하고, 특수부대 훈련과 무기 훈련을 받는 등 매일의 일과를 해나가면서 사람을 죽인다는 것이 어떤 것일까 궁금해했다. 그러던 중, 철의 물라가 그에게 해외로 나가고 싶은지 물었다.

잃어버린 딸의 무게가 여전히 거의 매일같이 그녀를 짓눌렀다. 부니가 딸을 버리고 온 세상에서 딸이 자라날수록 그 무게도 점점 더 늘어났다. 이제는 카슈미라를 생각하면 집 밑에 깔리는 듯한 느낌이 들었다. 마치 지구의 인력이 점점 커지면서 그녀를 잡아 끌어내려 옴짝달싹 못하게 만드는 것만 같았다. 가슴을 내리누르는 힘이 너무 엄청나서 숨을 쉬기도 힘들 지경이었다. 나를 죽일 거라면, 지금 당장 돌아와서 죽여줘. 이러다 간 이름도 모르고 얼굴도 볼 수 없는 내 딸이 선수를 치겠어. 그녀는 생각했다. 그러나 남편은 오랫동안 그녀에게 오지 않았다. 마침내 그가 왔을 때, 그의 메시지에는 이상한 말들, 타지키스탄, 알제리, 이집트, 팔레스타인 등 그녀가 어렴풋이 들어본 듯한 지명이 섞여 있었다. 그녀는 이 이름을 듣고 예전의 샬리마르는 죽었다는 사실만 알았을 뿐이다. 과거의 샬리마르 대신 이 새로운 존재가 그의 이름을 지니고 낯선 것에 둘러싸여 있었다. 광대 샬리마르에게 남은 것이라곤 살인의 욕망 하나뿐이었다. 그녀는 행복한 결말의 꿈을 포기하고 그가 돌아오기를 기다렸다.

어느새 그는 전투로 단련된 마흔 살이 되었고, 더는 스스로에게 살인이 어떤 것일까 질문할 필요도 없어졌다. 북아프리카, 주차장 밖 거리 한 모퉁이에서 FIS* 요원이 담배 상인에게 몇 디나르를 집어주며 팔던 것을 두고 한 시간쯤 자리를 비우라고 했다. 잠시 후

깔끔하게 면도를 하고 서양식 옷을 입은 광대 샬리마르가 앞으로 나왔다. 카미즈를 걸치고 사향 냄새를 진하게 풍기는 남자가 담배 좌판 끈을 그의 목에 걸어주더니 흰 천으로 둘둘 싼 권총을 그 위에 놓고 사라졌다. 광대 샬리마르는 이상하게 강해진 느낌이 들었다. 슈퍼맨이 된 기분이었다. 그들이 그의 팔에 바늘을 꽂고 회백색 액체를 주입한 탓이었다. 그는 자기에게 암살 임무를 맡긴 사람들과 말이 전혀 통하지 않았지만, 외눈박이 탈리브가 자히르를 통역 겸 조수로 딸려 보내주었다. 탈리브는 자히르가 아랍어를 능숙하게 구사하며, 이제 남자가 될 때라고 말했다. 그들은 광대 샬리마르에게 어떤 남자의 사진을 보여준 다음 창문이 없는 밴에 태워 여기로 데려와 주사를 놓고는 총을 쥐여주고 가버렸다. 밴에서 수염을 기른 남자가 한 말을 자히르가 통역해주었다. 그가 죽여야 할 남자는 신을 믿지 않는 자로, 프랑스어를 쓰고 영혼을 서구에 팔아넘긴, 신을 거역한 작가였다. 그가 알아둬야 할 것은 그게 전부였다. 질문도 필요없었다. 간단한 일이었다.

광대 샬리마르는 아랍어에 둘러싸여 거리 모퉁이에 서 있었다. 남자들이 담배를 사러 다가오자 자히르가 담배를 내줬고, 광대 샬리마르는 멍청하게 씩 웃으며 저는 귀머거리에 벙어리입니다, 말을 하지 못합니다, 당신들이 하는 말을 알아듣지 못합니다, 라는 뜻으로 자기 귀와 벌린 입을 손가락으로 가리켰다. 그때 푸른색 선글라스에 흰색 오픈 셔츠와 크림색 바지를 입은 사진 속의 남자가 왼손

---

* Front Islamique du Salut. 이슬람 구국전선. 알제리의 이슬람 원리주의 테러 단체.

에 신문을 접어 들고 나타났다. 남자는 잰걸음으로 주차장 쪽으로 왔다. 광대 살리마르는 담배 좌판을 벗어놓고 천째로 권총을 집어 들고 그의 뒤를 따라갔다. 그는 칼날을 남자의 살갗에 갖다댈 때, 칼의 날카롭고 반짝이는 지평선을 피부라는 미개척지에 밀어넣어 다른 영혼의 주권을 범하고 금기 너머로 피를 향해 나아갈 때 어떤 느낌인지 알고 싶었으므로, 왼손에 든 천에서 총을 꺼내지 않았다. 저 개자식의 목을 반으로 가르면 어떨까. 머리가 뒤로 축 늘어져 옆으로 기울고 피가 나무처럼 위로 솟구쳐 오르겠지. 피를 온통 덮어쓰고, 시체, 꿈틀거리는 쓸모없는 것, 구더기 끓는 고깃 덩어리로부터 발길을 돌릴 때 기분이 어떨까. 자히르가 달려오고 잽싸게 모퉁이를 돌아 나타난 창문 없는 밴에서 사향 냄새 풍기는 남자가 그를 안으로 끌어들이고 문을 쾅 닫았다. 밴이 급히 움직일 동안, 사향 냄새 풍기는 남자가 그에게 한참 동안 고함을 질렀다. 자히르가 통역해주었다. "당신보고 미쳤대요. 총에는 소음기가 장착되어 있어서 총을 썼으면 빠르고 깨끗하게 끝낼 수 있었을 거래요. 당신이 명령을 따르지 않았다고 당신을 죽이겠대요." 그러나 광대 살리마르는 살해당하지 않았다. 자히르는 사향 냄새 풍기는 남자가 냉정을 되찾은 뒤 한 말을 옮겨주었다. "당신 같은 사람, 완전히 돌아버린 미치광이 개자식한테는 항상 일거리가 넘칠 거래요."

그래서 그는 자신의 의문에 대한 답을 알게 되었고, 자신에 대해서도 전에는 미처 몰랐던 면을 알았다. 여러 해가 지났고, 정말로 일거리가 넘쳤다. 그는 암살자가 그렇듯 가치 있고 중요한 인물이 되었다. 또한 그의 비밀스러운 목적도 성취되었다. 그는 다섯 가지 이름으로 된 여권을 손에 넣었고, 아랍어는 유창하게, 프랑스어는 그럭저럭, 영어는 더듬더듬 할 수 있게 되었으며, 자기 힘으로 실제 세계와 보이지 않는 세계에서 대사를 찾아야 할 때가 오면 그가 가야 할 곳으로 데려다줄 길을 열었다. 그는 아버지한테 배운 밧줄 위를 걷는 법을 떠올리고는, 보이지 않는 세계의 비밀스러운 길을 여행하는 것도 그와 하나도 다를 게 없다는 걸 깨달았다. 공기가 모여서 길을 이루었다. 일단 그것을 이용할 줄 알게 되면 대다수 사람들이 살아가는 환영의 세계는 사라지고, 비행기를 탈 필요도 없이 하늘을 날 수 있게 된다.

그가 돌아왔을 때 FC-22는 다른 곳이 되어 있었다. 규모가 더 커지고, 조직도 튼튼해졌다. 이제는 도둑 소굴 같은 분위기가 아니었다. 목조 건물이 많이 지어졌고, 조립식 막사도 세워졌다. 아프가니스탄인 탈리브는 군대로 복귀했고, 자히르도 떠난 지 오래였다. 하지만 마울라나 불불 파크는 여전히 그곳에서 광대 샬리마르를 맞아주었다. "때마침 잘 왔네. 혁명의 날이 얼마 남지 않았어." 그는 너무 오래 자리를 비웠다. 카슈미르의 사자 셰이크 압둘라는 오 년 전 죽었다. 해발 6천 미터에 위치한 시아첸 빙하 지역에서 인도와 파키스탄 간에 무력 충돌이 있었다. 그러나 최근에 끝난 선거가 모든 것을 바꿔놓았다. 때는 1987년이었다. 인도 정부는 카슈미르에서 선거를 치렀다. 셰이크의 아들 파루크 압둘라가 정부가 미는 인물이었다. 야당인 무슬림 통일전선은 하미르데브 카치와하 장군을 나라에서 "가장 잡고 싶어하는 반군"이라고 평한 모하마드 유수프 샤를 후보로 지명했다. 결과가 나오면, 되어서는 안 될 인물이 승리할 게 뻔해 보였다. 그래서 선거는 부정으로 얼룩졌다. 무슬림 통일전선 지지자와 선거운동원이 붙잡혀 고문을 당했다. 모하마드 유수프 샤는 지하로 들어가 사이드 살라후딘이라는 이름으로 히즈브울무자헤딘이라는 무장 단체의 우두머리가 되었다. 그의 가장 가까운 측근, 소위 HAJY 집단(압둘 하미드 샤이크, 아슈파크 마지드 와니, 자베드 아메드 미르, 모하마드 야신 말리크)은 산을 넘어 잠무카슈미르 해방전선에 합류했다. 전에는 법을 따르며 살던 젊은이 수천 명이 선거 과정을 보고 환상에서 깨어나 무기를 들고 무장 단체에 합류했다. 파키스탄은 너그러웠다. AK 소총이 모두에게 돌아갔다.

압두라자크 잔잘라니는 고향으로 돌아가 '보검을 든 자들'이라는 뜻의 아부 사야프 분파를 꾸렸다. 그는 전에도 이런 조직을 만들겠다고 종종 얘기했고, 도와달라며 광대 샬리마르를 끌어들이려 한 적도 몇 번 있었다. "사방에서 형제들이 모여들고 있어. 봐. 우리가 승리할 거야." 잔잘라니는 광대 샬리마르가 마음속에 딴생각을 품고 있다는 걸 알고 있었으므로 강요하지는 않았지만, 투쟁에 그의 자리를 늘 마련해두겠노라고 말했다. "바실란에 오고 싶으면 이 사람한테 연락해. 모든 일을 아주 빠르게 잘 처리해줄 거야. 람지 형제도 올 거야. 지금도 있어." 광대 샬리마르에게 종이에 적힌 이름은 아무런 의미도 없었다. 하지만 '보검을 든 자들'이 폭탄 테러와 몸값을 노린 납치 활동으로 신문 지상을 장식하자, 세계의 보이는 네트워크와 보이지 않는 네트워크가 웅성대기 시작했다. 모하메드 자말 칼리파, 남부 필리핀에서 수많은 이슬람 자선 단체를 운영하며 새로운 집단의 주요 자금줄로 거론되는 셰이크 우사마의 사촌 등 여러 이름이 입에 올랐다. 리비아의 카다피 대통령은 아부 사야프를 비난했지만, 남부 필리핀의 리비아 자선 단체도 리비아의 돈이 흘러 들어오는 루트일지 모른다는 의심을 샀다. 그 밖에 어떤 유명한 말레이시아 인물의 이름도 아부 사야프라는 이름과 나란히 입에 오르기 시작했다. 광대 샬리마르가 지닌 종이에 적힌 이름과 전화번호도 둘 다 말레이시아 것이었지만, 언론에는 결코 나오지 않았다. 물론 그 종이는 채 한 시간도 못 갔다. 광대 샬리마르가 이름과 전화번호를 머릿속에 잘 기억해 둔 다음 바로 종이를 태워버렸기 때문이다.

게그루 형제도 떠나고 없었다. 그들은 잠무카슈미르 해방전선의 세속적인 국가주의적 사상을 마음에 들어하지 않았다. 탈리브는 (떠나기 전에) 그들을 새로운 단체 중에서도 가장 '아프가니스탄'적인 단체인 라슈카르에파크(LeP), 즉 순수한 자들의 군대로 이끌었다. LeP는 정치적 목표는 물론이고 도덕적 목표도 갖고 있었다. 광대 샬리마르가 FC-22로 돌아오기 한 달 전, 게그루 형제는 LeP가 자행한 잠무카슈미르 라주리 지구의 마을 습격에 참여했다. (습격이 있기 전) 모든 무슬림 여자는 부르카를 입고 아프가니스탄의 탈레반이 정한 복장과 행동 규칙을 준수해야 한다고 명령하는 LeP 포스터가 마을에 나붙었다. 카슈미르 여자들은 보통 베일을 쓰는 데 익숙하지 않았으므로, 포스터를 무시했다. 문제의 날 밤, 게그루 형제를 포함해 LeP 단원들이 보복을 감행했다. 그들은 모하메드 사디크의 집으로 들어가 그의 스무 살 된 딸 노센 카우사르를 살해했다. 칼리드 아메드의 집에서는 스물두 살인 타히라 파르빈을 참수했다. 모하메드 라피크의 집에서는 어린 세나즈 아크타르를 죽였다. 그리고 마흔세 살인 잔 베감을 그녀의 집에서 목 베었다.

그후 몇 달간 더 대담해져서 스리나가르로 활동 영역을 옮긴 LeP는 이슬람 복장 규칙을 지키지 않은 여선생들에게 염산을 뿌렸다. 협박이 가해지고 시한이 공포되자, 많은 카슈미르 여인들은 어머니와 할머니가 항상 자랑스럽게 거부했던 수의를 처음으로 뒤집어썼다. 1987년 여름, LeP 포스터가 시르말에도 나붙었다. 이제는 남녀가 한자리에 앉아 텔레비전을 봐서도 안 되었다. 그것은 음란하고 외설적인 관습이었다. 힌두교도가 무슬림과 섞여 앉아서도 안 되었다. 그리고 당연히 여자는 모두 당장 베일을 써야 했다. 격분한 하시나 얌바르잘이 아들들에게 명령했다. "저 포스터를 다 찢어버리고 평소처럼 장사를 한다고 알려라. 일인용 여자 천막에 뚫은 구멍으로 텔레비전을 내다볼 생각은 없다. 다른 종류의 감옥으로 해방될 생각도 없고."

파치감 반드의 역대 마지막 공연은 그다음 해 초 여행 철이 시작될 무렵, 국가 차원의 폭동이 시작되던 날 있었다. 일흔여섯의 노령에도 압둘라 노만은 계곡의 인도인과 외국인 손님을 위한 공연을 하려고 스리나가르 공회당으로 극단을 이끌고 갔다. 그 관객들에게 먹고사는 문제가 걸려 있었다. 그의 대스타들은 이제 다 사라지고 없었다. 아나르칼리의 춤을 추며 미모로 관객을 압도할 부니도, 그물도 없이 높은 줄 위에서 아찔한 묘기를 부리던 광대 샬리마르도 없었다. 그가 남은 힘을 있는 대로 짜내 늙은 불구의 손으로 왕의 칼을 뽑아들고 휘둘러야 할 처지였다. 요즘 젊은이들은 다른 데 정신이 팔려 공연에도 억지로 끌어내야 했다. 이 젊은 배우들의 마지못해 하는 부자연스러운 연기는 고대 예술에 대한 모욕이었다. 압둘라는 그들의 연습 광경을 지켜보며 남몰래 한탄했다. 그들은 강한 나무인 척했지만 조각난 성냥개비에 불과했다.

이렇게 서툴기만 한 허섭스레기를 누가 보겠는가? 그는 슬픔에 잠겨 생각했다. 관객들은 우리에게 과일을 던지고 무대에서 내려가라고 야유를 보낼 것이다.

그는 칠십 줄에 들어선 친구이자 오랜 지원자인 은퇴한 시크교도 문화행정관이며 유명한 원예학자 사르다르 하르반스 싱에게 미리 사과했다. 그는 공직에 있는 동안 내내 반드 파테르를 지원해주었고, 은퇴하면서는 파치감의 젊은이들처럼 옛 기예를 무시하는 자기의 젊은 후임들한테 늙은 배우들에게 가끔 휴식 시간을 주라고 일렀다. 압둘라 노만은 우아한 노신사에게 말했다. "사르다르, 오늘밤이 지나면 아마 주최 측은 우리한테 휴식을 주는 게 아니라 우리 머리를 깨놓고 싶어할 겁니다." "걱정 마시오." 하르반스가 심드렁하게 대꾸했다. "관광객은 지난주 떼 지어 계곡에서 달아났소. 어찌 되었든 그들 대부분은 코빼기도 비치지 않았소. 큰일이오. 완전히 망했어. 우리가 손놓고 있는 상황에서 여흥을 제공해야 한다니 안된 일이오."

피르다우스는 일행과 함께 스리나가르에 오지 않았다. 압둘라는 아내가 뱀의 예언을 중얼대는 것을 보고 불길해한다는 것을 눈치챘다. 처가 구름 속에서, 나뭇가지 속에서, 물속에서 뱀의 형상을 보기 시작하면, 어김없이 인생의 불행을 곰곰이 곱씹고 있다는 의미였다. 최근 그녀는 진짜 뱀이 마을에 들어왔으며, 가축우리고 과수원이고 마구간이고 집이고 간에 어디서든 뱀이 보인다고 우겼다. 아직 뱀이 물지는 않았고, 가축이나 사람이 뱀에 물려 죽었다는 얘기도 들은 바 없었지만, 피르다우스는 뱀이 침략군처럼 열지어 모여들고 있다고 했다. 뭔가 조치를 취하지 않으면 언제고 공격해올 거라고 했다. 옛날 같았으면 압둘라 노만이 턱도 없는 소리 말라고 고함을 쳤을 테고, 마을 사람들이 신이 나서 그의 집 바깥에 모여 싸움에 귀를 기울였을 것이다. 그러나 압둘라는 자기가 소리 지르면 아내가 더 좋아할 것을 알면서도 소리 지르지 않았다. 그저 자기 속으로 침잠했다. 노령과 실의가 그를 싸늘한 구석으로 밀어넣었고, 그는 거기에서 어떻게 빠져나와야 할지 몰랐다. 그는 가끔 자기를 쳐다보는 아내의 모습을 보았다. 아내는 당신은 어디로 가버렸나요, 내가 사랑했던 남자한테 무슨 일이 생긴 건가요, 라고 묻는 불행한 눈빛으로 그를 쳐다보았다. 그는 아내에게 소리 지르고 싶었다. 나는 아직 여기 있어. 나를 구해줘. 난 내 안에 갇혀 있어. 그러나 그의 말은 그를 둘러싼 얼음막을 뚫고 나가지 못했다.

그는 아내에게 무뚝뚝하게 말했다. "만약 공연이 내가 우려하는 대로 망한다면, 그때는 그만둘 거요. 집어치웁시다! 나 같아도 돈 내고 보지 않을 공연을 한답시고 동네방네 망신을 당하면서 말년을 보낼 생각은 없으니." 둘 다 아무리 기억을 더듬어봐도 파치감이 지금처럼 가난했던 때는 없었다. 공연 예약은 가뭄에 콩 나듯 했고, 판디트 피아렐랄 카울이 최고 주방장 바스타 와자 자리에서 물러난 이후로는 파치감 와즈완의 명성도 옛날 같지 않았다. 피르다우스는 남편의 선언에 그녀 특유의 무뚝뚝한 말투로 쏘아붙였다. "그래요, 우리가 지금보다 훨씬 더 어려운 처지가 된다면, 그때는 나도 잘살아보겠다고 애써 머리 굴리지 않겠어요." 압둘라는 사랑받는다고 느끼게 해주지 못하는 남편에게 불평하는 아내의 속마음을 알았다. 그러나 아내의 마음을 풀어줄 말이 목구멍에 걸려 나오지 않았다. 그는 퉁명스레 고개를 끄덕이며 이렇게 말하고는 스리나가르로 떠나버렸다. "당연히 그래야지, 그렇고말고. 가난한 것들은 편안한 삶을 행여 꿈이라도 꿔서는 안 되거든."

군대와 경찰의 날선 눈길 아래 군중이 시내 거리에 몰려든 탓에, 배우와 악사를 스리나가르로 태우고 온 버스가 정류장에 들어가지 못했다. 반드는 차에서 내려 소도구를 들고 걸어가야 했다. 벌써 사십만 명이 넘는 인파가 길을 메웠다. 압둘라 노만은 버스 기사에게 어찌 된 영문인지 물었다. 기사가 대답했다. "장례식이라오. 우리 카슈미르의 죽음을 애도하러 온 사람들이오."

선한 왕 자인울아비딘 이야기의 막이 오르자, 압둘라는 손을 찌르는 통증도 무시한 채 한 손에는 칼을 높이 치켜들고 다른 손에는 창을 들고 무대로 나아갔다. 그는 자기 말을 귓등으로 듣고 지겨워하기만 하는 극단에게 메시지를 전하면서, 생애 마지막으로 모범을 보이고자 앞장섰다. 내가 내 고통을 딛고 일어설 수 있다면, 너희도 너희의 무관심을 딛고 일어설 수 있어. 그러나 공연장의 4분의 3은 텅 비어 있었고, 객석에 앉아 있는 몇 안 되는 관광객은 그에게 귀를 기울이지 않았다. 극장 벽을 뚫고 들려오는 반란이 시작되는 소리, 머리 위로 횃불을 치켜들고 "아자디!"를 부르짖으며 거리를 행진하는 백만 군중의 함성 때문이었다. 사르다르 하르반스 싱이 자기 아들 유브라지와 함께 텅 빈 일곱번째 줄 중간에 앉아 있었다. 유브라지는 눈에 확 띌 만큼 잘생긴 젊은이로, 면도를 하고 시크 터번을 쓰지 않은 데서 근대화된 성향을 엿볼 수 있었다. 압둘라 노만은 높은 봉우리에서 몸을 던져 자살하려는 사람의 심정으로 옛 동료들에게 더할나위없이 사납게 번쩍이는 시선을 던지며 남은 힘을 모두 끌어모아 연극을 시작했다. 약 한 시간 동안, 파치감 반드는 공연장의 무덤 같은 침묵 속에서 듣고 싶어하는 이 없는 이야기를 전했다. 관객 여러 명이 공연 중간에 자리에서 일어나 나가버렸다. 악화되는 정치 상황 속에서도 카슈미르의 전통 공예품인 종이죽 상자, 조각한 나무 탁자, 넘다 깔개와 수놓은 숄 등을 인도의 다른 지역과, '그 지역이 미치기 일보 직전이라고 생각하면서도 어리석은 낙관주의에 빠져 그를 지원하고 있는' 서구 바이어들에게 성공적으로 수출하는 사업가 사르다르 하르반스 싱의 아들 유브라지가 막간에 압둘라 노만에게 거리가 통제 불능 상황에 빠질 수도 있으며, 시위대가 극장으로 난입하는 사태가 벌어질지도 모른다고 경고했다. 유브라지 싱이 압둘라에게 상기시켰다. "당신은 칼과 창을 들고 있습니다. 시위대가 이 안으로 들어오면 어떻게 해야 하느냐고요? 연극 따위는 잊어버리십시오. 소도구를 내던지고 뛰세요." 그는 2막은 보지 못하고 가야겠다며 사과했다. "아시겠지만, 상황이 그렇습니다. 누구라도 자기 의무를 잠시 내려놓을 수밖에 없습니다." 그는 모호하게 설명했다.

텅 빈 극장의 공허한 진공 속에서 압둘라 노만은 극단의 불만투성이 젊은이들이 마치 전에는 아무도 그들에게 알려준 바 없는 비밀을 갑자기 깨닫기라도 한 듯 젊은 열정을 다 바쳐 공연하는 모습을 보았다. 시위대의 북소리가 그들 주변에서 메아리쳤고, 시위대의 구호 소리가 어두운 운명을 울부짖는 코러스처럼 들려왔다. 점점 불어나는 관중의 위협이 전하(電荷)처럼 텅 빈 객석 주위에서 바지직거렸다. 그래도 파치감 반드는 춤을 추고, 노래하고, 광대 연기를 하고, 옛 시절의 인내와 희망에 관해 이야기하며 공연을 계속했다. 어느 시점에선가 압둘라 노만은 그들의 목소리, 그들의 악기 소리가 들리지 않는 환상에 사로잡혔다. 그들이 대사를 목청껏 외치고 노래를 부르고 오랫동안 불러일으키지 못했던 열정으로 음악을 연주하는데도 극장에는 완전한 침묵뿐이고, 여기저기 흩어져 앉은 몇몇 관객도 말없이 무언극을 보고 있는 것만 같았다. 그럴 동안 거리의 소음은 이미 극에 달해 시시각각 커져 갔다. 그때 두번째 무리의 소음이 첫번째 위로 겹쳤다. 군용 수송기, 지프차와 탱크, 보조를 맞춰 진군하는 군홧발 소리, 장전한 총을 겨누고 마침내 발포하는 소리, 자동화기뿐 아니라 소총 소리까지. 구호 소리는 비명으로 바뀌었고, 북소리는 천둥소리로, 행진하던 소리는 우르르 도망치는 소리로 바뀌었다. 공연장이 흔들리기 시작할 무렵 자인울아비딘 왕의 이야기는 조용히 행복한 결말에 이르렀다. 배우들은 손을 맞잡고 인사했고, 유일하게 남은 관객인 사르다르 하르반스 싱은 있는 힘껏 열렬히 박수갈채를 보냈다. 그러나 그의 박수 치는 손은 아무런 소리도 내지 못했다.

한동안 집에 돌아갈 수가 없었다. 시위대 마흔 명이 죽었다. 거리 상황이 너무나 어지러웠다. 노상 바리케이드와 군대와 무장 차량이 도처에 깔렸고, 대중교통은 제 기능을 잃었다. 파치감 반드는 극장 안에 꼭꼭 숨어 기다렸다. 사르다르 하르반스 싱은 그들과 함께 머물지 않았다. "난 내 침대에서 자겠네. 그러지 않으면 아내가 의심할 테니. 게다가 정원도 돌봐야 해." 하르반스의 벽을 둘러친 정원 주택은 도시의 비밀스러운 불가사의 중 하나였다. 어떤 이들은 그 정원 주택이 파리마할*에서 나온 '파리'의 마법에 걸려 있어, 그 마법이 정원을 보호해주고 그곳에 사는 사람들이 해를 입지 않게 해준다고 믿었다. 그러나 하르반스에게 요정의 도움은 필요치 않은 것 같았다. 그는 온 도시가 아수라장인데도 걸어서 오래된 거처로 돌아갔다. 하르반스는 두려움을 모르는 늙은 여우였다. 그는 도시의 모든 샛길과 뒷골목을 샅샅이 알고 있어서, 매일 아츠칸**과 바지를 입고 은빛 턱수염과 콧수염을 잘 다듬어 포마드를 바른 말쑥한 모습으로 일행의 식량과 필수품을 가지고 무사히 돌아왔다. 가끔은 그의 아들이 동행하기도 했으나, 분명히 말해주지 않은 유브라지의 '의무들' 때문에 혼자 오는 때가 더 많았다. 알고 보니 그 의무들은 사업장과 창고를 약탈꾼과 화염병을 던지는 자들로부터 보호하기 위해 개인 보안 병력을 고용하고 관리하는 일이었다. 사르다르 하르반스 싱은 서글프게 고개를 저으며 압둘라에게 말했다. "내 아들놈은 높은 이상과 고귀한 신념을 지닌 아이라네. 하지만 때가 이러니 우리 상품을 다른 건달들로부터 지키기 위해 고용한 불량배와 깡패, 돈을 노리는 건달을 다뤄야 하게 됐지 뭔가. 행여나 그놈들이 되레 제 버릇 못 버리

---

* 수피교 스승 물라 샤가 만든 정원이자 기념비로 스리나가르에 있다. 요정의 집이라는 뜻.

** 깃이 높고 길이가 긴 인도의 남성용 웃옷.

고 더러운 짓을 할지 모르니 매처럼 감시해야 한단 말일세. 그 불쌍한 녀석은 눈붙일 새도 없지만, 불평 한마디 하는 법이 없어. 그 애도 어쩔 도리가 없지. 우리가 다 그렇듯이 말이야." 사르다르 하르반스 싱은 은제 머리 장식이 달리고 속에 칼이 든 호두나무 지팡이를 들고 자신에게 닥칠지 모를 위험에 코웃음 치며 기운차게 불안한 거리를 활보했다. "나는 노인일세. 가만 놔둬도 시간이 알아서 제 할 일을 잘할 텐데, 누가 굳이 수고스럽게 나를 해치려 들겠나?" 압둘라는 미심쩍게 고개를 저었다. "열 길 물속은 알아도 한 길 사람 속은 모르는 법입니다." 하르반스는 변명하듯 어깨를 으쓱했다. "질문을 받기 전까지는 삶의 문제에 대한 답을 절대 알 수 없다네."

소동이 있은 지 닷새가 지나서야 파치감으로 가는 버스 편이 다시 운행되었다. 압둘라 노만이 집 앞에 도착하자 피르다우스는 감정을 억제하지 못하고 기쁨의 눈물을 쏟았다. 압둘라는 문간에 무릎을 꿇고 아내에게 용서를 구했다. "당신이 아직도 나를 사랑하고 있다면, 닥쳐올 폭풍에 맞설 용기를 찾을 수 있게 제발 도와주오." 그녀는 남편을 일으켜 세우고 입을 맞추었다. "당신은 내가 지금껏 봐온 사람 가운데 단 하나뿐인 훌륭한 남자예요. 당신 옆에 자랑스럽게 버티고 서서 죽음이든 악마든 인도군이든, 어떤 어려움이 닥쳐와도 물리치고 말 거예요."

봄부르 얌바르잘은 한때 용감한 일을 해냈다. 민중을 선동하는 철의 물라 마울라나 불불 파크를 시르말 모스크 문 앞에서 제압한 것이었다. 그러나 노년에 들어서서 다시 한번 삶이 어려운 질문을 던져오자, 사랑하는 아내의 안전에 대한 두려움으로 그만 판단을 그르치고 말았다. 그는 더이상 배가 불룩한 옛날의 바스타 와자가 아니었다. 세월 탓에 야위고, 손은 마비되고, 기미가 잔뜩 끼고, 눈에는 백내장이 왔다. 여든 살까지 살아서 동터오는 새벽을 볼 수 있을까 생각하며 떨고 있을 때면 야위고 볼품없는 몰골이 말이 아니었다. 이렇게 약해진 봄부르는 LeP가 시르말에는 좀더 호의적인 듯하니, 사람들이 과격파의 포스터에 맞서지 않고 타협하는 자세를 보여주면 '수상한 짓'을 저지를 확률도 줄어들 거라는 의견을 냈다. "그들이 제안한 것 가운데 적어도 한 가지는 따라줘야 해요, 하루드. 그러지 않으면 우리는 말이 통하지 않는 강경파로 비칠 거요."

나이가 들었어도 전혀 약해지지 않고, 붉은색을 뜻하는 별명 '하루드'에 걸맞게 머리를 여전히 헤나 염료로 염색한 튼튼한 체격의 부인 하시나 얌바르잘은 그날 저녁의 시청을 위해 텔레비전을 준비하던 중이었다. "그래서 어쩌라고요?" 그녀는 타협의 기미라고는 전혀 없는 목소리로 말했다. "나는 부르카에 대한 내 의견을 말했어요. 만약 당신이 여자들을 마음대로 나다니지 못하게 할 셈이라면, 치러야 할 대가가 만만치 않을 거예요." 시르말의 와자는 아내의 주장을 받아들였다. "그렇다면 LeP의 간섭에 응해주고, 지역 상황이 심상치 않다는 것도 좀 고려하고, 선택할 수 있는 대안을 좀 따져보고, 당분간만, 분위기가 험악하니 상황이 나아질 때까지만, 우리도 좋고 저쪽도 좋은 쪽으로, 어디까지나 순수하게 예방 차원에서, 다른 나쁜 뜻은 전혀 없고 그저 모든 것을 다 고려해보자는 뜻에서, 정말 내키지는 않지만 무거운 마음으로, 사람들이 실망할 것은 충분히 알지만 빨리 좋은 날이 오기를 진심으로 바라면서 기회가 오기만 하면 결정을 뒤집기로 하고, 이렇게 하면 어떻겠소." 그는 마지막 말을 차마 큰 소리로 할 수가 없어서 여기에서 말을 끊었다. 하시나 얌바르잘이 사려 깊게 고개를 끄덕였다. "물론 파치감의 판디트 집안 몇은 그 조치를 못마땅하게 여길 거예요. 하지만 시르말 사람들이야 화내지 않겠지요." 그녀가 말했다.

이제는 텔레비전 천막에서 무슬림만 시청할 수 있다는 소식이 파치감에 전해지자, 피르다우스는 분을 참지 못하고 압둘라에게 말했다. "내가 이런 소리를 해도 뭐라 하지 말아요. 들리는 말로는 하시나가 아주 실리에 밝은 여자라더니, 내 보기에는 그게 아니네요. 그 여자는 자기 돈벌이에 도움만 된다면 악마하고도 잘 거예요. 얼간이 봄부르의 혼을 쏙 빼놓았으니, 그는 자기가 좋은 묘안을 냈다고 생각할걸요."

이틀 밤이 지난 뒤, 얌바르잘의 천막을 가득 메운 무슬림들은 전설 속의 왕자 예멘 하팀 타이의 모험을 그린 판타지물을 보고 있었다. 왕자는 악마 다잘이 낸 불가사의한 수수께끼를 푸는 모험을 하던 중, 새해 축하 잔치를 벌이던 코파토파 땅에 들어가게 된다. 드라마에 취한 사람들은 신이 나서 벌떡 일어나 서로 인사를 하며 코파토파 말로 "새해 복 많이 받으세요"라는 뜻인 "틴지 민지 툭 툭"을 주고받기 시작했다. "틴지 민지 툭 툭! 틴지 민지 툭 툭!" 사람들은 서로 새해 인사를 나누는 데 정신이 팔려 누군가 천막에 불을 놓은 것도 미처 알아차리지 못했다.

다행히 불길에 타 죽은 사람은 없었다. 비명을 지르고, 공포에 질려 서로 떠밀고, 짓밟고, 분노를 터뜨리고, 혼비백산해 내달리고, 겁에 질려 바닥을 기며 눈물을 쏟는 등 한마디로 불타는 천막 안에 갇혔다는 사실을 알게 되면 언제 어디서고 관찰될 법한 난리가 다 벌어지고 난 다음, 모두 천막을 탈출했다. 상태는 제각각이었다. 화상을 입은 사람도 있고 멀쩡한 사람도 있고, 연기를 들이마신 탓에 색색대며 가쁜 숨을 몰아쉬는 사람도 있고 운이 좋아 괜찮은 사람도 있고, 타박상을 입은 사람도 있고 입지 않은 사람도 있고, 밝은 빛을 내며 활활 타는 천막에서 좀 떨어져 땅바닥에 드러누운 사람도 있고 물을 길러 간 사람도 있었다. 천막을 통째로 집어삼킨 불길은 더욱 거세게 타오르며 먹잇감을 다 태워버리기 전에는 꺼질 성싶지 않았지만, 최소한 다른 집까지 퍼지는 것만은 막아야 했다.

그리하여 하팀 타이가 손길 하나로 악마의 눈은 물론이고 죽음 자체까지 물리칠 수 있는 불사의 공주 나자레바두르를 만나는 장면은 다들 놓치고 말았다. 나자레바두르가 하팀 왕자에게 입을 맞추려 하자, 그가 용감하게도 다른 사람을 "목숨보다 더" 사랑한다고 말하며 그녀의 접근을 물리친 바로 그 순간 얌바르잘네 텔레비전이 굉음과 함께 폭발했던 것이다. 집안의 가장 큰 돈줄이 사라졌지만, 한편으로는 공동체의 불화를 낳은 주요한 원인도 사라졌다.

다음 날 아침 게그루 삼형제 아우랑제브, 알라우딘, 아불칼람이 총을 메고 탄띠를 두른 채 조그만 산당나귀를 타고 시르말로 돌아왔다. 화창한 봄날이었다. 아침 이슬이 작은 목조 건물에 얹힌 썩은 금속 지붕에서 반짝이고, 문 앞마다 꽃들이 꽃눈을 틔웠다. 얌바르잘의 천막과 오락 수단을 삼켜버린 화재 현장이라는 걸 보여주는 시커멓게 탄 자국이 눈부시게 아름다운 날씨와 대조를 이루어 더욱 추악하게 두드러져 보였다. 게그루 형제는 아직도 연기가 피어오르는 장소에 발을 멈추고 허공에다 권총을 쏘았다. 집에서 나온 마을 사람들은 나이는 더 들었지만 여전히 수염도 안 깎은 꼴로 킬킬대는 과거에서 돌아온 세 허깨비를 보았다. 그들의 옛 집은 여전히 문이 굳게 잠긴 채 유령의 집처럼 텅 비어 있었지만, 형제들은 개의치 않는 것 같았다. 그들은 자기들의 현재 주인인 LeP를 대신해 인사를 전하러 들른 것이었다. "너희가 한 짓이지?" 하시나 얌바르잘이 따지자 그들은 킬킬거렸다. 아우랑제브 게그루가 가느다란 목청을 한껏 높여 고함쳤다. "LeP가 불을 놓았다면, 그 천막 안에 있던 놈들은 지금쯤 한 놈도 빼놓지 않고 저승에 있을 거다." 사실일 수도 있고 아닐 수도 있었다. 사람들이 변을 당하고도 누구한테, 왜 당했는지 끝까지 모르는 시절이 되어가고 있었다.

알라우딘 게그루가 하시나 얌바르잘 앞으로 말을 몰고 가더니,

말에서 내려 그녀의 얼굴에 대고 날카롭게 고함을 쳤다. "말은 듣어먹지도 않는 머저리 같은 년이 부끄러운 줄 모르고 가리지도 않은 낯짝을 잘났다고 내 앞에 디밀고 있네. 라슈카르 님이 아직도 네놈들을 작살내지 않은 것이 다 우리 덕인 줄도 몰라? 우리가 지금까지 라슈카르 님의 신성한 분노에서 우리 마을을 지켜준 것도 모르냐고? 무식한 것들한테 누가 너희의 진짜 친구인지 좀 가르쳐주지그래?" 그러나 뒤집어 설명하자면 LeP가 시르말처럼 멀리 떨어진 곳까지 위험을 무릅쓰고 사람을 보낸 것은 게그루 형제의 복수심 때문이었다. 그러나 지금은 그런 것을 따질 때가 아니었다.

아불칼람 게그루가 썩은 이를 드러내고 과장되게 으르렁대며 형제의 장광설을 마무리했다. 자기 힘을 보여주기 위해서라면 상대를 죽일 수도 있는 유형의 약자 중에서도 제일 질 나쁜 부류임을 드러내주는 말투였다. "네놈들은 위대하신 마울라나 불불 파크 님을 쫓아냈을 만큼 얼간이다. 가장 단순한 이슬람 예절조차 좋게 말로 하면 지키지 않는 주제에, 그러고도 무사할 줄 아는 멍청이다. 우리를 한 푼 값어치도 없는 목숨, 쓰레기 취급한 얼간이다. 모스크 안에서 굶어 죽어도 싼 쓸모없는 게그루 형제로 대했지. 잔인한 힌두교도로부터 목숨을 구하도록 도와주지도 않았고. 그 게그루 형제 덕에 오늘날까지 목숨을 부지한 주제에. 어떻게 이토록 어리석은 자들이 있을 수 있담? 네놈들이 죽은 개처럼 내던져버리려 했던 이 쓸모없는 죽은 게그루 형제조차 네놈들 천막에 불지른 놈들이 바로 네놈들이 천막에서 쫓아냈던 힌두교 형제자매라는 것쯤은 알겠구먼. 네놈들이 그토록 감싸고돌았던 자들 말이다. 우리한테 한 짓은 아랑곳도 않으면서 그놈들한테 한 짓을 생각하면 기분이 나쁘겠지. 네놈들은 네놈들의 판디트 친구라는 불을 지른 힌두교도 놈들이 여기 길바닥에 바싹 태운 시크 케밥 같은 꼴로 널브러진 네놈들 꼬락서니를 보면서 좋아하는 것도 모르지."

"그의 말이 옳아." 갑자기 하심 카림이 말하자 그의 어머니가 화들짝 놀랐다.

"그 말이 맞을지도 몰라." 동생 하팀도 맞장구쳤다. "빅 맨 미스리는 텔레비전 구경을 좋아했잖아. 복수하는 일이라면 항상 앞장섰지."

⁂

목수는 봄이면 카슈미르에서 늘 일거리를 구할 수 있었다. 계곡의 목조 건물과 울타리를 수리해야 했기 때문에, 빅 맨 미스리는 파치감 전체를 덮친 불황에도 타격을 받지 않은 몇 안 되는 파치감 주민 가운데 한 명이었다. 그는 작은 모터스쿠터를 타고 연장 부대를 등에 멘 채 시골길을 따라 여행했다. 무스카둔 강 굽이를 돌아 고향 마을이 시야에서 사라지는 지점의 외진 작은 관목숲을 지날 때면, 가끔 스쿠터를 세우고 연장 부대를 내려놓은 뒤 나무 사이에 숨어서 춤을 추었다.

빅 맨은 항상 파치감 반드가 자기 춤 솜씨를 지나치게 혹평한다고, 자기는 누구 못지않게 높이 뛰어올라 공중에서 빙글 돌 수 있다고 생각했다. 압둘라 노만은 그에게 친절하지만 단호하게 세상

456

이 아직 점프하는 거인을 받아들일 준비가 안 되었다고 말해주었
고, 그래서 빅 맨 미스리는 관객 앞에 설 희망은 없어도 미련을 버
리지 못하고 남몰래 홀로 춤 연습을 했다. 결코 보지 못할 관객의
환희에 찬 얼굴을 상상하며 눈을 꼭 감을 때도 있었다. 그의 생애
마지막 날에도 그는 군화를 신고 도약을 하며 회전하던 중, 건성
으로 치는 박수소리를 들었다. 눈을 떠보니, 중무장한 게그루 삼
형제가 산당나귀 등에 올라 그를 에워싸고 있었다. 그는 최후의
순간이 왔음을 직감했다. 양쪽 부츠에 칼을 한 자루씩 숨겨두었으
므로, 그는 무릎을 꿇고 최대한 불쌍하고 겁에 질린 목소리로 살
려달라고 빌었다. 형제들은 그의 예상대로 신이 나서 어쩔 줄 몰
라했다. 춤꾼이 아니라 배우를 지망할 걸 그랬군. 그는 잠깐 생각
했다. 그와 동시에 게그루 형제가 박장대소하느라 잠시 희생자에
게서 정신을 판 순간을 놓치지 않고 칼을 꺼내 그들에게 던졌다.
아불칼람 게그루는 목에 칼을 맞았고, 알라우딘 게그루는 왼쪽 눈
에 맞았다. 그들은 어떻게 해보지도 못하고 말에서 떨어졌다. 아
우랑제브 게그루는 형제들에게 닥친 참사에 혼비백산해 미처 반
격할 채비도 못 하고 돌진해온 목수에게 붙잡혔다. 비밀 춤꾼 빅
맨 미스리는 아우랑제브 게그루를 향해 손을 뻗으며 그의 생애에
다시없을 엄청난 도약을 했으나, 형제 중 유일하게 살아남은 맏이
가 간신히 제때 정신을 차리고 솟구쳐 오른 빅 맨을 정조준하여
AK-47을 쏘았다. 빅 맨 미스리는 거의 숨이 끊어지는 찰나에 아
우랑제브를 덮쳤다. 아우랑제브가 당나귀에서 뒤로 떨어지는 순
간 약해빠진 목이 부러지고 말았다.

바로 그날 밤 빅 맨 미스리의 시체가 마치 같이 죽기로 약속한 연인 사이나 되는 듯 아우랑제브 게그루를 덮고, 옆에는 다른 두 게그루 형제의 시체가 놓인 채 발견된 뒤, 준 미스리는 켈마르그 초원으로 올라가 가지를 쫙 뻗은 커다란 치나르 나무에 목을 맸다. 상록수 가운데 유일하게 이 고도에서 뿌리를 내리고 살아남은 나무였다. 부니 노만이 그녀를 발견했다. 부니는 사랑하는 친구가 보낸 이 웅변적인 최후 메시지의 의미를 즉각 이해했다. 이제 공포가 그들의 목전까지 치달았고, 더이상 부정할 수 없었다.

하미르데브 수리아반스 카치와하 장군은 쉰아홉번째 생일을 앞두고서, 결혼하지 못한 이유가 삼십 년 가까이 카슈미르가 자신의 아내였기 때문이라는 사실을 깨달았다. 반평생이 넘는 세월을 이 배은망덕하고 성질 못된 산악 지방과 부부로 지내온 것이다. 불충을 명예의 상징으로 알고, 불복종을 삶의 방식으로 삼은 지역이었다. 냉담한 결혼 생활이었다. 이제 사태가 정점으로 치닫고 있었다. 그는 이 아내와 영원히 끝장을 내고 싶었다. 이 말괄량이를 길들이고 싶었다. 그런 다음 이혼하고 싶었다.

폭동 진압을 위한 전투를 앞두고, 하미르데브 수리아반스 카치와하 장군은 고귀함이라고는 찾아볼 수 없는 싸움이 될 거라 예상했다. 진짜 군인은 고귀한 전쟁을 원하고, 가능한 한 이런 고귀함을 추구한다. 이번 싸움은 더러운 시궁쥐를 상대하는 더러운 맨주

먹 싸움이었다. 군인 정신을 자극할 만한 요소는 전혀 없었다. 더러운 싸움은 카치와하 장군의 방식이 아니었지만, 테러리스트를 상대할 때 옷에 흙을 묻히지 않으려 했다가는 처참한 패배를 면치 못한다. 글러브를 벗는 것은 그의 방식이 아니었지만, 글러브도 때와 장소를 가려가며 껴야 했고, 카슈미르는 권투 경기장이 아니었다. 퀸즈베리 규칙 따위는 적용되지 않았다. 이것이 그가 정치 수뇌부에 전한 의견이었다. 그는 글러브를 벗도록 허락해준다면, 그의 부하들이 계집애처럼 소심하게 집적대보는 게 아니라 어떤 수단을 동원해서라도 비열한 무리를 짓밟도록 허락해준다면, 이 난장판을 깨끗이 정리하고 반란이 눈초리에서 피눈물을 줄줄 흘릴 때까지 불알을 짓뭉갤 수 있노라고 말했다.

　오랫동안 정치 수뇌부는 망설여왔다. 너무 오랫동안 한입으로 승낙과 거부의 답을 동시에 해왔다. 그러나 이제는 드디어 행동을 취하기로 했다. 정치 수뇌부의 성격이 바뀌었던 것이다. 지식인층과 경제인층의 저명인사들도 이들의 신념을 지원했다. 이들은 고전 시대에 도입된 이슬람은 한결같이 유해한 결과만을 낳은 문화적 재앙으로, 몇 세기나 늦었지만 이제라도 바로잡아야 한다고 주장했다. 지식인층의 유력 인물들은 힌두 대중의 억눌렸던 문화적 에너지가 새로이 깨어나고 있다고 말했다. 경제계의 저명인사들은 이 반짝이는 새로운 불관용의 세계에 엄청난 투자를 했다. 정치 수뇌부는 이러한 격려에 적극 화답했다. 대통령법을 도입해 보안요원에게 무제한의 권한을 부여하고, 형사소송법을 개정해 군인을 포함한 모든 공무원에게 직무 선상에서 수행한 행위로는 기소되지 않도록 면책권을 주었다. 이러한 직무 수행의 정의는 광범위해서 사유재산 파괴, 고문, 강간과 살인까지 포함되었다.

카슈미르를 '소요 지역'으로 선포하기로 한 정치 수뇌부의 결정도 높은 평가를 받았다. 소요 지역에서는 수색영장이 필요 없고, 체포영장도 마찬가지이고, 용의자를 사살해도 상관없었다. 살아남은 용의자를 체포해 이 년간 감금할 수 있었고, 그 기간 동안은 그들을 고발할 필요도 없었고 재판 날짜를 정하지 않아도 되었다. 정치 수뇌부는 보다 위험한 용의자에 대해서는 더 가혹한 조치도 허락했다. 인도의 영토 보전에 도전하는 중범죄를 저질렀거나, 무장 병력이 보기에 그에 준하는 혼란을 일으키려 시도한 자는 오 년간 투옥할 수 있었다. 이런 용의자 심문은 굳게 닫힌 문 뒤에서 벌어졌고, 비밀 심문 중 강압으로 끌어낸 자백도 심문자가 자발적으로 이루어진 심문이라고 믿을 만한 이유만 있다면 증거로 채택할 수 있었다. 용의자가 두들겨 맞거나, 거꾸로 매달리거나, 전기 고문을 당하거나, 손발이 짓이겨지고 나서 한 자백도 자발적인 자백으로 간주되었다. 유죄 추정이 허위임을 입증하는 것도 용의자의 몫이었다. 입증하지 못하면 사형이 구형될 수 있었다.

어둠 속에서 카치와하 장군은 부드러운 계란 모양의 만족감을 느꼈다. 지난 시절에 그가 마지못해 옆으로 밀쳐두었던, 카슈미르 무슬림 주민은 비열하고 불온한 본성을 타고났다는 자신의 옛 이론이 드디어 때를 맞았다. 정치 수뇌부가 전갈을 보냈다. 카슈미르의 무슬림은 죄다 반군으로 간주해야 한다. 총탄만이 유일한 해결책이다. 반군을 다 쓸어낼 때까지 계곡은 정상으로 돌아갈 수 없을 것이다. 카치와하 장군의 얼굴에 미소가 퍼져나갔다. 기꺼이 따를 수 있는 명령이었다.

그는 엘라스티크나가르에서 스리나가르의 바다미 바그에 있는 군단 본부로 옮겼다. 그곳은 향긋한 아몬드 정원이 아니라 이름에 어울리지 않게 벌거벗은 권력의 중심이었다. 카치와하 장군은 거대한 기지에 도착하자마자 엘라스티크나가르에 있는 그의 방과 똑같이 꾸미라는 명령을 내리고, 곧 다시 한번 어둠 속, 거미줄의 중심에 앉았다. 그는 더이상 아무것도 직접 목격할 필요가 없었다. 그는 모든 것을 알았고 아무것도 잊지 않았다. 그는 어디에도 가지 않으면서 동시에 모든 곳에 있었다. 그는 어둠 속에 앉아 눈부신 빛에 잠긴 계곡의 모습을 구석구석까지 보았다. 기억이 부풀어오르면서 몸이 팽창하는 것을 느꼈다. 잊히지 않은 것들이 와글와글 떠드는 소리로 가득 찬 몸이 부풀어올랐다. 감각의 혼란은 훨씬 더 극한으로 치달았다. 이제 폭력을 생각하면 벨벳 같은 부드러움이 느껴졌다. 글러브를 벗고 필연성의 달콤한 향기를 맡았다. 총알이 음악처럼 살을 파고들었고, 몽둥이찜질 소리는 생의 리듬이었다. 또 여자를 범해 주민들을 타락시킨다는 성적인 차원의 문제도 고려할 필요가 있었다. 그런 차원에서는 모든 색이 밝고 좋은 맛이 났다. 그는 눈을 감고 고개를 돌렸다. 그래야지, 당연히 그래야만 해.

반란은 보기에도 딱할 지경이었다. 제가 제 목을 조르는 꼴이었다. 절반은 카슈미르인을 위한 카슈미르라는 동화 같은 옛이야기를 위해 싸우는 반면, 나머지 절반은 파키스탄을 원했다. 국제적인 이슬람 테러분자와 한편이 되겠다는 것이었다. 반란자들은 그가 구경하는 가운데 서로를 죽일 것이다. 그러나 그 역시 일을 서둘러 해치우기 위해 그들을 죽일 것이다. 그들이 무엇을 원하는지는 관심 없었다. 그냥 죽기만 하면 되었다. 어둠 속에서 기다리며 그는 임박한 일제 소탕의 철학과 방법론을 다듬었다. 일제 소탕의 철학은 적을 철저히 박살내라였다. 일제 소탕 방법은 전문용어로 말하면 봉쇄와 수색이었다. 야간 통행 금지령을 내리고 군인들이 집집마다 돌 것이다. 이 또한 속된 말로 다시 적을 철저히 박살내라는 것이었다. 마을마다, 읍내마다, 계곡 구석구석까지 그의 분노가 미칠 것이며, 글러브를 벗은 자, 그의 전사, 돌격대원, 그의 주먹이 찾아갈 것이다. 이 주민들이 그때에도, 인도군이 그들을 철저히 박살냈을 때에도 여전히 자신들의 반란에 애착을 가질 수 있을지 지켜볼 것이다.

그는 모든 것을 알았고 아무것도 잊지 않았다. 그는 보고서를 읽고 눈을 감은 뒤 눈앞에 떠올린 장면들의 세세한 부분에서 영양분을 뽑아내 맛있게 먹었다. Z마을에서는 일제 소탕 때 A라는 이름의 학교 교장이 붙잡혔다. 그는 반군으로 기소되었으나, 자기는 반군이 아니라 교장이라고 감히 거짓말을 하면서 이를 부인했다. 학생 중 반군이 누구인지 골라내라는 명령을 받자, 제 입으로 교장이라고 주장한 이자는 뻔뻔스럽게도 자기 학생들에 대해 아는 것이 없으며 하물며 반군에 대해서는 더더욱 모른다고 잡아뗐다. 그러나 정치 수뇌부가 단언했듯 카슈미르인은 전부 반군이었으므로 이 거짓말쟁이는 거짓말을 하는 것이고, 따라서 진실을 말하도록 좀 도와줘야 했다. 그들은 그를 때렸다. 그런 다음 그의 턱수염에 불을 붙였다. 눈과 성기, 혀에 전기를 흘렸다. 나중에 그는 한쪽 눈을 실명했다고 주장했지만, 이것도 틀림없는 거짓말이었다. 원래 그런 상태였던 것을 심문자 탓으로 돌리려는 수작이었다. 그는 자존심도 버리고 군인들에게 그만하라고 애걸했다. 그는 다시 학교 선생일 뿐이라고 거짓말을 반복해 군인들의 성질을 돋웠다. 군인들은 그를 도와주기 위해 더러운 물이 흐르고 깨진 유리가 떠다니는 작은 시내로 끌고 갔다. 거짓말쟁이는 시냇물에 처박힌 채 다섯 시간을 있었다. 군인들이 군홧발로 그의 몸을 짓밟고, 머리를 물속 바위에 들이박았다. 그는 심문을 피하려고 의식을 놓았다. 그가 깨어나자 군인들은 다시 혼을 내줬다. 결국 그를 내버려두는 편이 낫겠다고 결론을 내렸다. 그에게 다음번에는 살아남지 못할 거라고 경고했다. 그는 소리를 지르며 도망갔다. 맹세코 저는 반군이 아닙니다. 학교 선생이에요. 이자들은 도저히 구할 방법이 없다. 도대체 희망이 없다.

Y마을 일제 소탕에서는 B라는 중년 남자가 열여섯 살 먹은 아들 C와 함께 걸렸다. 용의 선상에 오른 테러리스트 쥐새끼의 둥지인 그의 집 문을 걸어찼다. 그에게 사태가 심각하다는 것을 보여주기 위해, 아버지의 코란을 마룻바닥에 내팽개치고 진흙투성이 군홧발로 짓밟았다. 무슬림을 위한 특별 대접 따위는 더이상 없을 것이다. 이 사실을 분명히 알아둬야 했다. 그의 딸은 뒷방으로 가 있으라는 명령을 받고, 창문으로 기어나가 도망쳤다. 유감스러운 일이지만 이것만 봐도 절대 놓칠 수 없는 쥐새끼 테러리스트 집안

이 분명했다. 열여섯 살 아들은 공식적으로 테러리스트로 기소되었다. 그는 뻔뻔스럽게도 이를 부인했다. 그는 다시 기소되었고, 이번에도 부인했다. 세번째도 마찬가지였다. 그는 학생이라고 했지만, 이러한 평계가 군인들의 감정에 불을 질렀다. 그는 밖으로 끌려나가 개머리판으로 두들겨 맞았다. 아버지 B가 말리려 하다 역시 혹독한 대우를 받았다. 테러리스트 젊은이 C가 의식을 잃자, 군인들은 그를 트럭 뒷칸에 싣고 의료 처치를 위해 데리고 갔다. 나중에 중년 남자 B는 아들이 옷이 벗겨지고 등에 총알이 박힌 채 도랑에 버려져 있었다고 주장했다. 군인들이 한 짓이 아니었다. 아마도 그는 치료를 받고 나서 집으로 돌아오다 경쟁 분파의 테러리스트와 마주쳐 변을 당했을 것이다.

설선과 통제선 근처 고지대에 있는 X마을은 인근에서 반군이 자주 국경선을 넘어왔기 때문에 주민들이 분명히 그들을 숨겨주고 쉴 곳과 먹을 것을 제공해주었으리라는 이유로 일제 소탕 대상이 되었다. 소위 철의 물라라는 마울라나 불불 파크가 그 지역에 있다는 보고서가 올라왔다. 전에 카치와하 장군은 그를 봐주는 실수를 한 적이 있었다. 관대하다는 약점을 떨쳐내지 못했던 옛 시절의 일이었다. 그 시절은 지나갔다. 악명 높은 사제와 그의 무법자 일당도 곧 이를 알게 될 것이다. X마을의 패거리들은 벌써 그 사실을 알았다. 사악한 젊은이 D는 더이상 보안군을 애먹이지 못할 것이며, 노망난 E(성별 남)와 F(성별 여)의 집은 벌로 파괴당했다. 여자 G, H, I에게는 한창 팔팔한 나이인 인도군의 분노가 무차별로 쏟아졌다. 그러나 임부 J의 자궁을 총검으로 쑤셨다는 애기는 근거 없는 추잡한 주장이었다. 순전히 지어낸 이야기였다. 임무 수행 중인 요원 가운데 총검을 갖고 다니는 이는 아무도 없었다. 기관총과 수류탄, 칼만 지녔다. 국가의 적들은 보호자인 군인을 근거 없이 비방하는 짓을 중단해야 할 것이다. 그런다고 보안군이 꼭 해야 할 일을 그만두지는 않을 테니까. 여성 주민에 대해 보호자들이 남자로서의 분노를 표출하는 것은 중요한 심리적 도구였다. 남자 주민들이 타고난 천성상 안 하고는 못 배기는 불온 행동을 하지 못하도록 기를 꺾는 도구. 그렇게 하면 보안군의 위험이 줄어들었다. 이것은 전략과 전술에 관계된 문제이며, 감정에 좌우되어 왈가왈부할 일이 아니었다.

이는 시작일 뿐이었다. 이제 상황은 더 빠르게 전개될 것이다. 그는 더이상 거북이 장군이 아니었다. 카슈미르의 망치였다.

미스리 부녀가 숨을 거둔 그 어두운 여름 동안, 판디트 피아렐랄 카울의 사과 과수원에 열린 과일은 쓴맛이 나서 먹을 수가 없었지만, 피르다우스 노만네 복숭아는 여느 때와 같이 즙이 풍부했다. 피아렐랄네 사프란 밭의 사프란은 시들시들했지만, 압둘라네 벌집의 꿀은 전에 없이 다디달았다. 이해하기 어려운 일이었다. 그러나 피아렐랄이 라디오에서 유명한 판디트 지도자 티카 랄 타플루가 저격당했다는 소식을 들은 순간 이것이 어떤 징조인지 분명해졌다. 그는 숲 속의 구자르족 오두막에서 딸에게 말했다. "우

상파괴주의자 시칸데르, 그러니까 시칸다르 부트시칸 시대에는
카슈미르의 힌두교도를 공격한 무슬림을 무력한 벽를 덮친 메뚜
기 떼로 묘사했다. 이제 곧 시작될 일에 비하면 시칸다르 시대는
외려 평화로웠던 때로 보이지 않을까 두렵구나." 그후 몇 주 동안
그의 예언이 사실로 드러나자, 그는 부니에게 이렇게 말했다. "내
가 지지해온 모든 것이 쓸모없게 되었으니 이제 죽을 때가 되었나
보다. 하지만 네 남편의 광기에서 네 생명을 지켜줘야 하니 계속
살아 있어야지. 우리 둘 다 더는 살아야 할 이유가 없을지라도 말
이다." 자마트이이슬라미 당의 과격파 당원들은 '판디트'를 대신
할 새로운 단어로 무크비르, 카피르를 만들어냈다. 첩자, 이교도
라는 뜻이었다. "그러니까 이제 우리는 제5열이라는 중상모략을
당하고 있단다." 피아렐랄이 탄식했다. "그 말은 습격당할 날이
머지않았다는 뜻이지."

　인도 법에 저항하는 무슬림 폭동이 일어난 뒤, 또다른 판디트가
탕마르그에서 살해당했다. 모든 판디트는 재산을 버리고 카슈미
르를 떠나라는 내용의 벽보가 스리나가르에서 파치감까지 이르는
길목에 나붙었다. 벽보를 보고 처음 반응한 힌두교도는 신이었다.
신들이 자취를 감추기 시작했다. 마하칼리의 유명한 검은 석상은
고향인 하리파르바트를 떠나 영원히 사라진 스무 신 가운데 하나
였다. 9세기부터 있어온 귀한 신도 아난트나그의 로크바반에서
도망가 다시는 모습을 보이지 않았다. 데완 사원의 시바 남근석도
기이하게 떠나버렸다. 그들이 사라지기 무섭게 폭격이 시작되었
으므로, 시의적절한 탈출이었다. 유명한 키르 바와니 성지 근처에

있는 한드와라의 시바파* 사원 단지는 불길에 다 타버렸다. 피아렐랄은 부니 곁에 앉아 두 손으로 얼굴을 가렸다. "우리의 이야기는 다 끝났어. 이제 우리 삶에 대한 이야기는 더이상 없고, 겨드랑이에 가래톳이 자라 불결하고 악취 나는 죽음을 맞는 불운을 겪게 될 재앙의 세월에 대한 이야기뿐이다. 이제 우리는 이야기를 끌어가는 주인공이 아니라 주인공에게 당하는 상대역일 뿐이야." 며칠 후 아난트나그 지역에서 이렇다 할 이유도 없이 판디트들의 집과 상점, 사원, 판디트 가족을 공격하는 폭력이 일주일에 걸쳐 자행되었다. 많은 이들이 도망쳤다. 카슈미르에서 판디트의 대탈출이 시작된 것이다.

피르다우스 노만은 피아렐랄의 집에 찾아와 파치감의 무슬림은 힌두 형제들을 지켜줄 거라고 그를 안심시켰다. "현명하고 다정한 친구, 절대 두려워할 것 없어요. 우리는 우리 친구들을 돌봐줄 거예요. 빅 맨 미스리의 죽음과 준의 자살로 충분해요. 또다시 이런 일이 일어나도록 내버려두지 않을 거예요. 당신처럼 소중한 친구를 잃을 수는 없어요." 피아렐랄은 고개를 가로저었다. "이미 우리 손을 떠난 일이오. 우리의 운명에서 우리 본성이 어떤지는 더이상 중요한 요소가 아니오. 살인자들이 왔을 때, 우리가 잘 살았는지 잘못 살았는지가 중요하겠소? 우리가 어떤 선택을 한들 우리 운명이 달라지겠소? 그자들이 우리 중에서 친절하고 온화한 사람은 봐주고 이기적이고 불성실한 사람만 끌고 가겠소? 그렇게

생각하는 것 자체가 말이 안 되오. 대학살은 이것저것 까다롭게 따지지 않소. 나는 소중한 사람일지도 모르고 아무짝에도 쓸모없는 목숨일지도 모르지만, 이랬거나 저랬거나 중요하지 않다오." 그는 항상 라디오를 귀에 바짝 갖다대고 지냈다. 쓴맛이 나는 사과가 나무에서 떨어져 썩어갈 동안에도 피아렐랄은 집 안에 틀어박혀 가부좌를 틀고 머리 옆에 트랜지스터 라디오를 두고 BBC 방송을 들었다. 약탈, 강탈, 방화, 상해, 살인, 탈출. 이런 말들이 날마다 반복되었다. 세상의 다른 곳에서 수천 킬로미터를 날아와 카슈미르에서 새로운 집을 찾아낸 말들이었다.

"인종 청소."

"하나를 죽이면 열 명이 겁을 먹는다. 하나를 죽이면 열 명이 겁을 먹는다." 힌두 마을의 집, 사원, 동네 전체가 파괴되고 있었다. 피아렐랄은 기도하듯 재난이 덮친 장소의 지명을 되풀이했다. "트라크루, 우마나그리, 쿠프와라, 상람포라, 완다마, 나디마르그. 트라크루, 우마나그리, 쿠프와라, 상람포라, 완다마, 나디마르그. 트라크루, 우마나그리, 쿠프와라, 상람포라, 완다마, 나디마르그." 이 지명들을 기억해야 했다. 잊는다면 동네가 '완전히' 불타거나, 재산을 빼앗기거나, 상상하거나 묘사할 수 없을 만큼의 폭력에 시달리다 죽은 자들에게 죄를 짓는 것이다. 하나를 죽이면 열 명이 겁을 먹는다. 무슬림 군중이 일제히 외쳤다. 정말로 열 명이 겁을 먹었다. 열 명 정도가 아니었다. 카슈미르 판디트 인구의 거의 전부에 해당하는 삼십오만 명의 판디트가 고향을 떠나 남쪽의 난민수용소로 향했다. 그들은 그곳에서 땅에 떨어진 쓰디쓴 사과처럼 썩어가다 죽은 것도 산 것도 아닌 꼴이 될 것이다. 스리나가르의 이크발 공원과 하주리 바그에 있는 소위 방글라데시 시장에서는 사원과 집에서 약탈해온 물건들이 버젓이 거래되었다. 손님들은 힌두 카슈미르의 멋진 물건을 사들이면서 최신 인기곡인 메주르의 노래를 흥얼거렸다. "인도를 위해 내 목숨과 영혼을 내놓겠어요, 하지만 제 마음은 파키스탄의 것이에요."

카슈미르에는 인도군 육십만 명이 있었음에도 판디트 대학살을 막지 못했다, 어째서인가. 삼십오만 명이 난민이 되어 잠무에 도착했으나 몇 달 동안이나 정부는 수용 시설이나 구조 물자를 제공하기는커녕 그들의 이름도 기록해두지 않았다, 어째서인가. 정부가 드디어 수용소를 지었을 때에도 육천 가구만 그 나라에 남도록 허락하고 나머지는 보이지 않는 무력한 존재가 되어 나라 안을 떠돌게 했다, 어째서인가. 푸르쿠, 무티, 미슈리왈라, 나그로타의 수용소들은 강둑과 건기의 수로인 눌라 바닥에 지어져 물이 불어나면 물에 잠겼다, 어째서인가. 정부 장관들은 인종 청소에 대한 연설을 했지만 시 공무원들은 판디트들은 스스로 고향을 떠난 국내 이민자일 뿐이라고 적었다, 어째서인가. 피난민에게 제공된 천막은 대부분 검수를 거치지 않아 물이 샜고 장맛비가 들이쳤다, 어째서인가. 천막 대신 ORT라고 불리는 방 한 개짜리 주택이 지어졌지만 비가 마구 새기는 마찬가지였다, 어째서인가. 많은 수용소에서 화장실이 삼백 명당 한 개였다 어째서인가 진료소에는 기본적인 구급약도 부족했다 어째서인가 수천 명의 난민이 식량과 수용 시설 부족으로 죽어갔다 어째서인가 심한 무더위와 습기 때문에 뱀에게 물려 위장병으로 뎅기열로 스트레스성 당뇨로 신장병으로 결핵으로 신경증으로 오천 명이 죽었다 정부는 단 한 차례도 건강 조사를 실시하지 않았다 어째서인가 카슈미르 판디트들은 누추한 난민촌에서 썩어갔다, 군대와 반란이 피 흘리고 망가진 계곡을 놓고 싸움을 벌일 동안 돌아가는 꿈을 꾸었다, 돌아가는 꿈을 꾸며 죽어갔다, 돌아가는 꿈을 꾸며 죽을 수도 없도록 돌아가는 꿈이 죽은 후 죽어갔다, 어째서인가 어째서인가 어째서인가 어째서인가 어째서인가.

　그녀는 그가 어디 있는지 알았다. 그는 북쪽 통제선에서 철의 물라와 함께 있었다. 그는 엘리트 '철의 특공대'의 일원이었다. 그녀는 그가 무엇을 하는지 알았다. 그는 사람을 죽이고 있었다. 시간을 죽이고 있었다. 그녀를 죽일 수 있게 될 때까지 보내야 할 시간을 견디기 위해, 죽여야 할 사람을 찾아내는 족족 죽이고 있었다. 그녀는 그들의 죽음이 자기 탓이라고 생각했다. 와서 끝장을 내줘, 그녀는 그를 불렀다. 오렴. 너를 얽매고 있는 굴레에서 풀어줄게. 우리 아버지와 사르판치에게 한 약속 따위는 잊어버려. 아버지가 옳아. 더는 우리 중 누구도 살아야 할 이유가 없어. 와서 네가 해야 할 일, 너에게 깊은 고통을 안겨주는 곳에서 해야 할 일을 해. 나에게는 너와 우리 아버지, 아버지의 사랑과 너의 증오 외에는 아무것도 없어. 아버지의 사랑은 이제 망가졌고 사랑할 수 있는 능력도 잃었어. 아버지의 세계상은 무너졌어. 세계상이 없는 사람은 머리

가 약간 이상해지는 법인데, 바로 우리 아버지가 그래. 아버지는 아버지의 사과가 너무 써서 먹을 수 없다는 이유로 세상의 종말이 다가오고 있다고 말씀하셔. 지진으로 땅이 흔들린다고 하시고, 사르판치의 아내가 하던 뱀 이야기를 믿기 시작하셨어. 뱀이 인간이 하는 짓에 구역질이 나서 깨어났다고 믿으셔. 깨어난 뱀이 우리를 전부 죽일 것이고, 계곡은 평화로워질 거래. 뱀의 평화지. 인간의 능력으로는 만들어낼 수 없는 평화. 땅이 피로 흠뻑 젖어 무너져서 집 한 채도 남지 않을 거래. 산들이 우리 주위로 온통 치솟고, 하늘을 찌를 듯 자꾸만 높이 밀고 올라가서 계곡은 사라질 거래. 우리는 이런 아름다움을 누릴 자격이 없대. 우리는 아름다움의 수호자였는데 우리 할 일을 하지 못했어. 우리는 우리일 뿐이고, 해야 할 일을 하는 거야. 나는 자존심도 버렸고 그저 살아 있기에 숨을 쉴 뿐이야. 내가 숨쉬기나 살기를 멈춘다 해도 아버지를 제외하고는 어떠한 변화도 없겠지. 결국은 아버지도 잠시뿐이겠지만. 오고 싶으면 와. 나는 기다리고 있어. 이제는 아무래도 좋아.

그가 말했다. 내가 하는 일은 모두 너와 너의 아버지를 위한 준비야. 내가 날리는 타격은 모두 너 아니면 네 아버지를 향한 거야. 여기에서 우리를 이끄는 이들은 신을 위해 아니면 파키스탄을 위해 싸우지만, 나는 그 일이 내 일이 되었기 때문에 살인을 해. 나는 죽음이 되었어.

오래 기다리게 하지 않을게.

상황은 군 병력이 유리하게 이용할 수 있는 새로운 양상을 띠기

시작했다. 하미르데브 수리아반스 카치와하 장군은 눈을 감고 그림들을 흘려보냈다. 이미 군대가 나라 전역의 변절한 반군과 접촉했고, 비합법적인 조치가 필요할 때는 이 변절자들을 이용해 다른 반군을 죽일 수 있었다. 처형이 끝난 뒤 변절한 반군은 군복을 입고 이 사람 저 사람 소유인 이 집 저 집으로 시체를 옮겨다놓고 시체의 손에 총을 쥐여준 뒤 지시받은 대로 배치해놓을 것이다. 그런 다음 변절자들은 자리를 떠나 군 병력이 집들을 공격해 산산이 날려버리고 죽은 반군을 대중에게 보여주기 위해 다시 한번 죽일 동안 군복을 벗었다. 집주인과 가족이 거부할 경우에는 위험한 반군을 숨겨줬다는 죄를 뒤집어쓸 수 있었으며, 그 결과는 무시무시했다. 이를 잘 아는 집주인들은 감히 불평할 엄두를 내지 못했다.

이런 계획에는 우아함과 아름다움이 있었다. 카치와하 장군은 변절한 반군을 이용해 여행자나 인권운동가 같은 다른 범주의 인간들을 물리치면 어떨지 스스로와 논쟁했다. 군에서는 이런 작전을 수행한 적이 없다고 부인할 수 있다는 점이야말로 큰 이점이었다. 가능성을 조사해볼 만했다.

JKLF 약골들과의 전투에서는 곧 승리를 거둘 것이다. 카치와하 장군은 근본주의자, 지하드 전사, 히즈브를 경멸했지만, 세속적 민족주의자는 더욱 경멸했다. 세속적 민족주의라니 대체 어떻게 생겨먹은 신인가? 사람들이 그따위 것 때문에 그리 오랫동안 목숨을 바치지는 않을 것이다. 벌써 일제 소탕이 효과를 내고 있었다. 곧 JKLF 파벌 중 선두 그룹 둘이 평화를 간청하고 나올 것이

다. HAJY 분파의 야신 말리크도 굴복할 것이고, 아마눌라 칸도 버
티지 못할 것이다. 비공식 루트가 마련되고 협상이 진행될 것이다.
이 달이든 다음 달이든, 올해든 내년이든. 그건 아무래도 상관없
다. 기다릴 수 있다. 반군의 약점을 단단히 틀어쥐고 뜻대로 휘두
를 수 있다. 소식이 만년설을 날리며 산맥 너머에서 날아와 그의
귓가에 파닥이며 내려앉았다. 파키스탄 정보국도 JKLF에 대해 그
와 같은 생각을 했다. 정보국이 JKLF에 대주던 자금도 줄어들었
고, 히즈브는 대신 현금을 받았다. 히즈브는 강했다. 아마도 만 배
는 강할 것이다. 그도 그 점은 인정할 수 있었다. 그들을 경멸하는
동시에 존경할 수 있었다. 어렵지 않았다.

집단 간의 경쟁도 그의 손에 좌지우지되었다. 벌써 JKLF 지역
사령관이 히즈브에게 살해되었다. JKLF를 일단 처리하고 나면,
지하드 전사들은 서로에게 등을 돌릴 것이다. 그렇게 되도록 그가
손을 쓸 것이다. 이쪽은 라슈카르, 저쪽은 하르카트로. 모두 제대
로 되도록 조치를 해둘 것이다. 마울라나 불불 파크의 겁에 질린
'철의 특공대'도 있다. 곧 그 개자식들을 목표로 겨눌 것이다.

아니스 노만은 보이지 않는 사령관 다르가 산맥을 넘어 떠난 뒤
JKLF 반군 집단의 지도자가 되었다. 그의 영웅은 쿠바의 체 게바
라와 니카라과의 FSLN*이었다. 그는 라틴 게릴라 같은 풍모로 꾸
미기를 좋아했다. 작전에 나갈 때는 베레모를 쓰고 서구인을 흉내

내어 전투에 지친 기색을 띠었으며 검은 군화를 신었고, 유명한 산디니스타 전사의 이름을 따서 제로 사령관으로 불러주길 바랐다. 그러나 그가 바라는 것만큼 그를 경외하지는 않는 부하들은 그를 베이비 체라고 불렀다. 반란이 시작된 이후 지뢰 매설 기술로 군대 호송 차량을 상대로 제법 대단한 전과를 올리면서 베이비 체의 명성도 높아졌다. 그들에 대한 소식은 바다미 바그에 있는 카치와하 장군의 귀에까지 흘러 들어갔다. 베이비 체의 정체는 불분명했지만, 한동안 군 당국은 어렴풋이 낌새는 채고 있었다. 그러나 불온한 관계를 제대로 파헤칠 수 있도록 파치감에 일제 소탕을 실시하자는 제안에 대해서는 시 당국이 몇 차례 거부 의사를 표명했다. 군이 카슈미르 민속예술인 연극과 전통 요리를 공격했다가는 신문 머리기사를 장식할 만한 파장이 일어날 것이 틀림없었다. 사르다르 하르반스 싱은 은퇴한 뒤에도 파치감의 옛 친구들과 사르판치를 지켜주었다. 고령의 압둘라 노만도 손은 굽었지만 늘 그래왔듯 마을을 보호해달라고 요구할 수 있었다.

그러나 일거리가 없었다. 돈이 없었다. 노만 집안은 복숭아와 꿀을 마을 주민에게 공짜로 나눠주었다. 파치감은 비옥한 밭과 가축 떼가 있어서 그나마 운이 좋은 편이었지만, 곧 엄청난 시련이 닥쳐오리라는 것은 불 보듯 뻔했다. 위기가 계속된다면, 기근이 나라 전체를 휩쓸지도 몰랐다. 피르다우스 노만이 남편에게 말했

<hr>

* Frente Sandinista de Liberación National, 산디니스타 민족해방전선. 니카라과의 혁명 단체로 사십육 년간 지속된 독재를 종식시키고 정권을 잡았다.

다. "기근이 닥친다면 겪어내야지요. 난 벌써 꿀이랑 복숭아에 질렸다고요. 차라리 굶는 편이 낫겠어요." 아들 하미드와 마무드도 동의했다. 하미드가 명랑하게 말했다. "어찌 되든 굶주림이 닥칠 때까지 목숨이 붙어 있지 않을지도 모르죠." 마무드가 고개를 끄덕였다. "운이 좋기도 하지! 죽을 방법은 얼마든지 고를 수 있다니까요."

피르다우스 노만은 어느 날 밤 코를 골며 잠든 남편 옆에서 자다 다른 남자의 손이 입을 막는 바람에 깨어났다. 몇 해나 보지 못했던 베레모를 쓴 털북숭이 아들을 알아본 그녀는 흐느끼기 시작했다. 아들이 어머니의 입에서 손을 떼려 하자, 그녀는 손을 움켜쥐고 마구 입을 맞추었다. "아버지는 잠깐 깨우지 말렴." 그녀는 압둘라를 건너다보며 아니스에게 말했다. "잠시 너하고만 있고 싶구나. 그 머리 꼴은 대체 뭐냐? 아버지를 뵙기 전에 산에서 내려온 산사나이 같은 꼴을 좀 정리하고 아버지 아들답게 차리는 게 좋겠다." 그녀는 아들을 부엌으로 데려가 의자에 앉히고 머리를 잘라주었다. 아니스는 뿌리치지 않았고, 너무 오래 머물면 위험하다는 말도 하지 않았고, 어머니에게 서두르라고 재촉하거나 형제들과 아버지를 깨우라고 하지도 않았다. 그저 눈을 감은 채 나무 의자에 앉아 어머니에게 몸을 기대고 검은 머리카락이 떨어지는 동안 자기 몸에 맞닿은 어머니의 몸이 천천히 움직이는 것을 느낄 따름이었다. "어머니, 기억하세요? 제가 파치감에서 제일 슬픈 광대였을 때, 사람들은 제가 무대에서 내려가면 정말로 기분이 좋아졌잖아요?" 그녀는 입술 사이로 말도 안 된다는 뜻의 소리를 냈

다. "넌 내 자식 중에서 가장 생각이 깊은 아이였어." 어머니가 자
랑스럽게 말했다. "네가 생각에 너무 깊이 빠져서 완전히 사라져
버리는 건 아닐까 늘 걱정이었단다. 하지만 이제 보렴. 이렇게 돌
아왔잖니."

집안 남자들이 깨어나자, 부엌에서 전쟁을 놓고 이야기가 오갔
다. "빅 맨 미스리가 죽기 전에 우리를 위해 그 쓰레기 같은 게그
루 형제를 이 세상에서 치워준 덕분에, 이제 LeP가 시르말보다 파
치감을 더 주시하고 있을 거야." 아니스가 조용히 말했다. "상황
이 좋지 않아. 게그루 형제가 죽었는데도 미친 LeP는 이 지역에
군인 사오십 명을 두었어. 이제 기회만 오면 분명 공격해올 거라
고." 피르다우스 노만은 고개를 가로저었다. "이슬람이 어떻게 여
자의 얼굴을 적으로 삼을 수가 있담?" 그녀가 분개했다. 아니스가
어머니의 손을 잡았다. "그 바보 천치들한테는 전부 다 성적인 것
으로만 보이거든요, 어머니, 용서하세요. 그들은 여자의 머리카락
에서 빛이 뿜어져나와 남자가 성적 일탈을 저지르도록 부추긴다
는 것이 과학적 사실이라고 생각해요. 여자가 맨다리를 맞비비면,
바닥까지 닿는 장옷을 입었어도 넓적다리를 맞비비면서 생긴 성
적 열기가 여자의 눈에서 남자의 눈으로 전해져 불경스러운 자극
을 준다고 믿어요." 피르다우스는 두 손 들었다는 표시로 양손을
쫙 벌렸다. "그러니까 그놈들 말대로라면, 남자는 짐승이니까 여
자가 대가를 치러야 한다는 거예요. 뻔한 얘기죠 뭐. 다른 얘기 좀
할게요." 아니스는 웃음기 없이 엄숙하게 고개를 끄덕였다. "제가
여기 온 이유가 바로 그거예요. 저희 조직은 필요하다면 파치감과

시르말을 지켜주기로 결정했어요. 걱정하지 마세요. 우리 조직은 백 명쯤 되고, 우리를 도와줄 친구들도 있어요. 하지만 다들 준비하셔야 해요. 집집마다 무기를 숨겨두세요. 그렇다고 그들이 왔을 때 처음부터 싸우려 들면 안 돼요. 인내심을 갖고 그들이 어떤 모욕을 가하더라도 견뎌야 해요. 우리가 싸움을 시작하면, 그놈들을 찍소리 못 하게 조져놓도록 도와줄 사람은 여러분밖에 없어요. 죄송해요, 어머니, 군인 말버릇이에요." 피르다우스가 부드럽게 탁자를 탁 쳤다. "애야, 내가 나서는 걸 봐야 네가 진짜 조진다는 게 뭔지 알게 될 게다."

LeP는 삼 주 후 백주 대낮에 아무런 제지도 받지 않고 말을 타고 파치감에 왔다. 검은 터번을 두른 열다섯 살짜리 살인광 대장은 모두 거리로 나오라고 명령했다. 그는 파치감 여자들은 창피한 줄도 모르고 이슬람에서 이르는 대로 얼굴을 가리지 않으니, 옷을 홀딱 벗고 만천하에 창녀라는 것을 알려줘야 한다고 선언했다. 마을 사람들이 웅성대기 시작했지만, 피르다우스 노만은 앞으로 나와 피란을 집어던지고 옷을 훌훌 벗었다. 그녀의 행동을 본 다른 부인네들과 여자아이들도 옷을 벗기 시작했다. 침묵만이 흘렀다. LeP 전사들은 눈을 감은 채 느릿느릿 유혹적인 몸짓으로 춤추듯 옷을 벗는 여자들한테서 눈을 떼지 못했다. "신이여, 도와주소서." LeP의 외국인 전사 하나가 말 위에서 몸부림치며 아랍어로 신음을 토했다. "이 푸른 눈의 마녀들이 제 영혼을 훔쳐가고 있나이다." 열다섯 살짜리 살인광이 피르다우스 노만에게 AK-47 소총을 겨눴다. 그는 적의에 차 말했다. "내가 지금 네년을 죽인다 해도, 이슬람권의 어떤 남자도 내 행동이 잘못되었다 말하지 못할 거다." 그 순간, 그의 이마에 조그만 붉은 구멍이 뚫리고 뒷머리가 날아갔다. 베이비 체 집단은 지뢰는 물론이고 저격 솜씨로도 명성을 쌓아가고 있었다.

파치감을 둘러싼 전투는 오래가지 않았다. 아니스의 부하들은 적재적소에 자리 잡고 있었고, 맹렬히 싸웠다. LeP 전사들은 포위당했고 수적으로도 열세였으므로, 곧 모두 살해당했다. 피르다우스 노만과 여자들은 옷을 도로 입었다. 피르다우스가 열다섯 살짜리 LeP 사령관의 시체를 보며 서글프게 말했다. "이제 여자가 위험한 줄 알았겠지, 애야. 남자가 되어 여자의 사랑이 어떤 건지 알 기회도 누려보지 못하다니 정말 안됐구나."

LeP 과격파 집단을 해치웠어도 마을 주민 중 일부는 마음을 놓지 못했다. 늙은 춤선생 하비브 주는 몇 해 전 자기 침대에서 평화로이 세상을 떴지만, 이제 이십대가 된 그의 장성한 아들딸은 아직도 마을에 살고 있었다. 아버지의 춤에 대한 열정을 고스란히 물려받은 진중하고 조용한 젊은이들이었다. 장남 아메드 주가 압둘라 노만에게 동생 술라이만과 누이 라지아와 함께 판디트 피난민을 따라 남쪽으로 가기로 결정했노라고 알렸다. "아니스가 우리를 지켜준댔자 얼마나 가겠어요? 무슬림이 언제 다시 마을에 들이닥칠지 모르는데, 우리 같은 유대인이 남아 있으면 좋지 않을

것 같아요." 압둘라는 주의 아이들이 아버지를 닮아 재능 있는 춤꾼이고, 파치감 밴드에 미래가 있을 것 같지 않지만 어쨌든 파치감 밴드의 미래라는 것을 알고 있었다. 그러나 그들을 잡으려 하지는 않았다. 다음 날 샤르가네 딸들도 떠나기로 결정하면서 마을 춤패는 더 빈약해졌다. 히말과 곤와티는 판디트 집안들이 습격당했다는 소문에 겁을 먹고, 훌륭한 바리톤 가수인 아버지를 졸라 같이 떠나기로 했다. 시브샹카르 샤르가는 이렇게 말했다. "지금은 노래를 부를 때가 아니야. 어쨌거나 내가 노래 부르던 시절은 갔구먼."

슬픈 얘기지만, 도망치기로 결정한 주네 가족과 샤르가네 가족은 목숨을 건지지 못했다. 사람을 가득 태우고 남쪽으로 향하던 버스가 바니할 통행로 부근 산자락에서 사고를 당했다. 보안군이든 반군이든 누가 앞을 막아설까봐 겁이 나 최대한 빨리 달리던 운전사는 끼익 브레이크 소리를 내며 굽은 길모퉁이를 돌다가, 위생 시설이 망가진 탓에 계곡 여기저기 널린 큼지막한 쓰레기 더미 가운데 하나가 길을 막고 있는 것을 발견했다. 운전사는 미친 듯이 이를 피하려 했으나, 버스는 길가 도랑에 옆으로 처박히고 말았다. 운전사와 승객 대다수가 중상을 입었고, 노인 승객 중 하나였던 유명한 가수 시브샹카르 샤르가는 죽었다.

사고가 난 버스는 뒤집힌 채 한참을 기다렸다. 공기 중에 석유 연기가 진동했다. 비명을 지르거나 울부짖을 기력이 남은 이들은 다들 그렇게 했다. (히말은 비명을 지르고, 곤와티는 흐느꼈다.) 목소리를 내기 힘든 사람들은 신음 소리를 내는 데 그쳤다. (주 남매들이 여기 속했다.) 아예 아무 소리도 낼 수 없는 사람들(예를 들면 숨을 거둔 바리톤 가수)도 있었다. 마침내 응급 의료진이 나타나 부상당한 승객들을 인근 의료 시설로 옮겼다. 응급실은 불결했다. 병상은 거의 없었고 마룻바닥에 깔린 매트리스는 더러운 데다 너덜너덜 찢어져 있었다. 승객들은 침대 위, 매트리스 위, 마룻바닥 위, 병실 밖의 복도에까지 누웠다. 한 명뿐인 의사는 듬성듬성한 콧수염을 기른 녹초가 된 젊은이로, 무표정한 얼굴로 사고 희생자들에게 말했다. 희생자들은 의사가 말하는 도중에도 계속해서 비명을 지르고(히말), 흐느끼고(곤와티), 신음했다(아메드, 술라이만, 라지아 주). "번거롭지만 제 의무를 다하기 위해 진행에 앞서 여러분에게 사과 말씀과 함께 꼭 알아두셔야 할 사항을 전해드리겠습니다. 정말 내키지 않지만 최근에는 절대 빼놓을 수 없는 관례가 되었으니까요. 먼저 인력 부족에 대해 진심으로 사과드립니다. 많은 판디트 직원이 병원을 떠났고, 정책상 충원도 가능하지 않습니다. 구급차 운전사도 상당수가 보안군에게 끌려가 심한 꼴을 당해 더는 일하러 나오지 않습니다. 두번째로 장비 부족에 대해 사과드리겠습니다. 천식약은 구할 수가 없습니다. 당뇨병 치료제도 없습니다. 산소 탱크도 없습니다. 전력 평균 분배법 때문에 어떤 의약품은 냉장 보관을 하지 못해 상태가 의심스럽습니다. 하지만 대체품도 구할 수가 없습니다. 덧붙여 X선 기계, 살균 장비, 혈액 분석 장비도 작동하지 않는다는 점, 사과드립니다. 또한 에이즈 검사를 하지 않은 혈액이 공급되는 데에도 사과드립니다. 마지막으로 이 병원에 수막염이 유행 중이지만 이를 차단할 방법이 없다는 점도 사과드리겠습니다. 여러분이 알아서 조심하시는 수밖에 없습니다. 지금까지 말씀드린 것처럼 유감스러운 상황이므로, 이 시설에서 여러분의 소망이 받아들여질 수 있을지 여부를 알아서 판단하시어 치료가 진행되거나 혹은 중단될 수 있도록 해주시면 고맙겠습니다. 신사 숙녀 여러분, 여러분이 저희를 믿어주신다면, 반드시 최선을 다하겠습니다."

아아! 파치감의 다섯 무용수 중 한 명도 살아남지 못했다. 미처 발견하지 못한 내출혈로(히말), 치료를 받지 못한 탓에 부러진 다리가 괴저에 걸려서(곤와티), 상한 주사약 때문에 무시무시하고 치명적인 발작을 일으켜(아메드와 라지아 주), 술라이만 주의 경우에는 바로 옆 병상에서 죽은 일곱 살짜리 소녀한테 옮은 급성 바이러스성 천식으로 죽었다. 시신을 수습해줄 친척도 가까이에 없고 다섯 무용수를 고향으로 돌려보내줄 기관도 없어서, 그들 중 셋은 유대인이었지만 시의 화장터에서 화장되었다.

그들의 운명은 타고난 성격과는 전혀 무관했다.

1991년 초 눈이 녹기 전, 판디트 피아렐랄 카울은 자신의 생명이 한 번에 조금씩 고통 없이, 소리 없이 퐁퐁 자기 몸을 떠나는 것을 느꼈다. 그는 생각했다. 흠, 뭐 괜찮아. 이제 나 자신 말고는 가르칠 사람도 없고, 나한테조차 더는 전해줄 지식이 없으니. 그는 죽기 전의 나날을 주로 작은 서재에서 낡은 책을 벗 삼아 홀로 지내며 보냈다. 그의 진짜 보물인 이 책들 또한 그가 세상을 뜨면 사라질 것이다. 그는 책장에 꽂힌 귀한 책들의 닳은 책등을 손가락으로 훑다가 영국 낭만주의 시인의 책을 뽑아들었다. 이제야 내 숨결 거두기에, 고통 없이 한밤중에 이 숨을 거두기에, 어느 때보다도 화려한 순간을 찾아낸 듯하다.* 아! 가련한 키츠. 그는 시공을 건너뛰어 위대한 시인의 이름을 영탄조로 불렀다. 새파란 젊은이나 죽음이 아름다움에 어울리는 응답이라고 상상할 수 있는 법이지. 카슈미르에 있는 우리도 시인의 노래를 들어본 적이 있지. 그가 우리 모두의 죽음을 증명해줄 수 있을지도 몰라.

그는 눈을 감고 그의 카슈미르를 그려보았다. 수정 같은 호수 시슈나그, 울라르, 나긴, 달을 떠올렸다. 그곳의 나무들, 호두나무, 포플러 나무, 치나르, 사과나무, 복숭아나무를 떠올렸다. 거대한 봉우리 낭가파르바트, 라카포시, 하르무크를 떠올렸다. 판디트들은 히말라야 산맥을 산스크리트어로 불렀지. 수면 위에 선을 그리는 작은 손가락 같은 배들과 환한 향기를 빛처럼 뿌리는, 너무 많아 일일이 열거하기도 힘든 꽃들을 눈앞에 그려보았다. 아름다운 황금빛 아이들, 아름다운 초록색, 파란색 눈의 여인들, 아름다운 파란색, 초록색 눈을 한 남자들을 보았다. 무슬림이 타크트에술라이만이라고 부르는 샹카라차리아 산 꼭대기에 서서 지상의 낙원을 노래한 유명한 옛 시편을 큰 소리로 읊었다. 바로 이곳이니라, 이곳이니라, 이곳이니라. 그의 발밑에 축제처럼 펼쳐진 상냥함과 시

---

* 존 키츠의 「나이팅게일에게 부치는 송시」 중 한 구절.

482

간과 사랑을 보았다. 자전거를 타고 계곡으로 나가봐야겠다고 생
각했다. 쓰러질 때까지 자전거를 타고 아름다움 속으로 달리고 또
달릴 것이다. 오! 우리 모두 사랑에 빠졌고 어디를 가나 빗물이 우리 손
을 적시던 평화의 시대여. 아니다, 카슈미르로 자전거를 타고 나가
지 않을 것이다. 흥진 얼굴, 길을 가로질러 놓인 불타는 석유통,
부서진 차들, 폭발 연기, 파괴된 집들, 다친 사람들, 탱크, 누구의
눈에나 깃든 분노와 공포를 보고 싶지 않았다. 다들 시체라도 집
으로 보내지도록 자기 집 주소를 호주머니에 넣고 다녔다.

그는 목이 터져라 외쳤다. "야 카슈미르! 하이 하이! 야 카슈미
르!"

다시는 하나뿐인 딸, 그가 추방시켜 부족에서 버림받은 여자로
만듦으로써 목숨을 구해준 딸을 보지 못할 것이다. 딸애처럼 기구
한 사연을 지닌 아이가 또 있을까. 딸애 속을 전부 알 수는 없었
다. 무슨 생각을 하는지 짐작도 가지 않았다. 딸애는 혼자만의 세
계에 빠져 죽음과 교감을 나누었다. 지금의 그가 그렇듯이. 부미
카울, 부니 노만. 이제 더는 딸을 지켜줄 수가 없다. 그는 딸에게
애정을 담은 작별 인사를 보내면서 한 줄기 바람이 딸애의 마법에
걸린 숲으로 불어가는 것을 느꼈다.

살아서 사과나무 꽃을 볼 수 있을까 궁금해하던 찰나, 자기 내
부에서 대답하듯 퐁 하고 뭔가 터지는 것을 느꼈다. 아, 이제 그리
머지않았구나. 가볍게 눈이 흩날리기 시작했다. 봄이 오기 전 마
지막 눈송이였다. 그는 결혼 예복을 차려입었다. 오래전 사랑하는
팜포시와 결혼할 때 입은 뒤로 얇은 종이에 잘 싸서 트렁크에 간

직해두었던 옷이다. 그는 새신랑이 되어 문밖으로 나갔다. 눈송이가 그의 회색빛 뺨을 애무했다. 그는 정신을 바짝 차렸다. 아직 걸을 수 있었고, 곤봉을 들고 그를 기다리는 사람도 없었다. 육체와 정신이 아직 온전하니 다행히 끔찍한 죽음은 면할 듯싶었다. 그나마 다행한 일이었다. 그는 말라죽은 사과나무 과수원으로 가서 나무 아래 가부좌를 틀고 앉아 눈을 감고 리그베다의 시편이 온 세상을 아름다움으로 채우는 소리를 들으며 한밤에 아무 고통 없이 숨을 거두었다.

아니스 노만은 시오트 남서쪽 마을에서 보안군과 교전을 벌이다 오른쪽 다리와 어깨에 총상을 입기는 했으나 산 채로 사로잡혔다. 그는 열다섯 살에서 열아홉 살 사이의 반군 스무 명과 함께 아두라는 사람의 식품점 위층에 은신해 있었다. 아두는 젊은이들이 식품점의 연유캔을 전부 먹어치워버리자 화가 나서 군대에 신고했으나, 군대가 수류탄을 던져 이층짜리 작은 목조 건물 전면을 몽땅 날려버리고 장갑차에서 기관총 수백 발을 쏴대는 바람에 수류탄 폭발에서 가까스로 건진 상품들까지 날아가버리자 자신의 결정을 후회했다. "네놈들이 욕심 부린 탓에 이 꼴이 됐잖느냐." 노인인 아두는 위층 방에서 끌려나가는 반군들의 시체에 대고 투덜댔다. 그는 다 들으라는 듯 이런 설명을 덧붙였다. "저놈들이 내 수입 상품을 다 마셔버렸다오. 외국에서 들여온 물건이었는데! 그러니 낸들 어쩌겠소?"

죽은 소년 중 몇은 LeP에 맞서 함께 파치감을 지켰던 이들이었다. 그들은 아니스 앞에 몸을 던져 수류탄과 총탄을 막아 그의 생명을 구했다. 하지만 시오트에서 죽도록 내버려두는 편이 나았을 것이다. 그랬더라면 바다미 바그의 비밀 고문실에서 최후를 맞지는 않았을 테니까. 그 고문실은 과거에도 현재에도 존재한 적이 없고 앞으로도 결코 존재하지 않을 곳, 아무리 목이 터져라 비명을 질러도 아무도 듣지 못하는 곳이었다.

고문실 벽에 누군가 검은 크레용으로 이런 말을 적어놓았다. 아니스가 마지막으로 읽게 될 글이었다.

불지 않고는 못 배긴다.

파치감 사르판치의 아들 아니스 노만이 체포된 뒤, 바다미 바그의 의사 결정권자들은 사르다르 하르반스 싱이 아니라 다른 어떤 동정심 많은 척하는 고위급 배후 조종자라도 더는 소위 전통극 배우와 요리사 마을의 반역자 무리를 보호해줄 수 없음을 알았다. 카치와하 장군이 직접 허가 서류에 서명했고, 일제 소탕팀이 즉시 출발했다. 오랫동안 인도군 사병이나 고위 장교는 모두 비호를 받아온 반드 마을을 눈엣가시처럼 여겨왔다. 그랬으므로 파치감 일제 소탕에 특히나 기뻐했고, 기다렸다는 듯 글러브를 벗어던졌다.

아니스 노만의 시체를 그의 어머니 집 앞에 갖다놓은 군인은 이름도 밝히지 않았고, 애도의 말도 하지 않았다. 그는 회색 담요로 둘둘 싼 피투성이 시체를 문 앞 계단에 내던지고 대문을 쾅 닫았다. 흰 머리채를 잡혀 질질 끌려나온 피르다우스는 죽은 아들의 시체 위로 넘어질 듯 휘청거렸다. 외마디 절규가 그녀의 입에서 터져나왔지만, 그 이후에는 아들의 시체를 보고서도 입을 굳게 다물고 침묵을 지켰다. 마침내 그녀가 일어서서 책임자의 눈을 똑바로 바라보았다. "애 손은 어디 있소?" 그녀가 물었다. 그렇게도 손재주가 좋아 나무를 깎아서 별별 모양을 다 만들곤 하던 아들의 손. "이 아이 손을 돌려주시오."

아니스의 아버지는 아들 옆에 당당한 태도로 무릎을 꿇고 앉아 굽은 손을 모아 쥐고 시를 암송하기 시작했다. 책임자는 아무런 감정도 내비치지 않았다. "네놈 손은 기도하는 법조차 모르는데, 어째서 네 마누라는 손 따위를 갖고 시끄럽게 구는 거냐?" 그가 압둘라에게 묻고는 신호를 보내자 두 군인이 사르판치의 손을 움켜잡아 바닥에 대고 눌렀다. 책임자가 말했다. "옜다, 여기 손. 더 하기 전에 지금 여기에서 한번 두 손을 쭉 뻗어보라구."

그 비명 소리는 무엇이었을까? 곡을 하는, 그저 울부짖는 소리였을까, 여자의 소리였을까, 남자의 소리였을까, 천사의 소리였을까, 아니면 신의 소리였을까? 어느 인간의 목소리가 저토록 절망에 찬 소리를 만들어낼 수 있을까?

지구가 있고 행성들이 있었다. 지구는 행성이 아니었다. 행성들은 포획자였다. 지구를 움켜쥐고 지구의 운명을 저희 뜻대로 좌지우지할 수 있었기 때문에 그렇게 불렀다. 지구는 포획자가 아니었다. 종복이었다. 잡히는 쪽이었다.

파치감은 지구, 잡히는 쪽, 무력한 쪽이었다. 강력하고 인정사정없는 행성은 허리를 굽히고 천체의 무자비한 촉수를 길게 뻗어 파치감을 움켜쥐었다.

누가 불을 놓았나? 누가 과수원을 불태웠나? 누가 평생 웃음을 잃지 않았던 그 형제를 쏘았나? 누가 사르판치를 죽였나? 누가 그의 손을 부러뜨렸나? 누가 그의 팔을 부러뜨렸나? 누가 그의 늙은 목을 꺾었나? 누가 그 남자들에게 수갑을 채웠나? 누가 그 남자들을 사라지게 했나? 누가 그 소년들을 쏘았나? 누가 그 집을 부쉈나? 누가 그 집을 부쉈나? 누가 그 집을 부쉈나? 누가 그 젊은이를 죽였나? 누가 그 할머니를 곤봉으로 내리쳤나? 누가 그 고모를 칼로 찔렀나? 누가 노인의 코를 부러뜨렸나? 누가 그 어린 소녀의 마음을 갈기갈기 찢어놓았나? 누가 그 연인을 죽였나? 누가 그의 약혼녀를 쏘았나? 누가 무대의상에 불을 질렀나? 누가 칼을 부러뜨렸나? 누가 서재를 불태웠나? 누가 사프란 밭을 불태웠나? 누가 가축을 도살했나? 누가 벌통을 불태웠나? 누가 논에 독을 풀었나? 누가 아이들을 죽였나? 누가 부모들을 매질했나? 누가 사팔뜨기 여인을 겁탈했나? 누가 뱀이 복수할 거라고 고래고래 악을 쓰는 백발의 사팔뜨기 여인을 겁탈했나? 누가 또다시 그 여인을 겁탈했나? 누가 다시 그 여인을 겁탈했나? 누가 그 여인을 다시 겁탈했나? 누가 그 죽은 여인을 겁탈했나? 누가 그 죽은 여인을 다시 겁탈했나?

파치감은 여전히 카슈미르의 공식 지도에서 아난트나그 도로 부근 스리나가르 정남쪽과 시르말 서쪽에 존재했다. 조사에나 쓸모가 있는 이러한 공식 기록에는 아직도 마을 인구가 삼백오십 명으로 나와 있고, 방문객을 위한 몇몇 안내서에는 반드 파테르니,

사라져가는 민속예술이니, 민속예술을 지키려는 헌신적인 극단의 숫자가 줄어들고 있느니 하는 간략한 언급이 나온다. 이러한 공식적인 존재, 서류상의 존재는 기념물일 뿐이다. 유쾌한 무스카둔 강가에 서 있던 파치감, 판디트의 집에서 사르판치의 집까지 좁은 거리가 이어지고 압둘라가 고함을 지르고 부니가 춤을 추고 시브 샹카르가 노래를 부르고 광대 샬리마르가 밧줄을 타던 파치감에 이제 사람이 살았던 흔적이라곤 전혀 남지 않았다. 그날 파치감에서 일어났던 일을 여기에 상세히 다 적을 필요도 없다. 만행은 만행이고 지나친 건 지나친 거고, 그게 전부다. 햇빛처럼 정면으로 마주 보면 눈이 멀기 때문에 비껴 봐야 하는 것들이 있다. 그러니까 다시 한번 말하자면, 더이상 파치감은 없다. 파치감은 파괴되었다. 알아서들 상상하시도록.

두번째 시도. 파치감 마을은 아직도 카슈미르 지도상에 존재한다. 하지만 그날부로 기억을 제외하고는 그 어디에도 존재하지 않게 되었다.

마지막으로 세번째 시도. 아름다운 파치감 마을은 아직도 존재한다.

하미르데브 카치와하 장군은 어둠 속에 쪼그리고 앉아 생각했다. 마울라나 불불 파크와 또다른 반군들이 이끄는 단체의 자살폭탄 공격 테러리스트 '피다이'의 활약이 날로 늘어나 새로운 골칫거리가 되고 있었다. 그러나 그것은 또한 첫째, 소위 철의 특공대 같은 순수 군사 활동 조직조차 충분한 위력을 발휘하지 못하며, 둘째, 결정적인 국면이 시작되었다는 증거이기도 했다. 세속적 민족주의를 내세우는 나약한 겁쟁이의 시대는 갔다. 달이 갈수록 그들은 점점 더 현실성이 없어 보였다. '카슈미르인을 위한 카슈미르'는 더이상 선택 가능한 대안이 아니었다. 웬만한 거물급이 아니고서는 계속 버틸 수 없었으므로, 테러 조직들은 누구의 대리인이 되느냐에 따라 인도인을 위한 카슈미르를 표방하거나 파키스탄인을 위한 카슈미르를 내세웠다. 상황은 분명해졌다. 뭐니뭐니 해도 상황을 분명하게 만드는 것이 군사행동의 보편적인 목표

였다. 카치와하 장군은 이 더 단순하고 더 명쾌해진 세상이 마음에 들었다. 그는 혼잣말을 했다. 이제 우리가 이기든 저놈들이 이기든 둘 중 하나야. 우리가 더 강하니까 당연히 이길 거야.

그는 자살 폭탄 공격이 성공적이었음을 인정하지 않을 수 없었다. 그는 모든 것을 기억해두었다. 작년 6월 13일, 반디포라의 국경 보안대 공격으로 경무관과 요원 네 명 사망. 8월 6일, 나트누스 병영에서 사관 한 명과 부사관 두 명 피살. 8월 7일, 트레감 병영에서 대령과 요원 세 명 사망. 9월 3일, 바다미 바그 군단 본부 외곽에서 대담무쌍한 공격으로 공보관 한 명을 포함한(입 밖에 내지는 않았지만 카치와하 장군의 사견으로 볼 때 이는 손실이라 할 수 없었다) 요원 열 명 사망. 그렇게 사소하지만 성가신 공격이 계속 이어졌다. 12월 2일, 바라물라 본부에서 JCO* 한 명 사망. 12월 13일, 시빌 라인**, 스리나가르에서 다섯 명. 12월 15일, 라피아바드, 부상자 다수, 사망자 없음. 1월 7일, 스리나가르, 기상센터 공격, 네 명 사망. 1월 10일, 스리나가르에서 차량 폭탄 테러. 2월 14일, 사람을 태우지 않은 조랑말이 IED(즉석 폭발 장치)를 싣고 우담푸르 구역 라프리 보안부대로 진입. 카치와하 장군도 그것을 보고는 머리 한번 잘 썼다고 감탄했다. 그러나 이런 전투로 인한 적들의 손실도 만만치 않았다. 적들은 상당한 타격을 입었다. 철의 특공대는 비판을 받았다. 새로운 전법이 필요했다. 그들은 큰

---

* Junior Commissioned Officer. 인도, 파키스탄, 방글라데시와 네팔 군대에서 볼 수 있는 계급. 대통령에게 직접 명령을 받아 임무를 수행하는 위관 장교.
** 북부 델리의 한 구역.

타격을 줄 수만 있다면 몇 명의 목숨을 잃는 것 정도는 받아들이기로 했다. 2월 19일 바다미 바그에 처음으로 피다이의 공격이 가해졌다. 두 명이 죽었다. 삼 주 후, 본부가 두번째 자살 폭탄 공격을 받아 군인 네 명이 죽었다.

피다이의 활동에 고무된 테러리스트들이 세를 모으고, 인도군이 밀리고 있다는 주장이 나왔다. 카치와하 장군을 교체하라는 목소리도 있었다. 피다이는 스리나가르의 경찰 통제실에 폭탄을 던졌다(여덟 명 사망). 피다이는 스리나가르의 와지르 바그 기지를 공격했다(네 명 사망). 피다이는 쿠프와라 지구의 라시포라 군 기지를 공격했다(여섯 명). 이와 함께, 피다이가 아닌 테러리스트들이 라주리 지구 모라차트루를 매복 기습했고(열다섯 명의 목숨을 빼앗음), 우담푸르의 고리쿤드에서는 순찰대가 매복 기습을 당했으며(다섯 명), 쿠프와라의 샤랄 기지가 공격당했고(다섯), 푼치 경찰서도 공격당했다(일곱). IED가 한갈푸아(여덟)와 쿠니날라(다섯)에서 군용 버스에 장착되었다. 제법이었지, 카치와하 장군은 마지못해 인정했다. 목록은 끝이 없었다. 피다이는 한드와라를 두 차례 공격했다. 해마다 있는 아마르나트 성지 순례 행렬도 공격을 받아 순례자 아홉 명이 죽었다. 잠무의 라구나트 사원에서는 피다이 두 명의 공격으로 더 많은 힌두교도가 죽었다. 피다이는 푼치에서 버스정류장을 습격해 경감을 죽였다. 피다이 삼인조가 잠무 지역 아크누르의 탄다 로드에 있는 방티 마을 군부대를 습격했다. 준장을 포함해 여덟 명이 죽고, 참모총장 네 명이 다쳤다. 마지막으로 몇 가지 전과가 보고되었다. 악명 높은 베이비 체, 아니스 노만이 죽었다. 피다이의 푼치 보안부대 습격은 무위에 그쳤고, 외국 용병 둘이 살해되었다. 스리나가르의 마울라나아자드 가에 있는 수상 관저를 노린 피다이의 대담무쌍하고 극히 위험한 공격이 있었으나, 실패로 돌아갔다. 두 테러리스트는 죽었다. 흐름이 바뀌고 있었다. 정치 수뇌부도 틀림없이 이를 감지했을 것이다. 상황이 안정을 찾아가고 있다. 대략 백 명으로 추산되는 반군과 공모자가 매일같이 사살당하고 있다. 중요한 것은 성공하겠다는 의지이다. 오만 명의 목숨이 필요하다면, 기꺼이 오만 명의 목숨을 내놓을 것이다. 의지가 있는 한, 그리고 카치와하 장군이 그 의지의 화신으로 있는 한 전투에서 패하지 않을 것이다. 그러므로 전투는 지고 있지 않다. 이기는 중이다.

　파치감이 쑥대밭이 되었다는 소식은 순식간에 퍼졌다. 카슈미르의 망치가 이 마을을 본보기로 삼았고, 그의 무력 전략은 나름대로 큰 효과를 거두었다. 사람들은 전보다 더욱더 반군을 숨겨주는 걸 두려워하게 되었다. 마을 뒤 숲이 우거진 언덕에 숨어 간신히 탄압에서 살아남은 몇 안 되는 생존자인 노인, 아이, 농군과 양치기 들은 이웃마을 시르말로 향했다. 시르말 사람들은 먹고살기도 힘들고 세상은 어지러웠음에도 힘닿는 데까지 인정을 베풀었다. 파치감과 시르말 사이의 묵은 원한은 마치 있지도 않았던 것처럼 잊혔다. 봄부르 얌바르잘과 그의 처 하루드라 불리는 하시나는 피난민

을 당분간 먹여주고 재워주겠노라고 약속했다. 폐허가 된 파치감에서는 아직도 연기가 피어올랐다. 하루드 암바르잘은 비탄에 젖고 두려움에 질린 파치감 주민들에게 말했다. "우선 진정 좀 합시다. 그런 다음에 여러분 집을 다시 짓는 문제를 생각해보자고요." 그녀는 최대한 덤덤한 목소리로 사람들을 안심시키려 했지만, 속으로는 잔뜩 겁에 질려 있었다. 그녀는 남의 눈을 피해 집 안에서 두 아들의 뺨을 후려치고는 당장 반군 집단과의 관계를 끊지 않으면 자기가 나서서 아들들이 자고 있을 동안 코를 베어버리겠노라고 협박했다. 그러고는 쏘아붙였다. "파치감에서 벌어진 일이 이마을에도 일어나도록 내가 내버려둘 거라고 생각한다면, 이것들아, 네 엄마를 몰라도 한참 모르는 거다. 나는 너희를 분별 있고 현실적인 아이로 키웠어. 이제 너희가 어린 시절의 빚을 갚을 때다. 시키는 대로 해." 그녀는 만만치 않은 여자였다. 비밀 전기공인 아들들은 알겠다고 우물우물 대답하고는 슬금슬금 나가서 담배를 피우며 귀에서 웅웅대는 소리가 가라앉기를 기다렸다. 그즈음 카슈미르의 마을에는 젊은 남자가 부족했다. 스리나가르에서는 젊은 남자들이 지하로 숨었다. 그 편이 마을에 있는 것보다 안전했다. 지하에서 몰래 반군에 가담하거나, 지하에서 군의 대(對) 게릴라전 제5열에 들어가거나, 지하에서 통제선을 넘어 파키스탄 정보국의 지하드에 들어가거나, 그도 아니면 그냥 지하에서 무덤에 들어가거나 했다. 하시나 암바르잘은 엄청난 기로 자식들을 꽉 붙잡고 놓지 않았다. 자기 눈에 띄는 곳, 즉 지상에, 집에 두고자 했다.

파치감이 소탕당한 지 이레가 지난 뒤, 하시나 암바르잘이 두려위하던 일이 일어났다. 마울라나 불불 파크가 지프차 세 대 중 맨 앞차에 타고 광대 샬리마르와 말을 탄 공포의 철의 특공대 대원을 스무 명도 넘게 이끌고 시르말에 들이닥친 것이다. 곧 얌바르잘네 집은 무장한 남자들에게 둘러싸였다. 철의 물라가 부관 몇을 데리고 안으로 들어왔다. 그중 한 명은 죽은 파치감 사르판치의 아들 중에서 유일하게 살아남은 자였다. 늘 제 잘난 맛에 취해 사느라고 남들은 눈여겨보지 않는 봄부르 얌바르잘조차도 광대 샬리마르의 변화를 알아차렸다. 그날 밤 느지막이 잠자리에서 아내에게 그 이야기를 꺼냈다. "그렇게 심한 비극을 겪었으니, 당신이 분위기 잘못 짚고 무시하는 눈으로 쳐다보기라도 했다가는 목을 따버릴 것 같은 인상으로 변했어도 놀랄 일은 아니지. 어, 하루드." 그는 밖에서 누군가 들을까봐 나지막이 속삭였다. 하시나 얌바르잘이 천천히 고개를 저었다. "비극은 새로운 상처예요. 당신도 그 상처의 고통을 볼 수 있어요. 확실해요." 그녀도 남편처럼 목소리를 낮춰 대답했다. "하지만 나도 그의 눈에서 당신이 말한 것을 봤어요. 내 말은, 그애는 이미 오래전부터 암살자의 얼굴이 되었다니까요. 가족의 죽음에 충격을 받은 얼굴이 아니라, 살인에 이골이 난 표정이라고요. 그애가 어디서 지냈기에, 아니면 무엇이 되었기에 그런 얼굴을 하고 돌아왔는지 누가 알겠어요."

불불 파크는 거두절미하고 말했다. "가족을 잃은 우리 형제가 부모님의 무덤을 찾아뵈어야겠소. 그러니 오늘밤 짐승과 사람을 먹이고 재우는 데 여러분의 도움이 필요하오." 봄부르 얌바르잘은 철의 물라가 여러 해 전 자기가 그에게 덤볐던 날을 잊지 않았을 거라고 믿었기 때문에, 부들부들 떨면서 감히 입을 열 엄두를 내지 못했다. 그래서 하시나가 나섰다. "저희가 할 수 있는 일은 하겠습니다요. 하지만 벌써 파치감에서 온 갈 곳 없는 이들을 먹여주고 재워주고 있어서 쉽지가 않겠네요." 그러나 버려진 게그루네 집을 전사들이 쓰도록 내주겠노라 제안했고, 철의 물라는 이를 받아들였다. 불불 파크는 폐허가 된 먼지투성이 집에 자리를 잡고 전사 중 절반은 파수를 보게 했다. 봄부르가 직접 그들에게 채소와 렌즈콩, 빵 등으로 간소한 식사를 대접했다. 다른 전사들은 후딱 먹어치우고는 망을 보러 시르말 주변의 어둠 속으로 흩어졌다.

광대 샬리마르는 당나귀를 한 마리 빌려 아무 말도 없이 홀로 파치감 쪽으로 갔다.

"불쌍한 놈." 봄부르 얌바르잘이 그의 뒷모습을 지켜보며 말했다. 아무도 대꾸하지 않았다. 하시나 얌바르잘은 좀 전부터 두 아들이 눈에 띄지 않는다는 것을 알아챘다. 철의 특공대 대원들이 마을로 들어오는 모습을 보자마자 어머니의 지시를 따른 것이다. 이제 할 일은 모두 집 안으로 들어가는 것이었다. "잠자리에 듭시다." 그녀는 봄부르에게 말했다. 그는 아내가 이런 독특한 목소리로 말할 때는 토 달지 않는 편이 좋다는 것을 알고 있었다.

한밤중에 하미르데브 카치와하 장군의 부대는 하시나 얌바르잘이 보낸 사자인 하심과 하팀 카림으로부터 상황을 보고받고(그들은 애국심이 투철하다고 크게 칭찬받은 뒤 즉시 대 게릴라전 의용대의 명예로운 자리에 들어갔다), 시르말에 대규모 공격을 감행했다. 카치와하 장군은 생각했다. '먼저 히즈브울무자헤딘이 JKLF

를 배신했다. 그리고 이제 사람들이 히즈브를 배신하기 시작했다. 상황이 꽤 만족스럽게 돌아가는군.' 시르말 주변 봉쇄가 어찌나 은밀하고 신속하게 이루어졌는지, 철의 특공대 대원 가운데 단 한 사람도 빠져나가지 못했다. 덫이 죄어오자, 숲 속의 불침번들은 게그루네 집 쪽으로 후퇴해 최후의 저항을 했다. 군 탱크가 우르 릉거리며 시르말로 들어왔지만, 바로 얼마 전 파치감에서 있었던 것과 같은 무차별 파괴는 없었다. 협조는 보상을 받았고, 하시나 얌바르잘은 감사 인사를 들었다. 쥐새끼들은 이미 깨끗이 덫에 걸 렸다. 짧지만 압도적인 수류탄 폭발과 포격이 끝나자 게그루네 집 은 더이상 존재하지 않았고, 그 안에 있던 사람들도 모두 살아남지 못했다. 철의 특공대 대원들의 시체가 밖으로 날라졌다. 마울라나 불불 파크의 옷 속에서는 인간의 몸 대신 상당한 양의 해체된 기 계 부품이 다시 고칠 수 없을 만큼 산산조각 난 채 발견되었다.

하미르데브 수리아반스 카치와하 장군은 바다미 바그 본부의 어 둑한 방 침대에 누워 기분 좋게 잠 속으로 빠져들었다. 그는 전화 벨 소리에 깨어나 최소한 스무 명의 철의 특공대 대원을 성공적으 로 궤멸했으며, 마울라나 불불 파크로 알려진 지하드 광신자인 그 들의 지도자도 죽은 것으로 보인다는 보고를 받았다. 카치와하 장 군은 수화기를 내려놓고 가만히 한숨을 내쉬며 눈을 감았다. 그의 앞에 조드푸르의 여인들이 나타나 팔을 벌려 그를 환영했다. 곧 그 의 길었던 북부와의 결혼 생활이 끝날 것이다. 곧 뜨거운 색채와 불같은 여인들의 땅으로 금의환향할 것이고, 예순 살인 그의 눈에 든 미인, 충분히 그럴 자격이 있는 미인 덕에 팔팔한 젊은이로 되돌아갈 것이다. 그녀는 유혹적인 몸짓으로 그를 향해 다가왔다. 뱀처럼 나긋나긋한 팔로 그의 어깨를 어루만지고, 뱀 같은 다리로 그의 다리를 휘감았다. 그의 몸 위로 미끄러지면서 뱀 같은 세번째 팔과 뱀 같은 네번째 다리로 그의 몸을 휘감고 끝이 갈라진 혀, 그녀의 팔다리 끝에 있는 수많은 혀로 그의 귀를 핥았다. 그녀는 여신처럼 수많은 팔다리를 가졌다. 저항할 수 없는 매력을 지닌 그녀가 그의 몸을 돌돌 감아 죄더니 마침내 온 힘을 다해 물었다.

다음 날 아침 바다미 바그에서 H. S. 카치와하 장군이 사고로 킹코브라에게 물려 죽었다는 발표가 있었다. 그는 예를 다하여 기지의 군인 묘지에 묻혔다. 사고에 관한 자세한 이야기는 공개되지 않았지만, 당국이 갖은 노력을 했음에도 오래지 않아 모두가 꿈틀대는 뱀 떼가 카슈미르 군부 권력의 가장 깊숙하고 은밀한 곳까지 침투했다는 것을 알게 되었다. 이야기가 돌고 돌면서 뱀의 숫자는 열두 마리, 오십 마리, 백한 마리까지 불어났다. 뱀이 모든 군대의 방어벽 밑을 뚫고 들어왔다는 얘기가 퍼져나갔고, 곧 모두가 이를 믿게 되었다. 상상을 뛰어넘는 맹독을 가진 거대한 뱀이 히말라야 산기슭의 은밀한 굴에서 땅 밑으로 긴 여행을 한 끝에 여기까지 왔다! 카치와하 장군의 시체가 말벌 떼에 습격당한 것처럼 독니에 무수히 물린 모습으로 발견되자, 사람들은 카슈미르에 저지른 죄악 때문에 복수를 당한 거라고 서로 수군거렸다. 그러나 파치감의 피르다우스 노만이 죽으면서 군대의 머리 위에 뱀의 저주가 내리라고 빌었던 일을 아는 사람은 거의 없었다. 따라서 퍼져나간 소문에 이 소름 끼치는 일화는 없었다.

그녀는 그가 오고 있다는 것을 알았고, 그가 가까이 왔음을 느낄 수 있었다. 그녀는 그의 도착을 준비했다. 마지막 남은 새끼 염소를 잡아 가죽을 벗기고 제일 좋은 약초를 골라 양념을 해서 식사를 준비했다. 켈마르그 초원을 흐르는 산의 시냇물에 목욕을 하고 머리를 꽃으로 땋았다. 그녀는 이제 마흔넷이었고, 손은 노동으로 거칠어졌고, 이가 두 개 부러졌지만 몸은 매끈했다. 그녀의 몸이 살아온 이력을 말해주었다. 제정신이 아니었던 시절의 비만은 자취를 감췄지만, 그 상처인 울퉁불퉁한 혈관과 늘어진 피부는 남았다. 그녀는 그가 하러 온 일을 하기 전에 자신의 이야기를 봐주기를, 벌거벗은 몸에 쓰인 책을 읽어주기를 바랐다.

그를 사랑한다는 것을 알아주기를 바랐다. 무스카둔 강가에서 보낸 시간을, 켈마르그에서 있었던 일을, 마을이 용감하게 자기들의 사랑을 지켜줬던 일을 떠올려주기를 바랐다. 그에게 자기 몸을 보여준다면, 그는 다른 남자의 손이 남긴 흔적, 그가 살인을 저지르지 않을 수 없게 만들 흔적뿐만 아니라 과거도 보게 될 것이다. 그가 그 모든 것을, 자신의 추락을, 그리고 그 추락에서 살아남았음을 봐주기를 바랐다. 그녀가 보낸 유배의 세월이 그녀의 몸에 쓰여 있었다. 그는 그들의 이야기를 알아야만 한다. 그녀의 몸이 전하는 이야기의 마지막에서 그녀가 여전히, 아니 다시, 아니 여전히 그를 사랑한다는 것을 알게 되기를 바랐다. 그녀는 벌거벗은 채 불 위의 솥을 휘저으며 기다렸다.

그는 칼을 들고 걸어서 왔다. 어디에선가 말 울음소리가 들렸지만 그는 말을 타지 않았다. 달도 없는 밤이었다. 그녀는 그를 맞으러 오두막 밖으로 걸어나왔다.

우선 뭐 좀 먹을래? 그녀가 얼굴에서 머리카락을 쓸어내며 물었다. 뭐 좀 먹겠다면, 음식이 있어.

그는 아무 말도 없이 그녀의 피부에 새겨진 이야기를 읽었다.

모두 죽었어. 그녀가 말했다. 우리 아버지도, 당신 아버지도 돌아가셨어. 아마 당신도 죽겠지. 그러니 내가 살아서 뭐 하겠어?

그는 아무 말이 없었다.

빨리 서둘러, 오 제발, 어서 끝내줘.

그가 그녀 쪽으로 다가왔다. 그는 그녀의 몸을 읽었다. 그는 손으로 그녀를 잡았다.

지금, 그녀가 그에게 명령했다. 지금.

⚜

샬리마르가 눈물이 그렁그렁한 채 소나무가 우거진 언덕을 내려가던 중, 시르말에서 폭발음이 들려왔다. 그는 모든 것을 직감했다. 덕분에 어느 정도는 상황이 간단해졌다. 그는 철의 물라의 오른팔이었고 통신 담당이었지만, 두 사람은 더이상 의견이 일치하지 않았다. 광대 샬리마르는 피다이의 자살 공격을 늘 못마땅하게 여겼다. 사내답지 못한 전투 방식이라고 생각했기 때문이다. 그러나 불불 파크는 갈수록 그 전략의 가치를 확신했고, 철의 특공대식 군사작전에서 피다이를 모집해 활동 훈련을 시키는 쪽으로 급속히 기울었다. 광대 샬리마르는 어린 소년들, 심지어 자기 몸을 기꺼이 날려버릴 태세가 된 어린 소녀들까지 찾아내는 일은 격이 떨어진다고 생각했다. 그래서 탈영죄로 처형당하지 않고 빠져나갈 방법을 생각해내기만 하면 곧바로 철의 물라와 결별하기로 마음먹었다. 그런데 시르말에서의 폭격이 그 문제를 해결해주었다. 이제 카슈미르에 그를 붙잡을 것은 아무것도 없었고, 마지막 장애물도 제거되었다. 이제 떠날 때가 되었다.

그는 봄부르 얌바르잘한테서 빌린 작은 산당나귀에서 내려 얼굴을 문지르고 배낭을 뒤져 위성전화를 찾았다. 적들에게 도청당하는 경우가 왕왕 있어서 위성전화 통신은 항상 위험이 따랐지만, 다른 방법이 없었다. 산 너머 북쪽 통행로는 너무 멀었고, 통제선 남쪽 끝에는 군대가 쫙 깔려 있어 넘기가 어려웠다. 방향을 알고 있다면 넘어갈 지점이 있겠지만, 어느 쪽으로 가야 하는지 잘 안다 해도 혼자 힘으로 탈출하기는 어려웠다. 다른 시대의 다른 전쟁에서 안내인이라고 불리던 존재가 필요했다.

첫번째 통화로 이 문제를 해결했다. 두번째는 도박이었다. 그러나 말레이시아 중개인의 전화번호는 진짜 번호였다. 아랍어를 할 줄 아는 목소리가 전화를 받았다. 그가 받았던 암호가 먹히는 것 같았고, 그가 보내려는 메시지가 전달되었다. 답변으로 지시가 되돌아왔다. 그러나 그가 통제선을 넘을 때까지는 아무런 조치도 취할 수가 없었다. 이런 상황에서 그 정도는 큰 문제가 아니었다. 안내인이 나타났고, 인도 쪽 통제선에서 필요한 조치를 취했다. 샬리마르에게 출입문 역할을 해줄 전사는 그를 과히 곱지 않은 눈길로 노려보는 부랑아 한 무리를 이끌고 통제선 너머에서 그를 기다리고 있

었다. 그의 이름은 다르렸는데, 자기를 '벌거벗은 산'이라고 소개
했다. "미안하오." 벌거벗은 산이 카슈미르어로 말했다. "하지만 당
신도 사정이 어떤지는 알고 있겠지." 이것이 광대 샬리마르가 과거
의 삶과 마지막으로 가진 인간적인 접촉이었다. 그는 안대를 쓴 채
창문 없는 방으로 끌려가 의자에 묶여 심문을 받았다. 첩보 심문자
는 어떻게 시르말의 학살에서 홀로 살아남았는지 해명하고, 그를
더러운 배신자로 보고 총살하지 않을 그럴듯한 이유를 한 가지만
대보라고 요구했다. 그는 눈이 가려지고 심문자의 이름도 모르는
상태에서 위성전화로 받은 암호를 댔다. 방에는 긴 침묵이 흘렀다.
그러더니 심문자가 나가고, 몇 시간 뒤 다른 사람이 들어왔다. "좋
아, 확인했다." 두번째 남자가 말했다. "억세게 운 좋은 놈이군, 그
렇잖나? 우리 계획대로라면 네놈 불알을 잘라다 이빨 사이에 틀어
박았을 텐데, 네놈 친구들이 높은 자리에 있는 모양이야. 만약 우스
타즈가 네놈을 데려가고 싶어한다면, 보내줘야지 뭐."

　그 이후로 광대 샬리마르에게 현실 세계는 존재하지 않았다. 그
는 환영의 세계로 들어갔다. 환영의 세계에는 양복 정장과 업무용
비행기가 있었고, 그는 짐짝처럼 손에서 손으로 옮겨졌다. 어느
때는 쿠알라룸푸르에 있었지만 그저 공항과 호텔방이 전부였고,
그다음에는 다시 공항이었다. 환영을 헤매다보면 그 끝에는 삼보
앙가, 라미탄, 말루소, 이사벨라 등 아무 의미 없는 지명들이 있었
다. 여러 척의 배도 있었다. 본섬인 바실란 섬 주변에는 예순한 개
의 작은 섬이 있었다. 필라스 군도 가운데 한 섬에 있는 참치와 정
어리 냄새 풍기는 마을의 야자 잎으로 지붕을 이은 수상가옥에서

그가 환영의 세계로부터 빠져나오자, 친숙한 얼굴이 그를 맞았다. 우스타즈가 서툴지만 활기 넘치는 힌두어로 말했다. "이 죄 많은 녀석, 보다시피 나는 다시 어부로 돌아왔다네. 하지만 또 한편으로는, 그렇지? 그렇지? 사람을 낚는 제법 뛰어난 어부지."

압두라자크 잔잘라니에게는 부유한 후원자가 있었지만, 그가 이끄는 아부 사야프 분파는 아직 걸음마도 못 뗀 단계였다. 전사들이 전부 다해서 육백 명도 안 되었다. "그러니까 친구, 우리는 자네 같은 훌륭한 전사가 필요하단 말일세." 계획은 간단했다. "바실란과 서부 민다나오 전역의 기독교도를 기습하고, 폭탄을 던지고, 기독교도의 사업체에 불을 지르고, 기독교도 여행자를 납치해 몸값을 요구하고, 기독교도 군인을 처형하는 거야. 그다음에는 더 많이 기습하고. 중간에 자네한테 재미도 좀 보게 해줄게. 풍요의 땅이야! 물고기 많지, 고무 넘쳐나지, 곡물도 풍성하지, 야자 기름도 얼마든지 있지, 후추도 있지, 코코넛도 많고, 여자도 많겠다, 음악도 널렸지, 모든 것을 빼앗아가고 무슬림한테는 아무것도 남겨주지 않는 기독교도도 많지. 쓰는 언어도 어디 한두 가지인가. 배우고 싶은가? 스페인어의 일종인 차바카노어가 있어. 또 야칸어, 타우수그어, 사말어, 세부아노어, 타갈로그어도 있다네. 다 잊어버려, 신경 쓰지 말게나. 이제 우리의 새로운 언어를 가져올걸세. 우리의 언어에는 단어가 그다지 필요치 않아. 매복, 폭탄, 납치, 몸값, 처형 정도면 되지. 점잖은 신사분 따위는 이제 없어. 우리는 보검을 든 자들이야." 그들은 어부의 오두막에서 고등어와 밥을 먹었다. 우스타즈가 바짝 몸을 기울였다. "난 자네를 알아,

친구. 자네가 뭘 찾고 있는지 기억한다네. 하지만 어떻게 사냥감을 찾아낼 텐가? 그는 비밀스러운 세계를 알고 있다네. 그 세계는 크기도 하지." 광대 샬리마르가 어깨를 으쓱했다. "어쩌면 그가 나를 찾아낼 수도 있겠지요." 그가 말했다. "신이 정의를 위해 그자를 내 앞에 데려와줄지도 모르고요." 잔잘라니가 폭소를 터뜨렸다. "신을 믿지 않는 암살자가 그런 소리를 하다니, 자네 웃기는 사람이로구먼." 그가 목소리를 확 낮췄다. "나랑 같이 일 년만 싸우세. 아니면 달리 갈 데라도 있나? 우리가 그자를 찾아주겠네. 누가 알겠나? 벽에도 귀가 있다네. 행운이 우리 편에 서줄지도 모르지."

정확히 일 년 뒤—하루도 어긋나지 않고 딱 일 년이었다!—그들은 이사벨라 섬 동쪽 라투안에서 이제 막 티모시 다 크루즈 필리피나스라는 고무 농장을 불태운 참이었다. 붉은색과 흰색이 섞인 팔레스타인식 두건 카피예를 두르고 화염이 치솟는 묵시록적 배경을 등지고 선 압두라자크 잔잘라니가 갑자기 환한 미소를 지으며 그에게 고개를 돌렸다. "근사한 소식일세! 친구! 내가 한 약속을 지켰네." 광대 샬리마르는 우스타즈가 내미는 봉투를 받았다. "그 대사라네, 어떤가?" 잔잘라니가 씩 웃었다. "그의 사진, 이름, 집 주소라네. 이제 우리는 자네가 할 일을 하도록 보내주겠네. 안을 보게나, 안을 보라고! 로스앤젤레스라네, 친구! 할리우드와 바인! 말리부 콜로니! 베벌리힐스 90210! 자네가 영화계 대스타가 되어 곧 텔레비전에 나와 미국 여자들한테 입을 맞추고 죽여주는 자동차를 몰고 오스카 시상식에 나가 수상 연설을 하도록 보내줌세! 난 한번 한 말은 지키는 놈이라고, 그렇지 않나?"

광대 샬리마르는 봉투를 바라보았다. "어떻게 이걸 손에 넣었죠?" 잔잘라니는 어깨를 으쓱했다. "내가 말한 대로라네. 우리가 운이 좋았던 게지. 전 세계에 필리핀 사람이 없는 데가 없으니까, 보고 들은 것을 물어다준다네." 한 가지 생각이 광대 샬리마르의 뇌리를 스쳤다. "언제부터 알고 있었어요? 진작부터 알고 있었군요, 그렇죠?" 우스타즈 압두라자크 잔잘라니는 짐짓 미안한 척했다. "친구! 전사여! 용서해주게나. 일 년 동안 자네가 필요했다네. 고맙네! 이건 거래였네. 그리고 이제 자네를 어디든지 가야 할 곳으로 보내주겠네. 고맙네! 우리 이야기는 다 끝난 걸세. 좋아. 이것으로 됐네. 이건 내 작별 선물일세."

그리고 또다른 환영의 세계로 뛰어들어 배를 타고, 차를 타고, 비행기를 탄 뒤, 밴쿠버에서 시애틀까지 가는 정기 왕복편 헬리콥터로 캐나다 국경을 넘어 남쪽으로 가는 버스를 탄 뒤, 선셋 앤 하이랜드의 IHOP*에서 매끈하게 다듬은 머리와 실크 스모킹 재킷을 뽐내는 필리핀 중년 신사인 지역 연락책과 기이한 암살을 한 뒤, 밀리언달러 호텔 건너편 시내의 싸구려 여인숙에서 일박을 한 뒤, 그는 정장 차림으로 멀홀랜드 드라이브의 높은 문 밖에 서서 현관 인터폰에 대고 문 여는 주문을 말했다. 막스 대사님을 찾아

---

* International House of Prayer. 찬양과 기도를 중시하는 기독교 선교 단체.

왔습니다. 제 이름은 광대 샬리마르입니다. 아니요, 잡상인이 아닙니다. 무슨 말씀이신지 모르겠습니다. 막스 대사님에게 좀 알려주셨으면 합니다, 기다려주십시오, 제발. 둘째날, 다시 이름 모를 목소리, 쌀쌀맞고 무심하고 경멸하는 목소리, 경비의 목소리, 굳이 위험을 무릅쓰지 않으려고 최악의 시나리오를 염두에 두고 조처를 취하는 목소리에 대고 말했다. 사흘째 되는 날은 문 반대편에 개들이 있었다. 그가 말했다. 개는 치워주세요, 부탁입니다. 막스 대사님이 저를 알고 계십니다. 아무 문제 없습니다, 부탁입니다. 제발 대사님께 알려만 주세요. 그분을 위해 일하고 싶습니다.

　그는 순찰차에 걸리지 않도록 길가 아래 거친 잔디밭에서 잠을 잤다. 그는 여러 가지 훈련을 받았다. 개의 턱을 잡고 머리를 반으로 쪼개버릴 수도 있었다. 경비의 목소리 앞에서 몇 가지 트릭을 보여주고, 그를 개처럼 데굴데굴 구르게 만들 수도 있고 죽은 체하게 만들 수도 있었다. 경비의 목소리는 개의 목소리였고, 그 주인은 개처럼 죽임을 당할 수도 있었다. 그러나 그는 자제하며 몸을 낮추고 온순하게 애걸했다. 나흘째 되는 날 대사의 벤틀리가 대문을 나오자, 광대 샬리마르는 눈에 띄도록 몸을 일으켰다. 경비들이 무기를 겨눴지만, 그는 손에 모직 카슈미르 모자를 들고 고개 숙여 절을 했다. 그의 행동은 매우 공손하면서도 슬퍼 보였다. 차의 창문이 내려가고 목표물인 막스 대사, 이제는 늙었지만 여전히 그가 원하는 남자, 그의 먹잇감이 얼굴을 내밀었다. 먹잇감을 사냥하는 방법에는 여러 가지가 있다. 그중에는 은밀한 것도 있다. 대사가 물었다. 자네는 누군가, 왜 여기에 죽치고 있지. 그가 대답했다. 대사님, 제 이름은 광대 샬리마르입니다. 전에 카슈미르에서 제 처를 만나신 적이 있지요. 처가 대사님을 위해 춤을 추었더랬지요. 아나르칼리였습죠. 예, 대사님, 샬리마르입니다. 예, 대사님, 제 처는 부니였고요. 아니요, 대사님, 문제를 일으킬 생각은 없습니다. 다 지난 일인걸요. 아니요, 대사님, 안됐지만 처는 죽었답니다. 예, 대사님. 좀 됐습니다. 슬픈 일이지요, 예, 대사님, 정말 슬픕니다. 인생은 짧고 슬픈 일투성이이지요. 예, 대사님, 물어봐주셔서 감사합니다. 이 자유의 땅에 와서 기쁩답니다. 하지만 일자리를 구하지 못해 형편이 어렵습니다. 제 처를 봐서, 좀 부탁드립니다. 대사님, 가능하시다면. 정말 감사합니다, 대사님. 실망시키지 않겠습니다.

내일 오시오. 대사가 말했다. 그때 얘기하기로 하지. 그는 머리 숙여 절하고 물러났다. 닷새째 되는 날 그는 다시 초인종을 눌렀다. 막스 대사님을 뵈러 왔습니다. 제 이름은 광대 샬리마르입니다.

문이 열렸다.

그는 운전사 이상이었다. 시종이었고, 몸종이었고, 대사의 그림자 같은 분신이었다. 그는 어떤 일이든 가리지 않고 나서서 기꺼이 봉사했다. 그는 대사 곁에 가까이, 연인처럼 바짝 붙고 싶었다. 그의 진짜 얼굴, 강점과 약점, 비밀스러운 꿈을 알고 싶었다. 최대한 잔인하게 끝장내주겠다고 마음먹은 삶에 대해 가능한 한 속속

들이 알고 싶었다. 서두를 필요는 없었다. 시간이 있었다.

그는 대사에게 아내가 있었지만, 헤어졌다는 것을 알았다. 아내가 길러온 딸이 하나 있는데, 지금은 역시 로스앤젤레스에 살고 있다는 것도 알았다. 괴상하게 생긴 필리핀 신사 카다피 안당은 우스타즈의 조직 연락책으로, 기지의 비밀 첩보원들이 오래전부터 캘리포니아에 심어놓은 비밀 잠복 스파이였다. 그는 우스타즈의 요청을 받은 셰이크의 지시에 따라 활동을 개시해 광대 샬리마르를 돕게 되었다. 우연인지 신의 도움인지, 그 잠복 스파이는 오필스의 딸과 같은 아파트에 살았다. 그는 세탁실에서 그녀에게 말을 걸었고, 점잖고 품위 있는 구식 매너로 그녀의 경계심을 누그러뜨렸다. 이렇게 해서 대사에 대한 정보가 밝혀지게 되었다. 세상이 다 그런 것이다. 가슴속에 품은 욕망이 가장 높은 나무의 제일 높은 가지에 걸려 있어서 도저히 거기까지 올라갈 수 없을 때가 있다. 그럴 때는 그저 끈기 있게 기다려야 한다. 그러다보면 무릎에 떨어지는 날이 온다.

대사는 책상 위에 가족사진 액자를 올려두지 않았다. 가족에 관한 일은 되도록 드러내고 싶어하지 않았다. 딸의 생일이 되자, 대사는 그를 시켜 딸의 아파트에 꽃을 보냈다. 딸을 보았을 때, 딸의 초록색 눈이 그에게 날아와 꽂혔을 때, 그는 몸을 떨었다. 꽃이 그의 손에서 떨렸고, 그녀는 재미있다는 표정으로 잽싸게 그의 손에서 꽃을 낚아챘다. 엘리베이터에서 그는 그녀에게서 눈을 떼지 못했다. 마침내 그녀도 그의 시선을 알아챘고, 그는 가까스로 시선을 거두어 바닥을 내려다보았다. 그녀가 말을 걸었다. 그의 가슴이 두방망이질쳤다. 믿을 수 없는 목소리였다. 겉으로 들리는 것은 대사의 목소리였지만, 영어 단어 밑에서 그가 아는 목소리를 가려낼 수 있었다. 그는 그녀의 질문에 카슈미르 출신이라고 대답했다. 그는 더이상 말을 걸지 못하게 하려고 일부러 영어 발음을 실제보다 서툴게 했다. 그녀에게 말을 할 수가 없었다. 좀처럼 말이 나오지 않았다. 그녀에게 손을 뻗고 싶었다. 자기가 원하는 것이 무엇인지 알 수가 없었다. 그녀가 머리를 풀어내리자 그의 눈에 눈물이 고였다. 그는 그녀가 아버지와 함께 차를 몰고 사라지는 모습을 지켜보았다. 그가 생각할 수 있는 것은 오직 하나뿐이었다. 부니가 살아 있어. 자기가 원하는 것이 무엇인지 알 수 없었다. 부니는 이제 미국에 살고 있었고, 무슨 기적이 일어났는지 다시 스물네 살이 되어 에메랄드빛 눈으로 그를 조롱했다. 부니는 똑같으면서도 똑같지 않았지만, 여전히 살아 있었다.

그는 부니에게 자기를 떠나면 어떻게 될지 경고했었다. 켈마르그에서 오래전에 그녀에게 맹세했다. "너를 절대 용서하지 않을 거야. 복수할 거야. 너를 죽이고, 만약 네가 다른 남자의 아이를 낳는다면 그 아이도 죽여버리겠어." 그리고 이제 여기 그 아이, 마지막까지 그녀가 숨겼던 아이, 엄마가 환생한 듯한 아이가 있었다. 저토록 아름다울 수가. 그가 아직도 사랑하는 법을 알고 있었다면 그녀를 사랑했을 것이다. 그러나 그는 그 방법을 잊었다. 이제 그가 아는 것은 살인뿐이었다. 그 아이도 죽여버리겠어.

카슈미라

Kashmira

❦

무엇이 정의인가, 늙은 부인네들이 합창했다. 크로아티아, 그루지야, 우즈베키스탄의 이가 다 빠진 노부인들, 검은색 카속*을 입고 아파트 관리인 올가 볼가와 함께 천천히 박자를 맞춰 몸을 흔드는 과부들. 올가 볼가는 그녀들 앞에 벌거벗고 서서 엉덩이를 돌렸다, 껍질 벗긴 거대한 감자 같은 울룩불룩한 흰 몸뚱이를 빙글빙글 돌렸다. 정의는 없다, 여자들은 곡을 했다, 너희 남편들은 죽었다, 자식들은 너희를 버렸다, 너희 아버지들은 살해당했다, 정의는 없고 복수뿐이다.

❧

이윽고 인디아 오필스는 잠들지 않고서도 꿈을 볼 수 있게 되었

---

* 성직자가 입는 긴 겉옷.

다. 눈만 감으면 언제든, 작은 현관에 놓인 의자에 등을 꼿꼿이 펴고 앉아 기다리는 것이 뭐든 간에 기다릴 때면 언제고 꿈이 그녀를 찾아왔다. 이제 복도에서 수다쟁이 노부인들이 눈에 띄면 즉시 카속을 입은 그들의 모습이 떠올랐고, 올가 시메오노브나와 마주치면 그녀가 벌거벗은 채 친한 사이처럼 그들과 섞여 있는 모습이 그려졌다. 전직 아스트라한 마녀는 슬픔으로 정신이 산란해진 젊은 여인을 자기 품에 받아 새로운 대리모 노릇을 해주었다. 인디아가 말없이 허공을 응시할 때면 아파트를 청소해주고 덤플링*과 감자를 넣은 진한 고기 스튜나 감자 수프를 끓여주고, 시간이 없을 때는 유기농 베지버거**와 오레아이다 푸드의 프렌치프라이를 냉장고에서 꺼내주었다. 또한 그녀는 감자를 더 마술적인 다른 방법에도 써먹었다. 자객 샬리마르에 대한 집중 수색이 수포로 돌아가자 올가는 격분했다. "로스앤젤레스 시 경찰청은 러시아의 외풍으로는 감기에 걸리지 않는군." 그녀가 경멸조로 말했다. "하지만 감자 마법의 힘으로 그 자객의 궁둥이를 끌어내고 말 거야."

마음속 깊은 곳에서 인디아는 올가 시메오노브나가 한 번도 이름을 거론한 적 없는 떠나간 두 딸이 그녀의 마음에 남기고 간 구멍을 자신이 메워주고 있다는 것을 알았다. 그 쌍둥이 자매는 어머니의 도덕관념을 어기고 음란한 포즈로 사진을 찍고, 자기들에게 딱 어울리는 빈정대기 좋아하는 섹시한 금발 미녀 자매 쇼를

---

* 밀가루에 향료를 섞어 반죽해 찐 서양 요리로 만두와 비슷하다.
** 식물성 단백질의 인조고기를 대신 써서 만든 샌드위치.

개발했다. 어쩌면 지금 그들은 베가스의 어딘가 지저분한 곳이나, 다양한 몰락의 온상지인 하워드 존슨 호텔 같은 곳에서 코는 약물로, 입과 가슴은 싸구려 성형수술로 다 망가지고, 어찌어찌하여 겨우 모은 쥐꼬리만 한 돈은 기둥서방들이 들고튀어 주머니도 텅 빈 채 시들어가고 있을지도 몰랐다. 어쩌면 집에 돌아와 매일같이 딸들에게 저주를 퍼부으면서도 딸들이 구원을, 아니 적어도 자기 자신을 찾을 수 있는 넓은 가슴을 지닌 어머니를 대할 낯이 없어 지도를 버렸을지도 몰랐다.

사람들이 황급히 건물을 떠났다. 남은 세입자 중에는 떠나야 할 사람은 인디아라고, 그녀 때문에 자기들까지 위험에 빠지게 되었다고 박정한 소리를 하는 이도 있었다. 올가는 이러한 말에 모성적 분노를 숨기지 않고 대응했다. "큰맘 먹고 한 번쯤은 나한테 그런 소리를 해볼 수도 있겠지." 올가는 코웃음을 치며 인디아에게 말했다. "하지만 맹세코 두 번은 못할걸." 아파트 건물 밖에는 '빈방 있음'을 알리는 큼지막한 간판이 내걸렸지만, 피를 다 닦아내려면 시간이 걸릴 터였다. 자기네 문 앞에서 벌어진 살인 사건, 신문에 나온 표현을 빌리자면 '처형'으로 그렇지 않아도 공포에 질린 많은 거주자들은 카다피 안당의 체포, 아니 그가 더 즐겨 쓰는 표현이자 그의 변호사가 썼던 단어를 빌리자면 '항복'에 더욱 몸서리쳤다. 잠복 스파이라는 단어는 무시무시하게 들렸다. "항상 그이가 자기 아내를 기다린다고만 생각했지." 올가 시메오노브나는 안드레이 루블료프의 도상(圖像)이 인쇄된 엽서들과 카스피 해의 여행사 포스터를 핀으로 벽에 붙여놓은 어두운 자기 방에서 인디아에게 흑차를 몇 잔째 따라주면서 놀라워했다. 잔은 유리로 만든 것이었다. 진짜로 두들겨 편 금속 틀로 장식한 유리잔. "실크 실내복을 입었어도 결국 나쁜 놈이었어. 립밴윙클*처럼 잠들어 있었지만 어두운 세계에 넘어가 있었다니." 카다피 안당은 등 뒤로 양손에 수갑을 찬 채 건장한 로스앤젤레스 경찰들에게 둘러싸여 발을 질질 끌고 나가면서, 마지막으로 발코니에 서서 그 모습을 지켜보던 인디아에게 외쳤다. 거리는 경찰차의 번쩍거리는 불빛과 기자들의 카메라로 훤히 빛났고, 모두 안으로 들어가요, 라고 메가폰에 대고 외치는 명령과 마이크로폰에 보고하는 소리로 온통 떠들썩했지만, 그녀는 가슴 위로 양팔을 엇갈려 두 손으로 어깨를 꼭 움켜쥔 채 발코니에 서서 거리를 온통 일대 혼란으로 밀어넣는 카메라들은 무시한 채 경찰의 움직임과 위성송신 접시를 단 방송사들의 흰색 밴, 길 건너편 건물 위의 경찰 저격수들, 기사를 전송하는 범죄 사건 기자들, 그녀를 찍는 합동취재단 사진기자들을 바라보았다. 그녀는 사건 위를 떠다니며 약간은 정신이 나간 듯했지만 그 자리에 나와 있었기 때문에, 카다피 안당이 경찰이 그의 머리에 후드를 뒤집어씌우기 전에 몸을 돌려 자신을 똑바로 바라보며 외친 소리를 들었다. 내가 그를 불러들인 게 아니오, 인디아 양. 그가 외쳤다. 인디아 양, 그는 내가 불러주기를 바랐지만, 나는 그렇게 하지 않았소.

그녀는 그때 카다피 안당이 어쩌면 얼마간은 자기 때문에 항복

---

* 미국 소설가 워싱턴 어빙의 단편소설 「립밴윙클」의 주인공.

했을지도 모른다고 생각했다. 세탁실에서 말을 걸어주었고, 그의 고향 이야기에 귀 기울여주었던 인디아의 피를 자기 손에 묻히고 싶지 않았을지도 모른다. 하지만 또 한편으로는 그가 이제는 단지 아내를 빼앗긴 백발의 노신사일 뿐이고, 오래전에 잠복 스파이가 되는 데 동의했지만 '깨어나게' 되리라고는 전혀 기대하지 않았던, 실크를 좋아하는 실패자에 불과했기 때문일 수도 있다. 그는 두려워서 잠복 스파이 일에서 손을 떼고 싶었던 것이다.

그 이후로 그녀는 경찰이 말했던 대로 위험한 상황에 처했는지도 모른다는 사실을 받아들였다. 겁쟁이 이웃들을 애먹일 심산으로 여기에 눌러앉고 싶은 마음이 아무리 굴뚝같더라도, 이사를 가야 한다는 것 또한 알았다. 경찰이 제안했다. 몇 주만이라도 가족이나 친구와 함께 지낸다면 위안이 좀 될 텐데요. 변호사는 그녀가 아버지의 유일한 상속인이라고 말했다. 일하는 사람들이 충분히 있고 최신 보안 시설과 경비업체 제롬이 이십사 시간 감시하는 멀홀랜드 드라이브의 대저택부터 시작해 모든 것이 그녀 소유가 되었다. 모든 암호는 이미 바뀌었고, 보안 절차도 점검했으며, 그녀가 들어간다면 직원 숫자도 늘릴 것이다. 그러면 건물, 보안 시설 배치, 인적 구성에 대한 샬리마르의 내부 지식도 무용지물이 될 것이다. 그러나 그녀는 그 집으로 돌아가 다시 그 높은 곳에 살면서 죽은 아버지의 큰 신발을 신고 아버지의 침대에서 잠을 자고 마호가니 벽판을 두른 서재에서 신문을 훑어볼 마음의 준비가 되어 있지 않았다. 아직 아버지의 오드콜로뉴 냄새를 맡거나 금고 속의 비밀을 볼 준비가 안 되었다. 그래서 자기 아파트에 머물기로 했다. 그녀는 암살자가 일을 마무리하려고 모습을 나타내더라도 전혀 개의치 않고 오게 놔둘 것이며, 심지어 그를 맞이해줄 수도 있었다.

✻

세상은 멈추지 않고 잔인하게 계속된다고 과부들이 복도에서 합창했다. 비극의 시대에는 세상이 계속 굴러갈지 의심스러워진다. 남편들이 떠났을 때는 행성이 돌기를 멈추고 모두 우주를 떠다니게 될 줄 알았다. 침묵과 경의를 기대했다. 그러나 왕래하는 차들은 마음이 무엇을 필요로 하는지 신경 쓰지 않고, 광고판도 개의치 않고, 모든 것이 그대로 움직인다. 샤토 와인 옆에 금빛 맥주병을 든 새로운 거구의 여인이 있다. 1.6킬로미터 동쪽으로 여자들이 바에서 춤을 추고 잘생긴 소년들이 욕정에 들떠 고함을 지르는 곳이 새로 생긴다. 욕정은 계속된다, 당연한 얘기다. 권력도 계속된다. 흥정이 이루어지고, 손이 떨리고 팔들이 꼬인다. 승자와 패자가 계속된다. 개들의 산책도 계속된다. 우리 블록 오른쪽에서 아침마다 개들이 범죄 현장을 지나 산책한다. 개들은 아랑곳하지 않고 계속 간다. 새로운 공포영화가 매주 금요일에 개봉한다. 사업은 사업이고, 현실의 공포도 계속된다. 텔레비전에도 나온다. 한밤중에 할리우드볼*에서 열리는 영문 모를 염소들의 희생, 아침이면 발견되는 악취 풍기는 사십여 마리의 시체와 피, 굳은 피, 광기는 계속된다, 흑마술은 계속된다, 어둠은 결코 끝나지 않는다. 여기저기에서 옷을 판다. 옷은 계속 팔리고,

---

* 로스앤젤레스에 있는 대형 노천 공연장.

시민들의 굶주림과 굶주림의 구제도 계속된다. 먹을 만한 맛있는 피자가 있다. 대리 주차는 계속된다. 스타들이 공연하러 나온다. 여자의 아버지가 죽는다, 여자는 홀로 애도한다. 그의 죽음은 이미 흘러간 옛 뉴스가 되었다.

⁂

아버지가 죽은 뒤 인디아는 아파트 현관의 셰이커 의자에 앉아 똑바로 앞을 바라보면서, 실제로는 아무것도 보지 않으면서 한 시간인지 일 년인지 모를 시간을 보냈다. 그럴 동안 안뜰 수영장과 복도에서는 노부인들이 이러쿵저러쿵 입방아를 찧었다. 올가 볼가가 악의를 갖고 그러는 건 아니지만 못마땅해하는 "사내자식 패거리들"이 사건 현장을 자세히 살펴보러 왔다. 체육관 죽돌이, 미용일을 하는 계집애 같은 녀석, 한 블록 떨어진 곳에서 끝나지 않은 작업을 계속하는 히스패닉계 건설 인부, 아침마다 밴을 돌려 주차장을 빠져나가면서 기계음으로 된 새소리 같기도 하고 그의 제국의 국가 같기도 한 아이스크림 노랫가락을 한껏 크게 틀어 거리를 깨우는 '아이스크림의 황제' 녀석 등이었다. 인디아와 결혼하고 싶어하는 그 (이성애자) 젊은이는 옆 아파트에서 그녀의 발코니로 넘어와 미닫이식 유리문을 두드린 적도 있었지만, 이제는 무례한 녀석일 뿐이었다. 인디아는 그에게 볼일이 없었다. 그에게는 이름조차 없었다. 그는 밖에서 그렇게 문을 두드리며 무슨 생각을 했을까, 그녀가 어떻게 해야 했을까, 문을 열고 내쫓아야 했을까? 그러나 구역질 나는 일이었다. 지금은 섹스나 할 때가 아니었다.

정의는 어디에 있을까? 정의가 실현되어야 하지 않는가? 정의의 힘은 어디에 있고, 저스티스 리그*는 어디에 있나, 왜 하늘에서 슈퍼히어로들이 날아와 아버지를 살해한 자에게 정의의 심판을 내리지 않나? 하지만 괴상망측한 옷을 입고 잘난 체하는 저스티스 리그 따위는 필요 없었다. 그녀가 원하는 것은 복수 리그였다. 검은 슈퍼히어로, 살인자를 얌전히 사법 당국에 넘기는 게 아니라 서슴없이 제 손으로 처단할 강한 남자, 악당을 개처럼 쏴버리든가, 아니면 자신이 개가 되어 살인자를 찢어발길 자, 천천히 고통스럽게 그의 생명을 빼앗아줄 자들을 원했다. 복수의 천사, 그녀를 도우러 올 죽음과 저주의 천사를 원했다. 피는 피를 부르는 법이다. 그녀는 고대 복수의 세 여신이 하늘에서 날카롭게 쇳소리를 지르며 내려와 아버지의 불안해하는 영혼에게 평화를 주기를 바랐다. 자기가 무엇을 원하는지 알 수 없었다. 온통 죽음에 대한 생각뿐이었다.

그자의 동기를 전부 파악하진 못했습니다, 오필스 양. 현재로서는 정치적 동기인 것 같습니다. 아버님은 분쟁 지역에서 조국에 봉사하셨고, 미국을 위해 진흙탕 속에서 헤엄을 치셨습니다. 예, 그 암살자는 의심할 여지없이 프로입니다. 예전 같으면 여자나 아이와는 싸우지 않았지요. 일종의 신사도랄까요. 어디까지나 표적을 노려야지, 아이나 배우자를 죽여서는 안 된다는 거죠. 하지만 요즘은 사정이 달라졌어요. 이제는 그런

---

* 미국 애니메이션 시리즈로, 여러 슈퍼히어로가 한꺼번에 등장한다.

녀석 가운데 그렇게 점잖은 치들은 없답니다. 이번 사건에는 뭔가 우리가 아직 알아내지 못한 것이 있어요. 채워야 할 여백이 있는 거죠. 그래서 어느 정도 염려하지 않을 수가 없습니다. 기분은 이해합니다만 당신을 안전한 장소에 두고 싶습니다.

냉정한 사람들은 그녀에게 뻣뻣한 경찰식 위로와 충고를 내놓았다. 그들 중 몇몇―그들 전부―은 내심 좀더 사적인, 비공식적인 위로를 주고 싶어했다. 제복 입은 경찰들과 그녀가 전에는 몰랐던 대 테러요원 복장 대신 사복 차림을 한 경찰들이 단서를 찾으러 다니면서 수치스러운 경고를 던졌다. 이웃들한테 빚진 줄 아쇼. 그들은 신경이 바짝 곤두선 주민들 편을 들었다. 이것은 옳지 않았다. 그녀는 무고했다. 그 누구에게도, 어떤 것도 빚진 적이 없는데 그런 암시를 하다니 추악한 일이었다. 신사가 할 짓이 아니었다. 그녀는 에워싼 경찰들이 〈풀 몬티〉에서처럼 옷을 벗고 경찰모에 배지를 앞에 꽂은 징 박은 가죽주머니만 메고 있는 모습을 상상했다. 의자에 앉은 그녀 주위로 몰려들어 그녀의 몸에 손대지 않고 애무하면서 그녀의 태연한 뺨에 차갑고 총열이 긴 총을 갖다 대는 모습을 상상했다. 그들이 흰색 타이를 매고 연미복을 차려입고 고무창을 댄 신발을 질질 끌며 춤을 추거나 톱해트를 쓰고 단장을 들고 탭댄스를 추는 모습을 상상했다. 자기가 던져준 생강 하나를 그들이 남자답게 손에서 손으로 가볍게 던지는 모습을 상상했다. 그들을 카속 차림의 수다쟁이들과 어울리는 두번째 코러스로 상상했다. 그녀의 생각은 제멋대로 널을 뛰었고, 그녀도 어찌해볼 도리가 없었다. 이제는 약간 제정신이 아니었다.

일주일인지, 십 년인지, 얼마나 시간이 지났는지, 그녀는 금빛 활을 들고 일리전 파크로 차를 몰고 가서 몇 시간이고 비를 퍼붓 듯 표적에 화살을 쏘아댔다. 그녀는 권총을 보관해둔 작은 벽금고를 열고 아버지가 마지막으로 준 어처구니없는 선물인 드로리언을 몰아 살츠만의 사격장에서 주말을 보내기 위해 사막으로 갔다. 그녀는 손에 테이프를 감고 지미 피시에 링 사용 시간을 예약했다. 다른 권투선수들은 신비로운 비극의 망토를 걸친 사람에게 보이는 공손한 존경심, 텔레비전과 〈피플〉 지에 나오는 사람에게 느끼는 종교적 숭배심을 품고 그녀를 바라보았다. 그들은 함대를 트로이까지 데려가줄 바람을 부르기 위해 아가멤논이 신에게 자기 딸 이피게네이아를 희생 제물로 바치자 슬픔으로 미쳐버린 왕비를 찬찬히 살펴보는 미케네 시민들 같았다. 그녀는 차갑고, 인내심 강하고, 무슨 짓이라도 할 수 있는 클리타임네스트라가 된 기분이었다. 그녀는 윙천 사부에게로 가서 근접격투기를 연습했다. 그는 그녀의 포핸드 스매시에 전에 없던 독기가 배었다고 칭찬 투로 말했다. (그러나 방어가 약한 점은 여전히 문젯거리였다.) 그녀는 온몸의 힘을 다 써버리기 전까지는 잠을 이룰 수가 없었다. 간신히 잠이 들면 원을 그리며 도는 코러스의 꿈을 꾸었다. 더 어린 자아가 그녀 안에서 다시 태어났다. 그녀는 밤이면 홀로 나가서 말썽거리를 찾아다녔고, 한두 번인가는 이름 모를 방에서 낯선 남자와 거친 섹스를 한 뒤 손톱 밑에 피가 말라붙은 채 집으로 돌아왔다. 샤워를 하고 다시 일리전 파크로, 샌타모니카 앤 바인 가로, 29 팜스로 갔다. 화살이 쉬잇 소리를 내며 표적 한가운데를 꿰

뚫었다. 최고 수준에 이른 적은 없었지만 그녀의 권총 사격 실력
은 언제나 약간은 거칠었고, 조금씩 더 정확해졌다. 피시 권투장
에서 그녀는 사범에게 그녀가 반격당할 위험 없이 공격할 수 있도
록 그가 끼고 있던 복싱미트를 벗고 글러브를 끼라고 말했다. 그
건 다 개수작이다. 그녀는 운동을 하러 온 것이 아니다. 싸움을 하
러 나온 것이다.

그녀는 〈카미노레알〉이라는 다큐멘터리를 기획하던 중이었는
데, 디스커버리 채널이 긍정적인 반응을 보였다. 최초의 유럽 토
지 원정대가 가스파르 데 포르톨라 대장과 페르난도 데 리베라이
몬카다 대장의 지휘 아래 샌디에이고에서 샌프란시스코까지 탐험
했던 길을 따라가면서 현대 캘리포니아의 삶을 살펴본다는 의도
였다. 일지 기록 담당자는 후안 크레스피 수사로, 성 아우구스티
누스의 어머니의 눈물에서 따서 샌타모니카의 이름을 짓고, 덤으
로 로스앤젤레스의 이름도 붙인 바로 그 프란체스코회 수도사였
다. 인디아는 역사적 관점을 사람들의 관심을 끌기 위한 장치 정
도로밖에 생각하지 않았다. 사실대로 말하자면 그들의 발자취를
따라 설립된 스물한 개의 프란체스코 선교회에는 관심도 없었다.
그녀가 쫓는 것은 스페인어 사용자들의 바뀌어가는 갱 문화, 고속
도로의 후미진 곳에 자리 잡은 이동주택 주차지에 사는 가족, 주
택 공급 붐을 일으킨 이민자 무리, 중산층 벼락 출세자들을 수용
하기 위해 불나면 다 죽기 딱 좋은 협곡에 새로 지은 플레전트빌,
즉 한국인, 인도인, 불법체류자로 꽉 찬 도시에 마구잡이 개발로
들어선 덜 쾌적한 마을들이었다. 그녀는 낙원의 더러운 이면, 끓

어진 하프 줄, 금이 간 후광, 마약의 행복, 인구 팽창, 진실을 원했다. 그러던 중 아버지가 죽었다. 그녀는 영화 작업을 중단하고 세이커 의자에 앉아 있다 일어나 밖으로 나가서 화살과 총탄을 쏘고 펀치볼을 두드리고 무술 사범과 뒤엉키고 낯선 남자들과 한 번씩 섹스를 하고 피를 흘리고 집으로 와서 샤워를 하고 계속해서 천사들은 어디 있을까, 아버지에게 필요했을 천사들은 어디 있었을까만 생각했다. 진실은 이제 천사는 없고, 더이상 천사의 도시를 날개 달린 불가사의한 존재들이 감시하고 있지 않다는 것이었다. 아버지를 구해줄 수호 정령 따위는 없었다. 아버지가 죽을 때 빌어먹을 천사들은 어디에 있었단 말인가.

도시의 천사들은 멀리, 다른 위험 지역에 있었다. 천사들은 이탈리아인이었고 이 도시는 본 적도 없었다. 그들은 성모마리아와 함께 아시시에 있는 성 프란체스코의 첫번째 교회인 작은 라 포르치운콜라, '아주 작은 땅 한 뙈기'라는 뜻의 작은 교회 제단 벽에 그려져 있었다. 1769년 8월 2일 수요일, 포르톨라 원정대가 지금의 일리전 파크 변두리에 도착해 부에나비스타 힐에 천막을 쳤다. 아름다운 계곡에 깊은 인상을 받은 후안 크레스피 수사는 십자가처럼 늘 기억에 담고 다니는 성 프란체스코의 교회 이름을 따서 강에 이름을 붙여주었다. 그는 마흔여덟 살이었고 이미 몸속에 천천히 자라나는 죽음의 벌레를 키우고 있었지만, 벌레가 요동칠 때마다 라 포르치운콜라의 천사들이 눈앞에 나타나 해독제처럼 병증을 몰아내주고 그에게 다가올 영원한 환희의 삶을 상기시켜주었다. 그는 아시시의 천사들과 그들의 성스러운 여주인 이름을 따서 로스앤젤레스 강이라고 이름을 지었다. 그로부터 십이 년 뒤 그 자리에 들어선 새로운 정착지는 강의 이름을 취해 엘 푸에블로 데 누에스트라 세뇨라 라 레이나 데 로스 앤젤레스 데 포르치운쿨라, 즉 '아주 작은 땅뙈기의 천사들의 여왕이신 성모의 마을'이 되었다. 그러나 천사의 도시는 이제 '정말 큰 땅'에 서 있다고 인디아 오필스는 생각했다. 그곳에 사는 사람들은 자기들의 원래 보호자보다 더 막강한 보호자, 즉 시시껄렁하고 약해빠져서 안녕 새들아 안녕 하늘아 따위 잡소리나 해대고 사랑이네 평화네 주절대는 계집애 같은 아시시 천사 나부랭이 말고 A급 천사, 거대한 도시의 폭력과 혼란에 익숙한 천사, 엉덩이를 함부로 걷어찰 수 있는 로스앤젤레스 토박이 천사들을 필요로 했다.

전 세계가 막시밀리안 오필스 대사의 죽음을 추도했다. 프랑스 정부는 마지막까지 살아남은 레지스탕스 영웅 중 한 사람이 사망했다고 공식으로 애도의 뜻을 표했다. 프랑스 언론은 부가티 레이서의 비행담을 열띤 목소리로 거듭 늘어놓았다. 갈기갈기 찢겨 내분을 벌이느라 정신없던 인도 지도부는 한목소리로 막스를 "인도-파키스탄 간 긴장 완화를 훌륭하게" 이끌어낸 인도의 진정한 벗이라고 찬양했다. 그를 대사직에서 물러나게 했던 추문은 쑥 들어갔다. 백악관과 미국 정보기관도 찬사를 바쳤다. 영화 속의 투명인간처럼 죽음은 막스를 누구의 눈에나 확실히 보이는 존재로 복권시키고 감춰졌던 그의 삶을 아주 세세하게 풀어놓았다. 길고 긴 고인의 약력과 넘쳐흐르는 찬양 성명들에서 그의 고참 스파이로서 마지막 활동이자 숨겨진 활동이 드러났다. 그는 중동에서,

걸프 만에서, 중앙아메리카, 아프리카, 아프가니스탄 등 보이지 않는 세계의 중심부에서 오랫동안 조국에 봉사했던 것이다. 그는 뉴델리에서 불명예스럽게 퇴임한 뒤 삼 년 동안 자기 죄를 뉘우쳤으며, 일시적으로 권력의 자리에서 물러남으로써 정화되었다고 여겨져 새로운 자격으로 봉사할 기회를 얻었다. 막스는 여러 행정부를 거치면서도 대사급에 해당하는 미국의 대 테러리즘 책임자 자리에 그 누구보다 오래 있었지만, 이 사실은 절대 공개되지 않았다. 그 일을 맡은 사람의 이름도 알려지지 않았고, 그의 활동은 신문에도 나오지 않았다. 그는 그림자처럼 지구 건너편으로 미끄러져갔으며, 그의 존재는 단지 다른 이들의 활동에 미치는 영향력으로만 가늠할 수 있을 따름이었다. 인디아 오필스는 아버지의 말년에 아버지와 가까워졌다고 믿었지만, 이제야 또다른 막스에 대해 알게 되었다. 그녀가 알았던 막스가 결코 말한 적 없는 막스, 미국의 지정학적 이익을 위해 은밀히 봉사한 막스였다. 아버님은 분쟁 지역에서 조국에 봉사하셨고, 미국을 위해 진흙탕 속에서 헤엄을 치셨습니다. 보이지 않는 막스, 그의 보이지 않는 손이 이 세계의 보이는 피와 보이지 않는 피로 흠뻑 젖었던 것도 당연하다, 거의 확실하다, 그래야만 했다, 그렇지 않은가.

그렇다면 정의란 무엇일까? 그녀가 살해당한 아버지를 애도할 때, 죄인을 위해 울부짖은 것이었단(사실 그녀는 흐느끼지 않았다) 말인가? 사실은 암살자 샬리마르가 정의의 손이자 어떤 보이지 않는 높은 법정이 임명한 처형자였으며, 그의 정의로운 칼이 막스에게 정의를 행한 것이고, 그의 알려지지 않은 목록에 올라 있지 않은 보이지 않는 권력의 범죄에 대한 응보로 심판을 내린 것이란 말인가? 피는 피를 부르고, 눈에는 눈인 법. 직접이든 간접이든 아버지가 얼마나 많은 눈을, 백 개 아니 만 개, 십만 개를 남몰래 멀게 했기에, 전리품으로 얻은 시체들을 수사슴의 머리처럼 얼마나 많이 그의 비밀스러운 벽에 장식해두었기에?

옳고 그름이라는 단어가 의미를 잃고 산산이 부서져내리기 시작했다. 마치 막스가 그를 찬양하는 목소리에 다시 한번 살해당하는 것 같았다. 그녀가 알았던 막스는 해체되고 낯선 사람인 다른 막스, 일부는 무기 거래상으로, 일부는 정계 실력자로, 일부는 테러리스트로, 달러보다 중요한 유일한 통화인 미래를 거래하면서 세계의 불타는 사막 지역을 누비고 다닌 막스의 복제인간으로 대치되는 것 같았다. 그는 모든 통화 중에 가장 강력하고 가장 지배하기 어려운 그 통화에서 막강한 투기꾼이었다. 미래를 더이상 소유할 자격이 없는 자들로부터 사들이거나 훔쳐서 가장 유용하게 써먹을 자들에게 팔아넘겼고, 지구의 미래에 굶주린 무리, 잔인한 의사, 과대망상에 빠진 신의 전사, 전투태세를 갖춘 고위 사제, 억만장자 자본가, 미치광이 독재자, 장군, 타락한 정치가, 악한에게 치명적인 거짓 미소를 날리는 조종자이면서 후원자, 박애주의자인 동시에 독재자, 창조자이면서 파괴자 노릇을 했다. 그는 미래라는 위험하고 환각성 강한 마약을 선택된 중독자, 즉 그의 조국이 자기와 다른 이들을 위해 선택한 미래의 파충류 군단에게 상당한 값으로 제공하는 거래상이었다. 막스, 그녀가 알지 못했던 아버지, 그가 고른 조국의 과도한 무도덕적 힘을 섬기는 보이지 않는 로봇 같은 종복.

　전화가 울렸으나 그녀는 받지 않았다. 초인종이 울려도 대답하지 않았다. 친구들은 근심에 빠져 그녀의 음성 메일에 염려하는 메시지를 남겨놓기도 하고, 발코니 아래 길거리에서 고함을 지르기도 했다. 인디아, 우리 좀 들어가게 해줘, 너 때문에 겁나 죽겠어. 그러나 그녀는 방어벽을 단단히 쳤다. 그녀의 방어벽은 올가 볼가와 두 시간마다 교대로 그녀의 층을 지키는 경찰이었다. 방문객은 아무도 들이지 마세요. 그녀는 이렇게 일러서 차츰 분통을 터뜨리는 친구들을 오지 못하게 쫓아 보냈다. 그녀가 좋아하는 친구로, 영향력 있는 고위 헤드헌터이며 제스처를 많이 쓰고 말실수를 잘하는 이탈리아 여자가 모두의 격노를 대변하는 이메일을 보냈다. 좋아, 그러니까 네 아버지가 돌아가셨어. 그래, 슬픈 일이야. 나도 그렇게 생각해. 끔찍한 일이지. 그 점에 대해서는 다른 말이 필요 없어. 하지만 우리까지 다 죽일 셈이야? 우리는 네가 걱정돼 죽을 지경이라고. 몇 명이나 죽으면 속이 시원하겠니? 그러나 가장 가까웠던 친구들조차 더이상 진짜처럼 느껴지지 않았다. 서른여덟에 심장발작을 일으켰다 지금은 건강을 회복해 모든 동료에게 열을 올리며 관상동맥 우회 수술을 추천하곤 하는 그녀의 영화제작자조차도, 네 명의 여성에게 난자를 제공했지만 정작 자기 아이는 낳지 않은, 요즘은 프리랜서인 그녀의 개인 운동 트레이너조차도, 이름이 하루가 멀다 하고 바뀌는 밴드를 꾸려가며 끊임없이 인디 회사와 계약을 하지만 금세 회사가 도산해 징크스가 따라다닌다고 소문이 난 그녀의 친구(이자 예전 애인)조차도, 코를 곤다고 불평하자 화를 냈다고 남편과 헤어진 친구조차도, 같은 이름의 남자 때문에 자기 아내를 떠난 친구조차도, 인터넷 회사를 차렸다가 한 재산 말아먹은 괴짜 친구조차도, 항상 무일푼인 빈털터리 친구조차도, 그녀의 카메라맨조차도, 음향기사조차도, 회계사조차도, 변호사도, 치료사도, 모두 지금 현재와 연결 지을 수 없는 이야기들이었다. 죽은 아버지와 암살자는 진짜였다. 그들 외에 스스로에게 현실로 느껴지는 사람은 자신뿐이었다. 지미 피시와 링에 있을 때면 그 역시 잠깐이나마 진짜로 느껴졌다.

피시는 두꺼운 이탈리아인의 머리카락을 검은색으로 염색하고 뱃살이 두둑한 데다 로키 마르시아노처럼 납작코에 아직도 잘생긴 중년 남자였다. 그는 약하게 펀치를 날렸지만, 그렇다고 충격이 아예 없는 건 아니었다. 그가 맨 처음 그녀의 가슴을 피해 배에 주먹을 날렸을 때, 그녀는 크게 충격을 받았고 약간 겁까지 먹었지만 냉정을 유지했다. 잠시 후 그녀는 빠른 왼쪽 잽을 두어 차례 턱에 명중시켰고, 그의 눈에 분노가 피어오르면서 제대로 싸우는 모습을 보고 만족했다. 그가 타임아웃을 외쳤다. 둘 다 숨을 거칠게 몰아쉬었다. 그가 말했다. "이거 봐, 자네는 어여쁜 숙녀라고. 그러다 치료할 수 없는 부상이라도 당하면 어쩌려고 그래." 그녀가 어깨를 으쓱했다. "제가 보기에 여자한테 입을 실컷 얻어터진 사람은 당신인데요." 그는 애석하다는 듯 고개를 가로젓고 부모 같은 투로 천천히 말했다. "내 말을 안 듣는군. 나는 라이트헤비급이었어. 자네도 알 거야. 랭킹에 들었다고. 자네가 같이 링에 서는 건 고사하고, 라운드걸로라도 같은 링에 오른다는 것은 꿈도 꾸지 못할 사람들과 붙었단 말이야. 자네가 나를 이길 수 있을 것 같아? 아가씨, 난 프로라고. 알아듣겠어? 자네는 왕초보이고. 나랑 제대로 붙을 생각은 마. 난 다시 복싱미트를 끼겠네. 자네는 운동이나 열심히 하고 몸이나 만들게. 자네 몸은 국보급이야. 하느님이 주신 것이나 잘 써먹고, 꿈 깨라고. 내가 여기에서 자네랑 싸울 것 같아? 이보게, 자네는 나랑 싸울 수 없어. 나랑 싸우면 죽어. 이제 말귀 좀 알아듣게. 진지하게 하는 말이야. 자네가 가업을 이을 것도 아니잖아. 자네는 보통 사람이라고. 케이 콜레오네*란 말이야. 자네는 나랑 싸울 수 없어."

그녀는 그와 글러브를 마주 댔다가 뒤로 물러나 몸을 웅크리고 링에서 내려온 뒤 발을 끌며 춤을 추었다. "당신하고 할 얘기 없어요. 난 수다나 떨려고 여기 온 게 아니에요."

아버지를 암살한 자는 그녀 어머니의 남편이었다. 조사를 통해 모든 것을 설명해주는 엄청나고 통렬한 사실이 밝혀졌다. 처음에는 정치적으로 보였던 범죄가 어느 정도는 개인적인 문제로 드러났다. 암살자는 전문가였으나, 남아시아에서 시행된 미국 정책의 결과와 그 결과가 과대망상증에 빠진 지하드 전사의 미궁 같은 마음속에 울린 메아리와 같이 이런저런 식으로 연결된 지정학적 변

---

* 영화 〈대부〉의 등장인물.

수들은 분석에서 빠졌고, 방정식에서 제외되었다. 그림은 단순해 졌고, 익숙한 이미지가 되었다. 아내를 빼앗기고 복수를 한 남편, 치욕을 겪고 이제 거의 참수되다시피 한 바람둥이가 열렬히 최후 의 포옹을 하고 있는. 동기 역시 상투적인 것으로 드러났다. 사건 뒤에는 여자가 있다. 인디아는 살인자의 본명을 알게 되었다. 본명 은 그의 가명보다 더 가명처럼 들렸다. 기자들은 그의 아내이자 그녀의 어머니 이름도 확인해주었다. 인디아는 콜린데일의 대영 박물관에 있는 신문도서관에서 마이크로필름으로 보존된 〈인도 익스프레스〉 복사본을 찾아보았으므로, 그 이름을 이미 알고 있었 다. 인디아의 아버지도, 그녀가 어릴 때 같이 살았던 여자도 그 이 름을 절대 입에 올린 적이 없었다. 이십오 년 동안 단 한 번도. 아 버지는 우연히 한 번 그 여자가 맡았던 가장 큰 역의 이름인 아나 르칼리로 연인을 언급한 적이 있었다. 그저 어린아이가 부모를 보 듯 그를 쳐다보던 인디아는 그가 그녀의 어머니를 떠올릴 때 얼굴 에 스쳐가는 표정을 보았다. 젊은 무희에게 품었던 꺼지지 않은 욕망이 수치, 향수, 그리고 뭔가 더 어두운 것, 죽음의 전조, 이 특 별한 아나르칼리 이야기의 결말에 대한 직관과 뒤섞인 표정이었 다. 그녀의 어머니가 아닌 여자, 그녀가 어릴 때 같이 살았던 여자 로 말하자면, 어쩌다 인디아의 질문에 생모를 입에 올려야 할 경 우가 생기면, '네 아버지의 정부' 같은 식으로 '정부'라는 단어를 썼다. 인디아가 졸라대서 짜증이 날 때면 종지부를 찍듯 말하곤 했다. 그 여자 얘기는 하지 말자꾸나. 그러나 이제 수레바퀴는 돌아 갔다. 어찌 되었든 인디아는 그 여자의 이름을 절대 입에 올리지 않았으나, 부니 카울 노만으로도 알려진 부미의 이름은 CNN 등 전 세계 방송을 타고 퍼져나갔다.

엘리트 특수부대 요원들은 사건이 통속적인 쪽으로 흐르자 좀 정이 떨어진 모습으로 조사 책임을 테러리스트와 관련 없는 통상 범죄 사건을 다루는 중앙 강력계로 넘겼다. 두 명의 새로운 형사, 토니 제네바 경위와 엘비스 힐리커 경사가 살인 현장을 조사하러 왔으나, 인디아가 이제 '노만'으로 생각하려 애쓰는 그 남자에 대한 수색 상황을 알려주는 데에는 관심이 없었다. 어쩌면 자기들끼리만 아는 기밀 자료가 있는지도 모르지만, 그들은 수색을 강화하는 중입니다 정도의 들으나마나 한 답변과 그는 치밀하게 계획해두었습니다, 트렁크에 갈아입을 옷가지를 넣고 다녔어요, 거기에서 흙 묻은 옷가지를 발견했습니다 따위 쓸모없는 잡동사니 사실만 말해주었다. 제네바 경위의 말에 힐리커 경사가 덧붙였다. 그는 여기에서 몇 블록밖에 떨어지지 않은 크레센트하이츠 인근의 오크우드에 차를 버렸습니다. 만일 그가 이 도시를 걸어서 이동 중이라면 놓치지 않을 겁니다. 탈것을 훔치려고 한다면, 움직임이 포착될 테니 잡힐 겁니다. 틀림없습니다. 여기는 인도인 나라가 아니라 우리 나라이니까요.

그녀는 그들의 말을 상관으로부터 압력을 받고 있어서 유능하게 보일 필요가 있다는 의미로 이해했다. (그녀가 다른 뜻은 전혀 없이 시청에 있는 그들의 상사를 가리키느라 '상관'이라는 말을 쓰자, 그들은 할 말이 많아져서 순식간에 달변가가 되었다. 그들은 우리 상관이 아닙니다. 그냥 윗사람일 뿐이죠. 제네바 경위가 그녀의 말을 정정하자, 힐리커 경사가 열을 올리며 덧붙였다. 그들이 우리보다 나을 게 뭐 있겠습니까. 요즘은 다들 예민했다. 다들 팔아먹고 다닐 말이 있었다. 단어가 몽둥이와 돌멩이만큼이나 고통스러워졌든가, 아니면 피부가 얇아져서일지도 몰랐다. 인디아는 오존층을 탓하며 사과하고 화제를 바꿨다.) 막스의 죽음은 큰 화젯거리였다. 그들 뒤에는 상관 이상의 존재가 있었으며, 참을성이 없는 텔레비전 시청자들은 당장 영상이 뜨기를 바랐다. 한판 승부가 벌어지면 더 좋고, 아니면 헬리콥터에서 카메라가 차량 총격전을 좇는 장면이나, 그도 아니면 최소한 범인이 생포되어 수갑을 차고 덥수룩한 머리에 오렌지색이나 초록색이나 푸른색 죄수복 차림으로 자기는 살 가치도 없으니 독극물 주사나 청산가리 가스로 사형에 처해달라고 애걸하는 모습을 근접 촬영한 장면이라도 보여주기를 바랐다.

그녀는 정보 그룹 안에 있지 않았기 때문에, 체포가 임박했는지 아닌지를 알 길이 없었다. 그러나 진실—도저히 있을 수 없는 진실, 그녀가 지금 정신이 좀 이상해진 것이 아니라고 그녀에게 입증해줄 진실, 그 누구와도 공유할 수 없는 탓에 결국 사랑하는 사람들로부터 그녀를 떼어내 가둬버린 그 진실—은, 그녀를 격리시키는 미친 진실은 도망자에 대해 경찰이 모르는 것을 그녀는 알고 있다는 사실이었다. 그녀의 머릿속에서 그의 목소리가 들려오기 시작했던 것이다. 아니, 정확히 목소리는 아니고 정적이면서 내적인 불화, 증오와 수치, 회오와 위협, 저주와 눈물로 가득한 거친 외마디 소리 같은, 달을 보고 짖는 늑대인간의 울부짖음 같은 실체 없는 비언어적인 전송 메시지였다. 처음 겪어보는 일이었다.

그녀에겐 종종 천리안 능력이 나타나곤 했지만, 자신을 산 자들을 위한 매개체로 바꾸어놓는 음성의 출현에는 크게 겁먹을 수밖에 없었다. 그녀는 아파트 문을 잠그고 어둠 속에 앉아 자기가 미친 것은 아닌지 의심하던 끝에, 마침내 서서히 체념하고 이 현상을 받아들이게 되었다. 머릿속에서 고함치고 따져대는 통제 불능의 웅성거림은 착란을 일으킨 영혼, 공포 상태에 빠진 남자의 울부짖음이었다. 그녀는 그가 프로일지도 모르지만 이번에는 프로답지 않게 반응하고 있다고 생각했다. 이번 살인에서 무엇인가가 그를 혼란에 빠뜨렸던 것이다. 이번 일은 냉정한 상태에서 한 일이 아니었다. 이것은 뜨거웠다.

저는 막스 대사님을 위해 일하고 있고, 이름은 광대 샬리마르입니다. 살인자의 자기소개와 자기 사냥감의 이름을 댔던 이 문장은 멀홀랜드 드라이브 경비원 중 한 명의 입을 통해 어찌어찌하여 신문에 보도되었다. 그녀는 그 말의 비밀을 풀려고 애쓰던 참이었다. 광대 샬리마르. 무슨 뜻일까. 그는 그녀 어머니의 남편이었다. 이런 정보로 무엇을 하면 좋을까. 이제 그녀는 그를 처음 만났던 날, 그녀의 생일에 그가 엘리베이터에서 무엇을 뚫어져라 쳐다봤는지 알 수 있었다. 그는 인디아의 안에서 그녀는 볼 수 없는 것, 그녀의 생존본능이라는 은밀한 방어 장치가 그녀가 보지 못하게 막아놓은 것을 봤던 것이다. 그는 그녀 안에서 그녀의 어머니를 보았다. 지금 그녀 내면의 어머니가 그의 소리 없는 절규를 듣고 있었다.

그녀는 침실로 가서 옷을 죄다 벗어던지고 침대 위에서 무릎을 꿇고 몸을 죽 폈다 구부렸다 하면서 옷장 문에 붙은 거울에 비친 자기 몸을 꼼꼼히 살펴보았다. 옷을 벗은 자기 몸에서 옷을 입고 있을 때 그가 자기 안에서 봤던 것을 찾아내려 애썼다. 아버지를 닮은 모습 너머로 그녀가 결코 볼 수 없었던 여자를 찾아내려 기를 썼다. 서서히 어머니의 얼굴이 그녀의 마음의 눈에 초점이 어긋난 흐릿하고 모호한 모습으로 보이기 시작했다. 대단한 일이었다. 살인자로부터의 선물이었다. 그는 아버지를 빼앗아간 대신 어머니를 주었다. 갑자기 분노가 치밀어올랐다. 격분해서 강신술 집회에 참가한 마녀처럼 벌거벗고 눈을 꼭 감은 채 그에게 고함을 질렀다. 나한테 어머니 얘기를 해줘, 그녀가 외쳤다. 내 어머니 얘기를 해달란 말이야, 그녀는 당신에게 돌아가고 싶어했어, 얼마든지 나를 포기할 준비가 되어 있었어, 일찍 죽지 않았다 해도 당신 때문에 나를 떠났을 거야. (이 잔인한 단편적 사실은 오래전 그녀의 어머니가 아닌 여자, 그녀에게 생명을 주지는 않았지만 그녀에게 이름을, 그녀의 마음에 들지 않는 이름을 준 여자가 알려준 것이었다.) 말해줘, 그녀는 한밤의 어둠에 대고 외쳤다. 나보다 당신을 더 사랑한 내 어머니에 대해서. 그때 퍼뜩 한 가지 생각이 떠올랐다. 어머니는 아직 살아 있어. 어쩌면 죽었다는 말은 사실이 아니었을 거야. 아직도 살아 있는 거야. 어디에 있지, 그녀는 머릿속의 목소리에게 물었다. 이것이 어머니가 원했던 것인가. 그녀의 정부를 죽이는 것, 남편이 자기를 버리게 만들었던 남자를 살해해 명예를 되찾도록 허락하는 것. 이렇게 하라고 당신을 보냈던 건가. 나를 버리고 그다음에는 내 아버지까지 살해당하게 만들다니, 나를 얼마나 증오한 것일까. 어떻게 생겼을까. 나에 대해 물어볼까. 당신

카슈미라 533

은 어머니에게 내 사진을 보내준 적이 있을까. 어머니가 나를 보고 싶어할까. 내 이름은 알까. 아직도 살아 있을까.

살인자를 이해하고픈 욕망이 더 큰 복수의 열망과 싸웠다. 그녀의 일부는 생명을 빼앗는 짓은 결코 사소하지 않으며 언제나 심각한 것이라고 믿었다. 그칠 줄 모르는 살육의 시대, 개인의 주권이라든가 생명의 거룩함같이 힘들게 얻은 생각이 시체 더미 아래에서 죽어가고, 장군과 사제의 거짓말 밑에 매장되던 야만의 시대였대도 이를 믿고 싶었다. 이 일부는 행위를 용서하기 위해서가 아니라 적어도 이해하기 위해서, 이렇게 돌이킬 수 없이 자기 자아의 조건을 바꾸어놓은 타인을 알기 위해서 왜 그런 짓을 했는지 전부 알고 싶었다. 또다른 일부, 아마 더 큰 일부는 피에 푹 젖은 아버지의 기억 이외에는 아무것도 알고 싶어하지 않았다. 정의란 무엇인가? 심판을 하고 선고를 내리기 전에 이해가 필요한가? 광대 샬리마르는 자기가 죽인 자를 이해했을까? 이해했다고 느꼈다면, 그렇다면 그 행동의 정당성을 인정해줄 수 있을까? 이해한 결과로 정의를 행한 것인가? 아니다, 그녀는 혼잣말을 했다. 이해와 정의는 회오와 용서처럼 서로 무관하다. 이해심 있는 사람이라도 옳지 못한 짓을 할 수 있다. 아버지를 살해한 자가 진심으로 뉘우치고 또 뉘우치는 모습을 본다 해도 여전히 용서하지 못할 수도 있다.

그는 그녀에게 답을 하지 않았다. 그는 이제 막 생겨나기 시작한 모순투성이의 먹구름이었다. 코요테처럼, 개처럼 계곡에 살면서 쫓기는 짐승이었다. 굶주리고 목이 말랐다. 그는 독이고 피였다. 내 어머니도 여기에 있나, 그녀는 그에게 몇 번이고 되풀이해

물었다. 어머니도 함께 데려왔나, 어딘가에, 어떤 도로변의 싸구
려 모텔에 숨어 아버지의 죽음을 축하하기 위해 당신을 기다리고
있나. 당신은 당신이 저지른 살인을 어떻게 축하했나, 정신을 잃
을 때까지 술을 마셨나, 아니, 당신은 술을 마시지 않아, 아니면
섹스인가, 그것이 광포한 기쁨을 풀어내는 당신의 방식인가, 아니
면 기도하나, 당신과 내 어머니, 둘이 무릎을 꿇고 환희에 찬 이마
를 마룻바닥에 찧을까. 어머니는 어디 있지, 나를 어머니에게 데
려다줘, 나에게 어머니의 얼굴을 보여줘. 어머니는 내 얼굴을 봐
야 해. 나와의 연을 끊어버리고 다시는 뒤돌아보지 않았으니 내
얼굴을 봐야만 해. 어머니가 여기에 있어, 그렇지. 어머니가 이런
것을 놓치려 할 리 없어. 어머니는 여기에서, 싸구려 모텔에서, 기
다리고 있어. 어머니가 당신에게 아버지의 머리를 베어달라고 부
탁했나. 아버지를 참수해주기를 바랐나, 하지만 당신에게는 아버
지가 너무 버거웠어, 아버지는 당신에게 그런 만족을 주지 않았
지. 아버지의 머리는 어깨 위에 그대로 붙어 있음으로써 당신의
저속한 목적을, 인간성에 대한 공격을 좌절시켰어. 어머니는 어디
에 있나. 어머니가 당신을 보냈다면 어머니는 나와 대면해야 해.
　아직 끝나지 않았어. 나는 아직 여기에 있어. 나도 계산에 넣어
야 해. 당신에게 해명을 요구할 거야. 피는 피를 부르는 법이야.
늦든 빠르든 나와 대면해야 할 거야.
　그는 그녀에게 아무런 답도 하지 않았다. 그는 꿈처럼 희미해져
갔다. 머릿속의 외침이 갑자기 잦아들자 도둑맞은 느낌이 들었다.
잠시 동안 숨도 쉴 수가 없어 천식 환자처럼 공기를 들이마시려

헐떡거렸다. 그러다 울음을 터뜨렸다. 베개에 얼굴을 묻고 아버지가 죽은 뒤 처음으로 눈물을 흘렸다. 세 시간 십칠 분 동안 쉬지 않고 울다 깊은 잠에 빠져들었다. 그녀는 열다섯 시간 십오 분이 지나서야 올가 시메오노브나가 깨워서 일어났다. 올가는 과거에서 온 유령을 데리고 마스터키로 문을 열고 들어왔던 것이다. 한 무리의 코러스가 꿈속에서 그녀를 에워싸고 있었지만, 꿈은 무섭지 않았다. 유쾌했다. 그녀는 영화를 보듯 그들을 구경하다 잠에서 깨어나자 곧 그들을 잊었다. 인디아 오필스는 더이상 악몽을 꿀 필요가 없었다. 깨어 있는 세상이 충분히 악몽이었다.

카속을 입은 수다쟁이 늙은 여인네 코러스가 나지막이 곡을 하면서 그녀 주위를 시계 방향으로 돌았다. 아, 고아가 된 공주여, 이제 어찌할거나, 우리가 보기에 그녀는 약간 미쳤다네, 세상의 모든 돈을 다 가졌을지 몰라도 잃어버린 것을 다시 사지는 못한다네, 그녀는 우리처럼 한낱 인간일 뿐, 헤쳐나가야 한다네, 현실로 돌아와야 한다네, 그녀가 끔찍한 복수를 하려 들까봐 두렵네, 하지만 조심하게! 공주여, 조심하게! 이 남자는 나쁜 남자야! 최악이야! 당신은 가업을 잇지도 않았어, 그자와 싸울 수 없어, 당신은 케이 콜레오네라네. 과부들의 코러스가 첫번째 원을 돌았고, 왼쪽에서 오른쪽으로 도는 두번째 원도 보였다, 뱃살이 불룩한 경찰들의 흐늘흐늘하고 불행한 몸통, 단단한 체격의 치펜데일식 엘리트가 사라지고, 이 중년의 토니와 엘비스만 뒤에 남았다, 우리가 포위하고 있

습니다, 그들이 노래했다, 벤투라 대로에서 분명히 목격했음, 그자를 잡을 날도 얼마 남지 않았습니다, 우우, 우우, 피코의 컴퓨터 가게에서 백 퍼센트 확인, 그는 도망갈 수 있을지 몰라도 숨을 수는 없습니다, 니컬스 캐니언의 떠돌이가 신고한 바로는, 우드로 윌슨 근처의 부랑자가 신고한 바로는, 시엘로 드라이브의 부랑자가 신고한 바로는, 우우, 우우, 시간문제일 뿐입니다. 그러자 다시 카속 입은 여인들이 목소리를 높였다. 정의는 부당함 없이는 무의미하다네. 그들이 먼저 부르자 두번째 원이 노래했다. 정의는 투쟁이다, 전쟁이 우리를 지금의 모습으로 만들었다네. 그녀는 잠들었을 때에도 헤라클레이토스가 과부들의 입을 빌려 하는 말을 들을 수 있었다. 그리스의 붓다 헤라클레이토스, 부서진 지혜의 잊힌 시인, 철학자이자 포춘쿠키는 그녀가 이런 것을 읽던 시절부터, 그녀가 읽던 시절부터 자기 의견을 덧붙여가며 신나게 떠들어댔다. 이제 동양인 노파와 뱃살이 늘어진 경찰 뒤로 세번째 원이 보였다. 그 바깥 원은 그녀의 친구들이었다. 친구들은 노파들처럼 시계 방향으로 돌면서 음성 메일 목소리로 동경하는, 탄원하는 노래를 불렀다. 돌아오렴, 친구들이 금속성 화음으로 노래했다. 돌아오렴, 친구들은 노래했다. 오 제발 말 좀 들어! 돌아와, 무릎 꿇고 빌게! 제발 돌아와줘.

올가 시메오노브나가 그녀를 흔들어 깨웠다. "일어나렴." 올가 볼가가 말했다. "그리고 손님 들이지 말라는 말은 마라. 이번에는 얘기가 다르니까, 알겠지? 좋은 소식이 있다. 어머니가 바다를 건

너고 대륙을 넘어서 어려운 처지에 빠진 딸 곁을 지켜주러 오셨단다. 일어나, 인디아, 제발. 어머니가 기다리고 계시다니까." 이것도 꿈일까, 그녀는 의아했다. 아니, 그녀는 깨어났다. 가슴이 쿵쾅대는 것으로 보아 꿈일 리 없었다. 그녀는 흥분해서 올가 쪽으로 고개를 돌렸다. 바지 입은 칠십대 노인이 한쪽으로 약간 몸을 기울이고 올가 뒤에 서 있었다. 머리카락은 그 속에 쥐도 넉넉히 숨을 만큼 헝클어진 회색 건초 더미 같았다. 갑작스러운 실망감이 인디아를 덮쳤다. 그녀는 고개를 돌리고 올가가 있건 말건, 외면당한 부모가 못마땅해 눈살을 찌푸리든 말든 머리 위로 이불을 뒤집어썼다. 올가는 정작 떠나간 딸들을 그렇게 욕했으면서도 오래 떨어져 지냈던 어머니와 딸이 포옹하는 멋진 공상을 소중히 품고 있었다. "하! 멋진 환영 인사구나." 마거릿 로즈가 쏘아붙였다. "마음에 안 드는 모양이구나, 애야, 하지만, 아하! 하! 사실이야. 네 사랑하는 어머니가 왔단다."

라테타, 사랑스러운 라테타. 페기 로즈는 어린 딸을 품에 안고 영국으로 돌아왔다. 그녀의 표정을 본 사람은 누구나 남편에 대해 캐묻기는 고사하고 버림받은 남편의 이름조차 꺼낼 엄두를 못 냈다. 입양한 아기는 인디아 로즈라는 이름을 받았다. 어머니가 고아원을 위해 해온 일이 잘 알려져 있었기 때문에, 아기가 어디에서 왔는지는 굳이 설명할 필요가 없었다. 그녀가 남편을 버리고

그의 사생아를 대신 데려왔다는 룸펠슈틸츠헨의 진실은 너무나 말이 될 것 같지 않은 이야기여서 아무도 짐작조차 하지 못했다. 그녀는 막스에게 비밀을 지키고, 부모로서의 모든 권리와 책임을 포기하고 어머니와 아기한테서 멀리 떨어지라고 강요했다. 그리고 자기가 그의 잘못을 지우는 중이니 또다시 모든 것을 엉망진창으로 만들지 않았으면 좋겠다고 말했다. 그는 수치심에 고개를 떨어뜨린 채 아무런 반박도 하지 못했다. 그는 자기감정을 표현하려 애썼다. "제발 부탁인데, 사과 따위는 집어치워요. 사과한다고 당신이 한 짓이 다 덮어질 것 같아요?" 그는 입을 다물었다. 칠 년간 그는 그녀의 인생에서 사라졌다.

그 외에 사실을 아는 사람은 페기 로즈의 후의 덕에 넉넉한 재정을 유지할 수 있었던 에반갈락틱 고아원 원장 조지프 앰브로즈 신부와 뚜쟁이 에드거 우드뿐이었다. 그는 뉴델리에서 돌아와 열다섯 달 뒤 롱아일랜드에서 차에 치여 즉사했다. 페기는 미국으로 돌아가지 않았다. 그녀는 1960년대 후반 런던의 암울한 사교계를 빠져나와 좀더 규율 잡힌 나라를 찾아 팔랑헤 당*이 통치하는 스페인으로 이주한 엄격한 영국 귀부인한테서 SW1 지역의 로어벨그레이브 가에 있는 저택을 샀다. 지나온 세월 동안 그레이 랫은 보도에서 시끄럽게 뛰노는 아이들에게 고함을 지르고, 청과물 가게에서 물건이 싱싱하지 않다고 불평하고, '플러머스 암스'**에서

---

* 1933년 창당한 스페인의 파시즘 정당.
** 유서 깊은 술집.

시끄럽게 군다고, 길 건너 술집이 갈수록 시끄러워진다고 경찰을 불러대고, 이웃집 문을 두들기며 화장실에 탐폰을 버려 자기네 집 배수구가 막혔다고 화를 내고, 이웃이 우리 집은 당신네와 배수 설비를 같이 쓰지 않는다고 아무리 말해도 들은 척도 하지 않아 거리에서 공포의 대상이 되었다.

그녀는 남자 옷을 입기 시작했다. 헐렁한 코듀로이 바지와 흰색 리넨 셔츠를. 뻐센 머리카락은 마구잡이로 자르고 제멋대로 자라 도록 내버려두었다. 사냥철이 되면 뇌조 사냥터에 가서 수많은 새 를 쏘아 잡았다. 줄담배를 피우고, 스카치와 소다를 마시고, 한 자 릿수 핸디캡 골퍼가 되었다. 도박에 취미를 붙여 버클리 광장의 클레르몽 클럽에서 바카라와 슈맹 드 페르*를 하며 자주 저녁 시 간을 보냈다. 그녀는 이혼으로 자기 안의 여성스러운 부분이 망가 져버렸다는 것을 알았지만, 망가진 것을 고치려 하지도 않았다. 아이를 얻기 위해 그렇게 오랜 세월 기다리고, 그런 이해하기 힘 든 짓까지 했음에도 그녀는 무심하고 게으른 어머니가 되었다. 입 양한 딸과의 관계는 잘해야 애매모호했다. 입양한 딸아이를 볼 때 마다 자신의 치욕이 육체를 입고 나타나는 듯했고, 막스와 부니가 사랑을 나누는 모습, 남편의 씨가 무자비하고 절박한 난자를 향해 꿈틀거리며 가는 모습이 떠올랐기 때문에, 자기가 끔찍한 실수를 저질렀다고 생각하기 시작했다. 그래서 인디아는 여러 유모의 손 을 거치면서(페기 로즈는 속 좁고 성마른 고용주였기 때문에 오래

---

* 바카라의 일종.

540

버틴 사람이 없었다) 거칠어져갔다.

일곱 살 때 벌써 이 어린 소녀는 문제아였다. 악귀에 사로잡힌 것처럼 툭하면 아무하고나 싸우는 야만스러운 아이였고, 닥치는 대로 물어뜯어서 상류층 소녀들이 다니는 첼시의 초등학교에서 반 친구에게 한 차례 이상 심각한 상처를 입혔다. 그녀는 "용납할 수 없는 행동"으로 두 번이나 퇴학당할 뻔했다. 첫번째는 위협으로 그쳤지만, 그녀는 즉시 놀랄 만큼 완전히 행동을 바꾸고, 평생에 걸쳐 그녀가 선호한 위장된 페르소나, 즉 냉정하고 차분하면서 규율 바른 페르소나를 처음으로 취했다. 그녀는 폭력을 쓰지 않는 엄숙한 사람이 되었다. 그녀의 변신에 겁먹은 급우들은 존경심 비슷한 감정을 갖게 되었으며, 그녀는 지도자의 카리스마를 얻었다. 가면이 벗겨진 것은 딱 한 번, 그녀의 일곱번째 생일 바로 직전이었다. 헬레나 워들이라는 사디스트적인 열한 살짜리 악동의 뒷머리를 큼지막한 회색 돌로 내리쳤던 것이다. 헬레나는 교직원 사이에서도 종종 잔인한 행동을 하고 당한 아이들이 자기를 비난하기도 전에 먼저 괴롭힌 이유를 상대 아이 탓으로 돌리는 습관이 있는 아이로 소문이 나 있었다. 그래서 헬레나가 머리가 찢긴 채 학생주임에게 달려갔을 때에도, 헬레나가 넘어져 머리를 다쳤다는 인디아의 주장을 아무도 의심하지 않았다. 게다가 헬레나 워들을 그녀 못지않게 몹시 미워하는 급우 여럿까지도 인디아의 거짓말이 맞다고 증언했다.

인디아의 검은 머리카락, 영국인답지 않은 피부색, 페기 로즈의 유전자를 물려받은 흔적이 전혀 없는 얼굴은 부인할 수 없는 사실이었다. 일곱 살 생일을 맞이하기 사흘 전, 불안해진 소녀는 자신이 입양되었다는 사실을 알아냈다. 자기에게 당한 녀석이 운동장에서 수군대며 뒷소문을 퍼뜨리고 다니기 시작하자, 용기를 짜내 물어봤던 것이다. 페기 로즈는 질문을 받고 분노로 얼굴이 시뻘게졌지만, 인디아에게 대답을 해주었다. 그레이 랫이 말했다. 정말 미안하다. 하지만, 흠흠. 나도 너를 낳은 여자의 이름은 모른단다. 제기랄! 너를 낳고 나서 바로 죽었다더라. 아버지도 어떤 사람인지 모르겠구나. 응? 하! 이제 이런 질문은 하지 마라. 내가 네 엄마야. 네가 태어난 이후 줄곧 내가 네 엄마였다. 다른 엄마나 아빠는 없어. 나뿐이라니까. 미안하지만 이런 재수 없는 질문은 이제 안 받겠다. 그래서 그녀는 진실과 멀리 동떨어진 채 거짓말 속에 갇히고 허구 속에 유폐되었다. 속에서 거센 혼란이 일었고, 바다 밑바닥에 똬리를 틀고 꿈틀대는 거대한 뱀처럼 불안한 마음이 움직였다.

그로부터 몇 달 뒤인 1974년 11월, 그녀가 자신이 살아온 거짓의 고치를 산산이 부숴버릴 사건이 일어났다. 로어벨그레이브 가 46번지의 집에서 무시무시하고 악명 높은 살인 사건이 터졌다. 아내 베로니카와 떨어져 혼자 살던 영국 귀족 루칸 경이 11월 7일 저녁 두건을 뒤집어쓰고 가족들의 집으로 들어와 지하 주방에서 아이들의 유모인 샌드라 리벳을 살해했다. 아마도 어둠 속에서 아내로 오인한 모양이었다. 그는 위층으로 올라가 세 아이가 있는데도 루칸 부인을 덮쳐 장갑 낀 세 손가락으로 잔인하게 아내의 목을 조르고, 눈을 쑤시고, 머리를 때렸다. 그녀는 체구가 조그마했지만, 남편의 고환을 꽉 붙잡고 늘어졌다. 그리고 남편이 고통으로 쓰러진 틈을 타 도망쳤다. 거리를 달려 플러머스 암스로 뛰어들어가 살인 사건이 났다고 고함을 질렀다. 루칸 경은 뉴헤븐의 항구 마을에 차를 버리고 도망쳤는데, 끝내 잡히지 않았다. 그는 친구들에게 여러 통의 편지를 남겼다. 그중 상당수는 돈에 관련된 내용이었고, 큰 도박 빚에 관한 것도 여러 장 있었다.

'럭키' 루칸이라고도 불린 존 빙엄은 칠대 백작이었다. 삼대 루칸 백작은 백이십 년 전 크리미아전쟁에서 파국으로 끝난 경기병 여단의 돌격 명령을 내린 책임자로 악명을 떨쳤다. 발라클라바전투 중 벌어진 일이었다. 참으로 기이하게도, 그의 잔인한 고손자가 썼던 모직 두건은 발라클라바 모자로 알려진 것과 같은 종류였다.

이런 사건이 있은 다음 날 아침, 경찰이 로즈 가(家)의 초인종을 누르고 어젯밤에 이상한 소리를 듣지 못했는지 물었다. 인디아는 자고 있었고, 페기 로즈는 아무 소리도 듣지 못했다고 말했다. 석간신문에 기사가 실리고 다들 루칸 부인이 위기를 모면했다는 사실을 알게 된 뒤, 인디아는 계절에 맞지 않게 따뜻한 저녁이어서 거실 창문을 활짝 열어두었는데 페기가 어떻게 아무 낌새도 채지 못했을까 의아했다. 게다가 플러머스 암스는 바로 거리 맞은편에 있었다. 나중에 경찰이 다시 와서 페기에게 클레르몽 클럽의 손 큰 도박꾼 패거리 가운데 한 사람이었던 루칸 경과 아는 사이가 아니었느냐고 물었다. "아뇨. 얼굴만 아는 정도지, 딱히 친구라 할 사이는 아니었어요." 페기가 대답했다. 인디아는 어머니가 자기 '친구들', 애스피널, 엘위스, 럭키 얘기를 하는 걸 들은 적이 있었으므로, 어머니가 거짓말하고 있다는 것을 알았다. 그녀는 나중에 어머니가 거짓말한 것이 그때만이 아니라는 것을 알게 되었다. 일반적으로 말하자면, 상류층은 시칠리아의 침묵 계율인 오메르타 비슷한 귀족의 관례로 자기네 패거리를 보호하는 폐쇄적인 계급이었다. 그러나 인디아는 그날 밤 페기가 격하게 흐느끼는 소리를 들었다. 존, 오 존. 인디아는 아무런 결론도 내리지 못했다. 그녀는 일곱 살짜리 어린애에 불과했다. 며칠 후 경찰은 루칸 주변 사람들이 조사에 협조하지 않고 살인 사건에 관한 정보를 숨긴다면, 제아무리 백만장자이고 귀족이라 해도 범죄행위에 해당한다는 내용의 성명을 발표했다. 그러나 인디아는 살인 사건이 있고 이틀 뒤 밤에 페기 로즈가 울어서 눈가가 붉어진 모습으로 그녀의 침대로 와 "너에게 해줄 얘기가 있단다. 그래, 그래. 흠! 하! 너도 알아둬야 할 일이야"라고 말했기 때문에, 럭키 루칸에 관한 일은 이미 깡그리 잊어버린 뒤였다.

너에게 아빠가 있단다. 그레이 랫이 설명할 수 없는 감정에 사로잡혀 그녀에게 아버지의 이름을 알려준 지 한 달 뒤, 막시밀리안 오퓔스가 로어벨그레이브 가의 집 앞에 꽃다발과 인형을 들고 나타났다. "전 인형 같은 거 안 갖고 놀아요." 인디아는 아이를 양육하는 페기의 태도와 아이들 장난감에 대한 취향을 드러내며 엄숙한 투로 말했다. "저는 활과 화살이랑 고무줄 새총, 엑스칼리버 칼이랑 총을 좋아해요." 막스는 뒤돌아 그녀의 무표정한 얼굴을 보고 손에 인형을 억지로 쥐여주었다. "옜다. 표적 맞추기 연습할 때 쓰려무나. 표적이 없으면 재미가 없잖니." 그런 다음 인디아를 안

아 올려 꼭 끌어안았다. 그녀는 누구나 그럴 수밖에 없듯이, 아버지를 사랑하게 되었다. 그는 커다란 은빛 차 뒷좌석에 그녀와 나란히 앉아 운전사에게 최대한 빨리 강가의 호화로운 레스토랑으로 가자고 말했다. 그는 예순네 살이었고, 듣기 좋은 소리를 할 줄 알았다. 엽서 보내주렴, 몇 줄 적어서. 아빠는 여전히 내가 필요해요, 계속 나를 돌봐줄 거예요, 라고 말이다. "당신은 정말 늙은 아빠예요. 그렇지 않아요?" 그녀는 아이스크림을 먹으며 물었다. "곧 죽나요?" 그는 아주 엄숙하게 고개를 가로저었다. "아니, 내 계획은 절대 죽지 않는 거다." 그가 대답했다. "언젠가는 죽을 거잖아요." 그녀가 반박했다. "어쩌면 그럴지도 모르지. 내가 이백예순네 살이 되어서 눈이 어두워져 죽음이 다가오는 것도 보지 못할 때쯤이면 말이다. 하지만 그전까지는, 파! 죽음 따위는 무시해버릴 거다. 실컷 비웃어주지."

인디아가 킬킬거렸다. "저도 그럴 거예요." 그러나 그녀는 그렇게 간단히 죽음을 무시할 수 없었다. 그녀가 덧붙였다. "어쨌거나 저도 이백예순네 살이 되었을 때 죽고 싶어요."

하루가 저물 무렵, 그는 인디아의 목에 코를 비벼대며 거기에서 숨은 새들을 찾았다. 그녀는 '알뤼에뜨'*라는 말을 알게 되었다. 그녀는 그의 어깨에 기어오른 다음 뒤로 공중제비를 넘었다. 그는 인디아를 어머니에게 데려다주면서, 그레이 랫의 눈을 똑바로 쳐다보며 고맙다고 했다. 그녀는 그가 자기한테서 딸을 훔쳐갔음을,

---

* 프랑스어로 종달새.

지금 이 순간부터 그의 딸은 더이상 자기 것이 아님을 알았다. 내가 아빠 딸이라면, 아빠 이름을 써야 해요. 그날 밤 딸이 말했다. 페기 로즈는 어떻게 이를 거부해야 할지 몰랐고, 결국 인디아 오필스가 태어났다. 우리 엄마는 어떤 사람이에요? 소녀는 천장에 달린 취침 등에서 나오는 별빛이 빙빙 돌아가는 자기 방 침대에 누워 물었다. 엄마에 대해서도 알고 싶어요. 엄마는 정말로 죽었나요 아니면 아빠처럼 숨어 있나요. 페기 로즈는 벌컥 화를 냈다. 그 여자는 이제 모두에게 죽은 사람이야, 알겠어? 응? 그렇지만 살아 있을 때에도 나에게는 이미 죽은 사람이었다. 그 여자는 자기 남편을 버리고 네 아빠를 빼앗아가려고 했어. 파! 그의 아이를 가졌고, 눈 하나 깜짝 않고 아이를 버렸어. 내가 너를 받아주지 않았다면 너는 어떻게 되었을지 몰라. 그 여자는 너를 버리고, 음? 음? 고향으로 돌아가려고 했어. 수치스러운 아기를 원하지 않았던 거야, 수치를 원하지 않았다고. 알겠니? 너 말이야. 그러고서, 아, 복잡한 일들이 있었지만, 그 여자는, 흠, 죽었어. 어떻게 죽었어요? 어디로 돌아가려 했어요? 그런 질문은 받지 않겠다니까. 하지만 엄마가 정말 나를 싫어했나요? 그건 중요하지 않아. 그 여자는 너를 선택하지 않았어. 내가 너를 선택했지. 그렇지만 엄마, 제 엄마의 이름은 뭐였어요? 내가 네 엄마야. 아뇨, 엄마, 제 진짜 엄마 말이에요. 네 진짜 엄마는 나라니까. 잘 자렴.

그후 막스는 다시 인디아의 인생에서 사라졌다. "안됐지만 그는 원래 그런 사람이란다, 애야." 그레이 랫이 딱 잘라 말했다. "그가 네 아빠라는 건 알지만, 네가 이해해야 해. 흠, 그는 말하자면 믿을 수 없는 인간이란다." 그가 마침내 일 년에 두 번, 그녀의 생일과 크리스마스 아침에 얼굴을 비추게 되었을 때, 그가 말하지 않은 것, 앞으로도 말하지 않을 것이 있었다. 인디아는 함께 살면서 점점 증오하게 된 여자와, 거의 아는 바가 없지만 진심으로 사랑하게 된 아버지 사이에 벌어진 숨겨진 전쟁을 알게 되는 데 거의 십 년이 걸렸다. 그녀는 그가 그녀의 삶을 구해주기 전까지 그를 전혀 이해하지 못했다. 막스는 한 번도 페기에게 맞서지 않았다. 그레이 랫의 잔인한 조건을 받아들여야만 딸을 볼 수 있었기 때문에, 인디아가 아무리 애걸해도 절대 그레이 랫이 드러나기를 원치 않은 비밀을 입 밖에 내지 않았다. 그러나 오랫동안 인디아는 아버지가 곁을 지켜주지 않고 침묵을 지킨다고 비난했다. 아버지에 대한 분노는 같이 사는 여자에 대한 반감보다 훨씬 더 그녀를 괴롭혔다. 그는 사랑할 수밖에 없는 사람이었고, 그녀가 매일 보고 싶고 같이 웃고 뒹굴며 놀고 빠른 차를 타고 드라이브하고 인형에 비비탄을 쏘고 포옹하고 키스하고 사랑하고 싶은 사람이었다. 그녀는 같이 사는 여자가 또다시 막스를 쫓아버리고 딸과 아주 형식적인 접촉만 하도록 하는 것을 이해할 수 없었다. 입양한 딸에게 복합적인 감정을 갖고 있는 페기는 딸을 가리켜 막스와의 끝나지 않는 다툼을 부추기는 논쟁의 씨앗이라 했고, 딸의 존재가 날마다 과거의 치욕을 떠올리게 하는데도 움켜쥐고 놓아주지 않았다. 딸은 갈수록 공격적이 되어갔다.

"그래, 네 어머니는 죽었다." 그는 인디아의 질문에 이렇게 대답했다. 그는 전처의 거짓말에 장단 맞춰줘야 할 나름의 이유가 있었다. "그래, 마거릿이 말한 대로야." 그러고는 더이상 말하지 않았다.

인디아 오필스는 1970년대에 성장하면서 이러한 내면의 혼란을 겪었다. 몇 년은 잘 참았다. 일 년에 삼백육십삼 일을 굶주렸다 이틀간의 축제로 견뎠지만, 열세 살이 가까워졌을 무렵에는 폭풍에 휩쓸려 피할 수 없는 날카로운 암초를 향해 나아가는 배처럼 고통에 사로잡히고 말았다. 사춘기가 다가오자 그녀는 극적으로 궤도에서 이탈했다. 바닥 모를 비행소녀로 끝없이 추락했다. 그녀를 가두고 있는 거짓말쟁이 엄마와 부재하는 아버지의 상류사회보다는 지옥이 더 나아 보였다. 타락한 십대 시절을 겪은 끝에, 그녀는 자기에게 열렸던 다양한 자기 파괴의 길에서 빠져나오려 애썼다. 추락 속도는 빨랐지만, 그렇게 바닥까지 떨어지고도 운좋게 살아남았다. 열다섯 살 때 그녀는 무단 결석, 거짓말, 부정행위, 낙제, 도둑질, 가출, 마약 복용, 심지어 잠깐이었지만 킹스크로스역 뒤편의 거대한 가스탱크 그늘 밑에서 매춘부를 소개하는 일까지 했다. 로스앤젤레스의 침실에서 깨어나 그렇게도 치를 떨며 미워했던 여자가 올가와 함께 자기를 굽어보는 모습을 보자, 억눌렸던 십오 년의 세월이 틈으로 세차게 밀어닥치는 만조 바닷물처럼 머릿속으로 밀고 들어오는 듯했다. 그녀는 기억들에 맞섰지만 기억들은 고집스레 차올랐다. 벽에 얼룩이 진 무더운 방에서 바지지퍼를 내리던 낯선 남자가 떠올랐다. 이성을 잠재우고 괴물을 끌어내던 마약, 환각제, 눈을 찌르는 흰 가루의 밝은 빛, 주삿바늘이 안겨주는 치명적인 쾌락, 자메이카 뚜쟁이의 흰색 페도라 모자가 떠올랐다. 그녀가 당하거나 가했던 폭력, 구역질, 무더위 속에서도 몸을 떨던 일, 거울에 비친 얼굴이 너무 창백하고 파리해 비명을 질렀던 기억이 떠올랐다. 손목을 칼로 베고 알약을 삼키던 기억도 떠올랐다. 위세척기가 떠올랐다. 다시는 입에 올리지 않을 이름의 여자에게 던지던 판사의 준엄한 말이 떠올랐다. 부인, 당신은 부모로서 완전히 실패자입니다. 자기를 구해줬던 막스를 떠올렸다. 그는 독수리처럼 하늘에서 내려와 자기를 시궁창에서 건져올렸다. 그녀가 끔찍이 미워하는 여자에게 더는 입 다물고 비켜서 있지 않겠노라고 말하고는, 판사에게 판결을 청한 뒤 아이의 다친 팔을 움켜쥔 여자의 손가락을 억지로 떼어내고 딸을 데려갔다. 처음에는 그녀가 항상 마법의 산이라고 생각했던 산 높이 있는 스위스의 병원으로, 그다음에는 햇살과 야자나무와 코발트블루가 빛나는 태평양으로 데려갔다. 그녀는 증오하는 여자와 그가 마지막으로 나눈 대화를 머릿속에 그려보았다. 당신에게도 기회가 있었지만, 이제 더는 아니야. 인디아는 그의 말을 들으며 상상의 눈으로 그레이 랫의 비탄에 빠진 얼굴이 룸펠슈틸츠헨처럼 패배의 가면으로 일그러지는 것을 보았다.

그럼 저애를 데려가요. 그녀가 말했다.

그러나 인디아의 상상 밖 세계에서 막스 오필스는 전처를 비난하지 않았다. 아마도 과거의 배신에 대한 죄의식 탓이었을 것이다. 한두 번은 슬픈 어조로 다이너마이트나 부식이 극적으로 혹은 조금씩 강의 물줄기를 바꿔놓듯이, 선한 사람을 타고난 길에서 벗어나게 만드는 삶의 광포한 타격과 천천히 스며드는 고뇌에 대해 말하기도 했다. 이런 말은 마거릿에 관한 이야기일 수도 있겠지만, 또한 자신에 대한 이야기이기도 했다. 그의 비밀주의는 전처와 공유하는 특성이었다. 그들은 지하 세계의 시민이었고, 숨길 것이 많았다. 그러나 적어도 그는 지하 세계에 대해 알고 있었고, 인디아의 뒤를 내내 좇아서 그녀만의 은밀한 화염지옥으로 들어가 몇 달이고 죽 딸의 곁을 지켰다. 마침내 어둠의 신이 그녀를 풀어주고 아버지를 따라 빛으로 나갈 수 있게 해주었다. 스위스 의사들은 그녀가 정상적인 삶으로 다시 돌아갈 수 있을 만큼 좋아졌다고 확언했다. 그러자 그는 딸을 새 제복을 입은 운전사가 모는 새 벤틀리 뒷좌석에 태워 마치 십계명이라도 되듯 품에 꼭 안고 산에서 내려와 정상적인 생활로는 아니더라도, 어쨌든 로스앤젤레스로 복귀시켰다.

멀홀랜드 드라이브의 저택은 직원 숙소, 마구간, 테니스장, 손님용 별채와 수영장이 넓게 펼쳐진 구조였다. 흰 벽에 타원형 기와로 지붕을 얹고 히치콕의 〈현기증〉을 연상시키는 종탑이 있는 스페인 선교회 양식으로 지어져, 장소에 어울리지 않게 교회 같은 분위기를 풍겼다. 그녀는 영화 마지막에 산후안 바우티스타 선교회의 탑에서 떨어지던 킴 노박을 생각하며 몸서리를 쳤다. 그녀에게 종 연주를 보여주려고 탑 꼭대기로 올라가자고 한 아버지의 제안도 물리쳤다. 처음 로스앤젤레스에 도착하고 한동안은 집 안에만 있으면서 살아 있음에 감사하며 의자와 방구석에 웅크리고 있었다. 안전하다는 확신을 가지려면 시간이 필요했다. 발을 바닥에 딛고, 머리 위로 지붕이 있는 편이 더 좋았다. 돌바닥은 아무것도 신지 않은 그녀의 발바닥을 차갑게 식혀주었고, 거실 유리창의 스테인드글라스는 매일같이 그녀 위로 색채를 쏟아주었다. 킴 노박은 주디라는 사기꾼 역할을 했다. 그녀는 돈을 받고 남편한테 살해당한 매들린 엘스터라는 여자를 사칭했다. 인디아 역시 사기꾼 같은 기분이 들었던 날들이 있었다. 막스에게 고용되어 이미 죽은 딸의 역할을 대신하는 듯한 기분이었다.

막스의 서재는 이 빛과 색채로 가득 찬 집에서 예외적으로 음산한 공간이었다. 나무 벽판을 두른 방에 묵직한 유럽식 소파와 마호가니 탁자가 놓여 있고, 오래전 '예술과 모험'에서 출간한 책들이 줄지어 꽂힌 서가가 있었다. 오래전에 사라진 스트라스부르에 있던 아버지의 서재를 본떠 만든, 벨에포크 시대 영화 세트 같은 방이었다. 장소라기보다는 하나의 기억에 가까웠다. 그는 벽에 부모님의 사진을 걸어놓는 식으로 감상을 드러내진 않았다. 방 자체가 부모님의 초상이었다. 그는 이 방에서 책을 읽고 회상에 잠기며 많은 시간을 보냈고, 딸에게도 이 크고 텅 빈 낡은 저택의 나머지를 쓰도록 허락했다. 어느 날, 별채의 벽장을 뒤지다 그녀는 아버지의 오래전 잊힌 연인 가운데 한 명이 남긴 짧은 금발머리 가발이 든 모자 상자를 발견하고, 마치 그것이 사형선고나 되는 양 겁에 질려 상자에서 물러섰다. 막스에게는 제임스 스튜어트의 느린 우아함과 같은 무언가가 있었고, 그의 얼굴에 그늘이 질 때면 그녀는 무서움을 느꼈다. 그녀는 〈현기증〉에서 제임스 스튜어트가 살인자가 아니라 착한 사람이었다는 사실을 애써 떠올려야 했다. 그 시절에는 그녀도 정신이 약간 이상해서 괜찮은 것 같다가도 기분이 오락가락했다. 하지만 그는 그녀가 나오기를 기다렸다.

친절하게 기다렸다는 말은 아니다. 그 나름대로는 친절했고, 위기 상황에도 잘 대처했으며, 자신의 의무라고 여긴 일을 한 데 대해 어떤 감사도 바라지 않았지만, 친절하게는 아니었다. 그녀가 킴 노박과 벽장의 금발머리 가발 얘기를 꺼내자, 그는 하고 싶은 말을 참지 않았다. 길고 신랄한 장광설 끝에 이렇게 덧붙였다. "정신 좀 차리고 허구 속에서 헤매는 짓은 그만둬라. 도움이 된다면 네 몸을 꼬집어보든가 네 뺨이라도 쳐보려무나. 제발 네가 실제 인물이라는 걸 깨달아라. 이건 실제 삶이고."

그후로 한동안 그녀는 멀홀랜드 드라이브의 집에서 말짱한 정신으로 행복하게 지냈다. 그리고 숙련된 운동선수이자 역사와 생물학, 특히 사실에 기반한 영화에 큰 흥미를 지닌 명석한 학생이 된 자신에게 놀랐다. 그녀는 고등학교를 졸업한 뒤 홀로 1930년대와 1940년대 영국 다큐멘터리 영화 운동 작품을 연구하고—이건 아무에게도 말하지 않았지만—자기가 직접 만들 다큐멘터리에 대한 조사도 좀 하려고 런던으로 갔다. 그 기간 동안 그녀는 코럼 스펄즈 인근의 가구 딸린 학생 하숙집에 불은 잘 안 들어오지만 넓고 천장이 높은 방을 얻어 살면서, 그레이 랫에게는 한 번도 연락하지 않았다. 로어벨그레이브 가가 있는 남쪽으로는 발걸음도 하지 않고, 노던라인을 타고 콜린데일까지만 왔다갔다했다. 그곳에서 자신의 출생을 둘러싼 사건들의 신문 기록을 찾아냈다. 그녀는 로스앤젤레스로 돌아와서도 신문도서관을 계속 드나들었지만, 아버지에게는 존 그리어슨과 질 크레이기 같은 영국 다큐멘터리 감독을 존경하게 되었으며, 위험한 상상은 접고 논픽션 세계에서 성공해보겠노라고, 그가 주장했듯 진실의 절대적인 우월성을 주장하는 영화를 만들어보겠노라고 조잘조잘 떠들어댔다. 이것이 진짜 삶이다. 1980년대 말 그녀는 AFI 영화학교에서 다큐멘터리 제작을 공부하고 발군의 성적으로 졸업한 뒤, 킹스 로드의 아파트로 옮겨왔다. 아버지가 자기를 자랑스럽게 여기도록 만들려던 참에, 암살자가 기회를 빼앗아갔다.

⁂

그 여자가 고백하러 왔다. 그녀는 사반세기 동안 짐을 짊어지고 다니면서 그 무게에 짓눌렸다. 평생 허리를 꼿꼿이 펴고 버텨왔지만, 이제는 노년에 들어 허리가 굽었다. 그 짐, 그 세월, 그 외로움에 그녀의 몸은 하나의 물음표가 되었다. 인디아는 그녀가 더이상 중요한 존재가 아니라고 생각했다. 그녀에게는 이제 힘이 없다. 그녀는 권력의 궁전에서 빈손으로 나왔고, 하늘을 나는 새 같은 남자는 그녀의 손에서 보물을 빼앗아갔고, 사람들은 거리에서 그녀에게 조소를 보냈다. 저 여자는 왜 왔을까, 그녀가 몸소 전하는 위로 따위는 필요 없는데. 그녀는 흑백텔레비전 시대의 인물 같은 목소리로 경찰 조사를 도우러 왔다고 말했다. 인디아가 말했다. 여기에는 경찰이 없어요. 그러니까 당신이 도와야 할 사람도 없다고요.

여자는 지갑을 열어 사진 한 장을 꺼내 침대 위로 내던졌다. "이건 언론에도 나가지 않은 거야, 하! 너야 전혀 모르겠지." 그다음에 속사포처럼 이어진 이야기는, 말하자면 거짓말에 대한 고백이었다. "그 여자는 죽지 않았고 너를 내게 준 뒤 카슈미르로 돌아갔어 내가 비행기와 차를 마련해주었지 난 그 여자를 가고 싶다는 데로 보내주었어 그후로는 그 여자에 대해 전혀 듣지 못했어 그러니 죽은 거나 다름없지 하지만 사실은 죽지 않았어." 마을, 생모 마을의 이름. "내 말 듣고 있니?" 아니, 인디아는 듣고 있지 않았다. 아니, 듣고 있었지만 사진에 온통 주의를 빼앗긴 상태였다. 아버지는 죽었지만 어머니는 살아 돌아왔다. 하지만 이 사람은 그녀의 어머니가 아니었다. 이것은 또다른 거짓말이었다. 어머니는 뛰어난 무희였고, 춤으로 막스를 유혹했다. 그러니까 몸집이 잔뜩 불어난 이 여자가 어머니일 리 없다. 인디아는 사진 위로 떨어지는 눈물을 보고 자기가 울고 있음을 알았다. "미안하다." 그 여자가 말했다. "정말 끔찍한 짓을 했지, 하! 넌 틀림없이 그렇게 생각할 거다. 하지만 그 여자는 너를 포기하는 쪽을 택했고, 나는 너를 받아들이는 쪽을 택했어. 내가 네 엄마야. 나를 용서해다오. 네 아버지에게도 거짓말을 하게 만들었다. 내가 네 엄마야. 용서하렴. 그 여자는 죽지 않았어."

회개는 죄인의 몫이다. 용서는 희생자의 몫이다. 젖은 사진을 들여다보는, 용서하지 않는, 용서할 수가 없는 희생자. 이보다 더한 타격이 아직 남은 줄도 모른 채, 비타협적인 자세로 버티고 있는 희생자.

"카슈미라." 그 여자가 홱 뒤돌아 그녀의 세상을 원하지 않은 방향으로 바꾸어놓았던 가증스러운 존재를 지우며 말했다. "카슈미라 노만. 그게 네 이름이다." 갑자기 몸무게가 두 배로 불어난 듯한, 갑자기 사진 속 여자가 된 듯한 기분이 인디아를 덮쳤다. 인디아는 인력에 끌려 침대에 쓰러져 숨을 헐떡거렸다. 침대 프레임이 신음을 토하는 소리가 들려오고, 거울 속에서 매트리스가 출렁거리며 휘는 모습이 보였다. 카슈미라. 그 말의 무게는 그녀가 짊어지기엔 너무 버거웠다. 카슈미라. 생모가 지구 멀리에서 그녀를 부르고 있었다. 죽지 않은 생모. 카슈미라, 생모가 불렀다. 집으로 돌아오렴. 가고 있어요, 그녀가 외쳤다. 할 수 있는 한 빨리 갈게요.

"오늘 난 내 딸들을 용서했단다." 올가 볼가가 인디아의 머리를 쓰다듬으면서 함께 울었다. "그애들이 무슨 짓을 했든 이제 상관없어."

로버트 앨턴 해리스라는 서른아홉 살 남자가 샌틴 교도소 가스실에서 사형에 처해졌다. 얇은 천에 싼 사이안화나트륨 알갱이를 작은 황산통에 넣자, 해리스가 숨을 헐떡이며 몸을 뒤틀기 시작했다. 약 사 분 뒤 그의 움직임은 잠잠해졌고, 얼굴은 시퍼레졌다. 삼 분 뒤 기침을 하면서 몸이 경련을 일으켰다. 처형이 시작되고 십일 분 뒤, 워든 대니얼 바스케스는 해리스가 죽었다고 선언하고 그의 유언을 읽었다. "왕이든 거리 청소부든, 지위고하를 막론하고 누구나 사신(死神)과 춤춘다." 키아누 리브스가 출연한 영화 〈액설런트 어드벤처 2〉에 나온 대사였다.

모든 곳은 다른 곳을 비추는 거울이었다. 처형, 경찰의 만행, 폭발, 폭동. 로스앤젤레스는 전시의 스트라스부르를 닮아가기 시작했다. 카슈미르 같기도 했다. 해리스가 처형되고 여드레 후 인디아 오퓔스, 다시 말해 카슈미라 노만이 로스앤젤레스 공항을 출발

해 동쪽으로 향하던 시각, 배심원단은 샌페르난도 밸리 풋힐 경찰
서에서 로드니 킹을 구타한 혐의로 기소된 경찰 네 명에 대한 재
판의 판결을 번복했다. 아마추어의 비디오테이프에 찍힌 구타 장
면은 너무나 야만스러워, 많은 사람들이 톈안먼 광장이나 소웨토
의 한 장면을 떠올렸다. 킹 사건 배심원단이 경찰들에게 무죄를
선고하자, 도시는 자살 폭탄 테러범처럼, 얀 팔라흐*처럼 스스로
폭발을 일으켜 불길에 휩싸임으로써 그 판결에 대해 자신의 판결
을 내렸다. 인디아를 태우고 날아가는 비행기 밑에서는 돌멩이를
든 남자들이 운전자를 차에서 끌어내고, 추격하고, 몰매를 가했
다. 더이상 움직이지 않는 레지널드 데니라는 남자가 가혹하게 구
타당했다. 한 남자가 축하의 뜻을 담은 출전의 춤을 추고 허공에
신호를 날리면서 큼지막한 콘크리트 블록으로 그의 머리를 후려
쳤다. 그의 손짓은 하늘의 언론사 헬리콥터와 비행기에 탄 승객들
을 비웃었다. 어쩌면 신을 비웃는 것일지도 몰랐다. 상점이 약탈
당하고, 차는 불탔다. 모든 곳이 불길에 휩싸였다. 예를 들면, 노
르망디, 플로렌스, 크렌쇼, 알링턴, 피게로아, 올림픽, 제퍼슨, 피
코, 로데오가 그랬다. 무엇이 불타고 있었느냐고? 전부 다, 도시
전역의 자동차 수리 공장, 세탁소, 한국 식당, 리무진 서비스, 잡
화점, 미니 마트, 데니스**가 불탔다. 그날 밤 로스앤젤레스는 직
화구이 와퍼였다. 도마뱀 인간들이 지하 요새에서 위로 올라왔다.

---

* 소련의 체코 점령에 항의해 분신 자살한 프라하 대학 학생.
** 일본계 패밀리 레스토랑.

잠자던 용도 깨어났다. 그리고 동쪽으로 날아가는 인디아도 불길에 휩싸여 있었다. 인디아는 없어, 그녀는 생각했다. 있는 것은 카슈미라뿐이야. 카슈미라뿐.

인도에서 그녀는 인디아가 아닐 것이다. 어머니의 아이일 것이다. 카슈미라, 야구 모자를 쓰고 청바지를 입은 카슈미라로서 그녀는 델리의 기자 클럽으로 걸어 들어가 미국인다운 대담무쌍함으로 인도 베테랑들에게 안내와 도움을 청했다. 그녀는 다큐멘터리 영화 작업팀을 데리고 가는 건 고사하고, 혼자 계곡으로 올라갈 취재 허가조차 얻기 힘들 거라는 경고를 들었다. 이 베테랑들은 그녀의 등과 엉덩이를 두드리면서 거기 갈 꿈도 꾸지 말라고 충고했다. 사정이 그 어느 때보다도 좋지 않고, 시도 때도 없이 살인이 벌어졌다. 외국인 여행자들이 머리가 날아간 몰골로 산허리에 버려지고, 온통 분노로 격앙된 분위기라 했다. 그녀는 참지 못하고 언성을 높였다. "내가 망할 디즈니랜드에서라도 온 사람으로 보여요?" 그녀의 격렬한 분노가 그들의 관심을 끈 것이 틀림없었다. 무더웠던 그날 밤, 몇 시간 뒤 그녀는 로디 가든 근처의 또다른 회원제 클럽 잔디밭에 준비된 접의자에 앉아 외신 기자단 중에서도 최고참급에 속하는 사람과 맥주를 마셨다. 그녀는 절대 언론에 보도하지 않겠다는 약속을 받아내고서 그에게 자기 이야기를 털어놓았다. 그 영국인이 말했다. "그건 취재가 아니오. 개인적인 일이지. 카메라와 음향 장비 따위는 잊어버려요. 들어가고 싶다고 했죠? 우리가 들어가게 해주겠소. 하지만 안전은 보장할 수 없어요." 이 대화를 나누고 사흘 뒤 그녀는 서류와 그녀가 그 의미를 알아내야 할 새로운 이름과 전화번호, 소개장을 갖고 스리나가르행 포커 프렌드십에 올랐다. 알고 싶은 욕망은 흥분을 자아내지 않았다. 오히려 고통처럼 느껴졌다. 비행기가 피르판잘 상공을 가로지를 때, 그녀는 마치 마법의 문을 지나는 듯한 기분이었다. 카슈미르에 다시 태어나기 위해 온 것인지, 죽기 위해 온 것인지 갑자기 두려움이 엄습했다.

⁂

사르다르 하르반스 싱은 봄꽃이 피고 꿀벌이 날아다니는 스리나가르의 정원에서 버들가지로 짠 흔들의자에 앉아 제일 아끼는 타탄 담요를 무릎에 덮고, 수공예품 수출업자인 사랑하는 아들 유브라지를 옆에 두고 평화로이 숨을 거두었다. 그의 호흡이 멎자, 윙윙대던 벌들도 조용해졌고 공기도 숨을 죽였다. 유브라지는 그가 평생 동안 알아왔던 세계의 이야기가 종말을 맞았으며, 그 뒤에는 응당 와야 할 것이 오겠지만, 그건 보나마나 과거의 것보다 덜 우아하고 덜 공손하고 덜 문명화된 것이리라는 사실을 알았다. 전날 저녁 사르다르 하르반스 싱은 1819년 마하라자 란지트 싱이 계곡을 점령한 뒤 아홉 명의 시크교도 지배자가 카슈미르를 다스렸던 스물일곱 해를 뜻하는 소위 칼사 라지의 영광스러운 시대에 대해 이야기하면서 향수에 젖었다. "농업이 꽃을 피웠고, 온갖 수공업이 번창했지. 시크교 사원, 절과 모스크는 잘 관리되었고, 정원 구석구석까지 모두 아름다웠단다. 마하라자 란지트 싱이 여자들의 매력과 술과 브라만교 관습에 홀려 정신 못 차렸다고 헐뜯은 이들도 있었지만, 그 정도야 뭐 대수겠니? 남자한테 그쯤이야 대단한 흠도 아니지." 그는 자세를 바꾸면서 말을 이었다. "얘야, 네가 브라만교 관습이나 술에 대해 얼마나 아는지 모르지만, 너무 늦기 전에 짝을 찾았으면 좋겠구나. 네 창고가 얼마나 찼는지, 은행 잔고가 얼마나 불었는지 같은 건 신경 안 쓴다. 창고가 꽉 차고 지갑이 불룩하다 해도 침대가 텅 빈다면 다 무슨 소용이겠느냐."

이것이 그의 마지막 말이었다. 그래서 아버지를 화장한 지 아흐레째, 구루 그란트 사히브* 통독이 끝나기 하루 전날, 카슈미라라고 자신을 소개한 여자가 초상집에 아버지의 친구였던 유명한 영국인 기자가 써준 소개장을 들고 나타나자, 유브라지는 이를 신께서 내려주신 징조라 여겼다. 그는 그녀를 한 가족처럼 따듯이 맞아 환대를 베풀고, 슬픔에 잠긴 때인데도 계속 머물라고 했다. 또한 그녀가 열흘째 되는 날 장례를 마무리하는 보그 의식에 참여해 만가를 듣고, 카라 파르사드와 랑가르**를 같이 나눠 먹고, 자기가 새로운 가장으로서 터번을 받는 모습을 구경하도록 해주었다. 친척들이 시크교도식대로 울부짖거나 곡을 하지 않고 흩어진 뒤에야 겨우 그녀에게 왜 찾아왔는지 물어볼 여유가 생겼다. 하지만 그때쯤 그는 이미 진짜 이유를 알았다. 그녀는 그가 사랑에 빠지도록 해주기 위해 온 것이었다. 간단히 말하자면 아버지가 돌아가

---

* 시크교의 경전.
** 시크교 사원에서 나눠주는 음식.

시면서 그에게 보내주신 선물이었다.

그는 카슈미라에게 말했다. "당신은 우리의 이야기가 끝날 때 오셨군요. 아버님이 아직도 저희와 함께 계신다면, 당신의 모든 질문에 답해주셨을 겁니다. 하지만 아버님이 늘 말씀하셨듯 우리의 경험을 이해할 수 없다는 것이 우리 인간의 비극이라면, 우리도 어쩔 수 없는 일이지요. 시간이 지날수록 점점 더 힘들어집니다. 어쩌면 당신에게는 너무 많은 시간이 지나가버린 것일지도 몰라요. 받아들이셔야 할 겁니다. 이렇게 말해서 죄송합니다만, 우리의 경험에는 우리가 죽어도 이해 못 할 것들이 있답니다. 아버님은 자연 세계가 우리가 파악할 수 없는 의미들을 채워줄 설명을 준다고 말씀하셨지요. 겨울 소나무에 비스듬히 내리쬐는 싸늘한 햇살, 물 흐르는 소리, 호수를 가르는 노, 날아가는 새, 장엄한 산, 침묵의 침묵 같은 것 말입니다. 우리는 생명을 받았지만 완전히 손에 넣을 수는 없다는 사실을 받아들이고 눈과 기억과 마음으로 잡을 수 있는 것을 즐겨야 합니다. 그런 것이 아버님의 신조였지요. 하지만 정작 저는 사업에 온 힘을 다 쏟으면서 돈으로 손을 더럽혔지요. 아버님이 가시고 난 지금에야 겨우 아버님의 정원에 앉아 그분의 말씀에 귀를 기울일 수 있게 되었습니다. 슬프게도 아버님이 떠나시고 기쁘게도 당신이 온 지금에야 말입니다."

자신을 사업가라고 말했지만, 그에게는 시인 같은 면이 있었다. 그녀가 그의 일에 대해 묻자 속사포처럼 말을 쏟아냈다. 그녀에게 자기가 사고파는 수공예품 이야기를 해줄 때 그의 목소리에는 풍부한 감정이 넘쳐흘렀다. 그는 중앙아시아와 야르칸드, 신장에서 옛날 실크로드 시대에 만들었던 넘다 깔개 수공품의 기원에 대해 이야기해주었다. 요즘은 비록 쇠락해 초라해졌지만, 사마르칸트와 타슈켄트라는 단어를 입에 올릴 때는 과거의 영광을 떠올리며 눈빛을 반짝였다. 종이죽 공예품도 사마르칸트에서 카슈미르로 건너왔다. "15세기에 카슈미르 왕자가 그곳에서 몇 년간 감옥살이를 하면서 이 공예를 배웠답니다." 아, 사마르칸트의 감옥이라니, 그의 눈에서 광채가 번득였다. 그런 곳에서 어떻게 이런 것을 배울 수 있었을까! 그는 그녀에게 두 부분으로 나누어 이루어지는 제조 공정을 설명해주었다. 사크차지라 불리는 제작 과정은 폐지를 물에 적셨다가 펄프가 되면 말려서 모양을 만든 뒤 풀과 석고로 층층이 덮고 박엽지를 위에 덧붙이는 방식으로 이루어진다. 그런 다음 나카시라는 장식 단계로 들어가는데, 물감과 라커를 칠하는 과정이다. "아주 많은 예술가가 모든 작품을 함께 만든답니다. 최종 완성품은 어느 한 사람의 것이 아니지요. 우리 전체 문화의 산물입니다. 카슈미르에서 만들어질 뿐만 아니라 카슈미르에 의해 만들어지는 것이지요."

카슈미르 숄의 짜임새와 자수에 대해 묘사할 때는 그의 목소리가 경외감으로 낮아졌다. 그는 감상적으로 숄을 한 번도 본 적 없는 고블랭직 태피스트리에 비교했다. 그는 전문용어에 빠져서 색이 바뀌는 부분과 겹치는 씨실로 장식을 만든다는 식으로 말했다. 그가 직공의 솜씨에 아이처럼 흥분하자, 그녀도 덩달아 흥분했다. 그는 얼마나 솜씨가 뛰어난지 같은 모티프를 숄 양쪽에 다른 색깔로 수놓는 소즈니 자수 기술과 공단 바느질, 아리 공예, 아이벡스

털과 전설적인 자마와르 숄에 대해서도 이야기해주었다. 그가 이야기를 마치고 지루하게 해서 미안하다며 사과할 즈음에는 이미 그녀도 반쯤은 사랑에 빠졌다.

그러나 그녀는 사랑에 빠지려고 카슈미르에 온 것이 아니었다. 그렇다면 그녀를 사랑하는 이 남자는 무엇을 하고 있는 것일까? 아버지가 숨을 거둔 지 두 주도 안 된 지금 누가 봐도 미남형인 그의 얼굴에 떠오른 저 바보 같은 표정, 통역이 필요 없는 저 표정은 대체 무엇일까? 그리고 대관절 그녀는 또 어찌 된 것일까? 어쩌자고 자기 갈 길은 제쳐놓고 이 역사의 풍파 바깥에 있는 듯한 이상한 정원에서 꾸물대며 순진한 벌들의 윙윙거림에 귀를 기울이고, 어떤 악도 뚫고 들어오지 못할 울타리 사이에서 헤매고, 코르다이트 폭약 냄새에 오염되지 않은 재스민 향 나는 공기를 들이마시고, 낯선 이의 숭배에 찬 관심을 흠뻑 받으며 시간을 보내고, 수공예품 제조에 대한 그칠 줄 모르는 설명과 인정하지 않을 수 없는 아름다운 목소리로 읊는 시 낭송에 귀를 기울이며 매일같이 도시에 시끄럽게 울리는 행군 소리, 주먹을 불끈 쥔 요구들과 시대의 해결할 수 없는 불만으로부터 격리되어 있는 것인가? 그녀 안에서도 감정이 솟구쳐 올랐다. 인정하지 않을 도리가 없었다. 아무리 감정에 굴복하지 않고 자제력을 발휘하는 습관이 몸에 배었다 해도, 이 감정은 너무도 막강했다. 어쩌면 그녀가 맞설 수 있는 힘을 넘어서는지도 모른다. 아닐 수도 있다. 그녀는 오랫동안 쉽게 마음을 주지 않은, 멀리서 온 여자였다. 자기가 그의 욕구를 만족시켜줄 수 있을지, 어떻게 그렇게 해줄 수 있을지 알 수 없었다.

564

자기가 이런 생각을 한다는 것부터가 놀랍기만 했다. 의도한 바가 아니었다. 그녀는 충격을 받았고, 자기감정에 배신당한 기분마저 들었다. 언젠가 올가 시메오노브나는 사랑이란 본래 슬금슬금 기어 들어오는 거라고 경고했다. "고놈은 네가 보고 있는 곳에서 다가오지 않는단다. 네 왼쪽 귀 뒤에서 슬그머니 기어 올라와 돌멩이처럼 냅다 머리를 후려칠 게야."

밤이면 그는 그녀에게 노래를 불러주었고, 그의 목소리는 마법처럼 그녀를 사로잡았다. 그는 자기 아버지를 닮아 카슈미르 음악에 조예가 깊었고, 좀 서툴기는 하지만 산투르도 연주할 줄 알았다. 그는 수피아나 칼람으로 알려진 고전 양식의 무쿠암 라가*와 16세기의 전설적인 시인이자 공주였던 하바 카툰의 노래를 불러주었다. 그녀는 머나먼 비하르에서 무굴 황제 아크바르의 손에 투옥된 사랑하는 왕자 유수프 샤 차크와 떨어진 고통을 노래한 서정적 연애시인 롤을 카슈미르에 도입했다. "나의 정원에는 화사한 꽃들이 만개하였으나, 어찌하여 그대는 제 곁에 계시지 않은가요?" 노래를 부르고 난 뒤 그는 여자 목소리가 아니라서 미안하다고 사과했다. 그는 파하리족** 음악 스타일의 변박자를 쓰는 바칸이라는 노래를 불렀다. 음악이 제 효과를 발휘했다. 그녀는 예기치 못한 환락에 취해 마법에 걸린 듯한 정원에서 닷새를 머물렀다. 엿새째 되는 날 그녀는 정신을 차리고 자신을 흔들어 깨워 그에게 도움을

---

* 인도 전통음악.

** 네팔과 인접한 인도의 히마찰프라데시 주와 우타르프라데시 주 북부(히말라야 산맥에 걸쳐 있는 지역)의 다수 인구를 차지하는 혼혈 종족.

청했다. "파치감." 그녀는 마치 그 이름이 어머니가 금덩이처럼 빛나는 보물을 몰래 숨겨둔 동굴 앞에서 거대한 바위문을 굴려 열어줄 마법의 주문 "열려라 참깨"라도 되는 듯 말했다. 파치감, 그곳은 진짜가 되어야 할 설화 속의 장소였다. "제발." 그녀가 부탁했다. 그러자 그는 시골 길이 얼마나 위험한지는 말하지 않고 그녀를 데려다주겠노라고, 설화 속으로, 아니 적어도 과거 속으로 운전해 데려가주겠노라고 동의했다. "그 마을 상황은 저도 모르기 때문에, 부끄럽지만 당신이 알고 싶어하는 것은 말씀드릴 수가 없습니다. 그 마을은 얼마 전에 일제 소탕을 겪었습니다. 다 알려진 사실이지요. 그 마을과 연락을 취했던 분이 바로 저희 아버님이십니다. 유감이지만 문화 쪽에는 제가 그리 밝지 못합니다. 저는 사업가라서요." 일제 소탕이라니, 그 말이 무슨 뜻인지 알고 싶었다. 누구한테 무슨 일이 일어났다는 건지. 그는 그녀에게 일제 소탕이 얼마나 야만스러운 사건이 될 수 있는지 말하지 않았다. 그저 몹시 미안해하면서 되풀이해 말했다. "저도 모릅니다. 유감스럽지만 저도 확실히는 모릅니다." 하지만 우리가 가서 알아보면 되지 않느냐고 그녀가 말했다. "그렇지요." 그는 침울하게 동의했다. "오늘이라도 갈 수 있습니다."

카슈미라는 그의 올리브색 도요타 퀄리스에 올랐다. 차를 몰아 무법지대 한복판에서도 불가사의하게 평온한 섬 같은 그의 집, 그 조그만 샹그릴라의 대문을 빠져나가면서, 그녀는 마법의 낙원을 떠나는 순간 그가 불사의 인간처럼 그녀의 눈앞에서 끔찍하게 늙고 시들어 죽어버리지는 않을까 하는 생각에 그를 곁눈질로 보았다. 그러나 그는 멀쩡했고, 아름다움과 우아함도 그대로였다. 그는 자기를 쳐다보는 그녀의 시선을 눈치채고 얼굴을 붉힐 만큼 허영심도 있었다. "당신의 집, 당신의 정원, 정말 아름다워요." 그녀는 자기 눈 속에서 반짝이는 빛을 감추느라 잽싸게 둘러댔다. 그의 얼굴이 더 새빨개졌다. 얼굴을 붉히는 남자한테는 당해낼 도리가 없다. 어찌 거부할 수 있으랴. "제가 어렸을 때, 그곳은 천국 안의 천국이었답니다. 하지만 카슈미르는 이제 더이상 천국이 아니고, 저는 아버지처럼 정원사도 아닙니다. 집과 정원이 오래 버티려면……" 그는 말을 중간에 끊었다. "버티려면 뭐요?" 그녀는 그가 미처 다 하지 않은 말을 짐작하며 채근했으나, 그는 다시 얼굴을 붉히며 앞에 펼쳐진 길에만 정신을 모았다. 여자의 손길이 필요하지요.

봄의 카슈미르, 치나르 나무에 움트는 새싹, 흔들리는 포플러 나무, 과일나무에 활짝 핀 꽃, 산이 온통 주위를 둘러쌌다. 어둠의 시대에도 여전히 그곳은 빛의 세상이었다. 처음에는 불타버린 집, 탱크, 여인들의 눈에 깃든 두려움, 남자들의 눈에 서린 다른 공포에서 쉽게 눈을 돌릴 수 있었다. 그러나 점차 사르다르 하르반스 싱의 정원이 걸어놓은 주문이 풀렸다. 유브라지의 기분도 점점 어두워졌다. 그녀가 입을 열었다. "말해주세요. 알고 싶어요." "이런 얘기는 하기가 좀 어렵습니다." 이것이 진짜 삶이죠. "저도 알아야겠어요." 그녀가 말했다. 처음에는 어색한 완곡어법으로, 그다음에는 좀더 솔직하게, 그는 계곡을 괴롭히는 두 악마에 대해 말해주었다. "광신도들이 우리 양민을 죽이고 군대가 우리 부녀자들을 욕보였습니다.” 그는 바드감, 바트말루, 차왈감 등 반군에 의해 주민이 살해된 마을의 이름을 나열했다. 총으로 쏘고, 매달고, 칼로 찌르고, 목을 베고, 폭탄을 터뜨리고. “이게 그들의 이슬람이라지요. 그들은 우리가 잊기를 바라지만 우리는 기억합니다.” 한편으로 군대는 주민을 혼란에 빠뜨리기 위해 성폭행 수법을 이용했다. 쿠난포슈포라에서는 여자 스물세 명이 총구를 겨눈 군인들에게 겁탈당했다. 인도군 부대 전체가 어린 소녀들을 조직적으로 강간하는 일이 비일비재했다. 소녀들을 군대 막사로 끌고 가 옷을 벗기고 나무에 묶은 다음 가슴을 칼로 도려냈다. “죄송합니다.” 그는 세상의 추악함에 대해 사과했다. 그의 왼손이 운전대 위에서 떨렸다. 그녀는 그 위에 자기 오른손을 얹었다. 그들의 첫 접촉이었다.

길옆으로 시내가 흘렀다. “저게 무스카둔 강입니다. 파치감에 거의 다 왔습니다.” 세상이 사라졌다. 있는 것은 오로지 강물, 그녀의 귓가에 천둥처럼 울리는 물소리뿐이었다. 그녀는 익사하는 듯한 기분이었다. 그가 물었다. “괜찮습니까? 차멀미 아닌가요? 잠시 차를 세울 테니 좀 쉬겠습니까?” 그녀는 멍하니 고개를 저었다. 그들은 길모퉁이를 돌았다.

마치 구멍을 파는 거대한 생물이나 개미나 벌레가 지하에서 꿈틀거리며 올라와 묘지에 흙으로 군락을 지어놓은 것 같았다. 옛

마을의 폐허, 숯덩이가 된 목조 건물들의 토대, 말라죽은 과수원, 부서진 거리가 아직 눈에 띄었다. 이 귀신들 주위에, 그 사이에 새로운 집들이 솟아 올라와 있었다. 신경을 쓰거나 뭔가 생각한 흔적이라곤 전혀 없이 나뭇가지와 흙과 이끼를 대충 얼기설기 뒤섞어 지은 쓰러질 듯한 오두막, 지붕에 뚫은 구멍으로 푸른 연기가 올라오는 흙집이었다. "열등한 종족의 엉성한 작품이지요." 유브라지가 집들을 가리키며 성난 목소리로 말했다. "아니면 야만으로 퇴행하는 우리 자신의 것이거나요." 문간에는 찢어진 누더기가 걸려 있고, 부루퉁한 얼굴들이 말없이 적의 어린 눈빛을 던졌다. 유브라지가 신중한 어조로 말했다. "여기에서 끔찍한 일이 일어났습니다. 이 사람들은 원래 마을 주민이 아닙니다. 제가 알던 이들은 압둘라 노만이 이끄는 반드 파테르 배우들이었는데, 이 사람들은 그들이 아닙니다. 새로운 사람들이지요. 이들은 자기네 것이 아닌 땅을 취했기 때문에 얘기하기를 꺼립니다. 땅을 잃을까봐 두려워해요."

그들은 의심에 찬 눈길을 받으며 무스카둔 강까지 걸어갔다. 아무도 앞으로 나와 그들을 맞아주지 않았고, 질문을 던지거나 가라고 쫓지도 않았다. 그들은 허깨비처럼 무시함으로써 사라지게 할 수 있는, 존재하지 않는 헛것 취급을 받았다. 강가에는 매끈매끈한 돌멩이들이 있었다. 그들은 몇 미터 떨어져 앉아 아무 말 없이 흐르는 강물을 바라보았다. 그녀는 자기를 향해 뻗어오는 그의 열망에 찬 손가락을 느낄 수 있었고, 다시금 자기도 그를 원하고 있음을 깨달았다. 그의 손이 자기 몸에 닿으면 어떤 기분일까 궁금했다. 눈을 감고 목덜미에 닿는 그의 입술을 느꼈다. 움직이는 그의 혀를 느꼈다. 그러나 눈을 떠보니 그는 여전히 몇 미터 떨어진 바위 위에 앉아 사랑 때문에 어찌할 바를 모르는 모습으로 그녀를 쳐다보고 있었다.

그 순간 그는 자기 삶, 온 힘을 다 바쳐온 사업이 싫어졌다. 그 일 때문에 지금과 같이 흔해빠진 사업가가 되어버렸다. 나무를 깎아 만든 지붕 있는 배와 종이죽 꽃병 상인, 숄과 깔개 납품업자에 불과한 자신은 그녀를 얻을 자격이 없었다. 사라진 반드의 그늘이 그를 끌어당겼다. 상인으로서의 존재를 버리고, 어떤 해로운 것도 침입할 수 없는 그의 정원에서 산투르를 연주하고 그녀에게 계곡의 노래를 불러주며 남은 생을 보내고 싶었다. 자기 뜻을 알리고 싶었지만 그녀를 덮은 그림자, 그녀가 아직 이름 붙이지 못한 깊어가는 공포를 볼 수 있었으므로 가만히 있었다. 그녀를 위로하고 싶었지만 할 말이 없었다. 무릎을 꿇고 그녀의 애정을 애걸하고 싶은 마음이 간절했으나 그러지 못했다. 부적절한 열망으로 자신을 끌어들인 운명을 저주하면서, 한편으로는 저주하는 만큼 그 운명에 감사했다. 그는 사랑하는 법을 아는 착한 남자였다. 말하고 싶었지만 그럴 수가 없었다. 그는 그녀를 언제나 숭배할 것이고 그녀의 변덕에 자기 삶을 맞출 것이지만, 지금은 그런 말을 할 때가 아니었다. 사랑을 할 때가 아니었다. 그녀는 고뇌에 빠져 있었고, 설령 그렇지 않더라도 자기를 받아들여줄지 확신할 수 없었다. 그녀는 먼 곳에서 온 여인이었다.

그녀의 감정은 두려움 밑에 묻혀 표면까지 올라올 수 없었다.

그녀는 그림자 행성을 몰랐지만, 어두운 힘의 존재를 느꼈다. 그녀는 이 강이 어머니의 강이라고 생각했다. 이 물가에서 어머니가 춤을 추었다. 저 숲에서 아버지의 살인자가 광대 기예를 익혔다. 길을 잃고 집에서 멀리 떠나와 헤매는 기분이었다. 몇 미터 떨어진 바위 위에는 한 이방인이 앉아 어리석게도 사랑 때문에 죽어가고 있었다.

갑자기 유브라지는 아버지 사르다르 하르반스 싱이 생각났다. 아버지는 이 여인이 올 것을 어느 정도 내다보았다. 어쩌면 아버지는 죽음의 불꽃을 통과한 뒤 일이 이렇게 되도록 미리 예비해뒀을지도 모른다. 하르반스는 지금 아들이 앉아 있는 그 폐허의 옛 전통을 아끼고 보살폈다. 그는 그들의 아름다움을 지키는 정원사였다. 유브라지는 몰아치는 상실감과 좌절감을 이기지 못하고 거친 말을 뱉어내며 벌컥 소리쳤다. "여기에 앉아 있는 이유가 뭡니까? 이곳은 끝장났습니다. 다 박살 났고 더는 예전의 그곳이 아닙니다. 사정이 이렇다고요." 그녀도 무력한 흥분에 사로잡혀 주먹을 불끈 쥔 채 두려움으로 숨이 막히는 것을 느끼며 벌떡 일어섰다. 그녀가 성난 눈으로 그를 노려보자, 그는 마치 그 열기에 타버린 듯 의기소침해졌다. "죄송합니다. 저는 서투른 바보예요. 생각 없는 말로 당신을 괴롭혔군요." 그는 설명할 필요가 없었다. 그녀는 그의 눈에서 고통을 보고는 고개를 가로저으며 그를 용서했다. 그녀의 눈에는 그에 답하는 절망이 깃들었다. 말을 붙여볼 사람을 찾아봐야 했다.

강가에 수선화가 자라고 벌들이 날아들었다. 유브라지 싱은 아버지가 입에 올린 적이 있는 시르말의 유명한 바스타 와자, 최대 예순 가지가 나오는 잔칫상의 대가를 기억해냈다. 뒝벌을 일컫는 봄부르와 수선화를 딴 이름이었다. "이 근처에 얌바르잘이라는 사람이 있습니다." 그가 말했다.

✦

"그러니까 부니한테 딸이 있었던 말이지." 하시나 얌바르잘이 말했다. 그녀는 검은 부르카의 틈 사이로 눈을 가늘게 뜨고 이 젊은 여인, 영국 여자의 목소리를 지녔고 미국에서 왔다는 카슈미라를 쳐다보았다. "그래, 맞아, 넌 온 세상이 지옥이 되건 말건 상관도 않고 네가 갖고 싶은 것을 손에 넣을, 바로 그런 얼굴을 하고 있구나." 이제는 완전히 늙은이가 된 봄부르 얌바르잘이 구석의 흡연용 의자에 앉아 큰 소리로 덧붙였다. "그 여자한테 망할 할아버지가 제 밭과 과수원으로도 성이 안 차 내 생계 수단인 요리사 일까지 뺏어가려 했다는 얘기도 해주구려. 실력은 내 발끝에도 못 미치는 주제에 잘난 척만 하고 말이야. 제아무리 바스타 와자라고 떠들어봤자 사실이 어디 가나. 물론 이제는 아무려나 상관없는 일이지. 그놈은 죽었지만 나는 여기에서 아직도 내 차례를 기다리고 있으니."

시르말은 대부분의 계곡 마을과 마찬가지로 가난과 공포라는 쌍둥이 질병, 옛 생활방식을 다 없애버리는 이중의 전염병에 시달려왔다. 썩어가는 집들은 수리되지 않은 가난의 지붕, 경첩이 떨어진 가난의 창문, 망가진 가난의 계단, 텅 빈 가난의 부엌, 기쁨이 없는 침대 등 정말로 온통 가난으로 지어진 것 같았다. 또한 여자들―하시나 얌바르잘마저도―이 죄다 베일을 쓰고 있다는 충격적인 사실로 그들의 공포를 짐작할 수 있었다. 한평생 베일을 우습게 알았던 카슈미르 여자들이었다. 사르판치의 집 앞에 주차된 번쩍거리는 큰 차는 외부 세계로부터의 침입자 같았다. 집 안에서는 자기 운명에 더는 화낼 것도 남지 않은 베일을 쓴 노부인이 사르다르 하르반스 싱의 아들과 부니 카울 노만의 딸에게 자기가 베풀 수 있는 만큼의 환대를 베풀었다. 그녀의 손과 눈 외에는 아무것도 보이지 않았지만, 한창때에는 만만찮은 여자였고, 그 힘이 아직도 어느 정도는 분명 남아 있는 듯 보였다. 그녀의 뒤쪽 한 구석에서는 눈에 허옇게 백태가 끼고 늙어 쭈그러든 팔십대의 남편이 노인 특유의 진득진득한 악의에 차서 물담배를 피웠다. 하시나 얌바르잘은 손님에게 뜨거운 소금차를 내놓으며 말했다. "이런 꼴로 사는 몰골을 보여줘서 안됐구먼. 한때는 우리도 남부러울 것 없이 떵떵거리며 살았지만 이제는 다 잃어버렸어." 구석의 노인이 고함을 질렀다. "그것들이 아직도 있어? 왜 그것들이랑 얘기하는 게야? 내가 조용히 죽을 수 있게 썩 가버리라고 좀 해." 베일 쓴 여자는 남편의 행동을 사과하지 않았다. 여인이 조용히 설명했다. "저이는 사는 데 지쳤어. 죽음이 참 잔인도 한 것이, 우리 어린애들이나 한창때인 남정네, 여자들은 잘도 데려가면서 정작 매일같이 자기한테 오라고 비는 사람 소원은 무시한다니까."

시르말에서 철의 물라 마울라나 불불 파크의 죽음으로 이어진 사건이 있은 뒤, 한밤중에 다른 반군이 들이닥쳤다. 그들은 사르 판치의 집에 들어와 그를 잠자리에서 끌어내 그 자리에서 재판을 했다. 온 마을을 대신해 그에게 믿음을 저버리고 무장 병력을 도 왔으며, 폭식과 호색, 악덕을 북돋는 사치스러운 잔칫상을 차리는 부도덕한 관습에 참여했다는 죄목을 댔다. 봄부르 얌바르잘은 무 릎을 꿇은 채 자기 집에서 사형선고를 받았다. 반군은 그의 아내 에게 일주일 내에 마을 사람들이 불경한 짓을 그만두고 신의 계율 에 따르지 않을 경우, 돌아와서 형을 집행하겠다고 말했다. 봄부 르 얌바르잘은 관자놀이에 총구가 겨눠지고 칼날이 목에 닿은 순 간, 영원히 시력을 잃었다. 말 그대로 공포 때문에 눈이 멀어버린 것이다. 그후 여자들은 부르카를 쓰는 수밖에 없었다. 베일을 쓴 시르말 여자들은 아홉 달 동안 반군 지휘자들에게 봄부르의 목숨 을 살려달라고 간청했다. 마침내 그에게 내려진 사형선고는 가택 연금으로 바뀌었지만, 또다시 최대 예순 가지 코스의 잔칫상을 요 리하는 악행을 저지르거나, 여전히 구역질 나기는 마찬가지이지 만 서른여섯 가지 코스가 넘는 잔칫상을 차렸다가는 그의 목을 베 어 스튜를 끓여서 온 마을 사람들한테 저녁으로 먹이겠다는 협박 이 돌아왔다.

　눈먼 봄부르가 담배 연기에 둘러싸여 악의에 찬 목소리로 웅얼 거렸다. "그 여자가 알고 싶어하는 걸 말해줘. 그러고도 처음 왔을 때처럼 좋다고 하는지 한번 보게."

마울라나 불불 파크와 그의 부하들이 게그루 형제의 옛 집에서 몰살당한 다음 날 아침, 하시나 얌바르잘은 광대 샬리마르가 돌아오지 않았다는 것을 알았다. 그가 빌려간 당나귀도 사라졌다. 그녀는 생각했다. 그 녀석이 빠져나갔다면, 언젠가 돌아올지 모르니 대비해두는 편이 좋겠군. 그녀는 그가 젊은 시절 높은 줄 위에서 부렸던 광대 묘기를 떠올렸다. 중력을 벗어난 듯한 보기 드문 재능이었다. 밧줄이 사라지는 것처럼 보였다. 보고 있노라면 젊은 원숭이가 실제로 허공을 걷는 듯한 환각을 경험했다. 바로 그 젊은이와 살인을 저지르는 전사가 같은 사람이라고 생각하기는 힘들었다. 스물네 시간 뒤, 당나귀는 시르말로 돌아오는 길에서 굶주리기는 했으나 멀쩡한 모습으로 발견되었다. 광대 샬리마르는 자취를 감췄다. 그러나 그날 밤 하시나 얌바르잘은 소름 끼치도록 끔찍한 꿈을 꾸고 일어나, 옷을 입고 따듯한 담요로 몸을 꽁꽁 감싸고는 남편에게도 어디 가는지 말하지 않고 집을 나섰다. 그녀는 남편에게 경고했다. "묻지 말아요. 내가 찾으려는 것을 나도 설명할 수 없으니." 부니 노만의 마지막 요새가 된, 숲이 우거진 언덕에 있는 예언자 나자레바두르의 오두막에 닿았을 때 그녀가 발견한 것은 그 어느 꿈도 따르지 못할 소름 끼치는 힘을 지닌, 썩어 구더기가 들끓는 세상의 현실이었다. 그녀는 생각했다. 우리 가운데 완벽한 사람은 없어. 하지만 세상의 지배자는 우리 가운데 그 누구보다도 잔인해서, 우리가 저지른 과오에 지나치게 큰 대가를 치르게 만들지.

그녀는 부니의 딸에게 말했다. "우리 아들들이 부니를 언덕에서 데리고 내려왔어. 양지바른 곳에 잘 묻어줬지."

⁂

카슈미라는 어머니의 무덤가에 서 있었다. 무엇인가가 그녀 안으로 들어왔다. 어머니의 무덤은 봄꽃으로 덮여 있었다. 숲이 철의 물라의 사라진 모스크를 덮어버린 곳 근처, 마을 끝 수수한 묘소의 수수한 무덤이었다. 그녀는 어머니의 무덤가에 무릎을 꿇는 순간, 마치 그녀가 올 줄 알고 땅 밑에서 기다리고 있었던 듯 재빨리, 단호하게, 무언가가 자기 안으로 들어오는 것을 느꼈다. 그것은 이름은 없지만 힘이 있어서 그녀가 무엇이든 할 수 있게 해주었다. 그녀는 어머니가 몇 번이나 죽거나 살해되었나 따져보았다. 그녀는 이제 검은 옷을 입은 늙은 여인한테서 땅 밑에 흰 수의를 입고 누워 있는 젊은 여인에 대해 전부 들어서 다 알고 있었다. 어머니는 알고 있던 모든 것을 버리고 미래를 찾아 떠나며 그게 시작이라 생각했지만, 그 미래는 작은 죽음으로 시작해 더 큰 재앙을 불러오는 종막이 되었다. 미래가 실패하고 아기를 포기한 채 치욕스럽게 귀향한 것 또한 죽음이었다. 그녀는 눈보라 속에 서 있는 어머니를 고향 마을 사람들이 유령처럼 취급하는 모습을 보았다. 모든 사람이 어머니를 죽였다. 실제로 해당 기관에 가서 서명과 도장으로 어머니를 살해했다. 그럴 동안 다른 나라에서는 그

576

녀가 이름을 입에 담지 않는 그 여자가 거짓말로 어머니를 죽였다. 아직 살아 있는데도 어머니를 죽였고, 아버지도 거짓말에 가담했으니 역시 어머니의 살인자였다. 그후 언덕배기 오두막에서 살아 있는 죽음의 긴 세월을 보내는 동안, 죽음은 때를 기다리며 어머니를 둘러싸고 있다 광대의 겉모습을 둘러쓰고 왔다. 아버지를 죽인 그 남자가 어머니도 죽였다. 알고 있는 것의 차디찬 무게가 그녀의 심장을 얼음처럼 짓눌렀고, 그녀 안으로 들어와 그녀가 무엇이든 할 수 있게 만들었다. 그녀는 어머니가 살아 있을 때에는 죽은 줄로만 알았고, 이미 죽었을 때에는 살아 있다고 믿었다. 그러다 이제 와서 마침내 죽은 어머니가 죽었다는 것을, 정말로 죽어버렸고 아무도 더는 죽일 수 없는 식으로 죽었다는 사실을 받아들여야 하게 되었지만, 그때도, 다른 어느 때에도 어머니를 위해 울지 않았다. 주무세요, 어머니. 그녀는 어머니의 무덤가에서 생각했다. 꿈 없이 주무세요. 죽은 자들이 꿈을 꾼다면 죽음에 대한 꿈밖에는 꿀 수 없을 테고, 아무리 깨어나고 싶다 한들 그 꿈에서 깨어날 수 없을 테니까요.

날이 저물고 있었다. 아직 해가 있을 때 도시로 출발하는 편이 나을 듯했지만, 봐야 할 것이 아직 남았다. 어머니가 광대 샬리마르와 사랑을 나눴다는 켈마르그 초원과 그가 어머니의 목을 베어 죽였다는 숲 속 구자르족 여인의 오두막이었다. 부르카를 뒤집어 쓴 여인이 길을 가르쳐주러 함께 갔고, 그녀와 사랑에 빠진 남자도 갔지만, 그들은 존재하지 않았다. 오로지 과거만이 있었다. 과거와 그녀의 가슴속에 있는 그것, 그녀가 필요하다면, 해야만 한다면 무슨 짓이라도 할 수 있게 만들어줄 그것만이 존재했다. 그녀는 어머니를 몰랐지만, 어머니가 있었던 장소, 어머니의 사랑과 죽음이 벌어진 곳은 알게 되었다. 초원은 늦은 오후의 긴 그림자를 드리우는 햇살에 노랗게 빛났다. 그녀는 그곳에서 어머니가 사랑했던 남자, 어머니를 사랑했던 남자와 함께 웃고 달리는 어머니를 보았다. 그들이 구르고 입 맞추는 모습을 보았다. 사랑한다는 것은 어머니에게 목숨을 건 일이었군요. 그녀는 생각했다. 여기까지 자기를 태워다준 남자를 곁눈으로 보았다. 그는 아직 사랑을 고백할 용기는 없지만 자기를 사랑하고 있음은 분명했다. 그녀는 아무 의미 없이 한 걸음 뒤로 물러서 그에게서 떨어졌다. 어머니는 관습에 맞서 사랑을 향해 다가갔고, 비싼 대가를 치렀다. 그녀가 현명하다면, 어머니의 운명을 교훈으로 삼을 것이다.

숲 속의 오두막은 폐허가 되었다. 지붕도 무너졌다. 그녀가 들어가기 전에 유브라지가 뱀이 있을까 싶어 잡초가 무성하게 자란 바닥을 막대기로 쳤다. 꺼진 지 오래인 불 위에 걸린 녹슨 냄비에서 먹지 않은 음식 냄새가 아직도 좀 감돌았다. 그가 어디에서 그 일을 했나요. 그녀는 부르카를 쓴 여인에게 물었다. 여인은 반쯤 뜯어먹힌 토막난 시체를 도저히 말로 설명할 수 없었다. 하시나 얌바르잘은 손가락을 들어 가리켰다. 바깥이었다오. 거기에서 찾았지. 부니가 쓰러져 있던 자리에 잔디가 시커멓게 빽빽이 자라 있었다. 부니의 딸은 어머니의 피를 먹고 자란 모양이라고 생각했다. 그녀는 아래로 내리긋는 칼을 보았고 땅에 쓰러지는 몸의 무게를 느꼈다. 갑자기 그녀를 끌어당기는 인력의 힘이 커지면서,

그녀의 무게가 그녀를 밑으로 끌어당겼다. 그녀는 머리가 핑 돌아 잠시 정신을 잃고 어머니가 죽어 있던 자리에 쓰러졌다. 의식을 되찾았을 때는 하시나의 무릎에 누워 있었고, 유브라지가 힘없이 손을 늘어뜨린 채 그녀 주위를 서성였다. 언덕 위로 해가 지고 있었으므로, 하시나와 유브라지는 그녀를 부축해 데리고 내려갔다. 그녀는 말을 할 수가 없었다. 부르카를 입은 여인에게 감사의 말도 못했고, 차가 떠날 때 고개를 돌려 작별 인사를 하지도 못했다.

도시로 채 돌아오기도 전에 위험한 밤이 닥쳐왔다. 총과 손전등을 든 사람들이 손을 흔들어 검문소에 차를 세우게 했다. 제복을 입은 남자도 있고, 사복 차림에 모직 수건으로 머리를 감싸 턱 밑에서 묶은 남자도 있었다. 이자들이 보안군인지 반군인지 알아낼 방법이 없었고, 어느 쪽이 더 위험한지도 역시 알 수 없었다. 멈추는 수밖에 없었다. 길에 금속과 나무로 만든 바리케이드가 쳐져 있었다. 그들의 얼굴 위로 불빛이 쏟아졌다. 그녀의 동행이 단호한 말투로 뭐라고 빠르게 말했다. 충격을 받은 상태인데도, 그때 그녀 안의 그것이 튀어나와 바깥의 남자들을 노려보았다. 남자들은 그녀의 눈 속에서 그것을 보더니 물러서서 바리케이드를 치우고 쾰리스를 보내주었다. 이제 아무도 그녀를 막을 수 없었다. 이제 더는 여기 있을 필요가 없었다. 차를 운전하는 남자가 뭔가 말하려 했다. 그는 동정심이나 사랑, 동정심과 사랑을 표현하려 했다. 그녀는 주의를 기울일 수가 없었다. 사랑과 행복의 환상에서 완전히 깨어났고, 기쁨에 찬 도원경의 꿈에서 떠나왔다. 집으로 돌아가야 했다. 그렇다, 이 남자는 그녀를 사랑하고, 지금은 아니지만 가능성이 있다면 그녀가 사랑할 수도 있는 남자였다. 하지만 어머니의 무덤에서 무언가가 그녀 안으로 들어왔고, 물리칠 수 없었다.

퀄리스가 유브라지의 집 대문을 통과해 들어갔다. 이번에는 마법이 듣지 않았는지 현실 세계는 사라지지 않았다. 그녀는 몸이 좋지 않았다. 열이 올라 의사를 불렀다. 덧문을 닫은 서늘한 방에서 침대에 누워 일주일을 보냈다. 모기장을 건 네 기둥이 있는 호두나무 침대에서 땀을 흘리며 몸을 부들부들 떨었다. 잠이 들면 무서운 것만 보였다. 유브라지가 침대 옆에 앉아 그녀가 그만두라고 부탁할 때까지 이마에 차가운 습포를 대주었다. 건강을 회복하자 그녀는 침대에서 일어나 짐을 꾸렸다. "안 돼요, 안 돼요." 그가 애원했지만, 그녀는 마음을 단단히 다지고 차갑게 쏘아붙였다. "당신 일이나 신경 쓰세요. 난 내 일을 해야 하니까." 그는 약간 움찔하더니 한 번 고개를 끄덕이고 그녀가 짐을 꾸리도록 내버려두었다. 준비가 끝나자 그녀는 사람을 취하게 하는 마력에 결심이 약해질까봐 정원에 발을 들이지 않고 떠날 시간이 될 때까지 실내에 머물렀다. 그는 품위를 지켰지만, 너무 큰 상처를 받아서 딱딱한 태도로 단답형으로만 말을 했다. 남자들은 어쩌면 이렇게 한심할까. 그녀는 혼잣말을 했다. 여자들은 왜 이런 뿌루퉁하고 별 볼일 없는 족속과 맺어지려 하는 걸까? 그는 얼굴 표정에 온통 써놓은 것을 차마 말로는 하지 못했다. 대신 골난 얼굴로 쿵쿵거리고 다녔다. 여자들이 세상을 등에 짊어지고 다니는 동안, 여자나 하는 짓이라고 말하면서 갖은 뻔뻔스러운 짓거리를 실제로 하고 다니는 것이 바로 남자이다. 겁쟁이는 남자이고 여자가 전사이다. 원한다면 냄비랑 깔개 뒤에나 숨으라지! 그녀는 싸움에 나서야 했고, 그녀가 싸워야 할 곳은 세상 저 건너편이었다.

그러나 공항에서 그는 마침내 용기를 내 그녀에게 사랑한다고 고백했다. 그녀는 이를 악물었다. 고백을 들었으니 자기가 어떻게 해야겠느냐고 물었다. 그 고백은 너무 무겁고 너무 자리를 많이 차지해서 비행기에 갖고 탈 수 없는 짐이었다. 그는 거절을 받아들이지 않았다. "당신은 저에게서 도망칠 수 없습니다. 곧 당신에게 가겠습니다. 저를 피해 숨을 수는 없을 겁니다." 그런 말은 하지 말았어야 했다. 비슷하게 큰소리를 쳐대던 예전 구혼자, 미국인 속옷 모델이 그녀의 머리에 불쑥 떠올랐다. 나를 네 마음속에서 결코 몰아내지 못할 거야. 침대에서도, 욕조에서도 내 이름을 생각하게 될 거야. 나랑 결혼하는 게 좋을걸. 피할 수 없어. 현실을 직시하라고. 그러나 스리나가르 공항 관문에 서 있는 지금, 그 미국인의 이름 따위 기억나지도 않았다. 그의 속옷만큼은 기억할 만했지만, 얼굴도 거의 떠오르지 않았다. 그녀는 더욱 냉정해지고 침착해졌다. 고개를 가로저었다. 이 남자도 잊힐 것이다. 사랑은 기만이고 덫이다. 그녀의 삶은 다른 곳에 있고, 그곳으로 돌아가고 싶다는 것이 현실이다. "아름다운 정원 잘 돌보세요." 그녀는 수공예품 사업가에게 이렇게 말하면서 애매하게 그의 뺨을 한번 쓸어주었다. 그러고는 그의 헛된 사랑의 불안정한 위험으로부터 1만 6천 킬로미터를 날아갔다.

그녀가 로스앤젤레스로 돌아오고 사흘 후, 막시밀리안 오퓔스 대사 살인 사건의 유력한 용의자가 러니언캐니언에서 생포되었다. 그는 고지대의 황무지에서 오랜 기간 짐승처럼 노숙하면서 굶주림과 갈증에 시달렸다. 입수한 정보에 따라 그를 추적했습니다 불쌍한 개자식이더군요 그는 아주 조용히 나왔습니다 항복하게 되어 차라리 기쁘다는 기색이더군요. 토니 제네바 경위는 텔레비전에 나와 그를 에워싼 마이크들에 대고 말했다. 용의자는 고지대에서 내려와 협곡 기슭의 공원 쓰레기통에서 먹을 것을 찾았다. 체면 구기는 일이지만 붉은색 맥도날드 포장 상자에서 몇 개 되지 않는 차갑게 식은 프라이를 뒤지다 잡혔다. 올가 시메오노브나는 뉴스를 듣고 체포를 자기 공으로 돌렸다. 그녀는 다 들으라는 듯 의기양양하게 떠벌렸다. "감자의 힘은 역시 대단하다니까. 와! 아직 내 실력이 녹슬지 않았나보군." 붙잡힌 남자는 자기 신원을 여러 테러리스트

집단의 유명한 공모자인 '광대 샬리마르'로도 알려진 노만 셰르
노만이라고 인정했다. 카슈미라 오필스는 뉴스를 들으면서 자기
도 모르게 기묘한 실망감과 싸웠다. 그녀 안의 그것은 직접 그를
사냥하고 싶어했다. 그의 목소리, 혼란스러운 목소리가 그녀의 머
릿속에서 사라졌다. 어쩌면 그가 너무 약해진 나머지 목소리가 들
리지 않게 된 것일지도 몰랐다. 그러나 그가 미국에서 체포되어
미국 언론의 낯선 리듬 밑으로 사라지면서 그녀 안에 그녀가 처음
에는 미처 문화 충격인 줄 몰랐던 격렬한 동요가 일었다. 그녀는
더이상 이것을 미국인의 이야기로 보지 않았다. 이것은 카슈미르
인의 이야기였다. 그녀의 이야기였다.

　광대 샬리마르의 체포 소식이 신문 1면을 장식했고, 폭동으로
만신창이가 되었던 로스앤젤레스 경찰은 인기가 사상 최저로 떨어
진 시점에서 절실하게 필요로 했던 호의적인 반응을 얻었다. 처음
에는 사임 거부 의사를 밝혔던 경찰국장 다릴 게이츠는 결국 물러
났다. 마이클 물린 경위도 문제가 터지기 시작했을 때 겁에 질린
경찰들이 중과부적으로 플로렌스와 노먼디 가를 폭도들의 손에
넘겨주고 철수한 책임을 지고 사임했다. 시가 입은 피해액은 십억
달러 이상으로 추산되었다. 브래들리 시장과 지방 검사 라이너는
돌이킬 수 없는 치명타를 입었다. 이런 때에 제네바 경위와 힐리
커 경사는 알짜배기 성과를 올린 덕에 언론의 영웅이 되었다. 악
명 높은 로드니 킹 사건의 사인조 쿤 경사, 파월, 브리스노, 윈드
와 비교되는 좋은 경찰이었다. 로드니 킹도 텔레비전에 나와 화해
를 청했다. "우리 모두 다 같이 잘 지낼 수는 없나요?" 그가 애원

했다. 제네바 경위와 힐리커 경사는 조니 카슨이 진행하는 심야 프로그램에 나와 인터뷰를 했다. 진행자는 그들에게 로스앤젤레스 경찰이 다시 대중의 신뢰를 얻을 수 있겠느냐는 질문을 던졌다. "당연히 얻을 수 있고말고요." 토니 제네바가 대답했다. 엘비스 힐리커는 주먹 쥔 오른손을 왼손바닥에 날리면서 덧붙였다. "오늘 밤 감옥에 갇힌 악당이 그 이유를 제대로 보여주지 않습니까."

그후 한동안 멜로즈와 베니스 해변에서 엘비스와 토니의 티셔츠가 팔렸다. 한 텔레비전 방송국은 범인 수색을 다룬 영화제작 계획을 발표했다. 토니와 엘비스 역은 조 만테나와 데니스 프란츠가 각각 맡을 거라고 했다. 로스앤젤레스 경찰의 활약담에서 광대 샬리마르는 단역일 뿐이었다. 이제는 언제나 카슈미라로서 자기가 아는 모든 이에게 그 이름을 쓰게 한 카슈미라 오필스, 어머니와 아버지를 그에게 잃은 카슈미라는 점점 더 화가 났다. 그녀는 시르말에서 어머니의 무덤가에 무릎을 꿇었고, 그곳에서 무언가 중요한 것이 그녀 안으로 들어왔지만, 이제 그녀의 삶에서 엄청난 사건들이 지닌 의미가 경찰의 부패니 썩은 사과니 힐리커와 제네바라는 훌륭하고 정직한 경찰이니 하는 이야기로 새어나가고 있었다. 세상은 멈추지 않고 잔인하게 계속되었다. 그 속에서 막스는 이제 아무런 의미도 없는 존재였고, 부니 카울도 마찬가지였다. 시대의 영웅은 토니와 엘비스였고, 광대 샬리마르는 그들의 소유물이자 그들의 악한이었다. 그들의 해피엔딩이자 최후의 한 방이었다. 그들의 삶에 의미를 부여한 존재, 그녀의 삶에서 의미를 빼앗아 그들에게 넘겨준 자였다. 카슈미라는 아파트 침실에서 홀로 벽에 주먹질을 했다. 눈 뜨고 못 봐주겠군. 그자에게 편지를 써야겠어. 그녀는 생각했다. 내가 여기에서 기다린다는 걸 알려줘야지. 그는 내 손안에 있다는 사실을 알려줘야겠어.

⁂

당신에게 내 아버지 얘기를 하려고 해요. 그녀는 이렇게 적었다. 당신은 자기가 죽인 사람에 대해 좀더 알아야 해요. 그에게 죽음을 가져다준 자로서 아주 가까운 관계를 맺었으니까요. 아버지가 그리 오래 사실 것도 아니었는데 당신은 기다릴 수가 없었지요. 당신은 아버지의 피가 급했어요. 당신이 빼앗은 것은 위대한 생명이었어요. 당신은 그 위대함을 알아야 해요. 권력의 궁전에 들어가는 것에 대해 아버지가 나에게 무엇을 가르쳐주셨는지, 내가 어린 소녀였을 때 아버지가 어떤 분이셨는지, 내 목에 어떻게 입술을 대고 새 울음소리를 내셨는지 당신에게 알려주겠어요. 한때 로스앤젤레스 지하에 살았다던, 아니 아버지가 그렇게 생각하셨던 상상의 도마뱀 인간에 대한 아버지의 우스꽝스러운 강박도 이야기하겠어요. 당신을 아버지와 함께 비행기에 태워 프랑스로 날아가 레지스탕스에게로 데려가겠어요. 당신도 흥미로워할 거라 믿어요. 당신은 틀림없이 자신의 폭력을 일종의 해방운동이 지닌 명분에 따라 행한 것이라고 여기겠죠. 그러니까 아버지 역시 투사였다는 사실을 알면 당신도 흥미를 느낄 거예요. 아버지가 불렀던 노래—네 목을 뽑아줄게!—와 아버지가 제일 좋아했던 음식인

리즐링 와인을 곁들인 사워크라우트*와 아버지가 젊은 시절을 보낸 알자스의 꿀 넣은 양고기 요리를 당신도 알았으면 좋겠어요. 아버지가 딸의 생명을 구했고, 그 딸은 아버지를 사랑했다는 것을 알았으면 좋겠어요. 당신에게 편지를 쓰고 쓰고 또 쓸 거예요. 내 편지는 당신의 양심이 될 것이고 당신을 고문해 세상의 끝이 올 때까지 당신의 삶을 살아 있는 지옥으로 만들 거예요. 당신이 편지를 읽지 않는다 해도, 편지가 당신에게 전해지지 않는다 해도, 전해진 편지를 봉투째 당신이 발기발기 찢어버린다 해도, 여전히 이 편지는 당신의 심장을 꿰뚫는 창이에요. 내 편지는 당신의 영혼을 말라죽게 할 저주예요. 내 편지는 당신을 겁먹게 할 협박이에요. 당신이 죽을 때까지 편지 쓰기를 멈추지 않을 것이고, 어쩌면 당신이 죽고 나서도 당신의 영혼이 불타는 동안 계속해서 편지를 쓸 거예요. 편지는 지옥불보다 더 고통스럽게 당신을 고문할 거예요. 당신은 두 번 다시 카슈미르를 보지 못하겠지만 카슈미라는 여기 있어요. 이제 당신은 내 안에 살게 될 거예요. 나는 당신 주위의 세계를 쓸 것이고 그것은 당신의 감옥보다 더 끔찍한 감옥, 당신 자신보다 더 좁은 감방이 될 거예요. 내가 당신에게 보내는 고난에 비하면 감옥에서 겪는 고초쯤은 쾌락으로 여기게 될 거예요. 내 편지는 독 묻은 화살이에요. 하바 카툰이 부른 노래를 알고 있나요? 오 명사수여, 내 가슴은 당신이 쏘는 화살을 기꺼이 맞겠네. 그녀는 이렇게 노래했죠. 이 화살이 나를 꿰뚫고 있네, 왜

---

* 배추를 절여 발효시킨 독일식 김치.

그대는 나에게 성이 났나. 이제 당신이 내 표적이고 나는 당신의 사수예요. 하지만 내 화살은 사랑이 아니라 증오에 적신 거예요. 내 편지는 증오의 화살이고 당신을 찌를 겁니다.

나는 당신의 검은 셰에라자드예요, 라고 그녀는 썼다. 하루도 빠뜨리지 않고, 단 하룻밤도 놓치지 않고, 내 목숨을 구하기 위해서가 아니라 나의 말로 이루어진 독 품은 뱀이 당신의 목숨을 똘똘 감고 당신의 목을 독아로 찌를 때까지 편지를 쓸 거예요. 아니면 나는 샤리아르 왕이고 당신은 나의 무력한 처녀 신부예요. 당신에게 편지를 쓸 것이고 내 목소리가 당신의 꿈에 출몰할 거예요. 매일 밤 당신의 죽음에 대해 이야기할 거예요. 내 목소리가 들리나요? 내 목소리에 귀를 기울여요. 매일 당신에게 편지를 쓰겠어요. 몇 날 몇 밤이 걸릴지라도, 매일 밤 이야기가 끝날 때까지 당신의 귓가에서 속삭일 거예요. 당신은 더는 내 머릿속으로 들어올 수 없어요. 대신 내가 당신의 머릿속으로 들어갈 거예요.

광대 샬리마르는 보세 가에 있는 로스앤젤레스 주 남자 구치소(MCJ)에서 재판이 시작되기를 기다리며 일 년 반을 보냈다. 그는 다른 죄수와 격리되어 세간의 주목을 받는 수감자가 들어가는 구치소 7000 구역에 수감되었다. 발목에 사슬을 차고 감방에서 배식을 받았으며, 매주 세 차례 한 시간씩 운동을 허락받았다. 수감된 직후 몇 주간은 상태가 극히 불안정해 밤에 자주 비명을 질렀고,

머릿속에 여자 악령이 들어와서 뇌를 뜨거운 창으로 찌른다고 호소했다. 구치소에서는 그가 자살하지 않도록 감시했고, 신경안정제 자낙스를 다량으로 처방했다. 그에게 이슬람 성직자가 방문하길 원하는지 묻자, 그는 그렇다고 대답했다. 피게로아 가에 있는 USC 모스크에서 젊은 이맘*이 왔다. 그는 첫 방문 뒤 죄수가 영어 실력이 딸려 그만 막시밀리안 오퓔스가 텔레비전 토크쇼에서 카슈미르 문제에 관해 했던 발언을 잘못 알아듣고 무슬림의 적으로 오해해 암살했다고 하면서 자기 죄를 진심으로 뉘우치더라고 전했다. 즉 살인은 운 나쁘게 언어상의 착오 탓이었으며, 후회스러울 뿐이라는 것이었다. 그러나 젊은 이맘이 두번째로 찾아왔을 때 죄수는 자낙스를 복용했는데도 극도의 흥분 상태였고, 때때로 여성이 분명한 그 자리에 없는 누군가에게 영어로 말을 거는 듯했다. 완전히는 아니더라도, 그가 앞서 했던 주장을 의심케 하기에는 충분했다. 젊은 이맘이 이를 지적하자 죄수가 위협적으로 돌변해 교도관이 나서서 제지해야 했다. 그후 이맘은 다시 찾아오지 않았고, 죄수도 로스앤젤레스 라틴계 무슬림 연합의 자격을 갖춘 일원인 프란시스코 모하메드가 가끔 남자 구치소에 다른 수감자를 상담해주러 들를 때 필요하다면 도와주겠다고 했음에도 다른 성직자를 만나길 거부했다.

폭동 이후 아이라 라이너 후임으로 온 새로운 지방 검사 길 가세티는 광대 샬리마르 사건이 로스앤젤레스 주 대배심에 부쳐졌

을 때, 피고가 피게로아 가의 이맘에게 한 진술로 보아 교활한 인물이며, 여러 가명과 분신을 쓰는 전문 암살자가 확실하므로 후회하고 뉘우쳤다는 주장을 액면 그대로 받아들여서는 안 된다고 주장했다. 광대 샬리마르는 정식으로 대배심에 막시밀리안 오필스 대사 살인범으로 기소되어 보세 가로 돌아가 재판을 기다렸다. 대배심은 사건에 관련된 특수한 사정상 그에게 사형 판결을 언도할 근거가 충분하다고 인정했다. 유죄로 밝혀지면 그는 가스실을 선택하지 않는 한 독극물 주사로 사형당할 것이다. 본인이 원한다면 아직도 가스실을 대체 방법으로 택할 수 있었다.

처음에 광대 샬리마르는 변호사 선임을 거부하다가, 나중에 윌리엄 T. 틸러맨 변호사가 이끄는 법정 변호인단을 받아들였다. 틸러맨은 변호의 여지가 없는 자를 즐겨 변호하기로 유명했고, 〈검찰 측 증인〉*의 찰스 로턴을 연상시키는 동작이 굼뜨고 몸집이 큰 유능한 변호사였다. 그는 여러 해 전 타블로이드 언론이 '밤의 추적자'라는 이름을 붙여준 리처드 라미레스 변호팀의 차석 변호사로 맨 처음 두각을 나타냈다. 틸러맨은 악명 높은 메넨데스 형제 재판에서 변호사로 지명되지도 않았는데, 변호 전략을 짠 '숨은 손'이었다는 소문이 끈질기게 떠돌았다. (에릭과 라일 메넨데스는 광대 샬리마르처럼 7000 구역 감방의 수감자였다. 나중에 광대 샬리마르가 수감되었을 때, 전직 풋볼 스타 O. J. 심슨도 한동안 그 구역에 있었다.) 막스 오필스의 고아가 된 딸이 광대 샬리마르 앞

---

* 1957년에 제작된 빌리 와일더 감독의 영화.

590

으로 쓴 엄청난 양의 편지가 보셰 가 441번지로 배달되어 오기 시작하자, 틸러맨은 이 편지들과 그의 고객이 소위 여자 악령한테 밤마다 시달린다고 호소하는 고통 사이에 관계가 있음을 알아차렸다. 그래서 '주술사의 변호'로 널리 알려지게 된 방식을 고안해 냈다.

편지 사태가 시작되자 처음에는 간수들이, 나중에는 변호사가 편지를 보겠느냐고 그에게 물었다. 그리고 이례적으로 분노와 적대감에 찬 어조로 경고했다. 윌리엄 틸러맨은 아무리 답장을 하고 싶어도 절대 하지 말라고 단단히 일렀다. 광대 샬리마르는 봉투를 달라고 우겼다. "제 수양딸한테서 온 겁니다." 그는 틸러맨에게 말했다. 틸러맨은 고객의 영어가 억양이 심하기는 하지만 의사소통에는 아무런 문제가 없다는 것을 알았다. "저는 그애가 하고 싶어하는 말을 읽어줘야 할 의무가 있습니다. 답장이 문제라면, 꼭 그럴 필요는 없습니다. 그애가 듣고 싶어하는 답은 없으니까요." 절차를 거치는 데 시간이 오래 걸렸기 때문에 편지는 보통 이삼 주 지나서야 그의 손에 들어왔다. 그러나 그는 첫번째 편지를 보자마자 편지를 쓴 사람이 무시무시한 악몽에서 자기 뒤를 쫓는 여자 악령이라는 것을 알았으므로, 늦는 것 따위는 상관없었다. 그는 부니의 아이가 무슨 말을 하고 있는지 금세 이해했다. 그녀는 복수의 여신이 되려 하고 있었다. 캘리포니아 법정이 어떤 판결을 내리든, 자기가 그의 진정한 심판자라고 말하고 있었다. 배심원석의 미국인 열두 명이 아니라 그녀가 그의 유일한 배심원이 될 것이다. 감옥의 사형 집행인이 아니라 그녀가 자기가 내린 판결에 따라 그를 벌할 것이다. 어떻게, 언제, 어디에서가 될지는 몰라도 상관없었다. 그는 그녀의 야밤 공격에 맞설 준비를 단단히 하고서, 진정 상태에서 비명을 지르면서도 견뎌냈다. 그는 찬찬히 그녀가 매일 보내는 기소장을 읽었으며, 읽고 또 읽어 외워버리고는 그것을 인정했다. 그는 그녀의 도전을 받아들였다.

뉴욕 세계무역센터 폭파 사건—팔 년 뒤 첫번째 폭파 사건으로 기억될 것이다—후 그는 악취 나는 접견실에서 변호사와 탁자를 사이에 두고 마주 앉아 자기의 안전이 염려된다고 말했다. 그는 최대한 보안을 취해 독방에 감금되었지만, 전문 테러리스트로 기소된 무슬림으로서 감옥에 있기에는 위험한 때였다. 광대 샬리마르는 틸러맨과 면담을 하기 위해 감옥에서 지급하는 청바지와 외투를 감옥에서 허용하는 만큼 깔끔하게 차려입었다. 방 벽에는 "손만 잡으시오"라는 문구가 붙어 있고, "처음에 키스 1 포옹 1 끝날 때 포옹 1 키스 1"이라는 문구도 있었다. 그에게는 해당 사항 없는 내용이었다. 그는 틸러맨의 눈길을 피하며 낮은 목소리로 더듬거리기는 해도 충분히 통하는 영어로 말했다. MCJ에서 남자들이 계속 죽어나갔다. 주 장관은 예산 삭감 탓으로 돌렸지만 그게 어쨌다는 것인가. 그런다고 누가 조금이라도 더 안전하다고 느끼겠는가. 유죄판결을 받은 살인자가 밤에 어찌어찌하여 복도로 나와 자기 재판에서 불리한 증언을 한 다른 층의 수감자를 살해한 일이 벌어졌다. 자기 감방에 있던 다른 죄수 육천 명은 갱의 지시에 따라 등을 돌리고 아무것도 보지 않았다. 이런 소식은 7000 구역에 있는 광대 샬리마르의 귀에도 들어갔다. 한국계 갱단 일원이 서른 번이나 칼에 찔려 세탁물 운반 수레에 처박혔는데도 열여섯 시간 동안 아무도 그를 찾아내지 못했다. 세탁물이 악취를 풍기기 시작한 뒤에야 겨우 발견했다. 아내를 구타하고 들어온 한 죄수는 죽도록 발길질을 당했다. 공중전화를 쓰다 말다툼이 붙어서 시작된 인종 폭동에 이백 명이 가세했다. 말다툼 중에 한 수감자가 십여 차례나 칼에 찔렸다. 그리고 이제 맨해튼이 공격받은 뒤이니, 경비가 하룻밤이라도 7000 구역의 문을 잠그지 않고 놔두었다가는 설탕파이 허니번치나 금발머리 앨리나 빅 치프 불 무스나 버지니아 슬림이나 시스코 키드라 불리는 고질라나 OVG — 옛 계곡의 갱단원(Old Valley Gangster) — 가운데 누군가 미국인을 대표해 복수를 가할지도 모른다. 틸러맨은 어깨를 으쓱했다. "좋아요. 받아들이겠소." 그러더니 탁자로 몸을 숙이고 화제를 바꿨다. "그 여자에 대해 털어놔봐요." 처음에는 대답하기를 주저했지만, 광대 살리마르는 변호사의 꼬임에 천천히 넘어가 입을 열었다.

여섯 달 뒤, 노만 세르 노만 사건은 밴 누이스의 샌페르난도 밸리 정부센터에 있는 로스앤젤레스 주 상급 법원의 스탠리 와이즈버그 판사 앞으로 올라갔다. 와이즈버그는 로스앤젤레스 경찰 네 명이 무죄 석방되어 폭동을 재촉하고 있던 때, 시미 밸리의 로드니 킹 재판에서 판사석에 앉았던 인물이다. 그는 오십대 중반의 온화하고 직업의식이 투철한 인물로, 시미 밸리의 경험에도 흔들리지 않은 것 같았다. 로어 맨해튼에서의 사건으로 고조된 분위기 탓에 법원의 보안은 유례를 찾아볼 수 없을 정도였다. 광대 살리마르는 매일 수갑을 차고 사슬에 묶인 채 무장한 흰색 밴을 타고 대통령의 자동차 행렬을 연상시키는 경찰 호위를 받으며 도착했다가 떠났다. 노상 바리케이드를 치고, 경호 오토바이가 선두에 서고, 건물 지붕에는 경찰 저격수가 배치되고, 차량 열한 대가 줄지어 달렸다. "여기에서 잭 러비* 사건이 벌어지길 원치는 않습니다." 새로운 시 경찰국장 월리 윌리엄스가 언론에 말했다. 한 기자가 규모 면에서 이 작전을 어디에 비하겠느냐고 물었다. 그는 솔직한 표정으로 대답했다. "아라파트를 위한 규모 정도는 될 것입니다."

법정은 처음에 배심원을 맡을 사람으로 오백 명을 소환했다. 공정한 재판을 위해 오백 명 모두에게 백여 페이지에 달하는 설문지를 작성하도록 요청했으며, 이 설문지에 근거해 평소처럼 법원에서 추린 배심원 열두 명과 대체 인원 여섯 명이 배심 명부에 올랐다. 그리하여 남자 네 명과 여자 여덟 명이 광대 샬리마르의 재판에 입회하게 되었다. 평균 연령은 서른아홉이었다. 틸러맨은 여성 특유의 편견을 지닌 젊은 배심원을 원했다. 그는 인간 본성을 연구하는 학생을 자처했으며, 당연히 현실적이고 일상적이고 각양각색인 본성을 연구하는 술집의 철학자였다. 그가 보기에 죽음을 남의 일로만 여기는 젊은이는 인간의 생명을 거의 존중하지 않는다. 그래서 암살자에게도 복수심을 덜 품는 경향이 있다. 그리고 무엇보다도—이것이 여자로 배심원단을 채운 근거였다—광대 샬리마르는 대단히 매력적인 남자였다. 그에게는 실연과 배신에

---

* 케네디 대통령 암살범 오스왈드를 살해한 인물.

관한 비극적인 이야기가 있었다. 캘리포니아에서는 치정살인이 법적인 범주에 들지 않았다. 그럼에도 이러한 정상참작이 될 만한 정황은 변호에 도움이 되면 되었지 손해 날 것은 없었다.

서른 살 남짓 된 검사 재닛 민트케이비치와 래리 타니자키는 더 나이 먹고 더 비대한 몸집에 세상 물정에도 밝은 틸러맨 옆에 있으니 동안의 순진무구한 아이들같이 보였다. 그러나 그들은 피고를 절대 놓치지 않기로 결심한 단련된 법조인이었다. 타니자키는 많은 배심원이 사형 구형을 원치 않는다는 사실을 알고 있어서 과연 사형이 구형될지 사석에서 다소 의구심을 표했으나, 민트케이비치는 그를 독려했다. "만약 이게 교수형을 받을 죄가 아니라면, 그럴 죄는 하나도 없는 겁니다." 그녀는 재판 전 심리 날 법원 계단에서 이렇게 말했다. 타니자키와 민트케이비치의 최대 관심사는 피고 측이 범죄를 부인할지도 모른다는 것이었다. 기이하게도, 막시밀리안 오퓔스 살해 사건은 백주 대낮에 로스앤젤레스에서 벌어졌는데도 현장 목격자가 아무도 없었다. 마치 MCJ의 수감자들이 보복 살인을 한 날 밤처럼 온 거리가 사건에서 등을 돌리기라도 한 것 같았다. 검찰 측에는 지문이 남아 있는 칼, 핏자국이 묻은 옷가지, 동기, 기회와 정부 측에 적극 협조하는 카다피 안당이라는 증거가 있었다. 범죄 목격자는 없었다. 그러나 윌리엄 틸러맨은 재판 전 심리에서 자기 의뢰인이 오퓔스 대사의 죽음에 책임이 있음을 부인하지는 않을 거라고 알려주었다. 그러면서 일급 살인에서 죄목이 감경되지 않는다면, 무죄판결을 탄원하는 수밖에 없다고 덧붙였다. "제 의뢰인은 극도의 불안 상태에 있습니다.” 그가 단언했다. 와이즈버그 판사는 피고가 무슨 이유로 고통 받고 있는지 알고 싶어했다. 틸러맨은 엄숙하게 대답했다. “주술 탓입니다.”

⁂

내 어머니였던 한 여인은 당신을 떠났다는 죄로 죽었어요, 라고 카슈미라는 썼다. 내 아버지였던 한 남자는 그녀를 취했다는 이유 로 죽었어요. 당신은 당신의 이기주의, 그들의 목숨보다 당신의 명예를 더 높이 치는 놀라운 이기주의 때문에 두 사람을 살해했어 요. 당신은 그들의 피로 당신의 명예를 정화했지만 그 피를 깨끗 이 씻어내지는 못했어요. 이제 당신의 명예는 피투성이가 되었어 요. 그들을 없애버리고 싶었겠지만 당신은 실패했어요, 당신은 아 무도 죽이지 못했어요. 내가 여기 서 있으니까요. 나는 내 어머니 이자 내 아버지, 나는 막시밀리안 오퓔스이자 부니 카울입니다. 당신은 아무것도 이루지 못했어요. 그들은 죽지 않았고 사라지지 않았고 잊히지 않았습니다. 그들은 내 안에 계속 살아 있어요.

당신 안에서 나를 느낄 수 있나요 자객 양반 조커 양반? 밤에 눈을 감으면 거기에서 내가 보이나요? 밤에 당신의 잠을 방해하 는 것은 누구인가요? 잠든 당신을 깰 때까지 칼로 찌른 사람은 누 구인가요? 비명을 지르고 있나요 암살자 양반? 비명을 지르고 있 나요 광대 양반? 나를 당신의 수양딸이라고 부르지 말아주세요 나는 당신의 수양딸이 아니에요 나는 내 아버지의 딸이고 내 어머니의 자식입니다 내가 당신 안에 있다면 그들도 마찬가지예요. 당신이 참살한 내 어머니가 이제 당신을 고문하고 있어요 내 도륙당한 아버지도요. 나는 막시밀리안 오퀼스이자 부니 카울이고 당신은 아무것도 아닙니다, 그 이하예요. 내 발밑에서 당신을 짓이기겠어요.

⟡

1993년 초 그녀는 잠깐 일로 복귀했다. 친구들이 그녀에게 새 삶을 시작하라고 종용했다. 한동안 그녀는 미국 간선도로 101번을 타고 남으로는 프레시디오 공원에서 길이 시작되는 샌디에이고까지, 북으로는 1770년대에 프레이 주니페로 세라가 걸어갔던 길을 표시한 고리 모양의 기둥에 매단 콘크리트 종을 지나 소노마 선교회까지, 기획 중인 다큐멘터리 〈카미노레알〉에서 하고 싶은 이야깃거리를 찾아 오르내렸다. 그러나 그녀의 마음은 딴 데 가 있었고, 몇 주 만에 프로젝트를 포기했다. 속옷 모델이 연락을 취해와 그녀에게 저녁을 먹자고 청했다. 그녀는 여자친구들의 성화에 못 이겨 그러겠노라고 승낙했지만, 블레이저코트에 타이를 맨 그가 꽃을 선물하고 그녀를 스파고 레스토랑에 데려가 그 어떤 영화배우보다 아름답다고 말하며 자기 얘기는 삼가려 애를 썼음에도, 그녀는 결국 식사를 끝내지 못하고 사과하고는—"난 이제 사람들과 어울리지 못하겠어"—도망쳐버렸다.

그녀는 아파트에서 나올 때가 되었다고 결정하고, 아버지의 유령과 함께 살기 위해 멀홀랜드 드라이브의 저택으로 들어갔다. 올가 시메오노브나의 딸들이 돌아와 건물의 수많은 빈방 가운데 하나에 들어와 있었다. 올가는 대성통곡하며 카슈미라에게 "거기에서 원 없이 호사를 누리며 살라"고 작별 인사를 했다. 카슈미라는 호사를 누리며 점점 더 은둔 생활로 빠져들었다. 고용인들은 자기 일에 익숙했으므로 집안은 알아서 잘 굴러갔다. 하루 세 차례 식사를 차리고, 일주일에 두 번 침대 시트를 갈았다. 보안업체 제롬에서 나온 중무장한 보안 전문가들이 묵묵히 맡은 일을 하고 회사의 경영관리 부사장에게 매일 보고를 했다. 주간 교대조는 집을 둘러싼 담장을 따라 정문과 후문을 집중적으로 지켰고, 더 큰 규모의 야간 교대조는 야간투시경과 집을 성대한 특별 시사회가 있는 밤의 영화관처럼 보이게 만드는 서치라이트의 도움을 빌려 정원을 순찰했다. 카슈미라가 딱히 지시를 내릴 필요도 없었다. 오히려 그들 쪽에서 그녀에게 지시를 했다. 지시 중에는 방탄 장치를 한 패닉 룸—실은 영화배우의 옷을 수납하기 위해 만든 엄청 길고 대개는 텅 빈, 사람이 걸어다닐 수 있는 크기의 옷방이었는데, 그녀는 몇 벌 안 되는 어울리지 않게 화려한 옷을 보관해두었다—을 이용하는 방법도 있었지만, 무엇보다 중요한 것은 '침입'을 당했을 때 직접 침입자를 상대하려 해선 안 된다는 것이었다. 제롬 직원이 말했다. "여주인공 노릇 하려고 하지 마세요. 여기에 꼭 숨어 있으면 저희가 다 알아서 처리하겠습니다." 최근 제롬 사에 스캔들이 있었다. 고위직 가운데 한 명이 제롬 사 고객인 엄청 부유한 여인 둘을 유혹했던 것이다. 한 명은 런던에, 한 명은 뉴욕에 있었다. 그는 '제시카'처럼 베갯머리에서 정담을 나누다 실수할 위험을 줄이기 위해 두 여자에게 '래빗'이라는 은밀한 애칭을 똑같이 주었다.* 그러나 결국 덜미가 잡혔고, 두 제시카 래빗과의 관계가 발각되어 소송으로까지 이어져 회사의 수익은 물론이고 평판에까지 심각한 타격을 입혔다. 이 일을 계기로 전문요원들은 '고용주'와 항상 제삼자가 함께 있는 자리에서 업무 관련 내용만 얘기해야 한다는 엄격한 새로운 규칙이 도입되었다. 카슈미라는 이 점에는 아무런 이의가 없었다. 서로 떨어져 지내는 것이야말로 그녀가 바라던 바였다. 한번은 제롬 요원에게 "그냥 재미로" 야간 투시경을 하나 달라고 부탁한 적이 있었다. 그는 소녀를 은밀히 만나러 오는 소년처럼 눈치를 살피면서 남들 눈을 피해 그것을 갖다주었다. "이건 우리끼리만 알고 있어야 합니다. 저는 당신 뒤에 선 악당을 제압해야 하는 경우가 아니면 당신 쪽은 쳐다봐서도 안 되거든요."

한밤중에 가끔 그녀는 어떤 여자의 노래를 부르는 남자의 목소리에 깨어났다가, 잠시 후 자신이 기억에 귀를 기울이고 있음을 알아차렸다. 마법에 걸린 정원에서 그녀를 사랑했던 남자가 아름다운 가락의 롤을 불러주었다. 하바 카툰의 본명은 달이라는 뜻의 준이었다. 그녀는 사백 년 전 사프란 밭과 치나르 나무에 둘러싸인 찬드라하르라는 마을에 살았다. 어느 날 장차 카슈미르의 지배자가 될 유수프 샤 차크가 지나던 길에 준의 노랫소리를 듣고 사

---

* 영화 〈누가 로저 래빗을 모함했나〉에서 주인공 로저 래빗의 아내가 제시카였다.

랑에 빠졌다. 결혼한 뒤 그녀는 이름을 바꿨다. 1579년 아크바르 황제가 유수프 샤에게 델리로 오라고 명령했다. 델리에 간 유수프는 체포되어 투옥되었다. 와서 나의 문으로 들어오세요, 나의 보석이여. 하바 카툰은 카슈미르에 홀로 남아 노래했다. 왜 우리 집으로 오는 길을 버리셨나이까? 내 젊음은 활짝 꽃피었습니다, 이곳이 당신의 정원입니다, 와서 즐기소서, 당신이 떠난 충격은 태풍과도 같았습니다, 오 잔인한 타격이여, 나는 아직도 고통을 달래고 있습니다. 그녀는 생각했다. 유브라지, 나를 용서해요. 나도 감옥에 있는 거나 매한가지랍니다.

그녀는 풀에서 수영을 하고, 개인 체육관에서 운동을 하고, 몇 년 동안이나 그녀를 훈련시켰던 난자 제공자 친구가 마음 상할 줄 알면서도 새로운 개인 트레이너와 집에서 훈련을 했다. 그 밖에도 매주 세 번 방문하는 프로 선수와 자기 코트에서 테니스를 쳤다. 싸우러 가든가 활을 쏘러 갈 때만 집을 나섰다. 그녀의 몸은 달이 가면서 점점 더 날씬해지고 단단해졌다. 여위었으면서도 단단한 몸매는 엄격한 식이요법, 부유한 여자의 금욕 생활, 그리고 날로 더해가는 그녀의 극기력에 대한 증거였다. 하루를 궁술이나 권투나 무예 연습으로, 혹은 시내를 벗어나 살츠만의 사격장에서 보내고 집에 돌아오면, 줄에 매인 전투견들이 허공에 대고 코를 킁킁거리고 서치라이트가 정원을 탐색하고 야간투시경을 쓴 남자들이 왔다갔다하는 동안 그녀는 한마디도 하지 않고 자기 방에 틀어박혀 편지를 쓰고 생각을 거듭하며 홀로 시간을 보냈다. 그녀는 이제 더는 미국에 살지 않았다. 전투 지역에 살고 있었다.

카슈미라에게 야간투시경을 줬던 제롬 직원 프랭크는 대문 앞에서 소환장을 가져온 심부름꾼을 가로막았다. 아버지의 살인자 재판에 피고의 반대 증인으로 출석하라는 소환장이었다. "이런 것이 왔습니다." 그녀는 일종의 농담이 틀림없다고 생각했지만, 아니었다. 그녀가 쓴 편지들이 부메랑이 되어 돌아온 것이었다. 편지는 윌리엄 틸러맨의 변론에서 중요한 증거 서류였으므로, 그는 그녀에게 편지에 관해 질문하고자 했다. 틸러맨은 E. 프렌티스 쇼라는 치료사를 데려왔다. 그는 세뇌당했다고 의심되는 희생자에게 쓰는 진단 도구를 개발한 인물이었다. 그 도구는 심리학 프로파일링의 형식을 띤 체크리스트였다. 중동의 하마스* 지도자들이 순교할 후보를 고를 때 심리학 프로파일링을 사용했다는 사실은 잘 알려져 있었다. 우리가 살고 있는 시대가 바로 이런 시대입니다. 틸러맨은 법정에서 주장했다. 우리가 살고 있는 시대는 우리의 보이지 않는 적들도 모든 사람이 자살 폭탄 테러범이 될 수 없고, 누구나 다 자객이 될 수는 없다는 사실을 아는 시대입니다. 심리학은 매우 중요합니다. 성격은 운명입니다. 어떤 인격 유형은 다른 유형보다 암시에 약해서, 외부의 힘에 좌우되어 목표가 공격 가치가 있건 없건 주인의 뜻에 따라 무기처럼 이용될 수 있습니다. 쇼의 프로파일링 도구에 따르면 광대 샬리마르는 암시에 약한

---

* 반이스라엘 팔레스타인 무장운동 단체.

인격 유형으로 밝혀졌습니다. 광대 샬리마르는 자기가 주술에 걸렸다고 믿고 밤마다 감방에서 비명을 질러댑니다. 틸러맨이 말했다. 변호인단은 인디아, 다른 이름으로는 카슈미라 오필스가 피고에게 보낸 오백여 통의 편지를 증거물로 제출했다. 그의 생각 속으로 침투해 들어가 그가 잠잘 동안 괴롭히겠다는 뜻을 명백히 밝힌 편지였다. 킹스 로드의 아파트 건물 전 주민인 카다피 안당의 증언에 따르면, 오필스 양의 측근으로 알려진 소비에트연방 출신 여인은 실제로 자기가 마녀이며 위커*의 일원이라고 자기 입으로 주장했다. "마술이 존재한다는 것이 변호인단의 주장입니까, 틸러맨 씨?" 와이즈버그 판사가 안경을 내리면서 중간에 끼어들었다.

월리엄 틸러맨도 판사를 향해 안경을 내렸다. "판사님, 그렇지는 않습니다. 하지만 이 법정에서 판사님이나 제가 주술의 존재를 어떻게 생각하느냐는 중요하지 않습니다. 지나친 말처럼 들릴지도 모르나, 법정의 관용을 바라는 바입니다. 이는 제 의뢰인이 외부의 조작에 극히 취약하다는 점을 말해줍니다. 이제 변호인단이 불러낼 증인들은 정보기관 관계자로, 제 의뢰인이 여러 해 동안 테러리즘 교육기관, 세뇌센터로 알려진 다양한 기관에 있었다는 사실을 알려줄 것입니다. 막시밀리안 오필스 대사 문제에서도 제 의뢰인은 자기 행동을 뜻대로 통제할 수 없는 상황이었다는 것을 주장하는 바입니다. 그의 자유의지는 기계적, 언어적, 화학적 마

---

* Wicca. 20세기에 영어문화권을 중심으로 전 세계에 널리 퍼진 신흥종교로 마법을 신봉한다.

인드 컨트롤 수법에 무너져버렸습니다. 그 수법은 그의 인격을 약화시키고, 그를 단 한 사람의 심장을 겨냥한 미사일로 바꿔놓았습니다. 바로 그 목표가 이 나라의 가장 저명한 대 테러리즘 대사의 심장이었던 것입니다. 피고는 세뇌된 자, 즉 살인을 하도록 프로그램된 죽은 좀비입니다. 변호인단은 한 번도 붙잡힌 적이 없는 정체불명의 '주술사' 혹은 '꼭두각시 조종자'가 암살을 유발했다고 주장하는 바입니다. 철저한 조건 형성이 끝나고 나면, 굳이 꼭두각시와 꼭두각시 조종자가 만날 필요도 없습니다. 전화로 명령을 내릴 수도 있습니다. 예를 들자면, 글쎄요, 바나나, 또는 솔리테어 같은 흔하디흔한 말로도 조건반사를 일으킬 수 있습니다. 판사님과 배심원단이 제가 언급한 삼십 년 전 영화를 보셨는지 모르겠습니다. 보시지 않았다면 비디오로 틀어드릴 수도 있습니다."

"이 법정에서는 안 됩니다, 틸러맨 씨." 와이즈버그 판사가 엄하게 말했다. "당신을 법정 방청객을 의식해 지나친 행동을 한 죄목으로 고발할 수도 있습니다. 그렇지만 그 영화는 봤습니다. 틀림없이 배심원단도 당신의 요지를 이해했을 것입니다. 하지만 이것은 살인 사건입니다, 틸러맨 씨. 내 법정에서 영화를 보러 가는 일은 없을 겁니다."

틸러맨의 진술이 있은 다음 날, 광대 샬리마르에 대한 그의 '주술사'니 '꼭두각시'니 하는 변호가 온 나라를 뒤흔들어놓았다. 텔레비전에서는 고전이 된 그 영화를 틀어주었고, 논평이 발표되었다. 쌍둥이 빌딩 폭파범, 팔레스타인 자살 테러범, 그리고 이제는 마인드 컨트롤을 당하는 인간 자동인형이 전화기 너머로 바나나나

솔리테어라고 말하는 목소리가 들려오기만 하면 언제든 살인을 저지를 준비를 하고 우리 사이를 활보할지도 모른다는 무시무시한 가능성…… 그 모든 것이 새로운, 무의식적인 의식을 낳았다. 틸러맨은 이를 배심원단의 눈 속에서 볼 수 있었다. 검사 측 증거 제출이 진행되는 동안 그는 상황이 자기한테 유리한 쪽으로 돌아가고 있음을 알았다. 그렇습니다, 피고는 테러리스트입니다. 검사가 말했다. 그렇습니다, 그는 나쁜 사람들이 모여 사악한 행동을 계획하는, 멀리 떨어진 무시무시한 곳에 있었습니다. 그는 수많은 암호명으로 여러 해 동안 이런 행동을 저지르는 데 가담했습니다. 그러나 이번 경우에는 피고의 사랑하는 아내가 희생당했다는 사실 때문에 단독으로 행동했을 가능성이 있습니다. 재닛 민트케이비치는 복수심에 찬 남편의 범행이라는 가설을 내놓자 배심원단의 눈빛이 달라지는 것을 보고, 진실의 단순성이 틸러맨의 편집증 시나리오에 밀리고 있다는 것을 알았다. 그 시나리오가 당시의 분위기와 너무나 완벽하게 맞아떨어졌기 때문에, 배심원단은 그것이 진실이기를 바랐다. 진실이 아니기를 바라면서 동시에 진실이기를 바랐다. 세상이 틸러맨이 말한 것과 같은 모습이 아니기를 바라면서 동시에 지금의 세상이 그렇다고 믿었다. "이번에는 우리가 당할지도 모르겠어요." 그녀는 어느 날 밤 타니자키에게 솔직히 털어놓았다. 그가 고개를 가로저었다. "법을 믿고 당신이 할 일을 해요." 그가 말했다. "이건 〈페리 메이슨〉*이 아니오. 우리는

---

* 페리 메이슨이라는 변호사가 주인공인 법정 추리 드라마.

604

텔레비전에 나오는 사람들이 아니라고." "오, 그렇지 않지요. 어쨌든 격려해줘서 고마워요."

⌘

이것이 저기 히말라야에서 벌어지는 아귀다툼입니다, 신사 숙녀 여러분. 파키스탄의 후원을 받는 광신도와 인도군이 싸우고 있지요. 진실을 찾아오도록 사람들을 보냈습니다. 그들이 가져온 것이 진실입니다. 제 변호 의뢰인인 이 사람에 대해 알고 싶으신가요? 변호인단이 인도군에게 파괴된 그의 마을을 보여드리겠습니다. 완전히 박살 나서 건물 하나 남지 않았습니다. 양손이 잘린 그의 형의 시체가 어머니의 발치에 쓰러져 있군요. 그의 어머니는 강간당한 뒤 살해됐고 아버지도 무참히 살해당했습니다. 그런 다음 그들은 마을 최고의 무희, 카슈미르 전체를 통틀어 최고의 미녀였던 그의 사랑하는 아내도 죽였습니다. 이를 이해하는 데 굳이 심리학 프로파일링까지 필요치는 않을 겁니다, 배심원단 여러분. 이런 일을 겪으면 우리 가운데 가장 훌륭한 사람이라도 미치게 될 겁니다. 과거의 그가 바로 그들 가운데 가장 훌륭한 인물이었습니다. 유랑극단의 스타 배우이자 높은 줄 위의 희극배우, 예술가, 자기 분야에서 명성을 떨쳤던 광대 샬리마르입니다. 그러던 어느 날 그의 세계 전체가 박살 났고, 더불어 그의 정신도 산산조각 났습니다. 테러리스트 꼭두각시 조종자들이 찾는 사람이 바로 이런 부류입니다. 이런 사람의 정신이 그들의 주술에 반응하게 되지요. 주체가 갖고 있던 세계상은 깨졌고, 그 자리에 붓질 한 번 할 때마다 그를 위해 새로운 상이 그려집니다. 와이즈버그 판사님의 법정에 계신 여러분은 볼 수 없겠지만, 그 영화의 등장인물처럼 그들은 세뇌당한 정도가 아니라 아예 드라이클리닝이 된 것입니다. 이런 사람은 자신의 공동체 전체에 저질러진 자신이 복수할 수 없는 피의 범죄 때문에 제정신을 잃게 됩니다. 사람이 정신을 놓아버리면 다른 힘이 그 마음속으로 밀고 들어와 제 맘대로 주무를 수 있게 되지요. 복수심에 찬 영혼을 취해 자기들이 필요한 방향으로 겨누는 것입니다. 인도를 향해서가 아니라 여기로, 미국으로 말입니다. 그들의 진짜 적, 우리들에게로.

　　래리 타니자키가 재닛 민트케이비치에게 장담한 대로, 카슈미라 오퓔스가 변호인단의 요청으로 증언대에 선 날, 꼭두각시 사기 행각이 만천하에 드러났다. 반대 증인을 내세우는 것은 언제나 도박이었다. 타니자키가 보기에 오퓔스의 딸을 내세우기로 한 틸러맨의 결정은, 그의 주장이 카드로 만든 집처럼 불안하다는 것을 보여주는 서툰 선택이었다. 재닛 민트케이비치가 진행한 반대 심문에서 카슈미라는 광대 샬리마르가 변호사에게는 말하지 않았던 것, 틸러맨의 조사원들이 알아낼 수 없었던 것, 파치감의 침입자들이 알지 못했던 것, 시르말의 얌바르잘 부부가 말하지 않았던 것을 밝혔다. 단 한 번의 짧은 진술에서 그녀는 사형 집행인과 같은 냉정한 태도로 변호인단의 주장을 무너뜨렸다. "제 어머니는 그렇게 돌아가시지 않았어요. 어머니는 저 남자, 제 아버지도 죽인 저 남자한테 아름다운 머리를 베여 돌아가신 거예요."

606

그녀가 광대 샬리마르 쪽을 돌아보았을 때, 그는 이제 그녀가 굳이 할 필요조차 없어진 말이 무엇인지 완벽히 이해했다. 지금 나는 당신을 죽였어. 그녀는 이렇게 말하고 있었다. 이제 내 화살이 당신 심장에 박혔고, 이것으로 만족해. 당신을 처형할 때가 되면 와서 당신이 죽는 모습을 똑똑히 지켜볼 거야.

선고가 내려진 다음 날, 광대 샬리마르는 사형수 수용소가 있는 캘리포니아 주 샌틴 교도소로 이송되었다. 다시 한번 극단적인 보안 조치가 취해졌다. 그는 일반 죄수 호송용 버스로 가지 않았다. 차가 카미노레알의 침묵에 잠긴 콘크리트 종을 지나쳐 북쪽으로 향할 동안, 망명하는 군주의 여행처럼, 누더기를 걸치고 세인트헬레나 섬으로 향하는 나폴레옹처럼 차 옆을 오토바이 열한 대가 줄지어 달렸으며, 헬리콥터가 상공에서 뒤를 쫓았다. 그는 스물네 시간에 걸친 여행 내내 무표정한 얼굴로 꿈쩍도 하지 않았다. 그의 얼굴은 회색빛으로 창백했고 감옥 생활의 흔적이 배어 있었으며, 머리카락은 더 희어지고 가늘어졌다. 그는 딱 한 번 물을 달라고 청했을 뿐, 흰색 방탄 밴 안에서 그의 옆과 맞은편에 앉은 경비원들에게 아무 말도 건네지 않았다. 그는 자기 운명을 받아들인 사람의 분위기를 풍겼다. 사형수 수용소에서 사진을 찍고, 지문을 찍고, 담요와 죄수복을 받고, 허리에 사슬을 차고 등급 분류를 기다리기 위해 교정센터, 즉 A/C로 이동하는 등의 절차를 밟을 동

안에도 침착한 태도를 유지했다. 여기에서 그는 연필과 편지지, 빗, 비누 한 개를 제외한 소지품을 모두 내놓았다. 그리고 손잡이를 3센티만 남기고 잘라낸 칫솔과 가루치약을 지급받았다. 그런 다음 철창 안으로 들어가 옷을 다 벗었다. 교도관들이 늘 하던 대로 그의 고환 밑과 신체의 구멍 속을 살피더니 갑자기 씩 웃었다. 교도관 가운데 한 명이 그에게 뭐라고 말했지만, 그는 교도관이 항문을 검사하기 위해 그의 뒷목을 잡고 허리를 굽히게 했을 때에야 무슨 말인지 이해했다. 그는 수갑을 차고 금속탐지기 확인을 거친 뒤 감방 앞으로 갔다. 교도관이 감방 번호를 크게 외치자, 요란한 소리를 내며 문이 열렸다. 문을 열고 닫는 데 압축공기를 이용하는 탓이었다. 그다음 배식구가 열렸고, 그가 구멍으로 손을 내밀자 수갑을 풀어줬다. 그는 이 모든 것을 불평 한마디 없이 치러냈다. 처음부터 교도관들은 그의 조용한 태도에 깊은 인상을 받았다. 저자는 마치 무슨 명상 여행이라도 온 것 같아. 그들은 말했다. 나중에 그가 도저히 불가능한 탈출을 한 뒤, 그의 간수들은 거의 존경심마저 품었다. 간수 하나가 주장했다. 이건 우주선이랑 비슷해. 우주선을 직접 보지 않고는 그 존재를 믿을 수 없지. 하지만 여기 나와 내 동료들, 우리는 두 눈으로 똑똑히 보았어.

사형선고를 받은 죄수는 동쪽 구역이나 대개 '노스 섹'이라고도 불리는 가스실이 위치한 본래 사형수 수감동으로 보내졌다. 그러나 갱단원, 수감 중 칼부림에 연루된 죄수, 다른 수감자가 하루속히 죽는 꼴을 보고 싶어하는 B등급 죄수들은 A/C에 있어야 했다. 그곳엔 세 개 층에 백 개 가까운 독방이 있었다. 등급 분류 위원회는 죄수들 속에서 수많은 적을 만날지도 모르기 때문에 광대 샬리마르를 B등급 죄수로 분류했다. 노스 섹에는 대략 서른다섯 명이 있고, 동쪽 구역에는 삼백 명 이상이 있었다. 폭력과 강간이 비일비재했고, 몽당연필을 사람 눈에 쑤셔박는 등 어떤 것이라도 무기가 될 수 있었다. 또 죄수들을 육칠십 명씩 마당으로 내보냈는데, 이때가 위험했다. 싸움이 벌어지면 교도관이 마당에 대고 총을 쏴대기도 했다. 콘크리트 벽을 맞고 튀어나온 총탄에 다칠 위험은 사소한 것이 아니었다. A/C는 사형수 수감동 기준으로 봐도 쾌적하지 못했다. 하지만 오랫동안 광대 샬리마르는 마당에 나가지 않는 쪽을 택했다. 그는 감방에 남아 몇 시간이고 팔굽혀펴기를 하거나, 느린 동작으로 춤추듯 움직이며 운동을 했고, 긴 시간을 그저 눈을 감고 손바닥을 위로 해서 손을 무릎 위에 올려놓은 채 바닥에 가부좌를 틀고 앉아 있기도 했다.

그의 방은 길이 3미터에 폭이 3.7미터 정도였고, 철제 침대와 스테인리스스틸 세면대와 변기가 있었다. 감옥에서는 한 달에 두 번 편지지와 화장실용 휴지, 연필과 비누를 지급해주었다. 그러나 컵은 허락되지 않았다. 매일 아침 우유 한 그릇을 받았고, 커피를 마시고 싶으면 이 그릇을 배식구로 내밀어 교도관이 따라주는 뜨거운 커피를 받아야 했다. 교도관이 잘못 따라 손을 델 때도 있었지만, 비명 한번 지르지 않았다. A/C는 수감자 백여 명의 소음으로 시끌벅적했고 냄새도 심했다. 죄수들은 고함을 지르고 분통을 터뜨리고 음탕한 소리를 내기도 했지만, 그러면서도 한편으로는 철학과 종교로 충만했고, 이런 노래를 부르는 자도 있었다. 모든 것이 더 나아질 때가 오고 있다네, 먼저 폭풍우 치는 날씨를 이겨내야 해, 똑바로 뻗은 길에서 나아갔다 물러섰다 서성인다네, 아무것도 생각하지 않으면서, 시간을 죽이면서, 가장 눈부시게 밝은 날 어둠이 뒤덮인다네, 뼛속까지 스며든 냉기가 가시지를 않네. 또한 신에게 이렇게 큰 소리로 기도하는 이들도 있었다. 저는 이렇게 저의 새로운 집인 감방에 몇 날 며칠이고 앉아 있지만, 이제 예수님이 저의 가장 좋은 벗이기에 결코 혼자가 아님을 마음속 깊이 압니다. 광대 샬리마르의 생활도 이보다 나을 것이 없었으나, 그는 결코 호통을 치거나 노래를 부르거나 빨리 말하거나 경쾌하게 말하는 법이 없었고, 신을 부르지도 않았다. 그는 자기에게 주어진 것을 받아들이고 기다렸다. 윌리엄 T. 틸러맨이 그를 만나고 걸어나갈 때면 사형수 수감동에서도 제일 미움받는 수감자들이 사방에서 그를 불러댔다. 이봐요, 내 항소를 제출해줄 변호사를 찾는 데 사 년이나 걸렸다고요. 이 새끼야, 그 정도는 아무것도 아니야. 난 오 년 반이나 걸렸다고. 구 년, 십 년을 기다린 사람도 있어. 정의를 기다렸단 말이야. 그들은 말했다. 여전히 많은 죄수들이 무죄라고 생각했기 때문이다. 통계를 죽어라 파서 훤히 꿰뚫고 있는 죄수가 많았기 때문이다. 사형수 수감동에서는 면죄받을 확률이 다른 교도소보다 훨씬, 훨씬 더 높았기 때문이다. 그러니까 하느님이 도와주실 거야. 신을 믿는다면 사랑을 보내 구해주시겠지. 하지만 그동안에는 그저 기다리는 수밖에. 선거에서 이긴 주지사가 죄수 하나를 전기의자에 앉히고 싶어할 때 마침 자기 차례가 되지 않기를 바랄밖에.

그의 감방 벽에 이전 수감자가 분필로 화학방정식을 적어놓았다. 2NaCn+H₂SO₄=2HCN+Na₂SO₄. 광대 샬리마르는 이것이 바로 자신에게 내려진 진정한 사형선고임을 깨달았다. 한 교도관이 그를 비웃었다. "십 년을 걱정할 필요는 없어, 예쁜이. 자네 경우엔 만사가 후딱 처리될 테니까."

그 말은 사실이 아니었다. 달이 흐르고 해가 바뀌었다. 오 년이 지나고, 오 년이 넘는 세월, 악취 풍기는 이천 일의 나날이 천천히 흘러갔다. 감옥의 천은 바스러져갔고, 수감자들도 그랬다. 폭풍우에 담이 무너지는 바람에 교도관과 죄수가 다쳤다. 사형수 수감동의 사람들은 점점 나이를 먹고, 병들고, 칼을 맞고, 죽도록 발길질 당하고, 총을 맞았다. 이곳에서는 광대 샬리마르의 감방 벽에 적힌 방정식이 아니라도 죽을 방법은 무수히 많았다. 삼 년이 지났을 때, 그는 감방 밖으로 나오기로 했다. 알몸 수색을 받고 속옷 바람으로 밖에 나와 운동장에서 닥쳐올 일을 기다렸다. 첫날은 한 무리의 사람들이 그를 주시하다 시비를 걸었다. 그는 아무에게도 눈길을 주지 않으려 했다. 그는 벽에 기대서 가스실 지붕 위로 불쑥 튀어나온 거대한 초록색 굴뚝을 올려다보았다. 가스실을 사용하고 난 뒤에는 독가스인 사이안화수소가 이 관을 통해 공기 중으로 방출되었다. 그는 눈길을 돌렸다.

사람들이 카드테이블 두 개에서 카드게임을 했다. 다른 사람들은 농구 골대 밑에서 일대일 게임을 했다. 그가 철봉으로 가서 턱걸이 백 개를 마쳤을 때에는 농구를 하던 이들도 게임을 끝냈다. 이백 개를 마쳤을 때에는 포커판도 파했다. 삼백 개를 마치고 나니 모든 이의 주의가 그에게로 쏠렸다. 그는 바닥으로 내려와 다시 벽으로 가 기대섰다. 사람들은 그가 땀 한 방울 흘리지 않았다는 것을 알았다. 그 안을 장악한 갱 하나가 그에게 다가왔다. 그는 몸무게가 150킬로그램이나 나가는 거한이었고, 금속탐지기에 걸리지 않는 날카롭게 간 플라스틱 칼을 들고 있었다. 갱 두목은 광대 샬리마르 쪽으로 몸을 기울이고 말했다. "너 같은 테러리스트 놈이 센 척 묘기 부려봐야 다 쓸데없어." 광대 샬리마르가 전혀 서둘지 않는 듯 움직였음에도 블러드 킹은 고통스러운 팔조르기에 걸려들었고, 광대 샬리마르는 그의 목에 플라스틱 칼을 갖다댔다. 교도관들이 총을 쏘기도 전에 그는 블러드 킹을 밀쳐내고 칼을 운동장 변기 속에 던져넣었다. 그후로 일 년 동안 아무도 그를 건드리지 않았다. 그러다 여섯 명이 힘을 합쳐 그를 공격했다. 그는 흠씬 두들겨 맞고 갈비뼈 두 대가 부러졌지만, 세 명의 다리를 부러뜨리고 한 놈은 장님으로 만들어놓았다. 교도관들은 발포를 삼갔다. 사 년 전 그를 비웃었던 교도관 월리스가 그에게 말했다. "우리가 네놈을 쏴버리지 않는 이유는, 네놈이 저기 가스레인지에서 질식하는 꼴을 보기 위해서일 뿐이야."

광대 샬리마르는 '빛 좋은 개살구' 이시도어 브라운이라는 변호사를 찾아냈다. 그는 샌틴 지역의 수백 명에 이르는 사형수 전담 변호사 가운데 한 명으로, A/C 수감자 중에서도 제일 사정이 안 좋은 여러 명의 사건을 맡고 있었다. 면회실에서 가끔 면회를 했는데, 광대 샬리마르는 항소 절차엔 별다른 관심이 없는 것 같았다. 운동장에 나가 있을 때 수감자 가운데 한 명이 브라운 변호사는 평이 안 좋다고 경고했다. 실제로 그는 법정에서 몇 번이나 졸았던 일로 별명까지 얻었다. 한번은 졸다 걸려서 판사에게 이런 소리도 들었다. "헌법에 따르면 누구나 자기 변호사를 선택할 권리가 있습니다. 헌법에 변호사가 꼭 깨어 있어야 한다고 나와 있지도 않습니다." 샬리마르는 어깨를 으쓱했다. "그런 건 아무래도 좋아." 오 년이 흐르고 마침내 브라운이 그에게 항소 날짜가 잡혔다고 말해주었다. "내버려둬요." 광대 샬리마르가 말했다. "항소할 생각이 없는 거요?" 변호사가 물었다. 광대 샬리마르는 그에게서 눈길을 돌렸다. "지금 상태로 충분해요." 그가 대꾸했다. 그날 밤 눈을 감았을 때, 이제는 파치감이 또렷이 보이지 않는다는 것을 깨달았다. 카슈미르 계곡에 대한 기억은 점점 흐려져갔고, A/C에서 보내는 삶의 무게에 짓눌려 부서져갔다. 더는 가족의 얼굴이 분명히 보이지 않았다. 보이는 것은 카슈미라뿐이었다. 나머지는 온통 피였다.

그 해 샌틴에서 한 남자가 처형되었다. 이름은 플로이드 그래머였고, 음식에 말을 걸고 접시의 콩이 자기 말에 대꾸해준다고 믿어 정신분열증 환자로 진단받았다. 그는 코르테마데라에서 회사 중역과 그의 비서를 살해한 혐의로 사형수 수감동에 들어왔다. 그는 그들을 쏴 죽이고 집으로 돌아와 양말만 남기고 옷을 죄다 벗은 다음 경찰이 올 때까지 길에 나가 서 있었다. 그가 왜 그런 짓을 했는지는 아무도 몰랐다. 그 자신도 몰랐다. 화성인과 연관이 있을지도 몰랐다. 독극물 주사를 맞기 전날 밤, 그는 사면받았다고 믿고는 마지막 식사 신청서를 작성하지 않겠다고 했다. 교도관들이 그에게 쿠키와 샌드위치를 주고 데려갔다. 한 시간 뒤 광대 샬리마르는 자기 감방 문 앞에 옷을 벗고 서 있었다. 교도관이 그를 운동장으로 내보내주기 전에 월리스가 찾아왔다는 호출이 왔다. 월리스는 기분이 좋아 한껏 들떠 있었다. 사형에 대한 관심이 높아졌다. 미디어센터가 교도소 운동장에 설치되었고, 백여 명이 취재증을 받았다. "우린 전국 텔레비전에 나갈 거야." 월리스가 장갑 낀 손으로 광대 샬리마르의 고환을 잡고 말했다. "하지만 이 정도는 리허설에 불과해. 진짜 본 게임은 당신이라고. 오늘은 연습용 인형을 끝장낸 것뿐이야. 예행연습이라고나 할까." 그 순간 광대 샬리마르의 내부에서 뭔가가 부서졌다. 그는 벌거벗고 다른 사람의 손에 고환을 잡힌 채였지만, 있는 힘껏 재빠르게 무릎을 들어 올리고 묶인 양손을 내리쳐 교도관 두 명이 나무 총탄을 쏴 그를 쓰러뜨릴 때까지 짧은 시간이나마 월리스를 두들겨 팼다. 교도관들이 의식을 잃은 그를 둥글게 에워싸고 한참이나 걷어차는 바람에 또다시 갈비뼈가 부러지고 등을 다치고 사타구니에 상처를 입었다. 어찌나 지독하게 당했는지 그는 꼬박 일주일을 걷지도 못했고, 코가 두 군데나 부러져 미소년 같은 외모가 완전히 사라지고 말았다.

그가 다시 운동장으로 나왔을 때, 블러드 킹이 그를 불렀다. "괜찮아?" 그가 물었다. 광대 샬리마르는 약간 다리를 절었고, 오른쪽 어깨가 왼쪽보다 처져 있었다. "응." 그가 대답했다. 블러드 킹이 그에게 담배 한 개비를 내밀며 말했다. "네놈 속에는 악귀가 들었어, 테러리스트. 필요한 게 있으면 나한테 말해."

육 년이 지나갔다.

광대 샬리마르의 재판이 일단 끝나자, 카슈미라 오필스는 다시 본래의 자기 자신으로 돌아왔다. 그녀는 친구들에게 전화해 자신의 행동을 사과하고, 멀홀랜드 드라이브에서 파티를 열어 자기가 미치지 않았다는 것을 보여주었다. 그녀는 예전 영화판 동료들을 불러 모아놓고 말했다. "이제 일하러 가자고." 그후 육 년 동안 그녀는 〈카미노레알〉을 완성해 대규모 영화제에 출품했는데, 영화는 텔레비전용으로도 적합했다. 그리고 조부모의 잃어버린 전전(戰前) 스트라스부르와 최후의 파괴상을 극화해 재창조한 〈예술과 모험〉을 만들었다. 그녀는 집에서 제롬 사와의 보안 계약을 수정해 보호 수준을 일반적인 절도 방지 정도로 낮췄다. 또한 그녀는 사랑에 빠졌다. 유브라지 싱이 약속했던 대로 그녀를 만나러 미국으로 왔다. 그는 꽃다발을 꽂은 종이죽 세공 꽃병과 호두나무를 깎아 만든 그녀의 초상, 자수가 놓인 숄, 노란 금실로 사슬뜨기한 깔개를 든 조금은 우스꽝스러운 모습으로 그녀의 집 앞에 나타났다. 당신 꼭 걸어다니는 벼룩시장 같아요. 그녀는 현관 화상 인터폰에 대고 말한 다음, 그를 안으로 들였다. 그즈음 그녀는 재판 이후 행복감에 취해 방어 수준을 낮추고 무기 연습과 스파링, 무술 연습도 줄였다.

관계를 맺는 데에는 어려움도 따랐다. 그녀는 그와 함께 있기 위해 카슈미르로, 마법에 걸린 그의 정원으로 돌아갔다. 그러나 공예가의 일은 시간이 오래 걸리는 자수나 조각 등 주로 겨울 작업이었으므로, 겨울에는 거기에 있을 필요가 별로 없었다. 히말라야의 겨울 추위는 그녀의 얼굴을 갉아먹는 듯했으므로, 늘 불평했던 캘리포니아의 온기가 그리워졌다. 또한 정치적 상황도 문제였다. 상황은 나아지지 않고, 오히려 더 나빠졌다. 종종 가까이에서 전쟁이 터졌고, 그는 그녀에게 멀리 떨어져 있으라고 충고했다. 그는 미국에서 상품을 팔 시장을 찾고 있었고 시장은 점점 커졌지만, 아직도 떨어져 있어야 하는 시간이 많았다. 자기가 없어도 그녀가 잘 지내는 것 같다는 사실에 그는 혼란을 느꼈다. 그녀는 실제로 잘 지내다 그가 눈앞에 나타나면 기뻐했다. 그는 그녀가 자신의 부재에 좀더 마음을 쓰길 바랐다. 자기를 더 걱정해주기를 바랐고, 애타게 그리워해주기를 바랐다. 그는 헤어져 있을 때면 잠도 잘 수가 없다고 말했다. 외로움을 견딜 수 없어서 그녀를 한시도 생각하지 않는 때가 없었다. 미칠 것만 같았다. 어떤 여자도 그가 이런 기분을 느끼게 만든 적은 없었다. 그녀가 다정하게 말했다. "그건 이 관계에서 내가 남자 쪽이기 때문이에요. 그리고 사랑하는 당신은 여자이고요." 이 말로 상황이 나아지지는 않았다. 그러나 대륙을 넘나들며 사랑을 나눠야만 했음에도, 그가 결혼 애기를 꺼낼 때마다 그녀가 피하려는 태도를 보였음에도, 그녀의 서른번째 생일에 저녁식사를 하러 나가 그가 탁자 위에 올려놓은 반지 상자를 그녀가 부드럽게 옆으로 밀쳐놓았음에도, 그들은 서로에게 대체로 만족했다. 그랬기에 광대 샬리마르로부터 편지가 왔을 때, 그것은 경기의 끝을 알리는 종소리가 울리고 한참 지난 후에야 날린 펀치처럼 때를 한참 놓쳐서 온 것처럼 보였다.

편지는 이렇게 시작되었다. 지금의 나를 만든 것은 바로 네 어머니다. 나를 괴롭히는 모든 타격은 네 아버지가 가하는 것이다. 이런 문장이 좀더 이어진 다음 광대 샬리마르는 평생 마음속에 품어온 문장으로 편지를 끝맺었다. 네 아버지는 죽어 마땅하고, 네 어머니는 창녀다. 그녀는 편지를 유브라지에게 보여주었다. "샌틴에서 영어가 별로 늘지 않았다니 안됐네요." 그는 추악한 말들을 지워버리려고, 힘을 잃게 하려고 이렇게 말했다. "과거를 현재시제로 썼어요."

A/C의 밤은 낮보다 조금은 더 조용했다. 고함 소리는 좀 들렸지만, 새벽 한시의 순찰이 끝나면 잠잠해졌다. 새벽 세시는 평화롭다고 해도 좋을 정도였다. 광대 샬리마르는 철제 침대에 누워 무스카둔 강물 소리를 떠올리려고, 판디트 피아렐랄 카울의 구슈타바와 로간 조시, 피르니의 맛을 되살려보려고, 아버지를 기억해보려고 애썼다. 아직도 아버지 손안에 있으면 좋겠어요. 압둘라는 날짐승이 되어 무덤에서 돌아오겠노라 약속했지만, 광대 샬리마르는 음치인 후투티가 어디에서 깡충거리고 있는지 찾아본 적이 없었다. 그가 사랑했던 것은 사자처럼 용맹했던 사람 모습의 아버지였지, 이가 끓는 오렌지색 새가 아니었기 때문이다. 그는 자신의 피부 아래에서 새를 찾아보려고 아버지의 기억을 불러냈지만, 압둘라의 얼굴은 다른 탐조가의 뒤틀린 얼굴로 계속 바뀌었다. 막시밀리안 오필스였다. 광대 샬리마르는 눈을 돌렸다. 형제들이 감방으

로 들어와 인사를 했다. 그들은 아마추어 사진사가 찍은 사진처럼 초점이 맞지 않았다. 그들은 곧 다시 사라졌다. 압둘라도 사라졌다. 무스카둔 강도 사라지고 와즈완 요리의 맛도 그가 오랜 세월 익숙해진 씁쓸한 쓰레기 맛으로 바뀌었다. 그때 쇳소리가 요란하게 울리더니 감방 문이 활짝 열렸다. 그는 잽싸게 벌떡 일어나 뭔지는 모르지만 닥쳐올 일에 대비해 약간 몸을 웅크렸다. 들어오는 이는 없고 요란하게 달려가는 발소리만 들렸다. 죄수복 입은 사람들이 복도를 달려가고 있었다. 탈옥이구나. 그는 알아차렸다. 아직 발포는 없었지만 곧 시작될 것이었다. 그는 텅 빈 공간에 붙박인 듯 서서 열린 감방 문만 뚫어져라 쳐다보았다. 그때 블러드 킹의 거구가 문 앞을 꽉 메웠다. "이 방에 평생 처박혀 살 거야?" 블러드 킹이 물었다. "네가 혹시 흥미 있을까 해서 우리가 체크아웃 시간을 좀 앞당겼지." 광대 샬리마르는 어떻게 문이 열렸는지 묻지 않았다. 감옥은 무너져내리고 있었고, 어쩌면 교도관 가운데 매수된 자가 있을지도 몰랐다. 그에게는 아무도 관심을 보이지 않았다. 그는 도망쳤다.

교정센터가 있는 주 건물과 벽으로 빙 둘린 마당 사이로, 굵은 철조망을 둘러치고 철제 지붕을 얹은 '피의 골목길'이라 부르는 짧은 실외 통로가 있었다. 블러드 킹은 이 통로까지 오자 멜빵바지 안에서 광대 샬리마르에게 깊은 인상을 줄 만큼 거대한 금속 커터를 꺼냈다. 갱 두목은 광대 샬리마르의 얼굴에서 '어떻게?'라는 표정을 읽고 씩 웃었다. "우리 엄마가 몰래 넣어줬지. 케이크 속에 넣고 구웠어." 교도관들이 나무 총탄을 쏘기 시작했다. 탈옥

618

에 가담한 서른 명 남짓의 죄수가 쓰러졌다. 교도관은 세 명뿐이었다. 그들은 비상 버튼을 눌러 육십 명 이상의 무장 병력을 호출했겠지만, 병력은 교도소 건물 주변에 흩어져 있어 도착하려면 시간이 좀 걸렸다. 죄수 가운데 일부는 교도관을 공격했다. 광대 샬리마르는 싸움의 결과를 기다리지 않았다. 그는 블러드 킹의 뒤를 따라 열린 울타리를 빠져나와 달렸다. 담벼락 위로 올라가야 했다. 그들은 기어올랐다. 담 위로 죽 걷다보니 100여 미터쯤 앞에 3미터 정도 간격을 두고 두 줄로 쳐진 울타리가 보였다. 울타리 너머로 펼쳐진 땅 앞을 물이 가로막고 있었다. 샌패블로 만 입구였다. 어두운 바닷물은 사람을 홀리는 데가 있었다. 조용한 만과 그 위에 보물처럼 뜬 달도 그랬다. 광대 샬리마르는 그 풍경을 향해 잽싸게 달려가기 시작했다. 담 위에서 위태롭게 허우적대던 블러드 킹이 부모한테 버림받은 아이처럼 급작스럽게 그를 불렀다. "어디로 갈 셈이야? 기다려봐. 나 좀 떨어지지 않게 잡아줘. 떨어지게 놔두지 마." 총소리가 점점 더 커졌다. 총소리가 잦아지며 더 가까워졌다. "저건 나무 총탄이 아니야." 블러드 킹이 말했다. 그때 그의 작업복 앞섶이 터지더니 피가 솟구쳤다. 그는 짜증스러운 얼굴로 쓰러졌다. 광대 샬리마르는 몸을 돌려 더 빨리 뛰었다. 뛰면서 아버지를 생각했다. 아버지가 전성기 때 압둘라 노만의 모습으로 또렷하게 지금 여기 그의 곁에 있어줘야 했다. 지금은 아버지를 믿어야 했다. 아버지의 손안에 있는 한 절대 떨어질 리 없었다. 담벼락 위는 밧줄과 똑같았다. 그곳은 허공에 걸린 안전한 줄이 아니었다. 공기가 모여 이루어진 줄이었다. 담벼락과 공기는 똑같은 것이었다. 그가 이것을 깨우친다면, 언제라도 날 수 있다. 담은 녹아내리고, 공기가 자기 무게를 지탱해 가고자 하는 곳 어디로든 데려다주리라는 사실을 알고 허공으로 발을 내딛는 것이다. 그는 지금 체력으로 낼 수 있는 최대한의 속도로 담벼락 위를 내달렸다. 충분히 빨랐다. 아버지가 그와 함께 있었다. 담을 따라 그와 함께 달리고 있었다. 절대 떨어질 리 없었다. 담은 존재하지 않았다. 담은 없었다.

샌틴에는 밤이 없었다. 밤에 주 교도소는 정유공장처럼 보였다. 투광 조명이 어둠을 몰아내고 감방과 운동장, 교도소 대문 밖 수많은 교정센터 근무자들의 집이 있는 포인트 샌틴 마을을 환히 비췄다. 후에 많은 교도관과 마을 주민이 도저히 있을 수 없는 광경을 보았다고 맹세한 것도 조명이 대낮처럼 환히 밝혀준 덕분이었다. 그들은 친구들과 경찰과 언론에 한 남자가 사형수 수감동의 교정센터에 둘러친 담 끝까지 전속력으로 달려가다 그대로 허공으로 날아올라 마치 담이 만리장성이나 뭐 그런 것처럼 하늘로 뻗어 있는 양 계속 자기 길을 갔다고, 마치 언덕을 오르듯 양팔을 날개라기보다는 균형을 잡기 위해서인 듯 죽 뻗고 허공을 달려가 사라졌다고 증언했다. 이야기를 들은 사람들은 못 믿겠다는 반응을 보였지만, 그들은 자기들이 한 이야기에서 조금도 물러서지 않았다. 그는 높이 더 높이 달려가 마침내 교도소 불빛에도 잡히지 않게 되었다. 어쩌면 그대로 내쳐 천국까지 달려갔는지도 모른다. 샌틴에서 그가 인근 어딘가에 떨어졌다는 얘기는 전혀 듣지 못했으니까.

코요테들이 바삐 움직였다. 협곡에 버려진 애완동물이 돌아다니는다는 보도가 나왔다. 카슈미라는 애완용 작은 개나 카나리아를 갖고 싶었던 적이 한 번도 없었기 때문에 기분이 좋았다. 너무 멍청해서 제 몸 하나 지키지 못하는 동물을 돌본다니, 전혀 마음에 들지 않았다. 그녀는 늘 고독을 즐겼다. 주변에 멍청한 동물 따위가 있으면 절대 혼자라고 할 수 없다. 유브라지는 곁에 없었고, 그녀는 침대에 앉아 샤르도네 와인 한 잔을 들고 무릎 위에 갓 튀긴 팝콘 그릇을 올려놓고 레이커스의 경기를 보았다. 한 세기가 끝나가고 있었다, 물론 좋지 않게. 그녀는 유브라지가 걱정되었다. 그런 내색을 잘 하지는 못했지만, 당연히 걱정이 되었다. 통제선 부근에서 인도와 파키스탄의 분쟁이 십일 주나 계속되었고, 핵전쟁이 끊임없이 사람들의 입에 오르내렸다. 물론 그녀는 걱정이 되었지만, 두려움은 영혼을 좀먹는다는 것이 그녀의 생각이었다. 영혼은 그 주인이 걱정할 일이 전혀 없는 것처럼, 다 잘될 것처럼 행동하도록 요구한다. 그녀는 유브라지에게도 이런 말을 했지만, 그는 그녀의 감정에 문제가 있는 것이라고 생각했다. 때때로 그녀는 그의 애정에 부응할 수 없다는 생각이 들었다. 그에게 잘해주지 못하는 것 같았다. 그가 그녀를 실패자로 생각한다면, 어떻게 그녀를 계속 사랑할 수 있을까. 그러면 이것도 역시 이 세기처럼, 망할 밀레니엄처럼 나쁘게 끝나고 말 것이다. 샤르도네를 너무 많이 마셨나보다고 생각했다. 밑으로 한없이 가라앉는 건 그만두자. 문제

될 것은 하나도 없었다. 그는 좋은 남자였다. 그녀는 그를 사랑했다. 창밖 나무에는 일본식 등이 걸려 있었다. 그 너머와 아래로는 도시가 계곡부터 위쪽으로 불타오르고 있었다. 그 모든 전기가 오로지 그녀를 기쁘게 해주기 위해, 그녀에게 이 야밤의 호사를 베풀어주기 위해 사용되었다. 이제 창문을 닫고 팝콘을 먹으면서 코비*의 엉덩이를 구경하고, 그다음에는 레노**의 턱을, 다음에는 새로운 진행자인 뾰로통한 얼굴에 키 큰 남자 킬번***을 볼 것이다. 만사가 순조로울 것이다.

그녀는 물론 탈옥 사건에 관한 뉴스도 들었다. 그 사건을 모르는 사람은 없었다. 유브라지는 근심에 가득 차서 카슈미르에서 전화를 걸었다. 제롬 사에 연락해 지금 당장 경비 수준을 더 높은 이전 수준으로 되돌리라고 말했다. 노만이라는 자는 무자비하다. 정문을 지키는 경비 한 명과 셰퍼드 한 마리만 데리고 정원을 순찰하는 경비 한 명으로는 그를 당해내지 못할 것이다. 그녀가 물었다. 그 개 이름은 아킬레우스라고요. 역사상 가장 위대한 전사가 개의 모습으로 정원을 순찰하는데도 안 돼요? 그는 웃지 않았다. 진지하게 하는 말이에요. 그가 말했다. 그녀는 제롬 사에 전화하지 않았다. 광대 살리마르는 어제의 사람이었다. 그녀는 이미 그를 죽였고, 유령 따위는 겁나지 않았다. 극도의 보안이라는 거미줄에 또다시 걸려들 마음도 없었다. 사형수 수감동에서 육 년을

---

* 코비 브라이언트. 미국 LA 레이커스 소속 농구선수.
** 제이 레노. NBC 방송 〈투나잇 쇼〉 진행자.
*** 크레이그 킬번. CBS 토크쇼 〈레이트 레이트 쇼〉 진행자.

보내고 나서 오랫동안 경찰의 눈을 피해 도망 다니며 버틸 수 있는 사람은 없다. 도망치게 내버려두라지. 그는 수백 킬로미터 밖에 있고 머지않아 잡힐 것이다.

두 시간 뒤 잠에서 깨어나자, 텔레비전은 여전히 켜져 있고 먹다 남은 팝콘은 이불 위에 쏟아져 있었다. 그녀는 팝콘을 치우고 바닥에 그릇을 내려놓은 뒤 리모컨으로 텔레비전과 전등을 껐다. 빌어먹을, 이제 다시 잠들기는 힘들 텐데. 책이라도 읽어야 하려나. 아니면 정원으로 산책이라도 나가 개와 함께 밤을 보내는 보안회사 직원 프랭크에게 인사라도 하고 올까. 카슈미르는 벌써 오후였다. 유브라지한테 전화를 할까. 그녀는 무엇을 하고 싶은지 알 수가 없었다. 내일은 평소처럼 여기 낙원에서, 골칫덩어리 천사들의 도시에서 아름다운 하루를 맞을 것이다. 자고 싶었다.

침입자 경보가 울리자 그녀는 침대 옆 벽에 설치된 모니터를 들여다보았다. 정문이나 외벽은 아니었다. 누군가 본채 안에서 광선에 걸린 것이다. 밤에는 고용인들도 모두 쉬었다. 입주 직원들은 잔디밭 끝 숙소에 있었다. 그들은 그녀가 사생활을 중히 여긴다는 것을 알고 있어서, 본채에 다시 들어올 때는 반드시 그녀에게 알렸다. 그녀는 이에 관해 절대 예외를 두지 않도록 단단히 일러두었다. 그녀는 잽싸게 몸을 움직여 벗어두었던 청바지와 스웨트셔츠를 움켜쥐고 패닉 룸으로 향했다. 두번째 경보가 울렸다. 또 집안, 그녀의 침실 가까이에서였다. 어떻게 이런 일이 일어날 수 있을까. 그녀는 자문했다. 외벽을 따라 비추는 광선은 아무도 피할 수 없었으므로 누구든 반드시 정문을 통해 들어와야만 했다. 정문

경비원을 무력화하지 않았다면 도저히 벌어질 수 없는 일이었다. 침입자가 미처 경보를 울릴 틈도 주지 않고 경비원을 번개같이 때려눕혀 기절시키거나 죽인 뒤 정문을 열고 걸어 들어온 것이 아니라면 있을 수 없는 일이었다. 그렇다면 그 셰퍼드도, 애완동물을 들이지 않는 것이 원칙임에도 자신이 반은 알자스 사람이라는 이유로 귀여워했던 정원의 셰퍼드 아킬레우스도, 그 막강한 아킬레우스도 죽었단 말인가? 막강한 아킬레우스와 그의 짝패 프랭크도? 목구멍이 화살에 꿰뚫린 채 잔디밭에 뻗어 있을까? 그녀는 뒤꿈치를 노리는 무기 따위는 산 적이 없으니까. 목구멍을 노리는 것이 더 나았다. 목구멍이 확실했다. 그녀는 좀 신경이 곤두섰다. 자기도 그것을 알고 있었다. 아까 마신 샤르도네가 관자놀이를 난타했다. 여기 그녀가 총을 넣어두는 서랍 열쇠가 있다. 여기 화살과 금빛 활이 있다. 그녀는 방탄 장치가 된 패닉 룸의 문을 잠그고 경찰 호출 버튼을 눌러야 했다. 여기 벽에도 모니터가 있었다. 세 번째 경보가 울렸다. 그는 그녀에게 자기가 오고 있음을 알리고 싶어하는 것이다. 경비들 곁은 조용히 지나쳐 왔지만, 이제 그들도 잠잠해졌으니 그녀에게 알리려는 것이었다. 멀홀랜드 드라이브에는 항상 순찰 도는 경찰차가 있지만, 제 시간에 여기 닿지는 못할 것이다. 어쨌거나 비상 버튼을 눌렀다. 그런 다음 건물 이쪽 편의 회로차단기가 들어 있는 함을 열고 마스터 스위치를 껐다. 여기 이 선반에 야간투시경이 있다. 그것을 썼다. 그녀가 정기적으로 궁술 수업에 나간 지는 좀 되었고, 살츠만의 사격장을 찾는 일도 뜸했다. 그녀의 사격 솜씨는 항상 좀 들쑥날쑥했다. 그녀에겐 화살이 최상의 무기였다. 패닉 룸의 문을 잠그고 경찰을 기다려야 했다. 그녀도 알고 있었다. 하지만 어머니의 무덤에서 그녀 안으로 무언가가 들어왔고 이제 주도권은 그것에게로 넘어갔다. 그녀는 그것을 굳이 꺾지 않을 셈이었다. 그녀는 화살통에서 화살을 꺼내 자세를 잡았다. 밤의 어둠이 깔린 방 문이 열렸다. 그녀의 계부가 손에 칼을 쥐고 들어왔다. 그녀의 어머니를 죽인 칼도, 아버지를 죽인 칼도 아닌 더럽혀지지 않은 세번째 칼날, 오로지 그녀만을 위한 침묵의 칼이었다. 그녀는 그를 맞을 준비를 갖추었다. 난로 위에 더운 음식을 올려놓고 구자르족 여인의 오두막 옆에서 맞이한 어머니의 종말을, 유리문에 미끄러져내리던 피투성이의 아버지를 생각했다. 그녀는 얼음이 아니라 불이었고, 그녀역시 침묵의 무기를 지니고 있었다. 한 발, 그 이상은 쏘지 못할것이다. 그가 두번째 화살을 날리도록 허용할 리 없으니까. 이제그는 침실 안에 있었다. 그가 들어오는 것을 느꼈다. 야간투시경에 패닉 룸의 열린 문 옆을 지나는 그의 모습이 잡혔다. 그는 갑자기 움직임을 멈췄다. 그녀는 그가 어둠 속에서 뭔가 잘못되었음을감지하고 공격에서 방어로, 사냥꾼의 냉혹함에서 사냥당하는 자의 자기방어적 신중함으로 태도를 전환했음을 알았다. 그는 고개를 돌려 그녀를 찾아내려고, 검은 공기가 어디에서 다른 종류의암흑으로 모이는지 보려고 눈을 가늘게 떴다. 귀에 거슬리는 경보소리가 허공을 가득 메우며 다가오는 경찰차의 요란한 사이렌 소리와 합쳐졌다. 그는 패닉 룸 쪽으로 다가왔다. 그녀는 그를 맞을준비가 되었다. 그녀는 불이 아니라 얼음이었다. 금빛 화살을 있는 힘껏 뒤로 당겼다. 갈라진 입술을 누르는 팽팽한 활시위가 느껴졌다. 악문 이에 닿는 화살 깃이 느껴졌다. 마지막 순간을 흘려보내고, 숨을 토해내면서 화살을 날렸다. 실수했을 가능성은 없었다. 두번째 기회도 없었다. 인디아는 없었다. 있는 것은 오로지 카슈미라, 그리고 광대 샬리마르뿐이었다.

『광대 샬리마르』는 방대한 이야기이다. 루슈디는 천부적인 이야기꾼의 재능으로 공간상으로는 아시아와 유럽과 미국, 시간상으로는 2차 대전에서 현재, 그도 모자라 신화와 현실 세계까지 자유롭게 넘나들며 서로 다른 세계를 엮어 방대한 이야기를 풀어놓는다. 이 각각의 세계는 서로 다른 것 같지만, 루슈디는 그 밑에 내밀하게 숨은 고리들을 캐내 그 세계들이 어떻게 연결되고 충돌하며 서로 연쇄적으로 영향을 미치고 파국을 빚어내는지 보여준다. 이어지고 겹치고 서로 포함되는 세계 속에서 레지스탕스의 영웅, 박해받는 유대인은 색마, 제3세계의 운명을 조종하는 자, 어둠의 대사가 되었다 테러리스트의 손에 무참히 살해되는 순교자가 되고, 순진한 줄타기 광대는 어둠 속의 테러리스트에서 잔인한 살인자가 된다. 희생자와 가해자는 고정되어 있지 않고 상황에 따라 관계가 역전된다. 그들의 복잡한 관계는 그들을 둘러싼 세계의 복잡함을 암시한다.

샬리마르가 막스 오퓔스를 살해한 사건은 미국 대사이자 미국에서 가장 영향력 있는 인물 가운데 한 명에 대한 이슬람 테러리스트의 암살 사건으로 비친다. 그러나 그 내막을 거슬러 올라가면, 이는 수십 년 전 사랑하는 아내 부니 카울을 막스에게 빼앗긴데 대한 지극히 개인적인 복수극이다. 그런 점에서 『광대 샬리마르』는 9.11사태 이후 쓰인 테러리즘에 관한 소설이면서 동시에 샬리마르의 사랑 이야기이다. 이 소설에서 사랑은 서로 불화하고 반목하는 이질적인 세계를 화해시키고 조화롭게 공존하도록 이끌어줄 수 있는 근원적인 힘이다. 샬리마르와 부니는 서로 종교가 달랐지만, 둘의 사랑을 이루어주기 위해 힌두교도와 무슬림은 종교적 불화를 접고 손을 잡는다. 그러나 두 사람의 사랑이 이루어낸 아름답고 조화로운 세계는 오래가지 못하고 산산이 부서진다. 샬리마르와 부니의 사랑은 그들을 겹겹이 둘러싼 세계의 연쇄적 파국을 가져온다는 점에서 신화적 의미를 갖는다. 부니가 샬리마르를 버리고 떠난 뒤, 일촉즉발의 긴장 상태였던 인도와 파키스탄간 분쟁이 폭발하고, 과거의 평화로웠던 세계로는 두 번 다시 돌아갈 수 없는 상황이 된다.

고향을 떠난 샬리마르는 정치사상 따위에는 전혀 관심이 없지만, 막스에게 복수하겠다는 일념으로 전 세계를 지하에서 잇는 국제적 테러조직의 망 속으로 들어간다. 아프가니스탄에서 군사훈련을 받고 필리핀에서 테러리스트로 활동하는 등 전 세계 분쟁이 있는 곳이면 어디든 떠도는 샬리마르의 모습은 도처에 폭력이 흘러넘치는 세계를 반영한다. 세계화의 물결을 타고 국경을 넘어 자유로이 이동하는 것은 돈과 상품만이 아니다. 폭력과 무기 또한 세계화된 네트워크를 타고 이동한다. 막스는 테러리즘의 확산을 막는다는 명분으로 비밀리에 전 세계를 누비며 임무를 수행하지만, 그를 통해 미국의 자금이 아프가니스탄의 무장조직으로 흘러들어가고, 그것이 테러리스트 샬리마르를 키우는 역설적인 상황이 벌어진다. 결국 미국이 세계 곳곳에 뿌린 폭력과 죽음의 씨앗이 그 자신에게로 되돌아오는 것이다. 그런 점에서 이 소설은 소위 '악의 축'인 테러리스트와 전쟁을 벌이는 미국의 두 얼굴에 대한 비판을 담고 있다.

루슈디는 미국 언론에 잔인한 살인자, 광신도 테러리스트로 재현되는 샬리마르에게 정치나 종교적 신념이 아닌 명예와 사랑을 잃고 개인적 원한에 사무친 한 남자의 인간적인 얼굴을 부여한다. 순수한 광대였던 그를 냉혹한 암살자로 바꾸어놓은 것은 증오이다. 지극한 사랑이 그만큼 격렬한 증오로 바뀌면서 아슬아슬하게 유지되던 대립하는 세계의 균형이 무너지고 파괴와 죽음이 도래한다. 루슈디가 그려내는 이 묵시록적 세계는 균형과 조화의 신화적 세계로 돌아갈 수 없기에 비극적 색채를 짙게 띤다.

교도소를 탈출하면서 샬리마르는 "공기 속을 걸으라"고 했던 아버지의 가르침을 문자 그대로 실천한다. 그가 교도소 담벼락을 따라 달리다 마침내 허공을 내달려 사라지는 모습은 루슈디의 마술적 사실주의가 빛나는 인상적인 장면이다. 그러나 샬리마르는 줄타기의 비밀을 깨우치고 중력에서는 벗어났어도 피와 폭력으로 점철된 세계에서는 벗어날 수 없었다. 자유를 얻은 그가 향한 곳은 자신의 맹세를 실천하기 위해 죽여야 하는 부니 카울과 막스의 딸, 인디아 오퓔스의 집이다. 인디아 또한 부니와 막스의 빗나간 욕망이 잉태한 자식이라는 점에서 이 뒤틀린 세계가 만들어낸 또 한 명의 희생자라 할 수 있다. 마지막 장면에서 서로에게 최후의 칼날과 화살을 겨누고 대치하는 것은 두 희생자이다. 둘 다 희생자이지만, 그들이 서로를 이해하고 겨눈 무기를 거둘 가능성은 전무하다. 최후의 대결에서 누가 죽고 누가 살아남았는지 알려주지 않은 채 소설은 끝난다. 그러나 사실 대결의 결말은 더이상 중요하지 않다. 살아남은 자라 해도 어차피 이 무너진 세계에서 빠져나갈 수는 없기 때문이다. 루슈디가 보여주는 화해와 용서의 가능성 없는 폭력과 증오의 세계는 그 참혹함과 절망으로 인해 더욱 절실하게 이 세계를 빠져나갈 길을 모색할 필요성을 제기한다.

2010년 5월
송은주

옮긴이 **송은주**

이화여대 영문학과를 졸업하고 동대학원에서 박사학위를 받았다. 현재 전문번역가로 활동하며 건국대, 이화여대에서 강의를 하고 있다. 옮긴 책으로 『공포의 헬멧』 『엄청나게 시끄럽고 믿을 수 없게 가까운』 『모든 것이 밝혀졌다』 『미들섹스』 『순수의 시대』 『집으로 가는 길』 『종이로 만든 사람들』 등이 있다.

문학동네 세계문학

광대 샬리마르

1판 1쇄 2010년 5월 28일 | 1판 2쇄 2010년 7월 10일

지은이 살만 루슈디 | 옮긴이 송은주 | 펴낸이 강병선
책임편집 류현영 | 편집 오영나 | 독자 모니터 이태균 | 디자인 윤종윤 이원경
저작권 김미정 한문숙 | 마케팅 정민호 김도윤 | 온라인 마케팅 이상혁 한민아
제작 안정숙 서동관 김애진 | 제작처 한영문화사(인쇄) 한영제책사(제본)

펴낸곳 (주)문학동네
출판등록 1993년 10월 22일 제406-2003-000045호
주소 413-756 경기도 파주시 교하읍 문발리 파주출판도시 513-8
전자우편 editor@munhak.com | 대표전화 031) 955-8888 | 팩스 031) 955-8855
문의전화 031) 955-3576(마케팅) 031) 955-8858(편집)
문학동네카페 http://cafe.naver.com/mhdn

ISBN 978-89-546-1082-7 03840

www.munhak.com